HEYNE

TERESA SIMON

Die Oleander Frauen

ROMAN

WILHELM HEYNE VERLAG
MÜNCHEN

Verlagsgruppe Random House FSC® N001967

4. Auflage

Originalausgabe 02/2018
Copyright © 2017 by Teresa Simon
Copyright © 2018 dieser Ausgabe by Wilhelm Heyne Verlag
in der Verlagsgruppe Random House GmbH München,
Neumarkter Straße 28, 81673 München
Copyright Gedicht: Mascha Kaléko: In meinen Träumen läutet es Sturm.
© 1977 dtv Verlagsgesellschaft, München.
Redaktion: Katja Bendels
Printed in Germany
Umschlaggestaltung: © Nele Schütz Design unter Verwendung
von Arcangel/Ildiko Neer
Satz: GGP Media GmbH, Pößneck
Druck: GGP Media GmbH, Pößneck
ISBN: 978-3-453-42115-8

www.heyne.de

Pour Julie

Dum spiro spero

Solange ich atme, hoffe ich

Marcus Tullius Cicero, 106–43 v. Chr.

Prolog

Hamburg, 1. Juli 1943

Du musst fort von mir, geliebter Schatz, obwohl mein Herz bei dieser Vorstellung blutet. Aber ich darf dich nicht länger bei mir halten. Tödliches Feuer fällt vom Himmel, verbrennt die Häuser, vernichtet die Menschen, und ich kann dich nicht davor schützen.

Jetzt, da ich so streng liegen soll, weniger denn je.

Was würde ich darum geben, zusammen mit dir aufbrechen zu können, weil ich ja weiß, dass die Reise lang ist und nicht ohne Gefahr! Ein wenig tröstet mich, dass du dabei in Gesellschaft bist, die dich hoffentlich ablenken und deine Tränen rasch trocknen wird. Doch wie solltest du verstehen können, dass ich nun nicht mehr bei dir bin, so wie du es seit jeher gewohnt bist? Es tut mir unendlich leid, mein heiliges Versprechen brechen zu müssen, das ich dir damals auf jener stürmischen grauen Insel gegeben habe: dich niemals zu verlassen, solange ich atme. Und doch muss ich es tun, um dein kostbares Leben zu bewahren, bevor es dafür zu spät ist.

Und so lasse ich dich also mit den anderen ziehen, in der Hoffnung, dass wir wieder vereint sein werden, sobald ich dir nachfolgen kann. Dann werden wir zu dritt sein, nein, zu viert oder genau betrachtet eigentlich sogar zu fünft, weil wir eben eine ganz besondere Familie sind, die das Schicksal auf seine eigene Weise zusammengeschweißt hat.

Dieser Brief soll dich auf deiner Reise begleiten, dich schützen und stärken, auch wenn du ihn nicht lesen kannst – noch nicht, mein Herzallerliebstes. Aber du wirst bald so weit sein, denn ich kenne deine stürmische Neugierde und deine kluge Ungeduld.

Ich gebe dir ein paar getrocknete Oleanderblüten mit, die aus jenem Garten stammen, in dem du jetzt eigentlich unbeschwert spielen solltest. Das Gegenstück kommt in mein silbernes Medaillon. Herrschaftlich und groß ist der Garten, steigt von der Elbe auf, mit schattigen alten Bäumen, unzähligen Blumenbeeten und eben jenem italienischen Glashaus, in dem sich meine Zukunft entschieden hat. Ich durfte jenes herrliche Paradies über Jahre genießen, bevor man mich für immer daraus vertrieb, und so kenne ich also seine berückende Schönheit. Ich weiß aber auch um seine giftige Bitternis, die ich dort schon als Kind gespürt habe, ohne zu ahnen, woher sie rührte.

Wenn jener Garten reden könnte ...

Irgendwann werde ich dir noch einmal ausführlicher die alte Geschichte von Hero und Leander erzählen, und du wirst Augen machen, wie viel sie mit jenen Menschen zu tun hat, die dir vertraut sind. Leider nahm sie kein gutes Ende, auch wenn sie die beiden Liebenden unsterblich gemacht hat. Unsere Geschichte aber wird glücklich ausgehen. Ich wünsche es mir so inständig, dass dem launischen Schicksal gar keine andere Wahl bleibt, als mir diesen Herzenswunsch zu erfüllen. Niemand kann uns trennen, auch wenn wir nun für einige Zeit an verschiedenen Orten sein werden.

Vergiss niemals, dass du mein Augenstern bist, für den ich wie eine Löwin gekämpft habe und für den ich immer wieder kämpfen würde, mit allem, was mir zur Verfügung steht. Du hast meine Welt vollkommen auf den Kopf gestellt – und das bereue ich nicht einen einzigen Augenblick. Stark hast du mich gemacht, und mutig dazu, hast mich von einem verwöhnten Gör in eine erwachsene Frau verwandelt, und dafür bin ich dir unendlich dankbar.

Was wäre ich ohne dich?

Ein Nichts. Ein Blatt im Wind ...

Nun aber muss ich schließen, denn so vieles gibt es noch zu erledigen, bevor wir morgen Abschied voneinander nehmen. Auch wenn ich nicht am Bahnsteig stehen kann, so werde ich dir in Gedanken nachwinken, bis du dein Ziel erreicht hast, um dich dann dort in Gedanken sofort wieder in die Arme zu schließen.

Du und ich gehören zusammen. Auf ewig ...

1

Hamburg, Mai 2016

Wie konnte jemand nur so viel Pech haben!

Tränenblind starrte Jule Weisbach auf das zerknitterte Anschreiben der Nobel GmbH & Co KG in ihren Händen.

»… teilen wir Ihnen mit, dass sich der Mietzins für Ihre Gewerberäume ab dem 1.8.2016 um 650,– Euro monatlich erhöht …«

Die akkuraten schwarzen Buchstaben verschwammen vor ihren Augen. Wenn kein Wunder geschah, bedeutete dieser Brief das Aus für ihr kleines Café am Alma-Wartenberg-Platz, dem sie in Anlehnung an die berühmte große Schwester drunten in Ovelgönne augenzwinkernd den Namen *Strandperlchen* gegeben hatte. Es hatte fast zwei Jahre gedauert, bis sie in Ottensen heimisch geworden war. Mittlerweile aber liebte sie dieses schillernde Viertel und konnte sich kaum vorstellen, an einem anderen Ort zu leben und zu arbeiten – und das, obwohl sie im Erzgebirge aufgewachsen und später zum Studium nach Dresden gegangen war, wo inzwischen auch ihre Mutter lebte. Aber jene unbestimmte Sehnsucht nach weitem Himmel, großen Schiffen und der salzigen Luft des Meeres hatte es immer schon in ihr gegeben, und wenn Jule jetzt an den Landungsbrücken stand oder auf dem sonntäglichen

Fischmarkt das Geschrei der Händler hörte, fühlte sie sich ganz zu Hause.

Ein Glücksfall, dass ihr Vormieter sich entschlossen hatte, zu seinem Schatz nach Kiel zu ziehen. Damals war hier noch alles grau und trist gewesen, eine heruntergekommene Punkkneipe, die den Anschluss an die Gegenwart verschlafen hatte. Jetzt aber leuchteten die Wände in sonnigem Türkis, und die hell gebeizten Tische und Stühle wirkten wie eine gemütliche Sommerfrische, in der man sich gerne aufhielt. Ein Ort zum Reden, zum Ausruhen, zum Genießen, genauso hatte Jule es sich gewünscht. Die Unterschiedlichkeit ihrer Gäste gefiel ihr dabei besonders. Sie mochte die Alten ebenso gern wie die ambitionierten Mütter mit ihren verzogenen Kleinkindern, die jungen Frauen, die meist im Rudel auftraten, die älteren Freundinnen, die sich so viel zu erzählen hatten, oder die verliebten Pärchen, die sich am liebsten in einen der beiden Strandkörbe kuschelten, die Jule bei halbwegs gutem Wetter vor der Tür aufstellte. Dass die Straßenreinigung regelmäßig den feinen hellen Sand wieder wegkehrte, den ein Freund ihr ebenso unermüdlich vom Elbstrand mitbrachte, war eine andere Sache.

Das zählte Jule nicht einmal zu den Pleiten, die sich wie ein roter Faden durch ihr Leben zogen. Eigentlich war sie inzwischen daran gewöhnt und hatte so einiges an Erfahrung darin gesammelt, wieder aufzustehen und weiterzumachen. Doch seit einigen Monaten häuften sich die Pleiten dermaßen, dass sie manchmal Beklemmungen bekam. Angefangen hatte es im letzten Herbst, als sie die letzten drei Treppenstufen im Hausflur übersehen und sich beim

Sturz eine üble Bänderzerrung zugezogen hatte, die erst im Dezember wieder ausgeheilt war. Ohne die tatkräftige Unterstützung von Aphrodite, die zwei Türen weiter ihren Laden *catch the bride* für schräge Hochzeitsmoden betrieb und spontan im Café ausgeholfen hatte, hätte Jule damals schon zumachen müssen.

Zur Jahreswende hatte dann die alte Dame in der Wohnung über ihr die eingeweichten Strümpfe im Waschbecken vergessen und, leider ebenso, den Hahn wieder zuzudrehen. Aus unzähligen Deckenrissen war bis in die frühen Morgenstunden Wasser in Jules Wohnung erst getröpfelt und schließlich gelaufen. Wände und Böden hatten sich in eine übelriechende Sumpflandschaft verwandelt, die von Spezialmaschinen wochenlang hatte trockengelegt werden müssen.

Natürlich gehörte auch der Verkehrsunfall im Februar dazu, bei dem ihr alter Ford Kombi geschrottet worden war – schuldlos hin, schuldlos her. Von den paar Euro, die sie dafür von der gegnerischen Versicherung noch bekommen hatte, konnte sie sich keinen halbwegs brauchbaren Wagen leisten. Aber um im Großmarkt für das Café einzukaufen, benötigte sie nun einmal ein Auto, und so blieb ihr nichts anderes übrig, als eben doch wieder Jonas um Hilfe zu bitten.

Jonas.

Er war die Dauerbaustelle in ihrem Herzen, eine Wunde, die nicht heilen wollte. Vielleicht lag es daran, dass sie noch immer zu oft miteinander in Kontakt waren. Dabei tat es weh, mit anzusehen, wie der Babybauch seiner Freundin Claudi von Monat zu Monat wuchs und er nun scheinbar aus freien Stücken Verbindlichkeiten einging, von denen Jule immer nur geträumt hatte. Auf einmal war es kein Problem mehr für ihn, mit einer Frau zusammenzuleben, während Jules Nähe ihn bereits nach einem langen gemeinsamen Wochenende »eingeengt« hatte. Jonas arbeitete wieder als Lehrer, hatte seinen Bart abrasiert und wirkte in seinen neuen Klamotten so aufgeräumt, dass sie ihn kaum wiedererkannte. Sah ganz so aus, als sei er endlich an jenem Ort angekommen, an den sie es vermutlich niemals schaffen würde – schon gar nicht allein.

Ein Rütteln an der Tür schreckte sie aus ihrem Kummer auf.

Es war der weißhaarige Monsieur Pierre aus Toulouse, der jeden Morgen bei ihr zwei speziell zubereitete Gläser Latte macchiato trank, während er seine *Le Monde* von der ersten bis zur letzten Zeile studierte. Neben ihm saß immer statuengleich Mims, die schwarze Katze mit den weißen Pfoten, die das *Strandperlchen* im letzten Sommer zu ihrem neuen Zuhause erkoren hatte.

Jule wischte die Tränen weg. Es gelang ihr sogar, ein halbwegs beherrschtes Gesicht aufzusetzen, als sie die beiden hereinließ. So glaubte sie zumindest. Aber weder der alte Mann noch die Katze ließen sich davon täuschen. Mims strich ihr unermüdlich um die Beine, als wollte sie sie trösten, und Monsieur Pierre sah sie so mitfühlend an, dass ihre Augen schon wieder feucht wurden.

»Sorgen?«, fragte er mit seinem charmanten französischen Akzent, der alles so viel leichter klingen ließ. »Die vergehen wieder, *ma chère*! Wenn Sie erst einmal so alt sind wie ich …«

Er nahm wie gewohnt am Fenstertisch Platz, wo er alles beobachten konnte, was sich draußen tat.

»Diese leider nicht«, murmelte Jule, während sie zur Theke ging, um dort das Herzstück ihres kleinen Ladens in Gang zu setzen, die Faema, die sie bei einem Italientrip in einer Turiner Bar aufgetrieben hatte. Obwohl die alte chromglänzende Espressomaschine schon einige Jahre auf dem Buckel hatte, funktionierte sie noch immer einwandfrei und genügte sogar den Anforderungen einer ambitionierten Barista, zu der Jule sich mehr und mehr entwickelte. Irgendwie schmeckt der Kaffee im *Strandperlchen* anders, frischer, aromatischer, aufregender, egal, ob als Espresso oder aufgebrüht zubereitet, wie es wieder immer mehr in Mode kam. Das hatte sich rasch herumgesprochen in diesem Szeneviertel, in dem alle paar Monate ein neues Café eröffnete und manchmal ebenso schnell wieder schloss. Hatte Jule anfangs gängige Kaffee-Sorten verwendet, so war sie nach ein paar Monaten auf eine junge Spanierin gestoßen, die ihr die Augen geöffnet hatte und schon bald zu ihrer persönlichen Kaffeeberaterin avanciert war.

Maite da Silva schien einfach alles zu wissen über jene begehrten roten Kirschen, die entlang des Äquators wuchsen und geröstet so fantastisch schmecken konnten – oder einfach nur langweilig, ja, sogar widerwärtig, wenn man ihre Zubereitung vergeigte. Nach und nach erweiterte Jule ihre Kenntnisse, besuchte Maites ebenso informative wie unterhaltsame Fortbildungen, ließ sich in Sensorik-Kursen schulen, die ihren Geschmacksradius erweiterten, und bot ihren Gästen inzwischen ausgefallene Sorten von selbstständigen Kaffeebauern oder kleineren Kooperativen an, die selbstredend nachhaltig angebaut waren und den Gesetzen des *Fair trade* entsprachen.

Was natürlich seinen Preis hatte.

Während Jule behutsam die Milch für den alten Franzosen aufschäumte, stand ihr wieder die drohende Mieterhöhung vor Augen. In absehbarer Zeit konnte sie nicht so viel mehr bezahlen, ohne empfindlich teurer zu werden oder die Qualität zu senken, was beides für sie nicht in Frage kam. Auch ihr zweites Standbein, dem sie den klangvollen Titel *Ich schreib dir dein Leben* gegeben hatte, lief gerade erst an. Begonnen hatte es mit einer alten Dame, die vor einem Stoß vergilbter Briefe schier verzweifelt war, unfähig, aus eigener Kraft ihre verwickelte Familiengeschichte zu rekonstruieren. Mehr aus einer Laune heraus hatte Jule ihr angeboten, dies für sie zu übernehmen – und schon bald Feuer gefangen. Nach wenigen Wochen überreichte sie Frau Hinrichs ein gebundenes Konvolut, das diese überglücklich gemacht hatte.

Weitere Aufträge folgten, denn die begeisterte Kundin hatte umgehend Bekannte, Freunde und Nachbarn informiert: Herr Holms, der vor fast vierundachtzig Jahren in Altona als uneheliches Kind zur Welt gekommen war und endlich mehr über seinen Vater erfahren wollte, den die SA am Tag seiner Geburt zu Tode geprügelt hatte. Frau Willemsen, die ohne Unterstützung garantiert an den Nachforschungen über ihre lebenslustige Großmutter Agathe gescheitert wäre, die, wie sich herausstellte, nicht nur drei Ehemänner, sondern auch eine stattliche Anzahl an Liebhabern aufzuweisen hatte. Herr Brockmann mit dem silbernen Backenbart, der bis zum Rentenalter zur See gefahren war und bis dato so gut wie nichts über seine Familie gewusst hatte, weil er bei einer Großtante aufgewachsen war – Geschichten über Geschichten ...

Reich wurde man damit zwar auch nicht, aber es machte Jule Spaß, Geschichte so hautnah zu recherchieren und niederzuschreiben. Das war etwas ganz anderes als jene öden Klausuren oder staubtrockenen Seminararbeiten, die ihr das Studium in Dresden schließlich verleidet hatten. »Jule ohne Plan« – so hatte ihre Mutter es stirnrunzelnd kommentiert, als es vor nunmehr drei Jahren leider keinen Universitätsabschluss in Geschichte und Germanistik gegeben hatte, den sie so gern mit ihrer Tochter gefeiert hätte.

»All die Jahre büffeln und pauken umsonst – und was nu?« Nie zuvor hatte Rena Weisbach bedrückter geklungen. Sie selbst war Physiotherapeutin und arbeitete gern mit ihren Händen, die anderen Menschen bei Verspannungen und Krankheiten wohltuende Erleichterung verschaffen konnten. In Dresden hatte sie sich mit diesen Fähigkeiten schon zum zweiten Mal einen ebenso treuen wie begeisterten Kundenstamm aufgebaut. »Die Lehre davor hast du ja auch abgebrochen. Gibt es denn gar nichts, was du einmal ganz zu Ende führen magst, jetzt, wo du schon fast dreißig bist?«

»Ich gehe in die Gastronomie. Und zwar nach Hamburg. Am liebsten möchte ich dort selbst etwas Kleines aufmachen.«

»Und womit, wenn ich fragen darf?«

»Mit Omas Hinterlassenschaft. Als Startkapital.«

»Ach, Kind, das sollte doch eigentlich dein Notgroschen für schlechte Zeiten sein! Und wie lange wirst du wohl dieses Mal dabei bleiben ...«

Was ihre Mutter wohl zu der kleinen Histo-Nische sagen würde, die Jule inzwischen in der hinteren Café-Ecke eingerichtet hatte? Noch hatte sie ihr nichts davon erzählt, weil sie erst ganz sicher sein wollte, dass dieser Plan ausnahmsweise einmal funktionierte. Obwohl: Sprach das halbe Dutzend Familiengeschichten, die sich bereits auf einem schmalen Regal versammelt hatten, nicht für sich?

In der Nische stand Jules alter Laptop hinter einem historischen Hamburger Stadtplan von 1900 auf einem Tisch, zusammen mit zwei Stühlen, auf denen die Menschen es sich bequem machten konnten, um ihre Wünsche und Sehnsüchte an sie zu delegieren. Natürlich konnte Jule die dazu notwendigen Recherchen auch von zu Hause aus erledigen, was sie oft genug bereits tat, aber wenn das *Strandperlchen* als Anlaufstelle fehlte, würden weitere Anfragen vermutlich bald ausbleiben.

Tief in Gedanken griff Jule nach dem Schälchen, um Monsieur Pierre die gewünschten Schokoflocken auf sein Getränk zu streuen, als sie plötzlich erstarrte. Statt der gewünschten zartdunklen Verzierung schwammen plötzlich ein paar bräunliche Katzenbrekkies auf dem hellen Milchschaum.

Jule ohne Plan.

Sie zog die Schultern hoch und drehte sich leicht zur Seite, damit ihr Stammgast nichts bemerkte. Mims war erwartungsvoll sofort zur Stelle, während Jule alles weggoss und rasch die nächste Latte macchiato produzierte. Danach bekam die maunzende Katze ihr Frühstück.

»Sie sehen müde aus, Julie«, sagte Monsieur Pierre eindringlich, als sie ihm das Glas an den Tisch brachte. »Und so blass habe ich Sie auch noch nie gesehen. Ein Urlaub wäre wohl genau das Richtige für Sie. Wenigstens ein paar Tage zum Ausspannen ...«

Als ob sie das nicht selbst wüsste!

Die dunklen Schatten unter ihren Augen wollten gar nicht mehr verschwinden, weil sie seit Monaten viel zu wenig Schlaf bekam.

Meine kleine Römerin, so hatte Jonas sie in der ersten Verliebtheit genannt, und wenn sie in dem opulenten Bildband mit den pompejianischen Fresken blätterte, den er ihr damals geschenkt hatte, so lag er mit dieser Bemerkung gar nicht so falsch. Die nussbraunen Haare, die sich inzwischen in ihrem Nacken kringelten, weil sie den Friseurtermin immer wieder verschoben hatte, die grünen Augen, die hohe Stirn sowie die kühne Nase und der Mund mit dem exakt gezeichneten Venusbogen, der so übermütig lachen konnte, in letzter Zeit aber viel zu oft einen strengen Zug bekam, all das ähnelte den Zügen der Frauen auf den Bildern. Zumal nur ein paar Sonnenstrahlen genügten, und schon nahm Jules Haut einen Bronzeton an. Aber nicht einmal dafür hatte sie Zeit gefunden, obwohl die letzten Tage für einen Hamburger Mai ungewohnt heiter gewesen waren.

»Am besten mit einem netten Mann«, fuhr Monsieur Pierre fort. »Eine schöne junge Frau wie Sie – und dann immer ganz allein! Das soll verstehen, wer will ...«

Oder einfach tausend Euro mehr im Monat, dachte Jule ungewohnt bitter. Dann könnte mein Leben so viel einfacher sein.

Um auf andere Gedanken zu kommen, konzentrierte sie sich auf ihr aktuelles Kuchenangebot. Dass die selbstgemachten Franzbrötchen vom Vortag stammten, sah man ihnen leider an. Gleiches galt für die Mini-Zitronengugl mit Buttermilch, die nicht mehr ganz so prall waren, wie sie eigentlich hätten sein sollen. Zum Glück hatte Jule daheim in den frühen Morgenstunden noch einen Himbeer-Schmandkuchen gebacken, der sich ausnehmend gut in der Vitrine machte. Und auch die Schokobrownies, die sie danach in den Ofen geschoben hatte, sahen zum Anbeißen aus. Zudem waren nebenan in der kleinen Küche, die zum Café gehörte, gerade die Cheesecakemuffins fertig, wie ihr ein Klingelzeichen verriet.

Sie ging hinüber und holte sie aus dem Backofen. Jetzt mussten sie noch eine Weile auskühlen, bevor Jule sie ihren Gästen servieren konnte.

»Niemand da?«, hörte sie eine Männerstimme fragen.

Sie wusste sofort, wem sie gehörte, wenngleich ihr schleierhaft war, wieso dieser Gast immer wieder in ihr Café kam. Der Querulant, so nannte sie ihn längst insgeheim, weil er meistens etwas zu bekritteln hatte. Manchmal hatte er einen blonden Begleiter dabei, der viel freundlicher wirkte und ein ausgesprochen nettes Lachen hatte, doch heute schien er allein zu sein.

»Einen Moment noch!«, rief sie zurück.

Er stand vor der Kuchenvitrine, den Kopf mit dem dunkelbraunen Haar leicht schief gelegt. Auf seiner rechten

Wange verlief eine Narbe, die ihn schon lange begleiten musste, so flach und blass, wie sie war. Schwarze Wimpern, blaue Augen, scharfe Kinnlinie. Angezogen war er lässig, so wie sie es bei Männern eigentlich mochte: Lederjacke, Jeans, schwarzer Pulli. Aber nicht einmal das machte ihn sympathischer.

»Kein Rüblikuchen?«, fragte er in leicht anklagendem Tonfall. »Und ich sehe heute auch keine Mandelhörnchen.«

»Beides ist leider aus.« Sie hatte keine Lust, ihm ausführlicher zu antworten. »Stattdessen könnte ich den Himbeer-Schmand empfehlen.«

»Das weiß-rote Cremezeug? Ist mir viel zu üppig.« Er deutete auf die Franzbrötchen. »Was ist mit denen?«

»Sind leider von gestern.«

Seine Miene geriet noch verdrießlicher. »Und diese kleinen Zitronen-Dinger daneben?«

»Dito.«

Inzwischen machte es Jule beinahe Spaß. Sollte der Querulant doch abziehen und seinen Verdruss anderswo abladen! Anfangs hatte sie ihn für einen Lehrer gehalten, weil er immer alles besser wusste, später für einen Steuerberater, so knausrig fiel jedes Mal sein Trinkgeld aus. Inzwischen war sie überzeugt, dass er Jurist sein musste. Vermutlich ein pingeliger Staatsanwalt, der harmlose Schwarzfahrer hinter Gitter brachte und an seinem freien Vormittag mit der Lederjacke auf cool machte.

»Und die Schokoküchlein?« Seine Stimme zitterte leicht.

»Köstlich, aber eine Kalorienbombe«, erwiderte sie ohne

das Gesicht zu verziehen. »Dagegen ist der Himbeer-Schmand die reinste Diät.«

»Ich nehme trotzdem eins«, sagte er entschlossen. »Dazu einen Kamillentee. Wenn Sie mir beides dann bitte an den Tisch bringen könnten.«

»Aber gerne doch.«

Schokobrownies und Kamillentee, was für eine kranke Kombination. Vermutlich waren seine Geschmacksknospen bereits in frühester Kindheit abgestorben. Zum Glück hatte sie die frischen Cheesecakemuffins nicht erwähnt.

Jule ließ heißes Wasser in ein Glas laufen und legte den Teebeutel auf den Untertasse. Aus einem plötzlichen Impuls heraus schaltete sie ihr Mahlwerk ein, ließ die passende Portion Kaffeepulver in das Sieb rieseln und drückte es dann mit dem Tamper fest, Tätigkeiten, die ihr inzwischen wie von selbst von der Hand gingen, hinter denen aber eine Menge hart erarbeiteter Erfahrung stand – und so manche Pleite. Doch inzwischen wusste sie, wie es gemacht werden musste, damit es gut schmeckte. Aus der Faema strömte ein perfekter Espresso. Jule hatte sich für einen Tierras Vulcánicas aus Costa Rica entschieden, eine ihrer aktuellen Lieblingssorten.

»Aber den hab ich gar nicht bestellt«, protestierte ihr querulantischer Gast, als sie die kleine Tasse zu dem Tee und dem Kuchenteller auf seinen Tisch stellte.

»Ich weiß«, sagte Jule. »Probieren Sie ihn trotzdem. Aber zuerst essen Sie einen Bissen.«

Er folgte tatsächlich ihrer Aufforderung.

»Das schmeckt ja zusammen richtig gut«, sagte er verblüfft, nachdem er gekostet hatte.

»Ich weiß«, wiederholte sie und wandte sich ab. Nach ein paar Schritten drehte sie sich noch einmal kurz zu ihm um. »Der Kaffee geht übrigens aufs Haus – ausnahmsweise.«

Jule spürte seinen Blick im Rücken, als sie zurück zum Tresen ging. Inzwischen waren fünf weitere Tische besetzt. Sie musste zügig arbeiten, denn morgens hatten es viele ihrer Gäste eilig. So versorgte sie das Pärchen am zweiten Fenster, die Frau mit dem Mops und das kichernde Mädchentrio, auf das die Schule wartete, sowie den Geschäftsmann, der seinen Espresso wie immer im Stehen schlürfte. Erst nachdem auch Monsieur Pierre seine zweite Latte macchiato entgegengenommen hatte, fiel ihr wieder der Querulant ein.

Sein Tisch war leer. Anstatt der wie üblich abgezählten Münzen lag ein Zehn-Euro-Schein neben dem Geschirr.

Verblüfft steckte Jule ihn in ihre Geldtasche, als erneut die Tür aufging.

Nur eine einzige Frau auf dieser Welt konnte solch einen Auftritt aus brandrotem Haar, wogendem Busen, Lagen von bunten Tüllröcken und einem kräftigen Schwall Rosenduft hinlegen.

»Gut, dass du da bist!« Leicht gequält lächelte sie ihrer Freundin entgegen. »Ich wollte schon zu dir rüberkommen. Hörst du sie auch, die Posaunen des Letzten Gerichts?«

»Welche Posaunen?« Aphrodites Stupsnase kräuselte sich skeptisch.

»*Meine* Posaunen natürlich. Ich bin praktisch am Ende.«

2

Hamburg, Juni 1936

Hannes ist zurück, und mein Herz schlägt so aufgeregt in meiner Brust wie ein gefangener Vogel. Wie braun er in Costa Rica geworden ist! Und wie erwachsen er aussieht – kein schlaksiger Junge mehr, sondern ein richtiger Mann. Er kommt mir größer vor als im Frühling, und dass die südliche Sonne sein weizenblondes Haar noch heller gemacht hat, steht ihm so gut, dass ich kaum noch Luft bekomme. Ich war bereits unsterblich in ihn verliebt, als sein Frachtdampfer im Winter auslief, und daran hat sich nichts geändert.

Ganz im Gegenteil.

Alles in mir sehnt sich danach, ihn endlich zu berühren. Nicht auf die freundschaftliche Art, wie wir es als Kinder hundertfach gedankenlos unten in der Küche getan haben, sondern so wie Liebende. Ich möchte seine Arme um mich spüren und seine festen Lippen auf meinem Mund. Möchte seine hellen Haare verwuscheln, seine Lider mit zarten Küssen bedecken und seinen Duft nach Sommer und Gras einatmen.

Aber nimmt er mich überhaupt wahr?

Vorhin ist er im blumengeschmückten Vestibül so schnell an mir vorbeigegangen, dass ich vor Enttäuschung fast geweint hätte. Natürlich weiß ich, dass er heute sehr be-

schäftigt ist, wo doch unser großes Sommerfest stattfinden soll. Schon als Junge hat seine Mutter ihm verschiedene Aufgaben übertragen, vor allem, wenn Gäste erwartet wurden. Manchmal habe ich dabei auch mitgeholfen, denn in Käthe Krögers Nähe war ich schon als kleines Mädchen ganz besonders gern. Ich mag ihre Wärme, ihre klare, direkte Art, die Sorgfalt und Liebe, mit der sie alle Speisen für uns zubereitet. Essen ist für sie keine Nebensache, sondern etwas Wichtiges, das man ehren und würdigen sollte, das habe ich von ihr gelernt. Oft habe ich mir sogar ausgemalt, mit Hannes und ihr zusammen in der gemütlicher kleinen Souterrainwohnung zu leben, anstatt oben in der großen kalten Villa, wo sich alles immer nur um Kaffee dreht und sonst jeder seiner eigenen Wege geht.

Ich weiß also genau, was sie leisten muss, und dass ihr Sohn alles tut, um sie darin zu unterstützen, weil sein Vater ja noch vor seiner Geburt verstorben und er als lediges Kind zur Welt gekommen ist. Und trotzdem hätte Hannes mit mir reden können, anstatt mir nur kurz zuzunicken, mit jenem unwiderstehlichen Lächeln, das mich nur noch mehr in Verwirrung gestürzt hat!

Gäbe es nicht dieses Tagebuch, dem ich meine Gefühle und Wunschträume anvertrauen kann, wäre ich wahrscheinlich schon auf dem besten Weg, verrückt zu werden. Mama besitzt auch so ein kostbares Büchlein, in das sie manchmal schreibt, wenn sie sich unbeobachtet fühlt. Sie versteckt es so gut, dass ich es bei meinen neugierigen Streifzügen durch ihr Boudoir bislang noch nicht entdeckt habe. Das habe ich mir zum Vorbild genommen: auch meines wird niemals jemand finden ...

Das alte vom letzten Jahr habe ich neulich im Kamin verbrannt. Wie kindisch und unwichtig erschienen mir auf einmal meine Eintragungen! Doch dieses hier soll nun mein innigster Vertrauter werden. Hier kann ich offen niederschreiben, was mich bewegt, auch Gedanken und Begebenheiten, die ich nicht einmal meiner Freundin Jette anvertrauen würde. Ebenso wenig wie meiner heiß geliebten Tante Fee, die im Nebentrakt unserer Villa lebt und eigentlich das größte Herz hat, das man sich nur vorstellen kann. Manchmal kann ich kaum glauben, dass sie Papas jüngere Schwester sein soll, so verschieden sind die beiden, er so konservativ, traditionsbewusst und streng, sie so offen und frei. Aber dann gibt es doch wieder Momente, in denen ich spüre, dass sie vom gleichen Stamm sind, obwohl sie einige Jahre jünger ist als er, denn auch Fee ist nicht ganz ohne Dünkel.

»Du bist eine Terhoven, vergiss das nie«, hat sie zu mir gesagt, als ich eingeschult wurde. »Die Terhovens machen sich nicht mit jedem gemein, sondern besitzen Klasse und Stil. Sei anständig, klug, ehrlich und vor allem bescheiden. Aber vergiss dabei nie, dass die Menschen zwar gleich viel wert sind, gesellschaftlich jedoch sehr unterschiedlich stehen. Achte also stets darauf, mit wem du dich einlässt, dann wirst du passabel durchs Leben kommen.«

Damals habe ich noch nicht recht verstanden, was sie damit sagen wollte. Heute aber weiß ich, dass Hannes garantiert nicht zu diesem Personenkreis zählt, auch wenn seine Mutter schon seit einer halben Ewigkeit zu unserem Haushalt gehört. Und was wäre mit Malte, meinem Tanzpartner, der das linke Bein nachzieht? Immerhin besitzen seine Eltern drei gutgehende Speiselokale in Altona und Othmarschen – aber was ist das schon gegen eine Familie von Kaffeehändlern wie die Terhovens, die ihren Stammbaum bis ins 18. Jahrhundert zurückführen kann?

Meine Eltern haben anderes mit mir vor, das weiß ich längst, auch wenn sie nur darüber reden, wenn sie glauben, ich könne es nicht hören. Doch ich habe sie oft genug belauscht, um ihre Pläne für meine Zukunft zu kennen. Ein Reeder sollte es am besten sein, der mich einmal ehelicht, ein reicher Kaffeeröster oder ein erfolgreicher Kaufmann aus guter Familie und vor allem mit einem stattlichen Vermögen. So ist wohl auch ihre Ehe zustande gekommen: die bildschöne Bremerin Delia Bornholt, die den vierzehn Jahre älteren Friedrich Terhoven aus Hamburg zum Mann genommen hat, der ihr ein sorgloses Leben bieten kann.

Vernunft statt Gefühle.

Tradition anstelle von Leidenschaft.

Das richtige Maß – und bloß keine unüberlegten Ausbrüche!

Und nun soll ich bald an der Reihe sein, es ihnen nachzutun. Doch da haben sie die Rechnung ohne mich gemacht!

Ich will keinen dieser betuchten Erben, und auch die Herren in brauner oder schwarzer Uniform, die man jetzt so häufig in Hamburg sieht, interessieren mich nicht die Bohne. Malte Voss ist mein bester Freund (trotz seiner nervigen Schwester Hella), der mich so gut versteht, wie sonst kaum jemand. Ich mag es, mit ihm zusammen zu sein, höre gern zu, wenn er seinen Rilke rezitiert oder mir von den Romanen erzählt, die er ständig liest.

Aber all mein Fühlen und Sehnen gilt Hannes.

Ihn will ich, ihn und nur ihn. Er soll mein Liebster sein, mein Herzensschatz, mein Augenstern ...

Sie hörte Schritte auf der Treppe. Er bemühte sich zwar, leise zu gehen. Aber ein pummeliger Tollpatsch wie ihr zwölfjähriger Bruder schaffte das eben nie. Sophie schlug das Tagebuch zu und schob es blitzschnell in das Geheimfach ihres Biedermeiersekretärs. Als Lennie vor ihr stand, war die Lade bereits geschlossen.

»Was schleichst du dich an?«, fuhr sie ihn an. »Du weißt ganz genau, dass ich das nicht mag. Ungezogene kleine Brüder haben in meinem Zimmer nichts zu suchen!«

»Hab dich bloß nicht so«, konterte er. »Mama schickt mich. Sie will wissen, ob du schon angezogen bist. Und das bist du – natürlich nicht! Wird ihr gar nicht gefallen, glaube ich. Außerdem will die Tante dich auch noch sehen. Sieh zu, wie du das alles rechtzeitig hinkriegst!«

Sophies Blick glitt zu dem Abendkleid, das außen am Schrank hing. Vom ersten Moment an hatte sie es nicht gemocht, und wenn der Taft noch so mitternachtsblau schimmerte und die elfenbeinfarbene Spitze noch so kostbar war.

»Ich hasse es«, murmelte sie. »Und zu weit ist es mir auch.«

»Schön scheußlich«, pflichtete Lennie ihr bei, und für einen Moment war es zwischen ihnen wieder wie früher, bevor er Mitglied im Jungvolk geworden war und ständig mit Slogans und Parolen um sich warf, die er dort aufgeschnappt hatte. Seitdem brannte er nur noch darauf, mit seinen Kameraden nach endlosen Märschen am Lagerfeuer kriegerische Lieder zu schmettern. Am liebsten wäre er sogar in Uniform zur Schule gegangen, aber das hatten die Eltern ihm verboten. Dafür trug er sie stolz in jeder freien Minute, und so steckte er auch jetzt in kurzer Hose, Lederkoppel, Braunhemd sowie Halstuch mit Lederknoten. Schulterriemen und HJ-Fahrtenmesser würde er erst nach bestandener Pimpfenprobe erhalten, an der er allerdings schon zwei Mal gescheitert war. Genau da lag nämlich Lennies Problem: Der rosige, kugelrunde Säugling, den Sophie liebevoll herumgeschleppt hatte, damit er endlich zu schreien aufhörte, war inzwischen zu einem kräftigen Jungen mit strammen Waden herangewachsen, aus dem niemals eine Sportskanone werden würde.

Flink wie Windhunde, zäh wie Leder, hart wie Kruppstahl – von dieser Vision des Führers war Lennart Terhoven denkbar weit entfernt, selbst wenn er demnächst garantiert in die Höhe schießen würde, eine Vorstellung, an die er sich verzweifelt klammerte. Während Sophie mit ihren langen Beinen nur lossprinten musste, um bei den Jugendspielen auch ohne Training auf dem Siegertreppchen zu landen, war Lennie in seiner Altersgruppe stets unter den Letzten. Auch mit dem verlangten Weitsprung von über 3,50 Metern tat er sich schwer, und dass seine Schlagballwürfe auf der Hälfte der geforderten Strecke jämmerlich verreckten, war für ihn ein ganz besonderes Ärgernis. Er versuchte krampfhaft, seine sportlichen Schwächen mit Übereifer auf anderen Gebieten zu kompensieren und nervte unter anderem seine gesamte Umgebung mit dem ständigen Zitieren der Schwertworte der Jungvolkjungen, die in der Familie Terhoven längst keiner mehr hören konnte.

»Du solltest dich ebenfalls beeilen«, sagte Sophie, die endlich wieder allein sein wollte. »Für eine Abendveranstaltung erwartet Mama einen ordentlichen Aufzug, das weißt du ganz genau.«

»Ich kenne nichts Ordentlicheres«, sagte er leise, aber bestimmt, und klang plötzlich fast erwachsen. Ob es daran lag, dass er erst neulich zum Streifendienst des Jungvolks befördert worden war und alle Elemente aufdecken sollte, die sich gegen die nationalsozialistische Bewegung richteten? Sophie konnte sich nicht genau vorstellen, was ihr kleiner Bruder eigentlich bewirken konnte, aber es ließ sie trotzdem frösteln. »›Die nationale Erneuerung geht von der Jugend aus.‹ Das hat Baldur von Schirach mehrfach gesagt. ›Daran werden die Alten sich gewöhnen müssen.‹«

Verblüfft sah Sophie ihm hinterher, als er ihr Zimmer verließ.

Wo er das nur wieder herhatte? Und die »Alten« – wenn ihr Vater das hören könnte!

Vielleicht würde Friedrich Terhoven sich nicht einmal sonderlich darüber aufregen, denn seinem Sohn, der nicht nur seine untersetzte Statur geerbt hatte, sondern ihm mit der breiten Stirn, den wasserblauen Augen und dem viereckigen Kinn wie aus dem Gesicht geschnitten war, verzieh er nahezu alles. Dagegen stieß die erstgeborene Tochter überall auf Vorschriften und Hürden. Doch wozu gab es weibliche List, Schleichwege und Verbündete, die einem beistanden? Sophie war nicht bereit, sich kampflos den väterlichen Beschränkungen und Geboten zu fügen – und jetzt, da Hannes endlich wieder zurück war, weniger denn je.

Während sie Rock und Bluse auszog, die Baumwollunterwäsche gegen ein Hemdhöschen aus weißer Seide tauschte und mangels einer besseren Alternative nur doch in das ungeliebte blaue Kleid schlüpfte, begann ein Plan in ihr zu reifen.

In den Spiegel warf sie nur einen raschen Blick.

Die dunklen Locken waren zu widerspenstig für eine richtige Frisur und ohnehin am schönsten, wenn sie nur mit gespreizten Fingern hindurchfuhr. Zarter Lidschatten, wie Fee ihn manchmal auflegte, hätte ihre meergrünen Augen größer und sicherlich noch ausdrucksvoller gemacht, aber die deutsche Frau rauchte nicht, und sie schminkte sich auch nicht. Trotzdem hatte Sophie in einer ihrer Schubladen einen alten rosa Lippenstift versteckt, mit dem sie nun ihren Mund betupfte. Noch ein Spritzer Parfum hinter die Ohren – und sie war so weit.

Von unten hörte sie Klappern und Stimmen, die lauter wurden, je weiter Sophie die Treppe hinunterstieg.

Die Flügeltüren standen weit offen und verwandelten das Erdgeschoß der Villa an der Flottbeker Chaussee in ein riesiges Foyer. Im Vestibül mit den stilisierten dorischen Säulen würden die Begrüßungscocktails gereicht werden. Danach konnten die Gäste ihre Teller am Büfett füllen, das im Esszimmer an einer schier endlosen Tafel auf sie wartete, um danach entweder dort, im Wohnzimmer, der angrenzenden Bibliothek oder auf der großen Terrasse zu speisen, von der aus man einen atemberaubenden Blick über die Elbe hatte. Wer es verschwiegener mochte, spazierte hinaus in den weitläufigen Garten mit seinem alten Baumbestand, dem perfekt gepflegten Rasen, zahlreichen

Rosenrabatten und dem großen gläsernen Gewächshaus, in dem während der langen kalten Monate Delia Terhovens geliebte Oleanderpflanzen überwintern konnten. Jetzt, im Sommer, waren dort nur ein paar stattliche Palmentöpfe zurückgeblieben, die zusammen mit diversen Deckchairs aus Tropenholz und kleinen Tischchen, die aus einer Schiffsladung aus Indonesien stammten, eine ebenso exotische wie gemütliche Atmosphäre schufen.

Beim legendären Sommerfest der Terhovens, das seit 1920 jedes Jahr stattgefunden hatte, reichte die Arbeitskraft des üblichen Hauspersonals – Käthe, Stine und Herta Petersen, der Frau des Chauffeurs – bei Weitem nicht aus. Hannes musste mit einspringen, und aus Altona waren zusätzlich einige junge Mädchen engagiert worden, die Käthe erst beim Anrichten der Speisen und dann später beim Servieren und Abräumen zur Hand gehen sollten. Spannung lag in der Luft, weil die Zeit bis zur Ankunft der Gäste trotz guter Planung nun eben doch knapp wurde, und alle in der Villa wussten, wie schnell Friedrich Terhoven aus der Haut fahren konnte, wenn ihm etwas nicht passte.

»Mit ner richtigen Hausfrau wäre alles ganz anders«, hörte Sophie Stine vor sich hin meckern, die gerade mit einem Blumengesteck kämpfte und nicht merkte, dass sie genau hinter ihr stand. Mit ihrem weißblonden Schopf, der kecken Nase und den kornblumenblauen Augen war sie eine auffällige Erscheinung, der viele junge Männer hinterherpfiffen. Sophie, die eine ähnliche Statur wie Stine hatte, überließ ihr manchmal abgelegte Kleider, mit denen das Hausmädchen vor ihresgleichen gerne angab. »Giftiger Oleander mitten auf'm Tisch – so'n Shiet! Ginge es nach mir, klebte das alles bereits an der nächsten Wand. Aber die eine im Haus ist sich ja für alles zu schade, und die andere vergräbt sich Tag und Nacht hinter ihren Büchern. Kein Wunder, dass hier manchmal alles drunter und drüber geht!«

Sophie räusperte sich, und Stine schreckte zusammen. Sie wirbelte herum, entspannte sich jedoch, als sie sah, wer hinter ihr stand.

»Du petzt doch nicht etwa, oder?«, fragte sie rasch. Irgendwann waren die beiden fast gleichaltrigen Mädchen dazu übergegangen, sich zu duzen, auch wenn die Hausherrin Delia das nicht gerne sah. »Aber heute isses tatsächlich ein büsschen drüber!«

Sophie legte einen Finger auf ihre Lippen und kämpfte gegen ihr schlechtes Gewissen an. Doch mit diesem wilden Aufruhr in ihrem Herzen war sie heute wirklich nicht in Stimmung für komplizierte Tischdekorationen.

»Das wird schon«, sagte sie und lief hinaus, weil sie endlich bei Tante Fee sein wollte.

Die paar Schritte bis zu dem Anbau, den Friedrichs jüngere Schwester seit vielen Jahren bewohnte, hätte sie auch mit geschlossenen Augen zurücklegen können, so oft war sie diesen Weg schon gegangen. Felicia Terhoven, die alle nur Fee nannten, war Sophies Felsen in der Brandung, ihr Rettungsanker, ihre Zuflucht, wenn sie nicht mehr weiterwusste. Nach Lennies Geburt, als ihre Mutter monatelang unter einer schweren Depression gelitten hatte, war Sophie ganz bei ihrer Tante eingezogen, so verlassen hatte sie sich damals gefühlt. Nach einem guten halben Jahr hatte Delias Schwermut sich jedoch wieder gelegt, und Sophie konnte in die Villa zurückkehren, doch seitdem gab es zwischen Nichte und Tante ein starkes, unzerreißbares Band.

Warum Fee keinen Mann und keine eigenen Kinder hatte, war Sophie rätselhaft. Als Achtzehnjährige war ihre Tante mit einem englischen Earl verlobt gewesen und hatte sogar ein paar Monate bei seiner Familie in London verbracht, doch die Beziehung war zerbrochen und Fee wieder nach Hamburg in das Haus ihres Bruders zurückgekehrt. An ihrem leicht herabhängenden rechten Lid, einem Geburtsfehler, konnte es sicherlich nicht liegen. Ganz im Gegenteil: Sophie fand, dass diese Besonderheit die Tante umso reizvoller machte. Ihre so unterschiedlichen Augen schienen tief in ihr Gegenüber hineinzublicken. Manchmal glaubte sie sogar, dass ihnen kein Geheimnis verborgen blieb.

Fee hatte damals die ganze Schuld für das Desaster mit ihrem Verlobten auf sich genommen, doch manchmal fragte Sophie sich, ob der englische Lord, dem man eine Vorliebe für Pferdewetten und nicht ganz legale Glücksspiele nachsagte, sich vielleicht zu schnell von ihr durchschaut gefühlt hatte?

»Ich tauge offenbar nun mal nicht zur Zweisamkeit«, hatte Fee einmal erklärt, als Sophie eines Tages neugierig in sie gedrungen war. »Vielleicht, weil ich eben keine Kompromisse mag. Was ich wollte, das konnte ich nicht bekommen – und wäre damit wahrscheinlich nicht einmal glücklich geworden. Und was ich bekommen konnte, das wollte ich nicht. So einfach ist das. Inzwischen bin ich gottlob zu alt für Herzensangelegenheiten, was durchaus seine Vorteile hat, mein Mädchen.«

Zu alt, was für ein Unsinn!

Das hatte Sophie schon damals gedacht, doch als sie ihre Tante heute sah, erschien es ihr absurder denn je. Das taillierte Kleid aus Organza mit weiten Schmetterlingsärmeln schimmerte in Blau- und Grüntönen und ließ sie noch fragiler wirken, als sie ohnehin war. Kein Mensch hätte Fee für Anfang vierzig gehalten, so bezaubernd und jung sah sie aus. Ganz gegen die herrschende Frisurenmode, die weich ondulierte Wellen verlangte, hatte sie ihre kinnlangen aschblonden Haare unter einem eng anliegenden grünen Käppchen versteckt, das ihre feinen Gesichtszüge noch unterstrich.

»Heute siehst du wirklich aus wie eine Fee«, sagte Sophie. »Ein Flügelschlag – und du könntest abheben.«

»Du dagegen siehst leider aus wie ein Landei.« Fee zog ihre Stirn kraus. »Was hat die liebe Delia sich nur dabei gedacht? Also raus aus dem Ding, und zwar dalli!«

»Ich soll mich ausziehen?«

»Was denn sonst? Ich bringe dir gleich was Passendes.« Sie ging nach nebenan in ihr Schlafzimmer und kam nach ein paar Minuten mit drei Kleidern über dem Arm zurück, die sie Sophie nacheinander anhielt.

»Rot ist mir zu aufdringlich für dich«, murmelte sie, »Lila zu elegisch, aber hier, das Weiße, das ist genau richtig.«

»Das hat ja nur einen Schulterträger«, sagte Sophie erschrocken. »Und man kann obenrum nichts darunter ziehen! Kann man denn so gehen?«

»Hellenisch inspiriert, mein Mädchen, ganz und gar klassisch hellenisch! Und wenn nicht jetzt – wann dann?

Als Greisin kannst du dich gnädig verhüllen, aber doch nicht jetzt. Es wird dir ganz wunderbar stehen, vertrau deiner alten Tante.«

»Und meine Unterwäsche ...«

»Die ziehst du aus und nimmst stattdessen das hier.« Sie reichte ihr ein blütenweißes Höschen.

Als Sophie nicht reagierte, begann sie zu lächeln.

»Du wirst dich doch nicht auf einmal vor mir genieren? Ich hab dich schon in allen Phasen des Lebens nackt gesehen, meine Kleine! Und außerdem: Mit so einem hübschen Körper musst du dich niemals schämen, vor niemandem, merk dir das!« Ihr Lächeln vertiefte sich. »Aber wenn du unbedingt willst, dann verschwinde ich, bis du dich umgezogen hast.«

Es fühlte sich aufregend an, den Stoff auf der nackten Haut zu spüren – schwere weiße Seide, die unter dem Busen mit einem Band mit silbernen Mäandern verziert war und Sophie in weichen Falten bis auf die Knöchel fiel.

»Perfekt!«, sagte Fee, die unbemerkt wieder ins Zimmer getreten war. »Wie für dich gemacht. Eigentlich müsstest du dazu barfuß gehen, aber da würde deine Mutter vermutlich wieder eine ihrer Krisen bekommen, also nimm lieber die hier.« Sie reichte ihr ein paar silberne Sandaletten mit kleinem Absatz und Schnürungen. »Und? Wie fühlst du dich?«

»Herrlich!«, sagte Sophie, während sie in die Schuhe schlüpfte. »Das Kleid ist ein einziger Traum – ganz und gar ungewöhnlich. Woher hast du es?«

»Eine lange Geschichte«, sagte Fee, und ihr Lid zuckte leicht. »Irgendwann werde ich sie dir erzählen. Und jetzt komm! Wir müssen wenigstens so tun, als würden wir helfen wollen.«

Als sie das Vestibül betraten, kam Friedrich Terhoven ihnen entgegen. Er trug keinen Smoking, weil es ja sommerlich leger zugehen sollte, sondern einen dunklen Abendanzug, der ihn etwas schlanker wirken ließ. Die wirtschaftlichen Sorgen der vergangenen Jahre hatten sein kurz geschnittenes blondes Haar mit einigen Silberfäden durchmischt, aber noch immer war sein flächiges Gesicht frisch und sein Gang energisch, wenngleich er sich seit Jugendtagen ein paar Zentimeter mehr an Größe gewünscht hätte. Aus diesem Grund musste seine Frau auch stets auf hohe Absätze verzichten, da er nicht wollte, dass Delia ihn überragte. Dass die Tochter bereits ein wenig auf ihn hinunterschauen konnte, nahm er an manchen Tagen mit Humor, heute allerdings schien es ihn zu stören.

»Wie immer eine Augenweide, Fee«, sagte er galant. Dann erschien eine strenge Falte zwischen seinen Brauen. »Aber wie siehst du denn aus, Sophie? Dieses Kleid – ist das wirklich dein Ernst? Und hast du dir zudem auch noch Kothurne umgeschnallt, um größer zu wirken?«

»Wie die jungfräuliche Göttin Diana«, erwiderte Fee schlagfertig. »Junge Mädchen sollten immer Weiß tragen, findest du nicht, liebster Bruder? Und diese kleinen Absätze stehen deiner schönen Tochter doch ganz wunderbar!«

*

Zwei Stunden später waren die Platten mit Räucherlachs, Hummer und Matjessalat deutlich leerer geworden; Gleiches galt für die Schüsseln mit heißer und kalter Suppe, und auch vom Braten waren nur noch Reste übrig. Die Gäste hatten mit Champagner begonnen und waren inzwischen beim Riesling gelandet, bis auf einige der Herren, die lieber Rotwein oder Bier tranken, sofern sie sich nicht an den französischen Cognac hielten, den die jungen Servierinnen in bauchigen Schwenkern anboten.

Der Hausherr stand inmitten einer kleinen Gruppe von Männern auf der Veranda und rauchte Zigarre, ein untrügliches Anzeichen dafür, dass er sich wohl fühlte. Carl Vincent Krogmann, Regierender Bürgermeister Hamburgs, der ebenfalls unter den Gästen war – eine besondere Ehre, wie der Vater Sophie bereits vor dem Fest versichert hatte – stand neben ihm. Neben dem Bürgermeister posierte mit exakt gezogenem Scheitel der junge Handelskammerpräses Hermann Victor Hübbe, der seinen jüdischen Syndikus Eduard Rosenbaum schon vor drei Jahren aus dem Amt geboxt hatte. Von den zahlreichen jüdischen »Kaffeebaronen«, wie man im Volksmund die Eigentümer der großen Handelshäuser in der Speicherstadt halb spöttisch, halb respektvoll nannte, war kein einziger mehr anwesend. Obwohl es im Hamburger Kaffeeverein trotz des Drucks der Nationalsozialisten noch immer fünfzehn jüdische Mitglieder gab, die seit 1933 allerdings keine Vorstandsmitglieder mehr sein durften, hatte Friedrich Terhoven darauf verzichtet, sie einzuladen.

Der Hamburger Gauleiter und Reichsstatthalter Karl Kaufmann, selbstredend ganz oben auf der Gästeliste, hatte sich wegen dringender politischer Geschäfte entschuldigen lassen. Stattdessen war Georg Ahrend erschienen, Kaufmanns rechte Hand, inzwischen Senator und unter anderem mit der Oberaufsicht der Baubehörde betraut. Der massige Mann mit den schweren Augenlidern und dem sarkastischen Lächeln, in ganz Hamburg wegen seiner Brutalität gefürchtet, machte an diesem Sommerabend ganz auf charmant, obwohl sein stetig steigender Alkoholpegel durchaus Anlass zur Sorge gab.

Doch einer war glänzender Mittelpunkt dieser Soiree, der Volkssänger und Schauspieler Hans Albers, der gerade seinen letzten Film »Savoy Hotel 217« abgedreht und aus Sehnsucht nach seinen drei älteren Schwestern Station in Hamburg gemacht hatte. »Hanne«, wie seine Bewunderinnen ihn nannten, stand mit seinen blitzeblauen nordischen Augen, die ihn berühmt gemacht hatten, inmitten einer Traube von Damen, lachte, rauchte, plauderte launig nach allen Seiten und kritzelte sein Autogramm auf Wunsch sogar auf bloße Frauenarme. Sophie hatte ihn sich viel größer vorgestellt, als athletischen Hünen, so jedenfalls kam er auf der Leinwand rüber, doch im wirklichen Leben waren ihre und seine Augen in etwa auf gleicher Höhe. Als schließlich eine der Damen beherzt zur Gitarre griff und er mit seiner brüchigen, unverkennbar Hamburger Stimme die ersten Töne von »La Paloma« anstimmte, wollte der Jubel kein Ende mehr nehmen.

Delia Terhoven schwirrte wie ein silberner Schmetterling zwischen den Gästen umher, unruhig und hypernervös, wie immer, wenn viele Menschen in der Villa waren. Mit ihrer überschlanken Gestalt und dem platinblonden

Haar, das sie heute in einer delikaten Innenrolle trug, stach sie unter den anderen Frauen heraus. Eine Aura von Unnahbarkeit umgab sie, zumal sie jeden in die Schranken wies, der versuchte, sich ihr zu nähern. Sie sah aus wie ein Filmstar, elegant, makellos, nicht ganz von dieser Welt. Neben ihr wirkten die meisten anderen trotz Abendkleid und Schmuck bieder, ja sogar trutschig, auch wenn viele der Damen der Hamburger Gesellschaft es ihr nachgetan hatten und auf einmal sichtlich erblondet waren.

»Das kann jetzt alles weg«, ordnete Sophies Mutter Käthe Kröger an. »Bauen Sie dann bitte das Nachspeisenbüfett auf, meine Liebe. Und kümmern Sie sich auch um den Kaffee, der dazu gereicht werden soll.«

Bei näherem Hinsehen wirkte Delia Terhovens kostbare Brokatrobe leicht derangiert, und auf der glatten, hohen Stirn glänzten winzige Schweißperlchen. Dabei hatte sie keinen Teller angerührt, ganz im Gegensatz zu Käthe, die den Abend über unzählige Male hin und her gesaust war und in ihrem schwarzen knielangen Kleid mit der weißen Schürze noch immer proper und frisch aussah.

»Lass mich das machen, Mutter«, sagte Hannes. »Du hast in der Küche schon mehr als genug zu tun.«

»Ich kann dir helfen«, schlug Sophie vor, die den ganzen Abend nur darauf gelauert hatte, in seine Nähe zu kommen.

»In diesem Aufzug?« Er schüttelte den Kopf. »Geh lieber wieder mit den wichtigen Gästen plaudern, Sophie, und lass die arbeiten, die es auch können!«

Etwas Bitteres schoss in ihre Kehle. Hannes gefiel es nicht, wie sie aussah, dabei trug sie das außergewöhnliche weiße Kleid doch nur für ihn. Natürlich hatte sie auch die

Blicke der anderen Männer bemerkt, von denen einigen erst heute aufgefallen zu sein schien, dass die Terhovens eine fast siebzehnjährige Tochter hatten, die sich nicht verstecken musste.

Sollten sie doch glotzen – das war ihr alles egal!

Wenn Hannes sie so nicht wollte, konnte sie sich ebenso gut einen alten Kaffeesack überstreifen.

Sophie wandte sich ab und wollte gerade wieder hinausgehen, als ein Mann in schwarzer Uniform zu ihr trat. Sie erstarrte. Hellmuth Moers, ein Jugendfreund ihres Vaters, war ihr noch nie ganz geheuer gewesen. Früher hatte sie sogar Onkel Hellmuth zu ihm gesagt, doch je älter sie wurde, desto mehr wuchs ihre Befangenheit ihm gegenüber. Bei nahezu jedem seiner Besuche gelang es ihm, sie in Verlegenheit zu bringen, und so ging sie ihm inzwischen am liebsten aus dem Weg. Ihrer Mutter schien es nicht viel anders zu gehen. Kaum tauchte Moers in der Villa auf, klagte Delia über Migräne, entschuldigte sich wegen plötzlicher Unpässlichkeit oder kam erst gar nicht aus ihrem Boudoir.

Dabei war der SS-Obersturmbannführer ein attraktiver Mann – athletisch und groß, mit schwarzen Haaren und grauen Augen, die in der einen Minute vergnügt funkeln und sein Gegenüber in der nächsten eiskalt anblicken konnten. Man munkelte einiges über sein Privatleben, da er bis heute ledig geblieben war, unterstellte ihm Geheimnisse und Affären, aber Genaueres war bislang nicht ans Licht gekommen.

»Du wirst erwachsen, Sophie«, sagte Moers mit seiner rauen Stimme, die ihr jedes Mal eine Gänsehaut über den

Rücken laufen ließ. »Da müssen deine lieben Eltern jetzt aber ganz besonders gründlich auf dich aufpassen!«

»Das kann ich schon allein«, konterte sie und versuchte, sich an ihm vorbei aus dem Zimmer zu schieben.

Er bot ihr seinen Arm.

»Lass mich dich ein Stück begleiten«, sagte er. »Schöne junge Damen sollte man nachts besser nicht lange allein lassen.«

Weil sie kein Aufsehen erregen wollte, hängte sie sich bei ihm ein und ließ sich in den Garten führen. Überall standen Gäste angeregt plaudernd in kleinen Grüppchen zusammen. Wieder einmal schien das Sommerfest der Terhovens ein Erfolg zu werden. Kniehohe Fackeln, die im Rasen steckten, spendeten flackerndes Licht.

Hellmuth Moers' Nähe war Sophie unangenehm. Nach ein paar Schritten machte sie sich frei.

»Ich möchte doch lieber wieder rein«, erklärte sie. »Mir ist nicht ganz wohl …«

»Du hast doch nicht etwa Angst vor mir, Sophie Terhoven?«, sagte er langsam. »Das allerdings würde mich sehr enttäuschen. Oder ist es vielleicht meine schöne Uniform, die dich irritiert?«

Was wollte er von ihr?

Sie hatte Papa einmal sagen hören, dass man sich vor Moers in Acht nehmen und in seiner Gegenwart besser nichts Unkluges äußern solle. Und Mama traute ihm ohnehin nicht über den Weg.

Aber wieso luden die Eltern ihn dann trotzdem immer wieder ein?

»Nein«, sagte sie rasch. »Natürlich nicht.«

»Also, magst du Uniformen?«

»Nicht besonders.« Sie erschrak über ihre eigenen Worte. War das bereits unklug gewesen?

Er begann zu lachen.

»Ehrlich bist du, das gefällt mir. Und jetzt Schluss mit diesen hochgezogenen Schultern und der Leichenbittermiene! Wenn ich dich fressen wollte, dann hätte ich das längst schon getan.«

Sophie entspannte sich. Sie kannte ihn, seit sie klein war. Und was konnte er ihr schon tun, mitten im elterlichen Garten?

»An die Uniformen werden die Deutschen sich gewöhnen müssen«, fuhr er fort. »Und nicht nur an die schwarzen und die braunen, denn wir haben noch so einiges vor mit diesem schönen Land. Aber jetzt zelebrieren wir erst einmal die besten Olympischen Sommerspiele aller Zeiten und demonstrieren dabei der ganzen Welt, wie perfekt unser neues Deutschland geworden ist. Und danach ...« Er verstummte.

»Ich freue mich auch schon auf Berlin«, sagte sie, erleichtert über den Themenwechsel. »Am liebsten würde ich dabei sein.«

»Willst du das wirklich?« Er sah sie durchdringend an.

Ihr wurde erneut mulmig zumute.

»Wahrscheinlich gibt es ohnehin keine Karten mehr«, sagte sie rasch.

»Für einen Mann in meiner Position gibt es immer Karten. Man muss nur die richtigen Leute kennen, dann ist alles kein Problem. Ich nehme dich also beim Wort, kleines Fräulein!«

Er trat einen Schritt vor und kam ihr so nah, dass Sophie seinen Atem riechen konnte. Er musste Lavendelpastillen gelutscht haben, was sie widerlich fand.

»Wenn ich könnte, wie ich wollte ...«, flüsterte er.

Sophie fühlte sich wie gelähmt, unfähig zu reagieren, doch da trat Moers ruckartig zwei Schritte zurück.

»Du bringst die Männer um den Verstand«, sagte er. »Jetzt schon, mit knapp siebzehn. Das gibt mir zu denken. Ich werde bei Gelegenheit ein ernsthaftes Wort mit deinen Eltern reden müssen ...«

Damit verschwand er in der Dunkelheit.

Verwirrt blieb Sophie zurück.

In dieser Stimmung konnte sie jetzt unmöglich in die Villa zurückkehren und unbefangen mit den anderen Gästen parlieren. Warum hatte sie sich nicht wenigstens ein paar Schulfreundinnen eingeladen, wie Mama ihr vorgeschlagen hatte? Weil sie mit den albernen Gänsen in ihrer Klasse nichts am Hut hatte – Jette Jansen ausgenommen, aber die lag gerade mit einer eitrigen Angina im Bett. Die anderen Mädchen waren ihr so zuwider wie das ganze Gymnasium Allee mit seinem trockenen, todlangweiligen Lernstoff. Noch ein Dreivierteljahr, dann hatte sie ihr Einjähriges in der Tasche und musste sich nie mehr etwas über die notwendige Erweiterung des deutschen Lebensraums, den Unterschied von Kreuz- und Lippenblütlern oder das germanische Erbe in Wagners Opern eintrichtern lassen.

Unwillkürlich hatte Sophie den Weg zum Glashaus eingeschlagen, in dem auf einigen Tischchen kleine Windlichter leuchteten. Obwohl es warm war, lagen gefaltete Decken auf manchen der Lehnen. Sie liebte diesen Zufluchtsort ebenso wie ihre Mutter, die im Winter hier viele Stunden inmitten ihrer Pflanzen verbrachte.

Heute gehörte er ihr ganz allein.

Sophie ließ sich auf einem der Deckchairs nieder, streckte sich aus und schloss die Augen. Ein perfekter Platz, um von Hannes zu träumen – nicht von dem, der sie so abfällig angefahren hatte, sondern von einem, der sie mit ausgebreiteten Armen sehnsüchtig erwartete …

Ein Geräusch ließ sie aus ihrem Traum hochfahren. War Moers ihr etwa bis hierher gefolgt?

Nein, es war Hannes, der sich über sie beugte – Hannes!

War das noch immer ein Traum? Wenn ja, dann sollte er niemals enden.

»Du bist ja eingeschlafen«, sagte er. »Zu viel getrunken oder einfach nur müde vom Feiern?«

Sie zuckte die Achseln.

»Erzähl mir lieber von deiner Reise«, bat sie verlegen. »Hat es dir in Costa Rica gefallen?«

»Gefallen? Gefallen ist gar kein Ausdruck!« Er ließ sich neben ihr auf den Boden gleiten. »Das Land ist ein einziges Paradies, sag ich dir. Das Meer, all das Grün, die vielen bunten Vögel – und dann erst die Kaffeebäume. Wie ein König habe ich mich gefühlt, als ich meine erste reife Kaffeekirsche zerdrückt und den süßen Fruchtschleim gekostet habe. Dann die Pergamenthülle ausspucken, die jede Bohne schützt, und kauen. Die Samen musst du natürlich auch ausspucken, die sind nämlich viel zu bitter – und aus dieser fabelhaften Frucht entsteht dann das, was alle trinken wollen. Es ist eine ganz andere Welt, Sophie! Ein richtiges Paradies auf Erden. Die Menschen lachen dort so viel.

Obwohl sie viel ärmer sind als wir hier in Deutschland und noch härter für ihr bisschen Geld arbeiten müssen. Aber sie sind wunderschön mit den dunklen Gesichtern und ihren weißen Zähnen …«

»Die Mädchen auch?«, unterbrach sie ihn.

»Ja, ich habe in Costa Rica in der Tat ein paar sehr schöne Mädchen gesehen. Wieso fragst du?«

Sie blieb stumm, schaute ihn nur an.

»Du bist doch nicht eifersüchtig?«, fragte Hannes.

»Und wenn doch?«, flüsterte sie.

»Wenn doch, dann wärst du ziemlich dumm, Sophie Terhoven«, erwiderte er leise.

»Weshalb?« Es war nur noch ein Wispern.

»Das weißt du ganz genau.« Hannes war aufgestanden und beugte sich wieder über sie, dieses Mal jedoch viel tiefer.

Sophies Haut begann zu prickeln, und ihr Herzschlag wurde noch schneller.

»Sag es mir«, bat sie.

»Das kann ich nicht.«

»Dann tu es …«

Seine Lippen fanden ihren Mund, und es war ganz und gar nicht so wie in ihren Tagträumen, sondern um so vieles köstlicher und aufregender …

3

Hamburg, Mai 2016

»Tante Jo? Wo steckst du denn die ganze Zeit?«

Johanna Martens fand nur mühsam in die Gegenwart zurück.

»Hier oben bin ich. Auf dem Dachboden. Sei bitte vorsichtig beim Raufkommen, die Leiter kommt mir ziemlich morsch vor!«

»Und verdammt staubig ist es hier auch.« Nils, ihr heimlicher Lieblingsneffe, prustete, als er vor ihr stand. Wie gut er heute wieder aussah! Und sein sperriges Wesen, mit dem er es nicht immer leicht im Leben hatte, mochte Johanna auch. Genauso hätte der Sohn sein sollen, den sie sich immer gewünscht hatte. Aber in dreiundsiebzig Lebensjahren hatte sie es nicht einmal zu einem Ehemann gebracht, geschweige denn zu eigenen Kindern. »Der Dreck von Jahrzehnten! Und nichts als lauter Gerümpel.«

Sein Blick flog über ein ramponiertes Schaukelpferd, unzählige Kisten und Schachteln, ein Paar zerbrochene Skier, Stangen mit abgelegten Kleidern, Blumentöpfe, Wäscheständer, kaputte Toaster, Eierkocher und Töpfe, eine gusseiserne Gartenbank, Bilderrahmen und weitere Gerätschaften, von denen man nicht einmal wusste, wozu sie einst gedient hatten.

»Keine Ahnung, wie Oma das alles im Lauf der Jahre anhäufen konnte, ohne dass ihr sie daran gehindert habt, aber offenbar hat sie es getan«, fuhr er stirnrunzelnd fort. »Und was ist mit dir? Ich dachte, du wolltest alles zügig sichten.«

»Wollte ich ja auch. Aber es ist irgendwie uferlos. Und mittendrin bin ich auf das hier gestoßen und habe mich festgelesen«, gestand sie und nahm dankbar die Hand, die er ihr entgegenstreckte, um ihr aufzuhelfen. »Ein junges Mädchen schreibt über ihre Familie und die allererste Liebe. Es ist so spannend, dass ich gar nicht mehr aufhören konnte. Schau mal – hast du dieses Tagebuch schon einmal gesehen?«

Er schüttelte den Kopf. »Woher hast du es?«

»Hier.« Sie deutete nach unten auf einen schäbigen kleinen Pappkoffer. »Da drin liegt noch ein verwaschener blassrosa Strampler und ein gestricktes Mützchen. Muss einem Neugeborenen gehört haben, so winzig, wie beides ist.«

»Vielleicht hat Oma Sigrid ja unsere Babysachen aufgehoben.«

»Glaube ich nicht«, sagte sie. »Das muss viel älter sein. Vielleicht hat es einmal Volker gehört. Oder deinem Vater Achim. Aber hätte Mama ihre Jungs rosa angezogen? Glaube ich eher nicht!«

»Oder dir«, sagte Nils. »Du warst doch ihr einziges Mädchen.«

Johanna griff erneut in den Koffer. »Ein silbernes Medaillon an einer zerrissenen Kette ist auch dabei. Leider hab ich es nicht öffnen können.«

»Lass mich mal versuchen.«

Nach ein paar Augenblicken hatte er es geschafft. Auf der linken Seite des Medaillons steckte das vergilbte Schwarzweißfoto eines jungen Mannes, der verschmitzt in die Kamera lächelte, auf der rechten Seite eine getrocknete zartrosa Blüte.

»Was ist das?«, fragte Nils.

»Oleander«, entgegnete Johanna, die die Pflanze sofort erkannt hatte. »Der wuchs bei uns in großen Büschen rund um den Schulhof, bis der Hausmeister ihn eines Tages entfernen musste, weil ein paar Eltern Angst bekamen, ihre Kinder könnten sich aus Versehen an den Blüten oder Blättern vergiften.«

»Und der Typ?«, fragte Nils. »Opa in jungen Jahren?«

»Keine Ahnung«, sagte Johanna. »Nein, euer Opa ist es definitiv nicht. Ich war zwar noch nicht geboren, als er gefallen ist, aber von den wenigen Fotos, die noch in Mamas altem Familienalbum existieren, weiß ich, dass er ganz anders ausgesehen hat.«

Nils sah sich prüfend nach allen Seiten um.

»Da müssen noch einmal Profis her«, sagte er schließlich. »Allein stemme ich das nicht, Mama hat eine Stauballergie, mein Bruder ist wie immer im Stress, Onkel Volker ist viel zu umständlich dazu, Papa darf nicht mehr wegen seines Rückens, und du bist damit erst recht überfordert.«

»Jetzt mach mich bloß nicht älter, als ich ohnehin schon bin!«, protestierte Johanna lachend, die mit ihren blonden Haaren, in denen nur vereinzelte silberne Strähnchen blitzten, stets jünger geschätzt wurde. »Bis vor ein paar Jahren bin ich selbst mit den störrischsten Klassen spielend fertig geworden. Und meine ausländischen Kids von der Nachhilfegruppe sagen, ich sei noch immer so was von hip!«

»Das weiß ich doch«, besänftigte er sie. »Du bist und bleibst die Allerbeste. Aber musst du deshalb zwischen staubigem Trödel herumkriechen?«

Sie schüttelte den Kopf, auch wenn sie nicht gänzlich überzeugt war.

»Vorschlag zur Güte: Am übernächsten Wochenende habe ich mehr Zeit, dann treffe ich eine Vorauswahl, die schaust du dir anschließend durch – und danach lassen wir zum zweiten Mal den Entrümpelungsdienst kommen. Alles auf einmal zu erledigen wäre natürlich einfacher und vor allem wesentlich preiswerter gewesen, aber ihr hattet eben eure ganz eigenen Vorstellungen, wie es vor sich gehen soll.«

»Einverstanden«, sagte Johanna. »Und weißt du, Nils, so ein ganzes Leben kann man eben nicht mit einem Satz hinausfegen. Ist mir schon schwer genug gefallen, als der Räumtrupp unten im Haus alles entsorgt hat. Ich will unbedingt dabei sein, wenn du oben ausmistest. Schließlich war ich Mama besonders nah und entdecke vielleicht unter all dem Kram noch irgendwelche Erinnerungsstücke, die ich gern behalten möchte. Diesen kleinen Pappkoffer zum Beispiel, den nehme ich gleich mit. Ebenso wie das Tagebuch.« Sie presste es an ihre Brust, als hätte sie Angst, er könne es ihr wegnehmen.

»Meinetwegen!« Da war es endlich wieder, jenes freche, unbekümmerte Lachen, das sie so gern an Nils mochte und das sie seit seiner Scheidung nur noch so selten zu hören bekam. »Muss dich ja mächtig beeindruckt haben. Aber wieso interessieren dich eigentlich intime Ergüsse von Leuten, die du gar nicht kennst?«

»Weil ich alte Geschichten liebe«, sagte Johanna. »Immer schon, das weißt du doch. Je herzergreifender, umso besser. Und diese hier verspricht da so einiges.«

Nils, der die Werkstatt und den Laden mitten in der Woche nicht so lange zuschließen konnte, ging wieder hinunter. Johanna sah ihm nach und ließ sich dann auf der alten gusseisernen Gartenbank nieder. Schließlich war sie mittlerweile pensioniert und hatte abgesehen von ihren ehrenamtlichen Aufgaben alle Zeit der Welt. Johanna war eine Leseratte gewesen, seitdem sie denken konnte, vertraut mit den wichtigsten Werken der Weltliteratur, die sie auch ihren Schülern über Jahrzehnte mehr oder minder erfolgreich nahegebracht hatte. Bis heute liebte sie Romane, wenngleich sie in den letzten Jahren zudem eine ständig wachsende Leidenschaft für Biografien entwickelt hatte – als Ersatz für die vielen Aspekte des Lebens, die an ihr vorbeigegangen waren?

Wie es sich anfühlte, Ehefrau, Mutter oder Großmutter zu sein, wusste sie nur aus der Literatur. Waren die fremden Schicksale, für die sie sich auf einmal brennend interessierte, nichts als ein billiger Ersatz, um sich nicht ganz so einsam zu fühlen?

Und wenn schon.

Die Zeilen des unbekannten Mädchens aus der Villa an der Elbe jedenfalls hatten sie ganz in ihren Bann geschlagen. Und zu Hause erwartete sie seit Purris Tod im letzten

Herbst nicht einmal mehr eine hungrige Katze. Solange es hier oben hell genug war, konnte sie also in aller Ruhe weiterlesen. Johanna stopfte sich ein altes Kissen in den Rücken und schlug das Tagebuch erneut auf.

*

Hamburg, Juni 1936

Ich spüre die Wärme seiner Lippen, und dann seine Zunge, die meinen Mund öffnet und ihn schließlich neugierig erkundet. Er weiß, wie man küsst. Wahrscheinlich hat er in Costa Rica mit schönen Mädchen heimlich geübt, während ich mich noch so ungeschickt wie ein Kind anstelle. Vielleicht hätte ich Jette besser zuhören sollen, die angeblich schon Georg, Knut, Sören und Wer-weiß-noch-wen-sonst aus der Unterprima geknutscht haben will und mir das in aller Breite kundgetan hat, aber das war mir bislang immer zu langweilig, und ehrlich gesagt auch ein kleines bisschen ekelig.

Und dann denke ich mit einem Mal gar nichts mehr, sondern bestehe nur noch aus Spüren und Empfinden. Seltsamerweise scheinen wir im gleichen Rhythmus zu atmen, und für ein paar wunderbare Augenblicke kommt es mir vor, als schlügen auch unsere Herzen im gleichen Takt. Es ist schöner als alles, was ich jemals erlebt habe, beglückender als ein endloser blaugoldener Sommertag an der Elbe, berauschender als Geburtstag, Weihnachten und Ostern zusammen. Eine bislang unbekannte Seligkeit breitet sich in mir aus, die mich ganz schwindelig macht.

Hannes und ich – endlich, endlich, endlich!

Tausend Dinge hätte ich ihm am liebsten ins Ohr geflüstert: Dass es für mich immer nur ihn gegeben hat, wie sehr er mir gefehlt hat, dass ich sein einziger Herzensschatz sein will, und noch so vieles andere mehr. Aber mein sonst so keckes Mundwerk bleibt überraschend stumm und überlässt dafür meinen hungrigen Lippen diese Aufgabe. Wo sind Anstand und Schamgefühl geblieben, zu denen Mama und Papa mich immer wieder ermahnt haben?

»Die Unschuld ist dein kostbarstes Gut.« Das haben sie mir so oft eingetrichtert, dass ich es singen könnte. »Schließlich bist du eine Terhoven und musst sie allein schon deshalb schützen und bewahren – bis eines Tages der Richtige kommt, dem du sie als jungfräuliche Braut dann schenken wirst. Das bist du nicht nur dir schuldig, sondern auch uns, deinen Eltern. Und deiner alteingesessenen Familie.«

Was reden sie?

Mein Richtiger, der ist doch längst da!

Hannes versteht mich auch wortlos, denn seine Küsse werden inniger und leidenschaftlicher. Seine Hände spielen zuerst zärtlich in meinen Haaren, dann spüre ich sie kosend am Hals und schließlich auf meinem Busen. Die weiße Seide von Tante Fees Abendkleid scheint förmlich zu brennen, so heiß wird mir dabei.

Darf ich als anständiges Mädchen überhaupt so etwas fühlen?

Für einen Moment mache ich mich ganz steif, und er zieht die Hände sofort zurück, doch dann recke ich mich ihm wieder entgegen. Diese Gedanken fliegen ebenso schnell vorbei wie alle anderen. Wir sind füreinander bestimmt. Das sagen nicht nur unsere Herzen, sondern auch unsere Körper. Ich will ihn, will seine Haut auf meiner spüren, seinen Atem an meinem Hals, seine Wärme, die mich erregt und beinahe schweben lässt.

Als seine Hand nach einer Weile unter den Stoff meines Kleides kriecht und dort auf nackte Haut trifft, ziehen sich meine Brustspitzen zusammen. Es ist so überwältigend, dass ich leise zu stöhnen beginne.

»Pst!« Hannes unterbricht den Kuss und legt mir seinen Finger auf die Lippen. »Wenn uns jemand hört...«

»Wer soll uns schon hören?«, flüstere ich atemlos zurück. »Sie sind doch alle am Feiern. Hier stört uns keiner!«

»Wir sollten trotzdem aufhören. Ich muss wieder an die Arbeit. Und außerdem machst du mich sonst noch so verrückt, dass ich für nichts mehr garantieren kann.«

»Und wenn schon?« Ich muss vor lauter Aufregung kichern. »Ich hab keine Angst davor!«

»Aber ich. Du bist schließlich erst sechzehn, Sophie, und zudem die Tochter des Brotherrn, in dessen Kontor ich meine Lehre absolvieren werde. Außerdem arbeitet meine Mutter seit einem halben Leben für ihn. Wenn er von uns erfährt und sie und mich auf die Straße setzt...«

»Siebzehn in wenigen Tagen«, korrigiere ich. »Und du und ich, wir gehören doch seit jeher zusammen...«

Aber er zieht sich zurück und lauscht in die Dunkelheit.

»Da ist jemand.« Hannes klingt besorgt. »Ich verschwinde lieber. Bleib du ganz ruhig und denk dir schon mal eine gute Ausrede aus.«

Er ist kaum aus der hinteren Tür, da blendet mich der Strahl einer Taschenlampe. Ich blinzele, kann zunächst aber nichts erkennen.

»Was machst du da?«, fragt Lennie, diese freche kleine Kröte.

Wie lange treibt er sich hier schon herum? Hat er uns belauscht? Mir wird ganz übel bei dieser Vorstellung.

»Nachdenken.« *Meine Stimme ist blankes Eis.*

»Allein?«

»Natürlich allein«, fahre ich ihn an. »So macht man das in der Regel. Oder hast du vielleicht verschiedene Leute in deinem Kopf, die das für dich besorgen?«

Zu meiner Überraschung bleibt er eine ganze Weile stumm.

»Manchmal schon.« *Er klingt plötzlich fast kleinlaut.* »Aber dann ...«

»Ja?«, raunze ich zurück.

»... weiß ich wieder genau, was ich zu tun habe.« *Er reckt sich, um größer zu wirken.* »Ein Volk, ein Reich, ein Führer. Das ist jetzt die Losung für Deutschland. Und ich gehöre nun zu seinem Streifendienst im Jungvolk.« *Es klingt wie auswendig gelernt.*

Der Strahl seiner Taschenlampe kriecht erneut über mich.

Bin ich zerzaust? Verraten mich die erhitzten Wangen? Oder ist etwa mein Kleid verrutscht?

Aber er scheint nichts zu entdecken, was gegen mich zu verwenden wäre. Sein Misstrauen jedoch bleibt, das höre ich an seiner rauen Stimme.

»Ich werde auf jeden Fall Papa Bescheid geben«, sagt Lennie schließlich. »Dem gefällt es garantiert nicht, wenn *du dich hier im Dunklen herumtreibst – warum auch immer.«*

Als Säugling habe ich ihn geneckt und geküsst und mich nicht einmal vor seinen vollen Windeln geekelt, so lieb hatte ich ihn damals. Nach Milch hat er geduftet, nach Möhrchenbrei und Sommer, davon konnte ich gar nicht genug bekommen. Jahrelang habe ich Platz gemacht, weil er Angst in der Dunkelheit hatte und Nacht für Nacht schluchzend in mein Bett gekrochen kam, um eng an mich geschmiegt sofort weiterzuschlafen. Warum fällt es mir dann jetzt so schwer, ihn wie früher zu mögen? Manchmal fühlt es sich für mich sogar an, als stammten Lennie und ich von zwei verschiedenen Planeten, durch ein unendliches Sternensystem voneinander getrennt.

»Ganz wie du meinst.« Zum Glück ist meine Stimme einigermaßen fest. »Dann werde ich allerdings dafür sorgen, dass den ganzen Sommer über jeder Nachtisch auf deinem Teller versalzen ist – und das ist erst der Anfang. Leg dich bloß nicht mit mir an, Brüderchen, sonst wirst du es bereuen, kapiert?« Ich betone jedes Wort, so wie ich es bei der Theateraufführung im letzten Herbst gelernt habe, obwohl meine Rolle verschwindend klein war.

Für einen Moment ist er still. Dann aber streckt er mir drohend seinen linken Zeigefinger entgegen.

»Ich sehe dich«, sagt er drohend. »Egal, was immer du auch tust. Vergiss das nie!« Und mit diesen Worten stapft er davon.

Mir ist ganz flau zumute, und ich versuche mich langsam zu beruhigen. Hannes muss längst zurück in der Villa sein. Und vermutlich ist meine Abwesenheit ohnehin niemandem aufgefallen. Aber noch länger sollte ich besser nicht fortbleiben. Was hätte ich jetzt nicht alles für einen Spiegel gegeben, um mein Äußeres zu überprüfen, aber notgedrungen muss es eben auch so gehen. Ich zupfe an meinem Kleid herum und streiche mir die Haare hinter die Ohren. Meine Wangen fühlen sich immer noch heiß an; hoffentlich sehe ich nicht zu verräterisch aus.

Irgendwann stehe ich auf und gehe zur Tür. Doch kaum bin ich draußen im Garten, sehe ich neben mir das Aufglimmen einer Zigarette.

»So ganz allein, Sophie?« Hellmuth Moers' Stimme klingt fast belustigt, als er zu mir tritt, aber davon lasse ich mich nicht täuschen. Ausgerechnet er! Etwas Schlimmeres konnte mir kaum passieren.

Was weiß er? Was hat er gesehen? Hat er Lennie geschickt? Wird er Hannes und mich verraten? ...

Sophies Gedanken überschlugen sich und verknoteten ihre Zunge. Nicht einen einzigen vernünftigen Ton brachte sie heraus.

»Und stumm ist sie jetzt auch noch geworden.«, fuhr Moers fort. »Ich habe dich doch nicht etwa erschreckt? Wenn ja, dann bitte ich um Entschuldigung.« Er deutete eine Verneigung an.

»Nein, nein ...«, stammelte Sophie. »Mir war nur plötzlich wieder leicht schwummrig. Und da dachte ich ...« Sie brach ab.

»Kluges Mädchen. Zieht sich beizeiten vom Trubel zurück, um einen klaren Kopf zu bekommen. Und jetzt ist es besser?«

»Ja«, sagte sie rasch. »Alles in Ordnung.«

»Wirklich?« Er fasste mit einer Hand unter ihr Kinn, als müsse er sich davon überzeugen.

Sophie wich einen Schritt zurück. Ihre Knie begannen zu zittern.

»Wir haben alle ab und an unsere kleinen Geheimnisse, nicht wahr?«, fuhr er im Plauderton fort. »Und manchmal müssen wir sogar einen beachtlichen Preis dafür bezahlen. Aber jetzt schau doch nicht so entgeistert drein, Mädchen! Ich sage nichts als die pure Wahrheit. Denn so ist es nun einmal im Leben.«

Wortlos starrte sie ihn an. Worauf spielte er an? Hatte er Hannes und sie doch beobachtet und versuchte nun, ihr Angst zu machen?

»Ein wenig wacklig bist du ja offenbar immer noch«, sagte Moers. »Ich werde dich zurück zum Haus begleiten.« Er trat die Zigarette aus und reichte ihr seinen Arm. »Nur für den Fall der Fälle. Darf ich also bitten?«

Es blieb ihr nichts anderes übrig, als sich bei ihm einzuhängen, und abermals verstörte sie die ungewollte Nähe. Jeder Schritt fühlte sich an, als trete sie dabei auf zerstoßenes Glas, so wie in dem Märchen von der kleinen Seejungfrau, das Fee ihr immer wieder hatte vorlesen müssen, bis Sophie die Welt der Buchstaben schließlich selbst erobert hatte.

Sie fielen auf, das schlanke junge Mädchen im weißen Kleid und der stattliche Mann in der schwarzen Paradeuniform, die Seite an Seite durch den geschmückten Garten schlenderten, das sah sie an den teils staunenden, teils prüfenden Blicken der anderen Festgäste. Im Gegensatz zu ihr schien Moers die Situation zu genießen, denn er wurde immer langsamer, als wolle er sie ganz und gar auskosten, während sie ihn am liebsten abgeschüttelt hätte und einfach losgerannt wäre.

Friedrich Terhoven stand auf der Terrasse, und an seinem glasigen Blick erkannte Sophie, dass er schon einiges getrunken haben musste.

»Sophie«, sagte er mit einem verrutschten Lächeln. »Da bist du ja wieder!«

Selten war sie so froh über seinen Anblick gewesen, und sie strahlte ihm erleichtert entgegen.

»Ja, ich bringe dir dein Mädchen zurück, Friedrich.« Moers hatte sich langsam von ihr gelöst.

»Man könnte fast sagen, sie steht dir«, sagte Friedrich Terhoven leicht lallend.

»Wem nicht, alter Freund? Unter deinem noblen Dach ist still und leise ein kleines Juwel herangereift. Noch ungeschliffen, aber gerade das macht wohl seinen speziellen Reiz aus. Hüte es gut, denn die Welt ist, wie du ja weißt, voll gieriger, unverschämter Kerle.«

Friedrich Terhoven lachte ein wenig gezwungen, und Sophie wollte schnell weg. Sie hatte sich bereits zum Gehen gewandt, als sie Moers noch sagen hörte: »Und vergiss mir nicht die Olympischen Spiele, Sophie. Ich meine, was ich sage. Darauf kannst du dich verlassen.«

*

Wie zäh an diesem Morgen die ungeliebten Schulstunden vergingen, noch quälend langsamer als sonst! Wäre der

Platz neben ihr besetzt gewesen, hätte Sophie ihrer Banknachbarin die ersten atemlosen Andeutungen zuflüstern und ihr schließlich in der großen Pause dann das übervolle Herz ausschütten können. Aber Jette hütete noch immer das Bett, und sonst gab es keine in der Klasse, der Sophie sich anvertrauen mochte, nicht einmal Hella, Maltes Schwester, die immer wieder ihre Nähe suchte. Doch das Mädchen mit den karottenroten Haaren und den großen Füßen, das am liebsten Hosen trug, besaß bei Weitem nicht die Herzensbildung und Sensibilität ihres Bruders. Manchmal kam es Sophie vor, als sei bei den beiden Geschwistern aus Versehen das Geschlecht vertauscht worden. Die Sportskanone Hella, die nach jedem Schuljahr nur ganz knapp versetzt wurde, führte sich eher auf wie ein Junge, spuckte, fluchte und rauchte heimlich, während der feinsinnige Malte das anspruchsvolle humanistische Schulpensum des Christianeums spielerisch absolvierte, Lyrik und die verpönte Swingmusik liebte und vor allem ein fantastischer Zuhörer war. Die Kinderlähmung, an der er als Vierjähriger erkrankt war, hatte ihm ein steifes linkes Bein beschert, was er nach außen hin gelassen, meistens sogar humorvoll nahm. Sogar im Tanzkurs hatte er seine Beeinträchtigung selbstironisch kommentiert und damit allen Lästereien den Wind aus den Segeln genommen. Nur Sophie wusste, wie sehr er sich insgeheim danach sehnte, rennen und turnen zu können wie andere Gleichaltrige doch sein Geheimnis war bei ihr ebenso gut aufgehoben wie alles, was sie ihm schon von sich offenbart hatte.

Sie reckte den Hals, um besser aus dem Fenster schauen zu können. Jetzt musste er jeden Moment mit ungelenken

Bewegungen auf seinem klapprigen schwarzen Damenfahrrad auftauchen, mit dem er sie samstags oft von der Schule abholte. »Tante Malte«, so veräppelten ihn die anderen Mädchen dafür, doch er hatte Sophie gestanden, wie viel es ihm bedeutete, dass er sich überhaupt so vorwärtsbewegen konnte.

»Da waren Kinder mit mir im Krankenhaus, die danach nur noch im Rollstuhl sitzen konnten«, hatte er ihr erzählt. »Andere mussten monatelang in der Eisernen Lunge liegen, und wieder andere haben sie gleich ins Totenkämmerchen gebracht. Ich aber lebe, und ich kann lesen – das ist für mich das Wichtigste.«

Ihre Freundschaft war den Winter über noch tiefer geworden. Genau genommen gab es außer Tante Fee niemanden, dem Sophie rückhaltloser vertraute als Malte. Verliebt allerdings war sie nie in ihn gewesen, obwohl er mit seiner schlanken Statur, dem feingeschnittenen Gesicht und dem kupferroten Haar, das ihm entgegen der herrschenden Mode in einer weichen Welle in die Stirn fiel, durchaus ansehnlich war. In seinen warmen braunen Augen stand eine Sehnsucht, die Sophie tief berührte, vielleicht auch gerade deshalb, weil sie wusste, dass sie nicht ihr galt. Sollten die anderen doch ruhig denken, er sei ihr Freund, weil sie mit den Rädern oft zusammen in Altona, Othmarschen oder Blankenese umherstreiften – in ihrem Herzen hatte es niemals einen anderen als Hannes gegeben.

»Wo entspringt gleich noch einmal der Rhein, Sophie?«

Fräulein Dr. Fiedlers schrille Stimme holte sie unsanft in den Klassenalltag zurück.

»Irgendwo in den Alpen«, lautete Sophies vage Antwort. Jetzt würden unweigerlich wieder Elogen über den Schicksalsfluss folgen, der das Deutsche Reich von Frankreich teilte.

»Etwas präziser, wenn ich bitten darf!«

Sophie zuckte die Schultern und schwieg.

»Das scheint dir ja herzlich gleichgültig zu sein!« An Dr. Fiedlers magerem Hals pochte eine blaue Ader. Wie immer trug sie eine weiße Bluse unter ihrem klassisch geschnittenen grauen Kostüm, das ihr etwas Militärisches verlieh. »Vielleicht strengst du dich ein wenig mehr an, wenn ich dir sage, dass dir sonst ein Mangelhaft droht, was angesichts deines miserablen Notenspiegels …«

»Gotthardmassiv«, flüsterte Wiebke, die offenbar Mitleid mit Sophie bekommen hatte, in der Bank hinter ihr überlaut. »*Gotthardmassiv!*«

»Gotthardmassiv«, echote Sophie erleichtert.

»Das habe ich gehört. Wer vorsagt, muss beim nächsten Mal mit einem Eintrag ins Klassenbuch rechnen.« Wiebke kassierte einen erzürnten Blick der Studienrätin und senkte rasch den Kopf. Dann war wieder Sophie dran. »Jetzt möchte ich wenigstens noch das richtige Land hören. Also? Ich warte!«

Woher sollte sie das wissen? Das ferne Bergmassiv hätte von ihr aus ebenso gut auf dem Mond sein können. Aber diese widerwärtige Fiedler würde nicht ruhen, bis sie etwas ausgespuckt hatte.

»Österreich?«, riet Sophie aufs Geratewohl.

»Falsch«, lautete die schneidende Antwort. »Es handelt sich mitnichten um das Geburtsland unseres geliebten

Führers, sondern um die Schweiz, jenes aufsässige kleine Land, das so gar nichts von den Errungenschaften des Nationalsozialismus wissen will und stattdessen in großem Ausmaß gewissenloses Pack und Landesverräter beherbergt. Du kassierst folglich ein dickes dunkelrotes Mangelhaft, Sophie Terhoven. Damit ist dein Einjähriges stark gefährdet. Wir werden deine Eltern unterrichten. Bereite sie schon mal darauf vor!«

Das hatte ihr gerade noch gefehlt!

Papas Mund bekam jedes Mal einen strengen Zug, sobald er von schulischen Niederlagen erfuhr, und die Schatten unter Mamas Augen wurden dunkler. Schlechte Noten und jetzt gar ein gefährdeter Schulabschluss, das bedeutete mindestens Hausarrest – und genau den konnte sie momentan weniger denn je gebrauchen. Es half nichts, sie musste vor Dr. Fiedler zu Kreuze kriechen, so schwer es ihr auch fiel.

Nachdem die Klingel ertönt war und die anderen Mädchen aus der Klasse strömten, schlich Sophie mit hängenden Schultern zum Pult.

»Ich wollte mich entschuldigen«, sagte sie. »Natürlich weiß ich das mit der Schweiz. Aber ich habe heute bohrendes Kopfweh und konnte mich kaum konzentrieren.«

»Wahrlich nichts Neues«, erwiderte Dr. Fiedler spitz. »Einmal ist es der Kopf, dann wieder der Magen, der Blinddarm oder sonst irgendetwas. Der ganze Stoff rauscht an dir vorbei wie an einem unbeteiligten Zaungast, der nur zufällig im Unterricht sitzt. Ich bin überzeugt, du wärst bei einer praktischen Tätigkeit um vieles besser aufgehoben als auf dem Gymnasium. Hier strapazierst du lediglich meine Nerven – und die meiner werten Kollegen.«

»Sie haben ja so recht! Und nichts anderes habe ich auch vor«, sagte Sophie. »Ich will ja gar kein Abitur machen, sondern möchte Krankenschwester werden. Um Menschen zu helfen, die in Not sind. Kindern, Alten, verwundeten Soldaten …«

Jetzt besaß sie auf einmal Fiedlers ganzes Interesse. »Und das ist wirklich dein Ernst?«, fragte die Studienrätin ungläubig.

Sophie nickte stürmisch. »Dann sind Sie mich für immer los. Aber dazu brauche ich das Einjährige. Denn sonst nimmt mich die Schwesternschule nicht auf. Bitte, bitte lassen Sie mich nicht durchfallen! Geben Sie mir noch eine allerletzte Chance.«

Das schmale Gesicht mit der randlosen Brille wirkte unentschlossen.

»Meinetwegen«, sagte Dr. Fiedler schließlich. »Unser Staat braucht selbstlose Mädchen und Frauen, die dem Gemeinwohl dienen, auch wenn du auf mich bislang noch nicht so recht diesen Eindruck gemacht hast. Aber schließlich steht ja eine Familie mit Tradition hinter dir, da will ich noch einmal Gnade vor Recht ergehen lassen. Du wirst also am Dienstag im Unterricht folgendes Referat halten: ›Die Entstehung der deutschen Nation – von den Germanen bis zur Gegenwart‹. Ich erwarte dazu eine schriftliche Ausarbeitung, fehlerlos verfasst, und mindestens zwanzig Minuten Redezeit. Danach sehen wir weiter.«

Noch immer leicht benommen verließ Sophie das Schulgebäude. Malte, der ihr sonst stets freundlich zuwinkte, sobald sie näher kam, wirkte heute ebenfalls bedrückt.

»Zur Elbe?«, fragte er. »Aber wo ist denn dein Fahrrad?«

»Hat leider hinten und vorn einen Platten. Kann ich bei dir mit?«

Sie hockte schon auf dem Gepäckträger, bevor er noch antworten konnte. Dann fuhren sie los. Malte musste hart in die Pedale treten, um gleich zwei Personen voranzubringen. Auf seinem schmalen Rücken floss der Schweiß.

»Soll ich lieber mal?«, sagte sie, als sie schließlich Ovelgönne erreicht hatten. Es tat ihr leid, dass Malte sich ihretwegen so abmühen musste.

»Lass man«, wehrte er prustend, aber stolz ab. »Schließlich bin ich ja der Mann.«

»Dann gibt die Frau aber heute wenigstens das Eis aus.« Ihre gute Laune war wieder zurück.

»Ganz wie du meinst.«

Der alte Eismann in seinem weißen Wagen unten an der Elbe wusste schon, dass Sophie immer nur Vanille wollte und Malte Schokolade, und ließ die Kugeln seiner jungen Stammgäste besonders üppig ausfallen. Sie schleckten beide schweigend, bis die Waffeln leer waren, die sie anschließend ebenfalls bis zum letzten Krümel verspeisten.

»Und jetzt ans Wasser?«, fragte Malte. »Übrigens riechst du heute wieder besonders gut. Wie eine frühsommerliche Blumenwiese.«

Er war der Einzige, der so schöne Komplimente machte. Nicht einmal Hannes konnte da mithalten.

»Ist von Dior. Ich hab Mamas letztes Restchen stibitzt. Die hat so viele Fläschchen auf ihrem Schminktisch stehen, die merkt das gar nicht.«

Sophie lief voraus und ließ sich in den warmen Sand fallen. Zwei große graue Kähne schipperten elbabwärts an ihnen vorbei. Über ihnen keckerte eine freche Möwenschar. Alles war hell, blau und friedlich. Eigentlich ganz und gar traumhaft, wäre da nicht ...

»Die Fiedler hat mir kurz vor Schulschluss noch ein ätzendes Referat aufgebrummt«, murmelte sie. »›Die Entstehung der deutschen Nation – von den Germanen bis zur Gegenwart‹ – und das bis Dienstag. Keine Ahnung, wie ich das hinbekommen soll. Aber machen muss ich es, sonst lässt sie mich nämlich durchfallen. Und wenn ich sie noch ein weiteres Jahr ertragen muss, gehe ich zugrunde. Das halte ich nicht aus!«

»Ich kann dir helfen. So ein Referat ist ja schließlich kein Hexenwerk.«

»Nur mal so die groben Linien vielleicht. Den Rest krieg ich dann schon hin«, erwiderte Sophie hoffnungsvoll.

»Ich habe im letzten Schuljahr etwas ganz Ähnliches abliefern müssen. Je öfter das Wort Volksgemeinschaft darin vorkommt, desto besser fällt die Note aus. Wir können es gemeinsam aufsetzen, wenn du magst«, bot Malte an.

»Das würdest du wirklich tun? Du bist ein Riesenschatz!«, jubelte Sophie.

»Dafür sind Freunde doch da. Und deshalb strahlst du jetzt so?«, fragte Malte.

»Nicht nur.« Sophie musterte ihn eindringlich. »Hast du schon mal geküsst, Malte? Nicht dieser Kinderkram. Ich meine, so richtig. Mit allem.«

Helle Röte überflutete sein Gesicht. »Natürlich«, sagte er schließlich belegt.

»Kenne ich sie?«, wollte Sophie wissen. »Ist es eine aus meiner Schule?«

Er schüttelte den Kopf.

»Aber aus Hamburg ist sie?«

Abermals Kopfschütteln.

»Dann also ein Mädchen von auswärts?«, bohrte sie nach. »Wie aufregend! Wo hast du sie denn kennengelernt? Bei euch im Lokal? Und wann? Du hast mir ja keinen Ton erzählt!«

Er zog die Schultern hoch und schwieg beharrlich.

»Jetzt mach es doch nicht gar so spannend!«, verlangte sie. »Du tust ja gerade so, als sei es ein Staatsgeheimnis!«

»Ist es ja vielleicht auch. Es bleibt bei mir, verstanden? Und wenn du dich noch sehr auf den Kopf stellst!«

»Aber wenn ich dir nun sage, dass Hannes und ich ...« Sie brach ab.

»Hannes also! Er hat dich geküsst?«, fragte Malte.

»Ja, stell dir vor! Und ich ihn. Gestern, beim Gartenfest meiner Eltern. Wir waren zusammen in Mamas Glashaus, nur er und ich – es war so herrlich, Malte. Ich hätte auf der Stelle sterben können vor lauter Glück!« Sie begann selig zu lächeln.

»Und weiter?«

»Nichts weiter. Auf einmal kam mein blöder kleiner Bruder angeschlichen. Hannes konnte gerade noch rechtzeitig weg. Gesehen hat Lennie wohl nichts, aber trotzdem hat er natürlich dumm herumgeunkt. Und später hatte ich dann auch noch diesen Hellmuth Moers am Hals ...«

»Den SS-Sturmbannführer?« Maltes Stimme wurde plötzlich brüchig.

»Du kennst ihn?«, fragte Sophie erstaunt.

»Flüchtig. Er isst manchmal in der Gaststätte meiner

Eltern. Am liebsten Labskaus. Und ab und zu sogar eine doppelte Portion.« Malte klang beinahe, als verheimlichte er ihr etwas. Aber welchen Grund sollte er dafür haben?

»Ich kann ihn nicht ab«, stöhnte Sophie. »Jedes Mal bin ich heilfroh, wenn er wieder Leine zieht. Dabei hat er mir sogar angeboten, Karten für die Olympischen Spiele zu besorgen. Für ihn und seine Beziehungen sei das angeblich ein Klacks. So ein Angeber! Und trotzdem: Stell dir das nur einmal vor, Malte – Berlin! Das wäre doch eine Wucht …« Genießerisch schloss sie die Augen. »Du müsstest natürlich auch mit. Hannes sowieso. Und dann mischen wir als Trio gemeinsam die nächtliche Hauptstadt auf …«

Sanft berührte er ihre Wange.

»Du bist einfach bezaubernd, Sophie«, sagte er leise. »So voller Schwung und Lebendigkeit. Dein Hannes ist ein Glückspilz. Und würde ich nicht …«

»Ja?« Sie nickte ihm aufmunternd zu.

»Vergiss es. Ich will dir den schönen Tag nicht verderben. Reicht schon, was ich heute im Unterricht ertragen musste.« Er öffnete seine Aktentasche und zog ein rotes Buch heraus. *Mein Kampf* stand auf der Titelseite.

»Ach das«, murmelte Sophie abwehrend. »Das liest doch kein Mensch!«

»Wenn du dich da mal nicht täuschst! Hast du dir das schon zu Gemüte geführt?«, fragte Malte.

»Nein. Sollte ich? Reicht doch, dass es überall herumsteht.«

»Studiendirektor Stein hat mich heute an die Tafel zitiert. Und dann musste ich stehend vor der ganzen Klasse eigens markierte Passagen daraus zum Besten geben. Hier zum Beispiel: ›Der völkische Staat hat … seine gesamte Erziehungsarbeit in erster Linie nicht auf das Einpumpen bloßen Wissens einzustellen, sondern auf das Heranzüchten kerngesunder Körper … Eine gewalttätige, herrische, unerschrockene grausame Jugend will ich … Es darf nichts Schwaches und Zärtliches an ihr sein … So merze ich Tausende von Jahren der menschlichen Domestikation aus. So habe ich das reine, edle Material der Natur vor mir. So kann ich das Neue schaffen…‹«

Er fuhr sich mit der Hand über das Gesicht.

»Weißt du, was sie getan haben, als ich fertig war?«, flüsterte er. »Gelacht haben sie. Alle! Am liebsten wäre ich klaftertief im Boden versunken.«

»Dein Rilke gefällt mir, ehrlich gesagt, wesentlich besser«, sagte Sophie, um ihn aufzumuntern. »Den hast du doch sicherlich auch dabei. Oder diesen Ringelnatz mit seinen aufsässigen Nonsens-Reimen, die das Turnen so herrlich veräppeln. Magst du mir nicht lieber daraus etwas vorlesen?«

»Aber verstehst du denn nicht?«, fuhr Malte auf. »Diese Aktion war einzig und allein auf mich gemünzt. Leo und Paul, die beiden Juden aus unserer Klasse, haben sie bereits entfernt. Jetzt gibt es nur noch einen, der nicht ins nationalsozialistische Weltbild passt: der mit dem steifen Bein. Der, der am Barren versagt und nicht einmal über den Bock kommt. Den beim Völkerball niemand in seiner Mannschaft haben will, weil er nicht richtig rennen kann. Der Klassenkrüppel!«

»Der Einzige, der in Altgriechisch und Latein lauter Einsen kassiert«, korrigierte sie ihn sanft, aber bestimmt.

»Der Aberdutzende Gedichte auswendig kennt und Briefe schreiben kann, die man mindestens zehnmal lesen möchte, weil sie so schön sind. Sollen sie lachen. Und wenn schon! Du bist Malte. Du bist etwas Besonderes. Und das ist auch gut so ...«

Sein Blick war noch immer skeptisch, aber Sophie spürte, dass sie ihn erreicht hatte.

»Sollen wir langsam mal zurückfahren?«, fragte er nach einer Weile. »Die Germanen bis heute, das ist ja doch eine ordentliche Menge Stoff.«

»Gern.« Sophie sprang auf. »Zumal wir ja auch noch bei dir vorbei müssen ...«

»Müssen wir nicht.« Ein wenig unbeholfen war Malte ebenfalls wieder auf die Beine gekommen. »Hab ich noch immer alles hier drin.« Er tippte leicht an seine Schläfe.

»Nach all der langen Zeit?« Sophie schüttelte ungläubig den Kopf. »Malte Voss, du bist für mich ein echtes Wunder. Nein, jetzt weiß ich es: Ein Genie bist du!«

Er wurde immer stiller, je näher sie der Flottbeker Chaussee kamen, und verstummte schließlich ganz, nachdem sie das Ziel erreicht hatten. Bislang hatte sie vermieden, ihn herzubringen, weil sie vor ihm nicht mit ihrem noblen Zuhause angeben wollte. Denn Sophie war klar, welch überwältigenden Eindruck das Grundstück besonders im Frühling auf die meisten Besucher machen musste: die lange, kiesbestreute Einfahrt, der Vorgarten mit seinen perfekt getrimmten grünen Buchsbäumchen, und schließlich die Villa selbst, die zu keiner Jahreszeit edler und prächtiger aussah. Das warme Licht des Nachmittags tat seinen Teil dazu. Jetzt wirkte die klassizistische Architektur des opulenten hellen Gebäudes wie gemeißelt. Alles hier atmete Größe, Noblesse und vor allem Reichtum. Dagegen kam die Wohnung von Familie Voss in Altona bei Weitem nicht an, obwohl sie über fünf geräumige Zimmer verfügte und damit alles andere als beengt war. Und dabei war Malte ja noch nicht einmal auf der Terrasse gewesen, die zum Fluss hinausging. *Dum spiro spero* – Solange ich atme, hoffe ich – lautete der Spruch, den sich schon der Großvater als Leitspruch gewählt hatte. In schlanken dunkelgrünen Versalien prangte er unter dem Giebel zur Elbseite und hatte schon so manchen zum Staunen und Nachdenken gebracht. Vielleicht war es klüger, diesen Eindruck auf den nächsten Besuch zu verschieben.

Malte wirkte bereits tief beeindruckt, als er vom Rad abstieg.

»Gar nicht so übel«, sagte er nach einem anerkennenden Pfiff und schaute dann mit einem Schulterzucken an sich hinunter. »Und ich trage nicht einmal Smoking – so sorry! Wie hätte ich aber auch ahnen können, dass ich bei einer Prinzessin vorgeladen bin?«

»Mach jetzt bloß keinen Aufstand«, entgegnete Sophie. Auch heute waren seine Hosen zu weit und eine Spur zu kurz, und die sorgsam gestopften Stellen im sandfarbenen Pullover waren ihr ebenfalls nicht entgangen. Er hatte ihr erst neulich gestanden, wie abgrundtief er es hasste, abgelegte Sachen seines Onkels zu tragen, aber seine Eltern, wiewohl alles andere als arm, hielten ihn mit neuen Klamotten bewusst kurz, weil es sich in ihren Augen für einen Jungen nicht schickte, eitel zu sein. »Käthe hat ihren famosen Zitronenkuchen gebacken. Und wenn wir uns beeilen, sind wir doch bis zum Abendessen durch, oder nicht?«

»Ich werde heute also nicht auf dem Schloss dinieren?« Seine Unterlippe wölbte sich übertrieben enttäuscht vor. »Wie überaus bedauerlich!«

Bevor Sophie antworten konnte, schnurrte ein cremefarbenes Mercedes Coupé mit dunkel abgesetzten braunen Türen die Auffahrt herauf und blieb vor der Doppelgarage stehen. Delia Terhoven stieg aus und zog sich das helle Seidentuch vom Kopf, während ihre Schwägerin Fee lediglich die Sonnenbrille absetzte. Ihr locker fallendes Leinenkleid war mintgrün, während Delias elegantes Seidenkostüm in zartem Rosé ihr wie auf den Leib geschneidert wirkte.

»Du hast Besuch, Kleines?«, fragte sie ihre Tochter, während sie sich durch die platinblonden Haare fuhr, um die Frisur aufzulockern. Dabei musterte sie Malte eingehend. »Willst du uns den jungen Mann nicht vorstellen?«

»Das ist Malte Voss«, sagte Sophie rasch. »Das Genie vom Christianeum, dem kein Schulstoff dieser Welt schwerfällt. Wir kennen uns aus der Tanzstunde. Ich habe dir doch schon von ihm erzählt.«

Fee reichte ihm unbefangen die Hand, während Delia zögerte.

»Ach, Sie sind das?«, sagte sie lächelnd. »Sehr erfreut! Ich bin Sophies Tante Felicia und heiße Sie bei uns herzlich willkommen. Einem Genie begegnet man ja wahrlich nicht alle Tage.«

»Sophie hat natürlich wieder einmal maßlos übertrieben.« Malte war errötet, was seine Sommersprossen noch hervorhob und ihn jünger und mit einem Mal verletzlich aussehen ließ. »Ich bin zwei Klassen weiter und will ihr lediglich ein paar Anregungen für ein Referat geben.«

Jetzt reichte ihm auch die Hausherrin ihre Hand, obwohl seine schlichte Aufmachung mit Hose, Hemd und umgelegtem Pullover sie nicht zu überzeugen schien, so kritisch, wie sie ihn noch immer musterte. Garantiert war ihr sofort aufgefallen, dass die Sachen alles andere als neu waren und ihm nicht sonderlich gut passten. Und auch sein steifes Bein war ihrem Argusblick nicht entgangen.

»Zu unserem Leidwesen ist Schule ja so etwas wie ein rotes Tuch für unsere Tochter. Wenn Sie also so freundlich sind, sie in einem der Fächer zu unterstützen, kann das meinem Mann und mir nur recht sein.« Sie rang sich ein kleines Lächeln ab, das auch Sophie kurz streifte. »Arbeitet doch am besten im Wintergarten, da habt ihr jede Menge Platz. Stine soll euch Tee servieren und Petersen den Wagen gleich in die Garage fahren.«

»Danach kann er sich mein Fahrrad vornehmen«, sagte Sophie. »Ich musste nämlich schon auf Maltes Gepäckträger hocken, weil ich vorne und hinten einen Platten habe.«

»Ich habe dir doch schon mehrmals gesagt, dass ich das nicht mag.« Delia wirkte verärgert. »Wie ein Kumpel hintendrauf, das ist keine passende Art der Fortbewegung für ein junges Mädchen aus gutem Haus!«

Sophies Brauen schnellten nach oben. Es ging um mehr als diese Lappalie, das war deutlich zu spüren.

»Um das kleine Malheur würde ich mich gern kümmern«, schaltete Malte sich ein, um die angespannte Situation zwischen Tochter und Mutter zu entkrampfen. »Reifen kann ich inzwischen nämlich fast im Schlaf flicken, denn die Straßen von Altona sind gespickt mit Scherben und spitzen Steinen.«

»Papperlapapp!«, entgegnete Delia scharf. »Sorgen Sie mal für ein gutes Referat, die Reifen soll lieber …«

Sie hielt inne, weil sie einen blonden jungen Mann erblickt hatte, der schwungvoll die Auffahrt heraufspaziert war und nun zu ihnen stieß.

»… der junge Kröger reparieren«, fuhr sie fort, an Malte gerichtet, als sei Hannes gar nicht vorhanden. »Der Sohn unserer Köchin. Und das Rad putzen kann er auch gleich mit dazu. Wozu bezahlen wir schließlich unser Personal?«

*

»Wie eine Küchenschabe hat die Gnädige mich behandelt.« Selten zuvor hatte Sophie Hannes so wütend gesehen. »Nein, schlimmer noch: wie ein Stück Sch…«

»Hannes«, unterbrach sie ihn sanft. »Meinst du nicht, dass du jetzt ein klein wenig übertreibst? Sie hat dich doch nur gebeten, meine kaputten Reifen zu flicken.«

»Darum geht es doch gar nicht.« Er war ein Stück von ihr abgerückt. »Natürlich habe ich deine Reifen geflickt, das ist doch gar keine Frage. Und Fahrradputzen ist ebenfalls nicht unter meiner Würde. Aber dieser herablassende Tonfall!« Immer noch wütend sprang er auf. »Sie muss mir vor diesem Fatzke nicht klarmachen, wohin ich gehöre, das weiß ich schon selbst. Ja, ich bin Käthe Krögers Sohn – und darauf bin ich verdammt stolz!«

»Malte ist kein Fatzke«, widersprach Sophie. »Sondern ein grundanständiger Kerl, das wirst du schon noch merken, wenn du ihn erst ein bisschen näher kennst. Ich will nichts von ihm, kapiert? Wir sind lediglich Freunde. Und Käthe, deine Mutter, ist wunderbar. Ich hab sie von Herzen lieb, das weißt du doch, und sie weiß es auch. Ich wünschte, meine Mutter hätte nur ein klein wenig von ihr, dann müsste man auch keine Angst haben, in ihrer Nähe zu erfrieren. Aber lass dich von ihrem großspurigen Gehabe doch nicht so beeindrucken. Ich zum Beispiel stelle in solchen Fällen immer auf Durchzug. Dann perlt alles an mir ab.« Sie zupfte an seinem Knie. »Willst du nicht endlich wieder zu mir kommen, nachdem ich schon so listig den Zweitschlüssel für das alte Glashaus organisiert habe?«

Diese Eingebung war ihr gekommen, während Malte ihr die Passagen über Karl den Großen diktiert hatte, ebenso wie die Idee, Fräulein Reger um das Abtippen des Textes zu bitten. Die ehemalige Sekretärin ihres Vaters beherrschte auch im Ruhestand ihre Olympia Simplex noch immer wie aus dem Effeff und würde ihr die kleine Bitte gewiss nicht abschlagen. Und dann würde diese vertrocknete Dr. Fiedler aber Augen machen! Mit einem fehlerfrei abgetippten Text rechnete die sicherlich nicht.

Eigentlich gehörte dieses alte Glashaus Tante Fee, die immer mal wieder davon redete, es von Grund auf renovieren zu lassen, aber bislang wohl noch nicht den nötigen Antrieb gehabt hatte. Seitdem verkam es als eine Art Lagerraum für ihre Malutensilien, als Abstellplatz abgelegter Koffer, Decken, Kissen und allerlei Krimskrams, für den im Anbau offenbar kein Platz mehr war. Delia, die ihr gläsernes Blumenhaus vom Personal penibel in Schuss halten ließ, brachte keinerlei Verständnis dafür auf und hatte ihrer Schwägerin als Ansporn erst jüngst einen ihrer Oleanderstöcke geschenkt, der nun inmitten des Sperrmülls seine verschwenderische Blütenpracht entfaltete. Es hatte Sophie einiges an Überwindung gekostet, den Schlüssel heimlich aus dem kleinen Fach zu entwenden, wo er seit Jahren lag, aber hätte sie Tante Fee etwa ganz offen danach fragen sollen?

Ihr schlechtes Gewissen jedenfalls hielt sich durchaus in Grenzen.

»Hier findet uns niemand«, sagte sie zufrieden, als Hannes endlich wieder neben ihr saß. Mit den alten Decken und den ausrangierten Kissen, die Sophie so bequem wie möglich drapiert hatte, war es selbst auf den Terracottafliesen halbwegs behaglich. Dazu kam der betörende Duft der roten Oleanderblüten, der das ganze Glashaus erfüllte. »Nicht einmal Lennie, diese kleine Kröte, kann uns hier stören, denn ich habe von innen zugeschlossen.«

Das Mondlicht, das durch das gläserne Dach fiel, war hell genug, um den schmerzlichen Ausdruck auf seinem Gesicht zu erkennen.

»Aber was ist mit dir, Hannes?«, fragte sie beklommen. »Bist du denn gar nicht froh, dass wir hier zusammen sein können?«

»Doch«, sagte er. »Ständig musste ich an dich denken. Den ganzen Tag über, während ich im Hafen die schweren Säcke geschleppt habe. Ich konnte es kaum aushalten, wie langsam die Zeit verging. Aber diese leidige Szene eben in der Einfahrt hat dann alles verändert. Wach auf, Sophie!

Das wird nichts mit uns. Das kann gar nichts werden! Du eine Terhoven – und ich der uneheliche Sohn eurer Köchin ...«

»Sei still!«, unterbrach sie ihn. »Von diesem Unsinn will ich jetzt endgültig nichts mehr hören. Für mich gibt es keinen anderen, und es wird niemals einen geben. Geht das endlich in deinen Sturschädel?«

»Aber deine Eltern ...«

»Siehst du hier vielleicht einen von ihnen?«, fragte sie resolut zurück. »Na also! Du und ich – allein darauf kommt es an. Wenn wir beide stark genug sind, kann keiner uns etwas anhaben.«

Ein Knistern lag in der Luft, und sie spürten es beide.

Irgendwann beugte er sich vor, und sein Mund berührte ganz leicht Sophies Lippen. Ihr Herz begann zu rasen. Er schmeckte frisch und ein wenig säuerlich. Als Hannes sie schließlich an sich zog, war es Sophie, als würde sie von einer heißen Welle erfasst werden, die sie höher und immer höher trug.

Plötzlich jedoch hielt er inne.

»Es ist gefährlich, was wir hier tun«, sagte er leise. »Das weißt du ebenso wie ich. Wir können immer noch aufhören. Und genau das sollten wir auch tun.«

»Aufhören?«, murmelte Sophie, während sie ihm das Hemd aus der Hose zog, um endlich seine nackte Haut zu spüren. Wie warm er sich anfühlte! Und wie seidig. Es kam ihr vor, als hätte sie noch nie zuvor so etwas Köstliches berührt. »Was meinst du denn damit? Ich kenne dieses Wort gar nicht.«

»Du bist unmöglich«, murmelte er hingerissen.

»Bin ich das?«, fragte sie zurück. »Und du magst mich trotzdem leiden?«

Ihre Küsse wurden länger, gieriger.

Nach einer Weile waren seine Hände an ihrer gestreiften Bluse und öffneten geschickt die vielen Perlmuttknöpfchen, eines nach dem anderen. Sie trug keinen BH, nur ein dünnes hellblaues Baumwollhemdchen, das er unerträglich langsam nach oben schob, während ihr Atem immer schneller ging.

Durfte sie das eigentlich – sich so sehr nach ihm sehnen, dass sie es fast nicht mehr ertrug?

Als Hannes sich schließlich über sie beugte, um ihre Brüste zu küssen, begann sie lustvoll zu seufzen. War das alles etwa nur ein schöner Traum, aus dem sie gleich erwachen würde?

Nein, es war definitiv kein Traum, sondern die aller-aller-aller-allerwundervollste Wirklichkeit ...

*

Hamburg, Mai 2016

Die letzten Zeilen hatte Johanna mehr erahnt, als wirklich gelesen. Sie musste aufhören, denn inzwischen war es auf dem Dachboden viel zu dunkel geworden. Doch die liebestrunkenen Sätze des fremden jungen Mädchens schwangen weiterhin in ihr nach.

Die erste Liebe!

Wie unendlich lang lag das bei ihr zurück – und dennoch war vieles in ihr noch immer so lebendig, als sei es erst gestern gewesen. Der große Piet mit dem blonden Bart, der ihr einen Verlobungsring aus dem Kaugummiautomaten gezogen und an den Ringfinger gesteckt hatte ... der sich ganz schnell ganz viele Kinder von ihr gewünscht hatte ... ein weit gereister Seemann, der allerdings mit Büchern nicht viel anzufangen wusste ...

Steifbeinig erhob sich Johanna von der harten Bank. Dass sie im Winter nach ihrer Grippe ganz mit dem Krafttraining aufgehört hatte, war wohl doch keine so kluge Entscheidung gewesen. Jetzt hatte sie keine Kondition mehr, dazu auch noch den Kontakt mit den netten Frauen im Fitnessstudio verloren und saß viele Abende allein zu Hause. Seit sie pensioniert war, hatte sich der Kontakt mit ihren ehemaligen Kolleginnen immer mehr ausgedünnt, und von den einstigen Freundinnen waren die meisten inzwischen häufig mit ihren Enkeln beschäftigt. Natürlich traf sie ab und an ihre Brüder, und auch ihre Neffen luden sie alle paar Monate mal ein, aber da gab es immer diese Angst in ihr, sie könnten es vor allem aus Mitleid tun. Sie war eben doch »nur« die Tante und keine Mutter oder Großmutter, zu denen es naturgemäß eine engere Bindung gegeben hätte.

Immerhin war sie bald zu einer Hochzeit eingeladen. Maren kam endlich unter die Haube, wie ihre ehemalige Kollegin Heike Hagedorn sich ein wenig despektierlich über ihre Tochter geäußert hatte.

»Wir haben ja alle schon nicht mehr damit gerechnet. Und mit ihrem Uwe, der früh verwitwet ist und fünf Jahre lang sehr allein war, hat sie auch noch einen sehr netten Mann gefunden. Umso größer ist nun unsere Freude. Natürlich feierst du mit! Du kannst dich doch nicht ständig in deinen vier Wänden vergraben. Und deinen Neffen bringst du am besten auch gleich mit. Hast du nicht gesagt, wie gut ihm eine neue Frau an seiner Seite tun würde? Da ist so eine Hochzeitsparty doch genau das Richtige!«

Richtig nah stand Johanna eigentlich weder Mutter noch Tochter, aber es war eine nette Geste und eine willkommene Abwechslung in ihrem sonst doch eher beschaulichen Alltag.

Beschwer dich nicht, schalt sie sich selbst, während sie sich mit dem Pappkoffer in der Hand die steile Treppe hinunterkämpfte. Du hast es nun mal nicht anders gewollt. Hättest du Piet geheiratet und mit ihm Kinder bekommen, dein Leben sähe heute anders aus. Aber du wolltest ja unbedingt unterrichten, in der Welt herumfahren und vor allem immer unabhängig sein – das hast du jetzt davon.

Ihre Stimmung hob sich, als sie draußen die weiche Abendluft spürte. Jetzt mit einer guten Freundin in einem gemütlichen Café beim Wein sitzen und in aller Ruhe über all das schnacken, was sie heute erlebt hatte ...

Johanna hatte schon das Smartphone in der Hand, steckte es jedoch wieder zurück in die Jackentasche, weil sie die wenigen Namen, die ihr gerade eingefallen waren, doch wieder verworfen hatte. Die paar Schritte bis zum Auto, das einige Straßen weiter parkte, weil sie zuvor noch in der Bahrenfelder Straße groß eingekauft hatte, würden ihr guttun. Anstatt Wein konnte sie ebenso gut auch Tee trinken, was ihrer Hausärztin ohnehin besser gefallen würde, und eigentlich las es sich nirgendwo so gut wie daheim auf ihrem alten grünen Sofa mit seinen vielen bestickten Kissen.

Als sie den Alma-Wartenberg-Platz erreichte, ging sie ein wenig langsamer. Die meisten Läden hatten schon geschlossen, aber ein paar Jungs kickten lachend im schwindenden Licht einen zerfetzten Ball hin und her. Das kleine Café, an dem sie schon oft vorbeigekommen war, machte offenbar ebenfalls gerade zu. Neugierig hineingestarrt hatte sie schon mehrmals, weil es ihr mit seinen warmen Farben und der einfachen, aber liebevollen Ausstattung so einladend erschienen war, besucht hatte sie es jedoch noch nie. Heute nahm Johanna zum ersten Mal bewusst seinen Namen wahr. *Strandperlchen*. Das ließ sie unwillkürlich schmunzeln, weil sie die Anspielung an die berühmte »Mutter« drunten an der Elbe sofort verstand.

Eine junge Frau mit zerzausten braunen Locken stand an der Tür, reichlich bekümmert, wie Johanna an ihrer resignierten Körperhaltung erkannte. Nicht einmal die schwarze Katze mit den weißen Pfötchen, die sich zutraulich an ihrer Wade rieb, schien sie zu trösten. So hatten ihre Schulkinder ausgesehen, wenn sie eine Klassenarbeit verhauen oder, was nur in Ausnahmefällen bei ihr vorgekommen war, einen Verweis kassiert hatten.

Dann jedoch näherte sich vom Laden zwei Türen weiter eine auffällige Erscheinung: brandrote Haare, Lagen von neonfarbenen Tüllröcken und dazu eine Haut wie feinste Milchschokolade. Beherzt umarmte die Frau ihre bekümmerte Geschäftsnachbarin mit den Locken und redete eindringlich auf sie ein, bis die den Kopf zurücklegte und laut zu lachen begann.

»Du bist einfach unmöglich, Aphrodite«, hörte Johanna sie ausrufen. »Weißt du das eigentlich?«

»Ist das wirklich dein Ernst?« Der leise Spott in der melodiösen Stimme mit dem afrikanischen Timbre war unüberhörbar.

»Und ob! Ganz und gar unmöglich, aber gleichzeitig durch und durch wunderbar. Was täte ich nur ohne dich?«

Für einen Moment wurde Johanna fast neidisch. Zwei, die sich ganz nah sind, dachte sie. Wie Schwestern oder allerbeste Freundinnen, die alles miteinander teilen, alle Sorgen, alle Freuden. Wie sehr vermisse ich so etwas in meinem eintönigen Leben!

4

Hamburg, Mai 2016

Die Braut war mager, leicht verhuscht und Anfang vierzig. Exakt das, was Jules verstorbene Großmutter »ein spätes Mädchen« genannt hätte. Doch jetzt schimmerten ihre Wangen rosig, und selbst das feine, mausbraune Haar wirkte auf einmal nicht mehr ganz so trostlos.

»Und Sie meinen wirklich, ich könnte so etwas tragen?«, sagte sie, während sie verträumt über ihren flachen Bauch strich. Sie hatte weder Freundinnen noch Verwandte als Jury mitgebracht, ein Indiz, wie unsicher sie sich fühlte. Frauen wie sie, so Aphrodites Erfahrung, verschlissen oftmals sechs, sieben oder sogar mehr Brautmodengeschäfte, um sich schließlich im Internet ein schlecht genähtes Kleid aus China zu bestellen, das sie nur noch unglücklicher machen würde.

»Wer, wenn nicht Sie?«, erwiderte Aphrodite gut gelaunt. »Meine raffinierten Mermaidroben sehen eben nur an Frauen mit einer Spitzenfigur richtig gut aus. Haben Sie eigentlich schon Ihre aufregende Rückenansicht mit der hautfarbenen Tattoospitze im Spiegel bewundert? Das ist Weltklasse. Ihr Bräutigam wird Augen machen!«

Aphrodites strahlendem Lächeln war nicht anzumerken, dass ein anstrengender Beratungsmarathon von mehr als vier Stunden hinter ihr lag, denn anfangs war die Kundin so uneins mit sich selbst gewesen, dass ihr gar nichts gefallen wollte. Einige Male schon war Jule an diesem Vormittag vergebens nach nebenan ins *catch the bride* gekommen, doch nun sah es so aus, als wäre endlich Erfolg in Sicht. Aphrodite hatte sich keinen Augenblick aus der Ruhe bringen lassen. Bräute mit ihren selbstgenähten Kreationen zu verwöhnen war ihr Lebensmotto. Vor allem jene, die etwas aus der Norm fielen – die Bohnenstangen und die Übergewichtigen, die mit den verkorksten Figuren, die in den großen Brautmodengeschäften, in denen die Kleider von der Stange verkauft wurden, meist nicht fündig wurden, vor allem jedoch die Verzagten und vom Leben Enttäuschten, die schon lange nicht mehr an die eigene Schönheit glaubten. Ihr Laden mit den flamingofarbenen Wänden und den hohen schmalen Spiegeln, die mittels geschickter Beleuchtung das Beste aus jeder Frau herausholten, war eine Art Zauberreich. Unansehnliche Entlein betraten es misstrauisch und voller Selbstzweifel und verließen es nicht selten hoch erhobenen Hauptes als glückliche Schwanenköniginnen, ausgestattet mit einer großen zartrosa Tüte, die ihr Traumkleid für den Tag aller Tage barg.

Natürlich beschränkte sich die einfallsreiche Designerin dabei nicht auf Weiß oder Ivory, dazu war das Erbe ihrer afrikanischen Mutter einfach zu lebendig. Hochzeitskleider in allen nur erdenklichen Nuancen hingen an zwei langen Stangen, links ein wahrer Regenbogenfarbenrausch, der Jule jedes Mal wieder begeisterte, obwohl sie ihn nun schon seit zwei Jahren kannte: Pfauenblau, Lagunengrün,

Morgenrosa, Pfingstrosenrot, Sonnenuntergangsgold, Campariorange, Zitronengelb, Savannabeige, Mitternachtsgrau, Mondsilber und was das Herz sonst noch begehrte, eiferten hier um die Wette. Doch auch die rechte Stange bot nicht nur schlichtes Weiß und elegantes Creme, sondern war mit farblich passenden Accessoires in Form von Spitzenbesätzen, Rosetten oder Gürtelchen bestückt.

»Soll ich Ihnen mal probeweise einen Schleier anlegen?«
»Also, ich wollte eigentlich nicht …«
Aber schon hatte Aphrodite ein halblanges Gespinst mit gebogenem Spitzenrand in der Hand, das exakt den schmeichelnden Sahneton des Gewands aufnahm.

»Sie könnten Ihr Haar lockig tragen. Oder in weichen Wellen onduliert wie aus den vierziger Jahren, das würde Ihnen besonders gut stehen. Und dazu vielleicht noch ein zarter nostalgischer Blütenreif? Dieser beispielsweise? Vintage ist jetzt ja wieder so was von in!«

Die Braut schluckte, als Rosenreif und Schleier richtig saßen. Doch dann betrachtete sie sich strahlend, drehte sich eine ganze Weile kokett nach allen Seiten und begann schließlich zu weinen.

»Ja, das ist mein Kleid«, flüsterte sie mit nassen Augen. »Und mein Reif und mein Schleier dazu. Dass ich so aussehen kann! Das hätte ich niemals gedacht.«

»Ein Gläschen Sekt?«, bot Aphrodite erleichtert an und reichte ihr unauffällig das Päckchen mit den Kleenex, weil sich verschmierte Wimperntusche nun mal so schwer aus den empfindlichen Stoffen wieder entfernen ließ.

»In der Regel trinke ich ja niemals am Vormittag …«
»Heute gibt es eine Ausnahme!«, versicherte Aphrodite

resolut und schenkte gleich ein zweites Glas für Jule und ein drittes für sich selbst ein.

Sie stießen an.

»Auf eine traumhafte Hochzeit und ein wunderbares Leben«, sagte Aphrodite. »Aber beides versteht sich ja eigentlich von selbst, so umwerfend, wie Sie in Ihrem Brautkleid aussehen.«

»Wirklich großartig.« Jule meinte jedes Wort.

»Ich habe mich lange nicht mehr so wohlgefühlt.« Die Kundin errötete noch tiefer. »Genau genommen, eigentlich noch nie ...«

»Dann wurde es ja höchste Zeit! Heute ist nämlich Tag eins Ihres neuen Lebens.« Aphrodite stellte ihr Glas weg. »Ich werde Ihnen das Kleid in der Taille um eine Winzigkeit enger machen. Dann wirken Sie noch graziler.«

»Aber dann kann ich es ja noch gar nicht mitnehmen ...« Jetzt hatte die Kundin plötzlich wieder große Ähnlichkeit mit einer verschreckten Haselmaus.

»Keine Sorge! Ich erledige das für Sie bis heute Abend, einverstanden?« Aphrodite blieb eisern positiv. »Holen Sie das Kleid gegen neunzehn Uhr bei mir ab. Dann probieren wir es noch einmal an, und anschließend können Sie beide in aller Ruhe die erste Nacht zusammen verbringen.«

Sie warf Jule einen aufmunternden Blick zu.

»Meine Freundin vom Café *Strandperlchen* gleich nebendran ist übrigens eine fantastische Kuchenkünstlerin. Nur für den Fall, dass Sie noch keine Hochzeitstorte haben sollten. Oder sich etwas Besonders als Nachspeise wünschen, etwas, das sonst niemand hat. Dann wären Sie bei Jule Weisbach nämlich genau richtig.«

»Tatsächlich?« Die Kundin zeigte erstes Interesse.

»Also, eine gelernte Konditorin bin ich schon mal nicht«, wehrte sich Jule. »Alles, was ich bislang produziert habe, ist Marke Eigenbau. *Learning by doing*, wenn Sie verstehen ...«

»Sie macht es ganz wunderbar«, fiel Aphrodite ihr ins Wort. »Und viel zu bescheiden ist sie auch, wie Sie ja gerade gehört haben. Dabei bräuchte sie sich wahrlich nicht zu verstecken. Ganz Ottensen reißt sich um ihre Kuchen. Haben Sie denn schon eine Idee für Ihre Torte?«

Die Kundin nickte.

»Ich hätte mir da zwei kleine Strandkörbe obendrauf vorgestellt«, sagte sie. »So haben wir uns nämlich kennengelernt, mein Uwe und ich. An einem Julitag in Blankenese. Beim Affogato-Trinken. Sie wissen schon, der heiße Espresso mit einer Kugel köstlichem kalten Vanilleeis. Und als Farben Gold und Blau. Wie der Strand und die sommerliche Elbe. Bekommen Sie das hin? Alle anderen Angebote haben mich nämlich bislang noch nicht so ganz überzeugt.«

»Jule Weisbach ist *die* Spezialistin für Strandkörbe«, versicherte Aphrodite. »Haben Sie nicht die beiden gesehen, die nebenan vor ihrem Café stehen? Sie könnten in ganz Hamburg keine bessere Tortenkünstlerin finden!«

»Aphrodite«, sagte Jule warnend. »Jetzt übertreib doch nicht derart maßlos! Wenn Frau ...«

»Hagedorn«, fiel die Kundin ein. »Maren Hagedorn. Aber schon ganz bald werde ich ja Ruhland heißen...«

»Wenn Frau Ruhland es sich lieber noch einmal in Ruhe überlegen möchte ...«

»Alles gut! Ihre Freundin hat mich überzeugt.« Sie griff in ihre Handtasche und zog eine Visitenkarte hervor. »Meine Mailadresse finden Sie hier. Ich erwarte also Ihren Entwurf. Wir feiern übrigens mit rund achtzig Gästen. Da darf die Torte schon ein gewisses Format haben. Und sparen Sie bloß nicht an den Zutaten! Köstlich soll es werden, und schön üppig – meinethalben auch gern siebenstöckig. Man heiratet ja schließlich nur einmal. Jedenfalls hofft man das doch, oder nicht?«

»Und wann genau soll das Fest steigen?«, fragte Jule vorsichtig.

»Am 21. Juni«, kam die prompte Antwort. »Zur Sonnwende. Passt das zeitlich für Sie?«

»Aber natürlich«, versicherte Aphrodite. »Machen Sie sich mal keinen Kopf! Auf meine Freundin ist immer Verlass.«

»Du hast sie doch nicht mehr alle«, stöhnte Jule, als Frau Hagedorn künftige Ruhland mit strahlender Miene den Laden verlassen hatte. »Ich und eine Hochzeitstorte für achtzig Leute! Das habe ich noch nie gemacht.«

»Ich dachte, du brauchst dringend Geld«, konterte Aphrodite, während sie das Kleid zum Ändern nach hinten in ihre kleine Nähwerkstatt trug. »Was stehst du eigentlich die ganze Zeit bei mir herum? Ich hab dich ja immer gern in meiner Nähe, aber gibt es drüben bei dir nichts zu tun?«

Jule war ihr gefolgt und baute sich mit verschränkten Armen im Türrahmen auf.

»Maite hat heute Vormittag für mich übernommen. Gerade läuft ihr *Cupping* mit neuen Kaffeesorten aus Brasilien. Die Leute werden immer neugieriger auf solche Verkostungen.« Sie zog die Nase kraus. »Catual Amarello mit zartem Pfirsicharoma, der karamellige Yellow Bourbon Vanilla oder Fazendo Rosario, der nach Marzipan schmeckt, allesamt fantastische Qualitäten, die ich mir bald allerdings auch nicht mehr leisten kann. Aber ich will einfach nicht hinter meine Standards zurück. Sonst wird aus dem *Strandperlchen* nämlich ganz schnell ein x-beliebiges Café unter vielen anderen ...«

»Dann komm man inne Puschen, min Deern.«

Aphrodites weicher afrikanischer Tonfall ließ das Hamburger Platt fast exotisch wirken. Eine Mutter aus Ghana, die ihr den schwingenden Gang und die schöne Haut vererbt hatte; ein Vater aus Nordirland, dem sie die roten Haare verdankte, bevor er sich für immer verabschiedet hatte. Den Namen Aphrodite hatte sie sich selbst gegeben, als sie mit ihrer Tochter schwanger gewesen war. Die kleine Xenia war das Ergebnis einer leidenschaftlichen Affäre mit einem Kreter, der nach der Geburt der Kleinen auf seine Insel zurückgekehrt war. Die Männer, die von den Frauen der Familie O'Connor geliebt wurden, schienen leider nur wenig Talent zur Sesshaftigkeit zu besitzen. *Hamburg, das Tor zur Welt,* so lautete der vielleicht bekannteste Werbeslogan der Hansestadt. Doch sobald Aphrodite ihn verwendete, bekam er unweigerlich einen leicht bitteren Beigeschmack.

»Und eine Torte soll mich retten? Das glaubst du doch wohl selber nicht!«

»Natürlich nicht.« Die Nähmaschine schnurrte bereits. »Aber sie könnte immerhin ein Anfang sein. Wenn sie dir spektakulär gelingt, werden die Gäste natürlich darüber reden. Und möglicherweise weitere Torten bei dir bestellen. Weil sie nämlich dich ebenso anziehend finden könnten wie deine Cremetürme. Denn natürlich wirst du ebenfalls an dieser Hochzeit teilnehmen. Ich stecke dich in eine meiner gewagtesten Kreationen, und dann werden wir schon sehen, was daraus wird!«

»Das sind doch nichts als Illusionen«, protestierte Jule. »Davon kann ich die Mietsteigerung nicht bezahlen.«

»Nein, das sind Träume«, widersprach Aphrodite. »Und damit kenne ich mich aus. Denn die verkaufe ich hier Tag für Tag.«

»Träume reichen aber nicht. Ich brauche knallharte Fakten, sprich, genügend Geld auf dem Konto. Sonst fliege ich raus. In ein paar Monaten ginge es vielleicht. Denn mein Kundenkreis wächst beständig. Und ich habe auch jede Menge Ideen, was ich sonst noch alles ankurbeln könnte. Einen Mittagstisch zum Beispiel. Bürolieferservice. Sensorik-Kurse. Barista-Seminare, damit man sich auch zu Hause einen ordentlichen Cappuccino schäumen kann. Ich denke, Maite würde mir sicherlich dabei unter die Arme greifen. Und dann gibt es ja schließlich auch noch *Ich schreib dir dein Leben*, da kommen sicherlich wieder neue Aufträge rein, wenngleich im Augenblick leider Flaute herrscht. Aber jetzt so auf die Schnelle? Keine Chance!«

Sie sah so bedrückt aus, dass Aphrodite spontan die Nähmaschine anhielt.

»Dann rede mit deinen Vermietern«, schlug sie vor. »Sag ihnen, wie es bei dir aussieht. Dass du noch Zeit brauchst, um monatlich so viel mehr zu bezahlen.«

»Mit einer GmbH & Co KG? Vergiss es!«

»Hör mal, meine Süße«, Aphrodite war aufgestanden und legte ihre Arme so fest um Jule, dass diese kaum noch Luft bekam. So machte sie es immer, wenn Xenia bockte, zumeist mit erstaunlich guten Resultaten. »Auch hinter solchen Kürzeln verbergen sich ganz normale Menschen, und die sitzen in der Regel in ganz normalen Büroräumen. Du machst dich schick, gehst hin, holst deinen Masterplan raus und überzeugst sie!«

»Du spinnst doch …« Vergeblich versuchte Jule sich zu befreien. »Und von welchem Masterplan redest du eigentlich? So etwas besitze ich doch gar nicht.«

»Dann man ran! Versprich mir, dass du es wenigstens versuchst. Sonst lasse ich dich nämlich nicht los!«

Jule nickte zaghaft, weil sie auf einmal wieder die skeptische Stimme ihrer Mutter zu hören glaubte: *Jule ohne Plan …*

»Sollte das etwa ein Ja sein?« Aphrodite schob sie ein Stück von sich weg und musterte sie skeptisch. »Dann bitte noch einmal, und zwar deutlich. Ich habe nämlich gerade so gar nichts verstanden.«

»Ja, du Nervensäge«, sagte Jule und schob die kritische mütterliche Stimme so weit weg wie nur irgend möglich. »Ja, ja und noch mal ja!«

*

Mit den Augen hatte Johanna immer schon Probleme gehabt. Bereits als Kleinkind litt sie oft an schmerzhaften Bindehautentzündungen. Später genügten Zugluft, eine

Erkältung, familiärer oder schulischer Stress – und an ihrem Auge erblühte ein dickes Gerstenkorn.

»Armes Feuermädchen«, so hatte die Mutter sie dann getröstet. »Hat der böse Rauch dich wieder einmal krank gemacht. Aber das lassen wir beide uns nicht gefallen. Du bist nämlich mein Phönix, dem Flammen nichts anhaben können.«

Jahrelang hatte sie als Kind diesen Ausspruch nicht hinterfragt, sondern sich den »bösen Rauch« als eine Art hinterhältigen Gnom vorgestellt, der in ihren Augen wohnte und nur auf die nächste Gelegenheit lauerte, um sie zu vernebeln, mit Eiterbeulen zu verunstalten oder ihnen sonstigen Schaden zuzufügen. Eine Vorstellung, die sich steigerte, als beim Schuleintritt vom Amtsarzt leichtes Schielen festgestellt wurde. Wochenlang wurde ihr das linke Auge dick verpflastert, bevor sie schließlich eine Brille bekam. Oh, wie sehr hatte sie dieses lästige Gestell mit den schweren Gläsern auf ihrer Nase gehasst. Es störte beim Sport, machte sie übervorsichtig beim Spielen, weil sie ständig aufpassen musste, damit es nicht kaputtging, und hässlich war es obendrein. »Brillenschlange«, so hänselten sie die anderen Kinder, und sie konnte erst aufatmen, als Mitte der sechziger Jahre halbwegs brauchbare Kontaktlinsen auf den Markt kamen, die sie seitdem über Jahrzehnte getragen hatte.

Sie musste ungefähr neun und in der vierten Klasse gewesen sein, als sie endlich mehr über das »Feuermädchen« und den »bösen Rauch« wissen wollte. Zu ihrer Überraschung war die Mutter damals errötet und hatte sich verlegen abgewandt, was eigentlich so gar nicht zu Sigrid

Martens passte, die als Kriegerwitwe das Leben sonst geschickt und resolut meisterte.

»Du bist nun einmal in Hamburgs schwerster Stunde zur Welt gekommen«, sagte sie schließlich. »Als der Himmel brannte, und die halbe Stadt dazu. Britische Bomber hatten alles in ein Feuermeer verwandelt. Nichts als Trümmer, schwarzer Rauch und Menschen, die wie Fackeln gebrannt haben. Die Alliierten wollten Deutschland mit Macht dazu zwingen, den Krieg zu verlieren. Aber das ist ihnen damals noch nicht gelungen – obwohl bei diesen Bombenangriffen in nicht einmal achtundvierzig Stunden mehr als dreißigtausend Menschen gestorben sind.«

Atemlos hatte Johanna mit großen Augen zu ihr aufgeschaut.

»Und ausgerechnet da hast du mich gekriegt?« Die Kinderstimme war ganz dünn gewesen. »Hat unser Krankenhaus auch gebrannt?« Dass Kinder in Krankenhäusern geboren wurden, hatten sie gerade in der Schule durchgenommen.

»Ja, stell dir vor. Da hab ich dich gekriegt.« Warm und beruhigend lag die mütterliche Hand auf Johannas Kopf. »Inmitten all der Toten und Verletzten – mein süßes kleines Mädchen, ganz und gar heil! Ein Wunder war das damals für mich. Und das ist es bis zum heutigen Tag geblieben.«

»Und was ist ein Phönix?«, fragte Johanna neugierig weiter.

»Ein Fabeltier, das sich aus der Asche zu neuer Kraft und Schönheit erhebt. Denn das bist du für mich, meine kleine Jo. Und das darfst du auch niemals vergessen.«

Mehr war nicht aus ihr herauszubekommen gewesen, auch nicht bei späteren Versuchen, und irgendwann hatte Johanna sich damit zufriedengegeben. Sie war in einer Schicksalsnacht zur Welt gekommen und hatte überlebt, ebenso wie ihre Mutter. Vielleicht war ja genau deshalb ihre Beziehung von Anfang an so innig gewesen, enger noch als die zu Volker und Achim, den älteren Brüdern, die auch im Krieg geboren waren, aber unter normaleren Umständen. Manchmal hatten die beiden sich darüber beschwert, zumeist aber lakonisch hingenommen, wie sehr Sigrid ihr Nesthäkchen verwöhnte. Weil der Vater nicht mehr aus dem Krieg heimgekehrt war, hatten die beiden sehr rasch in ihre Rolle als männliche Beschützer gefunden, die sie bisweilen noch immer spielten, obwohl alle Geschwister die siebzig bereits deutlich überschritten hatten.

»Du bist und bleibst eben unser blindes Hühnchen«, neckten sie die Schwester liebevoll, wenn sie wieder einmal über alte und neue Malaisen klagte. »Sei doch froh, dass wir seit jeher so gut auf dich aufpassen!«

Johanna träufelte sich Hyalurontropfen in die gereizten Augen, die sie die Tage zuvor mit einem antibiotischen Gel behandelt hatte. Seit einiger Zeit wehrten sie sich immer energischer gegen die Kontaktlinsen, und Johanna musste wieder verstärkt zur Brille greifen, was ihr noch immer nicht gefiel. Außerdem hatte das lange Lesen auf dem Dachboden bei schlechter Beleuchtung ihre Augen zusätzlich strapaziert. Das Resultat war eine heftige Bindehautentzündung gewesen, die gerade erst allmählich wieder abklang.

»Eines Tages wirst du dir mit deiner Dauerschmökerei die Augen noch ganz verderben!« Für einen Augenblick glaubte sie wieder die spröde Stimme der Mutter zu hören, die einfach nicht verstehen konnte oder wollte, dass die geliebte Tochter für Stunden und Tage in anderen Welten verschwand, in die sie ihr nicht folgen konnte, und über ihren Büchern kaum noch ansprechbar war. Aber wenn ein Stoff Johanna einmal gepackt hatte, konnte sie kaum zu lesen aufhören. Und nicht anders erging es ihr nun mit den Aufzeichnungen in Sophies Tagebuch.

Die fünf Tage Zwangspause, zu denen sie sich widerwillig durchgerungen hatte, weil es sonst zu schmerzhaft gewesen wäre, waren mehr als genug. Zwei Stunden maximal, verordnete sie sich selbst. Mit einigen Unterbrechungen, bei denen du dich auf den Balkon stellen und eine Weile ins Grüne schauen wirst, um deine armen Augen zu schonen. So müsste es gehen.

Tee, Kandiszucker und die himmelblaue Packung Kemmsche Braune Kuchen, die das Vergnügen für sie erst richtig rund machten, standen schon bereit. Jetzt musste sie sich nur auf das alte Sofa setzen und sich ein Kissen in den Rücken stopfen, dann konnte es erneut losgehen.

*

Hamburg, Juli 1936

Ich bin so erfüllt von Glück, dass ich platzen könnte. Und eigentlich möchte ich ihr doch unbedingt verraten, wer allein dafür verantwortlich ist, aber das darf ich nicht. Hannes hat es mir verboten, und ich habe schwören müssen, mich daran zu halten. So sage ich es Käthe Kröger eben mit meinem Lächeln und meiner ständigen Anwesenheit in ihrer Küche.

»Man könnte fast meinen, du würdest am liebsten ganz hier unten einziehen«, zieht sie mich auf und stellt dabei einen Krug frische Zitronenlimonade vor mich hin, bevor sie ihre Arbeit fortsetzt. Auf dem Ofen wird gerade ein großer Topf mit roter Grütze gar, aus den Beeren, die wir soeben gemeinsam von den Stielen und Kernen befreit haben. Papas und Lennies Lieblingsdessert im Sommer, das ich auch gerne mag, während Mama stets auf ihre Linie schaut und deshalb auf Nachspeisen ganz verzichtet. Als Nächstes kommt die Vanillesauce an die Reihe, die niemand so delikat zuzubereiten weiß wie Käthe.

»Aber nur, wenn es jeden Tag deine Franzbrötchen gibt«, erwidere ich lachend.

Der verführerische Duft von Butter, Zimt und Vanille erfüllt die ganze Küche. Aber das ist es nicht allein, was mir den Aufenthalt in Käthes Nähe so heimelig macht. Ich bin gern bei ihr, weil ich spüre, wie sehr sie mich mag. Alles ist einfach und selbstverständlich zwischen uns, ohne störende Etikette, ohne irgendwelches gesellschaftliches Brimborium. Unser »Du« rührt noch aus meinen Kindertagen, als ich mir oft vorgestellt habe, sie sei meine Mutter, die mich herzt und tröstet, wenn ich traurig bin. Als Käthe irgendwann später Anstalten gemacht hat, mich siezen zu wollen, weil es sich mit der Tochter der Herrschaft nun eben so gehöre, habe ich mich mit Händen und Füßen dagegen gewehrt. Für nichts in der Welt würde ich diese warme Vertrautheit aufgeben wollen – und nun, da ich *ihren Sohn von ganzem Herzen liebe und er mich, weniger denn je.*

»Du willst dich also mit Süßkram vollstopfen, um dann wieder mit dem Rad in der Gegend herumzufahren, bis Frau Terhoven bleich ist vor Sorge, weil es dunkel wird und vom Töchterchen noch keine Spur zu sehen ist?« Spielerisch droht sie mir mit dem erhobenen Zeigefinger.

Trotz der Hitze, die seit ein paar Tagen draußen herrscht, wirkt sie frisch und gepflegt. In den passenden Roben würde sie keinen Deut weniger elegant aussehen als Mama oder Tante Fee, aber Käthe scheint sich nicht viel aus aufwendiger Garderobe zu machen. Sommers wie winters trägt sie bei der Arbeit einfache Kleider in Hellblau oder blau-weiß gestreift, es sei denn, Abendgesellschaften erfordern ihren Auftritt in Schwarz. Ihre Kleider passen gut zu ihren welligen kinnlangen Haaren, die fast so dunkel sind wie meine und mit zwei Schildpattspangen aus dem dreieckigen Gesicht gehalten werden. Die weiße Schürze, die sie meistens trägt, sieht auch jetzt so makellos aus, als läge noch keine morgendliche Backschlacht hinter ihr. Keiner würde glauben, welche Kraft dieses zierliche Persönchen hat – bis man sie Kisten schleppen, Teig auswalken oder Wild fachmännisch zerwirken sieht. Eigentlich steht sie niemals still, sondern ist ununterbrochen in Bewegung. Nur manchmal gibt es Augenblicke, in denen sie nachdenklich wirkt, fast wie abgetreten. Dann werden ihre blaugrauen Augen noch heller, als schauten sie in andere Zeiten. Ob sie dabei an Hannes' Vater denkt, den die Rechten beim Aufstand 1918 erschlagen haben, wenige Monate vor der Geburt seines Sohnes?

Oft schon war ich versucht, sie in solchen Momenten zu trösten. Ihr beide braucht doch gar keinen Mann, der euch ehrbar macht, hätte ich dann am liebsten gesagt. Ihr seid ganz wunderbar, so wie ihr seid – Mutter wie Sohn. Aber zum Glück habe ich mir jedes Mal noch rechtzeitig auf die Lippen gebissen, weil ich sie nicht in Verlegenheit bringen will, und weil ich weiß, wie sehr Hannes darunter leidet, dass er ein uneheliches Kind ist. In der Volksschule haben sie ihn das bis zum letzten Tag spüren lassen, Lehrer wie Mitschüler, und dass er sich mit dem Lernen leichttat und später einmal nicht wie die meisten aus seiner Klasse als einfacher Arbeiter an den Landungsbrücken buckeln wollte, hat alles nur noch schwerer gemacht. Mit Hieben und Schlägen haben sie ihm diese Höhenflüge auszutreiben versucht, und manches Mal wollte Hannes schon aufgeben. Dann jedoch hat sich vor einigen Jahren überraschend Papa eingeschaltet, dem Käthe offenbar ihr Leid geklagt hatte, als ihr Junge wieder einmal blau und grün geprügelt nach Hause geschlichen gekommen war. Ab da durfte Hannes die Handelsschule besuchen, die er mit Auszeichnung abgeschlossen hat. Und nun, nach seiner Reise nach Costa Rica, soll sich in wenigen Wochen die kaufmännische Lehre anschließen, genauer gesagt am 1. September, weil im Kaffeekontor Terhoven die neuen Stifte seit jeher zu diesem Datum begonnen haben.

Aber noch ist Sommer, herrlichster, blauer, unbeschwerter, Sommer – und noch gehört er mir ganz allein.

Nicht einmal Käthe ahnt, dass seine Schichten im Hafen, die er als Überbrückung bis zum Lehrbeginn angenommen hat, um die Familienkasse aufzubessern, in Wirklichkeit viel früher enden. Anstatt Säcke zu schleppen, fährt er dann an meiner Seite mit seinem alten Rad durch unsere schöne Stadt, liegt mit mir an der Elbe und bringt mich dazu, ihn jeden Tag noch ein Stückchen mehr zu lieben.

Mein Zeugnis war alles andere als gut, doch zum Glück schließlich doch nicht ganz so verheerend, dass die Eltern mich zum Lernen eingesperrt hätten. Mein getipptes und dann nahezu frei gehaltenes Referat bei Dr. Fiedler hat in der ganzen Schule Aufsehen erregt. Plötzlich haben mich alle mit anderen Augen gesehen, als eine, die schon kann, wenn sie nur will. Reumütig habe ich gelobt, im nächsten Halbjahr gleich zu wollen, doch fürs Erste ist die Schule weit weg, und ich genieße jede Gelegenheit, Hannes fernab von meinem Elternhaus zu treffen.

Malte spielt für uns Alibi, das haben wir raffiniert eingefädelt. Besonders Tante Fee ist ganz bezaubert von ihm und scheint sogar Mama ein wenig damit angesteckt zu haben.

»So ein feiner, wohlerzogener Junge! Und belesen und gebildet noch dazu. Das ist ein Umgang für meine Nichte, wie ich ihn mir wünsche.«

»Wenn er nur nicht aus einer Gastwirtschaft käme...«, hat Mama trotzdem einzuwenden.

»Seine Eltern führen drei gutgehende Speiselokale, Delia! Der Name Voss hat einen guten Ruf in Altona. Und sie muss ihn ja nicht gleich heiraten. Es geht doch nur um eine harmlose Jugendfreundschaft, nicht wahr, Sophie? Und da hätte sie sich keinen Besseren aussuchen können.«

Ich kann dazu nur nicken, weil ich ihn richtig gern habe – aber eben ganz anders als Hannes. Um das Ganze noch *glaubhafter wirken zu lassen, haben wir sogar Hella mit ins Spiel gebracht, die meine neue Freundin mimt, und nun glaubt die Familie ernsthaft, ich verbrächte den Sommer an der Seite der Geschwister Voss.*

Viel Gelegenheit, um das nachzuprüfen, haben meine Eltern ohnehin nicht. Papa kommt jeden Tag später aus dem Kontor nach Hause, weil die Reichsregierung in Berlin den freien Kaffeehandel in der Hansestadt durch tausenderlei Verordnungen und Gesetze mehr und mehr behindert. Nicht einmal sein Parteieintritt, zu dem Moers ihn schließlich bewegt hat, konnte etwas daran ändern. Seit Neuestem ist sogar von einer zentralen Überwachungsstelle für Kaffee die Rede, die demnächst eingeführt werden soll. Ich verstehe nicht, was ich mir genau darunter vorzustellen habe, aber es scheint Papa sehr zu bedrücken, denn die Sorgenfalten auf seiner Stirn werden immer tiefer. Mathe gehört nicht gerade zu meinen Spitzenfächern, doch als Kaufmannstochter rechne ich eigentlich gar nicht so schlecht. Wir leben vom Kaffee, seit Generationen, das weiß ich. Papa, Mama, Tante Fee, Lennie, ich – das gesamte Kontor und all jene, die in der Villa angestellt sind. Wenn die Erträge sinken, betrifft es jeden von uns.

Mama scheint eine Art Gegenprogramm zu fahren. Man könnte auch sagen, sie steckt den Kopf in den Sand. Kaum ein Abend vergeht, an dem sie nicht Gast auf einem anderen Sommerfest wäre. Die langen hellen Tage dienen hauptsächlich der Vorbereitung auf das jeweilige Ereignis. Friseure, Masseure und Kosmetikerinnen schwirren durch die Villa, Schneider und Modehäuser kommen mit den neuesten Kleiderkreationen, von denen allerdings nur wenige vor ihren

Augen Gnade finden, und wenn, dann meist die allerteuersten. Sogar die feinen Juweliere vom Jungfernsteg machen mit kleinen und größeren Samtschatullen immer häufiger ihre Aufwartung in der Flottbeker Chaussee. Mama empfängt sie alle. Mit vollen Händen gibt sie das Geld aus, so maßlos und ungeniert, dass Papa sie deswegen zur Rede stellt.

»Es ist momentan einfach nicht die Zeit für Verschwendung, Delia! Wie oft soll ich dir das noch sagen? Wir dürfen nicht alles verprassen. Der Staat muss sparen, und wir sollten es auch tun.«

»Ach, kannst du dir deine Frau auf einmal nicht mehr leisten?«, pariert sie schnippisch. »Dann freilich tut es mir leid für dich, Friedrich Terhoven!«

Ich mag es nicht, wenn sie sich so streiten, und auch Lennie leidet darunter, selbst wenn er so tut, als ginge ihn das alles nichts an. Doch er flieht regelrecht in seine Jungvolkabende und Zeltlager, was mir wiederum eigentlich nur recht sein sollte, denn so kann er seine Drohungen, mich im Auge zu behalten, nicht wahrmachen. Echte Freude darüber will freilich nicht in mir aufkommen, denn er kehrt jedes Mal verändert nach Hause zurück – lauter, roher, noch tiefer durchdrungen von der Heilsbotschaft des Nationalsozialismus, die er auch mir mit aller Macht aufdrängen will. Man hat ihm in Aussicht gestellt, zusammen mit zwanzigtausend anderen Hitlerjungen die olympische Flamme auf einem Ehrenaltar zu bewachen, bevor sie ins Stadion getragen wird, und jetzt dreht er beinahe durch vor Aufregung. Exerzieren und strammstehen müssen die Buben schon seit Wochen. Doch wer wirklich nach

Berlin darf, das wird erst kurz vor der Olympiade bekannt gegeben. Damit haben sie mein Brüderchen fest am Wickel. Ich weiß, wie sehr er danach dürstet, dabei zu sein. Lennie würde alles tun, wirklich alles, um an diesem Tag mit dabei zu sein.

Tante Fee sieht es ebenso mit Sorge, das merke ich ihr an, auch wenn wir noch nie darüber geredet haben. Man muss sich ja inzwischen vorsehen, was man offen über das Regime sagt, manchmal sogar innerhalb der eigenen Familie. Aber war sie nicht seit jeher meine Verbündete in diesem Haus, auf ganz andere Weise freilich als Käthe? Die Liebe zu Hannes, die ich verborgen halten muss, entfernt auch uns auf seltsame Weise voneinander, und das stimmt mich traurig. Manchmal bin ich fast versucht, ihr mein Geheimnis anzuvertrauen, der Schwur jedoch, den ich meinem Liebsten gegeben habe, hält mich davon ab.

Nein, ich muss alles weiterhin in meinem Herzen einschließen. Sogar Jette, die die großen Ferien mit ihren Eltern auf Sylt verbringt, soll nichts von allem erfahren. Jetzt bin ich froh, dass sie krank war, als alles begonnen hat, und ich ihr im ersten Gefühlsüberschwang nichts anvertraut habe. Hannes und ich – das gehört nur Hannes und mir. Das Zusammensein mit ihm entschädigt mich für alle Ausreden und Lügen, die ich aufbringen muss, damit es überhaupt möglich wird.

War es schon aufregend, nur an ihn zu denken und von ihm zu träumen, so ist es noch um vieles aufregender, in seinen Armen zu liegen. Er ist sanft zu mir, für meinen Geschmack manchmal sogar zu vorsichtig, weil er mich nicht bedrängen möchte, bis ich selbst so weit bin.

Aber das bin ich doch längst – auch wenn er lacht, als ich es zu ihm sage. Ich will, dass er mich zur Frau macht, dass Hannes der erste und einzige Mann ist, dem nicht nur mein Herz gehört, sondern auch mein Körper. Ich bin ohne Scham, wenn er mich berührt, auch an meiner geheimsten Stelle, trunken vor Liebe, brennend vor Verlangen. Seine Küsse und die zärtlichen Hände genügen mir nicht mehr.
Ich will alles.
Ich will ihn.
Ich will endlich ganz die Seine werden.
Nur der richtige Ort für unsere Vereinigung, der muss erst noch gefunden werden. Schön soll er sein, sicher und geschützt, beinahe ein wenig heilig. In Tante Fees altem Glashaus ist es mir nicht romantisch genug. Der Elbstrand fällt von vorn herein aus, weil wir nicht von Gaffern aufgespürt werden dürfen. Mein Zimmer oben in der Villa kommt ebenso wenig infrage wie das Kämmerchen im Souterrain, in dem Hannes schläft. Niemand in ganz Hamburg oder Umgebung würde zwei Jugendlichen wie uns ein Hotelzimmer vermieten, denn das fiele unter den Kuppeleiparagraphen und würde streng bestraft. Obwohl Hannes inzwischen nahezu jeden Zentimeter meines Körpers kennt, kommt mir unsere unerfüllte körperliche Liebe manchmal vor wie die der beiden Königskinder aus dem Volkslied, die ein tiefes Wasser getrennt hat ...

Malte wusste es natürlich wieder einmal besser.

»Das mit den Königskindern ist lediglich die verwässerte Romantikversion«, sagte er, als Sophie bei ihm in Altona vorbeikam, um die Strategie für die nächsten Tage zu besprechen. Zu ihrer Überraschung hatte Hella ihr die Wohnungstür geöffnet und dann nur mit dem Daumen in Richtung seines Zimmers gedeutet. »Die antike Sage ist da um vieles brutaler. Wenn du magst, erzähle ich sie dir demnächst einmal, nur damit du weißt, worauf du dich da einlässt. Liebe kann sehr schmerzhaft sein, kleine Sophie. Und sag später nicht, ich hätte dich nicht gewarnt!«

Er lag angezogen auf dem Bett, obwohl es mitten am Vormittag war. Die blauen Vorhänge waren zugezogen und tauchten den schmalen Raum in diffuses Licht.

»Bist du krank?«, fragte Sophie.

Erst als er den Kopf schüttelte und sie endlich ansah, entdeckte sie, dass sein linkes Auge zugeschwollen war. Ein riesiges Veilchen, das in gefährlichem Lila-Gelb schillerte.

»Wer hat dich denn so zugerichtet?«, fragte sie erschrocken. »Warst du damit schon beim Arzt?«

»Wegen dieser Lappalie? Vergiss es. Ich bin nur unglücklich gefallen. Das ist alles.«

Er machte eine winzige Bewegung und stöhnte dabei leise. Trotz hochsommerlicher Temperaturen trug er einen ausgeleierten grauen Pullover. Aus einer plötzlichen Eingebung heraus, schob Sophie den linken Ärmel mit einer schnellen Bewegung nach oben, bevor Malte es verhindern konnte. Am Unterarm war ein langer Schnitt mit schorfigen Wundrändern, der offenbar nur notdürftig medizinisch versorgt worden war.

»Ach ja?«, sagte sie. »Und im Fallen hast du dir dann gleich auch noch das hier zugestoßen? Das war ein Messer,

Malte. Halt mich bitte nicht für blöd. Und der Schnitt hätte dringend genäht werden müssen. Jetzt raus mit der Wahrheit, aber dalli!«

Er senkte den Kopf und starrte schweigend auf seine karierte Tagesdecke.

Rot-braun, dachte Sophie unwillkürlich. Bald wird ganz Deutschland nur noch aus diesen beiden hässlichen Farben bestehen.

»Ich kann es dir nicht sagen«, murmelte er schließlich.

»Du musst!«, beharrte sie. »Ich gehe nämlich nicht weg, bis ich weiß, wer das war.«

»Nein.«

»Aber ja!«

»Du wirst mich hassen …«

»Dich? Niemals! Da müsste zuvor schon die Welt untergehen. Also? Mir kannst du doch vertrauen.«

Eine weitere, sehr lange Pause verging, bevor er endlich zu reden begann.

»Sie waren zu viert. Und offenbar sehr wütend.« Seine Stimme war so leise, dass Sophie die Ohren spitzen musste, um ihn überhaupt zu verstehen. »Es war dunkel im Stadtpark, und wir haben sie nicht rechtzeitig gehört.«

»Wer ist ›wir‹?«, fragte sie, erhielt aber keine Antwort.

»Wir haben uns geküsst«, fuhr er langsam fort, als bereite ihm jedes Wort neue Schmerzen. »Und wir hatten leider nicht mehr allzu viel an. Das scheint sie zusätzlich bis aufs Blut gereizt zu haben.«

»Sie?«

»Braune Uniformen. Ein Schlägertrupp der SA. Gut angetrunken, wie man es unter Kameraden an einem schönen

Sommerabend eben gern so macht.« Sogar sein kurzes Lachen klang merkwürdig scheppernd.

»Sie haben dir noch viel mehr angetan«, sagte Sophie alarmiert. »Zeig es mir.«

»Das willst du gar nicht sehen.« Er klang zutiefst erschöpft. »Zwei gebrochene Rippen, vielleicht auch drei. Aber das wächst ja wieder zusammen, auch wenn es bei jedem Atemzug widerlich wehtut. Und jede Menge Blutergüsse an Bauch und Unterleib von ihren Stiefeln. Alles schmerzhaft, aber auszuhalten. Doch dann haben sie auf einmal gesagt, sie wollten mir auch noch den Sch…« Er hielt inne.

»Weiter!«, drängte Sophie.

»… den Schwanz abschneiden, damit ich nie mehr im Leben solche himmelschreienden Sauereien begehen kann.« Jetzt redete er wie im Fieber. »Der Anführer hatte schon sein Messer in der Hand. Keine Ahnung, warum er mir schließlich damit dann doch nur den Arm aufgeschlitzt hat. Fällt wohl in die Abteilung ›noch einmal verdammtes Glück gehabt‹.«

Atemlos hatte sie ihm zugehört.

»Und dein Mädchen?«, fragte sie schließlich. »Was ist mir ihr?«

Maltes Augen waren dunkel und unergründlich.

»Welches Mädchen?«, sagte er leise. »Er konnte davonlaufen. Wenigstens das.«

*

Zwei Wochen später wären auch Sophie und Hannes um ein Haar aufgeflogen. Und natürlich war es Lennie, der sich spätabends am alten Glashaus zu schaffen machte. Seine kurze, gedrungene Gestalt war von innen gut als Silhouette zu erkennen. Er hantierte eine ganze Weile ungeduldig an der verschlossenen Tür herum, bekam sie aber nicht auf.

»Sophie!«, hörten sie ihn rufen. »Bist du das da drin? Ich weiß, dass du es bist. Wieso hast du dich eingeschlossen? MACH SOFORT AUF!«

Zutiefst erschrocken zupften Sophie und Hannes ihre verrutschte Kleidung zurecht. Erst, als Lennie wieder davongestapft war, wagten sie zu flüstern.

»Nichts wie weg hier«, sagte Hannes mit schmalen Lippen. »Du zur Villa, ich tiefer in den Garten. Dort warte ich dann, bis die Luft wieder rein ist.«

»Er wird sicherlich auf der Stelle zu Papa rennen und petzen«, sagte Sophie. »Seit Wochen giert er nur danach, mir etwas anzuhängen. Er braucht neue Erfolge als Bluthund. Dann ist seine Einladung nach Berlin sicher, wenigstens glaubt er das.«

»Dann komm ihm besser zuvor. Oder wir beide kriegen jede Menge Ärger.«

Und mit diesen Worten verschwand er in der Dunkelheit.

Mit klopfendem Herzen erreichte Sophie die Veranda. Vor einigen Tagen war ein Paar neuer, tieferer Liegestühle geliefert worden, und aus einem drang nun die Stimme ihrer Mutter, die sie am Weitergehen hinderte.

»Wo kommst du denn jetzt her, Sophie?«

»Vom Glashaus«, sagte sie belegt. »Ist Papa auch da?«

»Der hat ein Geschäftsessen in der Stadt.« Die Stimme wurde lauter. »Vom Glashaus also«, wiederholte Delia Terhoven. »Da bist du offenbar besonders gern in letzter Zeit.«

»Ja. Vielleicht. Weshalb auch nicht? Man kann dort so herrlich nachdenken«, sagte sie rasch und halbwegs erleichtert. Lennie konnte also nicht petzen. Wenigstens nicht sofort.

»Und worüber, wenn ich fragen darf?«

Delia war aufgestanden und trat zu ihrer Tochter. Sie trug einen alten Seidenkimono, aber sie hätte vermutlich auch in einem Jutesack noch umwerfend ausgesehen. Das Licht, das aus dem Wohnzimmer fiel, erleuchtete sie von hinten, was ihr etwas Irreales, fast Mystisches gab. Und war sie das nicht von Anfang an in Sophies Augen gewesen? Eine Mutter, so schön und so unerreichbar wie die Königinnen aus den alten Sagen?

»Über das Leben.«

»Über das Leben also.« Noch war die Stimme einigermaßen ruhig, aber sie hatte bereits diesen gläsernen Unterton, der nichts Gutes versprach. »Oder nicht doch eher über weitere Lügen, die du deinen Eltern auftischen kannst?«

»Ich weiß nicht, was du meinst.« Seit dem letzten Sommer überragte Sophie ihre Mutter um wenige Zentimeter, und das kostete sie jetzt innerlich aus. Vielleicht war deshalb der Blick der hellen Augen, die sie von schräg unten trafen, umso eisiger.

»Dann will ich es dir sagen. Oder möchtest du mir vielleicht lieber selbst erzählen, wie ein Malte Voss mit mehreren Rippenbrüchen Tag für Tag munter mit dir in der

Gegend herumkurven kann? Ich musste es vom Gemüsehändler erfahren – einem unserer Lieferanten. Kannst du dir vorstellen, wie ich mich dabei gefühlt habe?«

Eine kalte Hand griff nach Sophies Herz. Das wusste sie also.

Und was wusste sie sonst noch?

»Wo warst du, Sophie Louise?« Sobald der Name der unbekannten Bremer Großmutter ins Spiel kam, wurde es gefährlich, das wusste Sophie aus Erfahrung.

»Bei Malte. In der Voss'schen Wohnung.« Ihr Kinn zitterte leicht, so groß war ihre Anspannung, aber jetzt kam es auf jedes Wort an. »Eine Bande hat ihn überfallen und zusammengeschlagen, weil er wegen seiner Kinderlähmung nicht schnell genug davonlaufen konnte. Ist das nicht gemein? Es hat ihm schrecklich wehgetan, und das nicht nur körperlich, wie du dir sicherlich vorstellen kannst. Dabei konnte er doch gar nichts dafür. Trotzdem hat er sich geschämt und wollte es nicht an die große Glocke hängen. Und so haben wir euch eben glauben lassen, alles sei beim Alten.« Es klang einigermaßen überzeugend, wenigstens hoffte Sophie das.

»Und womit genau habt ihr euch stundenlang in der Voss'schen Wohnung die Zeit vertrieben? Als deine Mutter muss ich das fragen, denn junge, unerfahrene Mädchen wie du können sehr schnell in brenzlige Situationen geraten, die sie auf einmal nicht mehr beherrschen. Und dann gibt es schnell Gerede. Sehr hässliches Gerede, das ein ganzes Leben zerstören kann.« Für einen Moment bekam ihre gewohnte Fassung einen Riss. Der Mund sackte nach unten, die Lider schienen schwerer. Plötzlich konnte Sophie sich vorstellen, wie ihre Mutter einmal als alte Frau aussehen würde. »Du hast nicht die geringste Ahnung, was das für fatale Folgen haben kann.«

»Wir haben zusammen Platten gehört. Malte hat inzwischen eine ganz ordentliche Sammlung.« Das war ausnahmsweise einmal die Wahrheit, doch das verfemte Wort »Swing« nahm sie dabei besser nicht in den Mund. »Und er hat mir Gedichte vorgelesen. Von Rilke, Heine, Eichendorff, Goethe – und seine eigenen. Er ist ziemlich begabt, wie ich finde. Vielleicht wird aus ihm ja mal ein berühmter Lyriker. Manchmal haben wir auch Halma oder Dame gespielt. Oder Mensch ärgere dich nicht. Allerdings hat er mich meistens besiegt. Gegen einen Malte Voss hat man im Spiel leider nicht allzu viele Chancen. Da hab ich vom Schach lieber gleich die Finger gelassen.« Sie atmete tief aus. »Er ist mir nicht zu nahe getreten, falls du das meinst. Das würde er niemals tun, Mama. Malte weiß, was sich gehört.«

Die Mutter glaubte ihr, wenigstens beinahe, das sah Sophie an ihrem Gesicht, das wieder glatt und makellos geworden war. Aber sie wäre nicht Delia Terhoven gewesen, hätte sie nicht noch einen Nachsatz parat gehabt.

»Und das wird auch die Schwester bestätigen, wenn ich sie danach frage?«

Sophie nickte erleichtert.

Hella, die für ihr Leben gern Süßes aß, würde mithilfe einiger Tafeln Schokolade garantiert das Richtige sagen.

»Gut.« Eine kühle Hand strich leicht über Sophies Stirn. »Und das nächste Mal dann bitte gleich die Wahrheit, wenn ich bitten darf. Richte deinem Freund meine

Genesungswünsche aus. Wie können Menschen nur so grausam sein? Einen Krüppel niederzuschlagen! Dabei ist er so ein gescheiter Kerl. Hätte er nicht dieses kaputte Bein und stammte er aus der richtigen Familie ...«

Schon halb zum Gehen gewandt, drehte sie sich noch einmal um.

»Ach ja, Sophie, morgen Abend wirst du mich auf das Sommerfest von Staatsrat Ahrens begleiten, und zwar ohne Diskussion. Das Thema ist Olympia.« Ein tiefer Seufzer. »Die ganze Stadt steht ja schon Kopf wegen dieser Sommerspiele in Berlin. Angeblich soll sogar Leni Riefenstahl für die Soiree zugesagt haben. Sie macht jetzt offenbar auf Regisseurin, wo sie früher doch nur eine mittelmäßige Schauspielern war, aber wahrscheinlich ist das doch wieder nur ein Gerücht. Wie auch immer: Modehaus Hülstenborg hat heute ein ganzes Kontingent von Abendkleidern zur Anprobe geliefert. Da wird sicherlich auch etwas für dich dabei sein.«

»Aber ich könnte doch Tante Fees weißes Kleid ...«

Eine ungeduldige Geste schnitt ihr das Wort ab.

»Ohne Diskussion, haben wir uns verstanden? Man trägt innerhalb einer Saison nie zwei Mal dieselbe Abendrobe, das weißt du genau.« Sie stieß einen tiefen Seufzer aus. »Womit habe ich eigentlich all die Jahre meine Zeit vergeudet? Mir scheint, wir müssen bei deiner Erziehung noch einmal ganz von vorn anfangen! Ich erwarte dich also morgen Früh gegen zehn in meinem Boudoir. Und jetzt geh schlafen. Du siehst erschöpft aus. Selbst junge Mädchen werden durch dunkle Augenschatten nicht unbedingt reizvoller.«

Und so stand Sophie keine vierundzwanzig Stunden später in vollem Ornat auf dem Steg des Ruderclubs Germania, dessen Bootshaus an der Außenalster Staatsrat Georg Ahrend für diesen Abend für sein Sommerfest angemietet hatte – ein exquisiter Veranstaltungsort, wenn man bedachte, dass es zweier Fürsprecher bedurfte, um für die Aufnahme in den ältesten Ruderclub der Stadt, der bereits seit hundert Jahren bestand, auch nur in Betracht gezogen zu werden. Die Nacht war warm und der Himmel dunkelblau; unzählige bunte Lampions leuchteten mit den farbenfrohen Roben der anwesenden Damen um die Wette. Angeregt durch den Film *Amphitryon*, einem Komödienkassenschlager aus dem Vorjahr mit Frauenschwarm Willi Fritsch und Käthe Gold in den Hauptrollen, dominierten waghalsige Kreationen aus Seide, Taft und Tüll. Allerdings hatten sie mit dem antiken Griechenland ebenso wenig zu tun, wie die dünnen Schnittchen belegt mit Lachs, Krabben oder Matjes. Dazu gab es Waldmeisterbowle, die aus großen, leicht beschlagenen Glasgefäßen gereicht wurde.

Natürlich flogen wieder einmal alle Blicke zu Delia Terhoven, die ein raffiniert plissiertes Abendkleid in Eisblau trug, funkelnde Brillanttropfen an den Ohren, und so elegant und unnahbar wirkte, als sei sie soeben vom Olymp herabgestiegen. Sophie kam sich neben ihr in ihrem zartrosa Taftkleid, zu dem die Mutter sie schließlich gedrängt hatte, wie ein verunglücktes Bonbon vor. Es raschelte bei jeder Bewegung, spannte über dem Busen und war so eng in der Taille, dass sie kaum atmen konnte. Das breite Diadem aus bunten Kristallen, ein weiterer mütterlicher Vorschlag, sowie eine aufwendige Hochsteckfrisur hatte sie gerade noch abwehren können und stattdessen auf ihren natürlichen Locken bestanden. Den Männern schien sie trotzdem zu gefallen, das sah Sophie an den begehrlichen Blicken, die sie streiften, und schließlich wurde ihr bewusst, dass ihre Mutter sie absichtlich so herausgeputzt hatte, um sie hier schon mal als künftige Kandidatin für den hanseatischen Heiratsmarkt zu präsentieren.

Ihre ohnehin schon schlechte Laune sank weiter.

Wie viel lieber hätte sie den Abend mit Hannes verbracht!

Sein Blick, als sie mit ihrer Mutter zu Petersen in den wartenden Mercedes gestiegen war, brannte in ihr noch immer wie eine offene Wunde. Zwei Welten, schien er zu sagen, die einfach nicht zusammengehören. Und niemals zusammengehören werden.

»Doch«, hätte sie am liebsten geschrien, anstatt das doofe Abendkleid zu raffen, damit es bloß nicht schmutzig wurde, und möglichst ladylike auf der Rückbank Platz zu nehmen. »Das tun sie sehr wohl. Ich muss nur, deshalb gehe ich mit. Aber lass dich doch nicht von dieser Fassade blenden, Liebster! Du und ich sind eins. Keiner kann uns beide jemals trennen.«

Mit wem sollte sie sich hier unterhalten?

Natürlich war nirgendwo auch nur eine Spur von Leni Riefenstahl zu sehen, die längst in Griechenland und Berlin ihren Film drehte, wie Sophie in den Gesprächen um sie herum aufschnappte. Die meisten Gäste waren viel älter als sie, und die wenigen jüngeren Männer im Vergleich zu Hannes öde und durchgehend unattraktiv. Grete, die dickliche Ahrenstochter, die sich anfangs erwartungsvoll mit ein paar Floskeln an sie herangemacht hatte, war nach ein paar zynischen Bemerkungen von Sophie zum Glück frustriert wieder abgezogen. Und Tante Fee hatte sich mit einer Migräne elegant aus der Affäre gezogen. Leute wie die Ahrens waren für sie Naziparvenüs, mit denen sie so wenig wie möglich zu tun haben wollte.

Außerdem fühlte Sophie sich in den zartrosa Satinpumps mit für ihren Geschmack viel zu hohen Absätzen wie ein Storch im Salat, und unbequem waren sie noch dazu. Kurzentschlossen zog sie sie aus, setzte sich ganz vorn auf den Steg, hob ihr Abendkleid an und kühlte die malträtierten Füße im Wasser.

Hier unten drang das Lachen und Gerede der anderen Gäste nur gedämpft an ihr Ohr und war deshalb halbwegs zu ertragen. Sogar Zarah Leanders gutturaler Alt, der vom Plattenteller dudelte, ging ihr nicht so auf die Nerven wie sonst. Sie kniff die Augen leicht zusammen und stellte sich vor, sie säße nicht an der nächtlichen Außenalster, sondern irgendwo am Meer.

Sternenhimmel, leises Wellenrauschen und natürlich Hannes, ganz nah neben ihr ...

Wie sehr sie ihn gerade vermisste!

Irgendjemand hatte auf den dunklen Holzplanken ein unberührtes Glas Waldmeisterbowle stehen lassen. Sophie nahm einen Schluck und gleich noch einen zweiten hinterher. Wenn nichts so war, wie sie es sich wünschte, würde sie sich eben betrinken, beschloss sie. Und zwar ordentlich. Bestimmt durfte sie dann früher nach Hause, bevor sie laut zu singen begann oder sich sonst unmöglich aufführte.

»In Weiß gefällst du mir eindeutig besser.« Hellmuth Moers, wie immer in Uniform und mit blank gewienerten pechschwarzen Stiefeln, glitt geschmeidig neben sie. »Ist das nicht von jeher die Farbe, die jungfräulichen Göttinnen am besten zu Gesicht steht?«

Unwillkürlich rückte Sophie ein Stück von ihm weg.

»Bin ich nicht«, murmelte Sophie so unfreundlich wie möglich. Vielleicht ließ er sie dann in Ruhe.

Sein unverschämtes, helles Lachen hallte durch die laue Abendluft.

»Was, Göttin oder eine Jungfrau? Bei Ersterem gibt es für mich keine Frage, so umwerfend, wie du selbst in diesem rosa Kitsch aussiehst. Ich musste sofort an Aphrodite denken, die schaumgeboren dem Meer entsteigt und allen sterblichen Männern den Kopf verdreht. Sogar einen jahrzehntelangen Krieg haben sie ihretwegen geführt, und wenn man dich so anschaut, könntest auch du manch einen in Versuchung führen, deinetwegen zur Waffe zu greifen. Und was die Jungfrau betrifft ….«

»Was willst du?«, raunzte sie ihn an. »Ich bin heute nicht in der Stimmung für Zweideutigkeiten.«

»Gut gebrüllt, kleine Löwin«, sagte er leise. »Wer sich nicht wehrt, der kann manchmal böse, sogar sehr böse Überraschungen erleben.« Er schwieg einen Moment. »Geht es deinem Freund, dem Rotschopf, inzwischen wieder besser?«, fragte er schließlich.

Sophie fuhr zu ihm herum.

»Woher …«

»Ach, weißt du, eigentlich erfahre ich so gut wie alles, was in dieser Stadt passiert«, sagte Moers. »Auf unsere

Kameraden von der SA muss man ohnehin stets ein wachsames Auge halten, weil ihnen manchmal das rechte Maß fehlt. Immer im Dienst der nationalen Sache, das ja, bisweilen jedoch ein wenig übereifrig. Er soll sich vorsehen, sag ihm das. Dieses Mal ist es noch halbwegs glimpflich für ihn ausgegangen. Aber sollte es eines Tages zu einer Anzeige kommen, kann ihm niemand mehr helfen.«

»Malte ist mein bester Freund«, sagte Sophie heftig. »Er kann nicht weglaufen. Und er hat keinem etwas getan.«

»Unzucht unter Männern ist ein Strafbestand, der streng geahndet wird. So lauten nun einmal unsere Gesetze.« Moers betonte jedes einzelne Wort. »Du bist alt genug, um das zu wissen – und er erst recht. Man muss beizeiten lernen, seine Triebe zu beherrschen, das gilt für uns alle. Sonst hat man in unserem neuen Deutschland nichts verloren.«

Er legte seine Hand auf ihren Arm und sah sie eindringlich an.

»Willst du denn gar nicht wissen, weshalb ich eigentlich hier bin?«

»Wegen Staatsrat Ahrens?«, riet sie lustlos.

»Speichellecker wie Ahrens interessieren mich nicht. Nein, Sophie, ich bin einzig und allein deinetwegen gekommen.« Er griff in die Tasche seiner Uniformjacke und zog ein Bündel Karten hervor. »Eröffnungsvorstellung im Olympiastadion, Speerwurf, Fechten, Fünfkampf, Leichtathletik und vieles andere mehr – 49 Nationen und ich laden dich ein zu ein paar herrlichen Tagen bei den XI. Olympischen Spielen! Ja, da schaust du. Berchtesgaden im Winter war ein geglückter Auftakt, doch dieser Sommer in Berlin wird alle Maßstäbe sprengen.«

Mit offenem Mund starrte sie ihn an.

»Berlin? Ich? Aber das würden meine Eltern doch niemals erlauben ...«, stammelte sie.

»Dein Vater hat seine Zustimmung bereits gegeben. Dann dürfte ja wohl auch die bezaubernde Frau Mama nichts weiter dagegen einzuwenden haben. Gut benehmen wirst du dich ohnehin, davon gehe ich aus. Schließlich stehst du während der gesamten Zeit unter meinem persönlichen Schutz. Übernachtet wird übrigens im Hotel Adlon, wo auch das Internationale Olympische Komitee residiert, das rundet unseren Ausflug ab. Und damit du dich nicht etwa einsam fühlst in der Hauptstadt, dachte ich mir, wir laden deinen kleinen Freund Voss gleich mit ein. Die Unterbringung erfolgt selbstverständlich in streng getrennten Zimmern.« Sein kurzes Lachen hatte einen bösartigen Unterton. »Aber darüber wird er sich ja bestimmt nicht lange grämen. Na, was meinst du?«

In Sophies Kopf wirbelte alles bunt durcheinander.

Malte und sie – bei der Sommerolympiade, wie aufregend! Das würde das Elend wieder ein wenig wettmachen, das sie ihm angetan hatten. War er denn überhaupt schon wieder so gesund, um nach Berlin fahren zu können? Obwohl, er musste ja nicht selbst laufen oder springen, sondern lediglich zusehen ...

Aber was würde Hannes zu alldem sagen?

Ihr wurde ganz mulmig bei diesem Gedanken.

»Ich hatte mir deine Freude allerdings ein wenig strahlender vorgestellt«, bemerkte Moers neben ihr. »Das enttäuscht mich jetzt doch etwas. Oder willst du vielleicht gar nicht nach Berlin? Dann musst du es nur sagen. Ich kenne viele, viele andere, die sofort begeistert zugreifen würden ...«

»Doch«, sagte sie rasch. »Natürlich will ich. Es ist nur ... ganz und gar überwältigend. Ich hätte nie geglaubt, dass es wirklich wahr werden könnte.«

Sie musste alles mit Hannes beratschlagen. Vielleicht gab es ja eine Möglichkeit, dass er ebenfalls nach Berlin kommen konnte. Wenn man etwas so sehr wollte, musste es auch einen Weg geben. Allerdings wäre dann auch Lennie möglicherweise mit vor Ort. Aber die Pimpfe würden ihnen ja wohl kaum im Adlon über den Weg laufen ...

»Oh, du hättest es ruhig glauben können«, sagte Moers. »Ich stehe schließlich zu meinem Wort. Allerding erwarte ich das dann auch von anderen. Also, Sophie, abgemacht?«

Wie in Trance nickte sie.

Plötzlich hielt auch er ein Glas in der Hand. Sie stießen an.

»Auf die starke Jugend«, sagte er. »Und auf unser geliebtes Deutsches Reich, das die ganze Welt verzaubern wird!«

»Auf Berlin«, fügte Sophie hinzu. »Auf wunderbare olympische Tage in der Hauptstadt!«

5

Hamburg, Juni 2016

Sie schaffte es nicht. Sie bekam es einfach nicht hin!

Dabei waren die winzigen Strandkörbe, die Jule zunächst aus Plastilin geformt hatte, eigentlich ganz vielversprechend ausgefallen. In der ersten Erleichterung hatte Jule sie abfotografiert und zusammen mit ihren Skizzen einer beeindruckenden neunstöckigen Konstruktion, außen hellblau und obendrauf golden glimmernd, der künftigen Frau Ruhland als Anhang gemailt – um darauf prompt den begeisterten Auftrag für die Lieferung der Hochzeitstorte zu erhalten.

Doch seitdem ging alles schief.

Die diversen Tortenböden, mal mit Schoko, mal mit Mandeln oder gemahlenen Pistazien, die sie probeweise gebacken hatte, waren noch recht vielversprechend gewesen. Doch bei den Füllungen begannen die Probleme. Buttercreme flockte aus oder schmeckte beim nächsten Versuch ranzig. Die Himbeersahne wirkte kränklich und erinnerte Jule in der Farbgebung fatal an jenes Katzenfutter, das Mims nicht einmal anrührte, wenn alles andere aus war. Ganz zu schweigen von der angeblich sommerlich erfrischenden Joghurt-Zitronencreme, in die sie so viele Hoffnungen gesetzt hatte. Doch die fiel erst unerträglich sauer aus, geriet schließlich aber dann so pappsüß, dass sie ebenso wenig genießbar war.

Und dabei hatte Jule noch nicht einmal den Kampf mit dem Fondant aufgenommen, der sie endgültig an ihre Grenzen brachte. Wer in aller Welt hatte sich nur diese widerspenstige Substanz ausgedacht, die jetzt allerorts so in Mode war? Erst war sie zu warm und klebte wie Patex an ihren ungeduldigen Fingern, doch nur eine Spur zu intensiv gekühlt, verwandelte sie sich in eine steife, kaum noch formbare Substanz, die viel zu schnell zerbröselte. Keine Chance, damit ein turmhohes Gebilde anmutig zu verkleiden, wie sie es auf ihren Zeichnungen so kühn vorgegeben hatte! Dass ihr die Arbeit am selbst eingefärbten Marzipan für die Auflage ebenfalls nur mühsam von der Hand ging, überraschte Jule dann schon gar nicht mehr. Fondant und verklebtes Marzipan wanderten in den Müllbeutel. Sie war eben eine Barista und keine Konditorin, geschweige denn eine Patissière. Frau Hagedorn zukünftige Ruhland musste sich jemand anderen suchen, der das süße Handwerk wirklich beherrsche.

Trotzdem schlug Jule das Herz bis zum Hals. Wie sehr sie es hasste, andere zu enttäuschen! Ganz schlecht fühlte sie sich jedes Mal dabei, und es war ihr schon oft im Leben so ergangen.

Sich aufrappeln, die Fehler analysieren und es dann besser machen, so hätte wahrscheinlich der kluge Ratschlag ihrer Großmutter gelautet. Jule hielt in ihrem Kampf mit der Himbeer-Creme inne und dachte an die energische, liebenswerte Frau, die vor einigen Jahren an den Folgen ihres Schlaganfalls verstorben war und deren seltsame letzte Worte kurz vor ihrem Tod Jule immer wieder im Kopf herumspukten. Sie hatte ihre Enkelin ganz nah zu sich herangewunken und ihr erzählt, sie habe als Kind im Erzgebirge ein zweites Leben gefunden. Ganz schlau war Jule aus diesem überraschenden Geständnis freilich nicht geworden, und als sie ihre Mutter auf der Beerdigung fragte, ob sie diese Worte verstand, entgegnete die nur:

»Deine Großmutter hatte einfach zu viel Fantasie.« Ein tiefer Seufzer zeigte, wie schwer Rena Weisbach es zeitlebens mit ihrer unübersichtlichen Mutter gehabt hatte. »Was hat sie sich nicht alles aus den Fingern gesogen – allein diese schrecklichen Sagen, mit denen sie kein Ende fand! Sie hat immer steif und fest behauptet, das sei uraltes regionales Brauchtum. Ich dagegen sage, die sind einzig und allein ihrem krausen Kopf entsprungen. Zum Glück waren meine Großeltern viel bodenständiger. Schade, dass du sie nicht mehr erlebt hast; sie waren ja schon ziemlich alt, als sie Eltern wurden, und sind beide leider vor deiner Geburt gestorben. Aber wenn ich eines weiß, dann das: Deine Großmutter stammt aus dem Erzgebirge. Hier in Annaberg hat sie geheiratet, hier hat sie mich zur Welt gebracht, und hier liegt sie nun auch begraben.«

Wer weiß, vielleicht hatte gerade der Einfluss ihrer Großmutter dafür gesorgt, dass Jules Mutter es im Leben am liebsten ganz gerade und direkt mochte, ohne Umwege und Ausflüchte. Was man sich einmal vorgenommen hatte, das zog man auch durch. Was man nicht sehen und nicht anfassen konnte, das gab es auch nicht. Rena Weisbach vertraute ihren kundigen Händen und den scharfen Augen, die erst spät eine Lesebrille gebraucht hatten. Thilo, ihren Mann, hatte sie mit dieser rigorosen Haltung nach wenigen Ehejahren in die Flucht geschlagen, obwohl er weiterhin sehr an ihr hing, ebenso wie an ihrer gemeinsamen Tochter Jule. Aber nicht einmal die Scheidung, unter der alle in der kleinen Familie litten, konnte Rena von dieser Maxime abbringen. Jule hatte den abrupt gekappten Kontakt zum Vater erst in den letzten Jahren wiederbelebt, wenngleich meist nur per Mail oder in gelegentlichen Telefonaten. Thilo Weisbach, der inzwischen in Leipzig lebte und sich dort seinen alten Traum von einem eigenen kleinen Fotoladen erfüllt hatte, schien sich trotzdem darüber zu freuen und stellte keine weiteren Ansprüche. Jule war seine Tochter, und er liebte sie.

Viel mehr war für ihn nicht dazu zu sagen.

Ganz im Gegensatz zu seiner Exfrau, die stets etwas an der gemeinsamen Tochter zu meckern fand – vor allem, dass Jule sich immer wieder für neue Ideen begeistern konnte. Im Gegensatz zu ihr hatte sie Omas Sagen über das Erzgebirge geliebt und Libussa und ihre wilde Weiberschar in kalten Winternächten förmlich ums Haus jagen hören. Reichlich Fantasie besaß sie also. Nur leider keinerlei Durchhaltevermögen, deshalb brachte sie ja auch nie etwas richtig zu Ende. Jule wusste, dass ihre Mutter sich immer wieder fragte, womit sie diese Tochter eigentlich verdient hatte. Deshalb war es gut, dass aktuell viele Kilometer sie voneinander trennten.

Als hätte ihre Mutter Jules Gedanken gehört, klingelte auf einmal das Telefon.

»Mama hier. Wie geht es dir?«

»Ganz gut eigentlich – nur gerade ist es ein bisschen ungünstig ...«

»Wieso ungünstig?«

»Ich bin mitten in einem heiklen Backprozess. Gibt es etwas Dringendes?«

Rena Weisbach lachte. »Was würdest du sagen, wenn ich dich endlich in Hamburg besuchen käme?«

»Jetzt?«, fragte Jule geschockt.

Nicht auch noch das – bitte!

»Natürlich nicht jetzt. So in zwei, drei Wochen vielleicht. Oder noch ein bisschen später. Ich muss ohnehin in den Norden. Und meine einzige Tochter würde ich bei dieser Gelegenheit auch gern mal wiedersehen. Oder ist das etwa ein Problem?«

»Natürlich nicht.« Ein Aufschub. Immerhin. »Wir reden noch, okay? Ich muss jetzt leider dringend los ...«

Ihre Mutter hier in Hamburg, wo sie mit ihren kritischen Kommentaren alles zerbröseln würde, das Jule sich mühsam aufgebaut hatte – ein Albtraum! Doch vielleicht fiel ihr ja noch etwas ein, mit dem sie dieses Vorhaben verhindern konnte.

Ausnahmsweise mal *Jule mit Plan* ...

Leider aber nicht, was diese Hochzeitstorte betraf. Sie hätte sich niemals von Aphrodite beschwatzen oder, besser gesagt, verführen lassen dürfen. Die hatte ihr nur helfen wollen, doch dafür den Kopf hinhalten musste nun Jule. Nun blieb ihr nichts anderes übrig, als ihre Unfähigkeit einzugestehen, und das so rasch wie möglich, sonst stand das Brautpaar an seinem Hochzeitstag nämlich ohne Torte da. Um sich wieder zu beruhigen und nicht als Versagerin auf der ganzen Linie zu fühlen, bereitete sie noch schnell eine Zitronentarte mit einem Mürbeteigboden zu, die ihr ebenso gut gelang wie die Franzbrötchen, die schon im Morgengrauen fertig gewesen waren.

Einfache Dinge beherrschte sie wenigstens noch. Nach den kulinarischen Backsternen sollten dann bitteschön andere greifen.

Der frühe Morgen, sinnlos vertan mit unergiebigen Experimenten und größtenteils unerfreulichen Erinnerungen, war viel zu schnell verstrichen. Jule schlüpfte in ein frisches T-Shirt und einen Rock mit aufgedruckten gelben Rosen. Dann verstaute sie das frische Backwerk in ihren Transportkartons, zusammen mit dem Dutzend Blaubeertörtchen, die schon am Vorabend fertig geworden waren. Sollte sie zur Sicherheit noch dicke Einmachgummis darum ziehen? Ach wo, bislang war es immer gutgegangen, und außerdem wusste sie im Moment auch gar nicht, wo sie diese beim letzten Saubermachen hingeräumt hatte.

Sie brachte die Kartons nach unten und schichtete sie dann in den gebrauchten Fahrradanhänger, der vom jahrelangen Kindertransport schon ein wenig ramponiert aussah, für ihre Zwecke aber noch durchaus brauchbar und vor allem erfreulich preisgünstig gewesen war. Im Kühlschrank des *Strandperlchens* lagerten zusätzlich noch ein ganzer amerikanischer Käsekuchen sowie eine halbe Sachertorte; alles zusammen würde sie wohl über den Vormittag bringen, obwohl ihre Gäste samstags bei einem Zwischenstopp während des Einkaufens manchmal besonders großen Kuchenappetit entwickelten. Nachmittags konnte sie dann die Bananenschnitten und Mandelhörnchen in den Ofen schieben, und falls alle Stricke rissen, zusätzlich noch den Rüblikuchen aufbacken, den sie für Notfälle eingefroren hatte.

Aber beeilen musste sie sich jetzt wirklich, sonst würde der alte Franzose, der jeden Morgen pünktlich wie das Glockenläuten bei ihr aufschlug, vor verschlossenen Türen stehen. Sie trat so heftig in die Pedale, dass sie auf der kurzen Strecke zu schwitzen begann, und wurde noch schneller, als sie beim Abbiegen tatsächlich eine dunkel gekleidete männliche Gestalt vor der Tür des *Strandperlchens* stehen sah.

»Bonjour, Monsieur Pierre«, rief sie und bremste so ungestüm, dass ihr Anhänger bedenklich zu schlingern begann. »Bin gleich bei Ihnen!«

Leider hatte Jule dabei die schroffe Kante übersehen, die Fahrbahn und Fußgängerbereich voneinander trennte. Und unglücklicherweise dotzte die altersschwache Achse, der sie schon von Anfang an misstraut hatte, dabei exakt dort auf und brach. Der instabile Anhänger kippte, die Kartons fielen heraus und ergossen ihren Inhalt auf den Alma-Wartenberg-Platz. Dunkles Blau, Sahneweiß, Zitronengelb und helles Braun vermischten sich. Auf den ersten Blick sah es fast aus wie ein abstraktes Gemälde, das da auf dem grauen Boden lag – aber es war fast die Hälfte ihrer Tagesration, die nun beim Umsatz fehlen würde.

Jule hatte Tränen in den Augen, als sie das Rad abgestellt hatte und nun fassungslos neben dem Schlamassel kniete. So verlassen hatte sie sich zum letzten Mal gefühlt, als Jonas' Freundin Claudi im *Strandperlchen* triumphierend ihren Babybauch zur Schau gestellt hatte. Zurück wollte sie den treulosen Liebsten schon lange nicht mehr, aber jemanden an ihrer Seite, der mit ihr durch die Höhen und Tiefen des Lebens ging, den hätte sie sich sehr wohl gewünscht.

»Shit«, murmelte sie vor sich hin und hätte vor Wut und Enttäuschung am liebsten aufgestampft. »Was für ein sagenhafter, hundsgemeiner Riesenshit!«

»Den Kuchen können Sie vergessen. Aber die Franzbrötchen sehen eigentlich ganz okay aus. Um die Törtchen tut es mir besonders leid. Blaubeer, oder? Meine Lieblingssorte. Lässt sich da vielleicht nicht doch noch was retten?«

Blinzelnd hob Jule den Blick.

Der Querulant.

Ausgerechnet der. Es konnte immer noch schlimmer kommen.

Von wem stammte das noch einmal? Egal. Er hatte jedenfalls recht gehabt.

Langsam stand sie wieder auf.

»Glauben Sie vielleicht, ich serviere meinen Gästen Gebäck, das ich zuvor von der Straße gekratzt habe?«, erwiderte sie mühsam beherrscht. »Sie müssen ja eine schöne Meinung von mir haben!«

Seltsamerweise blieb eine bissige Antwort aus. Stattdessen begann er verschmitzt zu lächeln.

»Also, backen können Sie«, sagte er. »Manchmal sogar etwas, das ich mag. Und Espresso liegt Ihnen auch, wie ich neulich feststellen musste. Wenn es jetzt noch mit dem Straßenverkehr hinhaut …« Er zog eine vieldeutige Grimasse, dann wurde er wieder ernst. »Weg muss der Schmodder auf jeden Fall. Warten Sie. Ich helfe Ihnen.«

Zehn Minuten später war von Jules Malheur nichts mehr zu sehen – abgesehen von einem kleinen Sahnerestchen für Mims, die es hingebungsvoll aufschleckte. Für einen Juristen hatte der Querulant erstaunlich beherzt mit angepackt, hatte gefegt, geschrubbt und die durchweichten Kartons entsorgt, ohne unnütze Worte zu verschwenden. Als kleines Dankeschön kredenzte Jule ihm einen Espresso doppio, den er gerade zusammen mit einem Stück Käsekuchen genoss.

»Kann man so lassen«, kommentierte er, als er mit beidem fertig war.

Wenn er nicht so mürrisch dreinschaut wie sonst, sieht er eigentlich ganz gut aus, dachte Jule. Aber ein Kauz bleibt er trotzdem. Bloß kein Fitzelchen Lob zu viel. Könnte ja sonst vielleicht irgendwo wehtun.

»Das, was Sie soeben getrunken haben, ist eine Spitzenqualität aus Brasilien«, sagte sie. »Diese Arabica-Bohnen werden in einem speziellen Humidor aufbewahrt und danach ganze zwanzig Minuten lang bei zweihundert Grad schonend geröstet, anstatt vier Minuten bei sechshundert Grad, wie sonst in der Massenproduktion üblich. Ich lege Wert auf beste Qualität, und ich denke, das schmeckt man.«

Er nickte und stierte dabei zu dem Karton mit den Franzbrötchen hinüber, die den Sturz einigermaßen gut überstanden hatten.

»Entenfutter«, kommentierte sie lakonisch. »Oder etwas für die Alsterschwäne. Vorausgesetzt allerdings, ich hätte Zeit dafür. Wollen Sie vielleicht …«

»Ach, wenn Sie mich schon so fragen, weshalb eigentlich nicht? Drei, vier nehme ich gerne mit. Aber fürs Federvieh sind die mir viel zu schade. Die finden garantiert andere Abnehmer.«

»Bei Gericht?«, fragte Jule, während sie ihm ein halbes Dutzend Hefeteilchen in eine Tüte packte.

»Wieso Gericht?«, fragte er.

»Ach, klar.« Sie schüttelte den Kopf. »Heute ist ja Samstag. Da haben sogar Staatsanwälte frei.«

Jetzt lachte er. Weil sie mit ihrer Vermutung richtig gelegen hatte?

Plötzlich berührte er ihre Locken.

»Sie haben da was Blaues«, sagte er. »Das irritiert mich schon die ganze Zeit.«

»Das ist doch nur ein Stück Fondant«, sagte sie leicht verlegen, als es abgezupft zwischen ihnen auf der Theke lag.

Fragend sah er sie an.

»Damit umhüllt man Torten. Mehrstöckige Torten vor allem. Ich habe heut früh ein wenig damit experimentiert.«

»Und wozu soll das gut sein?«, fragte er. »Ich meine, Torten zu umhüllen? Die schmecken doch auch so.«

»Damit sie schöner aussehen. Alles Optik. Nur das zählt. So ist es doch heute nun einmal.«

»Wieder was dazugelernt. Wenngleich ich da lieber altmodisch bleibe. Aber jetzt muss ich los. Passen Sie auf sich auf!«

»Versuche ich ja«, murmelte Jule, als er die Tür aufstieß, um Monsieur Pierre hereinzulassen. Der warf ihr eine Kusshand zu, um danach sofort seinen Stammplatz am Fenster anzusteuern.

»*Je suis desolé, Mademoiselle Julie*, dass ich so spät dran bin. Aber heute ging bei mir einfach alles schief!«, rief er in ihre Richtung. »*Un malheur après l'autre!*«

»Fragen Sie mich mal«, murmelte Jule und stellte ein Wasserschälchen neben die Theke. Mims würde nach der Sahneorgie sicherlich durstig sein.

Bevor weitere Gäste eintrudelten, zog sie Maren Hagedorns Visitenkarte aus ihrer Tasche. Je schneller sie es hinter sich brachte, umso besser. Dabei fiel der Zettel heraus, den sie schon seit Tagen mit sich herumschleppte.

So lahm, wie ihre Freundin immer tat, war Jule nämlich gar nicht. Sie war schon mit dem Fahrrad ins feine Harvestehude gefahren, wo die Nobel GmbH & Co KG in einem renovierten Altbau residierte, und hatte eine ganze Weile nachdenklich zu den großen Fenstern im ersten Stock hinaufgeschaut. Hineingegangen war sie schließlich dann aber doch nicht. Weil sie nämlich noch immer nicht wusste, was genau sie dort zu ihren Gunsten vorbringen sollte.

*

Nils war zu spät dran, untypisch für ihn, weil Pünktlichkeit schon von klein auf zu seinem Wesen gehörte, aber Johanna war nicht unglücklich darüber. Sie hatte schlecht geschlafen, war früh mit Kopfschmerzen aufgewacht und hatte nach einer Aspirin und einer Tasse Tee noch ein Weilchen im Bett geruht, bis die Wirkung der Tablette einsetzte. Sobald es dämmerte, kochte sie Kaffee, den sie in eine große Thermoskanne füllte, schmierte einige Brote als Proviant für die Räumaktion und machte sich dann auf den Weg zum Haus ihrer Mutter in Ottensen.

Noch immer fühlte es sich seltsam für sie an, die Tür aufzuschließen und von oben nicht die brüchige Stimme zu hören, die so typisch für die letzten Lebensjahre ihrer Mutter gewesen war.

»Bist du das, Sternchen?« So hatte sie ihre Tochter manchmal genannt, wenn sie besonders guter Laune gewesen war. »Ich habe schon auf dich gewartet!«

Sigrid hatte niemals ins Pflegeheim gewollt, und die Familie war übereingekommen, diesen Wunsch so lange wie möglich zu respektieren. Zuletzt jedoch war die alte Dame so schwach geworden, dass die steilen Treppen beim besten Willen nicht mehr zu bewältigen waren. Dabei hing sie mit jeder Faser an diesem Haus, das ihr 1950 durch die testamentarische Verfügung einer Nachbarin wie ein Lottogewinn zugefallen war. Mina Ahrens, kinderlos und ohne andere Verwandte, hatte die Immobilie der tapferen jungen Kriegerwitwe vermacht, die neben ihren Schichten als Krankenschwester und drei kleinen Kindern noch Zeit gefunden hatte, sich bis zu Mina Ahrens' Tod um ihre Nachbarin zu kümmern.

Wie Könige hatten sie sich gefühlt, als sie das Haus zum ersten Mal als Eigentümer betreten konnten. Volker und Achim waren sofort lautstark die Treppen rauf und runter gepoltert, um es in Besitz zu nehmen, während die kleine Johanna ganz still neben ihrer Mutter geblieben war und alles mit großen Augen betrachtet hatte. Ein eigenes Haus für die vierköpfige Familie, die bislang in einer engen Zweizimmerwohnung plus Küche und Toilette mehr gehaust als gewohnt hatte, weil nach dem Feuersturm auf Hamburg im Juli und August 1943 ganze Stadtteile niedergebrannt waren. Natürlich hatte sich die Stadt nach Kriegsende um einen raschen Wiederaufbau bemüht, doch nahezu dreihunderttausend verlorene Wohnungen waren nicht so schnell zu ersetzen gewesen. Es dauerte bis in die sechziger Jahre, bis alle Hamburger wieder ein vernünftiges Dach über dem Kopf hatten, und noch länger, bis auch die letzten Bombenbrachen beseitigt waren.

Heute war das schmale graue Gebäude deutlich vom Zahn der Zeit gezeichnet. Bescheiden duckte es sich zwischen zwei frisch renovierten Mietshäusern, die in neuem Anstrich erstrahlten und es um jeweils drei Stockwerke überragten. Damals jedoch war es den Martens wie das Himmelreich erschienen. Sigrid wurde nicht müde, Raum für Raum nach ihren Vorstellungen umzugestalten: Teppiche, Gardinen, Tapeten und Möbel machten im Lauf der Zeit ein echtes Zuhause daraus, in dem sich alle wohlgefühlt hatten – zumindest in den ersten zwanzig Jahren. Wann genau ihre Mutter begonnen hatte, Dinge zu sammeln und das ganze Haus mit Kram vollzustopfen, war im Nachhinein nicht mehr genau zu bestimmen. Vielleicht hatte es ja bereits mit Volkers Auszug begonnen, als der nach seiner Bundeswehrzeit nicht mehr zu Hause wohnen wollte. Es verschlimmerte sich definitiv, als Achim seinem älteren Bruder nachfolgte, und fand eine Art Höhepunkt, nachdem Johanna zu studieren begonnen hatte und mit zwei Freundinnen eine eigene Bude mietete.

Möglicherweise rührte es daher, dass Sigrid einmal alles verloren hatte. Mit nur einem Koffer und einem Kinderwagen inmitten brennender Trümmer obdachlos zu sein, war ein traumatisches Erlebnis gewesen, das selbst über die Jahrzehnte seinen Schrecken nicht verloren hatte. Vielleicht war es aber auch das Bestreben, es sich und den nun vaterlosen Kindern nach den Kriegsschrecknissen so richtig gemütlich zu machen – und dazu erschien ihr offenbar vor allem Nippes in jeder Form als geeignet. Irgendwann gab es im Haus keine Kommode, kein Regalbrett oder Schränkchen mehr, auf dem nicht irgendetwas Gehäkeltes oder Getöpfertes gestanden oder gelegen hätte. Überall fanden sich Figürchen, umgeben von Tiergruppen aus Glas, Filz oder Stoff. Dazu kamen die zahlreichen Vasen mit den künstlichen Blumen, Staubfänger vom Allerfeinsten. Von den Tapeten war nicht mehr viel zu sehen, so dicht hingen die Bilderrahmen aneinander, scheinbar wahllos angeordnet oder nach einem geheimnisvollen System sortiert, das allein Sigrid verstand. Eine Art Rausch schien sie überkommen zu haben, den sie zunächst auf Flohmärkten stillte. Bald schon aber trieb er sie auch in die großen Warenhäuser Hamburgs, wo sie alles kaufte, was ihr in die Hände fiel, gleichgültig, ob sie es brauchte oder nicht.

Zuerst hatten die Geschwister noch heimlich darüber geschmunzelt, im Lauf der Zeit jedoch befiel Johanna und ihre Brüder eine dumpfe Resignation, denn Sigrid zeigte sich jedem Argument gegenüber vollkommen uneinsichtig. Als es immer schlimmer wurde, gab es schließlich sogar einen Namen für das Krankheitsbild. *Messie* zu sein war offenbar unheilbar, was Sigrids Familie mehr und mehr mit Verzweiflung erfüllte. Sie landete schließlich doch im

Pflegeheim, und nun standen ihre drei Kinder fassungslos zwischen Kartons und uralten Zeitungsstössen, die ihnen bis zur Hüfte reichten. Jede Sitzmöglichkeit war von Kleidern bedeckt, die kleine Küche mit Pfannen, Töpfen, Geschirr, Gläsern und Besteck bis auf eine schmale Gasse vollständig zugestellt.

Sie brauchten ewig, um alles zu durchforsten, noch immer in der trügerischen Hoffnung, unter all dem Nutzlosen doch irgendwelche geliebten Erinnerungsstücke oder sogar heimliche Schätze zu entdecken. Aber bis auf einige Fotoalben aus Kindertagen und einem altmodischen Silberbesteck, das einst Mina gehört haben musste, fand sich nichts. Die Entrümpelungsfirma, die sie schliesslich entnervt engagierten, schaffte in einem Tag, was die drei Geschwister nicht einmal in Monaten zustande gebracht hatten – das Haus war leer.

Jetzt war nur noch der Speicher übrig, den Johanna sich heute eigentlich mit ihrem Neffen Nils hatte vornehmen wollen. Da dieser sich offenbar verspätet hatte, krempelte Johanna die Ärmel hoch und machte sich daran, schon einmal ein paar Dinge vorzusortieren, die nicht auf dem Sperrmüll landen sollten, wie die aufwendig gearbeitete siebenstöckige Etagere, wie man sie früher für pompöse Hochzeiten verwendet hatte. Sie hatte das edle Stück aus einem der zahlreichen Kartons geborgen, die sich noch immer auf dem Dachboden stapelten. Johanna richtete sich auf und sah sich um, versuchte zu entscheiden, an welcher Stelle sie weitermachen wollte. Zu ihrer Rechten lag eine dunkle Zeltplane über einem unförmigen Gebilde. Johanna hob sie vorsichtig an, und ein Schauer lief ihr über den Rücken. Unter der Plane stand ein altes Puppenhaus, das ihre Mutter ihr zum ersten Weihnachten im neuen Zuhause geschenkt hatte. Eine Spezialanfertigung, die ein alter Schreiner aus der Nachbarschaft liebevoll aus Sperrholz gebaut hatte, weil andere Materialien damals unerschwinglich gewesen waren. Für Johanna war es das allerschönste Geschenk ihres Lebens gewesen. Jahrelang hatte sie hingebungsvoll damit gespielt, bis die Pubertät einsetzte und sie von einem Tag auf den anderen nichts mehr von diesem »Kinnerkram« hatte wissen wollen. Seitdem war das Haus in Vergessenheit geraten – doch ihre Mutter hatte es aufbewahrt.

Sigrid hatte es im Lauf der Jahre genauso ausgestattet wie das große Haus; selbst die Püppchen, die es bewohnten, waren Abbilder ihrer echten Familie. Johannas Augen flogen über die einzelnen Räume und nahmen jedes auch noch so kleine Detail auf – bis sie plötzlich stutzte. Im kleinsten Zimmer lag in einer winzigen Holzkiste ein Säugling in einem rosa gestrickten Strampler, auf den ein kleiner Zettel geheftet war. Daneben entdeckte sie einen winzigen Pappmaché-Koffer, der genauso aussah wie der, den sie bei ihrem letzten Besuch auf dem Dachboden gefunden hatte.

Als sie das Püppchen vorsichtig herausnahm und es sich ganz nah vor die Augen hielt, konnte sie sogar die winzige, leicht verblasste Schrift lesen: JOHANNA.

Verblüfft legte sie es zurück.

Hatte ihre Mutter nachgestellt, wie es damals kurz nach dem Bombenangriff gewesen war, als sie geboren wurde?

Aber was genau wollte sie damit erzählen?

Und wer beschriftete schon sein eigenes Kind?

»Tante Jo?« Die Stimme ihres Neffen, der gerade die Leiter heraufkletterte, klang ungewohnt fröhlich. »Hast du schon mal angefangen?«

»Ja«, sagte sie und kam mühsam wieder auf die Beine. »Das alte Puppenhaus hier möchte ich auf jeden Fall behalten. Schön, dass du jetzt da bist, Nils!«

Mittag war längst vorbei, als sie ihre Sichtung beendet hatten. Viel war es nicht, das sich zu behalten lohnte – die Etagere, ein wenig altes Geschirr, ein paar nostalgische Hüte, ein großer Spiegel mit Holzrahmen, den Nils für seinen Laden brauchen konnte. Bis auf das Puppenhaus, das er am nächsten Tag zu seiner Tante bringen wollte, weil sein Kombi geräumiger war als ihr Fiat, gab es eigentlich nichts, das den stundenlangen Aufwand wirklich gelohnt hätte. Obwohl Johanna die ganze Zeit über das seltsame Gefühl nicht verließ, irgendetwas Wichtiges übersehen zu haben. Vielleicht musste sie noch einmal mit ihren Brüdern reden, vor allem mit Volker, der fünf Jahre älter war als sie. Womöglich fiel dem ja etwas ein.

»Wollen wir noch was essen gehen?«, schlug Nils vor. »Ist zwar schon ein bisschen spät, aber irgendein Italiener in der Nähe hat sicher noch auf.«

»Ach, ich weiß nicht so recht …«, erwiderte sie vage.

Denn Johanna drängte es nach Hause. Sie musste unbedingt erfahren, wie es Sophie und Malte bei der Olympiade in Berlin ergangen war. Alles in ihrer Wohnung wartete bereits auf sie: das Sofa, die Brille, die Kekse, und vor allem natürlich das Tagebuch. Ja, sie brannte regelrecht auf ihre Lektüre, aber zugleich wollte sie ihren Neffen nicht vor den

Kopf stoßen. Vielleicht hielt Nils sie ja ohnehin schon für etwas wunderlich, weil sie sich in die Erinnerungen Fremder flüchtete, doch selbst wenn, so waren ihr Interesse und ihre Neugierde auf Sophies weiteren Werdegang größer als die Angst vor seinem Urteil.

»Aber eine kleine Stärkung brauche ich unbedingt«, sagte Nils seufzend. »Das lange Kramen und Räumen war ganz schön anstrengend.«

»Ich habe Kaffee und belegte Brote dabei«, bot sie an. »Salami oder Käse, ganz wie du willst.«

»Den Kaffee nehme ich gern, aber das mit den Broten lass man. Da hab ich etwas Besseres für uns.« Er zog ein Hefeteilchen aus einer Papiertüte und reichte es ihr, bevor er sich auch selbst eins nahm. »Ist noch mehr davon da, wenn du möchtest.«

Johanna biss ab und lächelte anerkennend. Doch dann verzog sie auf einmal den Mund.

»He, da ist ja ein Stein in meinem Franzbrötchen.« Erschrocken schaute sie ihren Neffen an. »Hast du vor, deine alte Tante auch noch zahnlos zu machen?«

Nils lachte spitzbübisch.

»Tut mir leid. Gut sind sie jedenfalls, oder etwa nicht? Spuck ihn einfach aus.«

Wann hatte sie ihren pingeligen Neffen zum letzten Mal so entspannt erlebt? Auf jeden Fall war es schon viel zu lange her. Seit Evelyn ihn verlassen hatte und dann auch noch zu seinem langjährigen Freund Roland gezogen war, schaute Nils meist finster drein. Mit Frauen hatte er abgeschlossen. Für alle Zeiten.

Behauptete er jedenfalls.

Aber Johanna hätte sich schon schwer täuschen müssen, wenn hinter seiner guten Laune nicht doch irgendein weibliches Wesen steckte. Natürlich würde sie nichts dazu sagen. Nils konnte es nicht leiden, wenn andere sich in seine Angelegenheiten einmischten, das hatte er seine Familie schon als kleiner Junge spüren lassen. Vielleicht liebte sie ihn ja gerade deshalb so sehr, weil er so selbstständig und mutig war, wie sie selbst es auch gern gewesen wäre.

»Dann komm doch am Mittwoch zum Mittagessen«, schlug sie vor. »Ich koche uns was Nettes, und danach kannst du dann auch gleich wieder los. Sagen wir so gegen eins?«

»Fischsuppe?« Seine Augen begannen zu glänzen. »Du weißt doch, deine mag ich am allerliebsten!«

»Mal sehen«, sagte sie lächelnd. »Lass dich einfach überraschen. Auch alte Tanten brauchen ab und an ihre Geheimnisse.«

*

Berlin August, 1936

Ich werd verrückt – wir sind in Berlin!

Und wie glücklich und entspannt Malte aussieht, der neben mir im Stadion sitzt. Dabei hat er sich zunächst geziert, überhaupt mitzukommen.

»In diesen Hosen? Niemals!« Unglücklich starrt er an sich herunter. Nicht ein Wort mehr über die schweren Stiefel, die ihm vor nicht allzu langer Zeit die Rippen gebrochen haben, aber über seinen verschossenen Tweed, der noch dazu

auf Hochwasser sitzt, da regt er sich auf. »Hier auf der Penne mag das wohl gehen. Am Elbestrand meinetwegen auch noch. Aber ich mach mich doch nicht in Berlin vor der ganzen feinen Welt zur Minna!«

Mama will sein Problem nicht verstehen. So frage ich ganz verzweifelt schließlich Tante Fee um Rat, und die weiß natürlich wieder einmal die Lösung. Mit welcher Grandezza sie Malte das dicke Paket von Herrenausstatter Hinrich überreicht!

Seine Augen werden immer größer, als er den marineblauen Blazer, den dunklen Abendanzug, die feinen Hemden und Krawatten, die weißen Leinenhosen, Poloshirts und Seidensocken darin entdeckt, ganz zu schweigen von den zwei Paar handgenähten Schuhen in einer weiteren Tüte.

»Aber wie soll ich das denn jemals...« Jetzt stottert er sogar.

»Das trägt der junge Herr von Welt heutzutage im Sommer«, versichert Tante Fee ihm, ohne eine Miene zu verziehen. »Sophie schicken wir ja auch mit vier brandneuen Kleidern nach Berlin. Da müssen Sie als ihr Kavalier schon mithalten, oder etwa nicht? Denn das sind Sie doch: Sophies charmanter Begleiter. Und eines darf ich auch noch sagen: Sie werden hinreißend darin aussehen, Herr Voss! Genießen Sie es. Schließlich ist man doch nur einmal jung, und leider verrät einem keiner, wie schnell das vorbeigeht.«

Malte genießt es. Und wie er es genießt!

Und ich genieße sie auch, die Blicke, die uns beiden folgen, wenn wir Seite an Seite den Frühstückssaal betreten, wo Köstlichkeiten in bislang unbekannter Qualität und Fülle auf uns und die anwesende Prominenz vom Olympischen Komitee warten. Ja, es ist dekadent, schon morgens zart geröstete russische Blinis mit Lachs und Kaviar sowie becherweise exotische Früchte zu verspeisen und dazu exzellenten Kaffee in schlanken Porzellantassen zu schlürfen, während anderswo in dieser Stadt arme Kinder in dunklen Hinterhöfen nicht einmal ein Margarinebrot zum Frühstück bekommen. Man könnte vor lauter Luxus beinahe vergessen, was ringsumher um einen passiert – aber Malte wäre nicht Malte, würde er mich nicht ständig daran erinnern.

»Fällt dir nichts auf?«, flüstert er mir zu, während eine dunkle Limousine uns vom Adlon bis zum Olympiastadion bringt.

»Was soll mir denn auffallen?«, flüstere ich zurück, weil ich dem stiernackigen Chauffeur vor uns nicht traue, in dessen Obhut Hellmuth Moers uns gegeben hat, weil er erst später zu uns stoßen wird.

»Na, schau dich doch nur mal um, Sophie! Kein einziges Schild JUDEN UNERWÜNSCHT – da haben sie aber gründlich aufgeräumt.« Er senkt seine Stimme noch weiter. »Der niedliche Liftboy aus der Nachtschicht hat mir gestern gesteckt, dass auch alle Zigeuner wie von Zauberhand aus der Stadt verschwunden sind. Gerade noch rechtzeitig. Was für ein Zufall! Allerdings offenbar nicht ganz freiwillig. Oder glaubst du etwa, sie werden nach den Olympischen Spielen wieder heil und gesund in ihre Wagen zurückkehren?« Er streicht seine rote Tolle nach hinten, die übrigens kein bisschen unauffälliger geworden ist, so wie seine Eltern es eigentlich verlangt haben. »Also, ich hab da so meine Zweifel.«

Maltes Worte legen einen Schleier über meine Freude.

Natürlich seufze auch ich, als die zwanzigtausend weißen Friedenstauben in den Himmel steigen, und bestaune wie alle anderen den riesigen Zeppelin Hindenburg hoch über unseren Köpfen. Natürlich bebt auch mein Herz, als der Läufer mit der olympischen Fackel im Stadion eintrifft, wenngleich ich gleichzeitig hoffe, dass Lennie mit seinen kleinen Kumpanen vom Jungvolk irgendwo kaserniert ist und uns bitteschön möglichst nicht über den Weg läuft. Und natürlich halte auch ich mit allen anderen den Atem an, als der Führer höchstpersönlich die XI. Olympischen Spiele für eröffnet erklärt, aber mein innerer Jubel, meine vorbehaltlose Begeisterung sind verschwunden und wollen sich trotz all der Höchstleistungen vor unseren Augen nicht mehr so recht einstellen.

Ich finde es fantastisch, was die Athletinnen und Athleten vollbringen, aber eine hartnäckige innere Stimme fragt immer wieder: Und danach? Ich mag dieses offene, international aufgeschlossene Deutschland, das sich hier der Welt präsentiert, aber ich glaube nicht ganz daran. Als der dunkelhäutige Amerikaner Jessie Owens am zweiten Tag als erster Läufer beim 100-Meter-Lauf ins Ziel schießt, hält die riesige Menschenmenge im Stadion für den Bruchteil einer Sekunde den Atem an.

Erst dann bricht frenetischer Beifall los. Das sagt mir alles.

»Der Neger hat gewonnen«, raunt Malte mir zu, so elegant und weltmännisch in seinen weißen Hosen und dem nachtblauen Blazer, als sei er gerade dem feinsten Eliteinternat entstiegen. »Das wird den Nazis aber gar nicht gefallen. Und seinen Landsleuten auch nur, solange er keine weiteren Ansprüche stellt. Daheim in den USA muss er

dann wieder einen anderen Aufzug als die Weißen benutzen und darf nicht mit ihnen im gleichen Bus fahren. Damit sie bloß nicht zu eng mit ihm in Berührung kommen.« Seine Stimme klingt auf einmal brüchig. *»Wie sie es hier auch am liebsten für mich und meinesgleichen machen würden. Wenn nicht noch weitaus Schlimmeres.«*

Es ist das erste Mal, dass er von sich aus wieder auf sein Anderssein zurückkommt, für das er mit so großen Schmerzen bezahlt hat, und ich warte, ob er noch mehr dazu sagen will. Aber Malte bleibt stumm, nur die Hand fährt zu seinem Brustkorb, als ob ihn die Rippen plötzlich wieder schmerzten.

»Alles in Ordnung?«, murmele ich besorgt und vergesse für einen Moment, auf die Sportler zu schauen.

»Sowieso.« Sein schiefes, hinreißendes Grinsen geht mir durch und durch. »Dabei sind wir warmen Brüder eigentlich die richtigen Kerle. Das wissen die anderen, die uns an die Gurgel gehen, bloß noch nicht.«

Wir fahren auseinander. Hellmuth Moers ist wie aus dem Nichts aufgetaucht und setzt sich auf den Platz neben Malte, freundlich, aufmerksam, fast so besorgt wie ein liebevoller Onkel, der sich nichts anderes wünscht, als dass seine jungen Schutzbefohlenen restlos glücklich sind.

»Heute wird ein besonderer Abend«, kündigt er vollmundig an. »Nicht so wie gestern. Kein steifes Dinner. Versprochen! Heute zeige ich euch beiden ein Berlin, das es so eigentlich gar nicht mehr gibt. Lasst euch überraschen. Und macht euch bitte dafür fein. Ihr werdet sehen, es lohnt sich.«

Ich schenke mir jede Widerrede. Dabei würde ich den Abend am liebsten in meinem Zimmer verbringen, aber welche Ausrede hätte ich schon dafür? So lächle ich und freue mich scheinbar sehr. Ausnahmsweise weiß nicht einmal Malte, wie es wirklich in mir aussieht. Optisch ist alles perfekt. Ich trage ein schulterfreies Kleid aus fliederfarbener Seide, das meine Augen grüner und geheimnisvoller denn je wirken lässt, dazu ein zartes Spitzenbolero im gleichen Farbton, sowie schwarze Lackpumps und kleine graue Perlohrringe, eine Leihgabe von Tante Fee.

Moers pfeift durch die Zähne, als ich aus dem Lift steige.
»Dafür bist du doch eigentlich noch viel zu jung, kleine Sophie«, sagt er rau. »Aber eins muss man dir lassen: Du siehst grandios darin aus. Und wie du duftest – geradezu betörend. Diese Nacht gehört schon jetzt dir.«
Ich bekomme eine Gänsehaut am ganzen Körper, bemühe mich aber, es zu überspielen. Das Parfum heißt Patou, ist unverschämt teuer und ebenfalls eine Leihgabe von Tante Fee. Malte mag es übrigens nicht besonders, wie er mir gerade eben zugeraunt hat, weil er es zu schwer und zu erwachsen für mich findet, aber das kann ich nun leider nicht mehr ändern. Am liebsten würde ich rauchen, um meine Unsicherheit zu kaschieren, doch Moers jetzt nach einer Zigarette zu fragen, wage ich nicht.
Malte sieht aus wie ein junger Lord, edel, wohlerzogen, nicht ganz von dieser schnöden Welt. Heute wird keiner sein Hinken bemerken. Allerdings muss er sich beim Rasieren verletzt haben, denn ein Schnitt verunziert seine Wange.
»Das sieht ja fast aus wie ein Schmiss. Alle Achtung, Voss, das steht Ihnen!«
Moers berührt ihn wie zufällig, und eigentlich erwarte

ich, dass Malte eine flapsige Bemerkung loslässt, doch mein bester Freund bleibt stumm und rührt sich nicht einmal.

»Dann wollen wir drei Hübschen mal los!«

Auf einmal erinnert mich Moers in seiner schwarzen Uniform und den polierten Stiefeln an einen überdrehten Circusdirektor, der seine Pferdchen auf Trab bringen will.

Anton, sein stiernackiger Chauffeur, kutschiert uns zuerst ins Etablissement Horcher, wo uns an einem Ecktisch unter großen gelblichen Lampenschirmen ein so kurz gebratenes Roastbeef serviert wird, dass ich trotz meines Hungers kaum ein paar Bissen davon hinunterwürgen kann. Ich halte mich lieber an die fettigen Bratkartoffeln, die dazu gereicht werden, um für später eine halbwegs solide Grundlage zu haben. Malte scheint es ähnlich zu gehen, so unentschlossen, wie er die blutigen Fleischstücke auf seinem Teller hin und her schiebt, aber er lässt sogar die Beilage stehen.

Nur unser Gastgeber vertilgt beides mit gesundem Appetit. Danach raucht er und wirkt auf einmal ruhelos.

»Hier ist heute ja wirklich tote Hose«, bemerkt er schließlich achselzuckend. »Aber kein Problem. Wir wollen ja ohnehin weiter.«

Unsere nächste Station ist das Sherbini in der Uhlandstraße, eine ziemlich düstere Kaschemme mit einem endlos langen Tresen und winzigen Tischen, in der allerdings grandiose Musik gespielt wird. Die Band, bestehend aus Trompeter, Saxophonist, Gitarrist und einem dünnen Mann mit Halbglatze und schiefen Zähnen am Piano, legt einen Jazz hin, wie ich ihn nie zuvor gehört habe. Es klingt sogar noch besser als auf Maltes verbotenen Platten – berührend, fordernd, zum Schmelzen intensiv. Wie betäubt höre ich den Musikern zu und spüre, wie die aufreizenden Töne meine Seele erfassen.

Malte neben mir ist wie im Rausch, kaum noch ansprechbar, so sehr ist er dieser Musik verfallen.

»Das ist die Zeit meines Lebens«, flüstert er zwischendrin ekstatisch. »Dass ich das erleben darf! Niemals werde ich diesen Abend vergessen.«

Moers wirkt äußerst zufrieden.

»Na? Hab ich zu viel versprochen?«, raunt er ihm onkelhaft zu. »Aber das ist noch lange nicht alles, mein Junge, wirst schon sehen!«

Er muss uns beide geradezu aus der Kneipe schieben, so fasziniert sind wir.

»Lutherstraße«, befiehlt er Anton. »Wir parken auf dem Hinterhof. Muss uns ja nicht jeder gleich reingehen sehen.«

Kaum haben wir das Lokal betreten, verstehe ich, was er meinte. Halbnackte Cupidos im weißen Lendenschurz mit neckischen goldenen Flügelchen nehmen uns in Empfang und geleiten uns zu unserem Tisch. Eine verkehrte Welt, denke ich, nachdem ich mich an die schummrige Beleuchtung gewöhnt habe, wo Männer sich als Frauen verkleiden und umgekehrt. Das »Weib« in der aufregenden roten Lockenperücke und dem schillernden engen Kleid jedenfalls, das uns überschwänglich begrüßt, ist zweifelsohne ein Kerl, und der »Kerl«, der uns anschließend gekonnt den Schampus serviert, hat zwar einen exakten nachtschwarzen Militärhaarschnitt, versteckt aber unter seinem Smoking eindeutig weibliche Brüste.

Wir stoßen an und trinken. Ich nippe nur, doch meine beiden Begleiter leeren die schmalen Flöten wie Verdurstende. Als ich Malte unter dem Tisch leicht am Knie berühre, um ihn zur Vernunft zu mahnen, schiebt er meine Hand entschlossen weg. Er legt es eindeutig darauf an, sich zu betrinken. Moers scheint nichts dagegen zu haben, sondern bestellt umgehend eine weitere Flasche.

Es gefällt mir nicht, was ich da auf der Bühne vor uns sehe, und dennoch erregt es mich auf merkwürdige Weise. Männer wie Frauen bieten sich dar, enthüllen ihre Körper in obszönen Gesten, und das Publikum applaudiert so artig wie bei einer Kleist-Aufführung. Erst als ein Kerl in einem hautengen schwarzen Zofenkostüm mit weißer Schürze und Häubchen die kleine Bühne betritt und sich lasziv zu entkleiden beginnt, verändert sich die Stimmung. Malte wie Moers starren ihn an, während er aufreizend langsam Stück für Stück nackte Haut entblößt, und auch ich kann nicht mehr wegschauen.

»Du bist nicht zum ersten Mal hier«, flüstere ich Moers zu und erschrecke im selben Moment über meine Kühnheit.

»Natürlich nicht.« Er scheint sich wieder gefangen zu haben, denn seine Stimme klingt ganz normal. »Man muss ja den Morast schließlich kennen, um ihn trockenzulegen.«

Die Mannzofe trägt nur noch einen winzigen Slip, der sogar vorn so gut wie nichts mehr verdeckt, und dreht uns sein pralles, makelloses Hinterteil zu, das nur von dem schwarzen String geteilt wird. Plötzlich steht Moers auf, marschiert, den Ledergürtel in der Hand, zu ihm auf die Bühne, als würde er mit zur Inszenierung gehören, und drischt dreimal hintereinander hart auf das nackte Fleisch ein.

Ein Schrei, dann sinkt der Darsteller zu Boden.

Moers verbeugt sich wie ein Mime. Applaus brandet auf, wilder, frenetischer Applaus, den nun er huldvoll in Siegerpose entgegennimmt ...

»Ich bin hundemüde und möchte zurück ins Hotel«, sagte Sophie, die nicht einmal ihrem besten Freund verraten konnte, was sie wirklich zurücktrieb.

»Ich schließe mich an.« Malte sah auf einmal sehr zart aus.

»Was seid ihr beide nur für schreckliche Spielverderber!«, rief Moers. »Die Jugend von heute hält wirklich gar nichts mehr aus. Dabei wird es dieses Sodom schon bald nicht mehr geben. Und Gomorrha, wohin ich euch anschließend eigentlich noch führen wollte, bleibt euch jetzt für alle Zeit verwehrt. Aber behauptet später bitte nicht, ich hätte euch nicht gewarnt!«

Die Rückfahrt ins Hotel verlief schweigend, und Hellmuth Moers ließ es sich nicht nehmen, Sophie bis vor ihre Zimmertür zu begleiten.

»Ich fühle mich besser, wenn ich weiß, dass du in Sicherheit bist«, sagte er nach einem angedeuteten Handkuss, woraufhin sie sich förmlich bedankte, unruhig darauf wartend, ihn endlich los zu sein. »Bis morgen. Und träum süß, Sophie.«

»Werde ich bestimmt.« Sie schloss die Tür und lehnte sich von innen mit geschlossenen Augen dagegen, während der weiche Teppich seine Schritte verschluckte.

*

Moers genehmigte sich einen doppelten Whiskey an der Bar. Dann ging er in sein Zimmer, holte den kleinen Koffer, den er dort deponiert hatte, und fuhr damit zurück in den dritten Stock.

Und wenn der Junge schon schlief? Egal. Er würde Mittel und Wege finden, um ihn wieder wachzurütteln.

Malte öffnete die Tür gleich nach dem ersten Klopfen, noch immer im Abendanzug.

»Sophie?«, murmelte er und riss die Augen auf, als er seinen Irrtum erkannte. »Nein!«, rief er. »Nein. Bitte nein!«

»Aber ja doch.« Moers stand schon im Zimmer. »Das ist es doch, worauf du aus bist. Oder warum sonst hast du dir den ganzen Abend Mut angetrunken?«

Malte versuchte, ihn wieder hinauszudrängen, doch gegen den großen, schweren Mann hatte er keine Chance.

Schließlich gab er auf.

Moers öffnete den Koffer und schleuderte Kleid, Schürze, Häubchen und String auf das Bett.

»Runter mit den Klamotten, aber dalli«, befahl er, während er seinen Gürtel löste und sich in Positur stellte. »Und dann rein ins Zofenkostüm. Du hattest vorhin die Zeit deines Lebens, Voss. Wie schön für dich. Aber irgendwann wird jede Rechnung fällig. So ist es nun mal im Leben. Und hier und heute ist Zahltag!«

*

Es dauerte eine Ewigkeit, bis es endlich an Sophies Zimmertür klopfte.

»Ja?«, fragte sie bebend. »Wer ist da?«

»Zimmerservice. Ich bringe das bestellte Souper.«

Unter tausend anderen würde sie diese Stimme erkennen!

Sie riss die Tür auf. Vor ihr stand Hannes in Kellneruniform, Jacke und Hose schwarz und makellos, das Hemd blütenweiß. Eine kecke schwarze Fliege diente als Zierde. Neben ihm erblickte sie einen Speisewagen mit einer großen silbernen Haube.

»Ich fürchte allerdings, ich werde Nachtzuschlag verlangen müssen.« Es gelang ihm, ernst zu bleiben, nur sein linker Mundwinkel zuckte verräterisch. »Denn so sind nun einmal die Regeln in diesem feinen Haus.«

Sophie zog erst Hannes und danach den Wagen ins Zimmer und warf sich in seine Arme.

»Dass du doch noch gekommen bist!«, sagte sie nach dem ersten Dutzend hungriger Küsse. »Ich habe die ganzen Tage nur auf dich gewartet.«

»War gar nicht so einfach«, erwiderte er ein wenig atemlos. »Die Fahrkarten für die Reichsbahn waren ja zum Glück ermäßigt. Und einen Ersatz für meine Schichten am Hafen habe ich schließlich auch geliefert. Aber gestern mussten mein Kumpel Willi und ich erst einmal einen Schlafplatz in diesem Berlin finden. Wir haben uns schließlich für zwei Parkbänke entschieden. Was den Vorteil hatte, dass die Schupos uns schon geweckt haben, sobald es hell wurde. So hatte ich den ganzen Tag Zeit für diese kleine Inszenierung. Jetzt hoffe ich nur, sie gefällt dir. Ganz unaufwendig war sie nämlich nicht.«

Hannes trat einen Schritt zurück und drehte sich einmal langsam um die eigene Achse.

»Na, zufrieden?«, fragte er.

Bei seinem Anblick floss Sophie das Herz schier über. Die blonden Haare, die hellen Augen, sein klares, männliches Gesicht – wie sehr sie ihn liebte. Und wie unendlich sie ihn vermisst hatte!

»Aber woher hast du das alles?« Staunend deutete sie auf seine Kleidung. »Das sieht ja total echt aus!«

»Ist es auch. Also, wenn der Sohn einer Köchin so etwas nicht zustande bekommt, dann weiß ich aber auch nicht«, antwortete Hannes grinsend. »Ich wusste, wenn überhaupt, dann kann mich nur die Küche retten. Also bin ich durch den Hintereingang rein. Die Beiköchin heißt übrigens Regine, stammt aus dem Spreewald und hat einen Sohn ungefähr in meinem Alter. Ich habe ihr von unserer heimlichen Liebe erzählt, und nachdem ich ihr geschworen habe, sie niemals zu verraten, war sie bereit, uns zu helfen.«

Sein Blick wurde tiefer.

»Aber heißt das jetzt auch, dass ich die ganze Nacht in diesen steifen Klamotten bleiben muss?«, fragte er.

»Nein. Nein und noch einmal nein!«

Die Kleidungsstücke flogen auf den Boden, und endlich lagen die beiden küssend auf dem breiten Bett. Dann gab es nur noch Haut an Haut, nur noch Fühlen, nur noch Spüren. Ohne Angst vor Entdeckung, ohne Zeitdruck, ohne jegliche Unbequemlichkeit gaben sie sich dem Liebesspiel hin. Sophie war so aufgeregt, dass sie bald schon alles um sich herum vergaß, doch Hannes hielt gerade noch rechtzeitig inne.

»Ich hab da was Feines für uns aufgetrieben«, sagte er.

»Bevor es richtig ernst wird. Warte mal einen kleinen Augenblick!«

Er robbte zu seiner Hose, die auf dem Teppich lag, und kam mit einem kleinen viereckigen Tütchen wieder zurück.

»O nein«, sagte sie, als er es aufgerissen hatte. »Das sieht ja vielleicht eklig aus.«

»O doch«, beschwor er sie. »Ich wette, Herr Terhoven möchte nicht, dass wir ihn vorzeitig zum Großvater machen. Außerdem ist es kein bisschen eklig und war zudem ziemlich schwierig zu beschaffen, jetzt, wo das Deutsche Reich so sehr auf Kinder setzt. Du wirst es gar nicht spüren. Vertrau mir.«

»Und woher willst du das alles so genau wissen?« Für einen Moment wurde sie starr in seinen Armen. »Oder gibt es da vielleicht etwas, das du mir beichten solltest?«

»Manche Dinge weiß ein Mann eben. Und jetzt küss mich endlich, Fräulein Naseweis!«

*

Es ist so aufregend, ihn in mir zu spüren. Und wehgetan, so wie Jette immer behauptet, hat es nur einen kurzen Augenblick.

Jetzt bin ich das doofe Jungfernhäutchen, um das sie so ein Brimborium machen, endlich los. Mir kommt es vor wie ein Sieg, den ich gegen meine Familie errungen habe. Nach dieser Nacht können sie mich nicht mehr an den Höchstbietenden verschachern, weil ich selbst entschieden habe, wen ich liebe.

Für mich war es unsere heimliche Hochzeit.

Nun sind wir beide Mann und Frau.

Den kleinen Blutfleck im Laken hab ich schnell ausgewaschen, damit im Hotel kein Tratsch entsteht. Zurückgeblieben ist nur ein winziger unverdächtiger bräunlicher Rand, der alles und nichts bedeuten kann.

Hannes schläft neben mir, doch ich selbst kann kein Auge zutun, so heftig klopft noch immer mein Herz.

Allerdings ist mir alles viel zu schnell gegangen. So stelle ich mir erschöpfte Radprofis vor, wenn sie gegen Mittag die letzte steile Steigung nehmen und oben glücklich ausschnaufen. Doch ich habe leider keinen Gipfel erlebt. Vielleicht habe ich in den letzten Tagen einfach zu viel Sport angesehen, sodass jetzt solche Bilder in mir entstehen. Hannes scheint zu spüren, dass ich nicht vollständig glücklich bin, und entschuldigt sich ungelenk, weil er sich nicht länger beherrschen konnte.

Ich küsse seine Worte einfach weg.

Gewiss wird es beim zweiten Mal noch viel, viel schöner, daran glaube ich ganz fest. Es muss doch etwas dran sein an dem, was alle Schlager versprechen und worüber alle Romane erzählen – von einer anstrengenden Radpartie jedenfalls habe ich nirgendwo gehört oder gelesen. Noch ist das Glück auf unserer Seite. Ein paar Minuten lasse ich ihn weiterschlafen, weil es ohnehin nicht mehr lange bis zum Morgen ist und er dann ja aus meinem Zimmer verschwunden sein muss.

Ein bisschen Zeit bleibt uns also noch, aber viel ist es leider nicht mehr.

Darum wecke ich ihn auch wieder auf.

Er murmelt zuerst verschlafen und strampelt sich von mir weg, doch meine Arme fangen ihn ein, und schließlich schmiege ich meinen nackten Körper ganz eng an ihn.

Haut an Haut.

Nur Hannes und Sophie.

Wir küssen uns, wir streicheln uns, und als seine Hand zwischen meine Beine gleitet, beiße ich ihn zärtlich in den Hals. Jetzt geht es höher und immer höher, meine Steigung, wie ich sie bereits kenne und liebe, aber das ist mir heute lange nicht genug. Mit ihm zusammen will ich sie erleben, damit ich was zum Erinnern habe für die lange Zeit, in der so ein inniges, ungestörtes Zusammensein nach dieser Wundernacht nicht mehr möglich sein wird.

Er bewegt sich schneller in mir, ich spüre, wie seine Lust wächst, zusammen mit meiner – und dann ist es plötzlich um uns geschehen.

Wir steigen gemeinsam.

Und wir fallen.

Ein Leben lang will ich mich an diesen kostbaren Moment erinnern, das nehme ich mir ganz fest vor.

*

Als ich die Augen wieder aufschlage, ist Hannes fort. Das Zimmer ist leer und aufgeräumt, nirgendwo mehr hingestreute Kellnerklamotten, nirgendwo ein Servierwagen mit silberner Haube, als sei das alles nur ein lebhafter Traum gewesen. Sogar mein Kleid hängt ordentlich am Bügel, zart und fliederfarben, und die schwarzen Lackschuhe stehen säuberlich ausgerichtet darunter, als hätte eine Zofe ihre Arbeit brav erledigt.

Ich höre ein lautes Klopfen an meiner Tür.

»Sophie?«, sagt Moers. »Hast du verschlafen? Ich habe dich im Speisesaal vermisst. Keinen Hunger heute? Beeil dich bitte. Wir müssen bald los!«

»Ich komme«, rufe ich und wundere mich, wie banal alltäglich meine Stimme klingt, während mir der Magen knurrt, so hungrig bin ich auf einmal. »Mir war heut irgendwie nicht nach Essen. Gib mir zehn Minuten. Ich bin gleich so weit!«

»Außerdem habe ich eine Überraschung für dich«, trompetet er hinter der Tür weiter. »Wirst Augen machen!«

»Welche Überraschung denn?«, frage ich lustlos zurück.

Ist er denn noch immer nicht weg?

»Dein Bruder Lennie wird uns heute ins Stadion begleiten.«

*

Hamburg, 2016

Johannas Nacken schmerzte, weil sie viel zu lange in derselben Position gesessen hatte, und die Augen begannen zu brennen, aber sie konnte doch jetzt nicht aufhören!

Pass auf!, hätte sie Sophie am liebsten zugerufen, so wie kleine Kinder es oft im Kasperletheater machen, wenn sich das Krokodil heimlich anschleicht. Du begibst dich auf brüchiges Eis! Gleichzeitig wusste Johanna natürlich, dass alles, was sie hier las, Jahrzehnte zurücklag und ja längst geschehen war.

Warum regte es sie dann trotzdem so auf?

Diesen Moers zum Beispiel hätte sie am liebsten kurzerhand erwürgt.

Sie reckte sich, aß ein paar Rippen Schokolade und streckte sich dann mit dem Tagebuch auf ihrem Bett aus.

Die nächste Runde.

Sie *musste* einfach wissen, wie es weiterging.

6

Hamburg, Oktober 1936

Der Sturz aus dem Liebeshimmel hätte heftiger kaum sein können – gerade noch auf Wolke 7 mit Hannes – und dann jäh die Rückkehr in unser Alltagsleben. Ein paar Tage schaffe ich es noch, all das Wunderbare in mir lebendig zu halten, aber mein Herz und mein Körper dürsten schon bald nach mehr. Doch in der Villa sind wir wieder von vielen Blicken überwacht, ich wohne oben in der Beletage, er unten neben der Küche. Und Lennie klebt an mir wie Kunsthonig. Nicht einmal das Glashaus, unsere alte Zuflucht, wagen wir aufzusuchen. Die Ferien sind zu Ende, in mehr als einer Hinsicht, und meine Zuversicht schwindet Tag für Tag ein wenig mehr.

Was für ein kalter, regnerischer Herbst!

Beinahe kommt es mir so vor, als würde das Wasser, das nahezu jeden Tag vom grauen Himmel fällt, all das wegspülen, was uns im Sommer so beglückt und belebt hat.

Plötzlich hat jeder nur noch schlechte Laune.

Mama sowieso, die oft erst nachmittags aus ihrem Boudoir kommt, ungeschminkt und nachlässig gekleidet, als lohne es sich nicht, sich »nur« für die Familie zurechtzumachen. Papa, den offenbar große Sorgen quälen, denn ich habe ihn seit Wochen keine Zigarre mehr genüsslich paffen sehen – stets ein schlechtes Zeichen. Ich habe gehört, wie er von »Großhamburg« geredet hat, eine Entscheidung der Reichskanzlei, an der nicht mehr zu rütteln sei. Altona würde dann seine Selbstständigkeit verlieren und Teil der Hansestadt werden.

»Aber ist das nicht gut für euch?«, fragt Mama. »Dann könnt ihr doch noch mehr Kaffee absetzen.«

»Ist es eben nicht. Konkurrenz belebt das Geschäft – hast du das noch nie gehört, Delia? Manchmal könnte man fast denken, dein verstorbener Vater sei kein Reeder gewesen, sondern ein Bauer auf einer der Halligen! Sie entscheiden alles von oben herab«, höre ich ihn klagen. »Ohne diejenigen anzuhören, die sich auskennen und etwas dazu zu sagen haben. Genauso verfahren sie mit dem Kaffee. Erst wird der Import gedrosselt, dann kaufen staatliche Stellen plötzlich so große Mengen auf, dass wir nahezu lieferunfähig werden. Wie sollen wir das denn unseren Abnehmern erklären? Das ist doch keine kluge Wirtschaftspolitik. In meinen Augen ist das Pfusch!«

»Ich glaube, dein verehrter Führer hat etwas ganz anderes im Sinn als Kaffee.« Tante Fees Stimme klingt scharf. »Und wenn du mal ein wenig nachdenkst, geliebter Bruder, dann weißt du auch, was das ist.«

Sie dreht sich um und eilt so schnell aus dem Salon, dass ich gerade noch meinen Lauscherposten verlassen kann. Seit Tagen schon ist Tante Fee ungewohnt wortkarg und zeigt sich nur selten bei den Mahlzeiten unter dem großen Lüster.

Und Lennie? Der scheint seit Berlin vollkommen übergeschnappt zu sein und träumt nun lautstark davon, auch ein *berühmter Athlet zu werden, obwohl er beim Laufen noch immer das Schlusslicht bildet. Natürlich kann mein kleiner Bruder nichts von dem wissen, was zwischen Hannes und mir passiert ist, aber warum schaut er mich dann trotzdem ständig so prüfend an? Und auch Hannes, für den er sich doch bislang nie interessiert hat, wird von ihm beäugt wie ein Staatsfeind.*

Ach, Hannes!

Seitdem er seine Lehre bei Papa begonnen hat, bekomme ich ihn kaum noch zu Gesicht. Frühmorgens ist er schon auf dem Weg in die Speicherstadt, bevor ich mich auf den Schulweg mache, und abends kehrt er erst spät und meist todmüde wieder zurück. Unter welchem Vorwand könnte ich mich dann noch zu ihm schleichen? Käthe mag mich gern, aber sie hat feine Antennen und würde sehr schnell spüren, was mich wirklich zu ihnen treibt.

Und so bin ich ständig unterwegs in dieser hässlichen dunkelgrünen Lodenkotze, die wohl aus Bayern stammt und mich auf dem Fahrrad vor Nässe bewahren soll – was sie leider nur sehr unzureichend tut. Stattdessen hängt sie wie ein vollgesogener Schwamm auf mir und trocknet nur langsam. Natürlich könnte ich auch im Mäntelchen ordentlich unter einem Regenschirm zum Gymnasium traben, so, wie es Mama von mir als höhere Tochter erwartet, aber dann wäre ich ja noch viel weniger mobil. Außerdem macht es mir Spaß, wie ein Waldschrat unter all diese geschniegelten Mädchen zu fahren, mit denen mich so gar nichts mehr verbindet.

Jette ist seit den Sylter Tagen auf einmal ganz dicke mit Doro Gossler, die aus einer derart feinen Hamburger Familie stammt, dass wir Terhovens dagegen fast wie Proleten aussehen. Zwischen den beiden gibt es so viel Mädchengedöns, dass ich gar nicht damit zurechtkomme. Mir steht einfach nicht der Sinn danach, den ganzen Tag über Kleider, Tanztees und »süße Jungs« zu plaudern – wo ich doch mit dem Liebsten und Besten der ganzen Welt bereits heimlich verheiratet bin.

Leider muss ich Hannes meist von fern lieben, denn das miese Wetter macht jedes heimliche Treffen kompliziert. Draußen ist es zu feucht, die Villa kommt nicht dafür infrage, und im alten Glashaus ist es derzeit so klamm und ungemütlich, dass mehr als ein paar gestohlene Küsse kaum möglich sind. Und überall Lennie, diese kleine Kröte, die sich besonders penetrant aufführt, seit ich endlich siebzehn geworden bin.

»Glaub bloß nicht, dass du jetzt schon erwachsen bist! Noch fehlen dir vier lange Jahre bis zur Volljährigkeit«, versucht er mich zu ärgern.

»Und dir erst«, raunze ich zurück. »Mit deinen lächerlichen Zwölf bist du ja quasi noch ein Kleinkind! Neun Jahre – das ist fast ein ganzes Jahrzehnt. Wer weiß, was bis dahin alles passieren kann!«

»Deutschland wird die Welt erlösen«, erwidert er mit großem Pathos. »Das passiert. Und danach wird nichts mehr so sein wie zuvor.«

Woher hat er nur diese altklugen Reden?

Das klingt mir doch eher nach Hellmuth Moers als nach seinen tumben Jungvolkabenden, zu denen er nach wie vor emsig stapft. Der SS-Offizier scheint seit Berlin einen regelrechten Narren an Lennie gefressen zu haben, während er mich eher meidet. Er lädt ihn zu kleinen Ausflügen ein und macht ihm Geschenke, neulich erst ein echtes Schweizer Taschenmesser, das Papa allerdings wieder konfisziert hat.

»Erst nach der Konfirmation«, so lautet sein Kommentar. »Zuvor ist es einfach zu gefährlich.«

Konfirmation – dass ich nicht lache!

Lennie ist ungefähr so gläubig wie ein Stockfisch, aber natürlich haben unsere Eltern davon keine Ahnung. Ich dagegen rede in letzter Zeit wieder öfter mit Gott. Beten würde ich es nicht nennen, für mich ist es eher eine Art innerer Dialog, den ich mit ihm führe. Zum Beispiel frage ich ihn, wie in aller Welt ich dieses letzte halbe Schuljahr überstehen soll, ohne wahnsinnig zu werden, denn dass ich nach dem Einjährigen aufhören werde, steht für mich außer Frage. Die Zeit bis Ostern erscheint mir allerdings endlos, und all meine guten Vorsätze haben sich schon kurz nach den Sommerferien in Rauch aufgelöst. Dr. Fiedler und auch der olle Lohmann, den wir als Deutschlehrer haben, nerven mich. Und sogar mit der rotwangigen Erni Waller, unserer Lehrerin in Leibeserziehung, die bislang immer große Stücke auf mich gehalten hat, komme ich auf einmal nicht mehr klar.

»Lahme Ente«, so hat sie mich erst gestern vor der ganzen Klasse abgekanzelt, weil ich am Stufenbarren abgesackt bin, was mir zuvor noch nie passiert ist. Vielleicht brüte ich ja etwas aus. Mir ist jetzt manchmal so mulmig, dass ich kaum etwas herunterbringe, und dann überkommt mich im nächsten Moment gieriger Heißhunger. Am liebsten würde ich ganze Nachmittage verschlafen. Stattdessen hänge ich bleiern über meinen Büchern und gebe vor zu lernen.

Die Noten sind dementsprechend.

Neulich fiel am Abendtisch sogar schon einmal das Wort Internat, so ziemlich das Letzte, was ich möchte, denn dann wäre ich ja noch weiter von Hannes weg. Ich muss also versuchen, meinen Durchschnitt rasant zu verbessern.

Aber wie?

In meiner Verzweiflung radle ich zu Malte, ein weiteres unerquickliches Kapitel in meinem Leben, denn seit wir aus Berlin zurück sind, verhält auch er sich auf einmal äußerst merkwürdig. Er holt mich nicht mehr von der Schule ab, er ruft nicht mehr bei uns an, er tut fast so, als gäbe es mich gar nicht. Die Paukerei kann nicht daran schuld sein, und wenn es für ihn zehnmal aufs Abitur zugeht. Von Hella weiß ich, dass er nach wie vor nichts als Einser kassiert, aber auch sie hat angeblich keine Ahnung, was mit ihrem großen Bruder los ist.

Ich erschrecke, als ich ihn sehe. Hohlwangig ist er geworden, bleich, mit tiefen Schatten unter den Augen. Von dem eleganten jungen Lord im schicken Anzug ist nichts mehr übrig. Er trägt wieder seine abgelegten, unvorteilhaften Hosen und einen dunklen Pulli, der sogar meinem Vater zu groß gewesen wäre.

»Bist du krank?«, frage ich besorgt.

»Ich bin ein Krüppel, das weißt du doch«, erwidert er sarkastisch. »An Leib und Seele. Noch Fragen?«

»Dann bist du sicher unglücklich verliebt?«, bohre ich weiter.

Er schüttelt den Kopf.

»Oder heimlich mit jemandem zusammen?« Ich muss einfach wissen, was ihn so quält.

»So würde ich es nicht nennen.« Er steht auf und legt Tschaikowskys »Pathétique« auf, eine tragische, romantische Symphonie, die ich eigentlich mag, die ich jetzt aber nicht ertragen kann.
Ich halte die Platte an.
»Wer ist es?«, frage ich. »Kenne ich ihn?«
Sein Gesicht ist wie eine offene Wunde.
»Das willst du gar nicht wissen«, sagt Malte leise.
»So schlimm?«
»Schlimmer.«
»Dann hör doch einfach damit auf.«
»Wenn ich das könnte! Und würdest du mich jetzt bitte, bitte wieder allein lassen?«
»Ich denke ja gar nicht daran.« Ich setze mich neben ihn auf das schmale Bett und verschränke aufsässig die Arme. »Ich bin deine beste Freundin. Und ich bestehe darauf, dass es dir gut geht. Nicht einmal du wirst mich daran hindern.«
Eine Weile schweigen wir beide.
»Wie geht es dir mit Hannes?«, fragt er schließlich. »Seid ihr zusammen glücklich?«
Es gibt kein Zusammen, hätte ich am liebsten geschrien, weil die Welt uns ja nicht lässt. Aber das wäre nur die halbe Wahrheit gewesen. Wir sind feige, alle beide, das schießt mir gerade durch den Kopf, und wir wollen es nicht schwierig haben. Deshalb verstecken wir uns. Auf einmal fühle ich mich ganz elend damit.
»Mal so, mal so«, sage ich vage. »Leider sehe ich ihn viel zu selten, und ungestört zu zweit sein können wir erst recht nicht mehr. Wenigstens macht ihm die Lehre im Kaffeekontor Spaß. Er lernt ja gern und ziemlich leicht – ganz

im Gegensatz zu mir. Was die Schule betrifft, so bin und bleibe ich wohl eher ein hoffnungsloser Fall.«

Hella klopft an und bringt ein Tablett mit Keksen und irgendeinem scheußlichen Früchtetee, Hagebutte oder, schlimmer noch, Malve, was ich nur riechen muss, damit schon Übelkeit in mir aufsteigt, aber ich bedanke mich trotzdem höflich.

»Und welches Referat brauchst du heute auf die Schnelle?« Da spüre ich wenigstens wieder einen Hauch des vertrauten Malte, und das entspannt mich ein wenig. »Oder soll ich wieder einmal Mathe in dich hineinpauken?«

Ich lächle ihn an.

»Kannst du nicht wenigstens für einen einzigen Tag deinen klugen Kopf mit meinem dummen tauschen?«, frage ich. »Das brächte mich schon um vieles weiter.«

»Das willst du nicht, Sophie. Glaub mir, das willst du nicht.«

Er steht brüsk auf und wechselt die Platte. Swing erfüllt den Raum, viel zu laut, doch das scheint ihm heute egal zu sein.

Malte bleibt mitten im Zimmer stehen.

»Wenn ich gesund wäre«, sagte er plötzlich. »Wenn ich doch nur gesund wäre!«

Es kommt so aus tiefster Seele, dass ich erschrecke.

Weil ich nicht weiß, was ich sagen oder tun soll, trinke ich nun doch ein wenig von diesem scheußlichen dunkelroten Gebräu, aber ich spüre sofort, wie mein Magen dagegen revoltiert. Bis zum Badezimmer am Ende des langen Flurs schaffe ich es keinesfalls mehr. So flitze ich zum Fenster, reiße es auf und spucke alles hinaus.

»Na, bravo. Volltreffer!« Malte nuschelt auf einmal wie der österreichische Schauspieler Hans Moser, den wir beide lieben, weil er so komisch ist. Dann reicht er mir ein Taschentuch und grinst dabei zweideutig. »Jetzt haben die Nachbarn neuen Stoff zum Tratschen: Der Krüppel aus dem ersten Stock hat nun auch noch blutigen Auswurf.«

»Musst du denn immer so hässlich über dich reden?«, fahre ich ihn an.

»Muss ich. Und glaub mir, Sophie, eine ordentliche Prise Galgenhumor kann bisweilen wahre Wunder bewirken.« Er geht zu seinem Bett und klopft aufmunternd auf die Tagesdecke. »Jetzt verrate mir endlich, was ich für dich tun kann. Das bisschen Schule kriegen wir beide zusammen doch wohl hin, oder nicht?«

Ich nicke dankbar.

»Neues Parfum?«, fragt er plötzlich. »Du riechst irgendwie anders heute.«

»Na, ich hab mich doch gerade ...« Verschämt verstumme ich.

»Das meine ich doch nicht, du kleiner Döskopp! Nein, du riechst ... so weich. Ein bisschen erdig. Auf jeden Fall durch und durch weiblich. Aber steht dir. Besser kann ich es leider gerade nicht ausdrücken ...«

Mit einem Gedicht, das ihr nicht mehr aus dem Sinn ging, entließ er sie schließlich in den kühlen Regen. In Sophies Kopf vermischte es sich mit dem Satz des Pythagoras, den sie gerade zum ersten Mal verstanden hatte, sowie diversen Formeln zum Wurzelziehen. Wunderschön fand sie es, und gleichzeitig erschreckend, und irgendwie hatte Sophie das Gefühl, es passe nicht nur auf Maltes verdrehte Gefühlslage, sondern hätte auch so einiges mit ihrer eigenen zu tun.

Nachts

I

Es hat an meine Tür geklopft.
Ich wagte kein »Herein«!
Doch klopfte es ein zweites Mal,
Ich sagte wohl nicht nein.

Noch war das Sterben mir so fremd.
Das war, als es begann.
Doch, schläft man oft im Totenhemd,
Gewöhnt man sich daran.

II

Die Nacht,
In der
Das Fürchten
Wohnt,

Hat auch
Die Sterne
Und den
Mond.

Den Namen der Dichterin hatte sie noch nie zuvor gehört. Mascha Kaléko, die als halbrussische Jüdin auch zu den verbotenen Dichtern gehörte, wie Malte ihr zugeraunt hatte.

»Und wo hast du diese Zeilen dann her? So etwas wird doch gar nicht mehr gedruckt.«

»Glaub mir, auch das willst du gar nicht wissen, Sophie. Und daher werde ich es dir auch nicht verraten.«

So viele Geheimnisse!

Etwas in ihr zog sich schmerzlich zusammen. Noch vor Kurzem hatten sie einander alles anvertraut, zumindest war sie davon ausgegangen. Jetzt gab es trotz aller gegenseitigen Zuneigung auf einmal viele unsichtbare Barrieren, die kaum zu bewältigen schienen. Dass Malte sich zu Männern hingezogen fühlte, war ihr doch vollkommen egal. Warum durfte überhaupt jeder nicht einfach den Menschen lieben, den er eben liebte? Gesellschaftsschicht, Alter, Geschlecht, Religion – wieso war das überhaupt wichtig?

Sophie war heilfroh, dass ihre Eltern an diesem Abend zu einer Soiree eingeladen waren. So wuselte ihre Mutter wie gewohnt aufgeregt im Boudoir herum, bis sie endlich ausgehfein in einem schmalen Jackenkleid aus mitternachtsblauem Taft mit Brillantbrosche am Revers in der Halle erschien. Sophies Vater trug einen dunklen Anzug.

»So spät, Sophie?« Friedrich Terhoven zog eine Braue hoch. »Jetzt, wo es so rasch dunkel wird, bist du mir bitteschön wieder früher zu Hause.«

»Ich habe mit Malte Mathe gepaukt«, erwiderte sie rasch. »Und stell dir vor, zum ersten Mal diesen komischen Satz des Pythagoras kapiert!«

»Dann gibt es ja womöglich ein wenig Hoffnung für deine nächste Schulaufgabe.« Delia strich ihr im Vorbeigehen kurz über die Haare, was Sophie schon als Kind nicht gemocht hatte. »Und nicht wieder so lang aufbleiben! Du brauchst deinen Schlaf für die Schule.«

Dann wandte sie sich an ihren Mann.

»Musst du unbedingt diese altmodische Krawatte tragen? Ich habe dir doch erst letzte Woche von Hinrichs ein Dutzend neuer Seidenschlipse liefern lassen!«

»Gib du mal weiterhin die Schöne, Delia«, erwiderte er gelassen. »Und ich kümmere mich einstweilen um die wirklich wichtigen Dinge im Leben.«

Sophie schaute ihnen nach, wie sie Seite an Seite den großen Mercedes bestiegen. Ihre Eltern bildeten noch immer ein attraktives, durchaus auffallendes Paar, das musste man ihnen lassen, dem man den noblen Stall schon von Weitem ansah. Das komplizierte Regelwerk der Konventionen beherrschten sie im Schlaf, aber wie sah es eigentlich mit ihren Gefühlen aus?

Ob die beiden sich überhaupt noch liebten?

Eine Frage, die Sophie nicht auf Anhieb beantworten konnte. Doch vor achtzehn Jahren musste es so gewesen sein, das hatte ihr Tante Fee einmal erzählt. Jedenfalls was Sophies Vater betraf. Ihm hatte es damals schier die Sprache verschlagen, als er der Bremer Reederstochter Delia Bornholt, wie sie damals noch hieß, auf einer der ersten Hamburger Abendveranstaltungen nach dem Großen Krieg begegnet war. Als hätte das Mondlicht einen unberührten Strand geküsst, so beschrieb er seiner Schwester gegenüber diesen ersten unvergesslichen Eindruck, und konnte sich nicht sattsehen an Delias silbrig blondem Haar, den gletscherblauen Augen und dem Mund mit diesem sinnlichen Amorbogen, der so viel verborgene Leidenschaft versprach. Die und keine andere sollte seine Frau werden, beschloss er schon an jenem unvergesslichen Abend, und dass er gut vierzehn Jahre älter war als Delia und nicht einmal halb so ansehnlich, störte ihn kein bisschen, sondern passte vorzüglich in sein Konzept.

Doch die Angebetete ließ ihn zappeln. Lockte ihn an und stieß ihn wieder zurück, war mal überschwänglich und kurz darauf kühl und verschlossen. Als Friedrich vor lauter Verliebtheit weder ein noch aus wusste, war sie plötzlich für Monate verschwunden, um irgendwann wieder in Hamburg aufzutauchen, rätselhafter und aufregender denn je. Und plötzlich bekam er das Feuer zu spüren, das unter diesem Eis loderte; plötzlich begegnete sie ihm mit einer Leidenschaft, wie er es nicht einmal in seinen kühnsten Träumen zu wagen gehofft hatte.

Delia hielt sich nicht länger auf mit prüder Zurückhaltung. Plötzlich war sie bereit, Friedrich zu heiraten, auf der Stelle, am besten sofort – und so geschah es dann auch, in einer zwar pompösen, aber – wie im feinen Hamburg über Monate getuschelt wurde – äußerst übereilten Hochzeit. Das Resultat war zunächst sie, Sophie, die Tochter, der erst fünf Jahre später mit Lennie der ersehnte Stammhalter folgte.

Kam sie eigentlich mehr nach Mama oder doch eher nach Papa?

Diese Frage hatte Sophie sich schon oft gestellt, allerdings ohne zu brauchbaren Ergebnissen zu gelangen. Sie hatte ein ähnliches Kinn wie ihre Mutter und von ihr definitiv die zierlichen Ohren geerbt. Und wenn man sich anstrengte, konnte man auch beim Mund gewisse Ähnlichkeiten erkennen. Von ihrem Vater kam eindeutig der Sturkopf. Wenn Sophie sich einmal etwas vorgenommen hatte, ließ sie davon ebenso wenig ab wie er.

Aber galt das nicht für viele andere Leute auch?

Sie ließ vom sinnlosen Grübeln ab und wandte sich lieber drängenderen Problemen zu. Malte und sie waren fleißig gewesen und somit einigermaßen vorangekommen. Aber würde sie den Stoff auch ohne seine Hilfe richtig wiedergeben können? Einzig und allein darauf kam es übermorgen bei der Prüfung an. Nur mäßig inspiriert stieg sie die Treppen hinauf zu ihrem Zimmer im ersten Stockwerk, in dem zum Glück noch eine halbe Tafel Schokolade als Nervennahrung in der Schublade schlummerte, schlug erneut das Mathebuch auf und vertiefte sich seufzend in die nächste Aufgabe.

*

Hamburg, November 1936

Wie sehr sie diesen öden Deutschunterricht über hatte! Oberstudienrat Lohmann verstieg sich gerade in einen gespreizten Monolog über Heinrich von Kleist, angeblich dem Deutschesten aller Deutschen, wie er behauptete, der der arischen Welt mit seinem Käthchen von Heilbronn das Idealbild des keuschen Mädchens geschenkt habe, als es Sophie schwarz vor Augen wurde. Sie fiel nach vorn und kam auf dem von unzähligen Schuhen zerschrammten Linoleum auf.

Als sie die Augen wieder aufschlug, lag sie auf einer Liege im Kartenzimmer, wo es immer leicht nach Paraffin roch, weil hier zwischen uralten aufgerollten Wandkarten auch die ausgestopften Tiere für die Biologiestunden in einer hohen Regalwand unterbracht waren.

»Wo bin ich?«, flüsterte sie. »Was ist passiert?«

»Ohnmächtig bist du geworden, das ist passiert«, sagte Erni Waller, die sich tief über sie beugte. Offenbar hatte man die Sportlehrerin als Körperspezialistin hinzugezogen. »Einfach so. Wieder mal nichts gefrühstückt, was? So wirst du die kleine Wampe, die du dir seit den Ferien angefuttert hast, nicht wieder los, das kann ich dir garantieren! Dein Gesicht ist jetzt schon ein einziger Bluterguss, aber spätestens morgen wird es dann in allen Regenbogenfarben schillern. Fieber hast du keins, das haben wir schon festgestellt. Und gebrochen scheint mir auch nichts zu sein, oder hast du irgendwo Schmerzen?«

»Nein«, flüsterte Sophie, noch immer benommen. Als sie den Blick hob, traf er den des präparierten Kaninchens, das über ihr im Regal stand, und dessen Zähne ihr heute besonders lang und gelb vorkamen.

»Aber zum Arzt musst du trotzdem, schon um eine Gehirnerschütterung auszuschließen.«

»Kein Arzt ...«

Sophie wollte sich aufsetzen, doch die Waller drückte sie energisch wieder zurück.

»Du rührst dich nicht vom Fleck, bis deine Tante da ist«, erklärte sie. »Ich habe soeben mit ihr telefoniert. Frau Terhoven kommt gleich mit dem Auto und bringt dich zum Doktor. Heute bleibst du dann am besten zu Hause. Aber wenn es morgen auch noch nicht besser ist, möchte ich ein ärztliches Attest sehen. Haben wir beide uns da verstanden?«

Sophie nickte kläglich.

Ihr Kopf brummte, und das rechte Auge schwoll zügig zu, das konnte sie spüren. Sie tastete nach ihrer Nase, die sich zum Glück ganz normal anfühlte. Wenigstens etwas. Vermutlich würde sie schon bald wie ein Veilchen aussehen, aber zumindest nicht wie ein Veilchen mit Boxernase.

Tante Fee trug ein graues Kostüm und eine elegante dunkelrote Baskenmütze mit zwei schlanken Federn und wirkte nach außen hin erstaunlich gelassen. Allerdings vibrierte ihr lädiertes Lid, daran erkannte Sophie, wie besorgt sie wirklich war.

»Kannst du gehen?«, fragte sie.

»Aber klar doch«, erwiderte Sophie und war dann doch heilfroh, dass Tante Fee sie stützte.

Auf dem Weg zum Auto, das vor dem Schultor parkte, kam der Schwindel zurück, aber schwächer, nur als eine Art Anflug, den sie wieder wegatmen konnte.

»Hast du zufällig einen Spiegel dabei?«, fragte Sophie, als Fee den Motor angelassen hatte.

»Nein. Und selbst wenn, würde ich ihn dir jetzt nicht geben. Du hast jede Menge Blutergüsse im Gesicht, Sophie. Aber die vergehen wieder. Jetzt sind erst einmal ganz andere Dinge wichtig.« Sie warf ihr einen prüfenden Blick zu. »Geht es dir denn schon länger nicht gut?«

»Meistens ist alles in Ordnung. Nur manchmal, da wird mir in letzter Zeit ein bisschen flau. Und müde bin ich oft. Hundemüde.«

Fee nickte, als habe sie nichts anderes erwartet.

»Wir werden gleich mehr wissen«, sagte sie. »Dr. Fromm in Altona ist ein anerkannter Spezialist.«

»Ach, dann fahren wir gar nicht zu unserem Hausarzt?« Dr. Wilhelm Braunfels in Eimsbüttel kümmerte sich um die Gesundheit der Familie, seitdem Sophie denken konnte.

»Nein«, sagte Fee. »Heute nicht. Und wir sind auch schon fast da.«

Sophie erschrak, als sie das Schild *Dr. Felix C. Fromm Frauenarzt* neben der Haustür in der Ehrenburgstraße 56 las, und sie brauchte einen kleinen Schubs von ihrer Tante, um hineinzugehen. Das Treppenhaus wirkte gepflegt; ein grüner Läufer schützte die sorgsam gewienerten Holzstufen. Aber sie stiegen nicht hinauf, sondern nahmen die schmale Steintreppe, die zum Keller hinabführte.

»Leider nicht mehr ganz so komfortabel wie früher die große Praxis im Erdgeschoß«, sagte der Mann mit den grauen Locken und dem weißen Arztkittel, der sie im Souterrain an der Tür empfing. »Immerhin durften wir in die kleine Hausmeisterwohnung umziehen. Und so ein bisschen Treppenwischen oder Schneeschippen in Winter hat ja bekanntlich noch niemandem geschadet.«

»Sie sind dünn geworden, Dr. Fromm«, sagte Fee. »Sind Sie denn ganz gesund?«

»Ja, das bin ich zum Glück, aber Sorgen können einem ganz ordentlich den Appetit verderben«, erwiderte er und fasste sich wieder. »Nun ja, so ein paar Kilo weniger haben schließlich auch ihre Vorteile. Man kann zum Beispiel schneller laufen, falls es einmal nötig sein sollte.« Seine klugen Augen hinter der randlosen Brille streiften Sophie. »Sie bringen mir heute Ihre Nichte, Frau Terhoven?«

»Das ist Sophie, gerade siebzehn Jahre alt. Sie ist vorhin im Unterricht ohnmächtig geworden. Aber so richtig gefällt sie mir schon seit einer ganzen Weile nicht mehr. Bitte untersuchen Sie sie, Dr. Fromm! Es gibt niemanden, zu dem ich mehr Vertrauen hätte.«

Er nickte und bat sie ins Behandlungszimmer. Vom winzigen düsteren Flur aus ging es in ein kleines Zimmer, das von einem Paravent unterteilt wurde. Davor standen zwei Stühle und ein winziges Tischen, das provisorischste aller Wartezimmer, das Sophie jemals gesehen hatte.

»Natürlich werde ich das«, sagte er. »Meiner Lieblingspatientin schlage ich doch keinen Wunsch ab. Noch ist es ja nicht offiziell verboten ...«

»So schlimm?«, fragte Fee.

»Schlimmer, Frau Terhoven, viel, viel schlimmer. Die Ärztekammer hat uns alle eliminiert. Kein Jude darf mehr in einem Krankenhaus oder bei einer Behörde arbeiten. Zudem haben wir ausnahmslos die Kassenzulassung verloren und dürfen nur noch Privatpatienten behandeln. Meine Sprechstundenhilfen musste ich entlassen, weil sie als Arierinnen nicht mehr bei einem Juden arbeiten dürfen. Bezahlen könnte ich sie ohnehin schon lange nicht mehr, denn es kommen nur noch so wenige Patientinnen, dass es gerade für Miete und Essen reicht. Wenn meine liebe Gundel mir nicht hilfreich zur Hand gehen würde ...«

»Sie sehen mich zutiefst erschüttert, Dr. Fromm«, sagte Fee. »Für mich sind Sie der beste Gynäkologe weit und breit!«

»Ich danke Ihnen, meine Liebe. Aber genug jetzt mit dem Lamentieren«, sagte er entschlossen. »Kommen Sie, Fräulein Terhoven. Und seien Sie bitte nicht ängstlich. Es wird nicht wehtun, das verspreche ich.«

Es tat nicht weh, so behutsam, wie er sie untersuchte. Und erstaunlicherweise war es Sophie nicht einmal peinlich, sich vor diesem fremden Mann freizumachen und danach auf dem Behandlungsstuhl hinter dem Paravent auch noch die Beine zu spreizen, so väterlich und gleichzeitig wissend ging er mit ihr um. Nachdem er noch ihre Brüste abgetastet hatte, bat er sie, sich wieder anzuziehen.

»Wir könnten zur Sicherheit natürlich noch einen Urintest anschließen, falls Sie darauf bestehen, Fräulein Terhoven.« Jetzt saßen sie auf der anderen Seite des Zimmers, er hinter einem alten Mahagonischreibtisch, der viel zu wuchtig für den engen Raum war, sie auf einem Stuhl davor. »Aber ich kann Ihnen jetzt schon bestätigen, dass Sie eindeutig schwanger sind. Und das schon eine ganze Weile.«

Etwas Kaltes griff nach Sophies Herz, und gleichzeitig gab es da diese verrückte kleine Freude in ihr.

Ein Kind …

Ein gemeinsames Kind …

Dann jedoch überwog wieder die Vernunft.

»Aber wir haben doch ein Kondom benutzt«, stammelte sie. »Das kann also gar nicht sein …«

»Immer?«, fragte er sanft.

»Ja, fast immer«, fuhr sie auf, um sich plötzlich wieder an ihre sündigen Gedanken, Wünsche und Handlungen am frühen Morgen im Hotel Adlon zu erinnern. »Und ich hatte meine Tage. Die ganzen Monate über. Wenngleich nur schwach.«

»Fast immer reicht leider nicht. Ein einziges keckes Spermium genügt schon, wenn das Leben so große Sehnsucht nach sich selbst hat.« Er musterte sie warm aus klugen braunen Augen. »Und dass es in den ersten Monaten noch zu geringfügigen Blutungen kommt, ist gar nicht so selten. Der Vater ist auch ziemlich jung, nehme ich an?«

Sie nickte.

»Sie sollten es ihm rasch sagen. Und natürlich auch Ihrer Familie. Sie sind Ende des dritten Monats und körperlich bis auf die aktuellen Hämatome Ihres Sturzes kerngesund. Mitte, Ende April nächsten Jahres werden Sie ein prächtiges Kind gebären ...«

»Meine Eltern bringen mich um!« Sophie sprang auf. »Die wollen mich doch an irgendeinen reichen Sack verschachern, um das Familienvermögen zu mehren. Und jetzt das! Ein Kind ...«

»Ein Kind?«, sagte Fee, die plötzlich im Zimmer stand. »Entschuldigt bitte, aber ich habe die Warterei draußen einfach nicht mehr ausgehalten. Ein Kind ... Du liebe Güte, meine kleine Nichte bekommt ein Kind – ich hab es doch geahnt!« Sie sah Dr. Fromm hilfesuchend an. »Dabei ist sie ja selbst noch ein halbes Kind. Und der junge Vater steht auch noch lange nicht auf eigenen Füßen. Sie müssen uns helfen, bitte ...«

Dr. Fromm erstarrte.

»Das kann ich nicht, verehrte Felicia«, sagte er. »Falls Sie das meinen sollten, was ich jetzt nicht hoffen will. Was glauben Sie, würden die Nazis mit einem Juden anstellen, der sich an wertvollem arischem Leben im Mutterleib vergeht? Ihre Nichte ist weder mittellos noch krank, wie viele andere Frauen aus unserem Viertel, die schwanger sind und nicht wissen, wie es weitergehen soll. Oder hat man Ihnen vielleicht Gewalt angetan, Sophie?«

»Nein«, sagte sie erschrocken. »Natürlich nicht. Es war ganz freiwillig. Wir lieben uns doch.«

»Dann bin ich ja beruhigt.« Ein kleines Lächeln spielte um seine Lippen. »Wissen Sie, manchmal zeichnet das Schicksal uns einen ganz anderen Weg vor, als wir ihn uns vorgestellt haben. Aber eine Lösung findet sich immer. Denn Kinder sind das Salz dieser Erde. Unsere Hoffnung auf Zukunft. Was wären wir schon ohne sie?«

Fee war sehr blass geworden.

»Das meine ich doch nicht«, sagte sie. »Sie haben mich vollkommen missverstanden. Wer wüsste besser als ich, welche Folgen ...« Sie brach ab. »Ich spreche vom Medizinischen. So ein junges Wesen wie meine Nichte braucht doch einen erfahrenen Geburtshelfer – und eine kundige Hebamme wie Ihre Frau!«

»Die sich leider mit einem Juden eingelassen hat, so sehen es jedenfalls die Herren, die nun überall im Land an der Macht sind. Womit sie laut den Nürnberger Gesetzen vom letzten Jahr offiziell Rassenschande begeht, weil sie mich als evangelische Christin vor einem Vierteljahrhundert geheiratet hat. Im Krankenhaus ist sie deshalb als Arbeitskraft abgeschrieben, es sei denn, sie würde die Scheidung einreichen. Viele Damen der besseren Hamburger Gesellschaft, die ihr gesunde Sprösslinge verdanken, rufen sie nicht mehr, wenn die nächste Hausgeburt ansteht. Zum Glück sind auch wir Juden ein fruchtbares Volk, da hat meine Gundel doch noch immer einiges zu tun.«

Er fuhr sich mit der Hand über das Gesicht, als wollte er etwas wegwischen.

»Was haben wir uns gegrämt, dass ausgerechnet wir als Frauenarzt und Hebamme all die Jahre über ungewollt kinderlos geblieben sind! Das C. hinter meinem ersten Vornamen steht für *Chaim*, was auf Hebräisch *Leben* bedeutet. So hätten wir auch gern unseren Sohn genannt. Doch in diesen Zeiten bin ich in unserer Konstellation mehr als erleichtert darüber, dass wir keinen haben.«

»Das tut mir alles so unheimlich leid, Dr. Fromm.« Fee ließ resigniert die Arme sinken. »Aber wir stehen nach wie vor zu Ihnen, das versichere ich Ihnen aus ganzem Herzen. Wenn Sie sich meiner Nichte annehmen könnten, bis das Kleine auf der Welt ist, wäre es für mich eine große Erleichterung. Natürlich bezahlen wir das übliche Honorar. Und auch mehr, das ist doch gar keine Frage.«

»Dazu bin ich gern bereit.« Zum Einverständnis neigte er leicht seinen lockigen Kopf. »Sofern das Schicksal nichts anderes mit uns allen vorhat.«

*

»Was wird wohl Malte zu alldem sagen?«, fragt Fee auf der Rückfahrt in die Flottbeker Chaussee. »Oder weiß er schon davon?«

»Malte?«, wiederhole ich begriffsstutzig.

»Natürlich Malte! Er ist ja schließlich der Vater, oder nicht?«

Warum ich in diesem Moment nicke, weiß ich selbst nicht. Aber jetzt gibt es kein Zurück mehr, das wird mir schon nach wenigen Sekunden siedend heiß bewusst.

»Deine Eltern werden sich maßlos aufregen«, führt sie fort. »Damit musst du rechnen. Und seine vermutlich auch, denn ihr seid ja beide verdammt jung. Aber damit werden wir fertig, denn ich stehe fest an deiner Seite – an eurer Seite. Ich mochte diesen intelligenten, feinen Kerl von Anfang an, das weißt du ja. Das bisschen Kinderlähmung spielt doch keine Rolle bei einem so klugen Kopf und einem so noblen Charakter. Du hast dir einen wunderbaren Liebsten ausgesucht, Sophie. Ihr werdet ein besonders entzückendes Kind bekommen – und dazu eine begeisterte Großtante, die immer für die junge Familie da sein wird!«

Plötzlich bekomme ich kaum noch Luft, denn in meinem Mund stapeln sich all die ungesagten Worte.

Aber alles ist doch ganz anders!

Das Kind ist nicht von Malte, sondern von Hannes, denn Malte liebt Männer, und ich liebe Hannes, und Hannes liebt mich, aber auch seine Lehre, und Käthe, die wird so maßlos enttäuscht von uns beiden sein, weil sie ja ganz andere Pläne mit ihrem Sohn hat...

Kein einziges davon bekomme ich heraus.

Es wird immer schlimmer, je näher wir der Villa kommen. Starker Regen prasselt auf das Stoffdach des Cabrios, doch das wilde Schlagen meines Herzens scheint alles zu übertönen.

»Ich glaube, ich sterbe gleich, Tante Fee«, stöhne ich beim Aussteigen. »Ich habe so schreckliche Angst!«

Sie streichelt meinen Arm.

»Musst du nicht«, sagte sie. »Lass mich nur machen!«

Sie bringt mich auf mein Zimmer, wo ich mich auf das Bett sinken lasse, um schon kurz danach wieder aufzuschrecken.

Malte! Ich muss ihn doch unbedingt anrufen, weil er ja keine Ahnung hat, dass ich ihn soeben zum Vater gemacht habe! Aber nein, er ist ja noch stundenlang im Unterricht.

Und Hannes, mein geliebter Hannes, was soll nur aus uns beiden werden? Ich habe alles noch viel schlimmer gemacht, als es ohnehin schon ist.

Niemals, nie wirst du mir verzeihen!

Ich schluchze, bis ich fast an meinen Tränen ersticke, als Tante Fee zurückkommt, mich streichelt, tröstet und mir Tee bringt, den sie mir schluckweise einflößt.

»Ab jetzt musst du immer für zwei denken, kleine Sophie«, sagt sie sanft. »Aber daran wirst du dich schon bald gewöhnt haben. Ruh dich erst einmal aus. Und grübele nicht zu viel, das ist nicht gut für dich, und für das Kleine erst recht nicht. Alles wird gut. Du musst nur ganz fest daran glauben!«

Hat sie mir etwas in den Tee gemischt? Obwohl mir fast der Kopf zerspringt, muss ich irgendwann eingeschlafen sein und wache erst wieder auf, als ich Papas strenge Stimme höre.

»Sophie? Kommst du?«

So hart und metallisch hat sie noch nie geklungen. Die

Angst hat mich wieder voll im Griff, als ich langsam die Treppen hinunterschleiche.

Bis auf Lennie sitzen sie alle am Esstisch: Papa, Mama, Tante Fee, das Ehepaar Voss – und Malte, der mir kurz zuzwinkert.

Ich könnte ihn küssen, denn in was für ein Schlamassel habe ich ihn doch verwickelt! Aber jetzt werde ich die Wahrheit sagen, und wenn sie mich alle für ein leichtfertiges Ding halten, das wahllos herumschläft und nicht einmal genau weiß, wer es geschwängert hat. Ich stelle mich vor sie und verkünde lauthals, dass Hannes...

»Natürlich stehe ich zu dem, was nun einmal passiert ist.« *Malte kommt auf mich zu und nimmt mich bei der Hand. So ruhig und erwachsen sieht er dabei aus, als ob er in den letzten Tagen plötzlich um Jahre älter geworden wäre.* »Und selbstredend übernehme ich dafür die Verantwortung, Herr Terhoven. Ehrensache!«

Was redet er da?

Vollkommen verwirrt blinzle ich ihn an, doch er lächelt nur beruhigend auf mich herunter und spricht weiter.

»Ich gehe von der Schule ab und suche mir eine ordentliche Anstellung. Ich bin ja nicht ganz dumm und werde Sophie und unser Kind aus eigener Kraft ernähren. Und wenn Sie uns dann noch die Einwilligung zur Hochzeit erteilen, hat alles wieder seine Ordnung...«

Heiraten will er mich? Aber er liebt doch Männer...

In meinem Kopf geht alles durcheinander, doch plötzlich verstehe ich. Eine Hochzeit, eine Frau und ein Kind – dann wird niemand mehr behaupten können, dass er eigentlich anders ist...

Malte hilft nicht nur mir. Er hilft auch sich selbst.

»Moment!« *Das kommt von Papa und hört sich an wie ein Flugzeug im Tiefflug.* »Gar nichts werden Sie – außer ich gestatte es Ihnen! Und jetzt setzen Sie sich gefälligst wieder, und du, Sophie, du kommst neben mich.«

Ich gehorche.

»Ihr verrückten Kinder habt uns da in eine Lage gebracht, die unerquicklicher kaum sein könnte«, *fährt er fort. Eine tiefe Falte steht auf seiner Stirn, und sein Tonfall verheißt nichts Gutes.* »Wenn Sie Ihr Talent vergeuden wollen, Herr Voss, so kann ich Sie nicht daran hindern, doch ich fände es bedauerlich, denn Sie gelten, wie ich allenthalben gehört habe, als durchaus vielversprechend – und das trotz Ihrer kleinen körperlichen Malaise.«

Malte wird bleich, bleibt aber stumm.

»Unser Sohn muss studieren«, *sagt Gerda Voss, ebenso hellhäutig und rothaarig wie ihre beiden Kinder.*

Ihr dünner, frühzeitig ergrauter Mann mit den tiefen Magenfalten nickt nur dazu. In ihrer einfachen Garderobe wirken sie auf unseren noblen Louis-Seize-Esszimmerstühlen wie billige Fremdkörper, und das scheinen sie auch selbst zu spüren, so verkrampft und steif, wie sie beide dasitzen. Noch nie zuvor habe ich soziale Unterschiede so körperlich gespürt. Ja, es gibt »Unten« *und* »Oben«*, und ich habe großes Glück, dass ich ohne eigenes Verdienst zu Letzteren gehöre.*

»Schließlich war er seit jeher der Jahrgangsbeste«, *fährt sie zitternd vor Aufregung fort.* »Jura oder doch Medizin, er hat sich noch nicht ganz entschieden, weil ihm ja alles gleichermaßen zufällt. Nur noch eine Klasse bis zum Abitur.

Er wäre der Erste in unserer Familie, der das erreicht hat. Mein Mann und ich reiben uns seit Jahren Tag und Nacht dafür auf. Wenn er jetzt die Schule vorzeitig verlässt, dann war doch alles umsonst...«

Sie beginnt zu weinen.

»Dieser Meinung bin ich ebenfalls«, grollt Papa. »Und trocknen Sie bitte Ihre Tränen, Frau Voss, denn das wird so nicht geschehen. Glauben Sie mir, mit unserer Tochter Sophie, da haben wir auch noch so einiges vor. Deshalb werde ich keinesfalls tatenlos dabei zusehen, wie sie ihr junges Leben gegen die Wand fährt.«

Er stößt einen tiefen Seufzer aus, und sein Gesicht sieht auf einmal fast leidend aus, dann aber wirkt er wieder beherrscht.

»Die momentane Lage ist schwierig, deshalb sitzen wir alle ja beisammen. Wir werden uns hier und heute um größtmögliche Schadensbegrenzung bemühen. Und ich erwarte, dass jeder der hier Anwesenden seinen Teil dazu beiträgt.«

Aber Hannes ist doch der Vater, nicht Malte, will ich rufen, doch ich kann es nicht. Denn wie redet er eigentlich von meinem Kind?

Schadensbegrenzung.

Als ob es sich um einen geplatzten Kaffeesack handeln würde. Ich spüre, wie ich zornig werde. Immerhin fühlt sich das um Welten besser an als diese abgrundtiefe Angst von vorhin.

»Malte bleibt natürlich weiterhin auf dem Gymnasium und schließt es ab, wie geplant«, fährt Papa fort. »Was für Sophie so leider nicht möglich ist, da die Schwangerschaft *schon bald nicht mehr zu verbergen sein wird. Folglich verlässt sie die Schule. Offiziell wird sie ein renommiertes Internat in der Schweiz besuchen. Tatsächlich aber trägt sie das Kind auf Föhr aus. Ich habe Erkundigungen eingezogen. Es gibt dort einen erfahrenen Arzt, der sie bis zur Niederkunft betreuen wird.«*

Föhr?, denke ich verwirrt. Wieso in aller Welt denn ausgerechnet Föhr? Da sind ab September nur noch Möwen und Krabben. Und außerdem sollte ich doch unter die Obhut von Dr. Fromm aus Altona...

Hilfesuchend schaue ich zu Tante Fee, doch die nickt mir aufmunternd zu. Also ist auch sie dafür oder zumindest eingeweiht in bereits getroffene Entscheidungen, von denen ich noch keine Ahnung habe.

Erneut wendet Papa sich an das Ehepaar Voss.

»Ihr großzügiges wie in unseren Augen ebenso sinnvolles Angebot, sie dort bis zur Geburt in der Pension Ihrer verwitweten Schwester beziehungsweise Schwägerin Dorothee Pieper unterzubringen, wissen meine Frau und ich sehr zu schätzen. Und ja, wir nehmen es gerne an. Für alle anfallenden Kosten kommen wir selbstredend in großzügiger Weise auf. Unser Hausmädchen Stine wird Sophie nach Föhr begleiten. Dann hat sie Unterhaltung und jemanden in ihrem Alter, der ihr falls nötig zu Hand gehen kann. Die Fahrkarten für die Bahnfahrt und die Schiffspassage werden von uns besorgt. Die Abreise erfolgt morgen. Und im nächsten Frühling sehen wir dann weiter...«

Das kann, das darf doch alles nicht wahr sein!

In mir brennt und lodert es, und mir wird so übel, dass ich fürchte, mich auf der Stelle übergeben zu müssen.

Sie schicken mich in die Verbannung, morgen schon, zusammen mit Stine.

Aber warum Stine?

Es dauert ein paar Augenblicke, bis mir die ganze Perfidie des Planes aufgeht. Wie überaus klug eingefädelt! Stine geht ganz offiziell nach Föhr. Wenn wir beide im Frühling zurückkehren, können sie immer noch sagen, es sei ihr Kind, denn ich war ja angeblich die ganze Zeit über im Schweizer Internat ...

Aber das können sie nicht machen – nicht mit mir!

Niemals und von niemandem auf der Welt lasse ich mir das Kind wegnehmen, das in mir wächst.

Dum spero spiro – solange ich atme, hoffe ich. Der alte Spruch unter unserem Giebel bekommt plötzlich eine ganz neue Bedeutung für mich.

Mama hat die ganze Zeit nicht einen Pieps von sich gegeben, was mich eigentlich nicht einmal überrascht. Vielleicht ist sie ja insgeheim sogar froh, mich los zu sein, erst recht jetzt, wo ich all ihre Pläne auf einen Schlag zunichten gemacht habe, aber was ist eigentlich mit meiner geliebten Tante Fee?

Ich starre sie erneut an, dieses Mal verbittert.

»Du wolltest mir doch helfen«, bringe ich mühsam hervor. »Du hast es versprochen. Und mich zu dem netten Arzt gebracht. Aber jetzt ...«

»Nichts anderes tun wir doch gerade«, unterbricht sie mich sanft und zugleich bestimmt. »Dein Vater hat recht, Sophie. Diese kleine Atempause wird euch allen guttun.«

Atempause?

Mich wie einst den Grafen von Monte Christo auf eine einsame Insel zu verbannen nennt sie Atempause?

»Aber ich habe doch nichts verbrochen«, schreie ich. »Ich bin doch bloß schwanger!«

»Ja, genau das ist ja das Malheur«, sagt Papa indigniert. »Wenn ihr zwei zuvor nur ein einziges Mal nachgedacht hättet...« Er räuspert sich mehrmals, dann spricht er schneller weiter. »Ich komme jetzt zu einem sehr wichtigen Punkt, und der betrifft vor allem Sie, junger Mann.«

Maltes Ohren glühen, so angespannt ist er, doch seine Stimme ist fest.

»Ja?«, sagt er. »Ich höre.«

»Uns allen kann an sinnlosem Klatsch nicht gelegen sein, und das geht leider schnell in Hamburg, wie wir alle wissen. Die Saison auf den nordfriesischen Inseln ist längst vorbei, das passt gut in unser Konzept. Aber neugierige Augen gibt es überall, und so müssen wir besonders vorsichtig sein. Deshalb wird es während Sophies Schwangerschaft auch keinerlei Besuche auf Föhr geben, verstanden? Und was den Briefverkehr betrifft...«

»Dann lasst mich doch gleich bei lebendigem Leib einmauern!« Ich springe auf und will mich auf Papa stürzen, aber er packt mein Handgelenk und hält es eisern fest.

»Hätte meine Erziehung ein wenig besser gegriffen, so würdest du deinen Vater ausreden lassen«, sagt er kühl. »Was also Briefe betrifft, so habe ich dagegen nichts einzuwenden. Es sei denn, du und der junge Kindsvater schmieden irgendwelche kindischen Fluchtpläne. Deshalb wird Frau Pieper auch einen wohlmeinenden Blick in deine eingehende wie abgehende Post werfen. Einzig und allein zu deinem Besten!«

Nun soll ich zu allem Überfluss auch noch zensiert werden!

»Du... du Tyrann!«, schreie ich fassungslos. »Du bist nicht mehr mein Vater, weißt du das? Ich hasse dich! Ich will nichts mehr mit dir zu tun haben!«

Ich laufe zur Tür, die nur angelehnt steht – und direkt in Hannes hinein, der mit versteinerter Miene dahintersteht.

Wie lange mag er uns schon unbemerkt zugehört haben?

Der Schmerz in seinen Augen ist so groß, dass ich es kaum ertrage. Ich ziehe die Türe hinter mir zu.

»Nein«, sage ich flehend und will ihn berühren, doch er weicht zurück, als sei ich auf einmal vergiftet. »So ist es doch gar nicht!«

»Lügnerin!«, zischt er. »Gottverdammte Lügnerin! Wie konnte ich mich derart in dir täuschen, Sophie?«

»Nein, nein, du hast alles nur ganz falsch verstanden. Es ist doch nur, weil Tante Fee...«

Wortlos dreht er sich um und lässt mich einfach stehen.

Ich möchte sterben. Ich hoffe nicht mehr. Ich habe alles verloren.

Alles...

7

Hamburg, Juni 2016

Trotz des lauen Juniabends fror Johanna plötzlich. Und sie fühlte sich einsam. Kein Wunder bei dieser Familie, über die sie gerade gelesen hatte! Der Vater machtbewusst und kalkulierend, die Mutter oberflächlich, der kleine Bruder besessen von Naziphrasen, ja, sogar Tante Fee hatte enttäuschend reagiert. Nur für Sophie und Malte schlug ihr Herz, und natürlich für Hannes, der jetzt notgedrungen die falschen Schlüsse gezogen hatte.

Wie einsam sich das junge Mädchen damals gefühlt haben musste! Nun stand ihre Verbannung nach Föhr an, wo sie im Haus einer Fremden ihr Kind austragen sollte.

Für heute war Johanna nicht mehr in der Lage, weiterzulesen. Sie musste das Erfahrene erst einmal verdauen, und an ihre empfindlichen Augen denken sollte sie auch. Außerdem war sie das Alleinsein gründlich leid. Vor ihrem inneren Auge tauchte das Bild dieses gemütlichen Cafés in Ottensen auf, an dem sie neulich vorbeigegangen war.

Wie hatte es noch einmal geheißen?

Sie musste nicht besonders lange überlegen.

Strandperlchen.

Und wieder spielte allein bei diesem Namen ein kleines Lächeln um ihre Lippen.

Genau dorthin wollte sie. Es war Samstagabend und noch nicht einmal spät. Ein Glas Wein oder auch zwei wären ein schöner Abschluss für diesen aufregenden Tag.

Sie zog ihren neuen blauen Baumwollpulli an, der ihre Augen zum Leuchten brachte, bürstete ihr Haar, das noch immer mehr blond als grau war, und legte zartes Lipgloss auf. Dann, aus einem Impuls heraus, legte sie sich das Medaillon aus dem Pappkoffer um den Hals, das sie poliert und danach auf eine lange Silberkette gezogen hatte, die sie sich vor Jahren in Lissabon gekauft hatte.

Das leichte Gewicht auf ihrem Brustkorb fühlte sich gut an. Auf diese Weise konnte sie losgehen, ohne sich ganz von Sophies Geschichte verabschieden zu müssen, denn dass das Tagebuch und das Schmuckstück auf irgendeine Weise zusammengehören mussten, war ihr längst klar.

War der blonde junge Mann auf der linken Seite Hannes? Aber was bedeuteten die getrockneten Oleanderblüten auf der rechten?

Sie würde weiterlesen, um mehr darüber zu erfahren.

Jetzt aber rief sie erst einmal bei der Taxizentrale an.

»Martens hier. Ich bräuchte bitte einen Wagen in die Große Brunnenstraße Nummer 17.«

*

Majestätisch thronte Mims auf den beschriebenen Blättern, die Jule auf dem Ecktisch ausgebreitet hatte, weil jetzt am frühen Nachmittag im *Strandperlchen* nicht viel los war. Allerdings kam sie ohnehin kaum weiter. Alle Ideen, die sie Aphrodite vollmundig aufgezählt hatte, um mehr zu verdienen, waren durchaus vernünftig und auch praktisch umsetzbar – aber eben leider nicht von heute auf morgen. Einen kleinen Mittagstisch, zwei Gerichte, eines davon vegetarisch, bot sie seit einigen Tagen bereits an, und er wurde auch angenommen, wenngleich bislang noch eher verhalten. Natürlich musste sich diese Neuheit im Viertel erst herumsprechen, aber gleichzeitig lief ihr unbarmherzig die Zeit davon. Es gab so vieles zu bedenken: Lohnten sich Wareneinsatz plus Mehrarbeit tatsächlich? Um den Mittagstisch anbieten zu können, musste Jule jeden Morgen schon vor fünf aufzustehen, um das Essen und die Kuchen vorzubereiten.

Ähnlich verhielt es sich mit den Barista-Kursen.

Ja, es gab durchaus Interessenten, aber in Ottensen musste man mit der Preisgestaltung vorsichtig sein. Setzte Jule sie zu teuer an, würden zu wenige Leute kommen; waren sie zu billig, zahlte sie selbst drauf. Zudem konnten sie nur sonntags stattfinden, an ihrem einzigen freien Tag, an dem das Café geschlossen blieb. Oder aber sie musste sie abends anbieten und an diesen Terminen dann früher schließen, was womöglich Stammkunden verärgern würde und sich wiederum negativ auf ihre Einkünfte auswirken könnte. Von einem Lieferservice für die umliegenden Büros und Praxen ganz zu schweigen. Dafür bräuchte sie eine größere Küche und zusätzliches Personal zum Zubereiten und Ausliefern der Speisen, Maßnahmen also, die ihr momentanes Zeit- und Finanzbudget sprengen würden.

Ach, wenn sie nur nicht allein wäre!

Ein Lebenspartner würde sie unterstützen, moralisch wie auch finanziell, und all ihre Sorgen wären mit einem

Mal sehr viel kleiner. Aber weit und breit war niemand in Sicht, und Jule hatte sogar läuten hören, dass Jonas und Claudi schon bald heiraten wollten.

»Von mir kriegt die kein Kleid!«, hatte Aphrodite sofort versichert. »Claudi fliegt aus meinem Laden – und zwar hochkant. Aber du, meine Liebe, du solltest dich allmählich entscheiden. Oder willst du etwa auf der Hochzeit in einem Kaffeesack auf Kundenfang gehen?«

Hochzeit, Hochzeit, Hochzeit – Jule konnte es schon nicht mehr hören. Und zu alledem auch noch diese unselige Torte, die ihr wie ein dicker Klotz aus Fondant auf der Seele lag! Maren Hagedorn, alsbald verehelichte Ruhland, war durch nichts zu bewegen gewesen, ihren Auftrag zurückzunehmen. Im Überschwang der Begeisterung hatte sie noch ihre beiden Brautjungfern zu Aphrodite geschickt, die ihnen im *catch the bride* zartblaue Chiffonroben mit funkelnden Strassträgern verkauft hatte, die wunderbar mit den knöchellangen Taftkleidchen der Blumenmädchen harmonieren würden.

»Ich vertraue Ihnen voll und ganz«, hatte sie versichert, als Jule ihr Angebot telefonisch zurücknehmen wollte. »Und nein, wir möchten keinen anderen Konditor, sondern wir wollen unbedingt Sie!«

»Aber ich kann es nicht. Glauben Sie mir das doch bitte! Backen – ja, doch dieser Fondantkokolores sprengt meine Möglichkeiten. Meine liebe Freundin Aphrodite hätte niemals ...«

»Sie bekommen es hin, davon bin ich überzeugt.« Jetzt klang Maren Hagedorn kein bisschen schüchtern mehr oder gar verhuscht, sondern so freudig entschlossen, als hätte Aphrodites Brautkleid eine ganz neue Frau aus ihr gemacht. »Und wenn es ganz anders wird, als besprochen: auch kein Problem! Mein Verlobter war inzwischen schon einige Male bei Ihnen im *Strandperlchen* und hat sich voller Begeisterung quer durch Ihr Kuchenangebot gefuttert. ›Die oder keine soll unsere Hochzeitstorte backen‹, war sein Originalton. Und mein Uwe meint immer, was er sagt, das weiß ich inzwischen!«

Was Jule leider auch nicht viel weiterhalf.

Mit einem tiefen Seufzer stützte sie den Kopf in beide Hände. Dabei stieß sie ihr Glas mit Latte macchiato um, aus dem sie gerade den ersten Schluck genommen hatte. Die warme Flüssigkeit ergoss sich über den Tisch und färbte die weißen Blätter hellbraun.

Mit einem Satz schoss Mims davon und suchte Schutz bei der älteren Dame mit dem schönen Medaillon, die vorne am Fenstertisch saß. Sie war vor ein paar Tagen zum ersten Mal ins *Strandperlchen* gekommen, und es schien ihr hier zu gefallen, aber vielleicht nur so lange, bis sie erkannt hatte, was für eine Chaotin die Inhaberin war. Mit einem Lappen versuchte Jule das Schlimmste zu beseitigen, doch die Blätter waren fleckig und wellig geworden. Um halbwegs klar denken zu können, musste sie alles noch einmal neu zusammenfassen, und das tat sie am besten gleich am Laptop.

Im Vorübergehen fiel ihr auf, wie gut Frau und Katze sich verstanden. Mims war ein freundliches Tier, wie es sich für eine Cafékatze ja auch gehörte, aber in der Regel alles andere als aufdringlich. Normalerweise stolzierte sie zu den Gästen, schnupperte kurz und zog sich dann wieder auf das Kunstfell neben dem Tresen oder auf ihren Fensterplatz zurück, wo sie ganze Nachmittage verdösen konnte. Von dieser Fremden jedoch wollte sie offenbar gar nicht mehr weg, rieb sich zutraulich an ihrer Wade, gab Köpfchen und schnurrte.

»Ich habe selbst eine gehabt«, sagte die Frau lächelnd. »Bis zum letzten Herbst. Purri, so hieß sie. Eine temperamentvolle kleine Italienerin, die mir in der Toskana zugelaufen war. Wie sehr habe ich sie geliebt! Wir beide waren unzertrennlich, und noch heute sehe ich sie manchmal irgendwo in der Wohnung sitzen und glaube ihr zartes Gurren zu hören, mit dem sie mich immer begrüßt hat. Aber jetzt bin ich zu alt für einen Neuanfang.«

»Unsinn«, widersprach Jule. »Sie sind doch noch kein bisschen alt.«

»An manchen Tagen schon. Aber seit ich Ihr Café entdeckt habe, macht es mir wieder viel mehr Spaß, unter die Leute zu kommen. Ich muss gar nicht mit allen reden, oder sie mit mir. Einfach schauen und dabei den guten Kaffee genießen, den Sie hier anbieten, reicht mir schon.«

»Sie schmecken den Unterschied?«, fragte Jule erfreut. Nicht alle ihre Kunden reagierten so sensibel.

»Und ob! Ich bin seit jeher eine ›Kaffeetante‹ und habe mich durch unzählige Sorten probiert. In jungen Jahren war ich immer erst richtig glücklich, wenn ich hinter dem Brenner meinen ersten italienischen Cappuccino trinken konnte.« Sie lachte. »Zum Glück muss man heute dazu nicht mehr nach Italien reisen. Nicht in der Kaffeestadt Hamburg.«

»Muss man wirklich nicht«, pflichtete Jule ihr bei. »Und ehrlich gesagt, mag man oft die gängigen Espressosorten auf einmal gar nicht mehr, sobald man andere gekostet hat, die weitaus schonender zubereitet werden. Das Geheimnis liegt nämlich nicht nur in der Qualität und Aufbereitung dieser wunderbaren roten Kirsche, sondern zu einem erheblichen Prozentsatz in der Röstung. Man kann auch die besten Bohnen konsequent zu Tode grillen. Dann werden sogar der ambitionierteste Barista und die teuerste Kaffeemaschine sie nicht wieder zum Leben erwecken.«

»Das klingt, als hätten Sie sich lange und intensiv damit beschäftigt.« Die blauen Augen hinter den zart getönten Brillengläsern sahen Jule eindringlich an. »Ich mag Menschen, die den Dingen auf den Grund gehen. Und so eine Kaffeeröstung live mitzuerleben würde mich schon lange interessieren.«

»Ja, ich habe mich sogar eine ganze Weile damit beschäftigt. Obwohl ich ursprünglich aus einer ganz anderen Branche komme.« Das unerwartete Kompliment freute und berührte Jule. »Im Kaffeemuseum in der Speicherstadt wird übrigens jeden Tag öffentlich geröstet. Und die kurzen Führungen über die Geschichte des Kaffees, die dort ebenfalls angeboten werden, sind auch nicht schlecht.«

»Ich weiß, aber das ist doch eher was für Touristen, oder?« Ein kleines, angenehmes Lächeln. Die ganze Person strahlte etwas aus, das Jule ansprach, etwas Mütterlich-Bodenständiges, ohne gleich wie eine Glucke zu wirken. Sie stach aus ihrer üblichen Klientel heraus, und es freute sie, dass sie den Weg ins *Strandperlchen* gefunden hatte. »Bringen Sie mir doch bitte noch einen Espresso doppio Ihrer besten Sorte. Für das, was ich heute vorhabe, möchte ich hellwach sein.«

Jule versorgte zuerst das Pärchen am Fenster, dann die beiden Mädchen, die die Köpfe eng zusammengesteckt hatten und die ganze Zeit über kicherten. Danach bereitete sie den speziellen Espresso und trug die kleine Tasse zu ihrer neuen Kundin. Mims hatte sich unter dem Tisch zu einer anmutigen Brezel zusammengefaltet, als wäre hier ihr neues Zuhause, und würdigte Jule keines Blicks.

»Das ist aber kein doppelter, oder?«, sagte die Dame erstaunt.

»Nein«, bestätigte Jule. »Sagten Sie vorhin nicht *hellwach*? Deshalb habe ich Ihnen einen *Massimo Bio* aus Uganda gebracht, der so stark ist, dass ein doppelter davon zu viel wäre.«

Die Frau kostete.

»Er schmeckt wunderbar, nach ... warten Sie! Ja, fast ein bisschen nach Walnuss. Und dezent nach Zartbitterschokolade.«

»Ganz genau.« Jule nickte zufrieden. »Da, wo ich ihn herhabe, gibt es noch viele andere interessante Sorten. Ich könnte Sie mitnehmen, wenn Sie wollen. Am Donnerstag muss ich ohnehin zu ihm. Allerdings wäre es ziemlich früh. Punkt acht Uhr im Schanzenviertel. Trauen Sie sich da hin? Da arbeitet mein Röster Daris – für mich der Beste in ganz Hamburg.«

»Das würden Sie wirklich?« Zarte Röte überflutete Gesicht und Hals der Frau und ließ sie plötzlich jünger wirken, fast wieder mädchenhaft. »Acht Uhr ist für mich tägliches Brot. Ich habe nämlich vierzig Jahre lang Kinder unterrichtet. Also, wo genau soll ich sein?«

»Ich schreibe es Ihnen schnell auf.« Sie kritzelte die Anschrift auf einen Zettel. »Ich bin übrigens Jule. Jule Weisbach.«

»Und ich heiße Johanna Martens und freue mich sehr.« Ein kurzes Zögern. »Vorhin, da am Tisch, da haben Sie so verzweifelt ausgesehen ...« Sie brach ab. »Verzeihen Sie bitte. Meine Familie würde mich jetzt ausschimpfen, weil ich mich wieder einmal in Angelegenheiten einmische, die mich natürlich nichts angehen. Aber ich sehe eben, wie Menschen sich fühlen.«

»Gut beobachtet.« Jule versuchte ein Lächeln. »Ehrlich gesagt, ist es ein ganzer Sorgenberg, der mich gerade drückt, aber zuoberst, da hockt eine dicke, fette Hochzeitstorte, die ich in zwei Tagen abliefern soll.«

Die feinen dunkelblonden Brauen ihres Gegenübers schnellten fragend nach oben.

»Meine Freundin vom Brautladen nebenan hat es zu gut mit mir gemeint und mich einer Kundin als Wunderwaffe der Backkunst angepriesen. Und jetzt komme ich aus der Nummer nicht wieder raus, ohne das künftige Ehepaar Ruhland nicht maßlos zu enttäuschen ...«

»Ruhland?«, fragte Johanna. »Aber doch nicht etwa Maren Hagedorn und Uwe Ruhland?«

»Eben diese. Sie kennen Sie?«, sagte Jule erstaunt.

»Nur die Braut, und das eher flüchtig, aber deren Mutter, die kenne ich besser. Wir waren früher mal Kolleginnen. Ich bin übrigens auch zu dieser Hochzeit eingeladen.«

»Na prima! Dann erleben Sie mich dort auf ganzer Linie beim Scheitern. *Jule ohne Plan*, so hat meine Mutter mich immer genannt. Und wie es aussieht, wird sie leider wieder einmal recht behalten.«

»Aber Sie können doch backen.« Johanna deutete zur Vitrine. »Und zwar hervorragend. Ihr Königskuchen, den ich gestern probiert habe, war ein Gedicht. Und die Limonentarte vor ein paar Tagen hat mir ebenfalls sehr geschmeckt.«

»Ja, die ganz normalen Kuchen, die bekomme ich hin, aber doch nicht so ein mehrstöckiges Ungetüm aus Fondant und Marzipan und all diesem Gedöns. Blau-Gelb soll es auch noch sein. Wie die Elbe und ihr Strand. Spezialwunsch. Da kann ich dem Brautpaar ja schlecht einen schlichten braunen Gugelhupf servieren!«

Johanna schien zu überlegen.

»Wer sagt eigentlich, dass Hochzeitstorten unbedingt einen dicken Überzug haben müssen?«, sagte sie dann. »Schließlich geht es doch in erster Linie um den Geschmack, denn den behalten die Gäste letztlich in Erinnerung. Außerdem können auch Sahne- oder Buttercremetorten hinreißend aussehen. Die gestaltet man dann eben mit Pastenfarben in der jeweils gewünschten Farbe.«

»Pasten bitte was?«, fragte Jule.

»Pastenfarben«, bekräftigte Johanna. »Geeignet für Lebensmittel, natürlich hundert Prozent bio und somit vollkommen unbedenklich. Daheim habe ich das ganze Spektrum vorrätig, weil mein Neffe so gern Kuchen mag und seine Ex so unterirdisch schlecht backen konnte. Deshalb war immer die alte Tante gefragt. Von Sonnengelb über Sunsetorange, von Brombeer bis zu Indigo- und strahlendem Azurblau können wir alles haben, was wir uns so vorstellen.« Sie lächelte. »Alternativ könnten wir natürlich ebenso auf natürliche Zutaten zurückgreifen, die zudem noch besser schmecken: Blaubeersahne oder schwarze Johannisbeeren, Orangentarte oder Zitronenkuchen, immer abwechselnd, dann wäre alles blau und gelb, ganz wie gewünscht. Ich hätte sogar die passende Etagere parat, ein Erbstück meiner verstorbenen Mutter, oder von welchem Flohmarkt auch immer sie es hat, auf jeden Fall siebenstöckig, aus Emaille, über und über bemalt mit so herrlich altmodischen Blümchen …«

Erhitzt hielt sie inne.

»Entschuldigen Sie bitte«, sagte sie. »Jetzt ist gerade die Fantasie mit mir durchgegangen!«

Sie hatte *wir* gesagt. Mehrmals. Jule hatte es ganz deutlich gehört, aber zur Sicherheit nachfragen musste sie trotzdem noch einmal.

»Sie wären also wirklich bereit, mir bei diesem Tortenwahnsinn zu helfen?«, fragte sie vorsichtig. »Aber Sie kennen mich doch kaum!«

»Das ändert sich gerade, oder etwa nicht?«, schmunzelte Johanna. »Und ja, das wäre ich. Sogar mit großem Vergnügen!«

»Dann Donnerstag? Gleich nach der Rösterei? Ich habe in meiner Küche zu Hause schon das meiste vorbereitet. Und den Rest kaufe ich heute noch ein. Mit Ihren Anregungen haben Sie mein bisher so lahmes Kopfkino soeben ordentlich in Schwung gebracht. Und falls Sie mir die Etagere leihen würden, wäre das fein.«

»Wie schön! Und Ihr Café? Wer kümmert sich einstweilen darum?«, wollte Johanna wissen.

»Maite da Silva. Die versteht mehr von Kaffee als wir alle zusammen.«

*

So froh und aufgeregt hatte sich Johanna schon lange nicht mehr gefühlt. Kaum zu Hause angelangt, durchstöberte sie ihre Küche nach allen nur denkbaren Backutensilien, die sie nebeneinander auf der Arbeitsfläche ausbreitete: Nudelholz, Formen und Förmchen aus Blech und Silikon, Spritztüllen, jene berühmten Pasten, sowie jede Menge weiteren Krimskrams, den sie schon eine halbe Ewigkeit nicht mehr in der Hand gehabt hatte. Ganz rechts, wo genügend Platz war, thronte die Etagere, die sie schon gesäubert hatte, nun aber noch einmal wienerte, bis die Emaille fast neu aussah.

Wie schön war das früher gewesen, wenn sie mit ihren kleinen Neffen gebacken hatte! Kai, der Ältere, hatte allerdings meist schnell das Interesse daran verloren, weil er so viel rohen Teig stibitzte, dass ihm regelmäßig schlecht wurde. Außerdem waren seine Ergebnisse in der Regel wenig ansehnlich, während der kleine Nils stets ganz präzise arbeitete und stolz auf das sein konnte, was er zustande brachte.

»Es schmeckt mir eben nicht so gut, wenn es nicht schön aussieht«, piepste er damals mit seinem Kinderstimmchen, aus dem inzwischen ein sonorer Bariton geworden war, der durchaus verführerisch klingen konnte, wenn er nur wollte. »Es muss richtig sein. Dann ist es auch gut.«

Die Liebe zu Symmetrie und Perfektion schien ihm im Blut zu liegen, anders als seinem Bruder Kai oder ihrem gemeinsamen Vater Achim und dessen älterem Bruder Volker, die allesamt ziemliche Schludrians waren. Wahrscheinlich hatte er sich auch deshalb schon früh für edle Metalle und seltene Steine interessiert, die er seit einigen

Jahren in seiner Goldschmiedewerkstatt zu ausgefallenen Schmuckstücken verarbeitete. Alles, was aus der Hand von Nils Martens stammte, besaß Qualität, Stil und zeigte eine Design-Handschrift mit hohem Wiedererkennungswert. Er galt als Meister seines Fachs, der trotzdem auf dem Teppich geblieben war, angesehen sogar im anspruchsvollen Hamburg, und er hatte garantiert eine noch glänzendere Zukunft vor sich. Nur mit seinem Privatleben bekam er es leider längst nicht so gut hin.

*

Am nächsten Mittag kam Nils wie verabredet zum Mittagessen. Er brachte ihr das Puppenhaus und baute es im Wohnzimmer neben dem Fenster auf.

»Ich hätte dich eigentlich nicht für so kitschig gehalten, Tante Jo«, sagte er, als er sich die Hände gewaschen hatte und auf dem Tisch bereits die bretonische Fischsuppe dampfte, von der er nie genug bekommen konnte.

»Was soll an einem Puppenhaus, das das wirkliche Leben nachbildet, kitschig sein?«, konterte sie.

»Na, einfach alles! Dieses mickrige Holz, die lausig geklebten Möbel – und vor allem diese albern bemalten Figürchen. Hast du wirklich als Kind damit gespielt?«

»Und ob! Dieses Haus war mein Heiligtum, meine Zuflucht, wenn ich nicht mehr weiter wusste, mein Fantasiegarten für alle Prinzessinnen, Ritter und Drachen dieser Welt. Nur sah es damals noch ganz anders aus.«

»Noch popliger?«

Sie versetzte ihm einen spielerischen Klaps.

»Ihr Wohlstandskinder mit euren fertigen Legobaukästen und gestylten Disney-Plastikritterburgen!«, sagte sie. »Dein Vater und sein Bruder haben mit ein paar alten Garnrollen im Schutt zwischen Ruinen gespielt, was sie übrigens ziemlich aufregend fanden. Als ich endlich alt genug war, um halbwegs mitzuhalten, gab es schon ein paar Trümmergrundstücke weniger, aber sonderlich kindgerecht waren die allesamt nicht. Ich denke, wir haben nicht selten Kopf und Kragen riskiert, ohne es zu ahnen. Was glaubst du, was für eine Herrlichkeit da ein eigenes Puppenhaus für mich bedeutet hat!«

»Und da hast du den ganzen Tag diese hässlichen kleinen Dinger hin- und hergeschoben?«

»Eine ganze Welt habe ich mir damals damit erschaffen, nein, was sage ich da, unzählige Welten! Mal war es für mich ein Schloss, dann wieder ein Krankenhaus oder ein Kinderheim, irgendwann auch eine Burg. Mein Haus konnte eben alles sein – und das galt auch für die Püppchen. Später, als wir alle längst ausgezogen waren, hat deine Großmutter sie dann offenbar umgestaltet …«

»Ich verstehe nicht ganz …« Nils wirkte ratlos.

»Vielleicht hat sie nachgestellt, was ihr und anderen passiert ist. Oder sie wollte ihr eigenes Leben in diesem Miniaturhaus dokumentieren. Ich habe es noch nicht ganz verstanden.«

»Das klingt ja gar nicht mal so unspannend. Besser jedenfalls als dieses öde Vater, Mutter, Kind.«

»Ach, weißt du, Nils, auch das kann durchaus spannend sein, wenn du erst einmal die Richtige dafür gefunden hast. Gib noch nicht auf. Dafür bist du eindeutig zu jung.«

Sein verletzter Blick blieb Johanna noch eine Weile lebhaft in Erinnerung. Vielleicht hätte sie das Thema nicht anschneiden sollen, aber wenn sie sich danach richtete, gab es eine Unzahl von Themen, die sie in Nils' Gegenwart besser nicht erwähnte. Seit der Trennung von Evelyn hatte er sich einen Panzer zugelegt, der von Jahr zu Jahr dicker und härter wurde und ihn eines Tages womöglich ersticken würde, wenn er nicht aufpasste. Schlagfertig war er immer schon gewesen, aber nun schwangen in seinen Antworten oft Bitterkeit und Zynismus mit. Nils tat anderen weh, um sie auf Abstand zu halten, damit ihm niemand noch einmal so wehtun konnte, wie seine Frau und sein Freund es getan hatten. Das bekam die ganze Welt zu spüren. Dabei wusste Johanna, wie feinsinnig und sensibel er hinter diesem rauen Gepoltere eigentlich war, wie sehr er sich an Kunst erfreute, wie intensiv er sich von Stimmungen und Landschaften verzaubern lassen konnte. Und dass ausgerechnet Nils auf die Liebe hoffte, wie kaum ein anderer.

So gern hätte sie ihm dabei geholfen, diesen schmerzenden Panzer abzulegen, der ihm mehr und mehr die Luft abdrückte, aber sie wusste einfach nicht, wie.

Wie wir alle doch in unseren Meinungen und Gefühlen gefangen sind, dachte sie, während sie am Abend erneut vor dem Puppenhaus in die Knie ging. Und dabei bilden wir uns ein, so und nicht anders sei die Welt.

Erneut holte sie den Säugling im rosa Strampler heraus.

»Johanna« stand dort auf der Brust. Das sollte also eindeutig sie sein.

Das winzige Gesichtchen war liebevoll mit einem feinen Pinsel bemalt, der Mund, die kleine Nase, der dunkle Wimpernkranz, denn die Augen waren geschlossen.

Zu klein, um zu schauen, dachte Johanna. Oder was genau sollte ich nicht sehen? Den Rauch, die brennenden Häuser, die Angst der Menschen? Das Krankenhaus, das Mama und mich schützen sollte und es nicht konnte, weil es ebenfalls bombardiert wurde? Oder waren meine Augen gleich bei der Geburt verklebt und entzündet?

Sie legte den Säugling zurück und griff nach der Frauengestalt daneben. Ein heller Staubmantel, darunter ein dunkles Kleid. Ein Kopftuch, das die Haare verbarg ... Seltsam eigentlich, wo ihre Mutter doch zeitlebens so stolz auf ihren dichten, blonden Schopf gewesen war.

Kein Gesicht.

Weil sie sich selbst nicht abbilden wollte? Aber warum wollte sie das nicht?

Weil dieser Tag so schwer für sie gewesen war – doch wieso hatte sie ihn dann Jahrzehnte später aufwendig nachgestaltet?

Weil das dritte im Krieg geborene Kind sie an ihre Grenzen und darüber hinaus brachte und sie verzweifelter gewesen war, als sie es jemals irgendwem gegenüber zugegeben hatte?

Johanna fand keine Antwort, doch ihre innere Unruhe wuchs.

Das Haus, der Koffer, das Medaillon, das sie inzwischen nicht mehr ablegen mochte, sondern jeden Tag trug, das Tagebuch – das alles hatte miteinander zu tun.

Sie wusste nur noch nicht, wie.

Erneut öffnete sie den Koffer und nahm die alten Säuglingssachen heraus. Alles war handgestrickt aus dünner Wolle und mittlerweile von jahrzehntelanger Lagerung vergilbt, und doch sah es in ihren Augen aus wie eine Erstausstattung, die man heutzutage für teures Geld in einer Babyboutique erwerben konnte.

Sie war bereit für ihr Kind, dachte Johanna. Und sie hat sich darauf gefreut. Doch dann fielen die Bomben, die Hamburg in ein einziges Feuermeer verwandelten …

Das Kind hat überlebt – ich habe überlebt. Und die Mutter doch ganz offensichtlich auch.

Wieso dann aber der Namenszettel auf dem Püppchen?

Und wie in aller Welt kam eine Sigrid Martens, wohnhaft zunächst in Altona, später dann in Ottensen, an das Tagebuch einer gewissen Sophie Terhoven aus der noblen Flottbeker Chaussee?

Johanna starrte in das Kofferinnere.

Ausgeschlagen war das Pappmaschee mit einem zarten Blumendekor, das die Zeit ebenfalls verwaschen hatte. In der unteren linken Ecke hatte jemand ziemlich unsachgemäß dicke Klebestreifen angebracht. Johanna zupfte daran und war überrascht, wie leicht sie sich lösen ließen. Als hätte jemand sie schon mehrmals geöffnet und danach wieder geschlossen.

Schließlich klaffte das brüchige Futter leicht auf. War es nicht auf einer Seite dicker?

Behutsam schob sie einen Finger hinein.

Papier.

Darunter steckte eindeutig Papier!

Um nichts zu zerstören, was sich danach womöglich

nicht mehr rekonstruieren ließ, stand Johanna auf und holte aus dem Badezimmer ihre Spezialpinzette, die einzige, mit der sich diese lästigen Härchen an ihrem Kinn entfernen ließen, die in ihren Augen so überflüssig waren wie ein Kropf.

Jetzt ging es leichter, und schließlich zog sie ein gefaltetes Blatt Papier heraus. Ihr Herz begann heftig zu klopfen, als sie es herauszog und zu lesen begann.

Hamburg, 1. Juli 1943

Du musst fort von mir, geliebter Schatz, obwohl mein Herz bei dieser Vorstellung blutet. Aber ich darf dich nicht länger bei mir halten. Tödliches Feuer fällt vom Himmel, verbrennt die Häuser, vernichtet die Menschen, und ich kann dich nicht davor schützen.

Jetzt, da ich so streng liegen soll, weniger denn je.

Was würde ich darum geben, zusammen mit dir aufbrechen zu können, weil ich ja weiß, dass die Reise lang ist und nicht ohne Gefahr! Ein wenig tröstet mich, dass du dabei in Gesellschaft bist, die dich hoffentlich ablenken und deine Tränen rasch trocknen wird. Doch wie solltest du verstehen können, dass ich nun nicht mehr bei dir bin, so wie du es seit jeher gewohnt bist? Es tut mir unendlich leid, mein heiliges Versprechen brechen zu müssen, das ich dir damals auf jener stürmischen grauen Insel gegeben habe: dich niemals zu verlassen, solange ich atme. Und doch muss ich es tun, um dein kostbares Leben zu bewahren, bevor es dafür zu spät ist.

Und so lasse ich dich also mit den anderen ziehen, in der

Hoffnung, dass wir wieder vereint sein werden, sobald ich dir nachfolgen kann. Dann werden wir zu dritt sein, nein, zu viert oder genau betrachtet eigentlich sogar zu fünft, weil wir eben eine ganz besondere Familie sind, die das Schicksal auf seine eigene Weise zusammengeschweißt hat.

Dieser Brief soll dich auf deiner Reise begleiten, dich schützen und stärken, auch wenn du ihn nicht lesen kannst – noch nicht, mein Herzallerliebstes. Aber du wirst bald so weit sein, denn ich kenne deine stürmische Neugierde und deine kluge Ungeduld.

Ich gebe dir ein paar getrocknete Oleanderblüten mit, die aus jenem Garten stammen, in dem du jetzt eigentlich unbeschwert spielen solltest. Das Gegenstück kommt in mein silbernes Medaillon. Herrschaftlich und groß ist der Garten, steigt von der Elbe auf, mit schattigen alten Bäumen, unzähligen Blumenbeeten und eben jenem italienischen Glashaus, in dem sich meine Zukunft entschieden hat. Ich durfte jenes herrliche Paradies über Jahre genießen, bevor man mich für immer daraus vertrieb, und so kenne ich also seine berückende Schönheit. Ich weiß aber auch um seine giftige Bitternis, die ich dort schon als Kind gespürt habe, ohne zu ahnen, woher sie rührte.

Wenn jener Garten reden könnte ...

Irgendwann werde ich dir noch einmal ausführlicher die alte Geschichte von Hero und Leander erzählen, und du wirst Augen machen, wie viel sie mit jenen Menschen zu tun hat, die dir vertraut sind. Leider nahm sie kein gutes Ende, auch wenn sie die beiden Liebenden unsterblich gemacht hat. Unsere Geschichte aber wird glücklich ausgehen. Ich wünsche es mir so inständig, dass dem launischen Schicksal gar keine andere Wahl bleibt, als mir diesen Herzenswunsch zu erfüllen. Niemand kann uns trennen, auch wenn wir nun für einige Zeit an verschiedenen Orten sein werden.

Vergiss niemals, dass du mein Augenstern bist, für den ich wie eine Löwin gekämpft habe und für den ich immer wieder kämpfen würde, mit allem, was mir zur Verfügung steht. Du hast meine Welt vollkommen auf den Kopf gestellt – und das bereue ich nicht einen einzigen Augenblick. Stark hast du mich gemacht, und mutig dazu, hast mich von einem verwöhnten Gör in eine erwachsene Frau verwandelt, und dafür bin ich dir unendlich dankbar.

Was wäre ich ohne dich?

Ein Nichts. Ein Blatt im Wind ...

Nun aber muss ich schließen, denn so vieles gibt es noch zu erledigen, bevor wir morgen Abschied voneinander nehmen. Auch wenn ich nicht am Bahnsteig stehen kann, so werde ich dir in Gedanken nachwinken, bis du dein Ziel erreicht hast, um dich dann dort in Gedanken sofort wieder in die Arme zu schließen.

Du und ich gehören zusammen. Auf ewig ...

Johanna begann zu zittern. Tränen stiegen in ihre Augen, so berührt war sie. Sie nahm die Brille ab und überließ sich ganz ihren Gefühlen.

Erst nach einer ganzen Weile konnte sie wieder einigermaßen klar sehen. Die Brille kehrte zurück auf ihren gewohnten Platz auf der Nase.

Die Handschrift kam ihr gleichermaßen fremd wie vertraut vor. Der Brief war offenbar hastig verfasst worden, in großer Eile oder unter ungünstigen Bedingungen. Womöglich hatten auch Emotionen die Schreiberin derart übermannt, dass sie diese Zeilen wie im Fieber hingeworfen hatte.

Aber diese auffälligen Unterlängen der Handschrift, die kannte sie doch …

Sie trug das Blatt zum Esstisch, wo Sophies Tagebuch lag, schlug es auf und verglich.

Ja, es konnte sehr wohl die gleiche Handschrift sein, ausgeprägter, ein wenig nachlässiger, so wie sie sie sich oft im Lauf der Jahre entwickelt. Mit ihrer Lektüre war Johanna inzwischen im Herbst 1936 angekommen, der Brief, den sie soeben geborgen hatte, datierte vom Juli 1943. Fast sieben Jahre, Schicksalsjahre für Deutschland und die ganze Welt, die schließlich in einem furchtbaren Sterben rund um den Globus gemündet hatten.

Schicksalsjahre auch für die blutjunge Sophie Terhoven?

Es gab nur eine einzige Möglichkeit, um das herauszufinden: Sie musste weiterlesen …

8

Föhr, Dezember 1936

Ich hasse alles hier: die reetgedeckten Häuser, die von außen so putzig und heimelig aussehen, während es drinnen nie so richtig warm wird. Die frechen Möwen, die dir auf die Schulter kacken, wenn du nicht schnell genug wegrennst. Das graue, stürmische Wintermeer. Die Salzwiesen. Diese ungenießbaren Mahlzeiten mit Mehlbüddel, Grünkohl und Mett, die im Mund immer mehr werden, je länger man kaut. Am meisten aber hasse ich Dorothee Pieper, meine Kerkerwärterin.

Tante Dorothee soll ich sie nennen, das hat sie mir verlogen lächelnd gleich am zweiten Tag angeboten, aber da kann sie lange warten: Ich bleibe felsenfest bei »Sie« und »Frau Pieper«, selbst wenn sie mich hier auf diesem Ödland begraben sollten. Sie geht darüber hinweg, sagt weiterhin »du« und »Sophie« zu mir, als hätten wir gemeinsam Schafe gehütet, und davon gibt es jede Menge auf Föhr (und nicht nur tierische).

Sie sieht selbst ein wenig aus wie ein mageres Schaf, mit dieser langen Nase und der engen, niedrigen Stirn. Immer in Schwarz, seitdem der Blanke Hans, wie man hier die Sturmflut nennt, ihren Mann Fiete gestohlen hat. Wenn sie lacht, was selten genug vorkommt, zeigt sie lange gelbe Zähne. Nur ihr Haar erinnert mich an Maltes, so rot und fest und störrisch, dass es sich kaum bändigen lässt, nicht einmal unter diesen altmodischen Topfhüten, die sie sich auf den Kopf stülpt, sobald sie das Haus verlässt.

Natürlich ist ihre muffige Pension jetzt im Winter vollkommen ausgestorben, genau das war ja Papas perfider Plan, der Stine und mich hier als Dauergäste einquartiert und damit von der Welt abgeschnitten hat. Sonst gibt es hier so gut wie nichts außer flachen Wiesen, Himmel und Wasser – und meine grenzenlose Einsamkeit, in der ich mich zu verlieren drohe. Auch Stine, meine Begleiterin, kann nichts daran ändern, denn ihr pausenloses Geschnacke zerrt an meinen Nerven und macht alles nur noch schlimmer. Sie hat mit Henk Schlüter angebandelt, einem jungen Krabbenfischer mit riesigen Pranken, die vom Salz schon ganz rissig sind. Er wohnt nur ein paar Häuser weiter bei seiner Mutter, läuft knallrot an, sobald sie in seine Nähe kommt, und bekommt vor lauter Verlegenheit kaum noch einen Ton heraus.

Soll sie doch ihren Spaß haben. Muss ja nicht jeder so leiden wie ich.

Habe ich früher auf die Schule geschimpft?

Jetzt wünsche ich mir die einst verhassten Stunden mit Fiedler & Co geradezu herbei und wäre glücklich, wieder etwas vom keuschen Ännchen zu hören oder die Germanen auf ihrem unaufhaltsamen Siegesritt durch die Geschichte begleiten zu dürfen. Natürlich habe ich Bücher, in die ich mich vertiefen könnte, sogar reichlich. Eine ganze Kiste hat Papa mit der Fähre anliefern lassen, die ich bislang allerdings nur flüchtig angeschaut habe. Dabei hat er die Auswahl eigenhändig zusammengestellt, wie ein knapper beigelegter

Brief beweist, wahrscheinlich, damit ich nicht noch mehr verblöde: die Tochter eines Kaffeebarons, die sich von einem Krüppel schwängern lässt, anstatt sittsam zu bleiben und sich zur rechten Zeit eine gute Partie zu angeln!

Wenn er erst wüsste, wie es wirklich ist ...

Ich kann diesen Gedanken nicht zu Ende denken, dazu ist er zu schmerzhaft. Malte schreibt mir wunderbare, kluge Briefe, die ganz offiziell Dorothees Zensur passieren dürfen und dabei doch Nachrichten enthalten, die nur ich verstehe. Nach außen hin klingen sie wie die Schwüre eines jung Verliebten an sein Mädchen, und wüsste ich nicht, wie er wirklich empfindet, so würde ich ihm jedes Wort glauben. So aber bewundere ich Malte für seine Intelligenz und die entschlossene Geradlinigkeit, mit der er schriftlich für mich und das Kleine einsteht.

Er selbst muss allerdings ziemlich verzweifelt sein, das lese ich aus seinen gekonnten Formulierungen heraus, und das erkenne ich auch an der Auswahl der Gedichte, die er immer wieder einfügt. Rilke natürlich, aber auch Heine, Schiller, Kaléko, Brecht, Ringelnatz, Kästner – er schert sich nicht drum, was verboten ist und was nicht, und ich sauge die Verse in mich auf. Dorothee Pieper hat nicht die geringste Ahnung von Lyrik, das kommt uns sehr gelegen. So kann sie auch nicht ermessen, welchem Risiko ihr Neffe sich damit aussetzt.

Die schönste Überraschung aber, die der angebliche Kindsvater mir gemacht hat, ist sein tragbarer Plattenspieler, der eines Tages in der Pension angeliefert wurde, zusammen mit zwei Dutzend Schallplatten, die ich bisher allerdings noch nicht aufgelegt habe, weil Musik sehr verräterisch sein kann. Ich weiß, was der Plattenspieler für Malte bedeutet, und schätze und ehre ihn für diese wunderbare Leihgabe noch mehr, als ich es ohnehin schon tue. Doch sie macht mich auch traurig:

Warum nur können wir beide uns nicht lieben wie Mann und Frau?

Alles wäre dann so viel einfacher...

Tante Fee schreibt ab und zu, und sie hat mir einen Muff aus Biberfell geschickt, den ich blicklos in den Schrank gepfeffert habe. Noch immer ist ihre Haltung an jenem Abend in der Villa für mich Verrat. Unser einst so enges Band ist zerschnitten.

Keine Ahnung, ob wir es jemals wieder flicken können...

Von Hannes, meinem geliebten Hannes, kommt nicht eine einzige Zeile, während all dieser endlosen dunklen Herbstmonate. Er hat mich aus seinem Leben gelöscht, als hätte ich niemals existiert. Für ein Luder hält er mich, ein leichtsinniges, unmoralisches Ding, das sich mit mehreren Männern einlässt und dabei zu allem Überfluss auch noch schwanger wird.

Ob es wirklich Malte war, der als Vater in Frage kommt, oder vielleicht nicht doch noch ein ganz anderer?

Ich habe diese Frage in seinen Augen gesehen, auch wenn er sie nicht laut ausgesprochen hat. Unsere stürmische, herrliche, aufregende Liebesnacht in Berlin, in der ich ganz die Seine wurde, ist zu einem hässlichen, schmutzigen Scherbenhaufen verkommen, den man nicht berühren kann, ohne sich zu verletzen.

Ich habe meinen Liebsten verloren.

Für immer verloren.

Weinen kann ich nicht mehr, denn ich habe in den ersten Wochen meiner Verbannung all meine Tränen aufgebraucht. Geschrien habe ich, gewütet, mit den Seehunden um die Wette geheult, bis mir die Augen zugeschwollen sind. Ins Meer wollte ich mich stürzen, untergehen und so lange leblos in der Tiefe schweben, bis auch ich zu Schaum werde, wie einst die kleine Meerjungfrau in meinem alten Lieblingsmärchen.

Vorgestern war ich fast so weit.

Stine, die mir wie ein Schatten überallhin folgt, hatte ich zum Glück abgeschüttelt. Selbst in meinem Zustand kann ich noch immer doppelt so schnell laufen wie sie, die stets herumtrödelt, weil sie die neugierigen Augen überall hat.

Endlich am Strand allein, habe ich den Mantel ausgezogen, obwohl der Wind auffrischte und an meinen Kleidern zerrte, als wollte er sie mir vom Leib reißen – da spürte ich es zum ersten Mal: eine zarte Bewegung in meinem Bauch. Wie das Schlagen feinster Flügelchen.

Ein Vögelchen.

Nein, ein wunderschöner kleiner Schmetterling.

Ich bin da, sagte es. Ich lebe. Pass bitte auf mich auf!

Da fiel ich auf die Knie und fing an zu beten.

Und ja, plötzlich konnte ich auch wieder weinen – weinen vor Glück. Dum spiro spero – da ist er wieder, unser alter Familienleitspruch, der die Terhovens schon seit Generationen begleitet, und ich klammere mich ganz fest an ihn.

Seitdem ist alles anders für mich.

Was kümmert mich die olle schwarze Pieper?

Was schert es mich, dass der Wind ums Haus pfeift und ich immer eiskalte Füße habe?

Was bedeutet es schon, dass ich die Leute hier nur bei jedem zweiten Satz verstehe, weil sie ihr seltsames Fering brabbeln und kein anständiges Deutsch reden, wie wir in Hamburg.

In mir wächst ein Schatz!

Niemals mehr wollte ich in dieses Tagebuch schreiben, weil mein Leben mir so sinnlos und vergeudet erschien, doch jetzt will ich es wieder. Zeugnis werde ich ablegen über Sophie Terhoven, die ein Kind von Hannes Kröger unter dem Herzen trägt, ihrer großen und einzigen Liebe, obwohl die Familien glauben, der junge Vater sei ein gewisser Malte Voss.

Meine Kerkerwärterin wird dieses Tagebuch niemals finden; dazu habe ich es viel zu schlau versteckt. Und auch Stine bekommt keine Gelegenheit dazu. Ob sie wohl heimlich Rapport für die Flottbeker Chaussee ablegt? Manchmal schaut sie mich so prüfend an, dass ich fast davon überzeugt bin. Oder macht sie ihre Meldungen telefonisch?

In Nieblum gibt es nur eine Handvoll Anschlüsse, und einer davon gehört Pastor Helms, der mich schon heimgesucht und aufgefordert hat, regelmäßiger beim Gottesdienst zu erscheinen. Ist er ihr Verbündeter, und sie schleicht sich heimlich ins Pfarrhaus, um dort zu telefonieren?

Ich habe Stine im Auge, doch sie kann sich natürlich immer eine Ausrede ausdenken, warum sie dringend unterwegs sein muss.

Und wenn schon!

Mein Kind lebt, mein Bauch rundet sich, und langsam passen mir die Kleider nicht mehr, in denen ich angekommen bin. In einem Brief an Malte erwähne ich es, und plötzlich kommt mit der Fähre ein Paket von Tante Fee. Die Trägerröcke und Hängerchen, die sie mir schickt, sind aus bester Qualität und nicht einmal ganz so hässlich, wie ich befürchtet habe. Am liebsten würde ich sie ihr trotzdem voller Verachtung zurücksenden, aber wenn ich nicht frieren will, habe ich keine Wahl.

Dass meine Mutter kein Wort an mich richtet, verdränge ich meistens. Nur manchmal steigt es gallenbitter in mir empor. Sie wird keine Zeit haben, ihrer gefallenen Tochter zu schreiben. Die Herbstsaison mit ihren Soireen und Bällen fordert eben ihren Tribut. Das ist wichtiger für Delia Terhoven.

Immer schon.

So hocke ich also auf Föhr und warte und brüte. Brüte und warte...

*

Föhr, Jahreswende 1936/1937

Der hässliche nackte Julbaum mit seinen dürren Zweiglein steht noch in der Stube. Es war das traurigste Weihnachtsfest, das ich je erlebt habe. Ich darf gar nicht an die riesige Tanne denken, die Jahr für Jahr bei uns zu Hause in der Villa aufgestellt wird, edel geschmückt mit weißen Kerzen, silbernen Kugeln, Zapfen und einer spitzen Krone, die funkelt, als sei sie aus lauter Diamanten gemacht. Nicht an das Weihnachtsessen mit Gans, Rotkohl und Klößen. Nicht an das silbrige Glöckchen, das ertönt, wenn die Tür zum Salon geöffnet wird und dort unter dem Baum die Flut der Geschenke auf uns wartet...

An diesem Weihnachten habe ich die Geschenke aus Hamburg nicht einmal ausgepackt. Ganz unten in meinem Schrank liegen sie, und da liegen sie gut. Meine Familie soll ihr schlechtes Gewissen nicht mit ein paar teuren Dingen reinwaschen können. Sie haben mich verstoßen, weil ich ein Kind bekomme, das sich übrigens immer öfter in meinem Bauch bemerkbar macht.

Seit Neuestem spreche ich ständig mit ihr. Ich weiß, dass es ein Mädchen wird. Woher, das weiß ich nicht, aber genauso ist es.

Ob sie Hannes' blonden Schopf bekommt? Seine blauen Augen? Oder wird sie lockig und dunkel und gerät damit eher nach mir? Nach einem Rotschopf jedenfalls werden sie vergeblich die Augen aufhalten.

Und was sagen wir dann?

Was soll überhaupt werden, wenn die Kleine und ich nach Hamburg zurückkehren?

Ob die Sache mit Stine so aufgeht, wie sie sich das vorgestellt haben, bezweifle ich immer mehr, denn nicht nur Henk Schlüter hat Feuer gefangen, sondern auch sie. Unter dem Mistelzweig haben sie sich inniglich geküsst und dabei die ganze Welt vergessen. Ich weiß, wie sich das anfühlt, und konnte plötzlich nicht mehr hinschauen, obwohl ich ihr das Glück von Herzen gönne. Ganz mild und weich ist sie geworden, hat all das Aufsässige verloren und fragt mich ständig, ob es denn schön sei, schwanger zu sein.

Ja, es ist schön, auch wenn der Busen ziept und wächst und dein ganzer Körper sich verändert. Die Haut wird rosiger, der Gang watschelig, und du kannst bei der kleinsten

Ursache in Tränen ausbrechen. Zusammen mit dem kleinen Wesen in dir bildest du eine Einheit, die keinen anderen etwas angeht. Ich spüre, was sie braucht, zumindest bilde ich mir ein, es zu spüren, summe vor mich hin, brabble leise mit ihr, flüstere unzählige Koseworte.

Meine Tochter. Meine geliebte kleine Tochter.

Sogar der Doktor ist mit uns sehr zufrieden. Dr. Vogelsang ist ein Baum von einem Mann, kein Vergleich mit dem schlanken, traurigen Dr. Fromm aus Altona, den ich so mochte. Auch seine Hände sind grober, aber daran bin ich inzwischen gewöhnt. Es ist ein bisschen, als würde er einer Kuh beherzt zwischen die Beine greifen, aber schließlich sind wir Menschen ja auch nur Säugetiere, und ich denke, er weiß, was er tut. Er kommt jeden Monat einmal nach Nieblum in Piepers Pension, um nach uns zu schauen, weil alles ja so unendlich geheim bleiben muss.

»Mütter sollten am besten immer so jung sein wie Sie«, sagt er, während er seinen Arztkoffer zuklappt. Er hat ein rotes Gesicht und sieht müder aus als sonst. Und die Treppe steigt er wie ein alter Mann nach oben. »Für die Familien ist es zunächst meist ein kleiner Schock, aber die Natur freut sich, denn so hat sie es eigentlich eingerichtet.«

»Muss ich in den kommenden Monaten noch auf irgendetwas besonders achten?«, frage ich. »Ich will doch nur, dass es ihr gutgeht.«

»Ihr?«

»Es ist ein Mädchen, das weiß ich. Also?«

Ganz kurz berührt er meine Wange und sieht für einen Moment richtig väterlich aus.

»Genügend essen, viel frische Luft und vor allem ein

heiteres Herz bewahren. Das bekommt ungeborenen Kindern am besten.«

So brauchen wir auch nicht jenes unselige Buch, das Dorothee Pieper mir als Geschenk unter den Julbaum gelegt hat. *Die deutsche Mutter und ihr erstes Kind.* Ich habe nur wenige Seiten davon überflogen, bis es ganz unten in den Schank zu dem anderen nutzlosen Schmodder kam.

»Die erste Schwangerschaft ordnet die Frau in das große Geschehen des Völkerlebens ein. Damit tritt sie an die Front der Mütter, die den Strom des Lebens, Blut und Erbe unzähliger Ahnen, die Güter des Volkstums und der Heimat, die Schätze der Sprache, Sitte und Kultur wiederauferstehen lassen in einem neuen Geschlecht...«

Mich gruselt, wenn ich das lese.

Liebe brauchst du doch vor allem, meine Kleine, und Liebe werde ich dir schenken! Natürlich werde ich dich niemals so behandeln, wie diese Frau es fordert.

»Werde hart, junge Mutter! Fange nur nicht an, das Kind aus dem Bett zu nehmen, wenn es zur falschen Zeit schreit, es zu tragen, zu wiegen, zu fahren, es auf dem Schoß zu halten oder gar zu stillen! Solche Affenliebe wird es nur verziehen, aber nicht erziehen...«

Ich kann kaum glauben, dass solche Zeilen von einer Ärztin stammen sollen, die selbst fünffache Mutter ist. Nein, für immer weg damit! Das ist wahrlich nicht die richtige Lektüre für meine Kleine und für mich.

Heute bin ich wieder sehr melancholisch, denn es ist der letzte Tag dieses verrückten, aufregenden, traurigen, glücklichen Jahres. Was wird 1937 uns bringen – mir, der Kleinen, Hannes, Malte?

Ich weiß es noch nicht ...

Während die anderen nachmittags wieder ihr heißgeliebtes Bosseln veranstalten und sinnlos Bälle durch die winterliche Luft werfen, nehme ich in meinem Kämmerchen die Platte heraus, die Malte mir zu Weihnachten geschickt hat: Comedian Harmonists, ein wunderbares Männersextett, das mit viel Schmelz und leiser Ironie auch dem banalsten Schlagertext Tiefe verleiht.

»Liebling, mein Herz lässt dich grüßen ...«

Ich denke an Hannes und an unsere Kleine, und mein Herz wird schwer vor lauter Sehnsucht.

Später kommen Henk und seine Mutter Wiebke als Gäste zur Pieper. Erst will ich auf meinem Zimmer bleiben, aber als ich von unten ihr Lachen und lautes Geschnatter höre, gehe ich doch hinunter. Ich kann nichts von dem Pharisäer trinken, mit dem sie sich alle in Stimmung bringen, bis sie gemeinschaftlich zur Feuerzangenbowle übergehen, sondern nippe an meinem Tee mit Kandiszucker.

Stine und Henk turteln verliebt. Sie hat mir zugeflüstert, dass im Februar beim Biikebrennen Verlobung sein soll. Wenn der Winter mit Feuer von der Insel vertrieben wird, wollen sie es öffentlich machen. Ich versuche krampfhaft zu lächeln, doch das Kinn sackt mir immer wieder nach unten, das spüre ich genau.

Dann gibt es Bleigießen.

Stine behauptet, ihr Klumpen sei ein Herz. Henk hat einen Wagen mit drei Rädern, meine Kerkerwärterin will einen Anker in ihrem Machwerk erkennen.

Ich habe eine zierliche Wiege in meinem Schälchen, das sehe ich ganz genau und muss plötzlich wieder weinen.

Salven knallen durch die Nacht. Das Neue Jahr wird auf Föhr mit Schüssen begrüßt. Stine und Henk küssen sich, wir anderen reichen uns die Hände und wünschen uns gegenseitig Glück.

»Das ist ja kaum zum Aushalten«, sagt Dorothee Pieper plötzlich, die mich schon den ganzen Abend über nicht aus den Augen gelassen hat. »Du leidest, Mädchen, und unser Malte, der leidet auch, das hat er mir erst neulich wieder geschrieben. Da muss man doch was dagegen machen, Verbot hin, Verbot her. Schließlich geht es ja um das Wohl des Kindes, und das braucht glückliche Eltern.«

Ich schaue auf.

Was zum Himmel meint sie?

»Er will nach Föhr kommen, unbedingt«, stößt sie hervor. »Um mit eigenen Augen zu sehen, wie es dir und dem Kleinen so geht. Und das soll er meinethalben auch. Ist doch ohnehin schon alles passiert, oder? Der Hase liegt im Pfeffer, und noch mehr schwanger, als du schon bist, kannst du gar nicht mehr werden. Allerdings musst du mir auf die Bibel schwören, dass du keinen Unsinn anstellst und ihr womöglich heimlich zusammen ausbüxt.«

»Versprochen«, sage ich hingerissen. »Alles, was du nur willst, liebe Tante Dorothee!«

Sie sieht mich an und lächelt zufrieden.

»Na, dann soll mein junger Herr Neffe mal anreisen. Das werde ich ihm schreiben. Und ja, du kannst dich auf mich verlassen: Weder seine noch deine Eltern erfahren etwas davon, aber nur, wenn ihr beide auch vernünftig seid!«

*

Föhr, Februar 1937

Ich hatte schon befürchtet, dass nichts mehr aus Maltes Besuch wird, weil er wieder und wieder verschoben wurde, aber heute, heute ist es endlich so weit. Henk hat mich in seinem Knatterauto mit nach Wyk genommen, und so stehe ich nun am Hafen und warte darauf, dass die weiße Fähre anlegt.

Rund wie eine Kugel bin ich inzwischen. Selbst die weite Lodenkotze verhüllt meinen Bauch nicht mehr. Die Haare, die inzwischen länger geworden sind, habe ich mir unter eine dunkelblaue Wollmütze gestopft, denn der Wind bläst heute besonders heftig. Wahrscheinlich ist meine Nase schon zu einem roten Eiszapfen erstarrt. Ja, ich war zu früheren Zeiten sicherlich schöner, aber das wird meinem lieben, lieben Freund nichts ausmachen, denn er mag mich ja schließlich wegen ganz anderer Dinge.

Wie sehr ich mich auf Malte freue!

Wie ein Götterbote kommt er mir vor, Abgesandter aus einer anderen Welt, die immer weiter von mir wegdriftet, je länger ich in dieser Verbannung ausharre. Um ihn zu überraschen, habe ich einen Spruch auf Fering auswendig gelernt, den ich in Gedanken unablässig wiederhole, damit ich ihn im entscheidenden Moment nicht doch vergesse.

Leider ist der Himmel heute bleiern, und es regnet Bindfäden. Immer schwerer wird meine Kotze, so nass ist sie inzwischen schon. Die Fähre hat Verspätung, doch endlich stampft sie durch die grauweißen Wellen heran.

Ein gutes Dutzend Fahrgäste steigt aus, und dann sehe ich endlich Malte: barhäuptig trotz des schlechten Wetters, rothaarig und schlaksig in seinem alten braunen Mantel, der eigentlich für einen sehr viel fülligeren Mann geschneidert war.

Er winkt – und plötzlich erstarre ich.

Er ist nicht allein...

Meine Knie werden weich, und ich taste blindlings nach einem Halt, den ich nirgendwo finde. Wären die beiden Männer nicht so schnell neben mir gewesen und hätten mich aufgefangen, ich läge wohl bäuchlings auf dem dreckigen Pier.

»Ich habe dir jemanden mitgebracht«, sagt Malte mit seinem schiefen Lächeln. »Wurde ja auch höchste Zeit, oder etwa nicht? Schluss jetzt mit diesem tragischen Hero-und-Leander-Unsinn! Die beiden Königskinder sind endlich wieder vereint. Ihr Turteltäubchen habt ab jetzt exakt vier Stunden Zeit. Dann müssen der blonde Prinz und ich leider wieder zurück nach Hamburg.«

Ich versinke in meerblauen Augen, die für mich die Welt bedeuten. Ganz warm sehen sie mich an und bitten um Verzeihung.

»Hartelk wetkimen unb Feer«, radebreche ich meinen mühsam gelernten Willkommensspruch. »Ich liebe dich auch, Hannes Kröger!«

Er nimmt mich so vorsichtig in die Arme, als sei ich aus kostbarem Porzellan, und zieht mich an sich. Sein Duft, seine Wärme, seine festen Muskeln, die ich sogar unter dem Mantel spüre... Endlich bin ich wieder da, wo ich hingehöre – wo wir hingehören.

Die Kleine in meinem Bauch strampelt auf einmal wie wild, als wolle sie ihren unbekannten Vater endlich willkommen heißen.

Und ich könnte schier sterben vor Glück und Erleichterung.

»Was für ein unfassbarer Idiot ich doch war«, murmelt er an meinem Hals. »Aber wie sollte ich denn auch wissen, wie sich alles zugetragen hat? Es hat sich so verdammt überzeugend angehört...«

»Pst!« Ich lege einen Finger auf seine Lippen. »Genug davon. Und du kannst uns ruhig fester drücken, deine Kleine und mich. Wir sind durchaus aus Fleisch und Blut.«

Ihn richtig zu küssen, hier zu küssen, wage ich nicht, denn das elterliche Verbot steckt mir zu tief in den Knochen.

Was, wenn jemand uns sieht...

Malte scheint wieder einmal meine Gedanken zu erraten.

»Ich hab euch übrigens die Schlüssel für ein Boot besorgt«, sagt er und drückt sie Hannes in die Hand. »Nichts Großes, aber für ein paar Stunden dürfte es reichen.«

Bei diesem Wetter? Mit einem Boot auslaufen? Wir, die nicht die geringste Ahnung von der See haben...

»Die Meerjungfrau liegt im Hafen. Ihr könnt unter Deck gehen. Nass werdet ihr dort jedenfalls schon mal nicht.«

Weder Hannes noch ich rühren uns von der Stelle, so perplex sind wir beide.

Malte dagegen dreht sich um und marschiert zielstrebig davon.

»Bleibt ruhig weiterhin stehen, wenn ihr noch mehr Zeit vergeuden wollt«, ruft er uns über die Schulter zu. »Ich dagegen würde an eurer Stelle die Beine in die Hand nehmen und zusehen, dass ich auf das Boot komme.«

Sein leiser Spott ist Labsal für meine Ohren.
Ich packe Hannes' Hand und laufe mit ihm los, so schnell, wie mein Bauch es mir erlaubt ...

*

Hamburg, Juni 2016

Ein zartes Klingeln drang in Johannas Versunkenheit. Noch ganz im Bann des soeben Gelesenen nahm sie das Telefongespräch an.

»Ich bin's, Nils.« Die Stimme ihres Neffen klang ungewohnt brüchig. »Sorry, dass ich so spät noch störe. Papa liegt auf der Intensivstation im Albertinen-Krankenhaus. Herzinfarkt. Ziemlich heftig, haben sie gesagt. Es scheint durchaus kritisch zu sein. Kannst du bitte ganz bald nach Eimsbüttel kommen?«

9

Hamburg, Juni 2016

Der Kaffeespezialist gab sein Bestes, um Johanna den Vorgang zu erklären, und trotzdem spürte Jule, dass ihre Begleiterin nicht ganz bei der Sache war. Und sie kannte Daris inzwischen gut genug, um zu wissen, dass er das ebenfalls mitbekam – und dass es ihn sicherlich irritierte.

»Rösten ist ebenso Leidenschaft wie Fingerspitzengefühl«, sagte er mit seiner warmen, dunklen Stimme, mit der er auch Märchenerzähler im Souk hätte werden können. Doch das Leben hatte es zunächst nicht ganz so freundlich mit ihm gemeint. Nach einer Odyssee durch die nordafrikanischen Länder war der gebürtige Algerier schließlich auf Sizilien gelandet, um zunächst in einer kleinen Bar zu arbeiten. Wie er von dort aus nach Hamburg gekommen war, darüber schwieg er sich aus. Seine Leidenschaft für Kaffee jedoch, die schon aus seiner maghrebinischen Heimat stammte, hatte er mit in die Stadt an der Elbe genommen.

Der Rösttrommel, die sich langsam bewegte, entströmte ein köstlicher Geruch, der an Popcorn oder frisch gebackenes Brot erinnerte.

»Hören Sie das?« Jule beugte sich tiefer darüber. »Jetzt platzen die Zellwände auf. *First crack*, so nennt man diesen spannenden Vorgang. Nun entfaltet sich das ganze Spektrum der Geschmacksvielfalt. Die Fruchtsäuren bauen sich ab, Zucker karamellisiert, und die Farbe der Bohnen wird immer dunkler.«

»Und wenn man zu lange wartet, ist alles verkohlt«, fuhr Daris fort. »Geht es aber gut, können sich bis zu achthundert verschiedene Aromen entwickeln – und die haben Sie dann auf der Zunge, wenn Sie Ihre Tasse Kaffee genießen. Jeder Röstmeister braucht also Intuition, Erfahrung und auch Neugierde. Mit diesen Eigenschaften lässt es sich arbeiten.« Er lächelte. »Ich steuere die Hitzezufuhr und kitzle dabei das Optimum aus jedem Rohkaffee heraus. Je länger und heißer ich röste, desto kräftiger und bitterer wird der Kaffee, so wie man ihn für die Espressozubereitung braucht. Für eine Qualität zum Filtern, wie es jetzt ja allgemein wieder sehr in Mode gekommen ist, darf ich nicht über zweihundert Grad gehen, und die Röstung bleibt heller.«

Er stellte die Maschine ab, und der Kaffee rieselte aus der Rösttrommel in das Kühlsieb.

»Jetzt kommt kühle Luft zum Einsatz«, fuhr Jule fort, die besorgt das noch immer bedrückte Gesicht ihrer Begleiterin beobachtete. »Niemals Wasser, wie bei der industriellen Fertigung, das so vieles vom Geschmack wieder wegspült. Danach folgt der ›Entsteiner‹, wo potenzielle kleine Fremdkörper ausgelesen werden, die sich unter die Bohnen gemischt haben.«

»Und dann ist der Kaffee endlich zum Trinken fertig?« Man sah Johanna an, wie sehr sie sich um lebhaftes Interesse bemühen musste.

»Noch nicht ganz. Ist er abgekühlt, wird er verpackt und braucht dann noch einige Zeit, um auszugasen. Denn erst nach fünf, maximal zehn Tagen Ruhezeit entfaltet er sein volles Aroma. Kommen Sie!« Daris winkte sie zu einem kleinen Probiertisch. »Nachdem Sie diese drei verschiedenen Tassen probiert haben, werden Sie wissen, was ich meine.«

Johanna folgte seiner Aufforderung.

»Der Mittlere schmeckt mir am besten«, sagte sie schließlich. »Kein Wunder, nach dieser aufwendigen Zubereitungsmethode.«

»Der stammt aus Kenia und ist etwas besonders Feines«, bekräftigte der junge Röstmeister. »Ich gebe Ihnen gern eine Probepackung für zu Hause mit. Falls Sie mehr davon wollen, wissen Sie jetzt ja, wo Sie uns finden. In unserem kleinen Ladengeschäft freuen wir uns immer über neue Kunden.«

Jule deckte sich mit mehreren Sorten für das *Strandperlchen* ein.

»Mal sehen, wie lange ich mir dich noch leisten kann«, sagte sie, als es ans Bezahlen ging. »Und wie lange es mein kleines Café überhaupt noch gibt.«

»Jetzt machst du aber einen üblen Scherz.« Daris sah sie zweifelnd an, während er das Wechselgeld herausgab.

»Leider nicht. Meine Vermieter schnüren mir gerade finanziell den Hals ab. Um das stemmen zu können, müsste ich viel mehr Kaffee zu weitaus höheren Preisen verkaufen als bisher – oder ich verfalle auf irgendwelche verrückten Ideen, die Geld einbringen.« Sie zog die Schultern hoch. »So wage ich mich jetzt zum Beispiel an eine siebenstöckige Hochzeitstorte. Kann ja eigentlich nur schiefgehen!«

»Wie heißen diese Miethaie denn?«, wollte er wissen. »Aus der Schanze sind sie wohl kaum.«

»Nobel GmbH & Co KG«, sagte Jule. »Sie residieren in Harvestehude. Feiner geht es kaum. Und gemeiner auch nicht.«

Kam es ihr nur so vor, oder wirkte Johanna auf einmal wacher und interessierter? In wirklich guter Verfassung war sie trotzdem noch immer nicht.

»Soll ich vielleicht lieber fahren?«, bot Jule an, nachdem sie ihre Tragetüten in Johannas Fiat verstaut hatte. »Sie kommen mir heute ein wenig wacklig vor.«

»Gerne.« Johanna reichte ihr den Schlüssel und ließ sich mit einem Seufzer auf dem Beifahrersitz nieder. »Das bin ich leider auch. Ich hatte heute Nacht keine drei Stunden Schlaf.«

»Ging es Ihnen nicht gut?«

»So könnte man es sagen.« Jetzt standen Tränen in ihren Augen. »Mein Bruder Achim hatte gestern einen Herzinfarkt. Wir waren alle bei ihm, die ganze Familie. Auf einmal hat er so klein ausgesehen. Und fast durchsichtig war er. Gar nicht mehr der große, immer muntere Kerl, als den wir ihn alle kennen.«

Sie fuhr sich mit der Hand über das Gesicht.

»Wissen Sie, unser Vater ist nicht aus dem Krieg heimgekehrt. Wir waren Halbwaisen und hatten nur noch unsere Mutter. So etwas schweißt zusammen. Deshalb hängen wir drei noch heute sehr aneinander.«

»Das kann ich mir vorstellen. Meine Mama ist erst nach

dem Krieg geboren, aber meine Großmutter musste ihn als kleines Kind miterleben. Wie geht es ihm jetzt?«, fragte Jule voller Anteilnahme. »Hoffentlich besser!«

»Immerhin hat er überlebt. Das Weitere werden erst die nächsten Tage ergeben. Ausgerechnet Achim, der sich immer so gern bewegt hat! Gleich drei Stents haben sie ihm eingesetzt. Nun muss er lernen, damit zurechtzukommen.«

»Kein Wunder, dass Ihnen das zu schaffen macht. Sie gehören ins Bett, und zwar sofort!« Jule bremste energisch. »Ich fahre Sie jetzt nach Hause und mache allein weiter ...«

»Nein, nein«, wehrte sich Johanna. »Ich kann jetzt ohnehin nicht schlafen. Und allein in meiner Wohnung sitze ich nur da und grüble vor mich hin. Alles bleibt, wie besprochen. Bitte, das hilft mir jetzt am meisten.«

»Wie Sie wollen.« Jule klang noch nicht ganz überzeugt. »Wenigstens weiß ich jetzt schon einmal, dass Sie ganz schön stur sein können.«

Der Anflug eines Lächelns spielte um Johannas Lippen.

»Aber daran bin ich gewöhnt«, fuhr Jule fort. »Die Frauen meiner Familie waren nämlich allesamt stur – die Uromi, die ich nur vom Hörensagen kenne, meine liebe Großmutter, die leider auch schon gestorben ist, und erst recht meine Mama, quietschlebendig und bis heute äußerst vehement. Was sie nicht sieht oder kennt, das gibt es nicht für sie, und damit Punkt. In gewisser Weise trifft das mit der Sturheit sogar auf mich zu, obwohl ich doch niemals etwas richtig fertig bekomme.« Sie stieß ein kurzes Lachen aus, das alles andere als glücklich klang. »Jule – zumindest im Scheitern stur. Das hat doch was, finden Sie nicht?«

»Ich finde vor allem, Sie sollten damit aufhören, sich dauernd klein zu machen.« Johannas Stimme klang ernst. »Wer immer Ihnen das eingeredet hat, der liegt vollkommen daneben. In meinen Augen sind Sie ein bezauberndes Menschenkind: hübsch, liebevoll, mit einem großen Herzen und viel Enthusiasmus. Besinnen Sie sich endlich auf Ihre Stärken, Jule, anstatt auf Ihren Schwächen herumzureiten.«

»Haben Sie das Ihren Schulkindern auch so gepredigt?«, fragte Jule, während sie Ottensen erreichten.

»Woher wissen Sie das?« Jetzt grinste Johanna verschmitzt. »Geholfen hat es übrigens ziemlich gut.«

»Das klappt vielleicht bei Zehnjährigen, die sich freuen, wenn sie keine groben Schnitzer im Diktat machen. Bei mir aber sitzt diese Angst ganz schön tief. Manchmal habe ich sogar das Gefühl, ich kann gar nicht anders, als zum Schluss jedes Mal doch noch alles zu verpatzen.«

Nach längerer Suche entdeckte sie einen Parkplatz und stellte den Wagen ab.

»Hier wohne ich«, sagte sie, während sie die Beutel mit ihren Kaffeetüten und die geliehenen Backutensilien zur Haustür trug, während Johanna ihr mit der Etagere folgte. »Und Sie sehen ja: Überall nichts als Konkurrenz, ein Café neben dem anderen, sogar hier bei uns in der Großen Rainstraße. Wenn ich mein *Strandperlchen* also schließen muss, werden viele das nicht einmal merken.«

Johannas Augenbrauen schnellten nach oben.

»Schon gut, schon gut«, sagte Jule rasch. »Nicht klein machen und auf die Stärken besinnen, ich weiß, ich weiß. Kommen Sie erst einmal weiter!«

Von einer kleinen ovalen Diele aus ging es rechts in die Küche, in der schon alles zum Backen bereitstand. Links führte eine weitere Tür ins Wohnzimmer, in dem auf einem dunklen Holzboden ein großes blaues Sofa mit bunten Kissen zunächst Johannas Blicke auf sich zog. Vor dem Fenster stand ein kleiner Schreibtisch mit Laptop. Daneben stapelten sich Bücher.

»Ich wusste gar nicht, dass Sie auch schreiben«, sagte sie, während Jule eine Espressokanne vom Regal nahm und Wasser in einem Topf erhitzte.

»Na ja, ›schreiben‹ ist vielleicht etwas übertrieben. Romane sind es nicht gerade, die ich verfasse«, sagte sie. »Ich habe mein Geschichtsstudium leider nicht abgeschlossen – Jule ohne Plan hat natürlich keinen Bachelor in der Tasche. Aber für irgendetwas sollten die vielen Semester dann doch gut sein. Da bin ich irgendwann auf die Idee verfallen, die Lebensgeschichte anderer Leute gegen Honorar zu Papier zu bringen: *Ich schreib dir dein Leben*, so habe ich es genannt. Vielleicht haben Sie im *Strandperlchen* ja mein Schild gesehen.« Sie lächelte. »Ich kann nicht gerade sagen, dass die Leute Schlange stehen, aber es wenden sich doch immer wieder Menschen an mich, die ihre Biografie gerne schriftlich haben möchten. Und bisher jedes Mal mit einem veritablen Schluss, Sie würden staunen!«

Sie gab eine Handvoll Bohnen in eine Mahlmaschine aus Edelstahl und begann die Kurbel zu drehen.

»So aufwendig machen Sie das«, sagte Johanna erstaunt. »Und wie gut das riecht! Das erinnert mich an meine Mama, die beim Mahlen immer die Kaffeemühle zwischen die Beine geklemmt hatte. Die ganze Küche hat danach geduftet. Natürlich kam Kaffee nur auf den Tisch, wenn wichtiger Besuch anstand. Wir Kinder waren jedes Mal ganz andächtig dabei, auch wenn wir ihn selbstredend nicht trinken durften. Echter Bohnenkaffee – das war in der Nachkriegszeit noch etwas ganz Besonderes.«

»Je frischer der Kaffee ist, desto besser schmeckt er. Und etwas Besonderes ist er auch heute noch. Gesund, wohlschmeckend und durchaus bezahlbar, selbst, wenn man sich gute Qualitäten gönnt, die fair gehandelt werden und somit auch den Kaffeebauern in den Herkunftsländern bescheidenen Wohlstand ermöglichen. Auf diese Weise haben alle was davon. Ist das nicht richtig so? Es sei denn, man presst ihn in kleine bunte Kapseln, die die Umwelt belasten und verlangt Unsummen dafür. Dann allerdings werden nur die großen Konzerne reich damit.«

Jule goss heißes Wasser in den unteren Teil der achteckigen Bialetti, legte das Sieb ein und gab den gemahlenen Kaffee hinein. Danach drückte sie ihn mit einem Edelstahltamper fest.

»Je gleichmäßiger sich das Kaffeemehl im Sieb verteilt, desto besser wird das Ergebnis. Sie werden sehen, es schmeckt auch mit dieser einfachen Methode. Nur die Crema haut leider meistens nicht ganz so hin wie bei den großen Maschinen.«

Die Bialetti wurde zugeschraubt und kam danach auf die heiße Herdplatte.

»Wenn Sie so sorgfältig schreiben, wie Sie Kaffee zubereiten, müssen die Ergebnisse sensationell sein«, sagte Johanna, nachdem sie den bodenständigen Espresso probiert hatte. »Wirklich mehr als genießbar, ich bin ganz erstaunt!«

»Zufrieden waren meine Kunden bislang eigentlich alle, und einige von ihnen konnte ich sogar richtig glücklich machen«, sagte Jule. »Aber jetzt endlich ans Backen, was meinen Sie? Sonst läuft uns der Tag noch davon. Sind Sie bereit?«

»Bereit!«, versicherte Johanna.

*

Stunden später leuchtete die Küche in Gelb und Blau, und alle Torten waren fertig. Allerdings hatte die geballte Back- und Verzierungsaktion überall deutliche Spuren hinterlassen: Arbeitsfläche, Ablagen, Boden – überall klebte und pappte es, und auch die beiden Konditorinnen hatten einiges an Buttercreme, Teigflecken und Sahne abbekommen.

»Wir beginnen oben auf der Etagere mit der zartgelben Ananassahne«, schlug Johanna vor. Ihre Frisur war derangiert, aber sie wirkte viel lebendiger als noch am Morgen. »Danach kommt die dunklere Pfirsichbuttercreme, und abschließend die Orangen-Joghurt-Torte – wie der allerschönste Sonnenuntergang an der Elbe.« Sie lächelte. »Und für den Fall der Fälle haben wir ja noch die kleine Käse-Sahne in Reserve.«

»Ab da wird es dann blau.« Jules Augen leuchteten. »Brombeertarte, Blaubeercreme, Malakofftorte in leuchtendem Azur und schließlich die blau-lila changierende Johannisbeersahne. Und wie niedlich ist das denn?!«

Johannas geschickte Finger hatten aus buntem Marzipan zwei kleine Strandkörbe geformt.

»Jahrelange Übung«, winkte sie bescheiden ab. »Irgendwie musst du deine Kleinen ja bei Laune halten, und Basteln mit Plastilin kommt bei ihnen immer an. Die gehören dann zum Schluss ganz obenauf.« Sie lächelte zufrieden. »Jetzt muss alles nur noch in den Kühlschrank. Da allerdings sehe ich platzmäßig noch gewisse Probleme …«

»Schon gelöst!«, unterbrach Jule sie. »Mein netter Nachbar ist gerade für eine Woche verreist. Ich habe seine Wohnungsschlüssel – und seinen leeren Kühlschrank zur Verfügung.«

Vorsichtig brachten sie vier Torten nach nebenan. Die restlichen fanden in Jules Kühlschrank Platz.

»Ich bin rundum zufrieden, aber hundemüde.«

Johanna griff nach dem Medaillon, das sie zum Arbeiten auf dem Regal abgelegt hatte. Doch es fiel ihr aus der Hand zu Boden und öffnete sich dabei. Blitzschnell hatte Jule sich danach gebückt, hob es auf und reichte es ihr.

»Ein wunderschönes Stück«, sagte sie. »Schon die ganzen Tage habe ich es an Ihnen bewundert. Steht Ihnen ausnehmend gut. Jemand aus Ihrer Familie? Das Foto sieht alt aus. Und diese getrockneten Blüten …«

Johanna klappte es zu.

Jule errötete. »Entschuldigung, ich wollte nicht neugierig sein.«

»Ach was, waren Sie gar nicht. Es ist ein Dachbodenfund«, erwiderte Johanna. »Meine Mutter hat so gut wie alles gesammelt, was sich nicht dagegen wehren konnte. Ich habe es nach ihrem Tod entdeckt, zusammen mit einem alten Koffer, einem Tagebuch und dem Puppenhaus, mit dem ich als kleines Mädchen immer gespielt habe.«

»Jetzt machen Sie mich aber noch neugieriger! Das hört sich ja fast an wie in einem Roman ...«

»Ja, das tut es. Das Tagebuch erzählt aus dem Leben eines jungen Mädchens im Vorkriegs-Hamburg. Sie stammt aus bestem Haus, aber hat sich ausgerechnet in den Sohn der Köchin verliebt. Und jetzt ist sie von ihm schwanger. Die Eltern haben sie nach Föhr verbannt. Bis zur Geburt ...«

»Und weiter?«, fragte Jule

»Bin ich leider noch nicht. Aber ich muss unbedingt mehr erfahren, gleich heute, sobald ich bei meinem Bruder in der Klinik gewesen bin. Es ist schon fast wie eine Sucht. Ich könnte lesen, lesen, immer nur noch lesen!« Sie zog die Brauen hoch. »Dabei gibt es jede Menge anderer Dinge zu erledigen. Hier wieder klar Schiff zu machen, beispielsweise.«

»Das lassen Sie bitte bleiben!«, sagte Jule. »Wäre ja noch schöner, wenn Sie bei mir auch noch den Putzlappen schwenken müssten.« Sie zögerte. »Darf ich Sie mal ganz kurz drücken?«

»Ja, gern. Wenn Sie wollen ...«

Jules Umarmung war innig.

»Sie haben mir heute so wunderbar aus der Patsche geholfen«, sagte sie. »Tausend Dank dafür. Jetzt weiß ich sogar, was man tun muss, damit Buttercreme niemals grieselig wird. Aber wie soll ich mich jemals revanchieren? Ich stehe tief in Ihrer Schuld.«

»Unsinn.« Johanna schlüpfte in ihren leichten Leinencardigan. »Und von wegen Revanchieren – da fällt mir sicherlich etwas ein. Ich weiß vielleicht sogar schon, was.«

Sie blieb in der kleinen Diele stehen. »Wie bekommen Sie die Torten eigentlich nach Blankenese?«, fragte sie. »Ist ja nicht gerade um die Ecke.«

»Passende Kartons habe ich. Allerdings kein Auto, sondern nur einen Fahrradanhänger ...« Jule hielt inne, weil ihr das Malheur von neulich wieder in den Sinn kam.

»Ich schicke Ihnen meinen Neffen«, erklärte Johanna resolut. »Nils begleitet mich auf die Hochzeit, und er hat einen geräumigen Wagen. Geschickt ist er obendrein. Das Fest beginnt doch gegen achtzehn Uhr. Da soll er eine gute Stunde vorher hierherkommen und Ihnen beim Transport behilflich sein. Einverstanden?«

»Natürlich, aber können Sie denn einfach über ihn verfügen?«, wollte Jule wissen. »Er kennt mich doch gar nicht.«

Ein schelmisches Lächeln war die Antwort.

»Ich hab da so meine kleinen Tricks«, sagte Johanna. »Nils wird da sein. Verlassen Sie sich darauf.«

Kaum war sie weg, packte Jule die Spülmaschine voll und wusch die übrigen Geräte von Hand. Danach kamen die Arbeitsflächen an die Reihe, und schließlich der Küchenboden.

Unter der Dusche wurde sie dann selbst sauber.

Zum ersten Mal seit langer Zeit überlegte sie nach dem Eincremen, welche Unterwäsche sie aus dem Schrank holen sollte. Nein, es ging um keinen Mann, der sie in Dessous sehen würde und sich an diesem Anblick erfreuen sollte, aber sie war mit Aphrodite in deren Laden zur Kleider-Anprobe verabredet.

Das aufregende lachsrote Ensemble aus Spitzen-BH

und Panty, das sie noch nie getragen hatte, weil die Liebe zu Jonas zuvor in die Brüche gegangen war?

Sie legte es wieder an seinen Platz zurück und entschied sich für etwas Biederes in Hautfarbe. Darüber kam ein grünes Kleid, das sie schon seit mehreren Jahren besaß, sowie eine schwarze Strickjacke mit grüner Paspelierung.

Als sie fertig war, fuhr sie mit dem Rad zum *Strandperlchen*, wo Maite ihre Aufgabe als Vertretung mal wieder tadellos erfüllt hatte. Die Kuchentheke hatte sich geleert, und Maite hatte genauso viel Kaffee verkauft wie Jule, wenn sie selbst hinter dem Tresen stand.

»Wenn ich könnte, würde ich dir sofort eine Festanstellung anbieten«, sagte Jule. »Aber das kann ich leider nicht.«

»Will ich auch gar nicht«, sagte Maite. »Aber gelegentlich mal aushelfen macht mir Spaß. Kannst mich gerne wieder fragen. Und das mit dem Bezahlen vergisst du für heute. Du wirbst einfach weiter für meine Workshops und Seminare. So haben wir beide etwas davon. Hast du jetzt endlich dein Kleid?«

»Nein«, musste Jule eingestehen. »Aphrodite wird langsam schon unruhig, weil ich sie ständig vertröste.«

»Dann nichts wie los nach nebenan! Ich schließe hier zu und bringe dir die Tageseinnahmen dann später rüber.«

Jule hatte kaum das Brautmodengeschäft betreten, als ihr schon Xenia um den Hals fiel.

»Solange bist du schon nicht mehr bei uns gewesen!«, schmollte das Mädchen. »Ich dachte schon, du kommst nie, nie, nie mehr wieder.«

Jule küsste sie auf den runden, dunklen Kopf. Diese

afrikanisch-irisch-griechische Gen-Mischung hätte anziehender kaum ausfallen können. Xenia hatte eine freche Stupsnase, Augen in der Farbe von Waldhonig und zarte, bronzefarbene Haut. Röcke und Hosen von der Stange mochte sie nicht, und so war sie meist in die farbenfrohen Fantasiegewänder gehüllt, die ihre Mutter für sie genäht hatte. Heute trug sie ein grünes Kleid mit orangefarbenem Tüllbesatz, das sie wie eine kleine Waldelfe aussehen ließ.

»Das würde ich doch gar nicht aushalten!«, versicherte Jule. »Aber du hast recht: Wir drei müssen unbedingt mal wieder etwas Schönes zusammen unternehmen. Lass mich nur noch diese doofe Hochzeit heil überstehen …«

»Hochzeiten sind gar nicht doof«, korrigierte Xenia. »Da haben sich Braut und Bräutigam nämlich lieb. Meine Mami verdient damit Geld, weil sie sonst nackt wie Adam und Eva im Paradies zum Altar müssten.«

»Und diese Mami rastet jetzt gleich aus, wenn du nicht endlich die Kleider anprobierst! Noch knapper geht es ja kaum: Herzlichen Glückwunsch zu dieser Premiere!« Aphrodite kam von hinten aus ihrer Schneiderei. »Zum Maßnehmen hat es ja bei Fräulein Wichtig-Wichtig leider nicht gereicht. Aber zum Glück kann ich mich auf mein Augenmaß noch immer ganz gut verlassen. Ich habe hier drei Vorschläge für dich: Petrol. Hummerrot. Oder ganz in Gold wie einst von Herrn Klimt.« Sie deutete auf drei Kleider, die ganz vorn an der Stange hingen. »Die müssten dir eigentlich passen.«

»Du bist ja verrückt«, sagte Jule. »*Das* soll ich anziehen? Ich will doch nicht zum Opernball!«

»Willst du auffallen oder willst du auffallen?«, konterte

Aphrodite unerbittlich. »Also erst probieren – und dann quaken!«

Sie schnaubte leise, als Jule aus ihrem Kleid geschlüpft war und sie die dezente Unterwäsche entdeckte.

»Daran müssen wir auch noch arbeiten«, sagte sie stirnrunzelnd. »Du willst doch schön von innen nach außen sein, oder etwa nicht?«

Das wadenlange Kleid in Petrolgrün unterstrich Jules Augenfarbe und machte den Rotanteil in ihren Haaren lebendig.

»Also, ich mag es«, sagte sie. »Es engt mich nicht ein und sticht nicht ganz so ins Auge ...«

»Ausziehen!«, befahl Aphrodite. »Ja, es ist ganz nett an dir. Einverstanden. Aber das geht noch sehr viel besser.«

Das goldene Kleid war mehr als eine Steigerung. Jules Haut schien von innen her zu leuchten, der tiefe V-Ausschnitt unterstrich ihr Dekolleté, und die plissierte Seide raschelte geheimnisvoll um ihre Knöchel.

»Nicht übel«, murmelte sie versonnen. »Gar nicht so übel ...«

»Hättest du Lust, darin zu tanzen?«, fragte Aphrodite.

»Wieso denn tanzen?«, fragte Jule zurück. »Ich bringe doch nur die Torte ...«

»Hättest du Lust, darin zu tanzen?«, wiederholte Aphrodite. »Und bitte eine klare, eindeutige Antwort!«

»Dazu ist es mir leider zu eng. Ich muss schon die ganze Zeit den Bauch einziehen.«

»Dann runter damit. Und jetzt das Rote.«

Xenia klatschte in die Hände, als Jule aus der Umkleidekabine trat.

»Jetzt bist du eine Prinzessin«, rief sie begeistert. »Eine schöne rote Prinzessin!«

Das Kleid mit den Spitzenträgern hätte besser kaum sitzen können. Bis zur Taille war es eng wie ein Bustier geschnitten, um sich dann in einen schwingenden Rock zu öffnen, der die Knie eine Handbreit bedeckte und aus so vielen Schichten übereinander bestand, dass er an die vielfarbigen Blütenblätter einer Rose erinnerte. Jule konnte gar nicht anders: Sie musste sich vor dem Spiegel hin- und herwiegen, um diesen Effekt auszukosten.

»Das ist es«, nickte Aphrodite. »Wenn Bräute so zu tanzen beginnen, ist es immer das richtige Kleid. So und nicht anders gehst du auf diese Hochzeit, meine Liebe – und alle werden hingerissen sein!«

»Meinst du wirklich?« Jule bekam das Lächeln nicht mehr aus ihrem Gesicht. »So hab ich mich ja noch nie präsentiert! Aber wie soll ich das denn bezahlen? Das Kleid kostet bestimmt ein Vermögen, und du weißt doch, wie eng es gerade bei mir ist.«

»Eine Leihgabe, einverstanden? Du spielst für mich Modell. Vielleicht kommt dann ja die eine oder andere Dame auf diese Weise auch auf den Geschmack.« Sie äugte zu Jules Füßen. »Größe 38, oder?«

Jule nickte.

»Dann hab ich ganz zufällig auch die passenden hummerroten Slingpumps dazu. Los, zieh sie an!«

Jule gehorchte, und Aphrodite strahlte über das ganze Gesicht.

»Passen?«

»Passen!«

»Und jetzt sag nur noch ein einziges Mal, dass deine Freundin keinen exquisiten Geschmack hat!«

Sie umarmten sich.

»Du hast ja noch gar nicht nach der Torte gefragt«, sagte Jule, als sie sich wieder voneinander gelöst hatten. »Ganze sieben Stück plus ein Ersatzexemplar sind es schließlich geworden, stell dir vor, und ich glaube, sie sind allesamt gelungen. Aber ich hatte auch grandiose Unterstützung.«

»Welche Torte?«, grinste Aphrodite. »Glaubst du vielleicht, auch nur einer der männlichen Hochzeitsgäste denkt noch an Torte, wenn du so dort aufkreuzt?«

*

Als Johanna am Abend ins Krankenhaus kam, war der Familientrupp bereits abgezogen und Johanna mit Achim allein. Inzwischen hatte sie sich sogar daran gewöhnt, dass es auf der Intensivstation keine Türen, sondern lediglich Vorhänge gab, die die Betten der Patienten voneinander trennten. So drangen von links und rechts die verschiedensten Laute zu ihnen – das Piepen der Maschinen sowie Stöhnen, Rascheln, Schnarchen.

Achim hatte unter den blinkenden Monitoren, über die seine Kurven liefen, geschlafen, als sie gekommen war. Johanna zog ihre Jacke aus, setzte sich an sein Bett und hielt lange seine Hand. In der Kindheit hatte sie oft nach einer brüderlichen Hand gefasst, mit der zusammen sie sich so viel sicherer gefühlt hatte. Volker, der Älteste, mochte es nicht besonders und hatte sich jedes Mal schnell wieder befreit. Achim jedoch ging gern Hand in Hand mit seiner kleinen Schwester, ohne sich vor den anderen Jungs dafür zu schämen.

Nach einer Weile runzelte er die Stirn und schlug die Augen auf.

»Jo«, sagte er leise. »Wie schön. Hast du Teig genascht?«

Sie schaute an sich hinunter. Die Flecken auf ihrem Pulli waren unübersehbar.

»Ja, hab ich, stell dir vor!«, sagte sie. »Beinahe wie früher. Weißt du noch? Als wir drei Mama beim Backen immer bedrängt haben.«

»Alles. Ich hab nichts vergessen.«

»Wie geht es dir?«, fragte sie.

»Ging schon mal besser.« Sein Lächeln misslang. »Jetzt reden sie sogar von einem Herzkatheter, der vielleicht nötig wird. Wenn sie so weitermachen, bin ich innerlich bald ganz voller Ersatzteile.« Seine Stimme wurde brüchig. »Du weißt ja, ich hab bislang nie großes Tamtam um meine fortgeschrittenen Jahre gemacht, aber plötzlich fühle ich mich richtig alt. Nie mehr Segeln, nie mehr Radfahren, womöglich nie mehr weit verreisen, was ist das denn noch für ein Leben? Das kann ich meiner Marion doch nicht zumuten!«

Tränen liefen über seine Wangen.

»Das wirst du alles wieder tun können«, sagte sie sanft. »Mit deiner lieben Marion. Nur eben nicht gleich. Du brauchst Geduld, Brüderchen. Ich weiß, das fällt dir ziemlich schwer, aber das lernst du jetzt eben.«

Eine Weile blieb er still. Seine Augen flackerten unruhig.

»Du warst so klein, als du damals zu uns kamst«, flüsterte er. »Wie ein Püppchen lagst du da in deiner Kiste.«

»So sind Neugeborene nun einmal«, sagte Johanna. »Winzig und vollkommen hilflos.«

»Brennende Trümmer ...« Seine Worte waren nur schlecht zu verstehen. »Nichts als brennende Trümmer und weinende Menschen. Alles voller Rauch. Unsere Wohnung gab es nicht mehr. Nur noch ein einziges, riesiges Loch. Ich habe nur noch geheult, weil ich solche Angst hatte, und Volker, der war wie versteinert. Aber du, du lagst ganz still. Das weiß ich bis heute. Obwohl ich ja auch noch so klein war. ›Ein Mädchen‹, hat Mama gesagt. ›Jetzt haben wir endlich unser Mädchen ...‹«

Die Lider fielen ihm zu.

»Ich glaube, Herr Martens braucht jetzt Ruhe.« Das rundliche Gesicht der Nachtschwester schaute durch den Vorhang. »Sagen Sie Ihren Verwandten bitte, dass sie künftig lieber einzeln kommen sollen. Ich weiß, es ist lieb gemeint. Aber so viel Besuch auf einmal regt die Patienten nur auf.«

»Das mache ich.« Johanna stand auf.

»Und denken Sie bitte auch an sich. So eine schwere Krankheit kann ganze Familien sprengen. Das haben wir hier oft genug erlebt.«

»Uns nicht. Dazu haben wir Martens schon viel zu viel durchgestanden«, erwiderte Johanna im Brustton der Überzeugung. »Wir halten zusammen. Immer!«

Doch die Worte der Schwester klangen noch immer in ihrem Ohr, als sie bereits im Auto saß und auf die A7 auffuhr. Das schnelle Fahren tat ihr gut, und es fiel ihr erstaunlich leicht, den Kopf aber bekam sie trotzdem nicht richtig frei.

Wie schlimm es wohl wirklich um Achim stand?

Er hatte so angerührt geklungen, so gar nicht mehr wie der unerschütterliche Optimist, als der er sich sonst gern gab. Erinnerungen an früher schienen ihn überfallen zu haben.

Aber du, du lagst ganz still ...

War sie gleich nach der Geburt in akuter Lebensgefahr gewesen?

Hatte sie zunächst nicht geatmet?

Aber liefen Säuglinge dann in der Regel nicht blau an?

Davon war bislang niemals die Rede gewesen, das wusste sie genau.

Sie musste Volker dazu befragen, auch, wenn er es eigentlich nicht besonders mochte, wenn man »in der Vergangenheit herumstocherte«, wie er es leicht säuerlich zu nennen pflegte. Immerhin war er damals schon fünf gewesen und konnte sich sicherlich noch besser an die Geschehnisse erinnern als sein zwei Jahre jüngerer Bruder.

Vor allem aber wollte sie lesen und endlich im Tagebuch weiterkommen.

10

Föhr, April 1937

Mitten in der Nacht wache ich auf. Das Laken unter mir ist klitschnass, mein Bauch gespannt wie eine Trommel, und er tut so weh, dass ich kaum noch atmen kann. Schlaftrunken will ich aufstehen, um zur Toilette zu gehen, rutsche aber auf dem Flickenbettvorleger aus. Die alte Wiege, eine Leihgabe von Wiebke, kracht gegen die Wand.

Und ich lande wie ein gestrandeter Wal auf dem Rücken.

Der Knall weckt alle im Haus. Tante Dorothee erscheint mit einer Taschenlampe in der Hand, die sie über mich wandern lässt.

»Viel zu früh«, stöhnt sie schließlich. »Was machst du nur wieder für Sachen, Sophie? Das Fruchtwasser ist gebrochen, jetzt gibt es kein Zurück mehr. Aber Dr. Vogelsang liegt mit einem Schlaganfall im Husumer Krankenhaus, und sein junger Kollege aus Amrum wird erst nächste Woche auf Föhr erwartet. Dein Kind sollte doch erst in vierzehn Tagen kommen!«

»Hebamme Wiezick ist heute ebenfalls auf dem Festland«, höre ich Stine neunmalklug sagen. »Das weiß ich von ihrer Tante. Die kommt erst morgen wieder.«

»Dann muss eben die alte Ros her. Lauf schnell, Mädchen, es ist das letzte Haus im Dorf, auf der rechten Straßenseite. Und klingle vorsichtshalber auch Wiebke raus, die weiß nämlich, wie das mit dem Kinderkriegen geht.«

Zuvor aber hieven sie mich mit vereinten Kräften aufs Bett. Mit einem alten Handtuch zwischen den Beinen harre ich aus und versuche, an Hannes zu denken, bis die erste Wehe mich wie ein Strudel erfasst.

»Das tut weh.« Meine eigene Stimme klingt hohl und kommt mir ganz fremd vor. »Verdammt weh sogar!«

»Was meinst du wohl, warum es Wehe heißt?« Dorothee tut so, als wäre sie völlig unbeteiligt, aber ich höre ihr doch an, dass sie zutiefst besorgt ist. »Aber das haben alle Frauen geschafft, sonst wäre die Menschheit nämlich schon längst ausgestorben. Und vielleicht denkt ihr das nächste Mal vorher daran, mein oberschlauer Neffe und du, bevor ihr euch wieder wie zwei brünstige Karnickel im Frühling aufführt!«

Meine Gedanken fliegen davon...

Hannes Hände auf meinen Brüsten, sein Mund auf meinem. Es ist klamm und eisig in der kleinen Kajüte, aber wir spüren es nicht, weder er noch ich.

»Ich will es sehen«, sagt er irgendwann. »Ohne Kleider.«

»Sie«, korrigiere ich ihn sanft. »Du bekommst nämlich eine Tochter, mein Liebster, und ich glaube, sie wird ganz schön wild, so, wie sie mich schon jetzt boxt und tritt.«

Gemeinsam schälen wir mich aus dem biederen Schwangerschaftsträgerrock. Dann ist mein Bauch frei, und er kann sein Ohr daran legen.

»Ich höre sie.« Seine Augen glänzen.

»Und ich spüre sie, das darfst du mir glauben. Sie ist nämlich immer genau dann wach, wenn ich schlafen möchte«, versichere ich ihm.

»Du machst mich zum glücklichsten Mann Hamburgs – eine Tochter, so dunkel und schön wie du! Und wenn es ein Sohn wird, soll es mir ebenso recht sein.«

»Oder so hell und so tüchtig wie du.«

»Da täuschst du dich, Sophie. Ich bin schon lange nicht mehr der Musterlehrling, der bei allen gut ankommt«, sagt er. »Mit zur Kaffeebörse darf ich auch nicht mehr, weil ich dort ein paar freche Sprüche über Kapitalismus abgesondert habe. Aber stimmt doch, oder etwa nicht? Börse bleibt Börse, egal, ob dort Geld oder Kaffee gehandelt wird. Ich frage also nach, viel zu oft, wie die anderen finden. Und ich wehre mich, weil ich so viel Ungerechtigkeit sehe, was im Kontor ganz und gar nicht gut ankommt. Dort buckeln sie nämlich alle vor deinem Vater, als lebten wir noch zu Kaiser Wilhelms Zeiten. Um ein Haar wäre ich schon aus Hamburg fortgegangen, weil ich doch glauben musste, ich hätte dich für immer verloren.«

»Wohin wolltest du denn?« Mir wird plötzlich noch viel eisiger.

»Nach Spanien. Zusammen mit meinem Freund Willi Schuster, mit dem ich auch in Berlin war. Der sagt, die Internationalen Brigaden brauchen jetzt jeden aufrechten Sozialisten im Kampf gegen General Franco und seine brutalen Faschistentrupps. Willi wird auf jeden Fall dorthin gehen, das steht fest. Und eigentlich sollte das jeder tun, der so etwas wie ein Gewissen hat.«

Sein Ausdruck ist auf einmal ganz finster.

»Wenn nicht einmal die Jugend der Welt gegen schreiendes Unrecht aufsteht, wer dann soll es tun? Du siehst ja bei uns, wohin es führt, wenn man es versäumt: überall nichts als Braunhemden und Hakenkreuzfahnen!«

»Aber bist du denn ein Sozialist?«, frage ich bang.

»Mein toter Vater war einer. Er hat sein junges Leben im Kampf gegen die Rechten gelassen. Ich sollte die Genossen unterstützen. Das bin ich ihm eigentlich schuldig.«

»Jetzt machst du mir Angst, Hannes«, sage ich leise. »Die Kleine rührt sich plötzlich auch nicht mehr.«

»Nein, ihr müsst keine Angst haben«, versichert er. »Jetzt, wo ich euch beide wiederhabe, würde ich doch niemals unser Glück aufs Spiel setzen!«

»Dann bleibst du also in Hamburg?«, frage ich. »Bei uns?«

»Natürlich«, gelobt er. »Ein Leben lang.«

Wir küssen uns, lange, voller Inbrunst und Leidenschaft. Plötzlich schiebt er mich weg.

»Wir müssen es ihnen sagen. Und zwar allen.« Sein Gesicht ist ernst. »Das mit Malte und dir – das kann so nicht bleiben, wenn du wieder zurück in Hamburg bist. Ich will für euch vor aller Welt einstehen, für meine eigene kleine Familie. Mutter wird uns schon verstehen, und auch deine Eltern müssen schließlich einsehen, dass wir zusammengehören – jetzt erst recht.«

»Natürlich müssen wir das.« Ich wünsche mir im Moment nur, dass er zu mir zurückkommt. »Aber wir brauchen den richtigen Zeitpunkt dafür.«

»Lass mich nur machen – ich hab da so eine Idee«, sagt Hannes.

Und so entsteht unser Plan...

*

Die Wehen folgen inzwischen schneller aufeinander und werden heftiger. Ich schnaufe und schwitze und stöhne. Noch immer keine Spur von der Hebamme. Nicht einmal Wiebke lässt sich blicken.

Ob ich im Kindbett sterben werde wie so viele Frauen vor mir?

Tante Dorothee wird immer nervöser. Sie kann nicht mehr stillsitzen, sondern läuft wie ein gefangenes Tier in der Stube auf und ab und schaut dabei ununterbrochen aus dem Fenster.

Ich schreie, so schlimm werden die Schmerzen.

»Sie werden mich dafür verantwortlich machen, sollte dir etwas zustoßen«, sagt sie unglücklich. »Niemals hätte ich mich auf diesen Handel einlassen dürfen. Ein blutjunges Ding wie du gehört doch zu seinen Eltern, gerade, wenn es solchen Unsinn angestellt hat. Dich zu mir abzuschieben, bis man dir die Schande nicht mehr ansieht – in welchem Jahrhundert leben wir eigentlich?«

Ich bin zu schwach, um zu antworten.

»Durst«, flüstere ich stattdessen, und sie benetzt meine rissigen Lippen mit einem nassen Schwamm.

Dann poltert es an der Tür: Wiebke, Stine und die alte Ros kommen die Stiege herauf. Mit einem Blick sieht die Wehmutter, was mit mir los ist.

»Dein Erstes?«, fragt sie, während sie ihren alten Lederkoffer öffnet. »Immer das Schlimmste. Mit jedem weiteren Kind wird es dann leichter.«

Sie schickt die anderen Frauen hinaus, aber ich weiß, dass sie vor der Tür warten, und fühle mich plötzlich getragen und geborgen, auch wenn ich sie nicht sehen kann. Es ist wie ein unsichtbarer Kraftkreis, der sich um uns schließt – um mich und dieses kleine Wesen, das so ungeduldig auf die Welt möchte, dass es zu früh kommt.

Die alte Ros legt mir die Hand auf den Kopf. »Und nun zu uns, min Deern«, *sagt sie zärtlich.* »Diese Arbeit erledigen wir drei zusammen!«

Waren es endlose Stunden oder doch ein ganzer Tag?

Irgendwann verliere ich jegliches Zeitgefühl. Es gibt nur noch dieses Meer von Schmerzen, die meinen Leib zu zerfetzen drohen, die Hände der alten Ros, die mir den Damm mit warmem Öl salben, damit er nicht einreißt, und ihre tiefe, sanfte Stimme.

»Atmen.«

»Mit der Wehe gehen, nicht gegen sie ankämpfen.«

»Und jetzt wieder atmen.«

Es klingt so einfach, fast selbstverständlich, und ist doch das Schwerste, das ich je erlebt habe. Als ich schon aufgeben möchte, so wund und ausgelaugt fühle ich mich, ändert sich ihre Stimmlage.

»Ein dunkles Köpfchen, schau einer an«, *sagt sie fröhlich.* »Ich kann es schon sehen. Und jetzt pressen. Pressen!«

Und dann liegst du plötzlich auf meinem Bauch, weiß verschmiert, krähend. Wunderschön. Ich zerfließe vor Liebe, während Ros dich abnabelt, säubert und mir wieder in den Arm legt. Ich verziehe keine Miene, als die Nachgeburt noch einmal mit Schmerzen nach mir greift, denn da trinkst du bereits an meiner Brust.

»Wie soll sie denn nun heißen?«, *fragt die Hebamme.*

Ich schaue in ihre alten Augen, die früher einmal blau gewesen sein mögen, inzwischen aber die Farbe von ge-

trocknetem Schlick angenommen haben, und weiß es plötzlich.

»*So wie du*«, *sage ich.* »*Damit ich diese Nacht auf Föhr niemals vergesse.*«

Sie lächelt, und ich weiß, dass sie sich freut.

»*Dann trage ich als Namen Rose-Marie Terhoven in das hiesige Geburtenregister ein*«, *sagte sie.* »*Denn hier bei uns auf Föhr muss alles seine Ordnung haben.*«

*

Zwei Wochen später kommt Tante Fee, ganz in Schwarz, als ginge sie zu einer Beerdigung. Nur die Fuchsstola um ihren Hals schimmert silbergrau. Dass sie sie geschickt haben, um uns zu holen, macht mich unruhig, denn es zeigt mir, dass von Verzeihen keine Rede sein kann, sonst wären meine Eltern hier. Ich bin für sie also noch immer die Aussätzige, die, für die man sich schämen muss.

Dum spiro spero, denke ich. Es kann trotz allem immer noch alles gut werden ...

»*Das ganze Schwangerschaftsgedöns lässt du am besten hier*«, *erklärt Tante Fee fast geschäftsmäßig, als sie sich in meinem Kämmerchen umschaut.* »*Es soll bedürftigen jungen Frauen auf der Insel zugutekommen, jetzt, wo du wieder normale Kleidung tragen kannst. Die Bücherkiste wird später abgeholt und nach Hamburg gebracht.*«

Sie hat selbst nie geboren und weiß nicht, wie weich und verletzlich sich der Körper so kurz nach der Niederkunft noch immer anfühlt. Meine Brüste sind empfindlich; ich kann nichts Hartes oder Raues auf der Haut ertragen.

Natürlich bin ich wieder schmaler als in den letzten Monaten, aber noch immer weit entfernt davon, wieder in meine alten Kleider zu passen. Ich sage nichts dazu, um nicht noch schlechtere Stimmung zu machen. Die Villa ist voller Anziehsachen. Irgendetwas wird sich sicherlich auch für mich finden.

»Willst du nicht erst einmal meine Tochter begrüßen?«, frage ich stattdessen.

Langsam dreht sie sich um und schaut zum ersten Mal in die alte Wiege.

»Aber die ist ja – bezaubernd«, murmelt sie. »Was für ein hinreißendes kleines Wesen! Genauso hast du ausgesehen, als du zur Welt gekommen bist. Und diese dichten, dunklen Haare! Also, nach ihrem rothaarigen Vater schlägt sie schon einmal nicht. Wie soll sie denn heißen?«

»Rose-Marie«, sage ich leise, »darf ich vorstellen? Das ist deine Großtante Fee.«

»Ist sie denn schon getauft?«

»Noch nicht«, sage ich und sehe sie dabei ganz fest an. »Das ist doch ein Familienfest, oder etwa nicht?«

Von da ab ist Tante Fee wie verwandelt – freundlich, liebevoll, uns zugewandt. Wäre ich nicht so misstrauisch geworden all diese dunklen, einsamen Monate, ich könnte fast glauben, sie stünde wieder auf meiner Seite. Fee merkt sofort, was mit Stine los ist, die erst rumdruckst und schließlich voller Stolz den schmalen Ring mit dem blauen Stein präsentiert, den Henk ihr zur Verlobung angesteckt hat. Am liebsten wäre sie gar nicht mehr mit nach Hamburg gegangen, aber noch steht sie bei meinem Vater in Lohn und Brot und muss sich fügen.

Die Verabschiedung von Dorothee Pieper ist vor meiner Seite aus herzlicher, als ich es je für möglich gehalten hätte. Ja, sie hat ihre Ecken und Kanten, aber doch ein gutes Herz. Ohne sie hätte ich Hannes nicht sehen können.

Und es gäbe keinen Plan für Hamburg...

Sie hat Tränen in den Augen und muss sich mehrmals räuspern.

»Malte und du seid mit der Lütten immer herzlich willkommen bei mir auf Föhr«, sagt sie schließlich und reicht mir ihre harte, dünne Hand, die ich ausgiebig schüttle. »Ich hoffe, das weißt du, Sophie! Wozu hat man schließlich Familie?«

Neben uns versinken Henk und Stine in einem Endloskuss, und Stine schluchzt den ganzen Weg bis zur Fähre. Fee hat in Wyk ein Auto gemietet, das meine Habseligkeiten zum Hafen bringt. Die Kleine habe ich mir mit einem Tuch vor die Brust gebunden, wie ich es in einem Bildband über Naturvölker gesehen habe, denn ich weiß, dass meine Nähe sie beruhigt. Gestillt ist sie auch, was allerdings nichts heißt, denn sie hat alle paar Stunden Hunger.

Doch mein Kind verschläft die ganze Überfahrt und wacht erst wieder auf, als wir in Hamburg aussteigen.

»Gib Stine das Kind«, sagt Tante Fee.

»Ich denke gar nicht daran«, erwidere ich und gehe schnurstracks auf den großen Mercedes zu, aus dem Petersen aussteigt. Er tippt sich mit der Hand an die Mütze und lächelt, als er die Kleine sieht.

Ich lächle zurück. Mein Kind wird die ganze Welt zum Lächeln bringen, das weiß ich schon jetzt.

Auf der kurzen Fahrt nach Hause wird mir jedoch immer mulmiger zumute, je näher wir der Flottbeker Chaussee kommen. All meine Zuversicht löst sich in nichts auf, und auf einmal scheint mir auch der Plan undurchführbar, den Hannes und ich vor Monaten in der kleinen Kajüte ausbaldowert haben. Und wenn wir uns zehnmal an die liebe Käthe hängen – niemals werden meine Eltern unseren Vorschlag akzeptieren. Ich bin minderjährig, und sie können mit mir nach Belieben verfahren.

Und wenn sie mir die Kleine wegnehmen?

Ich presse sie so fest an mich, dass sie aufwacht und zu schreien beginnt.

Der Wagen fährt in die Einfahrt. Mit schwankenden Knien steige ich aus.

War die Villa immer schon so groß?

Nach den Monaten in dem bescheidenen Reethäuschen wirkt sie auf mich schier überwältigend.

Ich fühle mich fremd und wäre selbst am liebsten in Tränen ausgebrochen, aber das darf ich nicht, denn zuvor muss das brüllende Kind vor meiner Brust satt und zufrieden sein. So stolpere ich in die Eingangshalle, gefolgt von Stine, die mein leichtes Gepäck und die wenigen Sachen für die Kleine trägt.

Käthe kommt mir entgegen, sieht die Kleine und lächelt. Für einen Augenblick bin ich verunsichert. Hat Hannes sie schon eingeweiht? Doch dann erkenne ich an ihrem Ausdruck, dass es nur Wiedersehensfreude ist. Natürlich weiß sie längst, dass ich ein Kind habe. Die ganze Dienerschaft weiß es inzwischen.

Aber sie wissen nicht, wer der Vater ist.

»Willkommen zu Hause, Sophie«, sagt sie und geht schnell weiter, um ihren Pflichten nachzukommen.

Die Tür zum Salon steht angelehnt. Sind das nicht die Stimmen der Eheleute Voss? Was haben die denn hier zu suchen, mitten in der Woche, an einem verregneten Nachmittag?

Ich konzentriere mich darauf, mein Zimmer zu erreichen, löse dort angekommen das Tuch, schiebe Pullover und Unterhemd zur Seite, setze mich auf das Bett und lasse die Kleine trinken.

Jetzt erst entdecke ich den blau ausgeschlagenen Stubenwagen mit den hohen Rädern, in dem schon Lennie in seinen ersten Lebensmonaten geschlafen hat.

Immerhin wissen sie, dass ein Säugling ein Bett braucht, denke ich. Vielleicht wissen sie dann ja auch, wie sehr er seine Mutter braucht.

Die Kleine schläft längst, als sie mich endlich hinunterrufen. Ich hebe sie behutsam aus dem Wagen und trage sie nach unten. Im Salon sitzen Mama, Papa und Tante Fee. Maltes Eltern scheinen bereits gegangen zu sein.

»Das ist eure Enkelin«, sage ich, nachdem ich sie begrüßt habe. In meinen Armen sieht mein kleines Mädchen winzig aus. Sie reißt den kleinen Mund auf und gähnt herzhaft bis zum Zäpfchen. »Rose-Marie Terhoven, geboren auf Föhr. Ihr dürft sie gern berühren. Sie ist nämlich nicht aus Porzellan, sondern aus Fleisch und Blut.«

»Was für ein Dienstbotenname!« Mama verzieht abfällig die Lippen. »Du hättest uns ruhig um Rat fragen können. Na ja«, sie zuckt die Achseln, »man kann sie immerhin Rose nennen. Das wird gehen.«

»Um Rat fragen – wie in allem anderen auch?« Es ist heraus, noch bevor ich noch richtig nachgedacht habe.

»Du bist wahrlich nicht in der Position, liebes Kind, um gegen deine Familie Vorwürfe zu erheben.« Papas Stimme ist leise und klingt gefährlich. »Wir haben alles versucht, um deinen Ruf nicht zu beschädigen, das solltest du uns danken. Dass nun ausgerechnet Stine nicht mehr mitspielen mag, ist ärgerlich, aber nicht zu ändern. Morgen ist sie übrigens schon wieder auf dem Weg nach Föhr, zu diesem Krabbenfischer, der sie offenbar so dringend heiraten will.«

Das will Hannes auch, hätte ich fast gerufen, weil er mich liebt! Aber ich bleibe vorerst noch stumm.

»Wir haben uns nochmals mit den Eheleuten Voss abgesprochen«, fährt er fort. »Ihr Sohn macht sein Abitur und wird anschließend studieren. Was wiederum bedeutet, dass vorerst keine Verlobung ansteht, geschweige denn eine Hochzeit. Natürlich kann er sein Kind sehen, wir sind ja schließlich keine Unmenschen. Aber bitte in Maßen – und auf moderate Art und Weise. Muss ja nicht gleich jedes Mal ganz Hamburg mitbekommen.«

»Dann wollt ihr uns einsperren, die kleine Rose-Marie und mich?«, frage ich empört. »Soll unser Leben hier etwa so weitergehen wie in der Verbannung auf Föhr?«

»Als Erstes holst du deinen Schulabschluss nach. Ich habe mich bereits nach passenden Hauslehrern umgesehen. Du hast ein ordentliches Pensum zu bewältigen, Sophie, und du musst dich zudem um dein Kind kümmern. Viel Zeit für außerhäusliche Zerstreuungen bleibt dir also ohnehin nicht. Schaffst du die Abschlussprüfungen, werden wir das

Ausgangsverbot lockern – doch bis dahin trägt die Elbe noch sehr viel Wasser ins Meer.«

Fassungslos stehe ich vor ihm.

Unter Schmerzen habe ich ein Kind geboren – und werde von meinem eigenen Vater abgekanzelt wie ein dummes Schulmädchen.

Meine Sehnsucht nach Hannes wird so übermächtig, dass ich kaum noch atmen kann, aber ich muss durchhalten, bis er endlich aus der Speicherstadt zurück ist.

»Wir lassen dich nicht im Stich«, sagt Tante Fee. »Das sollst du wissen. Ebenso wenig wie dein Töchterchen. Ihr bekommt alles von der Familie, was ihr braucht. Aber du musst bitte vernünftig sein, Sophie, und an deine Zukunft denken. Versprich mir das!«

Ich bringe es sogar fertig, kurz zu nicken.

»Ich bin müde«, sage ich. »Und die Kleine ist es auch. Ich denke, wir ruhen uns erst einmal aus.«

Sie haben sie nicht angefasst, geschweige denn gestreichelt. Ach, mein Hannes, du und ich, wir werden so vieles nachzuholen haben!

*

Stine, die überglücklich ist, dass sie morgen wieder bei Henk sein kann, betritt nur auf Strümpfen mein Zimmer, damit keiner sie hört.

»Wie sehr ich dich beneide«, sagt sie, während sie das schlafende Kind betrachtet. »So etwas Goldiges wünsche ich mir auch von Henk – am liebsten sofort.«

Die Kleine ist frisch gestillt. Trotzdem bleibt uns nur

wenig Zeit, das weiß ich. Während Stine bei Rose-Marie wartet, will ich mich mit Hannes treffen. Hoffentlich hat er verstanden, wo wir uns sehen wollen, denn vorhin in der Halle konnten wir uns lediglich mit Handzeichen verständigen.

Mit wackligen Knien schleiche ich die Treppe hinunter. Sie sitzen alle beim Abendessen im Speisezimmer, Papa, Mama, Fee und Lennie, während ich Übelkeit vorgetäuscht habe, obwohl mein Magen inzwischen so laut knurrt, dass ich Angst habe, sie könnten es hören.

Rasch eile ich hinaus in den Garten und zum alten Glashaus.

Meine Hand zittert, als ich den Schlüssel ins Schloss schiebe, um aufzusperren.

»Soll ich das nicht lieber übernehmen?«, fragt er liebevoll.

Hannes – ach, Hannes!

Ich ziehe ihn hinein, wir fallen uns in die Arme und küssen uns. Ich wusste gar nicht, dass ich so ausgehungert bin. Sein warmer Körper, sein Geruch, seine Nähe – alles in mir beginnt zu schmelzen, und ihm scheint es ähnlich zu gehen. Der große Oleanderstrauch, unsere alte Zuflucht, hat schon viele neue grüne Blätter, aber noch geschlossene Blüten, und doch spüre ich, wie ihr Duft mir zu Kopf steigt. Die lang getrennten Königskinder sind endlich wieder vereint, denke ich und hätte im selben Moment lachen und zugleich weinen können.

»Hör zu«, sagt Hannes. »Ich glaube, wir müssen es anders machen als geplant – sie werden sonst nicht ...«

»Gleich!«, murmele ich an seinem Hals, will ihn halten und weiterküssen, mich in seinen Armen geborgen fühlen. »Gleich ...«

Auf einmal wird es hell und kühl um uns herum.

Die Tür zum Glashaus steht offen. Frische Frühlingsluft dringt herein. In unserer Wiedersehensfreude haben wir offenbar übersehen, den Schlüssel abzuziehen.

»Sieh einer an!« Lennies Stimme kippt, so überwältigend ist sein Triumph. »Die junge Mutter und der liebe, liebe Hannes – was für ein schönes Paar! Ich hatte euch ja schon eine ganze Weile in Verdacht, aber jetzt habe ich endlich Gewissheit.«

Wir fahren auseinander, und für einen Moment vergesse ich beinahe, dass er mein kleiner Bruder ist.

»Der eine scheint dir wohl noch nicht zu genügen, Schwesterchen«, fügt er boshaft grinsend hinzu. »Was wohl Papa dazu sagen wird, dass seine Tochter ein Flittchen ist?«

Hannes macht einen Schritt auf ihn zu, als wolle er ihn schlagen. Ich packe ihn am Ärmel und reiße ihn gerade noch zurück.

»Sei still!«, herrscht er Lennie an. »Das geht nur mich und Sophie etwas an…«

»Wenn du dich da mal nicht täuschst!« Breitbeinig steht auf einmal mein Vater vor uns. »Was treibt ihr da im Glashaus? Hast du jetzt vollkommen den Verstand verloren, Sophie, dass du dich jedem x-beliebigem Kerl an den Hals wirfst?«

»Habe ich nicht.« Ich straffe meine Schultern. Alles in mir und an mir bebt, aber jetzt ist der Moment der Wahrheit gekommen, das weiß ich. Es gibt kein Zurück mehr. »Und Hannes ist alles andere als ein x-beliebiger Kerl!«

»Nein?« Seine Stimme ist blankes Eis. »Was ist er dann?« Er wendet sich von mir ab und sieht Hannes an. »Ich bin

enttäuscht von dir, Hannes Kröger. Maßlos enttäuscht sogar. Ich dachte immer, du kennst deine Grenzen und weißt die Möglichkeiten zu schätzen, die ich dir großzügigerweise eröffnet habe. Aber offenbar habe ich mich grundlegend getäuscht. Du wirst meine Tochter nicht mehr anfassen, sonst ...«

»Sonst was?«, falle ich ihm ins Wort. »Natürlich wird er das, Papa! Denn Hannes und nicht Malte ist Rose-Maries Vater.« Meine Stimme klingt schrill, so aufgeregt bin ich. »Wir lieben uns. Und daran wird niemand uns hindern – nicht einmal du!«

Vater greift sich an die Brust. Sein Gesicht verzerrt sich schmerzlich.

»Das dürft ihr mir nicht antun. Sag sofort, dass das nicht wahr ist!«, stößt er hervor.

»Was ist denn gar so schlimm daran?«, fragt Hannes. »Bin ich in Ihren Augen denn kein Mensch? Ich liebe Ihre Tochter Sophie und unser gemeinsames Kind von ganzem Herzen, das müssen Sie mir bitte glauben. Alles würde ich für sie tun. Alles!«

Papa röchelt, dann knicken seine Knie ein, und er sinkt zu Boden.

Ein Albtraum, denke ich zutiefst erschrocken, ein einziger Albtraum ...

*

Zwei Tage behalten sie Papa im Bethanien-Krankenhaus in Eppendorf, zwei Tage, die mir wie Wochen vorkommen, so endlos sind sie für mich. Die ganze Villa ist wie gelähmt; alle gehen nur noch auf Zehenspitzen umher.

Nirgendwo ein lautes Wort, als sei er bereits gestorben.

Ich stille und kose meine Kleine. Ich weine viel, aber nur, wenn Rose-Marie schläft. Aber ich fürchte fast, sie trinkt meine Verzweiflung mit der Muttermilch, denn sie schreit mehr als je zuvor und windet sich in Krämpfen. Ich versuche, mit Käthe zu sprechen, aber sie ist nicht im Haus, sondern steht angeblich einer sterbenden Kusine bei. Hilfsköchin Lina übernimmt ihre Arbeit, und sie tut es schlecht, denn ihr Essen schmeckt lausig, aber von uns hat ohnehin niemand rechten Appetit.

Sobald es dunkel ist, schleicht Hannes zu uns herauf, geplagt von Schuldgefühlen und inneren Vorwürfen.

»Und wenn er noch so herrisch zu mir war – so hätte dein Vater es niemals erfahren dürfen«, sagt er gequält. »Wenn er nun stirbt ...«

»Das wird er nicht«, versuche ich ihn zu beruhigen. »Das darf er nicht. Nicht, bevor er uns seinen Segen gegeben hat. Und deine Mutter? Wird wenigstens sie uns zur Seite stehen? Sie mag mich doch. Wenigstens dachte ich das bisher.«

»Ich weiß es nicht.« Ratlos zuckt er die Schultern. »Sie ist so komisch, seit sie es weiß. Ich konnte kaum mit ihr sprechen, da war sie schon weg. Angeblich zu Malwine. Aber ich kenne gar keine Kusine namens Malwine.«

Ängstlich harre ich tagsüber mit der Kleinen auf meinem Zimmer aus, obwohl der Garten vor bunten Frühlingsblumen fast explodiert. Mama schaut kein einziges Mal nach uns.

Hat sie ihre Tochter und Enkelin schon abgeschrieben?

Nur Tante Fee stellt mich zur Rede.

»Du und Hannes Kröger!«, sagt sie fassungslos. Ihr rechtes Lid zuckt, ein untrügliches Zeichen, wie aufgeregt sie ist. »Und das gewissermaßen vor unser aller Augen. Wieso hast du dann überhaupt den armen lahmen Voss ins Spiel gebracht? Der junge Mann muss sich ja so was von getäuscht fühlen!«

Er hatte gute Gründe, diese Vaterschaft anzuerkennen, denke ich, nicke aber, nach außen hin scheinbar reumütig.

»Malte wollte nur helfen«, sage ich schließlich. »Du weißt doch, wie er ist.«

»Um ein Haar hättest du damit seine Zukunft ruiniert, Sophie«, sagt sie streng. »Wie konntest du nur? Das ist wirklich alles andere als ein Spiel!«

Weil du es mir in den Mund gelegt hast, denke ich. Und weil ich zu feige war, dir zu widersprechen. Aber nun ist es ja endlich raus.

Schließlich bringt Petersen Papa aus dem Krankenhaus zurück. Angina Pectoris, so lautet die Diagnose, was gefährlich werden kann. Er muss abnehmen, Alkohol meiden und darf sich auf keinen Fall aufregen.

Fürs Erste verschwindet er ins elterliche Schlafzimmer, das er schon lange allein bewohnt, seit Mama das Boudoir für sich beansprucht. Dort bleibt er viele Stunden, bis der Abend kommt und das Glöcklein aus dem Speisezimmer uns alle zusammenruft. Mit meinem Kind steige ich hinunter, doch Lina streckt in der Diele die Arme nach Rose-Marie aus.

»Legen Sie sie doch hier in den Kinderwagen«, sagt sie. »Ich passe einstweilen auf sie auf.«

Hat Tante Fee ihn besorgt? Er ist cremefarben und so edel und neu, dass ich es eigentlich nur ihr zutraue.

»Und wenn sie wieder weint?«

»Dann gebe ich Ihnen natürlich sofort Bescheid.«

Noch nie zuvor habe ich mit solchem Bammel den Salon betreten. Mama sitzt frisch onduliert auf einem der opulenten Sofas; neben ihr Tante Fee. Papa thront im blauen Sessel mit der hohen Rückenlehne, bleich und sichtlich angegriffen. Auch Hannes und seine Mutter sind anwesend, beide stehend. Käthe schaut mich nicht an, sondern senkt den Kopf, als studiere sie eingehend ihre Schuhspitzen. Schmal sieht sie aus, und schuldbewusst.

Wieso eigentlich schuldbewusst?

Papa räuspert sich, ein Mal, zwei Mal, drei Mal.

»Was ich heute zu sagen habe, fällt mir schwer«, *beginnt er schließlich.* »Und ich wünschte, wir alle könnten uns diese peinliche Zusammenkunft ersparen. Was geschehen ist, hat sich vor vielen Jahren zugetragen und besäße heute keinerlei Bedeutung mehr – hättet ihr beide, Sophie und Hannes, hinter unser aller Rücken nicht derart egoistisch gehandelt.«

»Aber wir lieben uns«, *widerspreche ich.* »Immer schon, seitdem ich denken kann, und jetzt haben wir zusammen ein wunderschönes ...«

»Schweig!«, *donnert er.* »Lieben – genau das dürft ihr aber nicht. Es ist euch verboten. Strengstens verboten sogar! Was habt ihr euch nur dabei gedacht? Alles war so perfekt geregelt. Warum nur musstet ihr beiden jugendlichen Hitzköpfe es leichtsinnig zerstören?«

»Verboten? Ich verstehe nicht«, *murmele ich, während*

eine eisige Hand nach meinem Herzen greift. »Was genau dürfen wir nicht?«

Plötzlich sieht er nur noch mich an.

»Ich bin Hannes' leiblicher Vater«, *sagt er.* »Verstehst du jetzt, Tochter? Folglich ist Rose-Marie von deinem Halbbruder – und damit ein Inzestkind. Das Gesetz nennt ein solches Vergehen Blutschande.«

Ich brauche eine Weile, um zu verstehen. Dann erst kommen diese beiden Sätze in all ihrer Gewalt bei mir an.

Inzest ... Gesetz ... Blutschande ...

Ich reiße den Mund auf, will nur noch meinen Schmerz und meine Verzweiflung in die Welt brüllen.

Doch ich bringe nicht einen einzigen Ton heraus.

11

Hamburg, Juni 2016

Johannas Augen brannten, und ihre Hände zitterten. Mit schlurfenden Schritten ging sie in die Küche, um sich einen Melissentee zu brauen. Doch dann stellte sie den Wasserkocher wieder aus und holte den alten Cognac aus dem Wandschank, den sie für spezielle Gelegenheiten dort aufbewahrte.

Sie goss einen guten Fingerbreit davon in ein Glas und trank. In ihrem Magen wurde es wohlig und warm, doch ihre Gedanken flogen noch immer davon.

Der Kaffeebaron und die Köchin!

Hannes Kröger war also Friedrich Terhovens unehelicher Sohn. Und niemand in der Villa hatte angeblich eine Ahnung davon gehabt, all die Jahre lang …

Wirklich niemand?

Gleich morgen nach der Hochzeit würde sie weiterlesen. Die arme, arme Sophie – sie musste am Boden zerstört gewesen sein!

Und plötzlich kam ihr eine Idee …

Ich schreib dir dein Leben, so lautete Jule Weisbachs historischer Service, den sie seit einiger Zeit interessierten Kunden anbot. Sie kannte sich aus mit alten Geschichten und Familiengeheimnissen, die plötzlich ans Licht wollten.

Und wer sagte eigentlich, dass er nur für die persönliche Biografie in Anspruch genommen werden durfte?

Soweit war alles fertig.

Ausnahmsweise saßen die Locken heute, und Aphrodites hummerrote Leihgabe war zusammen mit den farblich passenden Dessous ein einziger Traum. Nicht einmal die Pumps drückten, sondern schmiegten sich an ihre Füße, als besäße sie sie schon seit Jahren. Jule, sonst keine Befürworterin von Echtschmuck, weil sie in der ständigen Angst lebte, sie könne ihn womöglich verlieren, hatte ihre schönen Erbstücke angelegt, deren Sitz sie bei einem letzten Blick in den Spiegel noch einmal kontrollierte: zwei zartrosa Tropfen, die dem Gesicht schmeichelten und mithilfe einer von geschwärzten Markasiten besetzten Rosette am Ohr befestigt wurden.

Engelskoralle. Ein Wort, das sie seit jeher fasziniert hatte. Plötzlich hatte sie die im Alter brüchig gewordene Stimme ihrer Großmutter wieder im Ohr. *Eine Herzensgabe von der Mutter meiner Mutter. Pass immer gut auf sie auf …*

Auf welch verschlungenen Wegen es diese Preziosen wohl bis ins raue Erzgebirge geschafft hatten?

Die Ohrringe waren zu dem auffallenden roten Kleid farblich eine durchaus gewagte Kombination, aber Jules Schmuckauswahl war mehr als überschaubar, und mit schnödem Modegeklimper wollte sie sich an diesem Tag nicht zeigen.

Sagebiels Fährhaus – ausgerechnet dort sollte die Hochzeit stattfinden.

Erst ganz am Ende des letzten Telefonats hatte Maren

Hagedorn, bald verehelichte Ruhland, den Ort der Feier fallen lassen. Natürlich hatte Jule schon von diesem Traditionslokal in Blankenese gehört, das für viele Hamburger Familien Kultstatus besaß, selbst dort gewesen war sie allerdings bislang noch nie.

»Und die akzeptieren Torten von außerhalb?«, hatte sie sofort skeptisch nachgefragt.

»Müssen sie.« Maren klang heiter und ungemein zuversichtlich. »Wenn mein Uwe-Schatz sich etwas in den Kopf gesetzt hat, gibt es für ihn keine Hindernisse.«

Heute würde sich zeigen, ob die Betreiber die mitgebrachte Hochzeitstorte wirklich so entspannt akzeptierten. Aber dazu musste sie erst einmal ihr Ziel erreichen.

Zum wiederholten Mal schaute Jule auf die Uhr. Wenn dieser Nils jetzt eintreffen würde, konnten sie es ohne Stress noch rechtzeitig bis nach Blankenese schaffen. Die Etagere stand zum Mitnehmen bereit; die Torten waren bereits in den passenden Kartons verstaut. Nur für ihr Ersatzstück, die kleine Käsesahne, hatte sich leider nichts Geeignetes finden lassen. Vielleicht ließ sie sie einfach zu Hause? Andererseits würde sie sich mit einem kleinen Joker in der Hinterhand um einiges sicherer fühlen. Man konnte ja schließlich nie wissen, was noch alles passieren würde …

Das Klingeln erlöste sie aus ihren Grübeleien.

Jule betätigte den Türdrücker. Sie hörte, wie jemand schnellen Schritts die alten Stufen nahm, dann stand er schon vor ihr.

»Sie?«, sagte sie perplex.

»Und Sie erst!«, erwiderte der Querulant mit dem Anflug eines Lächelns. Er trug einen eleganten dunklen Anzug mit silbern schimmernder Krawatte, was ihm beides ausnehmend gut stand.

Waren seine Augen eigentlich immer schon blau gewesen?

Für einen Moment war Jule irritiert.

»Ich hatte bereits einen gewissen Verdacht, als meine Tante mit dem Schwärmen so gar nicht mehr aufhören wollte. Ich heiße übrigens Nils Martens und bin für heute ausnahmsweise Ihr Tortenträger.«

Ihr Kleid gefiel ihm, das sah sie an seinem Blick. Und die Ohrhänger offenbar auch, die schaute er sogar besonders genau an. Weil er einer Chaotin wie ihr derart exklusiven Schmuck gar nicht zugetraut hätte?

»Kommen Sie doch bitte weiter. Steht alles schon bereit.«

»Uff!«, sagte er, als er die Küche erreicht hatte. »Ist ja eine ganz ordentliche Ladung. Alles fertig oder schön sahnig, wie ich annehme, und folglich äußerst delikat zu transportieren?«

»Ganz genau.« Jule nickte. »Aber die Kartons sind eigentlich ganz robust ...« Sie musste an ihren umgestürzten Fahrradanhänger denken und verstummte.

»Ich werde sie einzeln runtertragen«, sagte er. »Und dann Stück für Stück vorsichtig in mein Auto einladen. Da müssten eigentlich noch ein paar stabile alte Transportdecken im Kofferraum sein. Die eignen sich als Zwischenpuffer.«

»Soll ich Ihnen nicht helfen?«, fragte Jule.

»Mit diesen Schuhen?« Eigentlich schaute er dabei nur auf ihre Beine. »Vergessen Sie es!«

Er lief los und trug Torte um Torte nach unten. Nach der fünften kam er ohne Sacco wieder oben an.

»Wird einem ja doch ganz schön warm dabei«, sagte er und leerte das große Glas Apfelschorle, das Jule für ihn eingegossen hatte, in einem durstigen Zug, bevor er sich mit dem nächsten Karton wieder auf den Weg nach unten machte.

Dann hatten sie es bis auf die letzte Torte beinahe geschafft. Sollte sie die wirklich auch noch mitnehmen?

Jule hielt die Platte mit der kleinen Käsesahnetorte noch immer unschlüssig in Händen, als er wieder oben ankam, für einen Moment wohl zu schwungvoll. Der kleine blaue Teppich vom Flohmarkt, der in der Diele lag, begann zu rutschen. Nils schlitterte geradewegs auf sie zu. Die Torte quetschte sich zwischen sie beide.

Einen Augenblick lang standen die beiden wie erstarrt. Dann trat Jule vorsichtig einen Schritt zurück und betrachtete stumm das Malheur.

Sein weißes Hemd war nun größtenteils hellgelb; viel schlimmer aber sahen die Flecken auf ihrem roten Bustier aus.

»O nein!« Jules Augen füllten sich mit Tränen, als sie an sich hinunterschaute. »Das darf doch einfach nicht wahr sein. Aphrodite wird mich in der Luft zerreißen!«

Die deformierte Torte flog hochkant in den Abfalleimer, und sie versuchte verzweifelt, mit einem Lappen und warmem Wasser an sich herumzuwischen.

»Hören Sie lieber damit auf. Sie machen alles nur noch schlimmer«, sagte Nils. »Da hilft nur eins: chemische Reinigung.«

»Aber so kann ich doch keinesfalls antreten!«, stöhnte sie.

»Na ja, Sie haben doch sicherlich noch ein anderes Kleid, oder?«

Sie lief in ihr Schlafzimmer und riss verschiedene Modelle aus dem Schrank. Zu alt, zu doof, zu kurz – sie fand nichts, was sich auch nur halbwegs für eine Hochzeit geeignet hätte. Schließlich war nur noch das knöchellange Trägerkleid übrig, das sie sich vor einigen Jahren im Griechenlandurlaub gekauft hatte. Wenn sie richtig braun war, stand ihr das leuchtende Türkisgrün, aber wie sollte sie in diesem arbeitsreichen Jahr an so etwas wie Bräune gekommen sein? Außerdem hätte es dringend gebügelt werden müssen. Doch dazu fehlte die Zeit, und es gab auf die Schnelle keine Alternative, also schlüpfte sie eben hinein.

»Fertig?«, hörte sie Nils Martens in der Küche rufen.

»Ja«, sagte Jule tapfer und trat zu ihm. »Und Sie?«

»Machen Sie sich um mich mal keine Sorgen. Ich hab immer ein frisches Hemd im Wagen«, erwiderte er beiläufig. »Für den Fall der Fälle. Hat sich bewährt.«

Wahrscheinlich bügelt er jeden Morgen auch seine Zeitung, bevor er sie liest, dachte Jule leicht grimmig, während sie hinter ihm nach unten ging. Und hat mindestens zwanzig verschiedene Versicherungen abgeschlossen. Für den Fall der Fälle.

Der Kofferraum war mustergültig mit den Tortenkartons bestückt, das erkannte sie auf einen Blick. Nils Martens schien ein Mann mit System zu sein, ganz im Gegensatz zu ihr. Sie schielte auf ihren Schoß und versuchte, wenigstens ein paar der Knitterfältchen glatt zu streichen. Dabei stachen ihr die roten Pumps ins Auge, die sie vor lauter Aufregung zu wechseln vergessen hatte. Und dann rutschte auch noch ein hummerroter BH-Träger unter dem Türkis hervor ...

Jule schob ihn zurück und stieß einen Seufzer aus. Wenn jemand absolut unverbesserlich war, dann sicherlich sie.

»Schöne Farbkombination«, sagte Nils, während sie auf die Elbchaussee einbogen. »Findet man häufig bei Schmuck aus Afghanistan. Die alten Ägypter haben sie auch gern verwendet, am liebsten zusammen mit Lapis.«

»Woher wissen Sie das?«, fragte Jule verblüfft.

»Ach, bei Gericht erfährt man so dies und das«, erwiderte er gelassen. »Nicht alle Juristen sind übrigens Vollidioten. Manche interessieren sich durchaus auch für Dinge außerhalb der Gesetzesbücher.«

War das jetzt ein Schmunzeln?

Jule beschloss, fürs Erste lieber zu schweigen, während die vorwiegend weißen Prunkvillen, eingebettet in herrlichstes Grün, links und rechts an ihnen vorbeizogen.

»Coole Gegend«, meinte Nils nach einer Weile. »Aber leider ganz und gar unerschwinglich, es sei denn, man hat reich geerbt.«

»Haben Sie?«, entfuhr es Jule.

»Leider nein. Mein Großvater ist im Krieg gefallen, und die Oma wurde 1943 im Feuersturm mit drei kleinen Kindern ausgebombt. Sie vielleicht?«

Sie schüttelte den Kopf.

»Meine mütterliche Familie stammt aus dem Erzgebirge«, sagte sie. »Da war keiner reich. Papa ist gebürtiger

Leipziger und hat inzwischen dort wieder ein kleines Fotoatelier. Das reicht gerade für seinen Lebensunterhalt.«

»Dann sind Sie noch gar nicht so lange in Hamburg?«

»Hört man das?«, erwiderte Jule. »Eigentlich wurde ich ja von klein auf von Oma und Mama auf Hochdeutsch getrimmt.«

»Ein wenig«, räumte er ein. »Aber nur, wenn Sie schnell sprechen.«

»Dann ist das vermutlich der Rest aus meinen Dresdner Jahren. Dort an der Uni haben alle schwer gesächselt – es sei denn, sie waren aus dem Westen.«

»Sie haben in Dresden studiert? Wundervolle Stadt. Ich war schon mehrmals dort.«

»Geschichte«, sagte Jule. »Aber die Historie und ich sind leider nie so richtig warm miteinander geworden. Zu theoretisch, zu staubig, zu abgehoben, zu ich-weiß-gar-nicht-mehr-was …« Sie zog die Schultern hoch. »Ich muss bloß daran denken – und schon bekomme ich wieder die Krise.«

»Und deshalb haben Sie sich lieber auf Kaffee und Kuchen konzentriert?«

»Wie abfällig Sie das sagen.« Er kassierte einen knappen, erzürnten Blick. Sie hätte ihm von ihrem anderen Projekt erzählen können, tat es aber nicht. »Wissen Sie eigentlich, wie arrogant Sie manchmal klingen können? So ganz von oben herab. Ja, Sie haben Ihr Leben offenbar bestens im Griff. Aber es können eben nicht alle erfolgreiche Juristen sein!«

Er schwieg, doch ihre Kritik war bei ihm angekommen, das spürte sie.

Inzwischen hatten sie Blankenese erreicht. Die weißen Häuser, das enge Straßengewimmel, Jule mochte alles, was sie sah. Wie idyllisch es hier erst gewesen sein mochte, als der Ort noch ein einfaches Fischerdorf gewesen war! Doch trotz Bauboom und horrenden Grundstückpreisen war auch heute noch viel von dem alten Charme spürbar.

Nils steuerte den Parkplatz des Fährhauses an und stieg aus. Mit einem Griff nahm er das frische weiße Hemd vom Rücksitz und zog sein besudeltes aus. Sportliche Schultern. Ein gut trainierter, muskulöser Rücken. Jule hatte eigentlich extra nicht hinsehen wollen, konnte aber leider nicht anders.

Er hielt sie am Arm fest, als sie an ihm vorbei ins Lokal gehen wollte.

»Ich bin manchmal unmöglich. Das sagt Tante Jo auch. Ich wollte Sie nicht kränken. Ehrlich.«

»Ach, ja?« Jule machte sich frei. »Und das soll ich jetzt glauben? Aber lassen wir es für heute gut sein. Sind bestimmt genug Frauen da, die sich gern beeindrucken lassen.« Sie straffte die Schultern. »Ich kläre mal, wo die Kühlung für die Torten ist. Danach laden wir sie aus.«

Zu ihrer Verblüffung gab es keinerlei Probleme, ganz im Gegenteil. Hinter der Küche des Fährhauses lag eine Kühlkammer, in der alles bis zum Verzehr gelagert werden konnte. Nils trug die Kartons hinein, und Jule holte die Torten anschließend Stück für Stück heraus. Mit Fingerspitzengefühl hievte sie sie auf die Etagere, farblich abgestimmt von Hellgelb bis zum lila schimmernden Blau. Als Letztes platzierte sie die kleinen Strandkörbchen ganz obenauf.

»Fertig«, sagte sie erleichtert. »Und zum Glück ausnahmsweise ohne neue Katastrophen. Dann könnte ich mich ja eigentlich auf den Heimweg machen ...«

»Nichts da!« Aphrodite stand plötzlich in der Kühlkammer und versperrte ihr den Weg. »Du bleibst da – auch wenn du aussiehst wie von ganz unten aus dem Bügelkorb. Was ist passiert? Eine plötzliche Allergie gegen Modellkleider?«

Sie selbst trug leuchtendes Zitronengelb – ein eng anliegendes Kleid mit tiefem Rückenausschnitt, das reichlich braune Haut durchblitzen ließ.

»Das glaubst du nicht«, sagte Jule kläglich. »Johannas Neffe hat mich total verwirrt, weil er sich als der Querulant aus dem *Strandperlchen* entpuppt hat, der mich seit Wochen schikaniert. Und schwupps, schon hatte ich die halbe Käsesahne am Busen. Bist du mir jetzt sehr böse?«

»Nein, du verrücktes Huhn«, versicherte Aphrodite. »Das kriegt die Reinigung schon wieder raus. Nur für dich tut es mir leid. Du warst so ein Feger in dem roten Kleid! Aber genauer betrachtet, siehst du in diesem knittrigen Hippie-Fetzen auch nicht übel aus: jung. Und hoffnungslos romantisch. Ein Blumenkind, das sich ganz aus Versehen ins nächste Jahrtausend verirrt hat ...«

Jules spielerischer Schlag auf den Arm trieb sie hinaus. Sie folgte ihr.

»Und Xenia?«, fragte Jule im Gehen.

»Darf Rosen streuen. Wollte die Braut unbedingt. Dabei hatte sie schon fünf andere Blumenmädchen. Aber du kennst doch meine Tochter! Allein die Aussicht auf ein neues Prinzessinnenkleid ...« Sie brach ab und blickte neugierig in die andere Richtung. »Ist er das?«, fragte sie. »Doch nicht etwa dieser Dunkelhaarige mit den Wahnsinnsaugen? Wow – der sieht ja fast aus wie Ian Somerhalder!«

»Schau am besten noch auffälliger hin«, knurrte Jule. »Und ich hab nicht die geringste Ahnung, wer Somerhalder sein soll.«

»Komm schon, den kennt doch jeder! Der Dämon aus *Vampire Diaries*. Fällt endlich der Groschen? Diese Vampir-Kultserie im Fernsehen.«

»Du weißt genau, dass ich kaum fernsehe. Keine Zeit und keine Lust, und auf solche Ami-Serien steh ich erst recht nicht. Ein Vampir ist der jedenfalls nicht, das kann ich dir versichern, sondern ein ziemlich spießiger Jurist. Und ein eingebildeter noch dazu.«

»Anwalt?«, bohrte Aphrodite neugierig weiter. »Dann solltest du milder zu ihm sein. So einen kann man doch immer in der Familie brauchen!«

»Eher Richter oder Staatsanwalt glaub ich, ach, ist mir eigentlich ganz egal. Auf jeden Fall ist er ein Besserwisser. Ab jetzt lass ich ihn einfach links liegen. Vielleicht vergeht ihm ja dann die Lust auf mein Café.«

Inzwischen hatte sich das Fährhaus gut gefüllt. Die Hochzeitsgesellschaft wurde immer größer. Jule begrüßte Johanna, die in einem dunkelblauen Jackenkleid erschienen war und wieder etwas erholter aussah, obwohl der fragile Zustand ihres kranken Bruders, wie sie ihr rasch zuflüsterte, sie noch immer sehr beschäftigte. Natürlich trug sie auch heute wieder ihr Medaillon, mit dem sie selbstvergessen spielte.

Schließlich erklangen zarte Flötentöne, und das Brautpaar erschien. Sechs kleine Blumenmädchen, fünf hellhäutig, eines dunkel, streuten vor ihnen bunte Rosenblätter auf den Boden. Maren, endlich verehelichte Ruhland, sah in ihrer zarten Meerjungfrauenrobe anmutig aus und strahlte über das ganze Gesicht. Und auch der baumlange Kerl an ihrer Seite im noblen Cut wirkte glücklich und in sich ruhend.

»So schön, Sie bei uns zu sehen!«, begrüßte die Braut Jule augenzwinkernd. »Ich hatte schon Angst, Sie würden nicht bleiben. Was macht unsere Torte?«

Jule hob den Daumen.

»Passt«, sagte sie. »Hoffe ich zumindest. Jetzt bin ich gespannt, was Sie dazu sagen werden!«

Das Lokal erstrahlte in Weiß mit zartrosa Blumenschmuck, was alles freundlich und sommerlich wirken ließ. Draußen auf der großen Terrasse, von der man einen weiten Blick über die Elbe hatte, wurden die Begrüßungscocktails serviert. Danach ging es wieder nach drinnen zum Essen. Jule wurde an einem der langen Tische direkt neben Johanna platziert, was ihr mehr als recht war. Nils saß ein ganzes Stück weiter unten an der Tafel neben Aphrodite, während Xenia und die anderen Sprösslinge an einem Extra-Kindertisch untergebracht waren. Schon nach kurzer Zeit schienen Nils Martens und Aphrodite in ein anregendes Gespräch vertieft, was Jule gar nicht behagte.

»Sie wirken leicht angespannt«, sagte Johanna. »Gab es doch noch Stress in letzter Minute?«

»Könnte man wohl sagen.« In Kürze schilderte Jule das Käse-Sahne-Malheur.

»Passt eigentlich gar nicht zu meinem Neffen«, kommentierte Johanna nachdenklich. »Da muss Nils schon sehr aufgeregt gewesen sein.«

»Angesehen hat man es ihm jedenfalls nicht. Aber wahrscheinlich hat er vor Gericht gelernt, ein Pokerface zu machen«, sagte Jule.

»Wieso vor Gericht?«, fragte Johanna erstaunt.

»Na ja, er ist doch …« Jule verstummte, denn in diesem Moment schob eine Hochschwangere ihren mächtigen Babybauch durch die Tür. Das weiße, wadenlange Kleid mit den aufgestickten Blüten saß mehr als stramm, ließ sie aber frisch und jugendlich aussehen. Ein bunter Blütenkranz schmückte ihre langen, blonden Haare. Sie sah aus wie eine junge Schwedin beim Sommernachtsfest – eine junge, sehr glückliche Schwedin am Ziel ihrer sehnlichsten Wünsche.

»Wir sind zu spät dran. Sorry!« Jonas neben dem Sommernachtstraum zeigte sein unwiderstehliches Lächeln, das Jule damals sofort für ihn eingenommen hatte. »Aber wenn der Herzallerliebsten den ganzen Morgen nicht gut ist – was kann Mann da schon machen?«

»Jetzt geht es wieder«, sagte Claudi. »Ich hab mich eben sehr zusammengenommen. Wir wollten doch eure Hochzeit auf keinen Fall versäumen.«

»Ich freue mich, dass ihr doch noch gekommen seid.« Maren war aufgestanden und führte die beiden ausgerechnet an Jules und Johannas Tisch. »Das ist Jonas Althaus, mein Lieblingskollege am Gymnasium Allee, und seine charmante Verlobte Claudi. Dass die beiden bald Eltern werden, ist ja nicht mehr zu übersehen. Ob es allerdings ein

Junge oder ein Mädchen wird, weigern sie sich nach wie vor standhaft zu verraten.«

»Wir kennen uns«, sagte Jule schnell, der die knusprigen Brotkrümel auf einmal quer im Halse steckten. Alles in ihr sehnte sich nur noch nach Flucht. Aber was konnte sie schon tun, wenn sie kein Riesenaufsehen erregen wollte?

»Jule«, sagte Jonas, noch immer lächelnd, während er und Claudi am Tisch Platz nahmen, und schien nicht einmal sonderlich verlegen. »Was für eine Überraschung! So sieht man sich endlich wieder. Wie geht es dir? Ich hab mich schon gewundert, dass du so lange nicht mehr mein Auto leihen wolltest.«

»Gut. Sehr gut sogar. Ich habe mich anderweitig beholfen«, murmelte sie zwischen zwei Schluck Hugo und vermied direkten Blickkontakt. »Zum Glück bist du ja nicht der einzige Motorisierte in Hamburg.«

»So war sie schon immer!« Jonas ließ sich vom legendären Kellner Hoppe großzügig Wein einschenken. »Stets den richtigen Spruch zur richtigen Zeit. Und dein *Strandperlchen* läuft?«

»Läuft«, bestätigte Jule leicht zähneknirschend und dachte im Stillen: Und selbst, wenn ich demnächst unter der Brücke pennen müsste, wärst du garantiert der Letzte, der das erfährt.

Der erste Gang wurde serviert, ein bunter Sommersalat mit Langustinos, perfekt mit Himbeervinaigrette angemacht, aber nicht ganz einfach zu essen. Jule puhlte mühsam die Schalen ab und kaute danach so energisch, dass Johanna ihr einen verwunderten Blick zuwarf.

»Mein Ex«, flüsterte sie zur Erklärung, während sie sich

nach einer scheinbar zu Boden gefallenen Serviette bückte. »Und seine neue On. Das war sie allerdings bereits eine ganze Weile, als wir beide noch zusammen waren. Dieser Dreckskerl!«

»Tut es noch weh?«, flüsterte Johanna zurück.

»Nur ab und zu. Die Trauer ist eigentlich vorbei. Der Ärger über seine Feigheit noch nicht. Dass er ausgerechnet heute hier mit ihr auftauchen muss! Ich würde am liebsten verschwinden …«

»Versuchen Sie lieber, es leicht zu nehmen«, lautete Johannas Vorschlag. »Das Essen dauert ja nicht ewig. Spätestens wenn die Musik losgeht, sind Sie ihn los.«

Doch die nächsten beiden Gänge – Edelfisch an Safrantagliatelle und Prinzessböhnchen, sowie als Dessert Buttermilchpanacotta mit flambierten Brombeeren – zogen sich in die Länge. Während Aphrodite und Nils sich am unteren Ende der Tafel offenbar viel zu erzählen hatten, floss die Unterhaltung weiter oben am Tisch reichlich zäh.

»Ich erkenne Sie ja gar nicht wieder«, sagte Johanna erstaunt. »So still sind Sie auf einmal geworden. Vielleicht hängen Sie ja doch noch mehr an diesem Jonas, als Ihnen bewusst ist.«

»Nicht an ihm.« Jule schüttelte den Kopf. »Aber an dem, was er für mich verkörpert hat: die Hoffnung auf eine Zukunft zu zweit. Manchmal bin ich das Alleinsein nämlich gründlich leid. Ich möchte einen Mann an meiner Seite. Kinder, eine eigene Familie. Einfach so. Oder ist das zu viel verlangt?«

»Keineswegs. Und ich finde es gut, dass Sie Ihre Wünsche so präzise formulieren. Ich selbst habe mich viel zu lange davor gedrückt. Und dann war es plötzlich zu spät.« Johanna begann wieder mit dem Medaillon zu spielen. »Vielleicht bin ich ja deshalb so verrückt nach fremden Familiengeschichten. Um mein eigenes Manko zu überdecken.«

»Sie sprechen von dem Tagebuch, das Sie neulich schon erwähnt haben?«

»Ja, aber nicht nur. Ich habe da noch einen Brief von 1943 gefunden, der mich nicht mehr loslässt. Was sage ich? Die ganze Geschichte hält mich gefangen. Ich brauche Ihre Hilfe, Jule. Sie müssten für mich herausbekommen, wer diese Leute waren. Würden Sie das tun?«

Jule rührte nachdenklich in ihrem Affogato, der allen Hochzeitsgästen in Anspielung an das Kennenlernen der Brautleute serviert wurde.

»Warum nicht?«, sagte sie, während das Eis in ihrem Mund zerschmolz. »Reichen Sie mir einfach alles weiter, was Sie an Unterlagen haben. Und dann versuche ich mein Bestes.«

»Sophies Tagebuch aus der Hand geben?« Johanna wirkte plötzlich ganz erschrocken. »Ich fürchte, das kann ich nicht. Außerdem bin ich ja auch noch lange nicht damit durch. Ich kann es nämlich nur portionsweise lesen, um meine alten Augen zu schonen, und brauche immer wieder Pausen zwischendrin. Sonst nimmt es mich zu sehr mit. «

»Nur ganz kurz«, sagte Jule beschwichtigend. »Mein Copyshop des Vertrauens gleich um die Ecke vom *Strandperlchen* wird es hüten wie seinen Augapfel, das verspreche ich Ihnen. Sie können beim Kopieren sogar dabei sein, wenn es Sie beruhigt.«

»Und weiter?« Johannas Augen ruhten erwartungsvoll auf ihr.

»Ich lese die Kopie, ebenso wie jenen Brief, der Sie so stark berührt hat. Danach werden sich vermutlich Anhaltspunkte ergeben, an denen ich einhaken kann.«

»Und wenn nicht? Ist ja alles schon so viele Jahre her – und Hamburg wurde doch von den Bomben fast verbrannt! Außerdem ist die Schrift ziemlich schludrig. An manchen Stellen fast unleserlich.«

»Ach, ich finde eigentlich immer etwas«, sagte Jule. »Und an krakelige Handschriften bin ich gewöhnt. Sogar Sütterlin kann ich mittlerweile ganz gut entziffern. Vertrauen Sie mir einfach …«

Ihre letzten Worte gingen in den Bässen der Musik unter, die schlagartig eingesetzt hatte.

»Schluss mit dieser Trauermiene und dem trostlosen Herumhocken!« Aphrodite zerrte Jule vom Stuhl und schob sie auf die Tanzfläche. »Jetzt wird endlich getanzt!«

*

Zwei Stunden später gab es viele glückliche Gesichter, und der Schweiß floss in Strömen, denn der DJ verstand sein Geschäft und schaffte es mit einer klugen Mischung aus neuen Songs und Klassikern, die Tanzfläche voll zu halten. Jule hatte schon lange nicht mehr so viel getanzt, und sie fühlte sich nach der ungewohnten körperlichen Anstrengung frisch und gelöst. Zwischendrin hatte sie auf der Toilette ihr Make-up aufgefrischt. Sie mochte die junge Frau mit den grünen Augen, die ihr aus dem Spiegel entgegensah, auch wenn die Locken inzwischen wieder anstellten, was sie wollten. Ein paarmal war beim Tanzen auch Nils Martens in ihre Nähe gekommen. Erst hatte sie ihm ausweichen wollen, damit er ihre Verärgerung auch deutlich spürte, irgendwann aber hatte Jule ihn ganz vergessen, die Augen halb geschlossen und sich nur noch im Takt der Musik bewegt.

Langsam wurde es Zeit für die Hochzeitstorte, weil alle wieder leichten Hunger verspürten. Die Crew hatte die Etagere bereits auf einen Servierwagen gehievt.

Plötzlich ging das Licht aus, und Wunderkerzen, die in den Torten steckten, sprühten gleißende Funken.

Die Gästeschar ließ begeisterte Ahs und Ohs hören. Maren begann vor Freude zu weinen, als sie die winzigen Strandkörbe entdeckte, und auch Uwe Ruhland wirkte gerührt.

»Ja, das passt«, sagte er anerkennend zu Jule. »Das sind wir, meine Frau und ich. Kein Schnickschnack, kein Gedöns, sondern nur Wahres, Echtes, Pures. Ich wusste schon, warum ich unbedingt Sie als Hochzeitskonditorin haben wollte. Das haben Sie großartig hinbekommen, Frau Weisbach!«

Unter dem Jubel der Gäste schnitten sie gemeinsam an, erst die gelbe Torte ganz oben und gleich danach die dunkelblaue ganz unten, und probierten.

»Köstlich!« Maren verdrehte vor Begeisterung die Augen.

»Kann man wirklich gut essen«, versicherte Uwe. Nachdem alle Gäste mit großem Appetit von der Torte gegessen hatten, kam Maren noch einmal zu Jule.

»Zwei neue Stammkunden haben Sie heute auf jeden Fall dazugewonnen, Frau Weisbach«, fügte Maren hinzu.

»Freut mich«, sagte Jule. »Wenngleich vielleicht nicht mehr für sehr lange ...«

»Was wollen Sie damit sagen? Sie hören doch nicht etwa mit dem *Strandperlchen* auf?« Maren schien ehrlich entsetzt.

»Freiwillig gewiss nicht«, sagte Jule. »Aber mir steht eine saftige Mieterhöhung ins Haus. Und ob ich die stemmen kann, steht noch in den Sternen. In einem Jahr – vielleicht. Aber aktuell? Keine Ahnung, wie ich das hinbekommen soll ...«

»Da muss man doch was dagegen machen können!«, sagte Maren.

»Aber was genau?«, entgegnete Jule. »Klar, ich hätte durchaus ein paar ganz brauchbare Ideen, um den Umsatz zu steigern, aber so etwas braucht eben Zeit.«

»Wissen Sie was?« Maren klang auf einmal resolut. »Ich werde mit meinem Mann sprechen. Uwe hat gerade als Jurist bei einer großen Firma neu angefangen und kennt sich mit Immobilien gut aus. Vielleicht weiß der ja weiter.« Sie kicherte verlegen. »Aber nicht heute Abend ...«

Jule trat hinaus auf die Terrasse. Die Nacht war lau und sternenklar. Weit unten ahnte man den dunklen Fluss.

Müde fühlte sie sich, aber für den Moment durchaus zufrieden.

Immerhin hatte sie Jonas und Claudi unbeschadet überlebt, das ließ sich schon mal als Fortschritt verbuchen. Die Torten fanden großen Anklang. Und der neue Auftrag für

Ich schreib dir dein Leben hörte sich durchaus vielversprechend an.

Sie strich sich die Locken hinter die Ohren – und stutzte.

Rechts spürte sie nur noch Haut und keinen baumelnden Tropfen mehr. Sie hatte einen der alten Ohrringe verloren. Aber wo?

Die beschauliche Stimmung von eben war mit einem Schlag verflogen.

Eine Herzensgabe von der Mutter meiner Mutter. Pass immer gut auf sie auf ...

Nicht einmal das brachte sie zustande.

Aufgelöst kehrte Jule in das Lokal zurück, schaute unter dem Tisch, auf der Treppe, im Waschraum – nirgendwo schimmerte es zartrosa.

Ob sich der Stecker beim Tanzen gelöst hatte?

Dann war die sensible Koralle womöglich längst von schweren Tritten zermalmt worden.

Aphrodite, der ihre bekümmerte Miene auffiel, fragte nach dem Grund und half sofort beim Suchen. Doch auch sie wurde nicht fündig, ebenso wenig wie Xenia, die in ihrem Prinzessinnenkleid bäuchlings über den Boden robbte, um ja nichts zu übersehen.

Der Verlust wühlte Jule auf.

Das wertvollste Erinnerungsstück an ihre Großmutter – und sie verlor es einfach so aus Unachtsamkeit, kaum hatte sie es einmal am Ohr! Sie wollte nur noch weg und allein sein. Plötzlich fand sie die Luft stickig und viel zu heiß. Sie musste hier raus.

Eilig ging sie hinaus auf die Terrasse, zog die Schuhe aus und stieg die vielen Holzstufen bis zur Elbe hinunter. Die Uferstraße war dunkel und leer. Nach ein paar Schritten war sie am Fluss.

Der weiche Sand unter ihren nackten Füßen beruhigte sie und sorgte dafür, dass sie wieder tief durchatmen konnte. Man hätte fast glauben können, am Meer zu sein.

Jule setzte sich und schloss die Augen. Eine leichte Brise hatte sich erhoben. Sie hörte den Fluss, ihren eigenen Atem. Und plötzlich Schritte, die sich rasch näherten. Sie öffnete die Augen.

»Ist es das, wonach Sie vorhin gesucht haben?« Nils hielt etwas Helles in der Hand.

»Mein Ohrring!« Jule sprang auf. »Wo haben Sie ihn denn gefunden?«

»Unter dem Mischpult. Sie müssen beim Tanzen die Poussette verloren haben. Die sollten Sie ohnehin erneuern lassen. Bei alten Stücken leiern sie gern mal aus.«

»Danke«, sagte Jule. »Das mache ich natürlich. Ich bin ja so froh, ihn wieder zu haben, auch wenn er nur für mich wertvoll ist. Aber er hat meiner Großmutter gehört. Das macht ihn für mich so kostbar.«

»Ich glaube, da täuschen Sie sich gewaltig«, erwiderte Nils. »Diese Ohrringe *sind* wertvoll.«

»Alte Koralle und einfache Markasiten?« Jule klang skeptisch. »Wohl eher nicht, befürchte ich.«

»Engelskoralle darf schon lange nicht mehr abgebaut werden. So etwas steigert den Marktwert ganz enorm. Und was Sie als ›einfache Markasiten‹ bezeichnet haben, sind schwarze Diamanten. Pro Kugel mindestens ein Karat, schätze ich. Vielleicht sogar mehr. Lässt sich bei diesen Pavé-Fassungen nie ganz so einfach sagen. Um präziser zu werden, müsste man Juwelierlupe und Waage einsetzen.«

Jule war sprachlos. Schweigend standen sie voreinander. Als ihre Blicke sich trafen, schien es Jule, als sprühten sie förmlich Funken. Und es wurde noch schlimmer, als ihre Hände sich zufällig berührten.

Es fühlte sich an wie ein elektrischer Schlag – einer von der allerschönsten Sorte.

»Sind Sie sicher?«, fragte sie schließlich. »Echte Diamanten?«

»Ziemlich«, erwiderte er. »Lassen Sie es von einem Fachmann überprüfen. Das würde sich in diesem Fall sicherlich lohnen.«

Nils hielt inne, als schien er zu überlegen. Dann holte er tief Luft und blickte sie unsicher an. Er zögerte und räusperte er sich, als wollte er etwas sagen. Doch dann atmete er aus und sagte schlicht:

»Gute Nacht. War ein langer Tag. Tante Jo und ich machen uns jetzt auf den Weg. Wir wollen noch auf einen Abstecher ins Krankenhaus.« Beim letzten Satz war seine Stimme tiefer geworden.

»Dann ist das Ihr Vater, der mit dem Herzinfarkt auf der Intensivstation liegt?«, fragte Jule überrascht. »Aber warum haben Sie denn kein Wort gesagt? Ich hätte Sie doch niemals mit meinen Torten belästigt …«

»Eben«, sagte er. »Genau darum. Schlafen Sie gut, Jule.«

12

Hamburg, Juni 1937

Hannes ist fort. Und ich sterbe – Tag für Tag ein Stückchen mehr. Mir bleibt nur der Zettel, den er nachts unter meiner Zimmertür durchgeschoben hat, bevor er nach Spanien aufgebrochen ist. Ich habe ihn inzwischen schon so oft zur Hand genommen, dass das Papier vom vielen Anfassen ganz brüchig geworden ist, dabei weiß ich doch jedes Wort längst auswendig.

»Ich kann nicht bei dir bleiben, Sophie, denn du wirst niemals eine Schwester für mich sein. Was haben sie uns nur angetan – was habe ich dir nur angetan?

Unsere wunderschöne Kleine ein Kind der Schande?

Das kann, das darf nicht sein, und doch ist es so. Wir haben unsere Unschuld verloren für alle Zeiten. Vergib mir, wenn du kannst. Ich selbst kann mir nicht vergeben. Für mich gibt es ab jetzt nur noch den Kampf für eine gerechte Sache, den ich Seite an Seite mit meinem Freund Willi führen werde. Sollte ich in Spanien fallen, so weine bitte nicht um mich. Nichts anderes habe ich verdient.

In ewiger Liebe
Dein Hannes«

Was tust du mir nur damit an, Geliebter! Du bist weg, und ich, ich muss ihre mitleidig abschätzigen Blicke ertragen und all die ungesagten Worte, die mir den Hals zuschnüren. Papa tut, als sei ich Luft, dabei trage ich doch am allerwenigsten die Schuld an seinem Fehltritt lange vor meiner Geburt. Mama verlässt ihr Boudoir fast nur noch nachts. Um sie mache ich mir allergrößte Sorgen, so bleich und dünn, wie sie geworden ist, ein Gespenst, das schon beim kleinsten Geräusch zusammenfährt. Sogar Tante Fee hat mit einem Schlag all ihre lebenskluge Leichtigkeit verloren. Plötzlich sehe ich ihr Alter und spüre ihre Einsamkeit. Sie hat mir angeboten, mit der Kleinen zu ihr in den Anbau zu ziehen – eine liebevolle Geste, die mir zeigt, wie sehr sie meine Not erkennt. Aber ich kann es nicht.

Denn dann wäre ich ja noch weiter von Käthe entfernt.
Ach, Käthe!
Du bist so ganz anders als Papa, der stets der Ansicht ist, seine Autorität und sein Geld könnten alle Probleme lösen. Du dagegen schämst dich vor Mama, das weiß ich. Dir selbst gibst du die Schuld, weil du nicht nur schwach geworden, sondern auch noch all die Jahre in der Villa geblieben bist, anstatt mit deinem Sohn das Weite zu suchen. Mich hast du trotz allem noch immer sehr gern, das spüre ich. Und du liebst Rose-Marie, deine Enkeltochter. Doch seit jenem schrecklichen Abend im Salon ist es, als wäre ein Licht in dir erloschen. Du bist nur noch ein Schatten dessen, was du früher einmal warst.

Aber noch bist du da. Warum? Um wenigstens in unserer Nähe zu sein, wenn du schon den geliebten Sohn verloren hast? Weil du noch nicht weißt, wohin du gehen sollst? Oder weil du insgeheim hoffst, dass Hannes doch noch den Weg zurück in die Villa findet?

Er wird nicht kommen, diese Illusion muss ich dir leider nehmen, dazu ist er zu verletzt und viel zu tief beschämt.

Fleißig verrichtest du nach wie vor deine Arbeit, werkelst und kochst. Dabei sind die Mahlzeiten in der Villa inzwischen eine traurige Angelegenheit. Nur noch Papa, Tante Fee und Lennie sitzen am großen Tisch. Nach einem heftigen Streit unter den Geschwistern isst Fee inzwischen lieber allein. Ich vergesse oft ebenfalls zu essen, dann aber denke ich an mein hungriges Kind, das ich doch nähren muss, schleiche mich in die Küche und stopfe wahllos irgendetwas in mich hinein. Ein paar Mal hat Käthe mich dabei erwischt, mit traurigem Lächeln zur großen Eisenpfanne gegriffen und mir darin die knusprigen Spiegeleier gebraten, die ich schon als Kind so geliebt habe.

»Du solltest langsam kochen lernen, Sophie«, sagt sie. »Sonst werdet ihr noch verhungern, die Kleine und du, wenn du eines Tages für euch sorgen müsstest.«

Aber du wirst doch da sein, Käthe, immer!, hätte ich am liebsten gerufen, und bleibe doch still, weil ich sie nicht noch trauriger machen will. Mein Vater hat ihr Leben zerstört und nun auch meins – welche Ansprüche darf ich da schon stellen?

Ich schleiche zurück in mein Zimmer und starre auf meine schlafende Tochter. So süß, so rein, so unschuldig sieht sie aus, und der warme Duft, den sie verbreitet, macht mich süchtig.

Ein Kind der Blutschande?

Dieses Urteil lastet auf mir wie ein schwerer Mühlstein.

Die neuen Familien- und Rassengesetze sind unerbittlich. Sollte auch nur das Geringste nach außen dringen, wäre sie in höchster Gefahr. Papa muss mich gar nicht erst einsperren. Ich bleibe freiwillig in der Villa, aus Angst, unser verbotenes Tun sei schon von Weitem wie ein Brandmal auf meiner Stirn zu erkennen.

Ich werde, wie von Papa bereits angekündigt, im Haus unterrichtet. Zu meinen Stunden erscheinen Herr Fuchs und Fräulein Hartmann, er zuständig für Deutsch und Sprachen, sie für die Naturwissenschaften. Der Unterricht läuft erträglicher ab, als ich zunächst befürchtet habe. Mein leer gelaufenes Hirn saugt neugierig jeglichen Lernstoff auf, und auf einmal kapiere ich zu meinem eigenen Erstaunen sogar ein paar der physikalischen Gesetze. Ich habe innerlich mit beiden Lehrern eine Art »Nichtangriffs-Pakt« geschlossen, und sie scheinen ihrerseits erstaunt, keine dumme Schülerin vorzufinden, sondern lediglich eine junge Frau mit unfassbaren Wissenslücken.

Malte ist meine einzige Verbindung zur Außenwelt. Wir telefonieren fast jeden Nachmittag, solange Papa noch im Kontor und seine Eltern im Lokal sind. Er ist nach wie vor mein bester Freund, gefühlvoll, tröstend. Immer wieder versucht er, mich aufzurichten, obwohl alles doch vollkommen aussichtslos ist. Ich hatte große Angst, seine Eltern würden ihm den Kontakt mit mir ganz verbieten, nach allem, was geschehen ist. Doch erstaunlicherweise verurteilen sie mich nicht einmal, so maßlos erleichtert sind sie, dass die Zukunftspläne ihres hochbegabten Sohnes nicht von einer verfrühten Elternschaft durchkreuzt werden. Natürlich hat das Ehepaar Voss keine Ahnung, dass der wahre Kindsvater

Papas leiblicher Sohn ist. In ihren Augen bin ich lediglich ein flatterhaftes, zutiefst naives Ding, das leider Pech gehabt hat und nun mit seiner Lütten alleine dasitzt.

»Wie soll ich Rose-Marie das jemals erklären?«, heule ich Malte am Telefon vor. »Dass ihre Mutter mit ihrem Halbbruder geschlafen hat?«

»Wenn ihr es für euch behaltet, muss keiner es erfahren«, versucht er mich zu beruhigen. »Nicht einmal sie. Außer mir weiß es doch niemand, der nicht zur Familie gehört, oder?«

»Nein«, sage ich schnell und kann nur hoffen, dass es die ganze Wahrheit ist.

Denn vor ein paar Tagen war Hellmuth Moers bei Papa, was ich zunächst nicht wusste. Die Türen zum Salon waren geschlossen, und hätte ich mich nicht mit Rose-Marie auf Zehenspitzen zu Käthe schleichen wollen, wäre mir ein Zusammentreffen mit ihm erspart geblieben.

»Ach, die junge Mutter, sieh einer an!«

Seine durchdringende Stimme zwingt mich zum Innehalten. Monatelang habe ich nichts von ihm gehört, was mir nur recht war, aber seine Präsenz ist so stark, als sei ich niemals fort gewesen.

Er beugt sich über mein Kind.

»Bezaubernd. Und dir fast schon unheimlich ähnlich. Die wird einmal eine ganz hübsche Dunkle. So wie du. Das sieht man schon jetzt.«

Ich fühle mich unwohl, murmele etwas Unverständliches und will weitergehen, er aber verstellt mir den Weg.

»Offenbar steckst du in ziemlichen Schwierigkeiten«, sagt er. »Da ist kein Ring an deinem Finger, so, wie es eigentlich richtig wäre, oder? Und der junge Kindsvater soll, wie *mir zu Ohren gekommen ist, inzwischen außer Landes sein, in äußerst unguter Mission, die ihn das Leben kosten kann. Sophie, Sophie, Sophie, was stellst du nur an! Du bist doch ein kluges Mädchen. Jedenfalls dachte ich das. Allmählich freilich kommen mir ernsthafte Zweifel: Erst der junge Voss, der nicht weiß, wohin er gehört, und jetzt auch noch der Sohn eurer Köchin, der dich zur Mutter gemacht hat! Wie kann man nur eine so unglückliche Hand bei der Auswahl seiner engsten Freunde haben?«*

Was weiß er alles?

Dass Malte Männer liebt? Dass Hannes mein Bruder ist?

Mir wird ganz übel vor Angst.

»Man sollte immer wissen, wer seine wahren Freunde sind«, fährt er fort. »Weißt du das, Sophie?«

Ich zucke die Achseln, bin kurz davor, in Tränen auszubrechen, und will nur noch weg.

»Hier«, sagt er und deutet auf seine schwarz uniformierte Brust. »Hier steht dein wahrer Freund. Jemand, der stets seine schützende Hand über dich hält. Vergiss das niemals.« Ein Schatten geht über sein Gesicht, macht es finster und hart. »Sonst müsste ich dich daran erinnern. Und das möchtest du nicht, glaub mir das bitte.«

Allein bei der Erinnerung an seine Worte schaudert mir auch jetzt noch.

»Du klingst auf einmal so komisch«, bemerkt der kluge Malte am nächsten Nachmittag am Telefon. »Noch bedrückter als sonst. Ist irgendetwas passiert, von dem ich noch nichts weiß?«

»Nein«, sage ich. »Es reicht doch schon, oder etwa nicht?«

Dann kann ich plötzlich nicht anders und stöhne: »Nur... Moers war bei uns. Unangenehm wie immer.«

»Moers?« *Es klingt wie ein erstickter Schrei.* »Und was wollte er?«

»Keine Ahnung. Irgendetwas von Papa. Aber er hat die Kleine gesehen.«

»Hat er was über mich gesagt?« *Selbst durch das Telefon kann ich hören, dass er den Atem anhält.*

»Hat er nicht. Weshalb auch? Beruhige dich, Malte. Kommt er denn überhaupt noch zu euch ins Lokal?«

»Selten. Aber...« *Malte hält inne.* »Man kann ihm nicht entkommen«, *sagt er dann.* »Nirgendwo. Ich fürchte mich vor ihm. Für mich ist er Luzifer in Person.«

Ich fürchte Moers auch, aber ich will es nicht zugeben. Nicht Malte gegenüber, meinem einzigen Halt in diesen stürmischen Zeiten.

»Wegen seiner schwarzen SS-Uniform?«, *antworte ich deshalb so lässig wie möglich.* »Übertreibst du da nicht ein wenig?«

»Nein«, *sagt Malte.* »Weil er sein Herz verkauft hat. Wie der Kohlenmunk-Peter in dem wunderbaren Märchen ›Das kalte Herz‹ von Wilhelm Hauff, der nicht mit dem zufrieden ist, was ihm das Glasmännlein schenkt, sondern sich Macht und Geld vom Holländermichel holt. Er bezahlt seine Gier mit einem Herz aus Stein. Ich muss immer weinen, wenn ich das lese. Spürst du das nicht, Sophie? Du musst es doch spüren! Wo es bei anderen Menschen schlägt und pumpt, da sitzt bei ihm blanker, kalter Stahl.«

*

Eine Woche später wurde Rose-Marie krank. Zuerst war es nur Schnupfen, dann gesellten sich Husten und erhöhte Temperatur dazu. Die Kleine bekam immer schlechter Luft, lag röchelnd und fiebernd in ihrem blauen Korbwagen. Die Skala der bewährten Hausmittel hatte sie schon durch, aber nichts wollte richtig anschlagen. Irgendwann drehte Rose-Marie sogar beim Stillen das Köpfchen zur Seite und wollte nicht mehr trinken.

Käthe brachte Holundersaft, den sie erwärmten und ihr im Fläschchen einflößten. Kurz sank das Fieber, dann stieg es erneut an.

Auch Dr. Braunfels, den Fee schließlich in die Villa rief, wusste nicht weiter.

»Wir müssen auf die Kraft der Natur hoffen«, sagte er resigniert. »Außer Tees und Einreibungen dürfen wir ihr keine Medikamente verabreichen. Immerhin scheinen die Lungen bislang nicht angegriffen zu sein. Beten Sie, Fräulein Terhoven, dass es weiterhin so bleibt.«

Sophie sah ihm wie betäubt hinterher, als er mit seinem Köfferchen das Krankenzimmer wieder verließ, zermürbt von drei schlaflosen Nächten, in denen Rose-Marie abwechselnd geschrien oder leise gewimmert hatte. Aus einem Impuls heraus holte sie die Kleine in ihr Bett. Vielleicht würde sich ja die mütterliche Nähe heilend auf sie auswirken.

Irgendwann musste sie in einen erschöpften Schlummer gefallen sein. Als sie wieder erwachte, schien das Mondlicht ins Zimmer, weil sie vergessen hatte, die Vorhänge zuzuziehen. Und sie bemerkte eine schlanke, hell gekleidete Gestalt, die sich geschmeidig zwischen Kommode und Bett hin und her bewegte. Ihre Mutter.

Als Sophie nach ihrer Kleinen tastete, spürte sie etwas Nasses.

»Kalte Wadenwickel«, flüsterte ihre Mutter. »Das Einzige, was Fieber wirklich senkt. Wie oft haben wir sie dir angelegt, als du klein warst. Und dir haben sie immer geholfen.«

»Mama.« Übermächtige Erleichterung überkam Sophie. Sie war bei ihr. Sie sprach wieder mit ihr! »Wie lange bist du schon …«

»Eine Weile. Rose ist schon ein wenig kühler geworden. Aber das Fieber muss ganz runter.«

Sophie griff nach Delias Hand und erschrak, wie mager sie geworden war.

»Isst du denn gar nichts mehr?«, flüsterte sie.

Delia schüttelte sie ab.

»Es gibt im Augenblick Wichtigeres, meinst du nicht?« Sie wickelte die warm gewordenen Gästehandtücher von den winzigen Waden und tauschte sie gegen kalte aus.

Die Kleine bewegte sich unruhig im Schlaf.

»Du musst auf sie aufpassen, versprichst du mir das?«, sagte Delia plötzlich. »Ich war zu unaufmerksam, als du klein warst. Und bei Lennie wollte ich alles besser machen, aber nach seiner Geburt war ich viel zu lange traurig. Ich war dir keine gute Mutter, Sophie. Bitte verzeih mir!«

Sophie wollte sie an sich ziehen, doch Delia wich ihr aus.

»Hab keine Angst. Deine kleine Rose wird wieder ganz gesund.« Zärtlich legte sie ihre Hand auf das Köpfchen. »Sie sieht aus wie du, weißt du das? So dunkel und hübsch. Zuerst war ich damals erschrocken, als ich dich sah, aber du kommst wahrscheinlich nach meinem Vater. Der war in seiner Jugend nämlich auch so ...«

Was redete sie da? Der Großvater war doch schon lange tot. Sophie verstand nicht, was ihre Mutter ihr damit sagen wollte. Aber sie war da, hier bei ihr, und sie berührte ihre Enkelin.

Allein das zählte.

»Dann graut dir also nicht vor ihr?«, fragte sie. »Weil sie doch ...«

»Schschsch.« Delia legte ihr einen Finger auf die Lippen. »Rose trifft keine Schuld. Und euch doch auch nicht, ihr dummen, dummen Kinder. Wie hättet ihr denn auch wissen sollen ...« Ihre Stimme drohte zu kippen, dann wurde sie wieder fest. »Jetzt schlaf, ruh dich aus. Du wirst deine Kraft brauchen.«

Sophie schloss gehorsam die Augen und sank schließlich zurück in den Schlaf.

In der Morgendämmerung wurde sie von kräftigem Säuglingsgeschrei geweckt.

Rose-Marie war munter und offenbar sehr hungrig.

Beim Anlegen spürte Sophie, dass die Kleine wieder normale Temperatur hatte. Delias Wadenwickel hatten ihr Ziel erreicht.

Sophie stillte die Kleine, dann stand sie auf, wechselte die Windeln und zog ihr frische Sachen an. Zum ersten Mal seit Tagen verspürte auch sie selbst wieder so etwas wie Hunger. Jetzt drei von Käthes knusprigen Spiegeleiern verspeisen – allein die Vorstellung ließ ihr bereits das Wasser im Mund zusammenlaufen.

Die Tür wurde geöffnet, und Tante Fee kam ins Zimmer.

Sophie wollte ihr die gute Nachricht überbringen, verstummte jedoch, als sie ihre Tante ansah. Warum hatte sie so verweinte Augen und ein vor Kummer zerfurchtes Gesicht?

Bevor Sophie etwas sagen konnte, zog Fee sie an sich und hielt sie ganz fest.

»Ist etwas mit Papa?«, fragte Sophie beklommen.

»Mit Friedrich? Nein. Aber etwas anderes Furchtbares ist passiert. Du musst jetzt ganz stark sein, mein Mädchen.«

»Mama?«, wisperte sie. »Nein … bitte, bitte nicht!«

»Lennie hat sie heute Früh im alten Glashaus gefunden. Sie lag neben dem großen Oleanderstrauch. Dein kleiner Bruder weint sich gerade die Seele aus dem Leib. Eure Mutter ist tot, Sophie.«

»Aber wie …«

»Offenbar ein Trank aus gemörserten Oleanderblüten. Im Glas neben ihr war noch ein Rest davon. Wenn jemand wusste, wie giftig diese Pflanze ist, dann Delia.«

»Sie hat sich umgebracht? Aber letzte Nacht war sie doch noch bei uns«, stammelte Sophie. »Ganz anders als sonst, so offen und weich. Sie hat Rose-Marie vom Fieber befreit.«

»Es tut mir so unendlich leid für dich und deinen Bruder!« Fees Umarmung wurde noch inniger. »Und was soll aus Friedrich werden? Delia war doch sein Augenstern, sein Ein und Alles.«

Langsam ließ sie Sophie wieder los.

»Dr. Braunfels wird gleich hier sein«, fuhr sie mühsam gefasst fort. »Um den Totenschein auszustellen, aber auch, um einer neuerlichen Herzattacke vorzubeugen. Wir müssen deinen Vater schonen. Neue Schrecknisse können wir jetzt wahrlich nicht gebrauchen.« Fee zögerte. »Kann ich dich für den Moment allein lassen?

Sophie nickte mechanisch.

Kaum war sie allein, stolperte sie wie in Trance zu ihrem Bett. Dort ließ sie sich nieder, schlug die Hände vor das Gesicht und begann bitterlich zu weinen.

*

Du bist ihre Mörderin.

Mit jedem Schritt auf dem Weg zum Grab klingt diese furchtbare Melodie in mir mit. Ich kann nichts anderes mehr denken, nichts anderes mehr fühlen. Ich höre diese schrecklichen vier Worte, wo immer ich stehe und gehe, was immer ich tue.

Der Regen, der seit Tagen aus einem taubenfedergrauen Himmel fällt, als wolle er ganz Hamburg in ein nasses Leichentuch verwandeln, flüstert sie. Die großen alten Bäume entlang des Weges raunen sie. Sogar die wenigen Vögel, die sich bei dem schlechten Wetter noch zeigen, zwitschern sie.

Du bist ihre Mörderin.

Steht das sogar auf der schlanken Stele, die bereits neben dem offenen Grab wartet, als könne es gar nicht schnell genug gehen, Delia Terhoven für immer unter die Erde zu bringen?

Doch in dem hellen Sandstein ist nur unser Familienspruch eingraviert: Dum spiro spero – welch blanker Hohn, da jegliche Hoffnung verflogen ist und meine arme Mutter nie mehr einen einzigen Atemzug tun wird.

Mein ganzer Körper schmerzt vor Trauer. Seit gestern habe ich keine Milch mehr, um mein Kind zu nähren. Noch aber stehe ich neben Vater, Bruder und Tante, schwarz gekleidet, äußerlich untadlig, obwohl ich ahne, dass trotz aller Vorsichtsmaßnahmen vermutlich in den feinen Kreisen Hamburgs schon lange über die Tochter des Kaffeebarons getuschelt und getratscht wird.

Es ist, als steuere mich eine fremde Macht, die mir befiehlt, die Lippen zusammenzupressen, Erde ins Grab zu schaufeln, mir von Bekannten und Fremden kondolieren zu lassen, mich schließlich an Papas Seite zum Leichenschmaus an eine festlich gedeckte Tafel zu setzen, obwohl nicht ein Bissen davon in meinen Mund gelangt.

Die Terhovens machen alles so, wie es sich gehört – seit jeher. Keine Regel wird gebrochen, jede Konvention bedient.

Zumindest soll es so aussehen.

Natürlich steht Herzversagen auf Mamas Totenschein. Dr. Braunfels war so freundlich. Niemand darf jemals erfahren, welch bittere Medizin ihr das Ende gebracht hat.

»Oleanderfrauen«, hat Tante Fee mit schmerzlichem Ausdruck am Morgen gesagt, als sie mir die schwarzen Gewänder überstreifte, als sei ich noch ein Kind, das beim Anziehen fremde Hilfe braucht. »Ja, das sind wir Terhovens in der weiblichen Linie. Jede von uns musste lernen, dass zur Süße der Liebe auch viel Bitternis gehört. Es ist wie in der alten Geschichte von Hero und Leander – die, die wir wirklich lieben, sind für uns unerreichbar.«

Ganz kurz horche ich auf. Unerreichbar? Aber meine

Eltern waren doch viele Jahre beisammen! Dann aber versinke ich wieder in meine düstere Agonie.

Doch plötzlich, während des Leichenmahls, wird die Sehnsucht nach Rose-Marie so groß, dass ich es kaum noch aushalte. Und als erinnere sich mein Körper daran, dass ich erst vor wenigen Monaten ein Kind geboren habe, schießt mir erneut Milch in die Brüste. Ich kann die verräterischen Flecken gerade noch mit einem Tuch verdecken, doch wie lange das gutgehen wird, weiß ich nicht.

»Ich muss nach Hause«, murmele ich.

»Petersen soll dich fahren«, sagt Papa. »Doch danach muss er sofort zurückkehren, um uns zu holen. Und dann halte dich bereit. Notar Willemsen kommt gegen vier.«

Ich stürme in die Villa, kaum dass der Mercedes angehalten hat, nehme zwei Stufen auf einmal, bis ich mein Zimmer erreicht habe. Käthe hat die Kleine gehütet; meiner Mutter die letzte Ehre zu erweisen, hat Papa ihr untersagt.

Ich nehme Rose-Marie aus dem Korb, öffne meine Knöpfe, lege sie an.

Sie trinkt wieder!

Ein kurzes, heftiges Glücksgefühl durchströmt meinen Körper.

»War es... schlimm?«, fragt Käthe leise, schon an der Tür.

»Wie Sterben«, erwidere ich. »Ich weiß, es ist egoistisch, vor allem Lennie gegenüber, der viel jünger ist, aber ich fühle mich so mutterseelenallein.«

»Aber das bist du nicht, Sophie«, erwidert sie. »Du hast doch uns.« Sie schaut zum Stubenwagen. »Dein Kind – und mich.«

Welche Bedeutung ihre Worte tatsächlich haben, werde

ich erst später verstehen... Der Notar ist schon da, als ich zu den anderen in den Salon komme. Papa ist fahl und sieht unendlich müde aus; Lennie hat rote Augen und schweigt.

Tante Fee wirkt mühsam beherrscht.

»Es handelt sich um kein Testament im üblichen Sinn.« Notar Willemsen räuspert sich mehrfach. Jedes Wort scheint ihm schwerzufallen. »Und um der Wahrheit die Ehre zu geben, hatte ich die gnädige Frau inständig gebeten, mich von dieser delikaten Aufgabe zu entbinden. Doch dazu war sie nicht zu bewegen. ›Sie müssen es für mich tun, bitte!‹, hat sie mich angefleht. Und wer konnte ihr schon etwas abschlagen? Nur deshalb stehe ich heute vor Ihnen.«

Er zieht ein Blatt aus seiner Aktentasche und beginnt vorzulesen.

»Mein gesamter Juwelenschmuck geht an meine Schwägerin Felicia und bleibt damit in der Familie, so wie es sich gehört. In all den Jahren warst du mir eher große Schwester als Schwägerin – weiser, erfahrener, bedachter. Das habe ich stets an dir bewundert. Möge dein weiteres Leben funkelnd, fröhlich und reich sein! Du hast meinen Kindern mehr gegeben, als ich es vielfach konnte. Schütze und führe sie bitte weiterhin mit deiner klugen Liebe. Beide haben es so sehr verdient.«

Tante Fee schluchzt laut in ein Taschentuch.

»An meinen Sohn Lennart gehen die restlichen Aktien aus der Erbmasse meines Vaters, die sein Vater Friedrich Terhoven bis zur Volljährigkeit für ihn verwalten wird. Es ist eine eher symbolische Gabe, weil mein Vater nahezu bankrott war und du ja eines Tages ohnehin sehr viel erben wirst, aber es soll dir zeigen, welche Wurzeln du hast. Ich wünsche mir,

dass du ein kluger, starker Mann wirst, der bald schon den Mut aufbringt, andere Wege zu gehen, als der gegenwärtige Zeitgeist es fordert. Lerne zu denken, lerne, ganz du selbst zu sein. Du kannst ein großer Mann werden, Lennie – auch wenn du beim Laufen als Letzter ins Ziel kommst.«

»Welche Aktien, Papa?«, fragt Lennie erstickt.

»Später, Sohn ...« Er ist nicht in der Lage, weiterzusprechen.

»Meiner Tochter Sophie vererbe ich die Wohnung in Altona, Kleine Freiheit, Hausnummer 50, erster Stock links, aus der Erbmasse meiner verstorbenen Mutter, sowie meinen gesamten Korallenschmuck. Es hat mir das Herz gebrochen, in den vergangenen Wochen miterleben zu müssen, wie sehr sie gelitten hat. Mein Ehemann hat mich lange angelogen, und ich selbst bin keinen Deut besser als er. Doch die Zeit der Lügen soll in dieser Familie nun für immer vorbei sein. Sophie, vergib mir, dass ich dich aus Feigheit zunächst in einem schrecklichen Irrglauben ließ.«

Ich schrecke auf, bin auf einmal ganz starr.

»... Es tut mir leid, wenn ich dir wehtun muss, Friedrich, aber ich glaube, ein Teil von dir hat es immer gewusst: Du bist nicht Sophies Vater. Ich habe geliebt, als ich sehr jung war, voller Leidenschaft, Hingabe, ja, sogar voller Besessenheit, und bin innerlich daran zugrunde gegangen, als ich erkennen musste, wem meine Gefühle galten. Er hat es nie verdient, doch da war es bereits zu spät. Deshalb bin ich geflohen. Damals war ich bereits schwanger. Als wir uns in Hamburg wiedertrafen, habe ich dir gesagt, dass du mich nie ganz besitzen wirst. Ich hoffte, dass du verstehen würdest, was ich damit meinte. Damals hast du geantwortet: Solange du bei mir bist, bin ich zufrieden. Aber du warst es nie, und das habe ich stets gespürt. Ich habe dir Lennie geschenkt, den Sohn und Erben, den du unbedingt wolltest. Doch ich hoffe inständig, dass du auch für unser wunderbares Mädchen weiterhin ein guter, liebevoller Vater sein wirst, so wie du es all die Jahre warst...«

Wie im Schock blicke ich zu Papa – noch immer nenne ich ihn so, denn ich weiß keinen anderen Namen. Er steht auf, schwankend, wachsbleich.

»Das kann sie mir doch nicht antun«, sagt er leise, wie zu sich selbst. »Wo ich ihr ein ganzes Königreich zu Füßen gelegt habe!«

»Friedrich, ich bitte dich!« Fee steht ebenfalls auf und legt ihm die Hand auf den Arm. »Ich weiß, das ist jetzt ein Schock für dich, aber du darfst dich nicht so aufregen. Denk bitte an dein Herz!«

»Mein Herz, mein Herz!«, poltert er los, als sei die Wucht der geschriebenen Worte erst jetzt ganz bis zu ihm gedrungen. »Keiner von euch hat doch je an mein Herz gedacht, und meine Frau« – er spuckt das Wort regelrecht aus –, »ganz offensichtlich auch nicht. Zum Hahnrei hat sie mich gemacht, mir dreist das Kind eines anderen untergeschoben...«

Ich halte die Luft an.

»Der Name dieser Hure wird für alle Zeit aus den Annalen der Familie Terhoven gelöscht!«, schreit er, vollkommen außer sich.

Ich ziehe den Kopf ein, versuche, mich unsichtbar zu machen, aber es gelingt mir nicht.

Er starrt mich wutentbrannt an.

»Und was dich betrifft, Sophie, so bist du nicht länger mein Kind. Zusammen mit deinem Bankert wirst du morgen früh mein Haus verlassen!«

*

Mein ganzes Leben steht Kopf, und meine Gedanken drehen sich wie wild in einem verrückten Karussell, das nicht mehr stillstehen will.

Ich trage den Namen Terhoven, aber ich bin keine Terhoven.

Und nicht Hannes ist mein Halbbruder, sondern Lennie. Was bedeutet, dass mein Liebster ganz umsonst in den Spanischen Bürgerkrieg gezogen ist.

Mit Tante Fee bin ich nicht verwandt.

Mama hat sich das Leben genommen, weil sie der vielen Lügen überdrüssig war. Wie sehr hat sie die duftenden Blüten geliebt, die ihr den Tod gebracht haben! Zur Erinnerung an all das Schöne und all das Schreckliche, das sie verkörpern, habe ich ein paar Oleanderblüten abgezupft, die ich immer bei mir tragen werde.

Papa ist nicht mein Vater – aber wer ist es dann?

»Du weißt es«, schreie ich Fee an, die vollkommen aufgelöst in mein Zimmer tritt. »Sag es mir!«

»Ich weiß es nicht«, versichert sie unter Tränen. Ihr Lid ist so stark geschwollen und hängt so tief, dass sie beinahe einäugig wirkt. »Ehrlich, Sophie, ich habe nicht die geringste Ahnung! Delia hat nie ein Wort darüber zu mir gesagt. Nicht einmal die allerkleinste Andeutung. Hier, bitte, bitte nimm das Geld – ihr werdet es brauchen. Ich wünschte, ich

könnte dir mehr geben, aber ich bin ja, wie du weißt, von meinem Bruder abhängig, und in letzter Zeit hat er uns alle ziemlich kurz gehalten. Er hat Angst um seine Firma, jetzt, wo die Nationalsozialisten den ganzen Kaffeemarkt zentral reglementieren wollen...«

Sie bricht ab, fährt sich über das Gesicht.

»Was rede ich da? Du hast doch jetzt ganz andere Sorgen!«

»Werde ich dich auch verlieren, jetzt, wo ich schon so gut wie alles verloren habe?«, flüstere ich.

»Nein, nein, natürlich nicht! Ich bleibe deine Tante, was immer auch geschieht, darauf kannst du dich verlassen. Ich werde nach und nach den Schmuck verkaufen, dann bin ich wieder flüssiger und kann dich unterstützen. Wenigstens hast du die Wohnung in Altona für dich und deine Kleine! Ich war einmal mit Delia dort, sie ist nicht groß und recht einfach, aber ansprechend möbliert. Zuletzt hat eine begabte junge Schauspielerin dort gewohnt, doch die ist jüngst nach Berlin gezogen. Die Wohnung ist also verfügbar, und mit ein paar Handgriffen habt ihr ein gemütliches Nest. Aber wovon wirst du leben? So jung, die Schule nicht beendet, keinerlei Ausbildung! Und dazu Rose, die dich noch so sehr braucht. Mein Bruder – dieser Unmensch! Als ob ihr beide auch nur das Geringste dafür könntet...«

Ich höre sie reden, unfähig, klar zu denken, dabei müsste ich doch unsere Sachen zusammensuchen, denn es wird unsere letzte Nacht unter diesem Dach sein. Ob er mir den Namen auch noch nehmen wird, so wie alles andere?

Ich versuche, ihn zu hassen, jenen blonden, schweren

Mann, der für mich Papa war, seit ich denken kann, aber ich bringe es nicht fertig, so unendlich vertraut ist er mir. Ich bin nicht sein Kind ... Wer dann ist mein Vater – wer?

*

Sobald es hell wurde, packte Sophie die Kleine in den Kinderwagen und schulterte die beiden schweren Taschen, in die sie alles gestopft hatte, was sie tragen konnte. Irgendwo im Geräteschuppen stand ein Leiterwagen, den hätte sie nun gut für ihre Lasten gebrauchen können, aber wie sollte sie mit nur zwei Händen ihn und den Kinderwagen voranbringen?

Beim Durchschreiten der Eingangshalle fiel ihr auf, dass es nicht nach Kaffee roch wie sonst am Morgen.

War Käthe krank?

Die aufreibenden Neuigkeiten, die Sophie ihr am Vortag im Eiltempo mitgeteilt hatte, könnten sehr wohl ihren Tribut gefordert haben.

Doch Käthe Kröger war nicht krank.

Sie stand in ihrem Sonntagskleid vor der Haustür und wartete auf Sophie und Rose-Marie, hinter ihr der Leiterwagen, in dem nur ein Koffer lag.

»Lass dir helfen«, sagte sie, nahm Sophie die Taschen ab und stellte sie dazu.

»Du gehst mit?«, fragte Sophie staunend.

»Du hast uns«, erwiderte Käthe ruhig. »Das habe ich dir doch gestern gesagt. Schau nicht zurück ...«

Hamburg, Juni 2016

Johanna hatte trockene Lippen, und sie verspürte Seitenstechen wie nach einer anstrengenden Wanderung. Oder war es das Herz – so wie bei Achim?

Manche Erkrankungen liegen in den Genen. Aber man kann sich schließlich auch alles einbilden, sagte sie sich streng, und das Seitenstechen verschwand wieder.

Sie wandte sich erneut dem Tagebuch zu.

Wie sollte ein Mensch das alles ertragen – und ein so junges Mädchen noch dazu? Wenigstens hatte Sophie die treue Käthe an ihrer Seite, aber dieser Rauswurf aus dem Elternhaus setzte allem, was zuvor geschehen war, die Krone auf.

Johanna öffnete das Medaillon und betrachtete die getrockneten Blüten.

Rosa Oleander – stammten die Blüten wirklich noch vom Anwesen der Terhovens? Das wollte sie unbedingt wissen.

Nein, *alles* wollte sie wissen!

Heute halfen weder Melisse noch Cognac. Aufgewühlt lief Johanna in ihrer Wohnung auf und ab, blieb immer wieder zwischendrin stehen, murmelte vor sich hin. Schließlich stand ihr Entschluss fest. Weshalb hatte sie sich eigentlich so viel Zeit damit gelassen?

Zielstrebig griff sie nach dem Telefon.

»Hier ist Johanna«, redete sie gleich los, sobald Jule abgenommen hatte, bevor sie es sich noch einmal anders überlegen konnte. »Störe ich?«

»Keineswegs. Mein Limoncello-Käsekuchen braucht

noch eine gute halbe Stunde im Ofen, und die Kirschtörtchen kühlen gerade aus. Ich habe also jede Menge Zeit.«

»Gottseidank!« Johanna klang erleichtert.

»Ist etwas mit Ihrem Bruder?«, fragte Jule besorgt. »Geht es ihm schlechter? Sind Sie deshalb so aufgeregt?«

»Achim? Nein. Soviel ich weiß, ist alles unverändert. Wir besuchen ihn jetzt immer abwechselnd, damit es nicht zu anstrengend für ihn wird. Nils war heute bei ihm. Wäre etwas vorgefallen, so hätte er bestimmt längst angerufen. Es geht um dieses Tagebuch von Sophie Terhoven. Sie erinnern sich?«

»Und ob!«, sagte Jule. »Es ist ja schließlich erst wenige Tage her, dass Sie mir so lebendig davon erzählt haben.«

»Ich bin jetzt so weit. Wir machen es! Ich bringe es morgen zu Ihnen ins *Strandperlchen*.« Johanna hielt inne. »Und wie lange, meinen Sie ...«

»... müssten Sie darauf verzichten? Das liegt Ihnen aber wirklich am Herzen!«

»Als ob es mein eigenes wäre. Dabei sind es doch lauter fremde Schicksale.«

»Im *Easycopy* erledigen sie es sicherlich ganz schnell für Sie«, versicherte Jule. »Die haben sogar einen kleinen Tisch mit zwei Stühlchen für ihre Kunden. Dort können Sie warten und es anschließend gleich wieder mitnehmen. Beruhigt Sie das?«

»Ja, das tut es. Und sie werden es dort auch wirklich pfleglich behandeln? Ich meine ja nur, weil das Tagebuch doch alt ist und schon leicht ramponiert.«

»Wie einen Stock roher Eier!« Jetzt lachte Jule. »Mögen

Sie diese alten Begriffe auch so gern? So schade, dass sie immer mehr aussterben!«

»So wie Plissee oder Necessaire? Wirklich eine Schande, wie dürftig unsere Sprache wird. Viele meiner Schüler wussten nicht mehr, was das überhaupt ist.«

»Dann also morgen kurz vor neun im Café? Ich bringe Sie rüber zu Otto und beschäftige mich mit den Kopien, sobald ich sie habe.« Jetzt zögerte Jule. Am liebsten hätte sie noch nach dem Querulanten gefragt, der seit der Hochzeitsfeier keinen Fuß mehr ins *Strandperlchen* gesetzt hatte.

Doch am Ende sagte sie nichts. Wahrscheinlich hätte sie sich mit solchen Fragen nur lächerlich gemacht.

13

Hamburg, Juni 2016

Jule hatte alles vorbereitet: Der Tisch am Fenster war leergeräumt und mit Möbelpolitur frisch eingelassen, das machte sie immer, bevor sie ein neues Projekt begann. In der Mitte lagen die Tagebuchseiten; links stand ihre Spiralheftermaschine, mit deren Hilfe sie diese in ein provisorisches Buch verwandeln würde. Alles war paginiert. War schon mehr als einmal vorgekommen, dass ein plötzlicher Windstoß vom Balkon Unterlagen durcheinandergebracht hatte und sie mit dem Ordnen von vorn beginnen musste. Sie trug sogar ihre weißen Handschuhe, die sie stets für Originalmanuskripte einsetzte, obwohl es sich hier ja lediglich um Kopien handelte. Doch der ideelle Wert, den sie für Johanna Martens besaßen, hatte sich mittlerweile auch auf sie übertragen.

Sie freute sich. Und sie verspürte eine gewisse Aufregung.

Es war jedes Mal wieder ein Abenteuer, sich auf verschlungene Lebenslinien zu begeben und womöglich zu lüften, was bislang im Nebel der Zeit verborgen geblieben war. Seit sie *Ich schreib dir dein Leben* als Kundenservice anbot, hatte Jule sich eine besondere Lesart angewöhnt. Nicht, dass sie schludrig oder oberflächlich vorgegangen wäre – dafür waren ihr die unterschiedlichen Biografien zu wertvoll. Aber sie glitt doch beherzt und relativ zügig über den Text, und das ermöglichte es ihr, in relativ kurzer Zeit eine Fülle von Informationen aufzunehmen. Marker und verschiedenfarbige Post-its, die sie abwechselnd einsetzte, halfen ihr dabei. Eine Methode, die sich schon mehrfach bewährt hatte.

Dieses Mal jedoch versagte sie. Schon nach wenigen Seiten verstand Jule, was Johanna damit gemeint hatte, als sie sagte, sie müsse es portionsweise verdauen. Die Lektüre ging ihr unter die Haut, und obwohl das junge Mädchen, das seinen Alltag und die innersten Gefühle in einer steilen, bisweilen schwer leserlichen Jungmädchenschrift zu Papier gebracht hatte, eine Fremde war, kam sie Jule seltsam vertraut vor. Weder hatte sie selbst in Nazideutschland großwerden müssen, noch jemals in einer feudalen Villa gewohnt, aber das alles spielte plötzlich keine Rolle mehr. Was diese Sophie niederschrieb, war ungemein authentisch – und es riss Jule mit.

Mit anderen Worten: Sie las es nicht, sondern inhalierte es geradezu.

Sie begann, an den Fingernägeln zu kauen – eine Unsitte aus Kindertagen, die sie erst im Teenageralter mühsam abgelegt hatte –, und rannte ständig zur Toilette, wahrscheinlich, weil sie eine Tasse Tee nach der anderen trank, um sich zu beruhigen. Schließlich stieß sie auf die Kopie des Briefes, den Johanna bereits erwähnt hatte.

Hamburg, 1. Juli 1943

Du musst fort von mir, geliebter Schatz, obwohl mein Herz bei dieser Vorstellung blutet. Aber ich darf dich nicht länger bei mir halten. Tödliches Feuer fällt vom Himmel, verbrennt die Häuser, vernichtet die Menschen, und ich kann dich nicht davor schützen.

Jetzt, da ich so streng liegen soll, weniger denn je.

Was würde ich darum geben, zusammen mit dir aufbrechen zu können, weil ich ja weiß, dass die Reise lang ist und nicht ohne Gefahr! Ein wenig tröstet mich, dass du dabei in Gesellschaft bist, die dich hoffentlich ablenken und deine Tränen rasch trocknen wird. Doch wie solltest du verstehen können, dass ich nun nicht mehr bei dir bin, so wie du es seit jeher gewohnt bist? Es tut mir unendlich leid, mein heiliges Versprechen brechen zu müssen, das ich dir damals auf jener stürmischen grauen Insel gegeben habe: dich niemals zu verlassen, solange ich atme. Und doch muss ich es tun, um dein kostbares Leben zu bewahren, bevor es dafür zu spät ist.

Und so lasse ich dich also mit den anderen ziehen, in der Hoffnung, dass wir wieder vereint sein werden, sobald ich dir nachfolgen kann. Dann werden wir zu dritt sein, nein, zu viert oder genau betrachtet eigentlich sogar zu fünft, weil wir eben eine ganz besondere Familie sind, die das Schicksal auf seine eigene Weise zusammengeschweißt hat ...

Während des Lesens zerrte Jule so fest an ihren Locken, dass sie plötzlich ein kleines Haarbüschel zwischen den Fingern hielt, und doch las sie weiter, immer weiter, weil sie einfach wissen *musste*, wie er endete.

Als sie zum ersten Mal bewusst auf die Uhr schaute, war Mitternacht bereits vorbei. Jule hatte sich zwischendurch immer wieder Anmerkungen gemacht und war nun erstaunt, dass ihre Notizen ein ganzes Blatt füllten:

Terhoven: Telefonbuch/Einwohnermeldeamt. Wer mit diesem Namen lebt heute noch in Hamburg? Ev. Ortsbesichtigung?
Sophie Kröger? Hat sie Hannes später geehelicht?
Kaffeebörse Hamburg vor 1945/nach 1945
Adresse Flottbeker Chaussee? Liste der Besitzer. Straßennamensänderungen nach 1945 berücksichtigen!
Ehepaar Voss – Gaststätten Altona vor 1945/nach 1945???
Käthe Kröger/Hannes Kröger – Namenslisten der deutschen Gefallenen im Spanischen Bürgerkrieg? Auch international …

Sie nahm noch einmal die Kopie des Briefes zur Hand, als das Smartphone brummte.

»Ja?« Jule hätte wetten können, dass Johanna Martens dran war, die es vor lauter Aufregung nicht mehr aushielt – aber es war ihre Mutter.

»Jule«, zwitscherte diese fröhlich. »Geht es dir gut?«
»Mama?«
»Ganz genau! Ich habe dich doch nicht etwa geweckt? Und wenn ja, dann wäre es jetzt ja auch schon egal.«

War das ein Rülpsen, das sie da gerade gehört hatte? Jedenfalls folgte ihm ein mittlerer Lachanfall.

»Bist du betrunken?«, fragte Jule.
»Was für ein hässliches Wort! Beschwipst, vielleicht ein ganz klein wenig beschwipst. Ach, man ist doch

schließlich nur einmal jung, selbst wenn man eigentlich auf dem Papier nicht mehr ganz so jung ist, oder etwa nicht?«

»Mama, was ist los?«, fragte Jule bestimmt.

»Wie streng du manchmal sein kannst. Also gut: Ich bin in Hamburg, ganz in deiner Nähe – und habe leider kein Bett für diese Nacht. Nimmst du deine Mutter als Logiergast auf?«

»Jetzt?«, fragte Jule fassungslos.

»Natürlich jetzt. Würde ich sonst so spät noch anklingeln?«

Sie *war* betrunken, das stand fest. Und wer wusste, was sie anstellen würde, wenn Jule ihr diese Bitte verweigerte?

»Ich habe aber nur eine Couch«, sagte Jule zögerlich. »Und ob die zum Schlafen so bequem ist …«

»Ich liebe Couchen! Außerdem kann ich mich ganz klein machen. Du wirst mich gar nicht bemerken. Dann bis gleich!«

Widerwillig räumte Jule die Unterlagen auf dem Schreibtisch zur Seite. Alles in eine Schublade zu packen, erschien ihr zu aufwendig, aber sie deckte die Tagebuchkopien zumindest ab, damit sie ihrer Mutter nicht gleich ins Auge sprangen. Wahrscheinlich würde sie ohnehin sofort wieder etwas an ihrer Tochter herumzumeckern haben. Die Wohnung, die Kleidung, die Frisur …

Aber Jule blieb nicht einmal Zeit, um wenigstens mit der Bürste durch die Haare zu fahren, so schnell klingelte es an der Tür.

Beschwingt stapfte die Mutter mit einer blauen Reisetasche über der Schulter die Treppen hinauf. Sie stellte ihr

Gepäck in den Flur, küsste ihre Tochter auf beide Wangen und begann sofort, sich neugierig umzusehen.

»Schön hast du es hier!«, verkündete sie. »So richtig gemütlich. Ach, was bin ich froh, dass ich endlich bei dir bin!« Sie spitzte die Lippen. »Hättest du vielleicht noch einen kleinen Absacker für mich, Jule?«

»Meinst du nicht, dass es für heute genug ist?«

»Jetzt klingst du schon wie dein Vater. Thilo war früher auch immer ein Spielverderber, wenn es ausnahmsweise mal lustig wurde. Ich möchte doch nur ein Glas Wein. Ist das zu viel verlangt?«

Jule hatte einen offenen Rosé im Kühlschrank stehen, von dem schenkte sie ihrer Mutter ein.

Rena Weisbach trank. Dann lächelte sie. »Wunderbar. Genau das habe ich jetzt gebraucht!«

Sie sieht gut aus, dachte Jule. Die dunklen, kinnlangen Haare waren mit helleren Glanzlichtern gesträhnt, und ihre Lederjacke zu Jeans, weißem Shirt und silbernen Sneakers ließ sie jugendlich wirken. Der mürrische Zug, der ihr Gesicht in den letzten Jahren alt gemacht hatte, war verschwunden. Ganz gegen ihre sonstige Gewohnheit trug sie sogar dezentes Augen-Make-up, was das leuchtende Grün ihrer Augen unterstrich. Aber das war es nicht allein. Sie schien auch von innen heraus zu strahlen. War sie etwa ...

»Bist du frisch verknallt?«, entfuhr es Jule.

»Verknallt!«, kicherte Rena wie ein Teenager. »Das klingt ja fast, als sei ich wieder sechzehn.«

»Und? Bist du?«, bohrte Jule weiter.

»Lass es mich so sagen: Ich bin als Frau wieder auf dem Markt. Und das fühlt sich absolut herrlich an!«

»Dann bist du also wegen eines Mannes in Hamburg ...«

»Ist ja nicht verboten. Schließlich bin ich seit vielen Jahren geschieden.« Sie kicherte erneut. »Wer hätte das jemals gedacht ...«

»Und warum bist du dann nicht bei ihm?«, fragte Jule.

Rena stand abrupt auf.

»Ein bisschen Privatleben werde ich doch wohl noch haben dürfen«, sagte sie. »Aber weil du keine Ruhe geben wirst: Es ist schön. Und ziemlich spannend dazu. Für meinen Geschmack ging es mir dann allerdings doch einen Tick zu schnell. Zufrieden?«

Sie ließ sich wieder auf der Couch nieder.

»Und nun zu dir, Jule: Was macht dein Café? Wie war gleich noch einmal der Name ...«

»Morgen, Mama, alles morgen! Mein Tag beginnt verdammt früh, und ich muss jetzt dringend schlafen. Ich mach dir dein Bett, einverstanden?«

»Einverstanden.«

Während Jule die Couch für die Nacht umrüstete, begann ihre Mutter abermals in der Wohnung herumzuwandern. In der Küche standen ein Apfelkuchen und ein Dutzend Erdbeerwindbeutel, sowie die Schokobrownies, die seit einiger Zeit im *Strandperlchen* so begehrt waren. Die schienen es ihr besonders angetan zu haben, denn mit einem angebissenen Brownie in der Hand kam sie wieder zurück.

»Aus dir ist ja eine richtige Kuchenkünstlerin geworden«, sagte Rena kauend. »Hätte ich dir gar nicht zugetraut!«

Sie hatte einfach zugegriffen, ohne zu fragen. Was, wenn die Teilchen genau abgezählt gewesen wären? Aber um solche Kleinigkeiten hatte ihre Mutter sich ja noch nie gekümmert. Eigentlich hatte Jule ihr noch von *Ich schreib dir dein Leben* erzählen wollen, um zu demonstrieren, dass sie nicht nur Kuchen backen konnte, aber unter diesen Umständen hatte sie keine Lust mehr dazu.

»So wie das meiste«, erwiderte sie stattdessen. »Bei Licht betrachtet, hast du mir eigentlich nie irgendwas zugetraut.«

»Jetzt übertreibst du aber.« Rena Weisbach war plötzlich ernst geworden. »Für talentiert habe ich dich immer gehalten. Das ist es ja, was mich so fuchsig macht. Du könntest so viel, Tochter, wenn du nur wolltest, aber bei dir hapert es halt leider am Durchhaltevermögen …«

»Jetzt nicht, Mama«, unterbrach Jule, die genau wusste, was als Nächstes kommen würde: die endlose Litanei all ihrer vertanen Möglichkeiten, die sie sich in regelmäßigen Abständen ohnehin selbst immer wieder vorbetete. *Hätte, könnte, wäre* – sie hatte es so satt! Dann aber dachte sie an Johannas Ratschlag und steuerte innerlich dagegen. »Und außerdem können Menschen sich ändern. Schon mal davon gehört? Jetzt wünsche ich dir eine gute Nacht. Möglich, dass ich dich morgen aufwecke. Ich werde versuchen, leise zu sein, aber ich bin an Besuch eben nicht gewöhnt.«

»Danke«, rief Rena ihr noch hinterher. »Für alles, Jule …«

Jule fand lange nicht in den Schlaf und wälzte sich unruhig hin und her, bis sie schließlich doch einnickte. Als sie gegen drei durstig wieder erwachte und sich ein Glas Wasser aus der Küche holte, brannte im Wohnzimmer noch immer Licht.

Weil ihre Mutter vergessen hatte, die Lampe auszumachen?

Sie zögerte kurz, ob sie nachsehen sollte, entschied sich dann aber dagegen. Rena Weisbach hatte vorhin so vehement auf ihrem Privatleben bestanden, sollte sie doch tun und lassen, was sie wollte – solange es Jule nicht total gegen den Strich ging.

Als um sechs schließlich der Wecker klingelte, fühlte Jule sich wie zerschlagen, kletterte aber trotzdem aus dem Bett. Jetzt wäre durchaus noch ein wenig Zeit für das Tagebuch gewesen, aber sie konnte ja nicht an ihren Schreibtisch. Als Ausgleich rührte sie einen schnellen Zitronengugelhupf zusammen, der den Kindern im Viertel gut schmeckte, und schob ihn in den Ofen.

Als sie sich wieder aufrichtete und umdrehte, stand ihre Mutter im Türrahmen. Ihre Augen waren klein und gerötet. Hatte sie etwa geweint?

Nein, dazu sah sie viel zu munter und unternehmungslustig aus.

»Das riecht ja köstlich«, rief sie und schnupperte in Richtung Herd. »Doch nicht etwa extra für mich? Nur ein kleiner Scherz! Aber so könnte ich gern jeden Morgen geweckt werden.«

»Was sind denn deine Pläne für heute?«, fragte Jule. »Fährst du wieder zurück nach Hause?«

»Dir kann es ja offenbar gar nicht schnell genug gehen, mich wieder loszuwerden! Nein, ich bleibe noch ein bisschen im schönen Hamburg, stell dir vor. Ich habe nämlich noch Resturlaub. Und was dann wird ... « Sie zuckte die Schultern.

»Aber sicherlich nicht bei mir, Mama«, sagte Jule resolut. »Du siehst doch selbst, wie eng es hier ist.«

»Du wirfst mich raus?« Rena Weisbachs Unterlippe begann leicht zu beben.

»Ich bitte dich lediglich, dir eine andere Unterkunft zu suchen.«

»Eine einzige Nacht noch – bitte!«

»Meinetwegen.« Es war Jule alles andere als recht, doch diese Kröte musste sie wohl schlucken. »Aber du fängst gleich mit deiner Zimmersuche an. Versprochen?«

»Versprochen.« Rena klang überraschend friedfertig. »Dein Café darf ich mir aber schon noch anschauen, oder?«

»Natürlich. Dort kannst du dann auch gleich frühstücken. Außerdem steht im *Strandperlch*en mein alter Laptop – ideal für deine Hotelsuche.«

Wenig später gingen sie Seite an Seite durch Ottensen – Jule, die ihr Fahrrad mit dem Anhänger schob, in den sie zuvor die frischen Kuchen geladen hatte, und ihre Mutter, die sich im Laufen neugierig umschaute.

»Interessante Gegend«, kommentierte sie schließlich. »Jetzt bei Tag noch viel mehr als im Dunkeln. Erinnert mich an unsere Dresdner Neustadt. Da ist jetzt auch so viel los.«

»Mhm«, brummte Jule. »Aber Ottensen ist noch einmal anders. Hier kommt zu all dem Bunten und Alternativen die ganz spezielle Hamburger Mentalität hinzu. Und die ist bundesweit absolut einzigartig.«

»Schön zum Wohnen. Und auch zum Arbeiten wahrscheinlich nicht so übel. Schau mal, all die Läden! Und einiges scheint sogar leer zu stehen. Das könnte mir durchaus auch gefallen …«

Jule blieb abrupt mitten auf dem Trottoir stehen. »Hast du etwa vor, nach Hamburg zu ziehen?«

»Und was, wenn?«, erfolgte prompt die Gegenfrage. »Hättest du etwas dagegen?«

Jetzt musste Jule erst einmal schlucken. Bevor sie weitersprach, überlegte sie sich jedes Wort.

»Ich hatte in den letzten Jahren immer das Gefühl, eine gewisse Distanz täte uns ganz gut.« Sie war selbst ein wenig erschrocken, wie hart das klang, aber es war nichts als die Wahrheit.

»Dir vielleicht, Jule, aber auch nur dir! Hast du eigentlich eine Vorstellung, wie eine Mutter sich fühlt, deren einziges Kind Hunderte Kilometer weit weg lebt?« Sie wischte an ihren Augen herum.

»Wir sind da«, erklärte Jule, weil sie das Thema aktuell lieber nicht weiter vertiefen wollte, stellte das Fahrrad ab und schloss die Tür auf. »Voilà – mein *Strandperlchen*!«

Mims, die schon vor der Tür gewartet hatte, schmiegte sich sofort an Renas Beine, als sei sie eine alte Bekannte. Monsieur Pierre, wie immer jeden Morgen ebenfalls zur Stelle, fingerte nervös an seiner Baskenkappe herum und versuchte sich sogar an einem eleganten Handkuss.

»La maman de Mademoiselle Julie!«, rief er. »Je suis enchanté, Madame Weisbach.«

Jule trug die Kuchen hinein und schaltete die Kaffeemaschine an. Als der alte Franzose und ihre Mutter schließlich mit Essen und Trinken versorgt waren, sah sie schnell die Post durch. Unter einer Menge Werbung entdeckte sie einen Brief von Maren Ruhland, den riss sie als Erstes auf.

*Liebe Frau Weisbach,
ein kleiner Gruß von unserer Hochzeitsreise. Gold und Blau haben wir auf Sardinien zwar in Hülle und Fülle, aber es ist eben nicht unsere gute alte Elbe. Und selbst der Affogato hat uns in Blankenese dann doch noch einen Tick besser geschmeckt. Sobald wir wieder zurück in Hamburg sind, müssen wir uns unbedingt sehen.*

Liebe Güte, wie das Leben immer spielt ...

Aber das möchte ich Ihnen lieber alles live erzählen.

Haben Sie einstweilen eine gute Zeit in Hamburg und seien Sie herzlichst gegrüßt von Ihren dankbaren Ruhland.

Nachdenklich hielt Jule das Schreiben noch immer in der Hand, als Johanna das Café betrat.

»Und, sind Sie schon durch?«, fragte die auch sogleich ohne Überleitung. »Man kann doch kaum mit dem Lesen aufhören, finden Sie nicht auch?«

Mims erhob sich und kam auf Johanna zu. Das übliche Begrüßungsritual folgte: Köpfchen geben, Streicheleinheiten kassieren. Doch heute schien die Katze irgendwie unruhig zu sein und lief schon bald wieder ans Fenster.

»Ich habe gestern einen Überraschungsbesuch bekommen«, erklärte Jule. »Ohne sie wäre ich bestimmt schon weiter.« Ihr Blick wanderte zum Fenster, wo Rena und Monsieur Pierre sich angeregt miteinander unterhielten. »Meine Mutter.«

»Ihre Mutter? Ach, wie schön!«, sagte Johanna, deren

Blick Jules gefolgt war. »Die Nase, die Mundpartie, die Art, beim Reden den Kopf zu bewegen ... Sie sind ihr sehr ähnlich.«

»Äußerlich vielleicht«, sagte Jule schnell. »Im Wesen sind wir wie Wasser und Feuer.«

»Ich glaube, das denken die meisten Töchter.« Johanna lächelte. »Zumindest, solange sie ihre Mutter noch haben.« Sie räusperte sich und klang plötzlich ein wenig enttäuscht. »Dann werden Sie in nächster Zeit vermutlich gar nicht mehr zur weiteren Lektüre des Tagebuchs kommen ...«

»Oh doch«, widersprach Jule. »Meine Mutter bleibt nicht lange. Zumindest nicht bei mir ...«

Sie war unwillkürlich lauter geworden. Ihre Mutter hob den Kopf. Dann stand sie auf und kam ebenfalls an den Tresen. Mims folgte ihr, lief zu Johanna, dann wieder zurück zu ihr und blieb schließlich offenbar ratlos zwischen den beiden Frauen sitzen, als sei es ihr unmöglich, sich für eine zu entscheiden.

»Rena Weisbach.« Sie streckte Johanna die Hand zur Begrüßung entgegen. »Ich bin Jules Mutter.«

»Das sieht man sofort. Martens. Johanna Martens. Sehr erfreut.«

»Ich glaube, ich bekenne mich am besten gleich schuldig.« Rena zog die Schultern hoch. »Ich war heute Nacht nämlich viel zu aufgedreht, um schlafen zu können. Als ich das Fenster weiter öffnen wollte, habe ich versehentlich einen Stapel Blätter auf dem Schreibtisch umgestoßen. Ein paar davon sind leider runtergefallen ...«

»Mama!«, unterbrach Jule sie entrüstet. »Davon weiß ich ja noch gar nichts.«

»Keine Angst! Ist ja alles längst wieder in der richtigen Reihenfolge.« Renas Schultern rutschten noch höher. »Aber ich habe die Kopien gelesen, jedenfalls einen großen Teil davon. Ich konnte einfach nicht aufhören, so lange, bis mir die Augen zugefallen sind. Bist du mir jetzt sehr böse, Jule?«

»Musst du dich eigentlich immer in Dinge einmischen, die dich nichts angehen? Diese Unterlagen stammen von Frau Martens und sind vertraulich …«

»Ach, lassen Sie nur, Jule«, sagte Johanna. »Ich kann Ihre Mutter schon verstehen, wenn sie mehr über Sophie, Hannes, Malte und all die anderen erfahren wollte, nachdem sie einmal zu lesen angefangen hatte. Mir selbst geht es ja schließlich auch nicht anders. Sobald meine alten Augen es erlauben, mache ich gleich weiter.«

»Malte?«, wiederholte Rena. »Malte, ganz genau! Das war es, was mir die ganze Zeit im Kopf herumgeschwirrt ist. Jetzt, wo Sie es sagen …«

»Was ist denn, Mama?«, wollte Jule wissen.

»Ach, bloß eine Erinnerung. Ist ja nicht gerade der geläufigste Vorname, oder? Bei uns im Erzgebirge hieß jedenfalls keiner so.«

»Bei Rilke kommt er in einem Buchtitel vor«, sagte Jule. »Und hier oben in Norddeutschland ist er gar nicht so selten. Was stört dich denn daran?«

»Nichts. Gar nichts«, versicherte Rena. »Ich muss zu Hause nur mal nachsehen … vielleicht täusche ich mich ja …«

Kopfschüttelnd kehrte sie an ihren Tisch zurück.

»Morgen zieht sie bei mir aus«, sagte Jule leise zu

Johanna. »Dann mache ich sofort mit dem Tagebuch weiter. Ein paar Ideen, wo ich nachforschen könnte, habe ich auch schon. Und dann dieser berührende Brief ...«

»Nicht wahr?«, sagte Johanna. »Der ist mir auch sehr nahegegangen. Wer immer ihn geschrieben hat, muss voller Liebe gewesen sein – und voller Angst.«

»Kein Wunder«, sagte Jule. »Im Sommer 1943 erfolgten die schwersten Luftangriffe auf Hamburg. *Feuersturm*, so nennt man sie, weil sie wegen einer speziellen Wetterlage die halbe Stadt in Schutt und Asche gelegt haben.«

»Ich weiß.« Johannas Gesicht verschloss sich. »Ich bin ja sozusagen eine Zeitzeugin, ebenso wie meine älteren Brüder.«

»1943? Waren Sie denn damals überhaupt schon geboren?«

»Danke für die Blumen! Ich bin mitten im Feuersturm auf die Welt gekommen.« Sie brachte ein kleines Lächeln zustande. »*Feuermädchen*, so hat meine Mutter mich oft liebevoll genannt und mir stundenlang vom sagenhaften Phönix erzählt, der aus der Asche wiederaufersteht.« Sie fuhr sich über die Stirn. »Eigentlich ja nicht gerade die passenden Gute-Nacht-Geschichten für ein Kleinkind, so würde man jedenfalls heute meinen. Ich konnte trotzdem nicht genug davon bekommen. Weil ich Mama dann nämlich immer ganz für mich hatte. Das war etwas, das nur uns beiden gehört hat.«

»Und Ihre Brüder? Haben die sich nicht ausgeschlossen gefühlt?«

»Und wie! Manchmal kam es mir vor, als hätte Mama sie in diesen Momenten fast vergessen. Natürlich wurden die beiden eifersüchtig und konnten auch ganz schön sauer auf mich werden. Volker, der Älteste, ist es manchmal sogar noch heute. ›Immer diese Jo mit ihren Extrawürsten‹, sagt er dann. Achim dagegen war immer schon der Sanftere.«

Sie stieß einen kleinen Seufzer aus.

»Nils bringt seinen Vater übrigens gerade mit dem Wagen in die Reha nach St. Peter Ording«, fuhr sie fort. »Sand und Wind und Tide – das soll unseren Achim wieder ganz gesund machen. Sind Sie schon bei der Stelle im Tagebuch, wo Sophie nach Föhr verbannt wird?«

Jule nickte. »Und schon ein ganzes Stück weiter.«

»Na, dann wäre das ja sozusagen fast um die Ecke«, sagte Johanna. »Bin schon gespannt, ob es Sophie noch einmal dorthin verschlägt!«

*

Jule hatte lange überlegt, doch schließlich gewann ihre Neugierde die Oberhand. Sie musste einfach wissen, ob der Querulant recht gehabt hatte, und was die Ohrringe ihrer Großmutter wirklich wert waren.

Der Juwelierladen am Walldamm, für den sie sich schließlich entschied, war innen ganz dezent in edlem Grau gehalten, eine Farbe, die sich nicht aufdrängte, glitzernde bunte Edelsteine aber besonders gut zur Geltung brachte. Jule hatte sich sorgfältiger als sonst geschminkt und ihr dunkelblaues Leinenkleid angezogen, das ein wenig italienisch wirkte, um als echte Kundin durchzugehen.

Als sie den Laden betrat, eilte sofort ein Herr in mittleren Jahren mit einem verbindlichen Lächeln auf sie zu.

»Wie kann ich Ihnen weiterhelfen, gnädige Frau?«, begrüßte er sie.

Gnädige Frau. Das hatte noch niemand zu ihr gesagt.

»Ich wollte Sie um eine Begutachtung bitten«, sagte sie nach kurzem Räuspern, legte das schwarze Samtkästchen auf den Tresen und öffnete den Deckel. »Meine Großmutter hat mir diese Ohrringe vererbt. Ich hätte gern gewusst, aus welchen Materialien sie bestehen. Ich selbst kenne mich da leider nicht so gut aus.«

»Sehr schöne Stücke«, sagte er anerkennend. »Und ausgesprochen gut im Erhalt. Ich nehme an, sie sind nicht allzu oft getragen worden?«

»Von mir gewiss nicht«, erwiderte Jule. »Und an meiner Großmutter habe ich sie eigentlich nie gesehen.«

Der Verkäufer klemmte sich eine Lupe ins Auge und begutachtete die Ohrringe eingehend.

»Darf ich Sie nach dem Alter Ihrer werten Frau Großmutter fragen?«

»Sie ist vor vier Jahren gestorben. Nächstes Jahr wäre sie achtzig geworden. Warum wollen Sie das wissen?«

»Wegen der zeitlichen Einordnung. Denn in die Vorkriegs- und Nachkriegszeit passen diese Ohrringe nicht.«

»Sie sagte einmal, sie hätten der Mutter ihrer Mutter gehört – also ihrer Großmutter.«

»Da kommen wir der Sache schon näher. Denn was ich hier in Händen halte, würde ich auf den ersten Blick im letzten Drittel des 19. Jahrhunderts ansiedeln ... Ein wenig winkt der Jugendstil schon herüber, was die Finesse der ungewöhnlichen Materialkombination betrifft, aber die Formensprache ist eben nicht verspielt, sondern erstaunlich schnörkellos, fast schon klassisch. Wir haben hier allerfeinste Engelshaarkoralle, wie sie damals vor allem vor Sardinien geborgen wurde – und eine Kugel aus schwarzen Diamanten. Wenn Sie wünschen, kann ich Ihnen gern das exakte Karatgewicht nennen.«

Jule nickte mit enger Kehle.

Er verschwand nach hinten und kam nach kurzer Zeit wieder zurück.

»Pro Kugel sind es 1,3 Karat, verarbeitet in 750er Gold. Eine kleine Kostbarkeit. Schön, dass Sie so gut darauf aufgepasst haben.«

»Ich dachte, die Steine wären Markasiten …«

»Nein, meine liebe gnädige Frau, das sind sie gewiss nicht. Die Juwelierarbeit ist sorgsam ausgeführt, und bei einer Auktion können solche Liebhaberstücke durchaus beachtliche Preise erzielen. Ich würde sagen, bis zu zehntausend Euro könnten in diesem Fall durchaus möglich sein.«

Er beugte sich über den Tresen.

»Denken Sie denn an Verkauf?«, fragte er verschwörerisch. »Dann könnte ich Ihnen womöglich behilflich sein. Denn ich habe einige Kunden, die große Freunde solcher Raritäten sind …«

»Nein«, sagte Jule rasch und hätte die Ohrringe am liebsten an sich gerafft. »Natürlich will ich sie behalten. Schließlich sind es Erinnerungsstücke. Und sie sollen auch wieder vervollständigt werden. Sehen Sie« – sie deutete auf den rechten Ohrring –, »hier fehlt das Endstück. Das habe ich verloren und bräuchte es neu.«

»Die Poussette«, korrigierte er sanft. »So nennen wir Juweliere es. Ebenfalls in 750er Gold?«

»Ist das denn nötig?«

»Nun ja, um die Geschlossenheit des Ensembles zu bewahren, durchaus. Allerdings würde ich Ihnen zu zwei neuen Poussetten raten, denn sehen Sie« – er bewegte die verbliebene hin und her –, »jene sitzt auch schon ganz schön locker. Da lägen Sie dann zusammen bei hundertsiebzig Euro.«

»Für diese kleinen Dingelchen, die man gar nicht sieht?«, entfuhr es ihr.

Er lächelte fein. »Die hochwertigste Goldlegierung hat eben ihren Preis. Nur Feingold läge noch höher, aber das ist für Ohrschmuck in der Regel zu weich.«

Sie wusste nicht, wie sie die Mieterhöhung für ihr Café stemmen sollte – und spielte ernsthaft mit dem Gedanken an solch eine Luxusanschaffung?

In letzter Sekunde siegte die Vernunft.

»Ich denke noch einmal darüber nach«, sagte Jule, schlug das Kästchen zu und ließ es in ihrer Tasche verschwinden. »Und haben Sie tausend Dank für die freundlichen Auskünfte.«

Sie verließ das Geschäft so schnell, dass der Verkäufer keine Zeit mehr für ein weiteres »Gnädige Frau« hatte, schwang sich auf ihr Rad, das sie samt Anhänger ein paar Häuser weiter geparkt hatte, und fuhr zurück nach Ottensen.

Die Poussette. So nennen wir Juweliere es ...

Der Querulant hatte diesen Begriff ebenfalls verwendet. Hatte sie sich vielleicht geirrt, und er war gar kein Jurist?

Und wenn er kein Jurist war – traf dann vielleicht so einiges andere auch nicht zu, das sie Nils Martens bisher unterstellt hatte?

*

Tief in Gedanken versunken fuhr Johanna nach Hause. Es hatte einfach ein netter Besuch bei ihrem Bruder Volker werden sollen, doch dann waren die Geschwister sich plötzlich in die Haare geraten. Johanna wusste, dass sich hinter Volkers aggressivem Auftreten die Angst um den jüngeren Bruder verbarg, gemischt mit der Befürchtung, ihn selbst könne ein ähnliches Schicksal treffen. Aber das alles gab ihm noch lange nicht das Recht, sie derart anzublaffen.

Sie hatte ihn und seine Frau Rita in freundlichster Absicht besucht und ein paar von Jules Köstlichkeiten aus dem *Strandperlchen* für die Kaffeetafel mitgebracht. Doch als sie schon wieder im Begriff gewesen war zu gehen, war die Sprache plötzlich auf den anstehenden Hausverkauf gekommen.

»Bin gespannt, ob sich in absehbarer Zeit ein Interessent für die alte Bruchbude findet«, sagte Volker. »Der Makler klang ziemlich skeptisch.«

»Bestimmt«, erwiderte Johanna. »Die Gegend ist jetzt doch sehr beliebt. Notfalls müssen wir eben mit dem Preis noch etwas runtergehen. Oder uns einen neuen Makler suchen.«

»Damit es noch länger dauert? Das alles könnte doch schon längst über die Bühne sein, würdest du nicht so hartnäckig an diesem alten Tüddelkram kleben. Wenn du nicht aufpasst, Jo, wirst du auch noch so ein Messie wie Mama in ihren letzten Jahren.«

»Jetzt übertreibst du aber …«

»Ganz und gar nicht. Und eigentlich hat es schon viel früher angefangen. Mit dir kam dieses ganze Stoff- und Spitzengedöns doch erst ins Haus. *Mein Mädchen braucht Puppen und ein Haus zum Spielen. Und ich muss ihr Geschichten erzählen, damit sie sich auch wirklich bei uns wohl fühlt.* Mit Achim und mir hat sie keine solchen Umstände gemacht. Sie hat uns geboren, gefüttert, gekleidet und großgezogen – und das war es dann auch schon!«

»Du bist ja noch immer eifersüchtig, großer Bruder!«

»Bin ich nicht«, raunzte er zurück. »Aber Ungerechtigkeiten werden nicht besser, weil inzwischen viel Zeit vergangen ist. Mama hat uns hintangestellt. Nur, weil wir Jungs waren. Sie wollte immer lieber Mädchen haben. Das war ein richtiger Tick von ihr. Und als sie dann eines Tages mit dir ankam …« Er brach ab.

»Es war während des Feuersturms«, sagte Johanna. »Mama hätte dabei sterben können, und ich auch. Du musst dich doch noch daran erinnern. Immerhin warst du schon fünf. Wo wart ihr beide eigentlich, Achim und du, als ich geboren wurde?«

Ihr Bruder wandte sich ab. »Ach, lass mich endlich mit diesem alten Zeug in Frieden!«

»Aber genau das kann ich nicht. Da war so ein seltsamer Koffer auf unserem Dachboden. Mit einer selbstgestrickten Erstausstattung für einen Säugling. Und Mama hat im Puppenhaus Figuren aufgestellt, die …«

»Jo!« Volker klang jetzt wie ein gereizter Stier. »Es war eben so, wie es war – und basta. Mal gut, mal schlecht. Keiner von uns kann heute etwas daran ändern.«

»Ändern nicht«, sagte sie leise. »Aber wissen, das kann man, und genau das will ich, Volker!«

Es hatte schon mehrere Gespräche dieser Art gegeben, aber so aufgebracht wie eben hatte Johanna ihren großen Bruder noch nie erlebt. Wenn sie jetzt noch mit dem Tagebuch angefangen hätte, dessen weitere Erkundung sie bei Jule Weisbach in Auftrag gegeben hatte, hätte er sie wahrscheinlich für vollkommen verrückt erklärt.

Für solchen Unsinn auch noch Geld zum Fenster rauszuwerfen ...

Aber das war kein hinausgeworfenes Geld, das spürte sie ganz genau. Der Fund des Tagebuchs hatte ihr Leben verändert, sie offener und mutiger gemacht. Sie gab sich nicht länger mit scheinbar Unabdingbarem zufrieden, sondern hatte damit begonnen, hinter die Dinge zu schauen. Außerdem konnte sie mit ihrer Pension anfangen, was immer sie wollte, ohne sich vor irgendjemandem dafür rechtfertigen zu müssen.

Jetzt freute Johanna sich schon auf ihr vertrautes Ritual: Tee kochen, Kekse bereitstellen, Lampe einschalten, Brille aufsetzen.

Und weiterlesen.

Das Einzige, was dabei noch fehlte, war eine Katze.

14

Hamburg, Februar 1938

Dum spiro spero.
 Ohne diesen Satz hätte ich die letzten Monate nicht überlebt. Ich trage ihn in mir wie eine Losung, obwohl ich ja nur noch auf dem Papier eine Terhoven bin. Inzwischen weiß ich sogar, von wem der Satz stammt: Cicero, einem Politiker, Anwalt und Philosophen aus dem alten Rom, und natürlich kam dieses Wissen über den gebildeten Malte zu mir. Ich bin hart gefallen – aus dem sorglosen Dasein in der noblen Villa an der Flottbeker Chaussee hier in diese einfache Wohnung in Altona. Und der Mann, den ich bislang für meinen Vater hielt, hat nach Kräften dafür gesorgt, dass ich die blauen Flecken dieses Sturzes auch gründlich spüre.
 Wie kann man sich von jemandem so rigoros lossagen, den man jahrelang für sein leibliches Kind hielt?
 Friedrich Wilhelm Karl Terhoven ist das offenbar mühelos gelungen, obwohl ich die ganze Zeit über insgeheim gehofft habe, er würde sich doch noch besinnen. Es ging mir nicht um ein eventuelles Erbe oder um Geld, obwohl die Not bei uns oft an die Türe klopft. Es ging mir vielmehr darum, dass er doch noch irgendwelche Gefühle für mich haben musste – das Mädchen, das jahrelang seine geliebte Tochter gewesen war, wie er mir oftmals versicherte.

Doch ich habe mich getäuscht. Sein Schnitt war kurz und brutal. Er tut, als hätte es mich niemals gegeben – und das gilt ebenfalls für mein Kind. Marie und ich müssen büßen für das Leid, das seine Frau – und meine Mutter – ihm angetan hat. Mit ihr scheint er alle Frauen pauschal zu verdammen.

So hat er jetzt keine Tochter mehr, geschweige denn eine Enkelin, sondern nur noch einen einzigen Sohn. Von Lennie, dem Erben seines Kaffeeimperiums, durfte ich mich nicht einmal mehr verabschieden. Und doch: Trotz all seiner Hinterlist und braunen Verbohrtheit muss ich mir eingestehen, wie sehr ich die kleine Kröte vermisse. Was würde ich darum geben, wieder seine nervöse Aufgeblasenheit zu spüren, die eigentlich doch nur eines sagen wollte: »Ich bin wichtig, so unendlich wichtig!«

Ob ich ihn jemals wiedersehen werde? Im Moment erscheint es mir eher unwahrscheinlich.

Mein Herz schmerzt bei dieser Vorstellung, als lägen ganze Kontinente zwischen uns, und nicht nur ein paar Straßenzüge, die Reich und Arm fein säuberlich voneinander trennen.

Tante Fees Versprechen bereiten mir ebenfalls Bauchschmerzen. Sie konnte bisher nicht ein einziges Stück von Mamas Juwelen verkaufen, denn der Mann, der früher mein Vater war, hat sie alle vorsorglich einkassiert, weil »eine Selbstmörderin nicht als zurechnungsfähig gelten kann, und ihre letzten Worte dementsprechend nicht als gültig anerkannt werden dürfen«. Und ein Familienschmuck dürfe die entsprechende Familie selbstredend nicht verlassen. Natürlich ist die Justiz auf seiner Seite; die passenden Beziehun-

gen hat er in seinen Abendgesellschaften ja lange genug sorgfältig geknüpft. Zugleich hält er Tante Fee in finanziellen Dingen denkbar knapp, sodass sie uns nur ab und zu ein paar Brosamen zukommen lassen kann. Immerhin hat Fee mir heimlich mein Fahrrad gebracht, das hilft schon mal ein ganzes Stück weiter.

Ein paar von Mamas geerbten Korallenschmuckstücken habe ich zur Pfandleihe getragen, doch was man dafür bekommt, ist geradezu lächerlich. Zum Überleben reicht es nicht, da behalte ich den Rest besser als Erinnerung. So hat die liebe Käthe sich im Herbst und Winter für uns als Verkäuferin auf dem Hamburger Fischmarkt den Hintern abgefroren, um Kohlen und Essen zu beschaffen. Müssten wir auch noch Miete bezahlen, so wären wir verloren, doch Mama hat die Übertragung des Wohnungseigentums an der Kleinen Freiheit an mich bereits kurz nach meiner Geburt veranlasst – und damit ist sie unanfechtbar.

Was hätte ich darum gegeben, durch meine Arbeit auch einen Teil zum Lebensunterhalt beizutragen! Meinen ursprünglichen Wunsch, eines Tages Krankenschwester zu werden, hatte ich inzwischen längst aufgegeben. Aber irgendetwas anderes, meinetwegen eine ganz simple Tätigkeit, die uns das Leben ein wenig erleichtern würde...

Doch mein süßer kleiner Schatz hat es nicht zugelassen. Marie, wie ich sie jetzt meist nenne, weil der lange Name im Alltag zu umständlich ist, hat auf die neue Lage mit zahlreichen Krankheiten reagiert. Für ein paar entsetzliche Tage und Nächte mussten Käthe und ich sogar befürchten, sie habe sich eine Hirnhautentzündung zugezogen, doch das hat sich zum Glück schließlich als falscher Alarm entpuppt. So zart ist sie, so fein – und so zerbrechlich.

Daran glaubte ich zumindest während ihrer ersten Lebensmonate.

Die Jahreswende 1937/38 hat glücklicherweise eine Änderung gebracht. Marie wird plötzlich munterer, ihr Appetit wächst, sie sitzt allein – und beginnt sich für alles und jedes zu interessieren. Inzwischen kann ich über all diese früheren Ängste nur noch lächeln. Marie ist rosig und rund geworden, steht sicher auf ihren winzigen Füßchen und will nur noch eins: laufen!

Alle sagen, sie ähnle mir, doch wenn ich in ihr Gesicht schaue, sehe ich nur Hannes: der Schnitt ihrer Augen, die Nase, die Art, den Kopf zu halten, vor allem aber die anliegenden, makellosen Ohren. Auch wenn ihre Locken dunkel sind, so könnte sie doch ihren blonden Vater niemals verleugnen.

Hannes, ach, mein über alles geliebter Hannes! Was hast du nur mit meinem Herzen angestellt?

Und welchen Torturen musstest du dich unterwerfen!

Monatelang konnte ich dich nicht erreichen, um den bösen Schatten von deiner Seele nehmen und dir sagen zu können, dass wir keine Halbgeschwister sind und du deine Tochter und mich lieben darfst. Willi Schusters Mutter ist überraschend verstorben und damit jeder Kontakt nach Spanien abgerissen. Erst über einen verwundeten Brigadisten, der über weite Umwege zurück nach Hamburg kam, erfuhr ich, wo du überhaupt bist. Um in die Fußstapfen des Mannes zu treten, den du jahrelang als Vater angesehen hast, bist du auch zum Kämpfer geworden. Das ist ehrenvoll, mein

Liebster, aber so schmerzhaft für mich, deine arme Mutter und die kleine Marie. Ich weiß, du wolltest dieser furchtbaren Situation entfliehen, in der wir beide steckten, aber nun fühlt es sich für mich nur noch schrecklich an, dass du nicht bei uns bist.

Deinem Kameraden hast du einen dicken Packen halb zerfledderter Briefe mitgegeben, in denen ich lese, wann immer ich die Kraft dazu aufbringe, denn so viel Leid, so viele enttäuschte Hoffnungen strömen mir daraus entgegen. Der Kampf eurer gerechten Sache scheint verloren; der mutige Widerstand gegen den Faschismus begraben unter Bergen von Knochen und ertränkt in Seen von Blut. Arriba España – mir wird eiskalt, wenn ich diesen Siegesspruch der spanischen Nationalisten lese und ihn mit dem vergleiche, was an braunem Terror tagtäglich rings um uns herum geschieht. Juden trauen sich kaum noch auf die Straße; die Scheiben ihrer Geschäfte werden regelmäßig eingeschlagen, und als ich neulich per Zufall Dr. Fromm begegnet bin, hat er so traurig und zerknittert ausgesehen, dass ich ihn fast nicht erkannt hätte. Maries Anblick hat ein winziges Lächeln auf sein Gesicht gezaubert, und ganz kurz hat er ihr strammes Beinchen berührt, als könne es ihm neue Kraft verleihen.

»Kinder sind das Salz der Erde, nicht wahr?« Seine Stimme war die eines Greises. »Genießen Sie es, Fräulein Terhoven!«

Wie könnte ich das, mein einzig Geliebter – ohne dich?

Ich weiß jetzt, du hast die Hölle von Teruel hinter dir, einem düsteren Ort in der kargen Landschaft Nordspaniens, wo im Winter geradezu sibirische Temperaturen herrschen. Ich hatte den Namen zuvor noch nie gehört, doch mein alter Schulatlas, den ich unsinnigerweise mitgeschleppt habe, gab mir schließlich Aufschluss. Die Franquisten hatten euch eingeschlossen und begannen mit einem massiven Artilleriebeschuss. Kämpfe zogen sich über Wochen hin, fast hunderttausend Männer starben auf beiden Seiten – viele aufgrund von Erfrierungen. Auch du hast, wie du schreibst, in der Eiseskälte deinen rechten kleinen Zeh verloren, aber du bist am Leben, mein Herzallerliebster, allein das zählt!

Ich weiß auch, wie sehr dir die Zerwürfnisse im linken Lager zusetzen, wo Kommunisten inzwischen gegen Sozialisten wettern und umgekehrt und sich gegenseitig die Schuld am Niedergang zuschieben, anstatt wie früher einig Seite an Seite gegen den Feind voranzuschreiten.

Doch am meisten von allem widert dich das Töten an.

Ich bin zum Mörder geworden, schreibst du, denn jeder tote Mensch, der im Krieg stirbt, ist ein Mordopfer. Man kann mit Waffen keine Gerechtigkeit schaffen, das weiß ich inzwischen. Krieg macht Bestien aus uns, vernichtet unsere Menschlichkeit, zerstört alles, woran wir je geglaubt haben. Ich habe Blut an meinen Händen, Sophie, so viel Blut, dass ich es ein Leben lang nicht mehr werde abwaschen können. Dir muss grauen vor einem Monstrum wie mir!

Manchmal wünsche ich mir, dass mich eine Kugel trifft und alles zu Ende ist. Ich bin nicht zum Kämpfer geboren, das weiß ich mittlerweile, und nicht einmal ein halbwegs guter Soldat kann jemals aus mir werden, für welche Sache auch immer. Ich bin das Töten und das Sterben ringsumher so leid und sehne mich nach dir, meine Sonne, mein Licht, meine Freude...

So komm doch, mein Herz, hätte ich am liebsten laut geschrien, lass alles stehen und liegen, und kehre zurück zu deiner kleinen Familie nach Hamburg. Doch gleichzeitig weiß ich, dass das zurzeit kaum möglich ist. Das Deutsche Reich unterstützt den Generalissimo Franco zu tausend Prozent, und jeder Deutsche, der als Brigadier bekannt geworden ist, steht auf einer geheimen Todesliste der Nationalsozialisten. Das habe ich von Moers, der nicht müde wird, mich daran zu erinnern.

Verdammt schnell hat er erfahren, wo wir jetzt leben, und uns schon bald in der Kleinen Freiheit aufgesucht. Für Marie hatte er ein niedliches Stoffhäschen dabei, für mich ein saftiges Schinkenpaket, ein großes Brot und einen halben Laib Käse. Dazu drei Gläser dieser eingelegten Essiggurken, die ich so sehr liebe.

»Du musst jetzt wirtschaften lernen«, sagt er, ohne Käthe auch nur mit einem einzigen Wort zu erwähnen. »Aber ich werde dir dabei ein wenig unter die Arme greifen. Von zu Hause kommt nichts, nehme ich an?«

Ich nicke knapp.

»Wundert mich nicht. Der gute Friedrich kann ungemein nachtragend sein, wenn er sich im Hintertreffen wähnt, das war leider immer schon so.«

Weiß er, dass ich einen anderen Vater habe? Oder ahnt er es nur?

Als ich nachzufragen versuche, weicht er aus.

»Du kennst andere Menschen erst wirklich, wenn du auch

weißt, was sie verbergen. Das solltest du dir merken, Mädchen!«

Moers bewegt sich so selbstverständlich in unserer kleinen Wohnung, als sei er hier zu Hause. War er schon früher einmal hier? Ich verscheuche den unangenehmen Gedanken ganz schnell wieder, denn ich habe momentan wahrlich andere Sorgen.

»Vielleicht nimmt Friedrich eines Tages ja wieder Vernunft an, denn eigentlich ist er alles andere als ein Dummkopf, doch darauf bauen solltest du lieber nicht«, sagt er so leichthin, als handle es sich um launige Konversation.

»Was willst du?«, raunze ich ihn an und muss doch immer wieder zum Küchentisch linsen, wo seine Gaben liegen und köstliche Düfte verströmen.

»Vor allem, dass du anständig bleibst, Sophie.« Auf einmal ist er mir ganz nah, und an seinem Gesichtsausdruck erkenne ich, wie ernst es ihm damit ist. »Ein guter Ruf ist blitzschnell ruiniert und ungemein schlecht wieder zu reparieren. Und damit meine ich jetzt nicht deine Kleine. Ein uneheliches Kind ist in unserer Zeit kein Unglück mehr. Der Führer freut sich ganz im Gegenteil über jeden gesunden neuen Erdenbürger mit guten deutschen Anlagen. Du bist jetzt eine junge Mutter und trägst somit sehr viel Verantwortung. Daran solltest du denken. Und daher auch daran, mit wem du Umgang pflegst.«

»Meine Freunde suche ich mir noch immer selbst aus…«

»Ach, wirklich?« Er packt mein Handgelenk und hält es fest wie in einer eisernen Zange. »Was glaubst du, würde geschehen, wenn ich meine schützende Hand von dir abzöge? Vor den Toren Hamburgs, in Neuengamme, entsteht gerade ein Lager, das nur auf gewissenlose Straftäter wie Kommunisten, Zigeuner oder eben warme Brüder wartet, die gegen Recht und Moral verstoßen. Der kleine Voss unter strengem Regiment, bei schmaler Kost und harter zwölfstündiger Arbeit in der dortigen Ziegelei? Mal sehen, wie lange unser sensibler Rotschopf das durchstehen würde!«

Ich zittere innerlich, aber das darf er mir nicht anmerken.

»Du machst mir keine Angst«, murmele ich mit zusammengebissenen Zähnen. »Und Malte ist mehr wert als ihr alle zusammen, damit du es nur weißt!«

Er lässt mich so schnell los, dass ich gegen den Türrahmen taumele. Im Nebenzimmer beginnt Marie schrill zu weinen, als spürte sie, was sich hier abspielt.

»Gut gebrüllt, kleine Löwin«, sagt Moers leise. »Kämpfen kannst du, das imponiert mir immer wieder an dir. Ich wünschte, deine verstorbene Mutter hätte mehr von diesem Talent gehabt. Dann könnte die liebe Delia noch heute unter uns sein und hätte sich nicht so feige davongeschlichen. Und was dich betrifft: Du musst bloß noch lernen, wofür es sich zu kämpfen lohnt. Aber lerne schnell, Sophie! Das rate ich dir. Denn unsere aufregende Zeit verzeiht keine Saumseligkeit.«

Ich hasse ihn, so sehr, dass ich noch Stunden danach an nichts anderes mehr denken kann. Doch Moers kommt immer wieder, glatt und entspannt, als sei es sein gutes Recht, mein Kind und mich zu besuchen – und ich schaffe es nicht, ihm die Tür zu weisen. Stets hat er irgendwelche Geschenke für uns dabei, äußerst willkommene Geschenke, wie ich einräumen muss, denn es fehlt uns noch immer am Allernotwendigsten, und er scheint ein untrügliches Gespür dafür zu haben, was wir gerade am dringendsten gebrauchen können.

Lässt er mich bespitzeln?

Der Gedanke verursacht mir Gänsehaut, doch ganz zurückweisen kann ich ihn leider nicht. Ich bin wachsam, sobald ich das Haus verlasse, doch ich sehe niemanden Verdächtigen. Vielleicht kann er ja tatsächlich direkt in mich hineinschauen, das denke ich nicht zum ersten Mal. Malte hat schon recht, wenn er ihn für Satan in Person hält. Ich habe ihm damals ein Stück meiner Seele verkauft, weil ich so unbedingt nach Berlin wollte – und dafür muss ich jetzt bis in alle Ewigkeit bezahlen. Es fühlt sich scheußlich an, eine Zwinge, aus der ich nicht mehr entkomme, so sehr ich auch strample.

Doch mit wem sollte ich schon darüber reden?

Malte wird bleich, sobald der Name Moers nur fällt. Keine Ahnung, welche Rechnung die beiden noch offen haben. Tante Fee wechselt jedes Mal ganz unauffällig das Thema, und Käthe bekreuzt sich hastig, obwohl sie sonst wahrlich nicht zu den frommen Kirchgängern zählt. Die Kleine aber mag ihn seltsamerweise, was ich ihr bisweilen fast übel nehme. Marie zeigt keinerlei Angst vor der schwarzen Uniform oder seinem markanten Geruch, sondern reckt die Ärmchen, zappelt und jauchzt, sobald sie ihn erblickt. Moers wiederum ist hingerissen von ihr und kommentiert jeden ihrer Entwicklungsschritte so begeistert wie ein kleines Weltwunder.

»Welch goldiger Tausendsassa«, sagt er immer wieder. »Was für ein perfektes kleines Menschenkind. Du musst sehr glücklich sein, Sophie!«

Bin ich das?

Wenn ich mein Kind herze – ja. Wenn Käthe für uns kocht und unsere enge Küche endlich heimelig und warm geworden ist, dann auch. Und wenn Malte zu Besuch ist und mir seine Lieblingsgedichte vorliest, erst recht.

In letzter Zeit kommt er oft in Gesellschaft.

Dum spiro spero steht nicht für sich allein. Dum spero amo, so geht es nämlich weiter. Solange ich hoffe, liebe ich, heißt das auf Deutsch. Und es endet mit: dum amo vivo.

Solange ich liebe, lebe ich...

Und Malte liebt Thomas Lüders, der sieben Jahre älter ist als er selbst und mit seinem Onkel Arno ein gut eingeführtes Antiquariat in der Grindelallee unweit der Universität betreibt. Thom, so sein Spitzname, hat als kleiner Junge bei einem Skiunfall ein Auge verloren, das durch eines aus feinstem Muranoglas ersetzt wurde. Manchmal ist es irritierend für mich, in sein starres Auge zu schauen, das so kalt und tot wirkt, während sich im Auge nebendran alle Gefühle widerspiegeln, aber mit der Zeit gewöhnt man sich daran.

»Der Blinde und der Lahme«, so kommentiert Thom übermütig sein Gebrechen und das von Malte. »Gesucht und gefunden – besser hätte es doch gar nicht kommen können! Nur zusammen sind wir beide eben vollkommen.«

Er kann sich diese Ironie erlauben, denn die Natur hat es ausgesprochen freundlich mit ihm gemeint. Er ist schlank und groß, hat ein gut geschnittenes, sehr männlich wirkendes Gesicht und könnte mit seinem markanten Profil, der hohen Stirn und den hellblonden Haaren glatt als Edelarier durchgehen. Doch Thom hasst die Nazis und alles, was mit ihnen zusammenhängt aus ganzem Herzen. Dass sie homosexuelle Männer wie Malte und ihn zu Straftätern abstempeln, nimmt er ihnen persönlich übel – und dies mit einer Inbrunst, die mich manchmal erschreckt.

»Du musst aufpassen!«, warne ich ihn immer wieder. »Eines Tages wirst du dich mit deinem aufsässigen Gerede noch verraten. Oder jemand hängt dich hin. Und was dann?«

»Ach – und dafür die Jugend mit all ihren köstlichen Freuden verpassen? Ich denke ja gar nicht daran. Jetzt wird gelebt, geliebt und aus vollem Herzen genossen! Ranhalten muss ich mich ohnehin. Gegen Malte bin ich doch schon ein echter Greis!« Und all das sagt er mit einem schelmischen Lächeln, dem keiner widerstehen kann, am wenigsten Malte.

Der blüht in Thoms Nähe so richtig auf, ist plötzlich kein bisschen traurig mehr, sondern nur noch munter, spritzig und unendlich klug. Mit ihrer Liebe zur Literatur haben die beiden einen Gesprächsstoff, der ihnen niemals ausgeht. Aber man spürt auch an ihren Blicken und den kleinen, liebevollen Gesten, wie gut es körperlich zwischen ihnen läuft.

Kein Wunder, dass es Malte immer seltener in die Hörsäle und Laborräume der Hamburger Uni zieht, wo er eigentlich brav für sein Vorphysikum pauken müsste. Das Studienfach Medizin, zu dem seine Eltern ihn wegen des glänzenden Abiturs schließlich gedrängt haben, gefällt ihm nicht. Die naturwissenschaftlichen Grundlagen erarbeitet er sich in gewohnter Weise mit links; doch beim Sezieren hört der Spaß für ihn auf. Malte wird speiübel, sobald er sich über eine Leiche beugen soll, und keines der probaten Mittelchen, die schon unzählige Studenten vor ihm benutzt haben, um es eben doch durchzustehen, schlägt bei ihm an.

»Ich will nun mal kein Arzt werden!«, stöhnt er, während in unserer Küche dank Punsch und Kuchen langsam wieder Farbe in seine blassen Wangen strömt. »Die ermüdenden Pflichtvorlesungen über Rassenkunde schwänze ich ohnehin schon von Anfang an. So viel kruden Unsinn kann ja kein denkender Mensch aushalten! Die sollen erst mal ihren Darwin lesen und vor allem kapieren, bevor sie überhaupt den Mund aufmachen. Außerdem habe ich es satt, von gewissen Professoren ständig blöd auf mein steifes Bein angeredet zu werden.«

Er verfällt in einen dröhnenden Theater-Bass: »»Wie wollen Sie denn eines Tages Verwundeten im Feld helfen, Voss, wenn Sie selbst kaum gerade laufen können?‹«

Dann wird seine Stimme wieder normal.

»Zudem bin ich felsenfest davon überzeugt, dass die Dichtkunst Menschen anhaltender heilen kann als Chirurgenmesser oder Pillen. Nur wenn die Seele gesund ist, kann es auch der Körper werden. Und was wäre besser dazu geeignet als Bücher? So möchte ich leben, mit und vor allem umgeben von Büchern, und von Menschen, die sie so lieben, wie ich es tue.«

»Das klingt in meinen Ohren ja geradezu nach einem Plan«, werfe ich ein.

»Ist es auch.« Er lacht von einem Ohr zum anderen. »Arno hat mir einen Lehrvertrag angeboten. Mit meinem Abitur in der Tasche könnte ich schon in zwei Jahren fertiger Buchhändler sein.«

»Wissen deine Eltern das auch schon?«, frage ich behutsam nach.

Sein verlegenes Schweigen ist mir Antwort genug.

*

Hamburg, August 1938

Nun sind die Österreicher also auch deutsch. So jedenfalls will es der Führer. Und die meisten von ihnen wollen es offenbar auch, so lauthals jubelnd, wie sie sich beim Einmarsch im März auf dem Wiener Heldenplatz gebärdet haben. Am Volksempfänger konnte man alles mit anhören, ein Geschenk von Tante Fee, die ganz geschockt war, dass ich künftig »hier in der Küche verkomme«, wie sie sich ausgedrückt hat. Mit diesem Gerät wollte sie wohl eilig etwas Unterhaltung und Kultur beisteuern, und ich liebe die musikalischen Übertragungen, während mich das ganze politische Zeug abstößt.

Im Gegensatz zu Tante Fee bin ich selbst überglücklich, wenn ich stundenlang in der Küche stehen und lernen kann, nach und nach das umzusetzen, was Käthe mir spätabends noch beibringt. Sie kocht jetzt für die Familie Voss, im einfachsten ihrer Lokale, der *Flotten Lotte* nahe am Fischmarkt, wo vor allem Hafenarbeiter und Seeleute ein und aus gehen. Die Gäste essen gern, und sie essen gern viel, dementsprechend sind die Portionen ausgerichtet, basierend auf einfachen, bodenständigen Gerichten. Das ist freilich etwas ganz anderes als die abendlichen Finessen in der Villa, aber Käthe meistert den Übergang grandios.

Und sie hat mir das Backen beigebracht.

Dabei war ich eigentlich schon so weit, unserer Nachbarin Ilse Horn nach St. Pauli zu folgen, wo sie sich abendlich vor Publikum in einem Striplokal kunstvoll entblättert. Eine junge, attraktive Barfrau haben sie für das sündige Etablissement gesucht, und als ich in Inges engem roten Kleid und ihren schwarzen Pumps mit einer aufregenden Innenrolle dort aufkreuzte, waren sie drauf und dran, mich zu nehmen. Gescheitert ist es allerdings dann leider an meinem Alter. Rouge, Make-up und Fliegenwimpern lassen mich zwar reifer aussehen, doch meine Kennkarte zeigt eindeutig, dass ich noch immer nicht volljährig bin.

»Aber ich habe doch bereits eine Tochter von achtzehn Monaten«, protestierte ich, als sie mich freundlich, aber energisch wieder aus der Bar hinauskomplementierten. »Ich bin schon lange erwachsen!«

»Det derfste, min Deern, aber Schnaps ausschenken, det is leider nich. Sonst hast du die Fürsorge schneller auf'm Hals, als dir lieb ist. Komm in zwei Jahren wieder. Dann reden wir weiter.«

Zum Glück sind wir dann auf das Backen gekommen, reiner Zufall, weil mich der Rauswurf so deprimiert hatte, dass ich unbedingt noch was Süßes brauchte. In Windeseile hat Käthe aus ein paar Zutaten einen kleinen Gugelhupf zusammengerührt – und ausnahmsweise habe ich ihr dabei mal ganz genau zugesehen, um wieder auf andere Gedanken zu kommen.

»Das kann ich auch«, sagte ich erstaunt. »Das ist ja gar nicht schwer!«

»Hier.« Sie legt mir die Zutaten vor die Nase. »Bitte sehr. Versuch es selbst, Sophie!«

Mein erster Gugelhupf war zu klein und an ein paar Stellen zu fest, aber er schmeckte prima, wie Malte und Thom mir einhellig versicherten, die ihn begeistert verspeisten. Sein Nachfolger geriet dann schon fast perfekt – und seitdem backe ich, was das Zeug hält, als sei plötzlich der berühmte Groschen gefallen. Alle lieben sie meine Kuchen und Torten – die Nachbarn, die Kunden im Antiquariat ebenso wie Maltes ewig hungrige Kommilitonen. Vor Kurzem dann hat Käthe ein paar Stücke mit in die Flotte Lotte genommen. Mama Voss hat sie probiert und war vollauf begeistert – und seitdem habe ich eine Großkundin, die für reichlich Absatz sorgt.

Ich bin unendlich erleichtert, dass die ganze Last des Geldverdienens nun nicht länger allein auf Käthes schmalen Schultern liegt, denn die Nachrichten, die aus Spanien zu uns dringen, sind alles andere als gut. Willi Schuster bringt sie mit, der eines Tages so mager und zerlumpt bei uns klingelt, dass ich ihn im ersten Moment gar nicht erkenne...

»Bist du es, Sophie?«, fragte er und schien ihr Gesicht ebenso vergessen zu haben, wie sie seines.

»Ja, das bin ich. Und du bist ...«

»Willi. Willi Schuster.«

»Willi! Komm doch bitte herein.«

Er folgte ihr zögerlich, als sei er an saubere Behausungen schon lange nicht mehr gewöhnt. Hinsetzen wollte er sich mit seinen verdreckten Sachen lieber nicht, aber einen Schluck von dem Schlehenbrand, den Käthe neulich gegen eine Hochzeitstorte getauscht hatte, nahm er gerne an.

Und ein paar weitere dazu.

»Ich konnte gerade noch rechtzeitig abhauen, als die Nationalisten uns in Barcelona gefangen nehmen wollten, Hannes aber hat es leider nicht mehr ganz geschafft.« Seine Zunge war schon ein wenig schwer geworden.

Eine eisige Hand griff nach Sophies Herz.

»Er sitzt im Gefängnis?«, sagte sie leise. »Wo? In Barcelona?«

»Wenn es das nur wäre! Spanische Gefängnisse sind wahrlich kein Pappenstiel. Aber Juan, wie ihn jetzt alle nennen, wurde ins Lager nach Castuera gebracht. Und das ist viel schlimmer.«

Sophie hatte diesen Namen noch nie zuvor gehört.

»Ins Lager nach Castuera«, wiederholte sie niedergeschlagen. »Und wo soll das sein?«

»Nirgendwo zwischen Madrid und Sevilla«, erklärte Willi. »Estremadura, so heißt die Region. Dünn besiedelt, im Sommer unerträglich heiß. Angeblich wird alles von einem riesengroßen Eisenkreuz am Lagereingang beherrscht, unter dem die ideologische Umerziehung erfolgen soll. So sagen es zumindest die wenigen, die dort lebend wieder rausgekommen sind. Alles stinkt nach Scheiße, weil die Latrinen extra so niedrig gebaut wurden, damit es auch richtig schön durchs Lager wabert, um die Moral der Inhaftierten weiter zu brechen. Kaum Essen, harte Arbeit, rigide Strafen, auch schon bei kleinsten Verfehlungen. So grausam bestraft General Franco die Männer, die gewagt haben, sich gegen sein Regime aufzulehnen und für die Republik zu kämpfen.«

»Das darf Käthe niemals erfahren«, flüsterte Sophie, die

plötzlich kaum noch schlucken konnte. »Es würde sie schlichtweg umbringen …«

Nachdem Willi sich verabschiedet hatte, saß Sophie noch lange in der Küche und starrte vor sich hin. Sie vergaß sogar, die beiden Käsekuchen aus dem Ofen zu holen, und erwachte erst aus ihren Gedanken, als ein beißender, verbrannter Geruch in ihre Nase drang.

Willi nach einer Adresse zu fragen, wo sie ihn erreichen konnte, erübrigte sich, wie er ihr unmissverständlich klargemacht hatte. Er hielt sich illegal im Deutschen Reich auf, ein Gejagter, der jeden Moment damit rechnen musste, aufgegriffen, eingesperrt und sogar hingerichtet zu werden.

»Aber wohin willst du gehen?«

Er zuckte mit den Schultern.

»Möglicherweise zurück nach Frankreich. Oder auf irgendeine Insel. Ich bin so gern am Meer …«

Während Sophie leise fluchend neuen Teig zu rühren begann, kamen ihr seine letzten Worte wieder in den Sinn.

»Auf die nordfriesischen Inseln vielleicht … dort sind die Leute seit jeher eigensinnig und halten vor allem sehr wenig von der herrschenden Berliner Politik …«

Föhr.

Dort lebte Stine, dort lebte aber auch Dorothee Pieper!

Sophie hatte Maltes Tante in den letzten Monaten schmählich vernachlässigt, obwohl diese ihr in ihrer damaligen Not so entgegengekommen war. Dass Malte nicht Maries Vater war, hatte Dorothee sicherlich inzwischen längst von dessen Eltern erfahren. Und dennoch war Sophie zutiefst überzeugt, dass diese Information nichts an Dorothees Zuneigung für sie und die Kleine ändern würde.

Ob sie wohl bereit wäre, noch einmal zu helfen, auch wenn sie sich damit selbst in Gefahr brächte?

Nur mühsam bremste Sophie ihre voreiligen Gedanken.

Noch war Hannes gefangen in einem brutalen spanischen Lager. Zuerst einmal musste er dort überleben, um überhaupt jemals wieder nach Deutschland gelangen zu können. Pakete durften die Gefangenen, wie sie von Willi wusste, nicht entgegennehmen, Briefe nur dann schreiben, wenn die Lagerleitung es ausnahmsweise gestattete.

Also blieb ihr vorerst nur das, was sie aus ganzem Herzen hasste: Warten ...

*

Hamburg, Anfang November 1938

Der Führer schien zu bekommen, wonach auch immer es ihn gelüstete. War er wirklich so ein Zauberer, wie Moers behauptete, vor dem die anderen Staatsmänner Europas gehorsam kuschten und die Hacken zusammenschlugen? Nach dem Münchner Abkommen vom Oktober hätte man das fast glauben können. Jetzt war Deutschland um das Sudetenland reicher und nannte sich fortan stolz »Großdeutschland«.

Malte wie Thom wiegten bedenklich die Köpfe, sobald die Sprache darauf kam.

»Er wird sich nicht damit begnügen«, sagte Thom. »Das liegt doch klar auf der Hand. Hitler will den ganzen Kuchen – nicht den halben. Die deutsche Nation braucht Siedlungsraum im Osten. Jetzt schaut doch nicht alle so verstört, habt ihr denn niemals *Mein Kampf* gelesen?«

Allgemeines Schweigen in der Küche. Sophie wie auch Malte dachten an die Demütigung vor der Klasse, die er hatte erleiden müssen.

»Hättet ihr aber tun sollen, denn dieser Mann setzt zügig um, was er in diesem unsäglichen Traktat geschrieben hat, auch wenn es sprachlich die reinste Katastrophe ist. Siedlungsraum im Osten bedeutet in meinen Augen über kurz oder lang eindeutig Krieg, denn so ganz freiwillig werden die dort ansässigen Nationen ihre Gebiete nicht hergeben wollen.« Er legte Malte zärtlich die Hand auf den Schenkel. »Glück für dich, mein Liebster! Einen Lahmen werden sie wohl kaum rekrutieren. Aber was ist mit mir? Selbst mit einem Auge könnte ich der deutschen Wehrmacht noch unersetzliche Dienste leisten.«

»Ich mag es nicht, wenn du so zynisch bist.« Malte schüttelte die Hand ab. »Hitler ist unser Todfeind, denn er verabscheut Männer wie uns. Und seine Soldaten tun es auch. Du unter lauter strammen heterosexuellen Gewehrträgern? Das könnte dein Ende sein!«

»Dann lass uns abhauen! Wir fliehen über den Rhein ins Elsass. Onkel Arno hat irgendwo hinter Straßburg ein schnuckliges Häuschen. Wir bauen Wein an, essen den ganzen Tag Käse und zitieren nur noch Baudelaire und Rimbaud …«

Geschickt wich er Maltes Hieb aus.

Natürlich war alles Spaß gewesen, doch die Angst wollte trotzdem nicht mehr ganz von Sophie weichen. Hinzu kam, dass sie seit Monaten keine neuen Nachrichten mehr von Hannes erhalten hatten. Die arme Käthe wurde aus Sorge um ihren Sohn immer schmaler und kleiner. Inzwischen tat es Sophie leid, dass sie ihr nicht gleich die Wahrheit gesagt hatte, doch jetzt brachte sie die schrecklichen Worte »Lager« und »Castuera« erst recht nicht mehr über die Lippen.

Willi Schuster war abgetaucht. Nach einer Weile kam eine seltsame Postkarte, deren Stempel unleserlich verschmiert war. Sie zeigte eine Möwe, die mit einem großen Fisch im Schnabel auf einem Holzpfosten hockte; hinter ihr erstreckte sich eine austauschbare Dünenlandschaft.

Nordwind pfeift, las Sophie. *Keine Leuchtfeuer in Sichtweite. Mannschaft in Ordnung. Anlegen im Heimathafen ungewiss. Gruß O.*

Erst nach einigen Tagen fiel ihr ein, wofür O als Abkürzung stehen könnte: Oskar, Willis zweiten Vornamen. Bedeutete das, dass Hannes' Freund sich auf einer deutschen Insel versteckte und die Einheimischen ihn nicht verpfeifen würden? In Hamburg jedenfalls war in absehbarer Zeit nicht mit ihm zu rechnen, so viel stand fest. Damit war die einzige Verbindung zu Hannes gekappt, die ihr noch geblieben war.

Sie schrieb ihm trotzdem – abends, wenn Marie längst schlief und auch kein Licht mehr aus Käthes kleiner Kammer drang – lange, herzzerreißende Briefe mit unzähligen Frage- und Ausrufungszeichen. Tagsüber versteckte sie sie in einer Kassette unter dem Korallenschmuck ihrer Mutter. Manches davon zerriss sie am nächsten Morgen wieder, weil die Sehnsucht ihren Kopf so besetzt hatte, dass Sophie alles, was sie verfasst hatte, kleinmütig, ja, oft sogar kitschig erschien. Hannes brauchte doch eine starke, mutige Gefährtin – und keinen verwöhnten Backfisch, der vor Herz-Schmerz kaum noch ein und aus wusste und ihm sein ohnehin so gefährliches Dasein mit Jammern und Klagen noch weiter erschwerte.

An einem dieser nebligen Herbsttage, die Altona wie in grauen Schaum hüllten, begegnete Sophie Lennie auf der Straße. Er war gewachsen und erschien ihr um einiges schlanker, noch immer kein ranker Athlet, aber auch nicht mehr ein zu kurz geratener, unbeholfener Pummel. Zu ihrem Erstaunen trug er nicht die HJ-Uniform, sondern über langen grauen Hosen einen dunkelblauen Mantel, was ihn erwachsen aussehen ließ. Auch er erschrak, das erkannte Sophie ganz genau, und für ein paar Augenblicke wurde sein Gesicht offen und weich.

Dann legte sich wieder eine harte Maske darüber.

»Wie geht es dir?«, fragte sie leise. »Alles in Ordnung zu Hause?«

»Wüsste nicht, was dich das noch zu interessieren hätte.« Seine Stimme kippte.

»Und Papa?«, fragte sie weiter, weil sie nicht anders konnte. »Was macht sein Herz?«

»Gesund und stark.« An Lennies unstetem Blick erkannte sie, dass er log. »Er sagt, er könnte Bäume ausreißen. Und seine neue Freundin sagt das auch.«

Er hatte sich wieder gebunden – so schnell nach Mamas Selbstmord. Sophie wurde elend zumute.

»Jung ist sie und rotblond«, fuhr Lennie fort, ohne seine Schwester aus den Augen zu lassen. »Adelheid Bergmann heißt sie, und ich glaube, die beiden werden bald heiraten. Verlobt sind sie jedenfalls schon.«

Er wollte neue Kinder. Und das so schnell wie möglich. Um die Tochter zu ersetzen, die nicht sein Fleisch und Blut war. Es hätte ihr gleichgültig sein sollen, aber das war es nicht, ganz im Gegenteil, es tat verdammt weh.

»Magst du sie?«, fragte Sophie.

Lennie zuckte mit den Schultern.

»Ich muss ja schließlich nicht mit ihr ins Bett«, erwiderte er großkotzig, als sei er nicht vierzehn, sondern mindestens fünfundzwanzig. Sophie hätte wetten können, dass er bislang weder ein Mädchen im Arm gehalten, geschweige denn geküsst hatte, aber große Sprüche hatten Lennie ja immer schon gelegen. »Mir wäre sie zu stark parfümiert. Und ihr Lachen klingt ziemlich schrill. Außerdem hat sie lange, rot lackierte Krallen. Du weißt, dass ich das nicht mag.«

Unwillkürlich starrten beide auf Sophies Hände, denen man die tägliche Arbeit in der Teigschüssel und am heißen Ofen deutlich ansah. Die Nägel waren kurz geschnitten wie bei einem Jungen, die Haut hätte Ringelblumensalbe oder irgendeine andere sanfte Creme vertragen können, und am rechten Daumen prangte eine frische Brandblase.

»Ich backe«, erklärte Sophie. »Darum sehe ich so aus. Einen Kuchen nach dem anderen. Inzwischen kann ich sogar Torten. Hat alles Käthe mir beigebracht.«

»Du?«, fragte er ungläubig.

Sie nickte. »Stell dir vor. Und meine Kunden sind ziemlich begeistert.«

»Ich muss jetzt weiter.« Er schien sich richtiggehend losreißen zu müssen.

»Komm einfach gelegentlich mal zum Probieren bei uns vorbei. Ich weiß doch, wie gern du Süßes magst! Marie ist so ein goldiger kleiner Fratz geworden, und ich könnte ...«

Doch Lennie war schon davongestürmt, mit ungelenken Schritten, den Kopf zwischen den Schultern. Von hinten sah er so tollpatschig aus wie eh und je.

Dass Sophie zu weinen begonnen hatte, merkte sie erst, als sie nach ihrem Schlüssel in der Manteltasche kramte und ihr dabei dicke Tränen aufs Revers tropften.

*

Zwei Tage später, am 9. November, brannten abends zahlreiche Häuser in Hamburg. Fensterscheiben lagen zersplittert auf der Straße, Juden wurden herausgetrieben, geprügelt, geschlagen, öffentlich gedemütigt. In allen Stadtteilen verbreiteten sich diese Nachrichten wie ein Lauffeuer; auch in Altona hielten viele angstvoll den Atem an.

Was würde als Nächstes kommen?

Malte, der nach Geschäftsschluss mit Thom bei Sophie verabredet war und unruhig auf die Ankunft seines Liebsten wartete, wusste vor Sorge nicht mehr ein noch aus.

»Ich schlage sie alle tot«, verkündete er finster. »Wer es wagt, auch nur eine Hand an ihn zu legen, der soll mich kennenlernen.«

»Damit sie dich auf der Stelle verhaften? Das wirst du schön bleiben lassen«, warnte Sophie – und fühlte sich schrecklich dabei.

»Ich kann doch nicht tatenlos hier herumsitzen und Däumchen drehen!« Es klang wie ein Aufschrei. »Das

Grindelviertel heißt nicht umsonst Klein-Jerusalem. Und das bedeutet, dort werden sie besonders hart zulangen.«

»Doch, du kannst! Weder Thom noch sein Onkel sind Juden, auch wenn sie ihren Laden dort seit vielen Jahren führen. Solange sie vernünftig bleiben, wird ihnen nichts passieren.«

»Aber sie verkaufen Bücher. Und Bücher, vor allem diejenigen, aus denen ein freier Geist spricht, verachten die Nazis fast ebenso sehr wie Juden. Viele davon haben sie verbrannt, aber längst nicht alle. Arno und Thom haben heimlich ein paar besondere Schätze beiseitegebracht. Sie sind in großer Gefahr. Ich muss zu ihnen!«

Malte humpelte so unruhig in der kleinen Stube hin und her, dass Marie zu weinen begann, weil das Holz unter seinen Tritten so knarrte. Dann lief er hinaus. Unter größter Sorge bereitete Sophie das schlichte Abendessen zu, Bratkartoffeln mit Speck, bis Käthe schließlich todmüde aus der *Flotten Lotte* zurückkehrte.

Sie aßen nur ein paar Gabeln voll, dann schoben sie die Teller zurück und warteten. Von Malte keine Spur.

Plötzlich, schon weit nach Mitternacht, flogen Steinchen gegen Sophies Fensterscheibe. Sie sprang aus dem Bett und betätigte den Türdrücker. Als Malte schließlich vor ihr stand, schrak sie zusammen. Er war totenbleich, die Stirn zerschrammt, beide Hände blutig aufgeschlagen.

»Was ist passiert?«, fragte Sophie und zog ihn in den Flur.

»Arno …« Er konnte kaum noch sprechen. »Erst haben sie in seinem schönen Laden gewütet – diese ganzen unersetzbaren Einzelstücke! Zum Herzerweichen war das. Und dann haben sie ihn niedergeschlagen, als er auf die Straße lief, um einem alten Juden beizustehen, der seit Jahren Stammkunde bei ihm war. Dabei ist er unglücklich gestürzt ...«

»Wo ist er jetzt?«, fragte Sophie angstvoll. »Im Krankenhaus?«

»Tot ist er. Schädelbasisbruch.« Malte lachte bitter. »Das erkennt sogar ein stinkfauler Student wie ich, der die meisten Vorlesungen schwänzt. Wie einen Viehkadaver haben sie ihn weggekarrt.«

Sophie konnte ihm gerade noch einen Hocker unterschieben, sonst wäre er hingefallen.

»Und Thom? Was ist mit Thom?«

»Thom wurde verhaftet. Ein Nachbar hat uns offenbar bei der Sittenpolizei hingehängt. ›Dann geht das heute gleich in einem Aufwasch, die Judenbrut und der warme Bruder. In Neuengamme werden sie viel Freude aneinander haben‹, hat einer der SA-Leute gefeixt. ›Aber vermutlich leider nicht sehr lange.‹« Maltes Blick wurde flackernd. »Heißt das, sie werden ihn töten, Sophie? Wenn sie ihn umbringen, dann will ich auch nicht mehr leben!«

Seine Verzweiflung brach ihr schier das Herz.

»Natürlich lebst du weiter, Malte«, sagte sie bestimmt. »Und tot ist dein Liebster noch lange nicht. Thom braucht dich jetzt, mehr denn je, so wie Hannes mich braucht. Du musst jetzt tapfer sein. Und stark. Nur so kannst du ihm helfen.«

»Aber das bin ich doch nicht!«, schrie er. »Ein Feigling bin ich, ein gottverdammter Feigling. Weißt du, was ich getan habe? Versteckt habe ich mich, als sie ihn abgeführt haben. Das werde ich mir niemals verzeihen!«

Entschlossen schlang Sophie ihre Arme um ihn und zog ihn ganz fest an sich.

»Nicht jeder ist zum Helden geboren«, murmelte sie beschwichtigend. »Und ich gehöre leider auch nicht gerade dazu. Jedenfalls bin ich heilfroh, dass du vernünftig geblieben bist. Morgen gehen wir zusammen in die Buchhandlung und räumen dort auf. Anschließend sorgen wir dafür, dass Arno ein anständiges Begräbnis bekommt. Und was Thom betrifft, so habe ich auch schon eine Idee. Es gibt da durchaus jemanden, der uns helfen könnte …«

Er löste sich von ihr.

»Aber doch nicht etwa Moers?«, sagte er mit bebendem Kinn. »Mit diesem Scheusal will ich nichts zu tun haben!«

»Ich doch auch nicht«, erwiderte Sophie fest. »Aber hast du vielleicht einen besseren Vorschlag?«

*

Hamburg, Juni 2016

»Sind Sie noch wach, Jule?« Johannas Stimme war leise und klang zart.

»Bin ich. Und ich forsche fleißig. Sie werden Augen machen, was ich schon alles gesichtet habe.«

»Verzeihen Sie bitte, dass ich Sie so spät noch mit einem Anruf störe. Aber jedes Mal, wenn ich in diesem Tagebuch lese, überkommt mich das dringende Bedürfnis, mit jemandem darüber zu sprechen.«

»Kann ich gut verstehen«, sagte Jule. »Geht mir nämlich ganz ähnlich. Wie weit sind Sie denn inzwischen? Schon mit allem durch?«

»Keineswegs! Irgendwie ist es seltsam: Einerseits *muss* ich wissen, wie es ausgeht, und gleichzeitig habe ich große Angst davor. Weil dann ja alles vorbei ist.« Johanna räusperte sich. »Ich bin mittlerweile bei der Hamburger Pogromnacht von 1938 angelangt. Als sie Maltes Freund Thom verhaftet haben. Ich fühle so mit diesem klugen jungen Mann! Endlich hatte er jemanden zum Glücklichsein gefunden – und dann das! Sophie bringt ja diesen Moers in Spiel ... aber ob der ihnen helfen wird?«

»Genau da bin ich auch«, sagte Jule. »Eigentlich wollte ich schon weiter sein, aber man muss das Gelesene wirklich erst mal verdauen, da haben Sie ganz recht. Und ausgerechnet Hellmuth Moers? Für mich ein einziges Ekelpaket!«

»Da bin ich ganz bei Ihnen. Aber hat sie denn eine andere Wahl?«

»Vermutlich nicht«, musste Jule einräumen, »obwohl mir der Gedanke trotzdem überhaupt nicht gefällt.« Sie zögerte kurz. »Ganz andere Frage: Hätten Sie vielleicht Lust, am Freitag zu mir zum Essen zu kommen? Nur was Kleines, eine Art gemütlicher Frauenabend sozusagen?«

»Sehr, sehr gerne. Wenn ich nicht störe ...«

»Ganz im Gegenteil! Aphrodite wird sich freuen, und meine Mutter scheint von Ihnen auch sehr angetan zu sein. Ehrlich gesagt, ist sie der eigentliche Grund, warum ich Sie dazu bitte: Sie benimmt sich nämlich deutlich besser, wenn jemand dabei ist, der nicht zur Familie gehört.«

»So schlimm?«, fragte Johanna.

»Schlimmer!«, versicherte Jule. »Jedenfalls manchmal.«
Beide lachten.

»Wenn ich Sie unterstützen kann, bin ich gern dabei«, versicherte Johanna.

»Dann also bis Freitag«, entgegnete Jule. »Sagen wir gegen acht? Maite hält einen ihrer formidablen Kaffeekurse im *Strandperlchen* ab, da kann ich ausnahmsweise schon früher los.«

»Soll ich was mitbringen?«, fragte Johanna, die sich plötzlich ganz beschwingt fühlte. »Nachspeise vielleicht?«

»Müssen Sie nicht. Aber wenn Sie unbedingt wollen …«

»Ja, möchte ich wirklich gern.«

»Also gut, einverstanden. Xenia kommt nämlich auch, und die liebt Süßes. Und bringen Sie vielleicht noch eine Extraportion gute Laune mit. Mama kann manchmal nämlich ganz schön kompliziert sein.«

»Meine liebe Jule«, sagte Johanna. »Ich weiß, inzwischen können Sie das doch so viel besser. Nicht vergessen: Sie bestimmen, wie es ausgeht!«

Eine Weile blieb es still am anderen Ende der Leitung.

»Wissen Sie eigentlich, dass ich Sie sehr mag, Johanna?«, sagte Jule schließlich.

»Das beruht ganz auf Gegenseitigkeit«, erwiderte Johanna bewegt. »Mein Leben ist so viel schöner geworden, seitdem ich Sie kenne. Ich freue mich schon sehr auf Freitag. Und jetzt aber gute Nacht – schlafen Sie gut!«

15

Hamburg, Juli 2016

Natürlich stammte die Idee von Aphrodite, und natürlich hatte diese so lange auf Jule eingeredet, bis die einverstanden gewesen war.

»Mach es dir mit deiner Mutter doch nicht immer so kompliziert! Ein geselliger Abend unter lieben Menschen, schon bist du deinen töchterlichen Pflichten aufs Beste nachgekommen – und sie lässt dich sicherlich in Frieden.«

»Und wenn sie wieder alles schlechtredet?«, lautete Jules Einwand. »Du kennst sie nicht. Sie wäre durchaus in der Lage, die lustigste Party auf einen Schlag zu vermasseln. Früher hat sie das oft meinem Vater vorgeworfen. Aber in Wirklichkeit war es immer Mama, die die gute Stimmung verdorben hat.«

»Das lassen wir dieses Mal einfach nicht zu! Außerdem ist mir noch nie jemand über den Weg gelaufen, der mein Feuerhühnchen mit Fufu *nicht* gemocht hätte. Hast du nicht neulich erst gesagt, dass sie frisch verknallt ist? Dann kann sie doch eigentlich gar nicht so miesepetrig drauf sein.«

Jules Gefühle blieben trotzdem gemischt, als sie das Wohnzimmer für die kleine Gesellschaft herrichtete. Der alte Holztisch, eigenhändig von ihr abgeschliffen und neu versiegelt, hatte für die nächsten Stunden als Arbeitsplatz ausgedient und wurde nun vom Fenster in die Zimmermitte gerückt. Ihre Rechercheunterlagen hatte sie zuvor einzeln hinüber ins Schlafzimmer getragen und dort auf dem Bett ausgebreitet. Vielleicht würde sie Johanna ja schon heute mit ihren bisherigen Ergebnissen vertraut machen, je nachdem, wie der Abend lief. Sie wusste nicht, ob es Johanna eventuell unangenehm wäre, wenn auch andere Menschen davon erfuhren. Dann würde sie ihr einfach ein paar Tage später Bericht erstatten. Eigentlich jedoch machte Jule sich keine allzu großen Sorgen über die möglichen Mitwisserinnen. Aphrodite war bei all ihrer Redseligkeit die beste aller Geheimnishüterinnen, und was Rena betraf, so konnte auch die schweigen, wenn es wirklich darauf ankam. Ein wichtiger Hinweis, dem Jule inzwischen nachgegangen und bei dem sie sogar fündig geworden war, stammte sogar von ihr: der Hauptfriedhof in Altona in der Stadionstraße.

Während sie die Teller mit dem schmalen Goldrand, die ihr die Großmutter vermacht hatte, auf dem Tisch verteilte, kehrte sie in Gedanken noch einmal ins *Strandperlchen* zurück. Am Morgen war so viel los gewesen, dass sie kaum mit den Bestellungen hinterhergekommen war, und als sie gegen Mittag halbwegs durchatmen konnte, hatte auf einmal der Querulant mit seinem blonden Begleiter an einem der Tische gesessen.

»Mein Bruder Kai«, sagte Nils Martens mit einem kleinen Lächeln. »Eigentlich lagen Sie mit Ihrer Ausgangsthese gar nicht so weit daneben. Nur: Er ist der Jurist in der Familie, ein versierter Fachanwalt für Straf- und Asylrecht.

Ich bin bloß ein einfacher Goldschmied. Gibt es heute vielleicht zufällig frische Obsttörtchen?«

»Gibt es«, sagte Jule knapp, deren Herz auf einmal deutlich schneller schlug, was er keinesfalls bemerken sollte. »Himbeer oder lieber Brombeer?«

»Beides«, erwiderte Kai. »Und bitte jeweils zwei davon. Sonst isst er mir nämlich wieder alles weg. Hat er früher auch schon immer so gemacht, obwohl ich ein Jahr älter bin.«

Beim näheren Betrachten erkannte Jule die Ähnlichkeit zwischen den beiden Brüdern: die Nase, die hohe, ein wenig kantige Stirn, die blauen Augen, die bei Nils noch intensiver wirkten, weil seine Wimpern schwarz und nicht hell waren wie bei Kai. Von Johannas Zügen entdeckte sie nichts in diesen Männergesichtern, aber sie war ja auch nur die Tante und nicht die Mutter der beiden.

»Dazu vielleicht einen Kamillentee?«, konnte Jule sich einen leisen Spott nicht verkneifen.

»Natürlich nicht«, erwiderte Nils gelassen. »Von diesen Geschmacksverirrungen haben Sie mich doch längst kuriert. Wir nehmen jeder einen Espresso doppio. Gerne wieder aus Kolumbien oder einem anderen Ihrer aufregenden Herkunftsländer. Und wenn er so gut schmeckt wie beim letzten Mal, soll es uns recht sein.«

Die Brüder steckten die Köpfe zusammen und unterhielten sich angeregt. Nicht, dass Jule sie ständig beobachtet hätte, aber ab und zu hinschauen musste sie doch. Einmal fing sie dabei Nils' Blick auf, der intensiv auf ihr ruhte, fast fragend, und das wilde Herzklopfen, das sich gerade ein wenig beruhigt hatte, setzte erneut ein.

Als es ans Bezahlen ging, bestellten die beiden noch zwei weitere Törtchen zum Mitnehmen, die Jule ihnen in einem kleinen Karton überreichte.

»Für unseren Vater«, erklärte Nils. »Den fahren wir jetzt nämlich in seiner Reha am Meer besuchen.«

»Geht es ihm wieder besser?«, fragte Jule. »Ihre Tante hat sich große Sorgen um ihn gemacht.«

»Wir alle«, erwiderte Kai. »Wir Martens sind ein seltsamer Clan – wenn wir uns sehen, streiten wir schon mal ganz gern, aber sobald es einem von uns an den Kragen geht, halten wir zusammen wie Pech und Schwefel. Und Tante Jo war und ist das Herz unserer Familie. Stimmt doch, Nils, oder?«

»Hätte ich besser nicht sagen können.« Wieder dieser eindringliche, forschende Blick, den Jule kaum aushalten konnte.

Sie gab das Wechselgeld heraus, die beiden Brüder standen auf, und Jule wollte gerade die kleinen Tassen abräumen, als sie plötzlich stutzte. In einer von beiden schimmerte etwas, das da nicht hingehörte. Beherzt griff sie hinein – und hielt zwei goldene Poussetten in der Hand.

»Moment!«, rief sie. »Also das geht aber nicht ...«

»Weshalb denn nicht?« Nils Martens war so groß, dass sie zu ihm aufschauen musste. Sie mochte sein Aftershave, sie mochte seine Nähe – und es störte sie gewaltig, wie sehr sie das alles mochte.

»Weil die viel zu wertvoll sind, wenn sie echt sind!«, sagte sie.

»Natürlich sind sie echt, glauben Sie vielleicht, ich gebe

Ihnen welche aus dem Kaugummiautomaten?«, erwiderte er ernst.

»Ich kann sie nicht annehmen.«

»Und warum nicht? Wollen Sie Ihre schönen Korallenohrhänger denn nicht mehr tragen?«

»Doch. Natürlich will ich das.« Die ganze Situation wurde ihr von Moment zu Moment immer noch peinlicher. »Aber ich war beim Juwelier und weiß inzwischen, was solche Steckerchen kosten. Und mir fehlt … im Moment das Geld dafür.«

»Von Bezahlen war auch keine Rede.« Seine Stimme war so sanft, wie Jule sie bisher noch nie gehört hatte. »Ich sitze ja an der Quelle. Sozusagen.«

»Bitte nehmen Sie sie wieder zurück.« Sie drückte ihm die Poussetten wieder die Hand und wandte sich rasch ab.

»Schade«, hörte sie ihn leise sagen. »Dabei sollte man doch immer mit allem rechnen. Auch mit dem Schönen …«

Mühsam fand Jule wieder in die Gegenwart zurück.

Der Tisch – da fehlten noch Gläser, Besteck und Servietten und das Polster für Xenias Stuhl. Und umgezogen war Jule auch noch nicht. Mit fliegenden Händen richtete sie alles her, schlüpfte dann in ein dunkelblaues Sommerkleid mit weißen Punkten und Tellerrock, das aus einem der benachbarten Vintageläden stammte, trug Lipgloss auf und fuhr sich mit den gespreizten Fingern durch die Locken, als es auch schon läutete.

Aphrodite und Xenia waren die Ersten. Erstere schleppte

einen riesigen Henkeltopf, Letztere eine große Papiertasche mit der Aufschrift *catch the bride*.

»Du hast doch nicht etwa ...«, stieß Jule hervor, als Aphrodite in der Küche einen zweiten, kleineren Topf aus dem großen hervorzauberte und Xenia etwas Rotes aus der Tüte blitzen ließ.

»Doch!«, schrie die Kleine aufgeregt. »Bei Mama ist das Fufu drin. Und dein rotes Prinzessinnenkleid hab ich ganz allein tragen wollen. Wir haben es extra reinigen lassen. Mama sagt, ein Geschenk nicht anzunehmen, ist ganz, ganz unhöflich.«

Das saß. Jule dachte an Nils' enttäuschtes Gesicht und hatte plötzlich wieder einen Kloß im Hals.

»Jubelnde Freude hätte ich mir allerdings etwas anders vorgestellt«, sagte Aphrodite leise. »Was ist los, Süße? Ich bin übrigens zu Tode beleidigt, wenn du es nicht haben willst ...«

»Natürlich will ich es.« Jule umarmte sie stürmisch. »Ihr macht mich nur heute alle fertig mit euren Geschenken. Womit habe ich das eigentlich verdient?«

»Wir alle?« Aphrodites geschwungene Augenbrauen schnellten fragend nach oben.

Das erneute Klingeln enthob Jule einer Antwort.

Seite an Seite stiegen ihre Mutter und Johanna die Treppe hinauf, heiter miteinander parlierend. Rena hatte einen Strauß aus gelben Rosen dabei, Johanna eine Kuchenschachtel.

»Apfel-Calvados-Walnusstorte«, erklärte sie mit ihrem spitzbübischsten Lächeln, nachdem Jule die beiden begrüßt und neugierig den Deckel gelüftet hatte. »Der Lieblingskuchen der Familie Martens. Ich hoffe, dieser Runde schmeckt er auch! Und für die Kleine habe ich eine Erdbeerschnitte dabei.«

»Aussehen tut er schon mal fantastisch.« Jule beugte sich tiefer hinunter. »Und wie er duftet ...«

Und dann saßen sie endlich am Tisch und aßen – und zwar mit den Händen, so, wie es sich bei diesem afrikanischen Gericht gehörte – Feuerhühnchen mit Fufu. Eigentlich beherrschten diese Technik nur Aphrodite und ihre kleine Tochter, die das Fufu aus gekochten Jamswurzeln fachkundig mit der rechten Hand zu kleinen Bällchen rollten und diese anschließend in die scharfe Hähnchensauce tunkten, aber die anderen gaben sich immerhin allergrößte Mühe, was zu allgemeiner Heiterkeit führte. Binnen Kurzem waren alle Stoffservietten hoffnungslos versaut, und Jule lief mehrmals in die Küche, um weitere aus Papier zu holen. Für beste Stimmung sorgte unter anderem auch der gut gekühlte Rosé, dem die vier Erwachsenen zusprachen, während Xenia sich an die selbstgemachte Zitronenlimonade hielt.

»Wäre es eigentlich schlimm, wenn noch ein weiterer Gast zu uns stoßen würde? Ich meine, ein Gast, der keine Frau ist«, sagte Rena unvermittelt. »Ein Mann belebt solche Runden doch immer ungemein. Und zu essen haben wir ja auch noch mehr als genug.«

»Du willst deinen neuen Galan anschleppen?«, entfuhr es Jule. »Ausgerechnet heute? Ich weiß nicht, ob das so eine gute Idee ist!«

»Warum denn nicht?« Aphrodite versetzte ihr unter dem Tisch einen unauffälligen Stoß. »Also, ich mag es immer, neue Leute kennenzulernen.«

»Und du, Tochter?« Die mütterlichen Wangen waren plötzlich rosig geworden.

»Meinetwegen«, brummte Jule und verschob innerlich alles, was mit der Familie Terhoven zusammenhing, auf später.

»Dann ruf ich ihn schnell an.«

Rena verschwand mit ihrem Smartphone nach nebenan, um schon bald noch rosiger angehaucht wieder zurückzukehren.

»Er ist schon auf dem Weg«, sagte sie strahlend. »Du wirst vielleicht ein wenig überrascht sein, Kind …«

Und das war Jule dann auch, als es klingelte, sie öffnete und – ihrem Vater gegenüberstand.

Thilo Weisbach lächelte. Dann drückte er sie an sich und küsste sie zur Begrüßung auf beide Wangen. Er sah gut aus, war schlanker geworden und wirkte um einiges erholter, als sie ihn von ihrer letzten Begegnung in Erinnerung hatte. Die silbergrauen Haare waren kurz und gaben ihm zusammen mit der neuen dunklen Hornbrille einen interessanten Touch. Auch seine Kleidung hatte sich verändert. Er trug Jeans, Sneakers und über seinem blauen Poloshirt einen lässigen Streifenpulli in Meeresfarben.

»An deinem verdutzten Gesicht erkenne ich, dass Rena dir offenbar noch nichts verraten hat«, sagte er schmunzelnd. »So viel Geheimniskrämerei hätte ich deiner Mutter gar nicht zugetraut.«

»Sag nur, das geht schon länger wieder so zwischen euch!«

Sein Lächeln wurde breiter.

»Von mir aus hätte es niemals aufhören müssen«, sagte

er. »Das weißt du doch. Aber ich bin glücklich, dass deine Mutter und ich jetzt wieder regelmäßig miteinander zu tun haben. Ginge es nach mir, sehr gerne noch sehr viel mehr.« Er begann zu schnuppern. »Hier riecht es ja köstlich – sag nur, das hast du gekocht!«

»Leider nicht«, sagte Jule wahrheitsgemäß und zog ihn weiter in die Diele. »Das Essen stammt von meiner wunderbaren Freundin Aphrodite und ist echt afrikanisch.«

Thilo schloss Rena in die Arme, die aufgesprungen war, kaum hatte er das Wohnzimmer betreten, und küsste sie herzlich. Dann stellte Jule ihn Johanna und Aphrodite vor, bevor er neben seiner Frau Platz nahm.

»Und ich bin die Xenia«, schmollte die Kleine, die Jule aus Versehen übergangen hatte. »Bist du wirklich der Papa von der Jule?«

»Der bin ich«, versicherte er und linste auf seinen gut gefüllten Teller.

»Und wo wohnst du in Hamburg?«

»Im Hotel. Ich bin hier nur zu Besuch. Mein Zuhause ist in Leipzig. Dort habe ich einen kleinen Fotoladen und ein Atelier.«

»Ist das weit von Hamburg?«, wollte Xenia weiter wissen.

»Na ja, so um die vierhundert Kilometer sind es schon«, sagte er. »Aber wenn nicht allzu viel Verkehr ist, kann man es mit dem Auto in vier oder fünf Stunden schaffen.«

»Mein Papa heißt Jannis und wohnt in Griechenland. Auf einer Insel.« Plötzlich schimmerten Tränen in den schönen Waldhonigaugen. »Und das ist ganz, ganz weit weg von hier – Tausende und Tausende und noch einmal

Tausende Kilometer. Vielleicht kommt er ja an Weihnachten wieder zu uns. Vielleicht aber auch nicht...« Ihr kleines Kinn mit dem süßen Grübchen begann bedenklich zu zittern.

Aphrodite zog sie auf ihren Schoß und streichelte zärtlich Xenias Kopf.

»Jetzt lass den hungrigen Herrn Weisbach doch erst einmal in Ruhe essen«, sagte sie. »Das mit Weihnachten und dem Papa besprechen wir beide ein anderes Mal.«

»Aber ich will meinen Papa!«, weinte die Kleine. »Nicht erst an Weihnachten. Alle im Kindergarten haben einen Papa. Nur ich nicht...«

»Warte mal«, sagte Jule, die das kindliche Leid rührte. »Ich hab da noch ein paar Stofftiere. Mit denen hab ich auch schon gespielt, als ich noch so klein war wie du. Und ein paar Schals. Mit beidem zusammen könntest du Zirkus spielen, wenn du magst. Oder vielleicht Schule?«

Xenia schien wieder zufrieden und baute sich, nur noch leise schniefend, auf dem Boden eine provisorische Manege.

»So geht das schon seit Wochen«, sagte Aphrodite leise zu Jule. »Egal, was ich vorlese oder was immer wir auch spielen, früher oder später geht es immer um Papa. Ich werde noch verrückt dabei.«

»Und wenn du Jannis sagst, wie sehr sie ihn vermisst?«

»Wie denn? Ich habe ja nicht einmal seine aktuelle Handynummer. Den Unterhalt überweist er pünktlich. Aber das ist auch schon alles. Nach unserem letzten Streit hat er wütend seine Koffer gepackt – und weg war er. Das war vor über einem Jahr. Seitdem herrscht Funkstille.«

»Jetzt habe ich aus Versehen mitgehört«, mischte sich Johanna ein. »Schlimm, wenn Väter sich einfach so aus dem Familienleben davonstehlen. Meinen eigenen konnte ich leider niemals kennenlernen, der ist nämlich im Krieg gefallen, bevor ich auf die Welt kam. Ich habe ihn ein Leben lang vermisst, obwohl meine Mutter alles getan hat, um mich zu verwöhnen.«

»Was meinen Sie, wie sehr ich meine Tochter nach der Scheidung vermisst habe?«, sagte Thilo. »Auf einmal durfte ich sie nur noch alle paar Wochenenden mal sehen. Und als ich später nach Leipzig gezogen bin, wurden die Treffen noch spärlicher. Das sind wichtige Jahre, die mir bis heute fehlen!«

Renas Miene hatte sich bei seinen Worten verfinstert.

»Ach, jetzt bin ich wieder die Böse!«, sagte sie in spitzem Tonfall und rückte ein Stückchen von ihm weg. »Dabei wollte ich doch nur Ruhe und Kontinuität für das Kind, nach all dem Zwist, den wir vor ihr ausgetragen hatten. Jule sollte wissen, wohin sie gehört – und basta. Nervös und hibbelig war sie ohnehin schon. Wahrscheinlich, weil meine Mutter ihr ständig irgendwelche abstrusen Geschichten eingeimpft hat. Da wäre ein elterliches Hin und Her weiß Gott nicht förderlich gewesen.«

»Fangt ihr jetzt schon wieder an?«, sagte Jule. »Und hört bitte sofort damit auf, über mich zu reden, als sei ich gar nicht da. Ich bin nämlich kein kleines Kind mehr.«

»Sie hat recht, Rena«, sagte Thilo. »Unsere Tochter ist erwachsen und hat ihren Weg gemacht, mit oder ohne uns. Ich mochte übrigens die Geschichten, die deine Mutter erzählt hat. Und sie mochte ich erst recht. Mia war eine außergewöhnliche Frau mit viel Fantasie und einem großen Herzen. Sie hatte so etwas Leichtes, Feines, fast schon Nobles. Irgendwie hat sie gar nicht in das doch eher biedere Erzgebirge gepasst.«

»Und mir wäre ein bisschen mehr an Biederkeit deutlich lieber gewesen«, sagte Rena, rückte aber friedlich wieder näher an ihn heran. »Manchmal denke ich, die Flausen in deinem Kopf, Jule, die stammen alle von ihr.«

Jule und Aphrodite räumten gemeinsam den Tisch ab.

»Das geht doch niemals gut«, flüsterte Jule, während sie Johannas Walnusstorte aufschnitt. »Die fetzen sich ja jetzt schon wieder, obwohl sie sozusagen noch mitten im zweiten Honeymoon stecken.«

»Lass sie das doch selbst herausfinden«, erwiderte Aphrodite. »Allein zu sein, wenn man älter wird, ist alles andere als lustig. Meine Ma ist so glücklich, dass sie wieder einen Gefährten an ihrer Seite hat. Manchmal beneide ich sie glühend darum, auch wenn ich sonst für nichts in der Welt mit ihrem anstrengenden Leben in Accra tauschen möchte.« Sie reckte neugierig den Hals und schielte auf die große Glaskanne, die auf der Anrichte stand. »Was trinken wir denn Interessantes dazu?«

»Cold Brew«, erklärte Jule. »Wird immer beliebter, und du wirst gleich schon schmecken, weshalb. Der Kaffee wird grober gemahlen als sonst, mit kaltem Wasser übergossen und gut umgerührt. Dann zieht er abgedeckt mindestens zwölf Stunden bei Raumtemperatur. Ich filtere ihn dann gleich am Tisch, damit alle auch sehen, was sie da bekommen.«

Johannas Torte erhielt zahlreiche Komplimente, aber auch der kalte Kaffee kam bei allen gut an.

»Das schmeckt mild und intensiv zugleich«, sagte Thilo verzückt nach den ersten Schlucken. »Und erfrischend ist es auch noch. Muss ich zu Hause gleich mal versuchen.«

»Aber bitte nicht mit deinem üblichen Billigzeug vom Discounter«, sagte Jule. »Damit wird das nämlich nix. Da musst du dir ausnahmsweise etwas mehr Qualität gönnen. Besuch mich doch im *Strandperlchen*, solange du noch in Hamburg bist, dann kannst du ein paar extrafeine Kaffeesorten probieren.«

Ihr Vater nickte erfreut und widmete sich wieder seinem Kuchen.

»Jetzt halte ich es aber nicht mehr länger aus«, platzte Johanna plötzlich heraus, das Medaillon auf ihrer Brust fest umklammernd. »Sie hatten doch gesagt, Jule, dass Sie Neuigkeiten für mich haben.«

Alle Blicke lagen nun fragend auf Jule. Johanna nickte ihr aufmunternd zu.

»Also gut«, sagte Jule und sah ihre Eltern an. »Eigentlich wollte ich es euch ja schon lange erzählen, aber so am Telefon gab es irgendwie nie die richtige Gelegenheit dazu: Zusätzlich zum *Strandperlchen* habe ich mir noch ein weiteres Standbein aufgebaut – das heißt, im Moment ist es eher noch ein Beinchen. *Ich schreib dir dein Leben*, so habe ich es genannt. Menschen engagieren mich, um mehr über ihre Vorfahren in Erfahrung zu bringen, oder mit der Bitte, dass ich ihre Biografie niederschreibe, weil ihnen selbst das schwerfällt.«

Sie lächelte Johanna an. Jetzt war es vor den Eltern heraus, und eigentlich war es gar nicht so schlimm gewesen.

»Finde ich toll«, sagte Thilo anerkennend. »Hut ab, Tochter! Aber eigentlich wundert es mich nicht. Du hast immer schon gern und gut erzählt. Auch, als du noch ganz klein warst. Und deine Großmutter hat dich dabei stets ermutigt.«

»Mir gefällt es auch.« Rena wirkte auf einmal ganz entspannt. »Aber warum hast du niemals auch nur einen Ton gesagt?«

Jule atmete tief aus.

»*Jule ohne Plan*«, sagte sie dann. »So hast du mich doch immer genannt, weil ich mich so gern verzettelt habe. Erinnerst du dich?«

Ihre Mutter zuckte die Achseln.

»Das soll ich gesagt haben? Kann ich mir gar nicht vorstellen!«

»Doch, hast du«, beharrte Jule. »Und zwar so oft, bis ich es total verinnerlicht hatte. Irgendwann bin ich mir dann selbst schon so vorgekommen – konfus, viel zu leicht ablenkbar, absolut unzuverlässig. Ein Schussel eben ohne Sinn und Verstand. Und dann wollte ich nach dem Studium ohne Abschluss auch noch in die Gastronomie! Schon wieder ein neuer Berufsweg, wie sehr hast du gestöhnt! Aber ich liebe mein kleines Café, Mama, und ich liebe es, Menschen ihre Geschichte zurückzugeben. Beides lässt sich erstaunlicherweise gut miteinander vereinbaren.«

»Aber dann arbeitest du ja Tag und Nacht«, murmelte Rena. »Ist das denn gesund?«

»Kann durchaus mal vorkommen«, sagte Jule. »Aber mach dir keine Sorgen, ich schaffe das. Und ob es gesund ist, ist mir gerade ziemlich egal. Es macht mich zufrieden. Manchmal sogar glücklich. Allein das zählt.«

Jetzt senkte ihre Mutter den Kopf und schwieg

»Zeig uns doch mal, wie du so eine Recherche angehst«, schlug Aphrodite diplomatisch den Bogen. »Vielleicht an dem, was du für Frau Martens gerade herauszufinden versuchst. Dann können wir es uns alle viel besser vorstellen.«

»Ach ja, bitte!« Johanna klatschte aufgeregt wie ein Kind in die Hände. »Ich gehe ohnehin nicht von hier weg, bis ich weiß, was Sie schon wissen.«

»Hier? Vor allen?«, fragte Jule für alle Fälle noch einmal nach.

»Natürlich! Warum denn nicht?« Johanna beugte sich so temperamentvoll nach vorn, dass ihr Medaillon sich öffnete. Sie streifte die Kette ab und legte beides auf den Tisch. »Damit hat alles eigentlich angefangen«, erklärte sie den anderen. »Und mit einem alten Pappkoffer auf dem Dachboden meiner verstorbenen Mutter, in dem ich ein Tagebuch gefunden habe.«

Sie schaute zu Rena.

»Einen Teil davon kennen Sie ja schon, wie Sie neulich im Café erzählt haben. Und Sie konnten ebenso wenig zu lesen aufhören wie Ihre Tochter und ich.«

»Ja«, sagte Rena. »Es ging mir durch und durch. Ein junges Mädchen aus reichem Haus, das plötzlich so tief gefallen ist und trotzdem nicht aufgibt – ich habe mich die ganze Zeit gefragt, was ich an ihrer Stelle gemacht hätte. Und geschämt habe ich mich auch ein bisschen. Wir alle beschweren uns manchmal über die Unbill des Daseins. Dabei haben wir es doch so viel besser als die, die vor uns gelebt haben.«

Johanna nickte zustimmend. »Und für die anderen hier am Tisch: Das junge Mädchen, aus dem im Lauf der Jahre eine Frau wird, heißt Sophie Terhoven. Sie hat ihr Leben im Dritten Reich aufgeschrieben, mal äußerst detailreich, dann wieder eher sporadisch, mit größeren Pausen. Von Hannes, ihrer großen Liebe, dem Sohn der früheren Köchin, hat sie ein Kind. Aber Hannes' eigentlicher Erzeuger war Sophies Vater, der Kaffeebaron Friedrich Terhoven. Folglich dachten die beiden jungen Liebenden natürlich, sie seien Halbgeschwister – mit schrecklichen Folgen, wie Sie sich das in Nazideutschland vorstellen können. Doch dann kam heraus, dass Sophie einen ganz anderen Vater hat, dessen Identität unerwähnt bleibt – jedenfalls soweit wir in der Tagebuchlektüre bislang gekommen sind.«

Jule nickte ebenfalls.

»Sophies Mutter Delia hat dieses Geständnis allerdings erst nach ihrem Selbstmord abgelegt«, fuhr Johanna fort. »Mit Oleander hat sie sich vergiftet.« Sie tippte auf die rechte Seite des Medaillons. »Mit diesen getrockneten rosa Blüten.«

»Und das tragen Sie mit sich herum?«, fragte Thilo erschrocken.

»Ist doch hinter Glas«, sagte Johanna. »Außerdem sicherlich viel zu alt, um noch Schlimmes anzurichten, was ich ohnehin nicht vorhätte. Die Geschichte der Terhovens lässt mich einfach nicht mehr los. Und so kam ich auf die Idee, Jule um Hilfe bei den Nachforschungen zu bitten.«

Inzwischen war der Tisch leer genug, damit die Gastgeberin erneut ihre Materialien ausbreiten konnte.

»Ich habe am Friedhof angefangen«, berichtete Jule. »Deine Idee, Mama – noch einmal danke dafür.« Rena nickte zerstreut, offenbar mit den Gedanken ganz woanders. »Sophie wohnte auf der Flottbeker Chaussee, heute Elbchaussee – nicht weit von Altona. Vielleicht liegt jemand von ihrer Familie dort auf dem Hauptfriedhof an der Stadionstraße begraben, so lauteten meine Überlegungen. Und ich bin tatsächlich fündig geworden.«

Sie legte mehrere quadratische Fotos in die Tischmitte.

»Sind die etwa aus der Polaroidkamera, die ich dir vor Urzeiten geschenkt habe?«, fragte Thilo sichtlich erfreut. »Dass du die aufgehoben hast!«

»Sind sie, Papa. Ganz schön praktisch, das alte Schätzchen.« Jule schmunzelte. »Natürlich habe ich die Kamera noch. Du weißt doch, wie sehr ich an Familienandenken hänge.«

Dann wandte sie sich wieder an Johanna.

»Da, sehen Sie? Großes Familiengrab, edler Marmorstein – und darauf eingemeißelt folgende Namen: Delia Terhoven, † April 1937, Felicia Terhoven † September 1940, Friedrich Terhoven † Mai 1943. Keine Sophie, und auch keine Rose-Marie. Aber die hatte der Nicht-mehr-Vater und -Großvater ja auch verstoßen.«

»Die Grabstelle ist gut gepflegt«, kommentierte Johanna. »Schöne Einpflanzung, alles wirkt wie frisch begrünt. Sogar eine Vase mit weißen Rosen steht darauf. Beinahe, als ob es fleißige Besucher gäbe.«

»Das ist mir auch gleich aufgefallen«, sagte Jule. »Aber

das kann auch jeder Gärtnereibetrieb besorgen, bei entsprechender Bezahlung sogar über Jahrzehnte.« Jetzt nahm sie Johanna fest ins Visier. »Was sehen Sie noch?«

»Sie sind alle ziemlich rasch hintereinander gestorben«, sagte Johanna. »Delia '37, Felicia '41, Friedrich '43, noch vor dem großen Feuersturm auf Hamburg.« Sie zögerte. »Und es gibt keine zweite Ehefrau. Jedenfalls nicht in diesem Grab. Friedrich war doch wieder verlobt, oder nicht?«

»Richtig«, bestätigte Jule. »So hat Lennie es seiner Schwester erzählt.«

»Mensch, ja, Lennie!«, rief Johanna aufgeregt. »Das ist es! Von dem steht hier ebenfalls nichts. Kein Todesdatum eines Lennart Terhoven. Das könnte bedeuten, dass …«

»… er als Soldat in den Krieg musste, was relativ sicher sein dürfte, und sonst wo begraben liegt. Soldatenfriedhöfe habe ich bislang nicht durchforstet. Wie auch? Ich wüsste ja nicht einmal, wo ich da anfangen sollte.«

»Oder er ist noch am Leben.« Johannas Augen leuchteten. »Lennie ist, warte mal, circa fünf Jahre jünger als seine Schwester, wenn ich es richtig gelesen habe, also Jahrgang 24, da müsste er jetzt …«

»Zweiundneunzig sein«, ergänzte Thilo, der die ganze Zeit gespannt zugehört und offenbar mitgerechnet hatte. »Das ist heutzutage nichts Ungewöhnliches mehr, wo die Anzahl der Hundertjährigen jedes Jahr weiter steigt.«

»In Hamburg lebt er jedenfalls nicht«, sagte Jule. »Das steht schon mal fest.«

»Woher willst du das so genau wissen?«, fragte Aphrodite.

Xenia hatte sich längst mit einem abgeschabten Hasen auf dem Sofa zusammengerollt und schnarchte leise.

»Weil die Hamburger Adressbücher seit einiger Zeit online sind«, erwiderte Jule, die auf einmal ganz wach wirkte. »Und zwar bereits von 1787 an, also weit vor unserer fraglichen Zeit. Das Gleiche gilt für die Fernsprechbücher, soweit es sie schon gegeben hat. Ich habe sowohl nach Straßennamen als auch nach Familiennamen gesucht. Kein Lennart Terhoven.«

»Wie schade!«, sagte Johanna. »Aber vielleicht hat er ja geheiratet und trägt jetzt einen anderen Namen?«

»Vor den Achtzigern war das ja noch gar nicht möglich. Und selbst dann? Ein Macho wie Lennie? Doch eher unwahrscheinlich«, widersprach Jule. »Ich war mit dem Fahrrad in der ehemaligen Flottbeker Chaussee. Die Villa steht noch. Nach der Beschreibung im Tagebuch habe ich sie sofort erkannt. Von der Flussseite aus kann man das Familienlogo wie einst lesen: *Dum spiro spero*. Das ist alles geblieben. Nur die Besitzer haben sich geändert. Laut Grundbucheintrag gehört das Anwesen inzwischen einem gewissen Theo Holtborn. Und zwar bereits seit 1946.«

»Und haben Sie schon mit ihm geredet? Oder mit seiner Familie?«, fragte Johanna aufgeregt. »Vielleicht wissen die ja etwas über die Terhovens.«

»Bislang noch nicht. Und sollten wir das nicht zusammen angehen?«

»Gerne. Am liebsten sofort. Ach, ich würde zu gern wissen …«

Johanna hielt inne, weil Rena einen seltsamen Laut von sich gegeben hatte.

»Sie sind ja auf einmal ganz grün um die Nase, Frau Weisbach! War Ihnen das afrikanische Feuerhuhn vielleicht doch zu scharf? Brauchen Sie einen Schnaps?«

Auf Renas Stirn glitzerten Schweißperlen.

»Das Essen war vollkommen in Ordnung. Es ist dieser Oleander in Ihrem Medaillon, der mich fertig macht«, sagte sie matt. »Er hat seinen Namen von irgendeiner alten Sage, richtig?«

»Ja«, sagte Johanna. »Sie erzählt von Hero und Leander, den beiden unglücklich Liebenden, die nicht zusammenfinden konnten. Ein tiefes Wasser hat sie getrennt, das er Nacht für Nacht durchschwamm, um zu ihr zu gelangen, geleitet von einem Leuchtfeuer, das sie für ihn immer wieder neu entzündete. Doch eines Nachts löschte ein gewaltiger Sturm das Feuer aus – und er ertrank. Jetzt wollte auch Hero nicht mehr leben und stürzte sich in den Tod.«

»Und was hat das bitteschön mit Oleander zu tun?«, fragte Aphrodite. »Sorry, aber da sind mir unsere deftigen afrikanischen Sagen und Märchen lieber! Ich mag es eben einfach und direkt.«

»Weil in dieser anmutigen Pflanze der Tod wohnt«, sagte Johanna. »Sie ist immens giftig, die Blätter, die Blüten, die Wurzeln, einfach alles. Die Bitternis neben der Süße. Manche Leute behaupten ja, genau das sei das Charakteristikum der Liebe – die bei aller Schönheit stets auch sehr gefährlich sein kann.«

Rena war noch blasser geworden.

»Davon hat sie mir erzählt, als ich noch ein Kind war«, sagte sie leise. »Wieder und immer wieder. Ich wollte es nicht hören, weil es mir Angst gemacht hat, aber das war ihr egal. ›Der Oleander gehört zu unserer Familie‹, so die Worte meiner Mutter. ›Wir sind die Oleanderfrauen, für die die süße Liebe auch immer viel Bitternis bringt. Das hat schon *meine* Mutter zu mir gesagt. Und du als meine einzige Tochter sollst es auch wissen. Damit du es nämlich in deinem Leben eines Tages besser machen kannst.‹ Aber als ich Oma irgendwann danach gefragt habe, hat die nur abgewinkt. Sie war eine einfache Frau aus dem Erzgebirge und hatte nicht die geringste Ahnung, was damit gemeint sein könnte.«

»Vielleicht hat Ihre Mutter diese Sage ja irgendwo aufgeschnappt«, sagte Johanna. »Oder sie haben sie in der Schule durchgenommen ...«

»In der Mittelschule von Annaberg? Da gab es nach 1945 Steno und Buchhaltung und jede Menge Marxismus-Leninismus, aber garantiert keine griechischen Sagen«, widersprach Rena.

»Dann ist es vielleicht reiner Zufall«, schlug Aphrodite vor. »Denn Probleme mit der Liebe haben Sie ja ganz offensichtlich nicht, wenn ich mir Sie beide so ansehe.« Sie zwinkerte Thilo und ihr zu.

Rena blieb nachdenklich.

»Im Zimmer meiner Mutter stand immer ein kleines Schälchen aus Speckstein mit getrockneten rosa Oleanderblüten, das meine Mutter ihr Lebtag lang wie ihren Augapfel gehütet hat«, sagte sie. »Nicht einmal in die Nähe kommen durfte ich, schon hatte ich einen Klaps auf der Hand. Und Sie tragen exakt solche Blüten in einem silbernen Medaillon mit sich herum!«

»Oma hatte auch rosa Oleander?«, fragte Jule verblüfft.

»Hatte sie!«, bekräftigte Rena. »Ich muss das alte Ding sogar noch irgendwo verräumt haben. Sobald ich wieder zu Hause bin, schaue ich sofort nach.«

»Zu mir hat sie nie etwas über die Oleanderfrauen gesagt«, setzte Jule hinzu. »Niemals. Daran würde ich mich erinnern.«

»Das will ich doch schwer hoffen!« Rena klang grimmig. »Das habe ich meiner Mutter nämlich auch strengstens verboten. ›Du erschreckst mir mein Kind nicht‹, habe ich zu ihr gesagt. ›Ich will, dass unsere Jule fröhlich und unbeschwert aufwächst, nicht belastet von solch uraltem Kram, der doch zu nichts führt‹.« Ein kleines Lächeln erhellte ihr Gesicht. »Und ausnahmsweise scheint sie sich daran gehalten zu haben.«

*

»Zufrieden?«, fragte Johanna, nachdem die anderen Gäste gegangen waren. »Ich finde übrigens, Sie haben sich fabelhaft geschlagen. War doch eigentlich ganz nett mit Ihrer Mutter.«

»Erstaunlich nett sogar«, räumte Jule ein. »Bis zu dem Moment, als es um früher ging.« Sie schüttelte den Kopf. »Dass sie wieder mit Papa zusammen ist! Ich fass es noch immer nicht ganz. Mal sehen, wie lange es dieses Mal gutgeht.«

Sie saßen noch zusammen bei einem Grappa, den Jule eigens für diesen Anlass geöffnet hatte.

»Wissen Sie schon, wo Sie weiterforschen wollen?«, wollte Johanna wissen. »Ich kann es kaum erwarten!«

»Als Nächstes werde ich mich wohl der Hamburger Kaffeebörse widmen«, antwortete Jule. »Ein weites Feld, wie ich fürchte. Aber vielleicht ist Lennie ja, sofern er den Krieg überlebt hat, in die Fußstapfen seiner Vorfahren getreten. Wäre bei der Vorgeschichte durchaus plausibel.«

»Ohne eine Adresse in Hamburg?« Johanna trank einen Schluck. »Eher schwierig, meinen Sie nicht?«

»Einen Versuch wäre es wert. Ebenso, wie dem Schicksal der Familie Voss nachzugehen. Die Eltern können rein numerisch nicht mehr am Leben sein, und Malte dürfte eher keine leiblichen Nachkommen in die Welt gesetzt haben. Aber vielleicht seine Schwester Hella? Womöglich hatte die Nachwuchs. Ich werde auf jeden Fall überprüfen, was aus den Gaststätten geworden ist, die sie betrieben haben.«

»Vergessen Sie nicht, wie stark Altona im Feuersturm '43 zerstört wurde«, sagte Johanna. »Ganze Straßenzüge wurden ausgelöscht.«

»Ich weiß. Aber immerhin waren es ja drei Lokale ...« Jule stützte den Kopf in die Hände. »Ganz schön anstrengend, diese Terhovens!«

»Du willst doch nicht etwa aufgeben?« Johanna sah auf einmal ganz erschrocken aus. »Entschuldigung, jetzt hab ich einfach ›du‹ gesagt!«

»Na, endlich!« Jule prostete ihr zu. »Darauf habe ich schon gewartet. Und natürlich gebe ich nicht auf, jetzt erst recht nicht. *Dum spiro spero*, so lautet jetzt auch mein Motto. Ich habe nämlich richtig Feuer gefangen.« Sie lächelte. »Wie soll ich dich jetzt eigentlich nennen?«

»Alle, die mich mögen, sagen Jo zu mir«, sagte Johanna.

»So hieß ich schon als kleines Kind. Das hat mein Bruder Volker erfunden, dem Johanna zu lang war.«

Sie spielte mit ihrem leeren Glas.

»Glaubst du eigentlich, sie haben irgendwann geheiratet, Sophie und ihr Hannes? Dann hätte sie ja ab da Kröger geheißen. Ebenso wie die gemeinsame Tochter. Die könnte allerdings noch am Leben sein, ich meine nur, rein vom Alter her.«

»Was die Suche nicht gerade einfacher macht. Ausgerechnet Kröger! Davon gibt es Mengen in Hamburg und Umgebung! Und es würde uns auch nur dann weiterhelfen, wenn Rose-Marie ledig geblieben wäre …«

Jule gähnte verstohlen, aber Johanna bemerkte es trotzdem.

»Ich lass dich jetzt in Ruhe«, sagte sie und stand auf. »Versprich mir, dass du heute Nacht nicht mehr arbeitest. Auch junge Menschen brauchen ihren Schlaf.«

»Jetzt klingst du fast wie meine Großmutter«, sagte Jule lächelnd. »So etwas in der Art hat sie auch immer gesagt, wenn ich spätabends noch über den Hausausgaben gehockt habe. Ich glaube übrigens, ihr beide hättet euch ziemlich gut verstanden.«

»Glaube ich auch«, sagte Johanna. »Ich mag die ganzen Weisbachs. Dein Papa hat mir ebenso gefallen.«

Sie umarmten sich. Dann brachte Jule ihren Gast zur Tür.

»Kannst du überhaupt noch fahren?«, fragte sie.

»Eher nicht. Ich nehme mir lieber ein Taxi. Aber lesen darf man doch noch ein bisschen, oder? Ich meine, wenn man wieder sicher daheim angekommen ist.«

»Lesen darf man immer!«, versicherte Jule lächelnd.

16

Föhr, Juli 1939

Es riecht nach Krieg, das sagen sie alle, und auch ich verspüre bei diesem Gedanken eine scheußliche Enge in der Brust, die nicht mehr weichen will. Dabei ist dieser Sommer so herrlich und golden wie schon lange keiner mehr. Die Ernte im Alten Land wird üppig ausfallen, das Wasser glitzert, und jeden Morgen zieht ein neuer strahlend blauer Tag herauf. Mein kleines Mädchen macht mir solche Freude, dass ich sie von früh bis spät küssen und herzen könnte: Marie rennt wie ein Wiesel, plappert und singt, ist klug und aufmerksam – und wunderschön!

Ihr zarter Hals. Die festen Waden. Der runde Bauch. Natürlich ist sie längst kein Windelkind mehr, sondern sagt mir, wenn sie zur Toilette muss. Die Sonne hat in ihre braunen Löckchen blonde Lichter getupft. Sie sieht aus wie Hannes in Klein – und genau das findet er auch.

Denn das ist die Riesenfreude in meinem Leben, obwohl die politische Lage keineswegs zu Frohsinn einlädt, ebenso wenig wie die familiäre: Hannes ist zurück – mein über alles geliebter Hannes!

Über seine Flucht aus dem spanischen Lager verliert er keine Silbe. Wie und wann und wo – das alles bleibt sein

Geheimnis. Er will mich schützen, damit ich so wenig wie möglich weiß, sollten sie mich einmal festnehmen und verhören. Und auch seine monatelange Odyssee quer durch Europa gibt er allenfalls in winzigen Häppchen preis. Mal erwähnt er eine Landschaft, die ihn berührt hat, wie zum Beispiel Südfrankreich, wo er zur Zeit der Kirschenernte inmitten von Zigeunerclans die süßen Früchte von mächtigen alten Bäumen pflückte; mal einen alten flämischen Bauern, in dessen Kate er sich nach Monaten des Hungers an Käse und Brot und Speck endlich wieder sattessen durfte. Meistens aber schweigt er. Mager und zäh ist er geworden, auf einen Schlag um Jahre älter, tief in sich gekehrt, als sei ihm das »normale« Leben ringsumher auf einmal viel zu laut.

Dabei reden die Leute auf Föhr nicht mehr, als sie unbedingt müssen – wer wüsste das besser als ich, die ich dort in winterlicher Einsamkeit mein Kind ausgebrütet habe. Vor drei Wochen erreichte mich plötzlich wieder eine dieser kryptischen Postkarten von O – also Willie.

C. an Bord. Leichte Schlagseite. Sehnsucht im Herzen. Sommerfrische erwünscht. Nie war Insel schöner.

Ich musste mich festhalten, sonst wäre ich gegen den Ofen gefallen, in dem gerade ein Kirschkuchen gar wurde.

C.? Er meinte doch nicht etwa ...

Nach Stunden intensiven Grübelns war es mir plötzlich klar.

Doch. Genau das meinte er.

C. stand für Claas, der Vorname jenes Mannes, den Hannes als seinen Vater ansah, bevor er erfuhr, dass Friedrich Terhoven ihn gezeugt hatte.

Er war wieder da. Hannes war zurück – vermutlich auf Föhr, auch wenn Willie die Insel mit keiner Silbe erwähnt hatte.

Ab da gab es für mich kein Halten mehr: Käthe vor Freude in der Wohnung umhergewirbelt, kaum war sie von der Arbeit zurück. Dicken Kuchenvorrat für die Flotte Lotte gebacken, der nun dort im Kühlraum auf Gäste wartet. Koffer und Rucksack gepackt. Fahrkarten besorgt. Marie geherzt. Losgefahren.

Auf gut Glück, ohne mich irgendwo anzukündigen. Nur keine Spuren legen!

Meine Füße sind bleischwer, als ich mich Herks Haus nähere, in dem seit Jahren nun auch Stine wohnt, die Kleine im Kinderwagen vor mich herschiebend, weil weite Strecken Marie noch immer schnell müde machen.

Den Türklopfer betätigt. Dann warten.

Schließlich spüre ich eine Bewegung hinter mir. Dann legen sich zwei schwielige Hände auf meine Augen. Diesen Geruch hätte ich unter Hunderten erkannt, auch wenn er gerade mit reichlich Schweiß vermischt ist.

Ich fahre herum, liege in seinen Armen, kann nur noch weinen und küssen, küssen und weinen. Als er mich loslässt, erschrecke ich, denn seine Haare sind dunkel und stumpf.

»Kleine Tarnung.« Sein Lächeln soll fröhlich sein und wirkt doch ein wenig traurig. »Und meistens stecken sie ja ohnehin unter einer Mütze. Für die Fischer hier bin ich Juan, der wortkarge Spanier. Auf der Insel reichen meine Sprachkenntnisse dafür locker aus. Stine und Henk sind eingeweiht, ebenso wie Dorothee Pieper.«

Er beugt sich über den Kinderwagen. Sein Gesicht zerfließt vor Glück.

»Rose-Marie«, flüstert er. »Rose-Marie, mein kleines Mädchen!«

Sie schaut ihn ganz ernsthaft an. Dann beginnt auch sie zu lächeln.

»Papa?«, sagt sie fragend.

Mein Herz droht vor Rührung zu zerspringen.

Das sind die ersten Tage, golden und blau, so endlos, dass man denken könnte, es wird niemals wieder Herbst. Stine und Henk, inzwischen selbst Eltern von zweijährigen Zwillingsbuben und das Kind Nummer drei bereits schwer unterwegs, stellen uns eine alte Kate zur Verfügung, Plumpsklo und Wasser vom Brunnen hinter dem Schuppen eingeschlossen. In aller Früh fährt Hannes mit den Fischern hinaus, und wenn er anschließend zu mir ins Bett kriecht und mich am ganzen Körper küsst, schmeckt er nach Salz und Tang. Wir lieben uns, wir trinken Tee und Bier, braten Fisch, spielen mit der Kleinen, die aufblüht wie eine zarte junge Rose.

So sind die Tage.

Die Nächte jedoch verlaufen anders.

Kaum wird es dunkel, überfällt Hannes eine quälende Unruhe. Er kann nicht mehr stillsitzen, läuft ruhelos hin und her. Er hat Angst, einzuschlafen, weil unzählige Dämonen ihn piesacken, schreit, wenn die Müdigkeit ihn doch übermannt hat, schlägt um sich, tritt und beißt einmal sogar schlaftrunken so fest in meinen Arm, dass ich blute.

Er redet nicht.

Erzählt mir nichts von dem Grauen, das er im Lager

erlebt hat, und doch spüre ich seine seelische Not mit jeder Faser.

Dann kommt Käthe uns besuchen, die beinahe zu Boden sinkt, als sie ihren Sohn so verändert vor sich stehen sieht, sich dann aber rasch wieder fasst. Für drei Tage schöpfe ich Hoffnung, dass doch noch alles gut werden kann, doch als sie zurück nach Hamburg muss, weil die Flotte Lotte sie braucht, ist der Zauber des Wiedersehens unwiederbringlich verflogen.

Vielleicht auch, weil meine alltäglichen Probleme in Hamburg mir unerbittlich auf den Leib rücken. Tante Fee ist so blass und dünn geworden, dass alle Kleider an ihr schlottern. Ich mache mir riesengroße Sorgen um sie. Sie behauptet zwar, das Essen schmecke ihr einfach nicht mehr, seitdem Käthe gegangen sei, aber ich fürchte, das ist höchstens die halbe Wahrheit. Sie vermisst mich, das gibt sie unumwunden zu, ebenso wie die Kleine, und die schrille Anwesenheit Adelheids in der Villa, die sich dort schon wie die neue Herrin aufführt, schlägt ihr offenbar zusätzlich auf den Magen. Ich dränge sie immer wieder, einen Spezialisten aufzusuchen, um ihrer dramatischen Gewichtsabnahme auf den Grund zu gehen, aber sie erfindet stets neue Ausreden und laboriert sich mit Kamillentee und seltsamen Kräutermischungen, die sie angeblich bei einer Heilkundigen kauft, durch die Wochen und Monate.

Auch den Mann, der einst mein Vater war und nun Hannes' Vater ist, plagen diverse Nöte. Sein Herz schlägt immer wieder böse Kapriolen, das weiß ich von Fee. Ein halbes Dutzend Mal musste er sich schon ins Krankenhaus begeben. Vielleicht ist deshalb noch nichts aus der geplanten zweiten Heirat geworden. Oder ist Fräulein Bergmann etwa gar nicht mehr so erpicht darauf, die zweite Frau Terhoven zu werden, jetzt, wo Propagandaminister Joseph Goebbels öffentlich gegen »Kaffeetanten« wettert und jeder Import von Kaffeebohnen über die Kaffee-Einfuhr-Prüfstelle kontrolliert wird?

Seitdem schwinden die Bestände in den Rohkaffeelagern beständig, das weiß ich ebenfalls von meiner Tante. Röstmengen werden begrenzt, Kontingentierungen festgelegt. Schon seit dem letzten Jahr darf nicht mehr für Kaffee geworben werden – was die Einnahmen minimiert. In den Geschäften bekommt man als Kunde höchstens noch hundert Gramm pro Kopf, und die Leute reagieren verbittert, da Kaffee zum alltäglichen Leben einfach dazugehörte. Eine gemütliche oder gar festliche Sonntagstafel ohne Bohnenkaffee? Undenkbar! Und doch müssen viele Menschen jetzt wieder lernen, ohne ihren geliebten Kaffee auszukommen.

Eigentlich könnte mir das alles in meinem neuen Leben herzlich gleichgültig sein, wo wir jede Mark umdrehen müssen und Bohnenkaffee ohnehin ein Luxus geworden ist, den wir uns kaum noch leisten können. Aber für mich, die gewissermaßen Kaffee im Blut hat, fühlt es sich trotzdem an wie ein persönlicher Affront. Papa, wie ich ihn innerlich aus Versehen manchmal noch immer nenne, wird dadurch sicherlich nicht auf einen Schlag zum armen Mann, doch mit dem beständigen Geldfluss, an den er gewöhnt war, ist es nun erst einmal vorbei.

Dann aber schiebe ich diese bedrückenden Gedanken wieder beiseite, weil ich die letzten Momente mit Hannes noch auskosten will, bevor ich mit Marie zurück nach Hamburg muss. Davon, dass er uns begleitet, kann keine Rede sein.

Er wird noch immer gesucht und gejagt, ein Ausgestoßener ohne Papiere, der froh sein kann, dass ihm die raue Insel Schutz gewährt.

Ein Gedanke, der mir den Hals zuschnürt – und mehr als das. Deutschland, Deutschland über alles tönt es von überall. Doch in diesem Deutschland ist kein Platz für ihn, das wissen wir beide.

So schneiden wir auch das Thema Heirat bewusst nicht an, das uns beiden auf der Seele brennt, mir vielleicht noch ein wenig mehr als ihm. Wie gern würde ich vor der ganzen Welt seine Frau sein, und er weiß, dass ich davon träume.

»Das bist du doch längst«, sagt Hannes an unserem letzten gemeinsamen Abend, als das Kind schon schläft, müde gespielt und satt gekost von elterlicher Zuneigung. »Aber weil ihr Frauen immer so gern Symbole habt ...«

Plötzlich liegt ein silbernes Medaillon, das an einer längeren Kette hängt, auf dem Kissen.

»Du bist ja verrückt«, murmele ich verzückt. »Da hast du nichts – und dann das!«

»Natürlich bin ich das. Verrückt nach dir. Und ich habe alles, was ich brauche. Nämlich dich!«

Er legt mir die Kette um. Ich genieße das sanfte Gewicht zwischen meinen nackten Brüsten.

Das Medaillon zu öffnen, traue ich mich erst am nächsten Morgen, als er mit Henk und den anderen Fischern längst wieder auf See ist. Links finde ich ein Foto, das meinen Hannes so zeigt, wie ich ihn liebe: blond, jung und mit einem verschmitzten Lächeln.

Die rechte Seite ist leer.

Marie, denke ich sofort, lebendiges Band unserer Liebe.

Als ich die Kleine angezogen habe und unser Gepäck endlich vollkommen verschnürt ist, erfasst mich Elend wie eine große schwarze Welle. Ich will nicht weg von der Insel, nicht weg vom Herzallerliebsten – und muss es doch.

Und so lege ich am ersten Abend in Hamburg ein paar von den getrockneten Oleanderblüten aus Mamas altem Gewächshaus in die rechte Seite des Medaillons. Die Süße und die Bitternis der Liebe, denke ich, während Tränen über meine Wangen laufen.

Wie untrennbar sind sie doch miteinander verbunden.

*

Hamburg, Oktober 1939

Jetzt ist der Krieg da, und alles wird für uns noch viel gefährlicher. Die jungen Männer werden zur Wehrmacht eingezogen, die Jahrgangslisten durchkämmt, jeder über achtzehn soll für das deutsche Vaterland sein Leben einsetzen. Polen ist rasch erobert; Hitler und Stalin teilen es untereinander auf – und vorbei ist es mit diesem Land.

Wie ist es möglich, ein ganzes Land auszulöschen?

Von Fee weiß ich, dass Polen dieses schlimme Schicksal nicht zum ersten Mal in der Geschichte erlebt, und ich verfluche meine Unaufmerksamkeit im Unterricht. Immer wieder muss ich mir sagen, dass ich ja eigentlich gar nicht wirklich mit ihr verwandt bin, aber sie wird für mich immer meine Tante Fee bleiben, solange ich lebe.

Ein Hauch von Siegesstimmung kommt auf, als Polen so rasch am Boden liegt. Doch es hält nicht allzu lange an, zu gut erinnern sich die Menschen noch an den Großen Krieg von 1914 und an das Leid, das er vier endlose Jahre lang über alle gebracht hat. Denn inzwischen haben auch Frankreich und England gegen Deutschland mobil gemacht und sind jetzt unsere Feinde, was mir große Angst einflößt. Zwar scheint der Krieg noch fern, und doch spüren wir ihn schon im Alltag. Auf einmal ist im Deutschen Reich alles begrenzt und wird pro Kopf ausgegeben: Fleischwaren, Milcherzeugnisse, Öle und Fette, Zucker, Marmelade, selbstredend auch Tee und Kaffee. Sogar den scheußlichen Ersatzkaffee, den wir Muckefuck nennen, gibt es nur noch rationiert. Wir müssen lernen, mit einem komplizierten Markensystem zurechtzukommen, das viele überfordert. Was das für Gaststätten bedeutet, ist noch nicht abzusehen. Das Ehepaar Voss jedenfalls schlägt verzweifelt die Hände über dem Kopf zusammen. Käthe grübelt, wie lange ihr Arbeitsplatz noch sicher sein wird.

Und die Kuchen und Torten, die ich sozusagen »privat« mit immer größerer Freude backe?

Ab jetzt muss ich meine Kunden bitten, mir von ihren Zuteilungen abzugeben – aber was soll ich dann für meine Leistung von ihnen verlangen? Viel bleibt jedenfalls nicht mehr im Portemonnaie übrig, und unser schon knappes Budget wird immer noch knapper.

Nichts als Sorgen über Sorgen…

Bang warte ich auf neue Nachrichten aus Föhr und rede mir gleichzeitig ein, dass es ein gutes Zeichen ist, wenn sie nicht kommen. Einmal nur war ich seit dem Sommer noch dort, offiziell zur Taufe von Stines und Henks Töchterchen Fanja, ein so goldiger Säugling, dass auch in mir der Wunsch nach einem zweiten Kind erwacht. Ein Geschwisterchen für Marie - doch wie könnte das gehen, wo Hannes noch immer versteckt bleiben muss? Unsere Kleine ist noch nicht einmal getauft, und ich gelobe innerlich während der berührenden Zeremonie über dem Taufbecken, das baldigst nachzuholen.

Meine anschließende Nacht mit Hannes in der alten Kate nimmt mich derart mit, dass ich mich lange davon erholen muss. Zum einen gibt es diese Liebe zwischen uns, die so stark und schön ist, wie ich sie mir immer erträumt habe, aber ich empfinde auch große Angst angesichts seiner innerlichen Zerrissenheit.

»Manchmal wünsche ich mir fast, dass sie mich holen kommen«, sagt er am Morgen, als ich bang von ihm Abschied nehmen muss. Sein Gesicht hat rote Flecken von der rauen Arbeit auf See, und das schlecht gefärbte Haar lässt ihn müde und verbraucht aussehen. »Dann wäre alles endlich vorbei. Für mich. Aber auch für euch. Und Marie und du, ihr wäret frei für ein neues Leben!«

»Was könnte das für ein Leben sein - ohne dich?«

Ich weine bitterlich, obwohl ich mir fest vorgenommen habe, es nicht zu tun. Was bin ich nur für eine Versagerin, alles andere als tapfer und stark, so wie ich es Malte vorgebetet habe!

Mein bester Freund nimmt mich fest in die Arme, als ich ihm nach meiner Rückkehr in Hamburg davon erzähle.

»Du bist tapfer, Sophie«, sagt Malte bestimmt. »Und stärker, als ich es je sein werde. Wenn ich Thom nur ansehe, wird mir schon anders zumute. Was hat er alles durchleiden müssen, während ich mich über unwichtige Kleinigkeiten *erregt habe! Manchmal halte ich seinen leeren Blick kaum noch aus. Doch dass er überhaupt noch lebt, haben wir diesem Scheusal zu verdanken...«*

Ja, Moers hatte geholfen, als sich Sophie damals nach Thoms Verschleppung nach Neuengamme für ihn verwendet hatte. Wenngleich nicht sofort.

»Du verlangst viel von mir, Sophie«, sagte er, wie immer kühl und elegant in seiner Furcht einflößenden schwarzen Uniform mit den silbernen Totenköpfen. »*Sehr viel.* Es gibt keinen Menschen auf dieser Welt außer dir, für den ich solch ein Risiko eingehen würde. Ich hoffe, das weißt du.«

Mehr als banges Nicken blieb ihr nicht.

»Was willst du unternehmen?«, flüsterte sie.

»Das, liebes Kind, willst du gar nicht wissen! Und ich könnte es dir auch nicht sagen, schon zu deiner eigenen Sicherheit nicht. Ich will vor allem als Erstes den jungen Voss sprechen. Allein. Er hängt da mit drin, nehme ich doch an?«

Malte verabscheut dich!, hätte sie am liebsten geschrien. Er hasst dich inständig. Ebenso wie ich es tue. Aber das hätte unter Umständen Thoms Ende bedeutet, und so zuckte sie lediglich mit den Achseln.

»Treu bis in den Tod«, kommentierte Moers sichtlich amüsiert. »Es muss wunderbar sein, dein Freund zu sein, Sophie. Und noch viel wunderbarer, von dir geliebt zu werden.«

Der Unterton in seiner Stimme ließ sie aufhorchen.

War Hellmuth Moers etwa eifersüchtig? Oder gar einsam?

Doch der Moment ging so schnell vorüber, wie er gekommen war.

»Es wird nicht ohne Gegenleistung gehen.« Jetzt klang er hart wie eh und je. »Der junge Voss und du, ihr seid inzwischen erwachsen genug, um das zu kapieren.«

»Was willst du?«, krächzte sie heiser.

»Das wirst du noch rechtzeitig erfahren.« Er warf Marie eine Kusshand zu, die diese mit einem fröhlichen Juchzen beantwortete, und verschwand.

Quälende Monate vergingen.

Zwei Postkarten à jeweils zehn Zeilen, das war alles, was sie von Thom in dieser Zeit erhielten. Sie klangen vordiktiert, sahen aus wie von einem Analphabeten geschrieben und schürten ihre Ängste weiter, anstatt sie zu lindern. Malte ließ sich plötzlich kaum noch bei Sophie blicken, angeblich, weil die Arbeit im Antiquariat seine ganze Kraft erforderte. Er kümmerte sich nun um das Geschäft des verstorbenen Arno, das Medizinstudium hatte er nach der Pogromnacht kommentarlos an den Nagel gehängt und mit seinen Eltern gebrochen, die nicht verstehen wollten, was in den einstigen Musterschüler gefahren war. Doch die neue Arbeit fiel ihm, dem Bücherliebhaber, alles andere als leicht.

»Ich weiß nichts darüber, wie man Bücher verkauft, *gar nichts*«, stöhnte er bei einem der seltenen Treffen mit Sophie, zu denen sie ihn regelrecht drängen musste. »Und von Kassenwesen und Buchhaltung habe ich leider auch nicht die geringste Ahnung. Mit welchem Unsinn stopfen sie uns eigentlich auf dem Gymnasium voll, statt uns aufs richtige Leben vorzubereiten? Liebe Güte, für wie schlau habe ich mich immer gehalten, dabei bin ich ein ausgemachter Trottel, was das Geschäftsleben betrifft!«

Arno fehlte an allen Ecken, seine Erfahrung, sein Wissen, seine liebenswürdige Geduld im Umgang mit den Kunden. Auch dass Malte sein Grab pflegte und stets frische Blumen mitbrachte, änderte nichts daran. Am meisten aber fehlte Thom – sein Lachen, seine vorwitzige Art, seine Wärme, die gescheiten Kommentare zu allem und jedem.

»Sie werden ihn noch umbringen in diesem grauenhaften Lager«, murmelte Malte mit zusammengebissenen Zähnen. »Und Moers, dieser Unhold und Erpresser, sieht seeelenruhig dabei zu, obwohl er doch versprochen hatte …«

Sie hatten sich also doch getroffen, so wie Moers es verlangt hatte. Doch was dabei herausgekommen war, bewahrte Malte mit eisernem Schweigen, und er machte nicht einmal Sophie gegenüber die kleinste Andeutung. Hing damit vielleicht auch zusammen, dass er sich eine kleine, ziemlich heruntergekommene Wohnung in St. Georg genommen hatte, anstatt in die große Wohnung von Arno umzuziehen, die direkt über dem Laden lag und seit dessen Tod leer stand?

»Die wartet auf Thom«, erwiderte Malte nur knapp, als Sophie behutsam die Sprache darauf brachte. »Vorausgesetzt, sie lassen ihn am Leben.«

Das ließen sie.

Ein halbes Jahr, nachdem sie ihn inhaftiert hatten, konnte Thom das Lager wieder verlassen. Doch er wirkte so verändert, dass Sophie ihn zunächst kaum erkannte. Sein schönes helles Haar war geschoren und wuchs in wüsten Büscheln nach. Viel Weiß leuchtete unter dem Blond, eindeutig zu früh für jemanden, der gerade dreißig geworden war. Das Glasauge hatte er im Lager eingebüßt, wo er mit dem rosa Winkel an der Sträflingskleidung als Homosexueller gebrandmarkt worden war, und trug seitdem über der leeren Höhle ein schwarzes Tuch, was Sophie an einen Piraten erinnerte.

Sie erschrak, als er es auf ihre Bitte hin schließlich zögernd abnahm, denn rund um die Augenhöhle war die Haut verätzt.

»Was haben sie getan?«, flüsterte Sophie.

»Ein Säureexperiment. Zum Glück waren sie zu beschränkt, um sich das richtige Auge vorzunehmen«, erwiderte er scheinbar gelassen, aber sein Adamsapfel sprang dabei aufgeregt hin und her. »Sonst wäre jetzt der Blindenbund für mich zuständig. Ein Buchhändler, der nicht mehr sehen kann – was für ein Albtraum! Da hätten sie mich besser gleich aufgehängt. Aber dieser Kelch ist an mir vorbeigegangen. Sie waren nur ziemlich wütend, als sie ihren Irrtum bemerkt haben.

Damit meinte er seinen rechten Arm.

Dünn und kraftlos hing er herab, Elle und Speiche nicht länger in einer Linie, sondern seltsam verschoben. Thom konnte nur noch mit Mühe schreiben, nach wenigen Zeilen bekam er einen Krampf und musste aufhören. Er schimpfte und fluchte, doch Malte nahm ihn entschlossen unter seine liebevollen Fittiche. Als Thom die Tafel und die Kreide sah, die der Freund für ihn besorgt hatte, erschien nach Wochen das erste Lächeln in seinem Gesicht.

»Du hast es als Abc-Schütze schon einmal mit rechts geschafft«, sagte Malte. »Beim zweiten Mal schaffst du es jetzt eben mit links.«

Von da an übte Thom mit der linken Hand zu schreiben, wenn keine Kunden im Laden waren, und manchmal hörte er nicht einmal damit auf, wenn sie schon vor dem kleinen Tisch standen, an dem er so verbissen arbeitete. Vielen gefiel es, wie entschlossen er sich ins Leben zurückkämpfte. Andere, darunter auch jahrelange Stammkunden, blieben weg und kauften ihre Bücher jetzt lieber anderswo. Ein paar Professoren der benachbarten Universität schienen sogar regelrechte Warnungen vor dem Laden auszusprechen, aber nicht alle Studenten ließen sich davon abschrecken.

Inzwischen war Thom bei seinen Übungen zum Füller übergegangen, und das, was er damit zu Papier brachte, sah nicht mehr ganz so aus wie Gekritzel, sondern ähnelte mehr und mehr wieder einer Handschrift. Schließlich überraschte er Malte mit einem handgeschriebenen Rilke-Gedicht, das man durchaus einem ehrgeizigen, aber leicht unkonzentrierten Achtjährigen zugetraut hätte, der noch nicht ganz jede Zeile traf:

> *Ob auch die Stunden uns wieder entfernen:*
> *wir sind immer beisammen im Traum*
> *wie unter einem aufblühenden Baum.*
> *Wir werden die Worte, die laut sind, verlernen*
> *und von uns reden wie Sterne von Sternen, –*
> *alle lauten Worte verlernen:*
> *wie unter einem aufblühenden Baum.*

Beide weinten. Und auch Sophie konnte ihre Tränen nicht länger zurückhalten.

*

Hamburg, Jahreswende 1939/1940

Die Sehnsucht nach Hannes wurde so groß, dass Sophie es kaum noch aushielt. In ihrer Not hatte sie damit begonnen, kleine Briefe an Tante Dorothee zu schreiben, die ihr prompt und mit versteckten Botschaften antwortete. »Krabben gesichtet«, hieß zum Beispiel, dass sie Hannes gesehen hatte; »sonniges Winterwetter«, dass es ihm gutging. Das beruhigte Sophie zwar für gewisse Zeit, war aber noch lange nicht genug für ihr hungriges Herz.

Warum ging er nicht einfach zu Pastor Helms und rief sie von dort aus kurz an? Dann hätte sie wenigstens für ein paar Minuten seine Stimme hören können! Unsinn, schalt sie sich selbst. Er gibt auf Föhr den Spanier und kann unmöglich plötzlich fließend Deutsch sprechen.

Zu Weihnachten wurde es schier unerträglich.

Schon Tage zuvor hatte sie an Tante Dorothee in einem Brief frohe Weihnachten gewünscht und mittendrin im Text zweimal »Morsezeichen, Morsezeichen« geschrieben.

War sie zu weit gegangen?

Seitdem wartete und bangte sie …

Malte hatte darauf bestanden, bei ihr und Käthe zu feiern, und eine leicht verkrüppelte Fichte angeschleppt, die bereits beim Aufstellen nadelte. An den wunderschönen Baumschmuck in der Villa an der Flottbeker Chaussee durfte Sophie nicht einmal denken, sonst wäre der ganze Abend für sie verdorben gewesen. So gab sie sich große Mühe, sich an den Kerzen, den rotbackigen Äpfeln und den Strohsternen zu erfreuen, die Käthe gebastelt hatte.

Marie riss die Augen auf und strahlte, als sie die Lichter erblickte. Ihre neue Stoffpuppe, ein Gemeinschaftswerk von Sophie und Käthe, ließ sie nicht einmal beim Essen los. Die Kleine steckte in einem roten Samtkleidchen, das Käthe ihr mit der Hand aus einem alten Vorhangrest genäht hatte. Und auch Sophie hatte sich Mühe gegeben, obwohl ihr eigentlich nicht danach war. Sie trug die Locken mit Kämmen hochgesteckt und hatte sich für ein grünes Cocktailkleid mit halblangen Ärmeln aus Tante Fees unerschöpflichen Beständen entschieden, das in der kleinen Küche völlig fehl am Platz wirkte, aber gut zu ihrem Silbermedaillon passte, das sie kaum noch ablegte.

So gern hätte sie die Tante auch mit dabeigehabt, doch Fee hatte ihre Zusage krankheitshalber wieder zurückgezogen. Ihr angeschlagener Zustand hatte sich weiter verschlechtert. Angeblich konsultierte sie seit einiger Zeit einen Internisten, was bislang allerdings noch nicht viel gebracht hatte.

Malte hatte von einem seiner Kunden eine zähe Ente organisiert, in der noch jede Menge Schrot steckte, wie sie beim Verzehr feststellten. Dazu gab es Klöße und Rotkohl, der so köstlich schmeckte, dass sie den ganzen Topf leerten, obwohl er eigentlich noch für die beiden nächsten Feiertage hätte reichen sollen. Käthe hatte Punsch gebraut, der hauptsächlich aus Tee bestand, aber immerhin die richtige Farbe hatte. Sie saßen bereits beim Nachtisch – Äpfel im

Schlafrock mit einer Prise Zucker, an dem jetzt gespart werden musste, und dem letzten Zimtrestchen –, als es klingelte und Thom hereingestürmt kam, die Hände vor Kälte ganz klamm.

»Ich weiß, es ist gefährlich, heute herzukommen«, stieß er hervor, während er seinen Schal ablegte und sich mühsam aus dem viel zu weiten Kamelhaarmantel schälte, den früher sein Onkel getragen hatte. »Aber ich musste einfach bei euch sein!«

Sophie sah ihn fragend an.

»Sie weiß es also nicht«, sagte Thom zu Malte. »Tut mir leid. Ich wollte nicht …«

»Was weiß ich nicht?«, bohrte Sophie nach.

»Er hat uns Kontaktverbot erteilt«, sagte Malte zögernd. »Arbeiten dürfen wir noch zusammen. Aber das ist auch schon alles.«

»Wer?«

»Na, wer schon? Der eisige Herr Obersturmbannführer natürlich! Das war seine Bedingung. Sonst wäre Thom heute tot.«

»Aber das kann er doch nicht! Ihr seid Freunde, ihr liebt euch …«

»Und ob wir das tun«, sagte Thom zärtlich. »Und wenn die ganze Welt dagegen ist: Diesen Mann hier werde ich lieben bis zum letzten Atemzug!« Sein neues Glasauge funkelte, und im Kerzenschein hatten die hässlichen Hautverätzungen fast etwas von Strahlen.

»Es darf uns nur keiner dabei erwischen«, sagte Malte. »Deshalb kommt Thom niemals in meine Wohnung. Nicht einmal bei dir zeigen wir uns noch zusammen – abgesehen von heute.« Besorgt sah er seinen Freund an. »Ist dir wirklich keiner gefolgt?«

»Niemand!«, versicherte Thom. »Bei dem Sauwetter sitzen sie doch alle bei Mutti und trinken Punsch.« Er hob sein Glas. »Dann also Prost – frohe Weihnacht!«

»Dann seid ihr jetzt niemals mehr … zusammen?« Sophie musste einfach weiterfragen, während Käthe leicht verlegen den Tisch abräumte und sich lautstark an der Spüle zu schaffen machte.

»Och …« Thom sah plötzlich wieder so aus wie der ausgelassene, freche Thom von früher. »Was meinst du, warum wir Fräulein Hase engagiert haben?«

Fräulein Hase war die ältliche Buchhändlerin, die ihnen seit einigen Wochen im Antiquariat stundenweise zur Hand ging.

»Weil ihr Hilfe bei der Arbeit braucht«, erwiderte Sophie.

»Ganz genau! Muss ja nahezu täglich jede Menge eingepackt werden, in so einem Antiquariat«, sagte Malte mit verstohlenem Grinsen. »Wo wir doch nach überallhin versenden, ob nah, ob fern. Und wo unser Deutschland jetzt so groß geworden ist! Deshalb haben wir das Lager jetzt auch rauf in die Wohnung verlegt. Weil dort so viel mehr Platz ist. Schließlich sollen doch alle Kundenwünsche prompt befriedigt werden. Selbstredend auch die ausgefallenen.« Er konnte sein Lachen kaum noch unterdrücken.

»Und erst *ausgepackt*!«, pflichtete Thom ihm bei und wedelte sich mit der gesunden Hand Luft zu, als sei ihm urplötzlich viel zu heiß geworden. »Ausgepackt werden ganz besonders!«

Und plötzlich verstand Sophie.

Arnos alte Wohnung, die Thom übernommen hatte, lag direkt über dem Laden. So konnten sie tagsüber zumindest ab und zu eine kurze Zeit ungestört zusammen sein ...

»Ihr Schlitzohren!«, sagte sie lachend, hob Marie hoch, die auf der Ofenbank eingeschlafen war, und trug sie nach nebenan ins Bett.

Thom zog aus der Manteltasche noch einen alten Calvados aus Arnos früheren Beständen hervor, und der ungewohnt starke Alkohol zeigte bald schon Wirkung. Käthe wurde sentimental, Malte fröhlich, und Thom war zweideutig und fast so schlagfertig wie früher.

Sophie hatte so schnell getrunken, dass alles vor ihren Augen leicht verschwamm. Trotzdem oder gerade deswegen goss sie sich erneut ein. Einmal nichts mehr denken müssen, dachte sie. Die Sorgen und das ganze Elend einfach vergessen ...

»Es hat geläutet«, drang Maltes Stimme in ihren Dusel.

»Du spinnst ja«, nuschelte sie. »Wer soll denn jetzt noch kommen? Sitzen doch alle zu Hause bei ihren Muttis und trinken Punsch ... ich meine natürlich, Calvados ...«

»Da, schon wieder«, sagte nun Thom. »Jetzt hab ich es auch gehört.«

Mit einem Schlag war Sophies freundliche Benommenheit verflogen. Auch die anderen drei am Tisch wirkten plötzlich erschreckend nüchtern.

»Und wenn sie kommen, um dich zu holen?«, sagte sie angstvoll. »Vielleicht ist dir ja vorher doch jemand gefolgt!«

»Unsinn«, wehrte Thom ab, aber seine Stimme schwankte.

»Moers kann es schon mal nicht sein«, sagte Malte. Man spürte, wie sehr er sich zur Ruhe zwingen musste. »Der ist nämlich in Polen. Bei irgendwelchen Sondereinheiten. Waffen-SS, so nennen sie sich jetzt und sind mächtig stolz auf ihre Totenköpfe und das, was sie damit anstellen.«

Sophie starrte ihn verblüfft an.

»Woher weißt du das so genau?«, fragte sie.

»Ich weiß es eben.«

Das dritte Klingeln. Niemand rührte sich.

»Sie würden die Tür eintreten«, flüsterte Sophie. »Wenn sie es wären …«

»Dann gehe eben ich aufmachen.« Käthe stand auf und strich ihr hellblaues Kleid mit den exakt gebügelten weißen Manschetten glatt, die auch nach dem langen Abend noch sauber waren. »Geht ja schließlich um meine Schwiegertochter und um mein Enkelkind. Außerdem seid ihr unsere engsten Freunde.«

»Nein …« Sophie wollte sie zurückhalten, aber da war sie schon an ihr vorbei.

»Ja, bitte?«, hörten sie sie im Flur sagen – und dann gab es nur noch einen kurzen Schrei.

Jetzt sprangen alle auf und rannten ihr hinterher. Weinend lag Käthe in den Armen eines Mannes, der eine dunkle Jacke trug und eine schwarze Mütze aufhatte. Neben ihm auf dem Boden lag ein Seesack. Als er den Kopf hob, leuchteten seine blauen Augen.

Sophies Herz machte einen Sprung.

»Hannes«, flüsterte sie. »Hannes!«

*

Es blieb ihnen nur diese eine Nacht, und schon das war gefährlich genug. Sie kosten und flüsterten und küssten und liebten sich, bis sie beide vollkommen außer Atem waren. Marie schlief nebenan bei Käthe, die selbst noch im Schlaf ein Lächeln auf dem Gesicht trug.

»Und jetzt?«, wisperte Sophie.

»Nach Föhr zurück kann ich nicht mehr. Irgendeiner hat das Maul aufgemacht. Die Feldjäger haben mich nur ganz knapp verpasst. Sonst säße ich jetzt bereits in der Zelle.«

»Wohin willst du dann?«, fragte sie bang.

»Nach Holland. Dort bin ich erst mal aus der Schusslinie.«

»Aber du hast doch keine Papiere…«

Er verschloss ihren Mund mit einem langen Kuss.

»Auf einem Kutter fragt niemand so genau. Ich gebe mich als Spanier aus, das hab ich inzwischen ganz gut drauf, und versuche, mich bis nach Rotterdam durchzuschlagen. Von dort aus gehen Schiffe in die ganze Welt.«

Bei jedem seiner Worte sank Sophies Herz ein wenig tiefer.

»In die ganze Welt«, wiederholte sie bedrückt. »Das klingt ja unendlich weit. Was heißt, wir werden dich lange nicht mehr sehen«, sagte sie leise. »Womöglich Jahre!«

»Solange dieser verdammte Krieg dauert …« Er seufzte. »Ich bin nun mal kein Soldat, Sophie. Das weiß ich seit Spanien. Wenn ich in Deutschland bleibe, würden sie mich vermutlich gleich strangulieren. Ich muss weg. Versteh mich doch! Ich liebe dich und die Kleine, und das von ganzem Herzen. Aber ich kann und will nicht töten – nie wieder.«

»Und was, wenn wir gerade eine neue Kleine oder einen Kleinen gezeugt haben?«

Er fuhr auf. »Du hast doch gesagt, es sei heute sicher ...«

»Sicher, sicher, sicher«, äffte sie ihn nach. »Was heißt schon *sicher*? Pariser haben wir jedenfalls keinen benutzt. Und aufgepasst hast du auch nicht. Oder habe ich etwas verpasst? Alles andere bestimmt die Natur. Und dass wir beide zusammen ziemlich fruchtbar sind, liegt auf der Hand. Marie würde sich bestimmt über ein Geschwisterchen freuen – und ich mich auch.«

»Ein zweites Kind in diesen Zeiten? Das kann einfach nicht dein Ernst sein!«, sagte er heftig und klang so entsetzt, dass sie unsicher wurde.

»*Wenn*, habe ich gesagt«, sagte Sophie. »Es muss ja nichts passiert sein. Jetzt beruhige dich doch wieder.«

Nachdem Hannes ein halbes Wasserglas Calvados hinuntergekippt hatte und eingeschlafen war, lag Sophie noch lange hellwach neben ihm. Ihre Gedanken kreisten wild in ihrem Kopf. Fee, Käthe, Marie, ihr Kinderwunsch, die Angst um Hannes, der nie mehr töten wollte – und dafür seine Familie verließ. Dann aber schob sich Maltes Gesicht vor ihr inneres Auge. Er hatte beim Abschied plötzlich ganz elend ausgesehen, als sie die Sprache noch einmal auf Moers gebracht hatte.

»Woher weißt du, wo er ist? Und jetzt keine Ausflüchte, sonst werde ich sauer!«

»Ich sehe ihn ab und zu. Nicht ganz freiwillig. Zufrieden?«

»Du siehst ihn? Bei dir? Wozu?«

Gehetzt schaute er sich nach Thom um, aber der verabschiedete sich gerade wortreich und mit vielen Komplimenten von Käthe, die ihm die letzte Entenkeule noch einmal aufgewärmt hatte.

»Ja, bei mir. Wozu wohl?« Die Bewegung seines Beckens war ebenso roh wie eindeutig. »Dazu!«

Sophie blieb schier der Atem weg. »Du hast mit ihm ein Verhältnis?«

»Nein!« Maltes Stimme brach. »Er befiehlt, und ich gehorche. Es hat schon damals in Berlin angefangen, '36, als wir gemeinsam zur Olympiade dort waren. Und ging weiter danach, weiter und immer weiter. In Gedanken habe ich ihn mindestens schon tausend Mal ermordet, doch leider hat er all meine Fantasien überlebt. Zwischendrin, als ich mit Thom zusammenkam, hatte ich sogar für einige Zeit die irrwitzige Hoffnung, es könne endlich vorbei sein. Aber dann musste Thom nach Neuengamme, du und ich haben gemeinsam um sein Leben gebangt. Moers kam erneut ins Spiel, und seitdem weiß ich: Es wird niemals vorbei sein …«

»Aber ist Moers denn überhaupt …«

Sophie hielt inne. Ihr fiel kein passendes Wort ein für das, was sie fragen wollte, ohne ihren besten Freund zu verletzen, und vielleicht verletzte ihn ja gerade das.

Malte beugte sich tief zu ihr herunter. Sie spürte seinen Atem in ihrem Haar.

»Du meinst, ob er Männer liebt? Nein! Ihm geht es nur um Macht – und um Kontrolle. Für mich ist er Satan«, sagte er rau. »Und Satan reitet, wen immer er will.«

Sie konnte es nicht fassen, und gleichzeitig hatte ein Teil von ihr es immer schon gewusst. Dieser SS-Offizier, der so verächtlich über homophile Männer sprach, war in Wirklichkeit selber einer von ihnen? Dann war sein ganzes öffentliches Leben ja nichts als eine einzige Farce. Aber war so eine umfassende Verstellung denn überhaupt möglich?

Offenbar ja. Malte würde sie niemals anlügen, nicht in einer so wichtigen Angelegenheit. Je länger Sophie grübelte, desto größer wurde ihr Zorn. Was maßte dieser Moers sich an, ihren besten Freund derart zu quälen? Sie würde ihn zur Rede stellen, wenn er das nächstes Mal bei ihr auftauchte!

Doch ihr zorniger Mut verflog wieder, als die Nacht weiter fortschritt. Wenn Moers wegen ihr wütend wurde, bedeutete das womöglich neue Gefahr für Thom Noch eine weitere Inhaftierung in Neuengamme würde er nicht überstehen, das war klar. Also blieb ihr vorerst nichts anderes übrig, als zu schweigen und zähneknirschend hinzunehmen, was sie aus eigener Kraft nicht ändern konnte.

Als Sophie sich im Bett bewegte, traf ihr Fuß Hannes' Wade, und er gab einen leisen, schmerzerfüllten Laut von sich. Seine Dämonen waren also noch immer da. Und so verletzt musste sie ihn in die weite Welt hinausziehen lassen!

Als der Morgen dämmerte, brach Hannes auf. Käthe hielt ihren Sohn innig umschlungen und weinte haltlos, als sie ihn wieder freigeben musste. Sophie küsste den Liebsten so verzweifelt, dass ihre Lippen anschließend ganz wund waren. Dann stapfte Hannes nach einem letzten gehauchten Kuss auf Maries Köpfchen mit seinem Seesack in Richtung Hafen davon.

Für Sophie fühlte es sich an, als würden zwei Bleiplatten sie langsam zusammendrücken.

*

Hamburg, März 1940

Moers ist zurück, und was er mir zu sagen hat, bringt mich halb um den Verstand.

»Für wie dumm haltet ihr uns eigentlich, Mädchen?« Er ist so wütend, wie ich ihn nie zuvor gesehen habe. »Diese Häfen sind doch der Tummelplatz schlechthin für Leute auf unserer Liste. Und inzwischen haben wir in ganz Europa treue Gewährsmänner. Natürlich haben wir deinen Ausreißer geschnappt – und jetzt wird er für all das büßen, mit dem er sich gegen Deutschland versündigt hat!«

Hannes, kann ich nur noch denken, Hannes. Hannes!

Ich zucke die Achseln und versuche, ein möglichst hochmütiges Gesicht aufzusetzen, und weiß doch gleichzeitig, wie gründlich ich dabei versage. Es gibt kein zweites Kind, so sehr ich mir das auch gewünscht hätte. Mein Monatsfluss hat regelmäßig eingesetzt wie eh und je. Wenn ich dich jetzt also für immer verliere, Geliebter, habe ich nur noch Marie als lebendige Erinnerung an dich.

»Holland und Belgien – das sind lediglich Stationen auf unserem unaufhaltsamen Siegeszug nach Westen. Und wenn wir erst einmal Frankreich und England unterworfen haben, gehen wir die wirklich großen Projekte im Osten an ...« Er bricht ab. »Wieso langweile ich dich eigentlich mit unseren Strategien? Bislang war ich der Überzeugung, du seist ein

kluges Kind, Sophie. Offenbar habe ich mich aber leider getäuscht, denn heute reagierst du angeödet und gelangweilt. Bist du etwa keinen Deut schlauer als deine Mutter?«

Wieso bringt er jetzt ausgerechnet Mama ins Spiel? Und was ist mit Hannes?

»Hannes ist verhaftet?«, krächze ich.

»Verhaftet? Nein. Sonst wäre er längst tot.« Moers wischt ein imaginäres Stäubchen von seinen blanken Stiefeln. *Kaum vorstellbar, dass er damit im Osten gewesen sein soll, wo die Erde lehmig und schwer ist.* »Mit Vaterlandsverrätern machen wir in der Regel kurzen Prozess, aber ich nehme doch an, das wäre ganz und gar nicht in deinem Sinne.« Er lacht kurz auf, als sei ihm gerade ein köstlicher Scherz gelungen. »Nein, für den jungen Vater der kleinen Marie habe ich mir etwas Spezielles ausgedacht.«

Was hat er vor? Etwa dasselbe, was er an Malte verbricht? Aber Hannes würde sich wehren. Mit Haut und Haaren.

Und dann ...

Mir wird ganz schwummrig vor Angst.

»Jetzt hör mir mal gut zu, liebes Kind.« Wie schon einige Male zuvor packt er mein Handgelenk und zieht mich zu sich heran. Käthe hat heute früher frei und ist mit Marie bei einem Winterspaziergang an der Elbe. Die restlichen Mietparteien im Haus arbeiten auswärts. *Ich könnte also schreien, so laut ich nur wollte, wenn er mir etwas antut – keiner würde mich hören.* »Ich sage es nur dieses eine Mal, und es ist die allerletzte Chance für euch, verstanden?«

Gegen meinen Willen nicke ich und kann gar nicht mehr damit aufhören.

»*Hannes Kröger wird dienen und kämpfen. Du und ich wissen, dass er mehr vom Töten versteht, als diese Frischlinge, die wir jetzt zuhauf in graue Uniformen stecken, und die sich schon in die Hose machen, sobald die ersten Salven krachen. Im Feld brauchen wir aber Männer wie ihn. Skrupellos. Erfahren. Zum Äußersten entschlossen.*« *Er räuspert sich.* »*Männer, die nicht schlapp machen, und wenn es fünfzig, hundert und noch mehr tote Feinde auf einen Schlag sind.*«

»*Und wenn nicht?*« *Meine Lippen zittern.* »*Ich meine, was, wenn Hannes nicht will?*«

Moers reibt seine Hände aneinander, und obwohl ich alles andere als bibelfest bin, kommt mir dabei unwillkürlich Pontius Pilatus in den Sinn.

»*Dann verreckt er. Und zwar langsam und qualvoll, darauf kannst du dich verlassen. Ich hoffe jedoch, er wird klug genug sein, sich für die bessere Variante zu entscheiden. Denn wir sind die Sieger, Sophie. Wir schlagen sie. Alle. Unserem neuen Deutschland gehört die ganze Welt...*«

*

Hamburg, Juli 2016

Vier Uhr zehn. Johannas Augen brannten, und jetzt gab es kein Mittel mehr, das dagegen geholfen hätte.

Sie war hellwach.

Und hätte am allerliebsten auf der Stelle Jule angerufen, denn nach dem Gelesenen brauchte sie dringend Rücksprache.

Hannes in Moers' Hand! Ebenso wie Malte und Thom, obwohl der das Schlimmste offenbar noch nicht einmal wusste. Und Sophie zum Stillschweigen verdammt ...

Wie Jule wohl auf diese brisanten Enthüllungen reagierte?

Wie tapfer und klug sie sich durchs Leben kämpfte, ähnlich wie Sophie aus dem Tagebuch, wenngleich die ganz andere Probleme zu bewältigen gehabt hatte, gegen die heutigen manchmal verschwindend klein wirken konnten.

Und trotzdem waren sie da.

Johanna musste an den Anruf von Nils denken, der sie unterwegs erreicht hatte. Sein knapper Bericht über Achims Zustand hörte sich durchaus ermutigend an, und trotzdem hatte seine Stimme irgendwie bedrückt geklungen. Ganz anders Kai, der kurz darauf bei ihr angeklingelt hatte, während im Hintergrund seine Frau Saskia und das gemeinsame Söhnchen Felix herumalberten. Eigentlich hätte sie Nils gern wie früher so fest gedrückt, bis er auch wieder lachte. Aber das ging ja schon lange nicht mehr. Und natürlich rief sie mitten in der Nacht auch nicht bei Jule Weisbach an. Auch wenn sie überglücklich war, dass sie sich endlich duzten.

Stattdessen legte sie das Tagebuch auf dem Nachttisch ab, damit sie es zumindest in Sichtweite hatte, schloss die Augen und wartete, bis der Schlaf sie umfing.

17

Hamburg, Juli 2016

Kaum saß Jules Vater im *Strandperlchen*, kam er auch schon mit den Gästen der Nachbartische ins Gespräch. Es lag nicht nur daran, dass Jule vor ihm mehrere Tassen mit verschiedensten Kaffeeproben aufgebaut hatte, durch die er sich bei seinem privaten *Cupping* ebenso fröhlich wie gewissenhaft probierte. Es waren sein Lachen, sein Charme, seine spritzigen Bemerkungen, die auch die jüngeren Gäste zu witzigen Retouren inspirierten. So war es immer schon gewesen: Thilo Weisbach betrat einen Raum, und die Herzen flogen ihm zu, vor allem die weiblichen. Was seine Frau jedes Mal zutiefst erboste. Dabei hatte er es nie auf schnelle Eroberungen angelegt, doch gute Laune und Flirten gehörten nun einmal untrennbar zu seinem Wesen.

Vom Tresen aus beobachtete Jule ihn, und was sie sah, gefiel ihr. Wie allerdings würde ihre Mutter, die sich immer so schnell vernachlässigt fühlte, zukünftig wieder damit zurechtkommen? Vielleicht ließ sie ihn ja deshalb jetzt ein wenig zappeln, weil sie sich trotz neuer Verliebtheit für all die vermeintlichen Kränkungen von einst revanchieren wollte. Rena war nach einem kurzen Abschiedstelefonat bereits nach Dresden abgereist, angeblich weil sie ihre Physiotherapie-Patienten nicht länger vertrösten konnte.

Doch Jule hegte den Verdacht, dass eher etwas anderes dahinter steckte. War sie noch immer enttäuscht, dass die einzige Tochter sie ausquartiert hatte? Waren ihr die Avancen ihres Ex wirklich zu leidenschaftlich? Oder hing es mit den Erinnerungen an ihre verstorbene Mutter zusammen, die sie im Gespräch noch einmal erwähnt hatte?

»Da denkt man, man kennt jemanden, seitdem man auf der Welt ist – und dann wird einem die eigene Mutter plötzlich ganz fremd. Aber eigentlich war sie das irgendwie immer schon. Genau genommen weiß ich nur sehr wenig von ihr …«

Thilo nickte Jule lächelnd zu, und sie trat an seinen Tisch.

»Jetzt hast du mich in ganz neue Welten entführt, Tochter«, sagte er anerkennend. »Ich hatte ja keine Ahnung, dass Kaffee derart vielfältig schmecken kann!«

»Freut mich, Papa.«

Sie legte ihm die Hand auf die Schulter. Es fühlte sich gut an, in seiner Nähe zu sein, und plötzlich wurde ihr bewusst, wie lange sie dieses Bedürfnis in ihrem Leben verdrängt hatte. Sie hatte nicht schwierig sein wollen, damals nach der Trennung und späteren Scheidung der Eltern, als ihre Mutter so wütend traurig gewesen war und von ihrem Vater, der nicht wusste, wie er darauf reagieren sollte, immer seltener Anrufe kamen. *Nur nicht noch mehr Probleme machen.* Das war die innere Losung gewesen, an die Jule sich zu jener Zeit geklammert hatte. *Einfach brav sein und funktionieren.*

Doch das hatte damals leider ebenso wenig geklappt wie heute.

»Und? Welchen magst du jetzt am liebsten?«, fragte sie.

»Ich glaube, diesen da.« Er zeigte auf die Tasse links außen. »Der schmeckt fruchtig und klar.«

»*Volcanica azul*«, erwiderte Jule stolz. »Eine meiner Neuentdeckungen, wenngleich nicht ganz preiswert. Kommt aus Costa Rica und könnte sich für Kenner und Kaffeeliebhaber zum echten Renner entwickeln.«

»Der daneben ist auch sehr interessant«, fuhr Thilo fort. »Der erscheint mir irgendwie weicher und wärmer.«

»Diese Sorte nennt sich *Fazen da Rosario* und kommt aus Brasilien. Marzipan und Ahornsirup könntest du da im Abgang entdeckt haben …«

»Ganz genau«, unterbrach er sie. »Und das in einem Filterkaffee – schon ganz schön verrückt! Woher hast du diese ganzen Sorten eigentlich? Muss doch enorm zeitaufwendig sein, sie zu beschaffen.«

»Ich kenne einen wunderbaren Röster im Schanzenviertel, der mich auf dem Laufenden hält. Aber meine eigentliche Spionin in Sachen Raritäten ist meine Kaffeeberaterin Maite da Silva. Die hat das braune Pulver sozusagen im Blut.«

Jule hielt inne.

Hatte Sophie Terhoven in ihrem Tagebuch nicht etwas ganz Ähnliches geschrieben? Nun fing sie schon an, das Gelesene mit ihrer realen Welt zu vermischen.

»Allerdings weiß ich nicht, wie lange ich mir solch spannende Experimente noch leisten kann«, fuhr sie fort. »Momentan wird es nämlich leider ziemlich eng bei mir.«

»Erzähl es mir«, forderte er sie auf.

Leicht gehetzt schaute Jule sich um, aber das Café war

heute nicht voll, und alle Gäste schienen mit Speisen und Getränken gut versorgt zu sein. Und falls doch nicht, so mussten sie eben ausnahmsweise ein paar Minuten Geduld aufbringen. Kam ja schließlich nicht alle Tage vor, dass ihr Vater sie in Hamburg besuchte. In Kürze berichtete sie ihm also von der Mieterhöhung, von der sie nur noch wenige Tage trennten, schilderte ihre Versuche, durch Extramaßnahmen mehr Geld zu verdienen, und gestand schließlich, dass sie manches davon schon wieder eingestellt hatte.

»Der Mittagstisch zum Beispiel lohnt sich nicht«, sagte sie. »Dazu müsste ich Extrapersonal engagieren, und das kann ich finanziell erst recht nicht stemmen. Außerdem macht mich das frühe Aufstehen auf Dauer fix und fertig.«

»Kein Wunder, wenn du bis in die Nacht hinein über deinen Familienforschungen sitzt«, sagte ihr Vater. »Aber das macht dir Riesenspaß, habe ich recht? Ich habe gesehen, wie deine Augen geleuchtet haben, als du uns davon erzählt hast. Bist du denn schon weitergekommen?«

»Leider nicht so, wie ich es mir eigentlich gewünscht hätte«, erwiderte Jule. »Es fühlt sich ein wenig an, wie die berühmte Nadel im Heuhaufen zu suchen. Allein in Hamburg und Umgebung gibt es 336 Krögers. Und 441 mal den Namen Voss.«

Er zuckte die Achseln.

»Kröger?«, sagte er fragend. »Und Voss ...«

»Klar, kannst du ja gar nicht wissen«, sagte Jule. »Siehst du, so sehr bin ich mit dieser Geschichte inzwischen verwoben, dass ich voraussetze, alle anderen hätten auch meinen Kenntnisstand.« Sie strich sich die Locken aus der

Stirn. Allein das Thema anzuschneiden, machte sie schon ganz kribbelig vor Aufregung. »Kröger und Voss sind die wichtigsten Männer in Sophie Terhovens Leben. Hannes Kröger war ihre große Liebe und der Vater ihres Kindes, der schwule Malte Voss ihr bester Freund. Ich dachte, ich setze mal bei diesen beiden an ...« Sie seufzte laut. »Aber das scheint angesichts dieser Menge eher aussichtslos.«

»Was haben die beiden denn beruflich gemacht? Vielleicht kommst du ja damit weiter.«

»Eher schwierig. Hannes hatte eine Lehre beim alten Terhoven begonnen, sie aber abgebrochen. Später hat er im Spanischen Bürgerkrieg gekämpft, wurde in Spanien interniert, floh aus dem Lager, tauchte unter – und wurde aufgespürt. Moers, ein hoher SS-Mann, die finsterste Gestalt im Tagebuch, hat dann dafür gesorgt, dass er an die Front kam. Weiter bin ich mit der Lektüre noch nicht.«

»Und Voss?«

»Malte hat mit seinem Lebensgefährten ein Antiquariat im Grindelviertel geführt, das schon lange nicht mehr existiert. Seine Eltern waren Pächter mehrerer Gaststätten. In einer davon hat Käthe Kröger, die Mutter von Hannes, gekocht. Das Lokal hieß *Flotte Lotte*. Vermutlich ist es im Feuersturm in Flammen aufgegangen, wie so viele andere ...«

»Aber das gibt es doch, beziehungsweise bald wieder!«, unterbrach Thilo sie.

»Was soll das heißen?«

»Ich habe mir ein Fahrrad ausgeliehen und bin durch verschiedene Hamburger Viertel gefahren, weil ich auf diese Weise eine Stadt immer am besten erleben kann.

Deine Mutter hatte keine Lust, sich mir anzuschließen, obwohl sie anschließend behauptet hat, sie wäre doch gern mitgekommen. Na ja, du weißt ja, wie Rena ist – und ich liebe sie dafür!« Er grinste. »Unterwegs bin ich an einem Lokal vorbeigekommen, das offenbar in ein paar Tagen eröffnet werden soll. Ich bin abgestiegen, habe reingespäht, weil ich nämlich ziemlich durstig war, und eine junge Frau mit wunderschönen roten Haaren, die drinnen gerade den Boden gefegt hat, hat mir das erzählt.«

»Sie hatte wirklich rote Haare?« Jules Mund war auf einmal ganz trocken. Sie griff nach einem der Wassergläser, die neben den Tassen standen, und trank.

»Rot wie der allerschönste Sonnenuntergang! Einen Apfelsaft hat sie mir trotzdem angeboten. Und ich habe ihn dankend angenommen. Neben dem Tresen lehnte ein Schild, das draußen noch montiert werden sollte. *Flotte Lotte* stand da in blauen Lettern drauf. Ich bin mir ziemlich sicher.«

»Und wo war das, Papa?« Rote Haare, wie so viele Mitglieder der Familie Voss. Und dieser Name.

Die erste heiße Spur!

»Irgendwo in Eimsbüttel. Ziemlich zentral, wenn ich mich recht erinnere. Aber den Straßennamen habe ich mir nicht gemerkt.«

Jules Mundwinkel sanken nach unten.

»So hast du schon mit fünf dreingeschaut, wenn du bei Mensch-ärgere-dich verloren hast«, sagte er lächelnd. »Ich würde es sicherlich wiederfinden. Soll ich es versuchen?«

»Ja, bitte!« Jules Stimmung hob sich augenblicklich. »Und nimm eine Visitenkarte mit, falls sie schon welche haben. Oder frag die Rothaarige nach Namen und Telefonnummer. Und ob sie vor Urzeiten eine Verwandte hatte, die Hella hieß.«

»In Ordnung.« Er zögerte plötzlich. »Wieso sagst du eigentlich nicht Bescheid, wenn du finanzielle Probleme hast, Jule? Immerhin bin ich dein Vater und würde dich immer unterstützen, soweit es in meinen Möglichkeiten steht. Für deine Mutter gilt dasselbe. Das kann ich in ihrem Namen sagen. Du bist unser Kind, und wir lieben dich.«

»Das weiß ich doch.« Plötzlich schämte sie sich. »Aber ich weiß auch, dass dein Neustart in Leipzig alles andere als einfach war. Und dass Mama auch immer schauen muss, wie sie mit dem Geld zurechtkommt. Außerdem finde ich es peinlich, mit über dreißig noch an den elterlichen Rockschößen zu kleben ...«

Sein liebevoller Blick brachte sie zum Verstummen.

»Verdammt!« Jule ballte die Fäuste, weil sie keinesfalls losheulen wollte. »*Jule ohne Plan* – wie satt ich das hatte! Mit dem *Strandperlchen* wollte ich euch allen ein für alle Mal beweisen, dass es damit für immer vorbei ist.«

*

Maren Ruhlands Anruf am Nachmittag kam ausgesprochen ungelegen, denn gerade hatte Nils Martens das Café betreten. Er nickte Jule kurz zu, dann steuerte er den freien Tisch am Fenster an und ließ sich dort nieder. Mims, die gerade noch im Tiefschlaf in ihrem Körbchen gelegen hatte, erhob sich, machte einen Katzenbuckel und lief zu ihm. Er streichelte sie; die Katze schnurrte. Danach legte sie sich ihm zu Füßen und rührte sich nicht mehr. Alle Mitglieder der Familie Martens schienen eine geradezu magische Anziehungskraft auf sie auszuüben.

»Hören Sie mir überhaupt noch zu?« Wenn Maren laut wurde, kippte ihre Stimme schnell ins Schrille.

»Ja«, sagte Jule, ohne Nils aus den Augen zu lassen. »Ihr Mann will mich sprechen. Das habe ich verstanden. Aber weshalb?«

»Nun …«, es folgte ein Kichern. »Sie fallen sozusagen in seinen Aufgabenbereich.«

»Bitte was?«

»Ich hatte Ihnen doch erzählt, dass Uwe als Jurist für eine große Firma tätig ist. Die wiederum regelt die Angelegenheiten einer Stiftung, zu der auch diverse Immobilien gehören. In einer dieser Immobilien liegt Ihr *Strandperlchen*. Na, was sagen Sie jetzt?«

»Dann ist Ihr Gatte also für meine Mieterhöhung verantwortlich?«, fragte Jule verblüfft.

»Stopp!« Maren Ruhland klang plötzlich streng. »Die wurde bereits verabschiedet, da war Uwe noch gar nicht an Bord. Und versprechen kann ich Ihnen nichts, das werden Sie ja sicherlich verstehen. Aber weil Sie doch so fabelhafte Kuchen backen können, mit denen Sie unsere Hochzeitsfeier bereichert haben, ist er bereit, mit Ihnen darüber zu sprechen. Na, was sagen Sie jetzt?«

»In den Räumen der Nobel GmbH & Co KG?«, fragte Jule zurück und hoffte, dass sie nicht gar zu zynisch klang.

»Nein, bei uns zu Hause. Wir geben am Samstag einen kleinen Umtrunk. Da wird sich sicherlich eine Gelegenheit finden.« Jetzt klang Maren endlich wieder normal und freundlich. »Es gibt nämlich etwas zu feiern. Und da hätten wir Sie gern mit dabei.«

»Einen Geburtstag?«

»Viel, viel schöner.« Jetzt war ein Jubeln in ihrer Stimme. »Wir werden Eltern. Ich erwarte unser erstes Kind.«

»Schlechte Nachrichten?«, fragte Nils, als Jule an seinen Tisch kam und ihn nach seinen Wünschen fragte.

»Seltsame auf jeden Fall. Unser Affogato-Brautpaar ist schwanger und hat mich zum Feiern eingeladen.«

»Mich auch«, sagte er. »Stellen Sie sich vor. Dabei kenne ich sie eigentlich kaum.«

»Fragen Sie mich mal«, sagte Jule. »Was darf ich Ihnen heute bringen?«

Wieder dieser Blick, der ihr durch und durch ging und eine Wärme sich zwischen ihren Schulterblättern ausbreitete, die sich äußerst angenehm anfühlte.

»Nur was ganz Kleines«, sagte er. »Ich hab heute nicht viel Zeit. Auch die beste Mitarbeiterin neigt zum Schwächeln, wenn der Chef zu oft außer Haus ist. Und bitte dazu einen Espresso. Einen von den ganz Guten.«

»Aprikosentörtchen mit Cornflake-Crunch«, schlug sie vor. »Eine Neukreation. Dazu vielleicht einen *Potenza verde*?«

»Klingt wunderbar. Sie mögen also Grün?«

Schon halb am Gehen hielt Jule inne. »Natürlich mag ich Grün. Weshalb fragen Sie?«

»Mein Vater fand Ihre Küchlein übrigens Spitze. Und jetzt haben Sie den Salat: Er will die formidable Konditorin persönlich kennenlernen.«

»Das ist nicht Ihr Ernst!«, erwiderte Jule spontan. »Sie ziehen mich bloß auf.«

»Nichts als die Wahrheit«, versicherte er und legte dabei die rechte Hand in einer theatralischen Geste auf sein Herz. »Zum Teil haben Sie es sicherlich auch Tante Jo zu verdanken, so begeistert, wie die ständig von Ihnen schwärmt. Die ganze Familie Martens ist schon infiziert.«

»Ich mag sie auch sehr gern.« Der Gast ganz hinten machte beredte Handzeichen, weil sie ihn so lange warten ließ. »Bin gleich wieder bei Ihnen.«

Als sie ihm schließlich das Gewünschte servierte, sah Nils ihr tief in die Augen, bevor er probierte.

»Passt«, sagte er nach dem ersten Schluck. »Werden Sie meinen Vater also besuchen? Die Ärzte wollen ihn noch zwei weitere Wochen am Meer behalten, damit er wieder richtig gesund wird. Könnte ganz schön langweilig werden für einen so ungeduldigen Bewegungstypen wie ihn, der jetzt alles langsam angehen muss!«

»In der Reha?«, fragte Jule. »Bisschen weit von hier aus mit dem Fahrrad an die Küste!«

»Ist das ein Nein?«

»Das ist ein …« Sie hielt inne, weil gerade eine hochschwangere Frau in einem pinkfarbenen Kleid das *Strandperlchen* betrat.

Claudi – Jule konnte es kaum fassen!

Alles in ihr zog sich zusammen, und sie ärgerte sich über sich selbst. Sollte sie eine Szene machen oder sie gar des Cafés verweisen? Sie entschied sich gegen beides. Ruhige Souveränität würde Jonas' Verlobte wahrscheinlich am meisten nerven.

»… Vielleicht«, vollendete sie stattdessen ihren Satz.

»Dann darf ich anrufen und nachfragen?« Die unverschämt blauen Augen baten um ein Ja.

Jule nickte und ging weiter zu Claudi.

»Stell dir vor, deine Freundin vom Brautladen nebenan will mir partout kein Hochzeitskleid nähen«, sprudelte die hervor, bevor Jule auch nur einen Ton sagen konnte. »Angeblich ausgebucht bis Ende September. Kannst du dir so etwas vorstellen? Und in die fertigen, die bei ihr zuhauf herumhängen, passe ich beim besten Willen nicht mehr hinein. Wo krieg ich jetzt was Schönes her? Auf diese langweiligen Schwangerschaftsfetzen von der Stange hab ich nämlich so gar keine Lust!« Schmollend schob sie die Unterlippe vor.

»In diesem Fall empfehle ich Melissentee«, sagte Jule, ohne eine Miene zu verziehen. Aphrodite war wirklich die loyalste Freundin der Welt!

»Bäh!« Das leicht gerötete Gesicht verzog sich angewidert. »Ich will endlich wieder High Heels tragen und Cocktails schlürfen. In anständigen Klamotten, wohlgemerkt. Jonas kann sich auf was gefasst machen, sobald der Zwerg erst einmal da ist! Von mir aus soll er ruhig den Übervater spielen, wenn ich nur wieder meine Freiheit habe.«

»Oder vielleicht lieber einen grünen Smoothie?«, schlug Jule mit gläserner Freundlichkeit weiter vor. »Mit Algen und Weizengras?«

»Dieses ganze Bio-Gesundheitszeug habe ich so was von satt, das kann ich dir sagen! Hast du keinen entkoffeinierten Espresso? Mit aufgeschäumter Sojamilch?«, fragte Claudi.

»Leider gerade aus.« Nach außen hin war Jule weiterhin

die Liebenswürdigkeit in Person. »Sojamilch führe ich nicht. Genmanipulierte Lebensmittel kommen mir prinzipiell nicht über die Schwelle.«

»Was soll das denn für ein Café sein?« Claudi versuchte aufzuspringen, was bei ihrem Umfang allerdings nicht ganz einfach war. Schließlich gelang es ihr. »Da gehe ich doch lieber nach nebenan in die Eisdiele. Dort kriege ich wenigstens was Ungesundes, das auch noch gut schmeckt!«

»Nicht gerade Ihre allerengste Freundin, oder?«, kommentierte Nils, als sie bei ihm kassierte.

»Könnte man so sagen.« Jule lächelte versonnen.

Später am Nachmittag war so wenig los, dass sie sich sogar für ein paar Momente nach draußen in einen ihrer Strandkörbe setzen konnte. Ein paar Minuten lang genoss Jule die warme Sonne auf der Nase, die Stimmen der vorbeiflanierenden Passanten, das Gurren der Tauben, die auf dem kleinen Platz nach Körnern pickten. Dann aber spürte sie, wie ein Gefühl von Panik in ihr aufstieg.

Was, wenn jetzt Tag für Tag weniger Kunden ins *Strandperlchen* kommen würden? In diesen Monaten, wo sogar Hamburg so etwas wie Sommer erlebte, zog es die Menschen ans Wasser oder zumindest ins Freie. Sie konnte das große Fenster nach oben schieben, und die beiden Sitzgelegenheiten draußen hatte sie zudem, aber das war auch schon alles. Mit einem Café oder einer Bar am Strand konnte sie niemals konkurrieren, auch wenn sie sich keck diesen Namen gegeben hatte. Nur ein wenig mehr Kapital im Hintergrund würde sie schon ruhiger machen. Aber sollte sie wirklich das Angebot ihres Vaters annehmen? Sie war gerührt, dass er es ihr offeriert hatte.

Doch alles in ihr sträubte sich dagegen.

Als hätte er ihre Gedanken gehört, kam Thilo gerade mit dem Rad angefahren.

»Jetzt brauche ich dringend etwas Flüssiges«, sagte ihr Vater beim Absteigen. »Diese brummende Großstadt ist doch eine ganz andere Nummer als unser eher beschauliches Leipzig.«

Er trank die große Johannisbeerschorle, die sie ihm gemixt hatte, in einem Zug aus.

»So, und was willst du nun wissen?«, fragte er.

»Alles!«, sagte Jule.

»Also gut.« Breitbeinig setzte er sich an einen der Tische. »Die junge Frau heißt Lisa Bengtmann und betreibt das Café zusammen mit ihrem Verlobten.«

»Keine Voss also«, sagte Jule enttäuscht. »Wäre ja auch zu schön gewesen!«

»Moment! Ich habe ja gerade erst angefangen.« Er schielte auf den kleinen Zettel in seiner Hand. »Gastronomie scheint in dieser Familie durchaus eine Tradition zu sein. Ihre Eltern haben über Jahrzehnte eine Kegelbahn betrieben, die Großeltern hatten nach dem Krieg ein gut besuchtes Tanzcafé – und jetzt kommt es: Ihre Urgroßmutter hieß Hella. Und war in erster Ehe mit einem Thomas Lüders verheiratet.«

»Thomas Lüders?«, wiederholte Jule verdutzt. »So hieß Thom. Aber der war schwul …« Sie schüttelte den Kopf. »Du musst dich verhört haben, Papa. Thom und Hella – niemals! Das ist vollkommen ausgeschlossen.«

»Ich höre noch immer ziemlich gut.« Er klang ein wenig gekränkt. »Und ich kann dir nichts anderes sagen als das, was sie mir erzählt hat. Hier steht es sogar schwarz auf weiß, damit ich auch ja nichts vergesse.« Er hielt ihr den Zettel hin. »Vielleicht sprichst du am besten selbst mit ihr. Nach dem Krieg hat Hella übrigens wieder geheiratet. Aber ihr Sohn Rudi, Lisas Opa, der kam schon 1942 auf die Welt.«

Tief in Gedanken räumte Jule am Abend das Café auf, stellte die *Faema* aus, wischte die Tische ab, lehnte die Stühle an. Aischa, die junge Iranerin, die seit ein paar Monaten bei ihr putzte, würde morgen ganz früh schon da sein und den Rest übernehmen. Wie lange würde sie sich diesen Luxus wohl noch leisten können? Falls es finanziell noch klammer wurde, würde sie die Reinigung selbst übernehmen müssen.

Jule war froh um das kurze Stück nach Hause, das sie auf dem Fahrrad zurücklegte. Zum lauen Sommerabend hätte jetzt am besten ein Spaziergang an der Elbe gepasst, gekrönt von einem Glas Wein und einem sommerlichen Salat im Freien, der allein zu Haus einfach nicht so gut schmeckte. Doch der Wunsch, im Tagebuch weiterzulesen, war zu stark. Sie *musste* einfach wissen, ob es stimmte, dass aus Maltes kleiner Schwester Thoms Frau geworden war.

Also machte Jule es sich am Schreibtisch so gemütlich wie nur irgend möglich, stellte eine Karaffe mit eisgekühltem Limonenwasser neben die Kopien, um einen klaren Kopf zu behalten, und begann zu lesen.

*

Hamburg, April 1941

Jetzt ist der Krieg überall. Er hat seine eisernen Tentakel nach uns ausgestreckt und lässt uns nicht mehr los. Im Straßenbild fehlen die jungen, unbeschwerten Männer. Viele Familien mussten schon Tote beklagen, denn das Töten hörte nach dem Blitzkrieg im Sommer, wie der Feldzug gegen Frankreich gern genannt wird, nicht auf. Die Franzosen sind besiegt, der Norden steht unter der Herrschaft der Nationalsozialisten, nur im Süden kann sich ein kleiner freier Teil halten, in den Flüchtlinge aus ganz Europa strömen. Über England fallen deutsche Bomben, die die Menschen in Angst und Schrecken versetzen; mit am schlimmsten hat es im November Coventry getroffen, wo die meisten Industrieanlagen und viele Häuser in Flammen aufgingen.

Und sie haben bereits zurückgeschlagen – zuerst nur mit Flugblättern, die aufzuheben uns Deutschen bei Todesstrafe verboten ist. Doch seit Mai gehören Sirenen, Flakfeuer und Luftschutzkeller zu unserem Alltag. Marie erschreckt sich zu Tode, wenn das Geheul wieder losgeht, und will nicht in den dunklen Keller. Ich muss sie jedes Mal halb ziehen, halb tragen, so sehr wehrt sie sich dagegen. Aber sie muss es sich gefallen lassen, denn wir sind mittendrin: Brand- und Sprengbomben fallen über St. Pauli, dem Hafen, Harburg und unserem geliebten Altona. Uns geschieht nichts, doch vierunddreißig Menschen sterben, über siebzig werden verletzt.

Das freilich ist erst der Anfang. Die Royal Air Force wird weiterhin Städte bombardieren, um die Moral der Menschen zu untergraben. Und Hamburg steht weiterhin ganz oben auf ihrer Liste.

Ich weiß das alles von Tante Fee, die ihre englischen Kontakte hält, solange das noch irgendwie geht. Selbst noch ganz zum Ende hin, als sie so schwer krank ist, dass sie das Bett kaum noch verlassen kann, schafft sie es irgendwie, an Informationen zu kommen. Der Bauchspeicheldrüsenkrebs hat aus ihr ein gelbes Knochenbündel gemacht, zu schwach zum Aufstehen, zu müde zum Weiterleben. Ihr Verfall setzt mir derartig zu, dass ich diese Seiten monatelang nicht mehr aufschlage, geschweige denn weiter füllen kann.

Was hätte ich auch schreiben sollen?

Dass ich mich wie ein Dieb heimlich in mein einstiges Zuhause schleichen muss, um sie wenigstens noch einmal zu sehen? Fee will nicht im Krankenhaus sterben, das hat sie sich gewünscht, aber sie ist zu krank, um weiterhin allein in ihrem Anbau zu leben. So verpflanzt der Mann, der früher mein Vater war, sie kurzerhand in mein altes Zimmer, damit das Personal es nicht so weit hat. Eine ältere Pflegerin kümmert sich um sie. Mit einem Ring besticht Fee sie, mich zu ihr zu lassen, sobald Friedrich Terhoven und seine Verlobte außer Haus sind, und sich dann für eine Weile zurückzuziehen.

Es ist wie eine Zeitreise in die Vergangenheit.

Ich betrete den Raum, sehe die Tapeten, meiner kleinen Tisch, die Vorhänge, das Bett – und alles ist wieder da: meine brennende Verliebtheit, die Sehnsucht nach Hannes, die Angst um die winzige Marie, Mamas heilende Nähe in jener Krisennacht, bevor sie in den Tod ging. Sogar ihr Parfum meine ich für einen Moment wieder zu riechen, doch *dann übertünchen es die hässlichen Ausdünstungen von Krankheit und Sterben.*

Fee ist so klein wie ein Kind; das Bett scheint übergroß für sie. Sie greift nach meiner Hand und schaut mich aus großen Augen an, die tief in dunklen Höhlen liegen.

»Ich mache mir keine Sorgen um dich, Sophie«, sagt sie. »Ich weiß, du kannst das Leben meistern. Außerdem liebst du – und wirst zurückgeliebt, auch wenn dein Hannes jetzt als Soldat kämpfen muss. Nein, das Dunkle hat keine Chance gegen euch!«

»Er hasst es«, widerspreche ich vehement. »Und dieses Töten tötet ihn. Das schreibt er in den wenigen Nachrichten, die mich von der Front erreichen. Es gibt so viel Schreckliches, das er mit ansehen, das er selbst tun muss. Das Dunkle hat uns längst erreicht, Tante Fee.«

»Aber eure Liebe ist hell und rein. Das schützt euch. Meine war es leider nicht. Zu viel Gift, von Anfang an. Es konnte nicht gutgehen.«

Meint sie damit den englischen Lord, der sie wieder zurück nach Deutschland geschickt hat?

An dem entschlossenen Zug um ihre eingefallenen Lippen erkenne ich, dass sie nicht mehr dazu sagen wird.

»Der Stachel dieses schwarzen Skorpions hat nicht nur mich vergiftet, sondern auch deine Mutter. Wir waren gewissermaßen Schwestern im Leid, auch wenn wir uns das erst spät eingestanden haben. Niemand als ich kann besser nachempfinden, wie tief ihre Scham war. Sich solch einem skrupellosen Mann mit Haut und Haaren auszuliefern – und dann alles endlos zu bereuen, ein ganzes Leben lang! Vielleicht hat uns das ja so nah zusammengebracht. Sie hat

den bitteren Oleander gewählt, um endlich frei zu sein. So mutig war ich nicht. Bei mir musste der Krebs diesen Part übernehmen.«

Ist sie schon im Delirium? Ich verstehe beim besten Willen nicht, was sie mir sagen will.

»Welcher Stachel, Tante Fee? Welcher schwarze Skorpion? Von welchem Mann sprichst du?«, frage ich verzweifelt. »Und was hat deine schreckliche Krankheit mit alldem zu tun?«

Sie hebt den Kopf, sieht mich lange an. Dann öffnet sie den Mund, doch anstatt zu sprechen, erbricht sie einen grünlichen, übelriechenden Schwall über ihr Nachthemd.

Die Pflegerin stürzt herein. Hat sie die ganze Zeit heimlich an der Tür gelauscht? Auf jeden Fall macht sie mir klar, dass ich auf der Stelle zu gehen habe. Ich hauche Fee einen Kuss zu und schenke ihr einen letzten Blick.

Es ist das letzte Mal, dass ich sie lebend sehe.

Zwei Wochen später wird sie auf dem Hauptfriedhof von Altona zu Grabe getragen. Die Schar der Trauergäste ist übersichtlich; ganz vorn geht der Mann, der einst mein Vater war. Er ist breiter geworden und wirkt trotzdem irgendwie schwach. Die dünne Frau im dunklen Nerz an seiner Seite hält die ganze Zeit Abstand zu ihm.

Marie und ich stehen ein Stück entfernt und sehen zu. Ich weiß nicht, ob sie schon versteht, was da gerade passiert, aber sie spürt es offenbar, denn plötzlich beginnt sie zu weinen und will nicht mehr damit aufhören, obwohl ich sie auf den Arm nehme, kose und herze. Um kein Aufsehen am Grab zu erregen, gehen wir. Ich beschließe, an einem anderen Tag mit meinem Kind wiederzukommen, um Fee auf unsere Weise die letzte Ehre zu erweisen.

Was hätte ich jetzt darum gegeben, meine Trauer mit Hannes teilen zu können, doch das kann ich nur in den Briefen, die ich an ihn schreibe und von denen ihn bei Weitem nicht alle erreichen. Moers, dieses Scheusal, hat es ernst gemeint mit seiner Buße für ihn: Nach Frankreich muss er jetzt in Griechenland kämpfen; Saloniki ist bereits gefallen, doch der Widerstand der Bevölkerung scheint hart, und auch Zivilisten sind bereit, für ihr Vaterland zu sterben. Ich bange um meinen Liebsten, der so mutlos klingt, des Tötens so überdrüssig, doch noch lebt er, und ich zwinge mich, weiterhin fest an eine gemeinsame Zukunft zu glauben.

Zum Glück habe ich Malte und Thom, auch wenn ich die beiden nur noch einzeln sehen kann, um nicht das seltsame Verdikt zu durchbrechen, das auf ihnen liegt. Und auch Hella ist wieder in meinem Leben. Sie arbeitet zusammen mit Käthe in der Flotten Lotte und kommt die Kleine und mich öfters besuchen.

Eines Tages erscheint sie mit rotgeweinten Augen. Sie druckst herum, bis sich alle Schleusen öffnen und sie mir gesteht, dass sie schwanger ist von einem Soldaten, den sie auf einem Tanzabend kennengelernt hat. Nur seinen Vornamen – Walter – kennt sie; sonst weiß sie nichts über ihn.

Was werden die Eltern Voss sagen?

Erst der Sohn, der seine glänzende Zukunft gegen die Wand gefahren hat – und jetzt auch noch die Tochter, geschwängert von einem Unbekannten?

Die Lösung kommt von Thom, und sie verblüfft uns alle.

»Ich werde Hella heiraten«, schlägt er vor. »Dann hat das Kind einen Vater, und alle sind zufrieden.«

»Und Malte?«, frage ich perplex.

»Malte ist dann ganz offiziell mein Schwager. Natürlich wird er seine Schwester und seine Nichte oder seinen Neffen regelmäßig besuchen kommen. Familiensinn ist schließlich das Wichtigste! Das proklamieren ja auch die Herren in Berlin. Außerdem liebe ich Kinder. Ich stelle es mir herrlich vor, so ein kleines Wesen in nächster Nähe aufwachsen zu sehen.«

Er pikst Marie spielerisch in den Bauch, und sie beginnt zu giggeln.

»Und Moers?«, frage ich. »Der wird den Braten doch sofort riechen!«

»Riechen womöglich.« Thom beginnt zu grinsen. »Fressen muss er ihn trotzdem. Du ahnst ja nicht, welche schauspielerischen Talente in mir schlummern!«

Es ist eine fröhliche Hochzeitsgesellschaft. Eine strahlende, überglückliche Braut. Die Schwangerschaft macht Hellas herbes Gesicht weiblicher, und mit dem Brautkleid, das Thom über einen Kunden organisiert hat, und dem Margeritenkranz im Haar ist sie beinahe schön. Marie darf Blumen streuen, was sie liebt und seitdem am liebsten jeden Tag wieder tun würde.

Wie die drei das intern regeln, weiß ich nicht. Nach außen hin hätte man sich keinen zärtlicheren, seiner zukünftigen Frau mehr zugewandten Bräutigam wünschen können als Thom.

Auch Malte scheint zufrieden, lächelt und scherzt, hält eine kleine Hochzeitsrede, zitiert Goethe, Schiller und natürlich Rilke, küsst seine Schwester brüderlich und schüttelt seinem Schwager schließlich männlich die Hand, während die Eltern Voss ihr Glück kaum fassen können. Thomas Lüders *ist eine glänzende Partie, gebildet, liebenswert und gut aussehend, trotz seiner kleinen Gebrechen, die er inzwischen wieder elegant überspielt. Von seinem Onkel hat er einiges an Vermögen geerbt; das Antiquariat kann selbst im Krieg überleben. Jetzt brauchen sie ja nicht einmal mehr Fräulein Hase, die ohnehin in Rente gehen will. Selbstredend muss Hella die anstrengende Arbeit in der Gaststätte nicht weiter ausüben; sie ist jetzt auch eine »gnädige Frau«, darf sich hübsch herrichten und entspannt der Niederkunft harren.*

Die perfekte Komödie. Oder doch eher eine Tragödie, sobald der Vorhang gefallen ist?

Ich schwanke zwischen Weinen und Lachen, entscheide mich schließlich aber für Letzteres, obwohl mir schwant, dass Moers eine einmal gerissene Beute niemals freiwillig wieder hergeben wird ...

Als er in Sophies kleine Wohnung trat, wirkte er zunächst noch ganz ruhig.

»Wie geht es den Jungvermählten?«, fragte Moers angelegentlich.

»Bestens!«, erwiderte sie. »Ich habe selten ein glücklicheres Paar gesehen.«

»Lüders soll ja sogar ein Kind gezeugt haben.«

Sophie nickte. »Es ist schon bald so weit mit der Geburt. Dann bekommt Marie jemanden zum Spielen.«

»Und das soll ich glauben?« Sein Tonfall wird schärfer. »Dass jemand wie er freiwillig das Ufer wechselt? Dieses Schmierentheater könnt ihr vor einem anderen aufführen!«

Sie holte tief Luft. Jetzt kam es auf jedes Wort an, denn

sie durfte Thom nicht gefährden und Malte nicht verraten. Aber Sophie konnte seine anmaßende Überheblichkeit nicht länger ertragen.

»Es soll durchaus Männer geben, die beiden Geschlechtern zugeneigt sind«, sagte sie leise. »Eine Laune der Natur, wie man so liest. Obwohl der echte deutsche Mann schließlich doch begreift, wo sein Platz ist: neben seiner deutschen Frau. Als Hüter seiner deutschen Kinder. Eben ganz nach dem Wunsch unseres verehrten Führers.«

Der Hieb saß.

Sophie erkannte es an seiner Atmung, die schneller wurde, bis er sich erneut mit aller Macht zur Ruhe zwang.

»Du machst Fortschritte, Mädchen«, sagte er schließlich. »Gratulation! Geschossen hast du schon immer gern, aber deine Pfeile sind schärfer geworden. Sieht ganz so aus, als würdest du jetzt richtig erwachsen. Das verwöhnte Gör aus der Villa an der Elbe gehört offenbar der Vergangenheit an.«

»Das war ich niemals …«

»Oh doch, das warst du, und ob du das warst! Die liebe Delia hat es dir vorgemacht, wie man sich für Status und Geld entscheidet, anstatt den Mut aufzubringen, das Abenteuer zu wählen und wirklich zu leben …

Zu Sophies Entsetzen begann er, seinen Waffenrock aufzuknöpfen und streifte ihn ab. Danach öffnete er die Knöpfe des schwarzen Hemdes, das er darunter trug, und entblößte seinen linken Oberarm.

Was hatte er vor? Wollte er nun auch über sie herfallen?

Unwillkürlich schielte sie zur Tür, doch er machte keinerlei Anstalten, sie zu berühren.

»Siehst du das, Mädchen?«, fragte er stattdessen.

Sie nickte klamm und starrte auf die Innenseite seines Arms, kurz über dem Ellenbogen.

»Meine Blutgruppe – AB. Eintätowiert. Jeder von uns SS-Offizieren trägt sie unter der Haut. Das Zeichen, dass wir uns dem Kampf verschrieben haben. Und dem Sieg.«

Er schloss sein Hemd wieder und zog die Uniformjacke an.

»Wer nicht für uns brennt, der wird verbrannt«, sagte er. »Denn die Fackel dieses Krieges wird bald heller und weiter leuchten als alles andere jemals zuvor. Ihr habt im Geschichtsunterricht doch sicherlich Napoleon durchgenommen?«

Erneut blieb ihr nichts anderes übrig, als zu nicken.

»Nun, jener kleine Korse ist schließlich am Weltenbrand verglüht. Wir aber werden ihn schüren, bis das ganze All erstrahlt – und dein Hannes wird zum Zeitzeugen werden!«

»Was hast du mit ihm vor?«, fragte sie angstvoll.

»Der Führer gibt den Befehl zum Marsch nach Osten, Sophie. Unter dem Banner des größten mittelalterlichen Herrschers des christlichen Abendlandes werden wir die Weiten Russlands als Lebensraum für das deutsche Volk erobern. Und jeder deutsche Soldat, der dabei ist, darf sich geehrt fühlen.«

18

Hamburg, Juli 2016

Das Telefonat war kurz, aber herzlich gewesen. Als Jule ihren Vater erwähnte, wurde Lisa Bengtmann noch freundlicher. Sein Charme schien also nach wie vor zu wirken – auch bei ganz jungen Frauen. Jule erzählte Jo davon, als sie zusammen nach Eimsbüttel fuhren, wo das alte Lokal der Familie Voss eine neue Heimat bekommen sollte. Das Haus in der Weidenallee war frisch renoviert und konnte sich wirklich sehen lassen. Die Gaststätte im Parterre wirkte schon von außen anheimelnd und schien auf Gäste nur zu warten.

Innen war in der *Flotten Lotte* alles für die Eröffnung bereit. Aus Lisa Bengtmanns Augen leuchtete der Stolz, als sie die beiden Besucherinnen durch das frisch renovierte Lokal führte.

»Mein Traum, seit ich elf war«, sagte sie. »Als Alternative wäre nur noch Tiermedizin in Frage gekommen. Aber für ein Abi waren meine Noten leider zu schlecht. So habe ich eben den Umweg als Sachbearbeiterin bei einer Versicherung genommen. Und jetzt ist es endlich so weit.«

»Kann ich gut verstehen«, sagte Jule. »Ich betreibe das *Strandperlchen*, drüben in Ottensen, und folge damit auch meiner wahren Berufung.«

»Da war ich schon«, nickte Lisa. »Cooler Laden, aber zum Glück ganz anders als meiner.« Sie führte sie zum Tresen, wo sie mehrere alte Fotos ausgebreitet hatte. »Sehen Sie? So hat das Lokal meiner Familie früher ausgesehen. Ich wollte keinen billigen Abklatsch aus den dreißiger Jahren. Aber ein bisschen Retro sollte schon sein.«

Was ihr durchaus gelungen war. Die hellen Holztische wirkten ebenso nostalgisch wie die Stühle mit den hohen Lehnen. Und wo sie wohl diese Lampen aufgetrieben hatte, die mit den gelblichen Stoffschirmen echte Vorkriegsstimmung verbreiteten?

»Alles vom Flohmarkt«, erklärte sie. »Allerdings war ich tatsächlich jahrelang unterwegs, bis ich alles zusammen hatte. Sie glauben ja gar nicht, was die Leute alles aufheben! Manchmal könnte man fast meinen, es habe niemals einen Krieg gegeben, der in Hamburg ganze Stadtviertel in Schutt und Asche gelegt hat.«

»Das kenne ich von meiner Mutter«, sagte Johanna. »Die hatte eine wahre Sammelleidenschaft, und die Flohmärkte dieser Stadt wurden im Lauf ihres Lebens mehr und mehr zu ihrem zweiten Zuhause. Zum Schluss ist ihr dann allerdings alles über den Kopf gewachsen, und wir, ihre Kinder und Enkel, mussten wochenlang den ganzen Schmodder ausmisten.«

»Hatten Sie keine Angst, dabei aus Versehen etwas Wertvolles zu entsorgen?«, fragte Lisa.

Jule und Johanna tauschten einen raschen Blick.

»Wir haben ziemlich gut aufgepasst«, sagte Johanna. »Und in der Tat etwas entdeckt, das uns seitdem nicht mehr loslässt. Genau deswegen sind wir heute hier.«

Sie berichtete vom Fund des Tagebuchs, beschrieb in ein paar Sätzen Sophie Terhoven und die Menschen, die in ihrem Leben wichtig gewesen waren, und kam dann auf ihr eigentliches Anliegen zu sprechen.

»Ich möchte zu gern herausbekommen, ob es noch jemanden aus dieser Familie gibt«, sagte sie. »Viele kommen nach der langen Zeit rein altersmäßig ohnehin nicht mehr infrage. Von Sophies jüngerem Bruder Lennart jedoch gibt es keinen Grabstein – oder wir haben ihn bislang noch nicht gefunden. Was unter Umständen bedeuten könnte, dass er noch am Leben ist.«

»Und bei eben dieser Suche sind wir auf Sie gestoßen«, fügte Jule hinzu. »Mein Vater hat Ihr Lokal bei seiner Radtour quer durch Hamburg durch Zufall entdeckt, mir davon berichtet – und jetzt sind wir hier. Malte Voss, der Bruder Ihrer Urgroßmutter Hella, war Sophies bester Freund. Deshalb haben wir auch nach dem Namen Voss gefahndet, und nach den Gaststätten, die die Eltern vor dem Krieg betrieben haben.«

Lisa hatte aufmerksam zugehört. Dann schob sie ein kleines Schwarzweißfoto mit den typischen leicht gelblichen Zacken jener Epoche zu ihnen.

»Hier«, sagte sie. »Das ist er. Malte Voss mit seinem Damenfahrrad.«

Er sah genauso aus, wie sie ihn sich vorgestellt hatte. Johanna wurde richtig wehmütig zumute. Groß, ein wenig schlaksig, mit einem weichen, sehr wachen Gesicht und einer zeitunüblichen Locke, die ihm tief in die Stirn fiel. Die Hosen waren zu weit und zu kurz. Offenbar eine dieser Zwangserbschaften, die er so inständig gehasst hatte. Das musste also noch vor der Berlinreise aufgenommen worden sein, für die Tante Fee ihn so nobel ausstaffiert hatte.

»Leider hat er, soviel ich weiß, den Krieg nicht überlebt. Hier auf diesem Bild ist er noch ganz jung. Seine Haare müssen rot gewesen sein«, sagte Lisa. »Hellas ebenso. Ungefähr so wie meine. Mein Papa hat sie auch geerbt, ebenso wie vor ihm Opa Rudi. Irgendwie scheinen sie bei uns in jeder Generation durchzuschlagen. Bin mal gespannt, ob dieser Trend weiter anhält.« Sie legte beide Hände auf ihren Bauch, und erst jetzt fiel den beiden auf, dass das grüne Shirt ordentlich spannte.

»Sie sind schwanger?«, fragte Jule, die sich gegen einen Anflug von Neid wehren musste. »Gratuliere! Aber ausgerechnet jetzt? Ich meine, wo Sie gerade neu aufmachen ...«

»Sie haben ja so recht!« Lisa lächelte. »Aber kommen die Kinder eigentlich nicht meist zur falschen Zeit? Bei mir werden jetzt eben gleich zwei Träume auf einmal wahr, und ich muss zusehen, wie ich sie miteinander vereinbare.« Ihr Lächeln wurde tiefer. »Wollen Sie noch mehr Fotos sehen?«

Johanna und Jule nickten einträchtig.

»Meine Urgroßmutter Hella«, sagte sie. »Bei ihrer ersten Hochzeit. Mein Urgroßvater Thomas war in seinem eleganten Cut wirklich ein verdammt gut aussehender Mann. Schade, dass er so früh verstorben ist. Sonst hätten die beiden vielleicht noch mehr Kinder bekommen.«

»Wissen Sie, wie er gestorben ist?«, fragte Jule.

»Wenn ich mich recht erinnere, kam er im Bombenhagel um. Opa hätte es sicher noch genauer gewusst. Aber der lebt seit Weihnachten leider auch nicht mehr. Auf jeden

Fall hat meine Uroma nach dem Krieg noch einmal geheiratet. Ab da hieß sie dann Bengtmann, und diesen Namen hat später dann auch mein Opa angenommen. Otto Bengtmann, mein Uropa Nummer zwei sozusagen, ist übrigens steinalt geworden. Mittlerweile aber fliegt auch er längst Ehrenrunden im Himmel.«

Sie schaute wieder auf das Foto.

»Auch die Braut gefällt mir gut in ihrer mitreißenden Freude.« Hella, im bodenlangen weißen Kleid mit züchtigem Schleier, strahlte auf dem Foto, während Thoms Miene freundlich, aber ein wenig in sich gekehrt wirkte.

Ob er da bereits bereute, was er selbst eingefädelt hatte?

»Siehst du die Kleine mit den Blumenkörbchen vor ihnen?«, sagte Johanna leise. »Das muss Marie sein!«

Das Mädchen trug ein kurzes Kleidchen mit gesmokter Passe. Irgendwann hatte der Blütenkranz auf ihrem Kopf bestimmt perfekt gesessen, war aber offenbar durch die Ereignisse dieses aufregenden Tages steil in die Höhe gerutscht und wirkte nicht mehr ganz so schmückend.

»Kein Wunder, wenn man so widerspenstige Haare hat«, sagte Jule. »Und ich weiß, was ich da sage. Es gibt ein ganz ähnliches Foto von mir an Omas Geburtstag. Da ziehe ich ein Gesicht, als wollte ich alle bei lebendigem Leib fressen, sollten sie es nur wagen, mir zu nah zu kommen.«

»Uroma Hella muss bei der Hochzeit schon schwanger gewesen sein«, sagte Lisa. »Sehen Sie, wie sie sich den Strauß vor den Bauch hält, um es zu verstecken? Dabei fällt es so erst richtig auf! Heute denkt sich niemand mehr etwas dabei, aber damals? Mein Opa kam jedenfalls bereits sechs Monate nach der Trauung zur Welt – ein, wie die

Familiensaga behauptet, rothaariges Kind mit mehr als dreieinhalb Kilo Geburtsgewicht. Also definitiv kein Frühchen.« Wieder strich sie sich zärtlich über ihren Bauch. »Auch das eine Tradition, die sich bei uns durchzieht. Mein Schatz und ich werden die Hochzeit vermutlich sogar erst nach der Geburt hinbekommen.«

»Und Sophie Terhoven?«, wollte Johanna wissen. »Ist sie auch auf einem der Fotos?«

»Hier vielleicht.« Lisa reichte ihr ein neues Foto. »Das könnte sie sein. Neben meiner Urgroßmutter.«

Auf einmal hatte das Tagebuch ein Gesicht.

Eine schlanke, ziemlich große junge Frau. Dunkle, halblange Locken, in keine der damals üblichen zahmen Wellenfrisuren gepresst. Skeptischer Blick. Die Wangen schmal, die Nase markant. Das knielange Kleid, das sie trug, war aus hellem Stoff, hatte duftige Volants und wirkte elegant. Ein Vermächtnis von Tante Fee? Oder hatte ihr möglicherweise Thom großzügig unter die Arme gegriffen?

Leider stand nichts davon im Tagebuch.

»Sie sieht aus wie du«, sagte Johanna leise. »Siehst du das nicht?

»Jetzt übertreibst du aber maßlos«, erwiderte Jule. »Ich finde ja eher, die Frauen jener Zeit sahen in ihrer uniformierten Aufmachung alle irgendwie gleich aus. Na ja, gewisse Ähnlichkeiten gibt es vielleicht, wenn man sich anstrengt. Wir haben beide dunkle Locken und einen ordentlichen Zinken im Gesicht …«

»… eine ausdrucksstarke Nase«, korrigierte Johanna. »Was ich sehe, sind zwei wunderschöne, hochattraktive junge Frauen. Zieh dir ein Kleid von damals an – und du könntest glatt als ihre Schwester durchgehen!«

»Aber die hatte Sophie nicht, wie wir beide wissen«, erwiderte Jule. »Es sei denn, Delia hätte noch weitere Überraschungen auf Lager gehabt, die erst später noch zur Sprache kommen.«

»Möchten Sie Abzüge?«, fragte Lisa. »Sie werden verstehen, dass ich diese Fotos nicht aus der Hand geben will. Ist ja so vieles bei den Bombenangriffen verbrannt, aber meine Urgroßmutter konnte doch ein paar wenige Bilder über den Krieg retten. Sobald hier am Samstag die Einweihungsparty über die Bühne gegangen ist, kann ich mich gern darum kümmern. Natürlich sind Sie beide herzlich dazu eingeladen.«

»Da bin ich leider schon für eine ziemlich schräge Babyparty verpflichtet«, sagte Jule. »Sonst wirklich gern.«

»Und ich verbringe meine Abende und Nächte derzeit am liebsten mit dem Tagebuch«, fügte Johanna hinzu. »Bitte nicht böse sein!«

»Bin ich nicht.« Lisa lachte. »Dann kommen Sie eben ein anderes Mal wieder. Ich fände es schön, wenn wir in Kontakt blieben.«

»Wir auch«, sagten Jule und Johanna wie aus einem Mund.

Jetzt lachten sie alle drei.

»Sind Sie zwei eigentlich verwandt?«, erkundigte sich Lisa neugierig. »Sie wirken so vertraut.«

»Leider nicht«, sagte Johanna. »Aber sehr gut befreundet. Obwohl wir uns noch gar nicht so lange kennen.«

»Und wohin jetzt?«, fragte Jule, als sie zusammen das Lokal verließen. Schon halb im Gehen hatten sie noch David kennengelernt, Lisas sympathischen Verlobten, der ihr bei den letzten Finessen zur Hand gehen wollte.

»Zur Villa natürlich«, erwiderte Johanna. »Irgendwann muss dieser Holtborn doch einmal zu Hause sein!«

*

Ein tiefdunkelblauer Himmel spannte sich über ihnen, als sie die Elbchaussee erreichten. Die Luft war lau, die Bäume rauschten – es war einer jener makellosen Sommerabende, die fast etwas Unwirkliches hatten. Zwischen dem dunklen Grün wirkte die Villa wie aus heller Jade geschnitzt.

»Magritte hätte seine Freude an diesem Motiv gehabt«, sagte Johanna. »Noch ein strenger Mond dazu – und das Gemälde wäre fertig.«

»Du interessierst dich für Kunst?«, fragte Jule, als sie sich dem Zaun näherten, der das Anwesen von der Straße trennte.

»Ich liebe Kunst«, sagte Johanna. »Seitdem ich pensioniert bin und genügend Zeit habe, versäume ich so gut wie keine Ausstellung, auch wenn ich garantiert nicht immer alles verstehe. Aber nach und nach schult sich der Blick, das merke ich ganz deutlich.« Sie lachte. »Vermutlich bin ich dann mit hundert eine echte Expertin!«

»Davon träume ich auch«, sagte Jule. »Aber mein Café erlaubt mir das eher selten. Und am Sonntag bin ich dann oft zu müde für alles.« Sie deutete auf das Bauwerk. »In vier Fenstern brennt Licht. Heute ist definitiv jemand zu Hause!«

»Dann klingeln wir«, sagte Johanna entschlossen.

»Um diese Zeit? Bei wildfremden Leuten?«

»Mehr als abweisen können Sie uns nicht. Und im Sommer sind die Tage sowieso länger. Das bringen wir notfalls als Ausrede vor.« Entschlossen betätigte sie die Türglocke.

Nichts geschah. Oder bewegte sich hinter dem breiten Vorhang im linken Fenster doch ein Schatten?

Johanna klingelte zum zweiten Mal.

Wieder Stille, dann ertönte durch die Sprechanlage eine sonore Männerstimme.

»Ja, bitte?«

Johanna trat vor. »Verzeihen Sie, dass ich so spät noch störe, aber telefonisch sind Sie leider nicht erreichbar, und so stehe ich nun einfach hier. Mein Name ist Johanna Martens, und ich bin auf der Suche nach Lennart Terhoven. Durch einen Zufall ist mir das Tagebuch seiner Schwester Sophie in die Hände gefallen. Das würde ich ihm gern zurückgeben.« Den letzten Satz hatte sie gesagt, ohne nachzudenken. Jetzt erschrak sie ein wenig darüber

»Da sind Sie hier leider falsch«, sagte die Stimme. »Hier wohnt kein Lennart Terhoven.«

»Aber er hat in den dreißiger Jahren in dieser Villa gelebt, zusammen mit seinen Eltern, seiner Schwester Sophie und ihrer Tante Felicia. Ich kenne sogar den Namen der Köchin, die für die Familie gearbeitet hat – Käthe Kröger. Es wäre mir wirklich sehr wichtig, ihn zu treffen. Vielleicht wissen Sie ja, wo ich ihn finden könnte.«

Lange blieb es still, dann begann die Gegensprechlage leise zu knistern.

»Bedaure. Wir können Ihnen leider nicht weiterhelfen.«

»Haben Sie das Haus nicht von ihm gekauft?«, fuhr Johanna fort. »Im Grundbuch steht etwas von 1946. Das wäre dann ja gleich nach dem Krieg gewesen ...«

Keinerlei Rückmeldung. Sogar das Knistern war erstorben.

»Lass uns gehen«, sagte Jule. »Das wird heute nichts mehr.«

Mit hängendem Kopf folgte ihr Johanna.

»Jetzt hab ich es gründlich verpatzt«, sagte sie. »Das mit dem Grundbuch hätte ich lieber bleiben lassen sollen. Womöglich fühlen sie sich jetzt ausspioniert und befürchten, wir seien eine osteuropäische Einbrechergang, die gerade den nächsten Coup plant. Und ob ich das Tagebuch überhaupt jemals wieder hergeben kann, ist auch mehr als fraglich.«

»Wir müssen einen anderen Weg finden, um an diesen Holtborn heranzukommen«, sagte Jule nachdenklich. »Ich weiß gerade nur leider noch nicht, welchen ...«

Auf Johannas Wunsch setzte sie sich ans Steuer.

»Das mit Lisas Bengtmanns Schwangerschaft beschäftigt dich sehr«, sagte Johanna, nachdem sie den Wagen gestartet hatte. »Deshalb bist du so still und in dich gekehrt, habe ich recht?«

»Kannst du Gedanken lesen? Ja, so ist es. Was habe ich nur verbrochen, dass die ganze Welt um mich herum auf einmal mit runden Bäuchen erblüht? Da fühlt man sich ja noch einsamer. Und kommt sich gleichzeitig bescheuert vor, *weil* man sich so fühlt.« Sie setzte den Blinker und bog nach links in die Rothestraße ab. »Und dann auch noch diese Babyparty bei den Ruhlands! Am liebsten würde ich absagen. Aber ich soll dort mit Marens Gatten Uwe reden. Dabei weiß ich schon jetzt, wie das ausgehen wird: Meine Mieterhöhung bleibt, wie sie ist. Und damit Schluss!«

»Lass es doch einfach auf dich zukommen«, schlug Johanna vor. »Nils ist auch eingeladen, oder?«

»Das hat er dir erzählt?«, fragte Jule verwundert. »Mir gegenüber ist er ziemlich wortkarg.«

»Ich weiß, er kann manchmal ganz schön zugeknöpft, ja sogar ruppig sein«, sagte Johanna. »Aber das ist nichts als Selbstschutz. Seine Exfrau hat ihn mit seinem besten Freund betrogen, und das nicht nur ein paar Tage lang. Das hat Nils sehr wehgetan, und er wollte jahrelang keine Frau anschauen, geschweige denn neben sich haben, um bloß nie mehr wieder so zu leiden. Doch in letzter Zeit ...« Sie begann zu schmunzeln. »Er hat sich ziemlich verändert, finde ich, ist wieder offener und zugänglicher geworden. Ich habe so das Gefühl, da ist etwas im Busch!«

Wenn Nils eine neue Flamme hatte, war der Vorschlag, seinen kranken Vater in der Reha zu besuchen, ja noch absurder, als Jule ohnehin gedacht hatte. Obwohl sie große Familien immer schon bewundert hatte, weil sie sich ausmalte, dass man so immer jemanden finden würde, der einen verstand, musste sie ja nicht unbedingt alle Martens kennenlernen. Sie mochte Johanna, und das reichte ihr für den Augenblick vollkommen.

Sie waren vor Jules Haustür angekommen.

»Ich setze mich gleich wieder ans Tagebuch«, sagte Jule, während sie aus dem Auto stieg. Johanna tat es ihr nach und wechselte auf die Fahrerseite. »Viel ist es ja nicht mehr, was es noch zu lesen gibt, vorausgesetzt, man muss nicht allzu viele Erholungspausen einlegen, weil einen die Lektüre wieder so mitnimmt. Jetzt könnte es spannend werden, Sophies Einträge mit dem abzugleichen, was Hellas Urenkelin uns heute erzählt hat.«

»Das denke ich auch«, sagte Johanna. »Mein Gefühl sagt mir übrigens, dass uns weitere Überraschungen erwarten. Schlaf gut, Jule. Wir hören ganz bald voneinander!«

»Du auch. Ich melde mich, sobald ich auf etwas Neues stoße.« Sie betrat den Hausflur und stieg nach oben.

In der häuslichen Stille jedoch fiel es Jule ungewohnt schwer, sich auf die Kopien zu konzentrieren. Sie stand nach wenigen Minuten am Schreibtisch wieder auf, holte sich etwas zu trinken, zog sich ein luftigeres Kleid an, weil ihr plötzlich viel zu heiß wurde, leerte ihre Fruchtgummireserve, zappte sich sogar kurz lustlos durch verschiedene Fernsehprogramme, bis sie allmählich ruhiger wurde. Doch noch immer musste sie an Lisas ungeborenes Kind denken, vermischt mit Claudis dreist zur Schau gestellten Babykugel und der unerwarteten Schwangerschaftsankündigung von Maren Ruhland, die offenbar überglücklich einer späten Mutterschaft entgegensah.

Lauter glückliche Mütter. Und was war mit ihr?

Als ihr Smartphone klingelte, nahm sie den Anruf sofort an. Eigentlich hatte sie heimlich mit Nils gerechnet und sich innerlich schon die passende Absage für den Besuch am Meer zurechtgelegt, doch es war eine weibliche Stimme, die sich so dünn und verweint anhörte, dass Jule sie erst nach ein paar Silben erkannte.

»Schatz? Wie gut, dass du rangehst. Ich bin so traurig!«

»Mama?«, fragte sie erschrocken. »Ist etwas passiert?«

»Ja.« Ein Schniefen. »Ich wünschte mir so sehr, du wärst jetzt bei mir. Warum musst du nur so weit weg sein?«

»Was ist los, Mama? Ein Unfall? Bist du krank? Sag es mir doch bitte!«, bat Jule zutiefst beunruhigt.

»Kennst du das Gefühl, dass dir dein ganzes Leben um die Ohren fliegt? Kennst du das, Jule?«

»Ja, das ist mir durchaus bekannt. Aber jetzt rück doch endlich damit raus, was los ist!«

Das Weinen wurde lauter.

»Ich habe in den alten Sachen gekramt, du weißt schon, in denen aus dem Erzgebirge, noch vor der Wende. Dabei bin ich auf ein paar uralte Alben gestoßen. Irgendwie hatte ich es noch ganz schwach in Erinnerung, aber sicher war ich mir eben nicht. Doch da steht es weiß auf schwarz unter den eingeklebten Fotos: Alle Hunde meiner Mutter hießen Malte!«

»Und das bringt dich dermaßen aus der Fassung?« Erleichtert begann Jule zu lachen. »Wenn es weiter nichts ist! Vielleicht war Oma ja ein heimlicher Rilke-Fan. Oder der Name hat ihr einfach besonders gut gefallen.«

»Im Erzgebirge? Gleich nach dem Krieg? Da hieß niemand so – nicht einmal ein Meerschweinchen!« Rena schniefte. »Aber das ist noch nicht alles. Es gibt keine Babyfotos von ihr. Nicht ein einziges. Und das, obwohl ihre Eltern jahrelang vergeblich auf ein Kind gewartet haben. Das weiß ich von meiner Oma, und sie hat geweint, als sie es mir erzählt hat. Das mit den Fotos ging erst los, als meine Mutter 1945 eingeschult wurde. Da kam sie gleich in die zweite Klasse, so steht es an der Tafel, und ist trotzdem noch immer größer als die anderen Kinder. Wenn ich nachrechne, muss sie da schon acht gewesen sein. Ist doch seltsam, oder nicht?«

»Hast du nicht immer gesagt, dass die Urgroßeltern sehr bescheiden gelebt haben? Vielleicht hatten sie zuvor keinen Fotoapparat. Und nicht genügend Geld, um zum Fotografen zu gehen. Außerdem war Krieg, Mama! Vielleicht waren da die Schulen über längere Zeit geschlossen. Und was die Größe angeht: Oma war eben schon als Kind eine stattliche Erscheinung. Was sie uns beiden übrigens vererbt hat. Du und ich, wir sind ja auch nicht gerade Zwerge.«

Ein Schnauben, das nicht besonders überzeugt klang.

»Ganz unten im letzten Karton habe ich schließlich das Specksteindöschen entdeckt, von dem ich euch beim Essen erzählt habe. Ein paar der getrockneten Oleanderblüten waren noch drin, und ich habe mich gehütet, sie anzufassen. Nicht einmal mit einem Gummihandschuh hätte ich mich das getraut. Vielleicht wirkt das Gift ja immer noch und geht sogar durch alle Materialien direkt in den Körper.«

Jules Mutter atmete tief aus.

»Beim Zumachen war ich dann ein bisschen ungeschickt, da ist es mir aus der Hand gerutscht und runtergefallen. Ein Stück vom Boden ist dabei abgebrochen – und da hab ich es entdeckt.«

»Was entdeckt, Mama?«, fragte Jule ungeduldig. »Jetzt mach es doch nicht gar so spannend!«

»Ein altes Schriftstück in einem zweiten Boden. Eine Art Brief. Klein zusammengelegt und schon recht brüchig, als hätte ihn jemand im Lauf der Jahre immer wieder auf und zu gefaltet. Aber was für einer, kann ich dir sagen! Ich musste beim Lesen weinen, so sehr hat er mich berührt. Sogar jetzt kann ich noch immer nicht damit aufhören, wie du sicherlich hörst.«

»Ein Brief von Oma?«

»Nein, dazu wäre sie noch zu viel klein gewesen. Er muss aus dem Krieg stammen – und er hört sich herzzerreißend an.«

»Wer hat ihn dann geschrieben?«

»Keine Ahnung. Er hat keine Unterschrift und nicht einmal eine ordentliche Anrede.« Sie zögerte. »Kannst du nicht herkommen, Jule? Du kennst dich mit solchen Sachen viel besser aus als ich. Außerdem warst du schon so lange nicht mehr bei mir.«

»Wir haben uns doch gerade erst in Hamburg gesehen«, versuchte Jule sie zu beschwichtigen. »Und im Moment kann ich leider unmöglich das *Strandperlchen* zusperren, um Ferien in Dresden zu machen und zusammen mit dir irgendwelche alten Kriegsbriefe zu analysieren.«

»Und eine Aushilfe? Nur für ein paar Tage? Deine Kaffee-Expertin oder diese sympathische Johanna? Die würde sicherlich sofort in die Bresche springen, so, wie ich sie einschätze!«

»Johanna ist über siebzig und hat meines Wissens noch nie in der Gastronomie gearbeitet. Die kann ich unmöglich darum bitten. Und Maites Terminplan ist randvoll mit Kursen und Seminaren. Sorry, Mama, gerade ist ein verdammt schlechter Zeitpunkt für solche Extravaganzen.«

Jule zwang sich, ruhig zu bleiben.

»Warum fotografierst du diesen ominösen Brief nicht

einfach und schickst ihn mir via WhatsApp? Dann wäre er sofort bei mir.«

»Weil sich das nicht richtig anfühlt.«

Hatte sie sich gerade verhört? Sie war einiges von ihrer Mutter gewöhnt, aber diese Antwort verblüffte sie doch.

»Und warum nicht, wenn ich fragen darf?«

»Er ist so persönlich. Ganz tief aus dem Herzen. Da geht es um Leben und Tod, wenn ich es recht verstanden habe. So etwas bannt man doch nicht auf irgendein seelenloses Gerät und schickt es dann in der Weltgeschichte umher.«

»Dann lies ihn mir vor. Direkt von Mensch zu Mensch. Ich bin ganz Ohr!«

»Das geht nicht. Sonst weine ich weiter bis morgen früh. Du kannst nicht vielleicht doch herkommen?«

»Mama, bitte …«

»Schon gut, ich habe ja nur noch einmal gefragt.«

Sie schwiegen beide.

»Und wenn du ihn kopierst und mir anschließend mit der Post zukommen lässt?«, schlug Jule schließlich mit letzter Kraft vor. »Den alten Brief sozusagen als neuen Brief verschickst? Wäre das für dich in Ordnung?«

Jule hörte, wie ihre Mutter sich geräuschvoll die Nase putzte. Offenbar beruhigte sie sich allmählich.

»Ja«, sagte sie schließlich, »so könnte es gehen. Aber ruf mich sofort an, sobald du ihn gelesen hast!«

»Versprochen.« Jule gab sich innerlich einen Ruck. »Schön übrigens, dass du bei mir in Hamburg warst. Und noch viel schöner, dass du dich mit Papa wieder so gut verträgst.«

»Ich bin sehr glücklich. Aber manchmal traue ich mich

noch nicht, wirklich daran zu glauben. Er will mich am Wochenende übrigens in Dresden besuchen. Mal schauen, wie es sich am Wohnort des anderen anfühlt. Zu ihm nach Leipzig will ich dann auch bald. Ist ja doch etwas ganz anderes als der Urlaub in einer fremden Stadt! Danach sehen wir weiter.«

Noch immer in Gedanken, ging Jule in die Küche und goss sich ein Glas Wein ein. Dass sich ihre Mutter von einem Schriftstück derart zu Tränen rühren ließ, war ihr neu. Aber vielleicht hatte die frisch entfachte Liebe ja ihre Emotionen wieder wachgeküsst.

Jetzt aber würde sie sich von niemandem mehr bei der Tagebuchlektüre stören lassen. Jule setzte sich erneut an den Schreibtisch und fing an zu lesen.

*

Hamburg, Januar 1942

Sie tragen die gelben Sterne an abgetragenen Kleidungsstücken, und es dauert mich, wenn ich die Menschen frierend vor den wenigen Geschäften Schlange stehen sehe, in denen sie zu festgelegten Zeiten überhaupt noch einkaufen können. Schon seit dem letzten Jahr dürfen Juden nicht mehr auf die Straße ohne dieses gesetzlich verordnete Schandzeichen. Ihre Zahl jedoch verringert sich ständig. Selbst im Grindelviertel, wo in der Dillstraße, der Rutschbahn oder Bornstraße die sogenannten »Judenhäuser« liegen, sind es sehr viel weniger geworden; bei uns in Altona habe ich an manchen Tagen das Gefühl, sie seien nahezu gänzlich aus dem Stadtbild verschwunden. Viele »Arier« haben mit angesehen, wie ihre jüdischen Nachbarn aus ihren Wohnungen gezerrt und auf Lastwägen verladen wurden; andere sprechen leise von Zugwaggons in östlicher Richtung. Keiner von ihnen ist jemals wiedergekommen, und obwohl höchstens darüber geflüstert wird, wissen wir alle, dass es ein Abschied für immer sein wird.

Thom nimmt sich seiner einstigen Kunden an, die jetzt zu arm geworden sind, um sich noch ein Buch bei ihm leisten zu können. Er schenkt kostenlos Tee aus und verteilt ab und zu im kleinen Leseraum des Antiquariats eine Runde Brote, die allerdings immer dünner belegt sind, denn auch auf »normalen« Karten werden die Zuteilungen kontinuierlich reduziert. Seit er im letzten September Vater des kleinen Rudi geworden ist, den er so abgöttisch liebt, dass Hella schon eifersüchtig wird, weil er sie kaum in die Nähe des Kindes lassen will, hat er sein Herz für Schwache und Bedrängte noch weiter geöffnet. Von Malte weiß ich, dass er mit Spenden für Bedürftige nicht geizt. Ginge es nach Thom, würde er auch den Judenrat finanziell unterstützen, aber das wagt er nicht, um Moers und Konsorten bloß keine Handhabe gegen ihn zu liefern. So beschränkt er sich notgedrungen auf diese scheinbar kleinen Gesten, die für viele allerdings sehr groß sind. Immerhin ist es halbwegs warm in seinem Geschäft, man plaudert über Dichter und Literaten, und in jenen kostbaren Momenten könnte man fast meinen, es sei alles wie früher.

Aber nichts ist mehr, wie es einmal war.

In der Stadt hat der Luftkrieg inzwischen überall seine Spuren hinterlassen; ich sehe Ruinen und ausgebrannte

Gebäude, die Marie große Angst einflößen. Sie fürchtet, auch unser Haus könne plötzlich von einer Bombe getroffen werden und in Flammen aufgehen. Sobald die Alarmsirenen heulen, wird ihr liebes Gesicht ganz spitz und klein. Dann klammert sie sich an mich und vergisst vor lauter Panik sogar das Atmen. Einige Male hat das bereits zu einem Krampf geführt, der mich zunächst zu Tode erschreckt hat, doch inzwischen weiß ich die Zeichen zu deuten und unternehme alles, damit es erst gar nicht mehr dazu kommt. Ich lache und summe, veranstalte Quatsch, als sei ich ein Circusclown, obwohl mir innerlich kein bisschen danach ist, und rede so lange auf sie ein, bis ihr Gesichtchen sich wieder entspannt. Besondere Freunde mache ich mir damit allerdings nicht im Luftschutzkeller. Die anderen Hausgenossen sehen uns böse an, schimpfen oder nehmen mir zumindest heimlich übel, dass ich, die Ledige, mein Kind nicht besser im Griff habe.

Dabei könnten die Liebe und das Vertrauen zwischen Marie und mir kaum inniger sein. Wenn sie lacht, dann muss auch ich lachen, wenn sie weint, wird mein Herz schwer vor Kummer. Manchmal lausche ich ihrem Atem, wenn sie schläft; dann spüre ich, wie mein Atem bald schon in Gleichklang mit ihrem fließt. Muss es nicht eigentlich auch so sein, da ich ja Mutter und Vater in einem für sie bin? Ob sie sich noch an Hannes erinnert, weiß ich nicht, aber ich zeige ihr immer wieder sein Foto im Medaillon, erzähle ihr, wie sehr ihr Vater uns beide liebt, und male ihr wortreich aus, wie schön es sein wird, wenn er zu uns zurückkommt.

Wenn.

Das ist das große Fragezeichen, das drohend über uns

hängt, denn der Wind hat sich gedreht, und die Deutschen sind nicht mehr unbesiegbar. Die Eroberung Moskaus ist misslungen, die deutschen Truppen mussten sich zurückziehen. Nun bangen alle davor, was als Nächstes geschehen wird. Fast jede Familie hat inzwischen Angehörige an den Fronten zwischen dem Nordkap und Afrika, in den Weiten Russlands, an der Kanalküste oder auf See – und es gibt viele, sehr viele tote deutsche Soldaten.

Uns erreichen Hannes' spärliche Briefe aus der Ukraine, und obwohl sie eigentlich mein Heiligtum sind, auf das ich wochenlang hinfiebere, teile ich sie doch mit Käthe. Die Sorge um ihren Sohn raubt ihr den Schlaf; nächtelang höre ich sie ruhelos in unserer kleinen Wohnung umherwandern, bis dann gegen Morgen doch die Müdigkeit sie übermannt.

»Du wirst noch krank werden, wenn du so weitermachst«, warne ich, besorge Baldriantabletten aus der Apotheke und nötige sie, sie auch zu schlucken, aber es hilft nicht viel.

Auch mir geht es, wenn ich ehrlich bin, kaum anders. Der Sirenenalarm, das knappe Essen, die ständige Angst um Marie und um Hannes machen auch mich erschöpft und mutlos. Ich weiß, er schreibt nicht einmal ein Zehntel von dem, was er dort ansehen und durchleben muss. Davon dürfte er das meiste ohnehin nicht zu Papier bringen, weil er sonst auf der Stelle liquidiert werden könnte. Einmal jedoch tut er es doch, vielleicht weil er einfach nicht anders kann, und die Trostlosigkeit, die mir daraus entgegenschlägt, ist kaum zu ertragen. Das Morden, das er so sehr verabscheut, ist allgegenwärtig, die anfängliche Freude über die deutschen »Retter« in den besetzten Gebieten längst verflogen. Der Widerstand wächst. Eine ganze Menge Ukrainer kollaborieren weiterhin mit den Deutschen, viele aber bekämpfen sie inzwischen bis aufs Blut.

Und die Wehrmacht schlägt erbarmungslos zurück.

»Meine Seele weint«, schreibt er, »aus Sehnsucht nach euch. Aber auch aus Sehnsucht nach Menschlichkeit. Wie sollen wir, an deren Händen so viel Blut klebt, je wieder ruhig in frisch bezogenen Betten schlafen oder gemütlich zu Hause unseren Sonntagsbraten verzehren? Welche Väter oder Brüder können wir euch noch sein? Wie soll ich dich guten Gewissens lieben können, Sophie, wo ich jeden Tag mehr und mehr zu einem Monstrum werde? Man kann nicht töten und dabei innerlich anständig bleiben, das ist unmöglich, auch wenn die Offiziere es uns immer wieder vorbeten. Wir morden – und folglich sind wir alle Mörder.«

Diesen Brief enthalte ich Käthe bewusst vor, um sie nicht noch mehr zu belasten, aber ich bespreche ihn mit Malte und Thom, den Einzigen, denen ich mein Herz öffnen kann. Thom hält seinen Kleinen in Arm, streicht ihm die zarten roten Härchen aus der Stirn und küsst ihn zärtlich.

»Sie werden einmal diese Last zu tragen haben«, sagt er nachdenklich, »unsere Söhne und Töchter. Denn sie sind noch da, wenn es uns nicht mehr gibt. Schuld ist ein Bleilot, das schwer wiegt, so steht es bereits in der Heiligen Schrift, die sogar von sieben Generationen spricht. Sie tun mir schon jetzt unendlich leid, unsere Kinder, die so bitter für die Sünden der Väter und Mütter büßen müssen.«

Keiner von uns sagt etwas, bis Rudi hungrig zu krähen beginnt.

»Die Antwort des Lebens«, sagt Thom und gibt ihm das Fläschchen, weil bei Hella schon bald die Milch versiegt ist.

»Wie wunderbar! Denn darauf vertraue ich bei aller Betrübnis. Und er bekommt mit dir die beste Taufpatin der Welt. Ich finde übrigens, du solltest dein goldiges Heidenkind auch endlich unter göttlichen Segen stellen!«

Verdutzt schaue ich ihn an. Wird er, der alte Spötter und Zyniker, jetzt auf einmal fromm?

»Ein bisschen Schutz von oben kann nicht verkehrt sein in diesen verrückten Zeiten«, sagt er und zwinkert mit seinem gesunden Auge. »Und selbst wenn es auch vielleicht nicht viel nützt – schaden wird es bestimmt nicht. Auf jeden Fall feiern wir so endlich wieder einmal zusammen. Und eine Doppeltaufe gibt es ja schließlich auch nicht alle Tage.«

»Aber nur, wenn Malte Maries Taufpate wird«, sage ich, überrumpelt und glücklich zugleich.

»Worauf du dich verlassen kannst!« Mein bester Freund schließt mich gerührt in die Arme. »Und wir bitten Hella ebenfalls darum, einverstanden? Damit mein Schwesterchen sich nicht ausgeschlossen fühlt.«

Natürlich bin ich einverstanden, doch meine Zweifel wachsen. Funktioniert die fragile Konstruktion der drei vielleicht doch nicht ganz so, wie erhofft?

*

Hamburg, März 1942

Natürlich muss es die altehrwürdige Klopstockkirche in Ottensen sein, mit dem ältesten und schönsten Carillon ganz Hamburgs, für meinen Geschmack gefährlich nah an meinem früheren Zuhause in der Flottbeker Chaussee, aber Malte und Thom lachen meine Ängste einfach weg.

»Möchte doch zu gern erleben, wie der Herr Kaffeebaron uns bei dieser kleinen Familienfeier die Ehre erweist«, sagt Malte. »Mich, den Krüppel mit dem lahmen Bein, hat er damals ja erst wahrgenommen, als ich ernsthaft als Maries Vater gehandelt wurde. Doch von dieser Illusion hast du ihn dann ja zum Glück rechtzeitig wieder kuriert.«

Nein, keiner von den Terhovens wird sich sehen lassen, da bin ich mir sicher. Tante Fee liegt neben Mama auf dem Friedhof, der Mann, der einst mein Vater war, kämpft ums Überleben seines Unternehmens, und Lennie ist ungefähr so fromm wie ein Sack Wäscheklammern.

Und dennoch beschleicht mich ein ungutes Gefühl, als ich aus einem der Autos steige, die Thom anlässlich der Taufe organisiert hat, Marie an der Hand, Käthe in schlichtem Dunkelblau an meiner Seite. Für einen Moment geniere ich mich wegen meines auffallenden weißen Alpacamantels, der früher einmal Fee gehört hat, dann aber trage ich ihn weiter voller Stolz. Auch die Großeltern Voss sind gekommen, die ihren kleinen Enkel von ganzem Herzen lieben und für Marie ein neues rotes Wintermäntelchen spendiert haben. Der März ist frostig, und die Bäume im Kirchgarten sind natürlich noch kahl, aber die Sonne strahlt, und es riecht plötzlich schon ein wenig nach Frühling. Auf dem Friedhof liegt Klopstock begraben; neben ihm ruhen unter einer alten Linde seine Frau Meta mit dem gemeinsamen Kind, sowie seine zweite Frau Johanna Elisabeth.

Innen ist die Kirche luftig und hell; Pfarrer Hammer begrüßt uns am Portal und legt Marie, die vor Aufre-

gung Schluckauf bekommen hat, beruhigend die Hand auf den Kopf. Sie weicht nicht von meiner Seite, als ich den kleinen Rudi über das alte Taufbecken halte und die vorgeschriebenen Worte spreche. Er brüllt bis zum Zäpfchen, während das geweihte Wasser sein Köpfchen benetzt, und ich sehe die Angst, die dabei in den hellen Augen meines Kindes aufblitzt.

»Tut das so weh, Mama?«, flüstert sie erschrocken. »Das hast du mir aber nicht gesagt.« Ihre Stimme zittert vorwurfsvoll. »Dann will ich lieber doch kein Evangele wie Rudi werden! Komm, lass uns gehen ...«

»Nein, mein Schäfchen«, flüstere ich zurück. »Wir bleiben hier. Und es tut kein bisschen weh, versprochen, sondern wird nur ein ganz klein wenig nass.«

Dann empfängt auch sie die Taufe mit Haltung und Grandezza. Ihr Rücken ist kerzengerade, der neue Mantel perfekt geknöpft, und die Lippen liegen aufeinander, damit ihr nur kein falsches Wort zur verkehrten Zeit entschlüpft. Das Taufgelöbnis wiederholt sie fehlerfrei im richtigen Moment.

Ich bin so stolz auf sie, dass ich weinen muss.

Die alte Orgel, die noch aus dem 18. Jahrhundert stammt, setzt ein, und nicht zum ersten Mal bewundere ich Thom für sein perfektes Gefühl für Raum und Zeit. Malte scheint es ähnlich zu empfinden, denn der Blick, den er seinem noch immer ziemlich frischgebackenen Schwager schenkt, ist voller Achtung und Liebe.

Als der Organist schließlich »Großer Gott, wir loben dich« anstimmt, fallen alle mit ein – sogar ich, obwohl ich schlimmer krächze als alle Nebelkrähen zusammen. Heute aber schäme ich mich nicht einmal dafür. Für einen Augenblick fühle ich mich erhoben und befreit, und ich spüre, wie sich eine Spur von Zuversicht in mein Herz schleicht.

Dann allerdings begehe ich den gravierenden Fehler, mich noch einmal umzudrehen. Oben, auf der Empore, steht ein Mann in einer lackschwarzen Uniform. Und neben ihm, in Landsergrau, mein Bruder Lennie.

Ab da ist es mit meiner Freude vorbei. Ich kann nicht einmal mehr die Fahrt im Auto genießen, obwohl es inzwischen eine Rarität geworden ist, denn immer mehr Automobile werden für »kriegswichtige Zwecke« konfisziert. Selbst die Aussicht auf ein Festmahl stimmt mich nicht fröhlich, sofern man das überhaupt noch so nennen kann, was man heutzutage an Essbarem auf den Tisch bringt. Ich weiß, er wird mich abpassen, ich weiß nur noch nicht, wann und wo.

Wird Moers öffentlich einen Skandal inszenieren, weil er befürchtet, wir entgleiten sonst allesamt seinem Einfluss? Keinem von uns gönnt er das Glück, weder Malte noch Thom oder Hannes.

Und mir erst recht nicht.

Doch er lässt das Essen in der *Flotten Lotte* ungestört verstreichen – die dünne Nudelsuppe, das zähe Kaninchenragout, die scharfen Senfkartoffeln, alles mit großem Aufwand aus Minderwertigem oder Ersatzstoffen zubereitet, aber wir loben das Essen trotzdem unisono über den Schellenkönig. Nicht einmal beim anschließenden Muckefuck und den trockenen Blitzkuchen, die ich notgedrungen ohne Eier und Butter zusammengerührt habe, stört er uns. Papa Voss hat noch einen Vorrat an Apfelschnaps aus dem Alten Land, den gibt er zum Anstoßen aus, und die allgemeine Stimmung könnte besser nicht sein.

Irgendwann verziehe ich mich auf die Toilette, und ausgerechnet dort, im kleinen Waschraum, fängt er mich ab.

»Verschwinde!«, fahre ich ihn an. »Oder willst du als Perverser aus der Damentoilette gezerrt werden?«

»Jetzt brüllt sie wieder, meine kleine Löwin«, erwidert er gelassen. »Darauf musste ich lange genug warten. Doch ihre Zunge ist belegt, und die Krallen sind stumpf geworden. Dein Umgang bekommt dir nicht, Sophie. Wie oft muss ich dir das noch sagen? So viel Lug und Trug in nächster Nähe färbt ab.«

»Ach ja? Und du dagegen bist die Wahrhaftigkeit in Person?«

Er wirkt ehrlich betroffen.

»Belogen habe ich dich noch nie, nur nicht immer die ganze Wahrheit gesagt. Du warst so jung, so zart, so unschuldig. Fast noch ein Kind. Wie hätte ich da grausam zu dir sein können?«

»Aber das warst du!«, schreie ich und beiße mir rasch auf die Lippen, um mich wieder zu beruhigen. »Du hast Malte gequält, Thom im Lager fast verrecken lassen und meinen Liebsten kaltherzig an die Front geschickt...«

Wieder packt er meinen Arm, ein Griff, aus dem es kein Entkommen gibt.

»Wer sagt dir eigentlich, dass der junge Voss kein Vergnügen daran findet?« Seine Augen sind eisgrau. »Es gibt Menschen zum Dienen und Menschen zum Herrschen. Das lernt ihr nicht in euren Kindergeschichten, und das ist auch gut so, aber im Leben ist es ganz anders. Und jetzt überleg einmal scharf, Sophie, in welche dieser beiden Kategorien dein sogenannter bester Freund wohl fällt!«

Es fühlt sich an wie ein Magenschwinger. Ich muss nach Luft schnappen, und natürlich weidet er sich ausgiebig daran.

»Wir verstehen uns also«, sagt er, und ich verabscheue ihn noch mehr dafür, als ich es bisher ohnehin schon getan habe. »Und wenn du jetzt wissen willst, weshalb ich in der Kirche war, so sage ich dir, dass ich jedes Recht dazu habe. Jedes.«

Eine geschickt platzierte Pause.

Was zum Himmel meint er damit?

»Außerdem dachte ich, dass du deinen kleinen Bruder vielleicht noch einmal sehen wolltest. Lennie trägt jetzt das graue Ehrenkleid der deutschen Wehrmacht, nach dem er sich schon seit Jahren verzehrt. Im Feld kann es manchmal ganz schnell vorbei sein, auch wenn man das einem tapferen jungen Soldaten natürlich niemals wünscht. Ich musste zwar ganz oben ein gutes Wort für ihn einlegen, da er ja noch nicht ganz achtzehn ist – aber was machen diese lumpigen paar Wochen schon aus bei einem jungen Mann, der bereit ist, alles für sein Vaterland zu geben?«

»Hatte Papa... ich meine, hatte sein Vater nichts dagegen?«

»Der gute Friedrich?« Er lacht. »Der hat zurzeit ganz andere Sorgen. Sein schrilles Liebchen hat ihn ungeschwängert verlassen, das Herz macht ihm mehr und mehr zu schaffen, und die Reichtümer, die er im Osten zusammengerafft hat, wollen klug verwaltet sein, damit sie sich nicht wieder in Luft auflösen. Wie könnte er zudem als treuer

Parteigenosse dagegen sein, dass sein Sohn für das Vaterland kämpft?«

Er will mich weiter verletzen, und leider gelingt ihm das auch.

»Wohin schickt ihr ihn?«, krächze ich.

»In die Nähe von Lemberg. Wo übrigens auch dein Kindsvater seinen Dienst leistet. Vieles ist dort bereits bereinigt, aber bei Weitem noch nicht alles. Es sind so viele Schädlinge, Sophie, so unendlich viele! Dort wird auch Lennie lernen, wie man eine Region zügig von Ungeziefer befreit. Denn in der strahlenden Vision des Führers für den neuen Lebensraum des deutschen Volks sind weder Polen noch Juden vorgesehen.«

»Ihr macht ihn zum Mörder...«

»Vorsicht, Sophie, Vorsicht!« War sein Griff zuvor schon hart, so wird er nun zu blankem Stahl. »Solch staatszersetzende Worte will ich nie wieder aus diesem hübschen Mund hören, verstanden? Sonst müsste ich gegen dich vorgehen, und das möchten wir beide doch nicht.«

Ich nicke.

Wieder einmal wage ich nicht, es zu verweigern, aber meine Gedanken rasen. Erst Malte, Thom und Hannes.

Und nun auch noch Lennie!

»Reicht doch schon, dass einer aus der Familie Schwierigkeiten hat«, fährt er fast schon genüsslich fort.

»Hannes?«, frage ich zutiefst bestürzt. »Was habt ihr ihm angetan?«

»Frag lieber, was er seinem Vaterland angetan hat«, erwidert Moers. »Genug jedenfalls, um einen bereits genehmigten Urlaub zu streichen. Wäre er vernünftig geblieben,

hätte er in circa zwei Wochen hier bei dir und der Kleinen sein können, doch daraus wird nun nichts. Pech für dich, Sophie. Jetzt wirst du leider warten müssen, bis er verwundet wird, schwer genug, um Heimaturlaub zu bekommen, aber hoffentlich nicht tödlich. Sonst bleibt dir nichts anderes, als irgendwann an seinem Grab zu weinen.«

Ich hasse ihn. Ich hasse ihn. Ich hasse ihn!!!

*

Hamburg, Juli 1942

Englische Flugzeuge über Hamburg. Bomben fallen, und die Stadt brennt. Häuser stürzen ein, viele Menschen sind in Not. Mein Kind weint verzweifelt und ringt nach Luft, weil die Angst ihr den Atem nimmt, sobald die Sirenen losheulen. Alle meine Maßnahmen laufen ins Leere. Kein Spielen, kein Lachen, keine Ablenkung helfen mehr.

Werde ich Marie in einer dieser Schreckensnächte verlieren?

Wir haben so viel Glück, denn unser Haus bleibt unbeschädigt. Andere, viele andere, trifft es härter. Zwölftausend Menschen sollen obdachlos sein, Industriegebäude, Schulen und Behörden sind massiv getroffen. Der Alsterpavillon brennt aus, dort, wo meine Eltern mit ihren Freunden oft ausgelassen gefeiert haben.

Mama, wie sehr ich dich vermisse!

*

Hamburg, September 1942

Das Telegramm erreichte Sophie am späten Abend.
Verwundet. Stopp. Aber außer Lebensgefahr. Stopp. Heimaturlaub genehmigt. Stopp. 12. bis 22. Oktober 1942. Stopp. Liebe euch. Stopp. Hannes.

Sophie ließ das zerknitterte Stück Papier sinken, unfähig, auch nur ein Wort hervorzubringen.

»Was ist mit dir, Mädchen?«, fragte Käthe, die plötzlich ganz fahl geworden war. »Hannes? Er ist doch nicht etwa ...«

»Nein«, flüsterte sie, während Tränen über ihre Wangen strömten. »Nein, nein, nein! Dein Sohn lebt, Käthe – Hannes lebt!«

Danach zog sie Marie auf ihren Schoß und begann, sie stürmisch abzuküssen.

»Dein Papa lebt, Marie! Und er kommt uns besuchen!«

19

Hamburg, August 2016

Sie *war* overdressed. Eindeutig. Aber nachdem Jule sich in Aphrodites rotem Geschenk vor dem Spiegel hin und her gedreht hatte, kam ein anderes Kleid aus ihrem Schrank nicht mehr in Frage.

Und warum denn eigentlich nicht?

Sie fühlte sich so wohl, so perfekt angezogen. So weiblich. Schade nur, dass sie nicht die Korallenohrhänger ihrer Großmutter dazu anlegen konnte, die ihrer Aufmachung noch den allerletzten Pfiff verliehen hätten. Sie musste versuchen, so bald wie möglich das Geld für neue Poussetten zusammenzubekommen, damit diese Prachtstücke nicht länger im Schmuckkästchen versauerten.

Während Jule als Ersatz ein Paar Creolen durch ihre Ohrlöcher fädelte, dachte sie voller Liebe an ihre Großmutter. Schon als kleines Kind war sie gern in ihrer Nähe gewesen, hatte ihre aufregenden Geschichten geliebt, ihren trockenen Humor, die gescheite Art und Weise, wie sie die Welt betrachtete. Das lockige Haar hatte Jule nur silbern gekannt, und dennoch war sie ihr niemals alt vorgekommen, dazu waren ihre Augen zu leuchtend gewesen, ihr Gang bis ins Alter zu beschwingt. Stets hatte sie ein offenes Ohr für all die kindlichen Wünsche und Nöte gehabt. Nur manchmal, da gab es diese Momente, in denen sie auf einmal ganz still wurde, tief in sich gekehrt, als sei sie heimlich in einen inneren Garten gegangen, zu dem kein anderer Zutritt hatte.

Ob sie es ihrem Mann wenigstens ab und zu erlaubt hatte?

Den Großvater, einen fröhlichen, lebenslustigen Bergbau-Ingenieur, kannte Jule nur von Fotos. Fred Liebald war verstorben, bevor sie zur Welt gekommen war, aber die beiden mussten sich, wenn man durch die Familienalben blätterte, gut verstanden haben. Ein paar Jahre nach der Hochzeit wurde dann die kleine Renate geboren, Jules Mutter. Ob das die Großmutter gemeint hatte, als sie kurz vor ihrem Tod Jule gegenüber »das zweite Leben« erwähnte, das im Erzgebirge auf sie gewartet hatte?

Aber wie vertrug sich das mit den Fotos ihrer Einschulung, die doch definitiv auch dort stattgefunden hatte? Hatte sie nicht außerdem etwas von Kindertagen gesagt? Und wie in aller Welt war sie darauf verfallen, ihren geliebten Haustieren ausgerechnet den Namen Malte zu geben?

Jule konnte diese Rätsel nicht lösen, jedenfalls nicht heute Abend. Ohnehin war sie spät dran, weil die letzten Gäste das *Strandperlchen* nur zögernd verlassen hatten. Aktuell tagte dort Maite mit ihrem Abendkurs »Sensorik für Einsteiger«, die heute ebenfalls recht geheimnisvoll getan und sie um ein Gespräch unter vier Augen in den nächsten Tagen gebeten hatte.

Hoffentlich nichts Schlimmes.

Von schlechten Nachrichten hatte Jule mehr als genug, zumal in diesem Monat auch erstmals die erhöhte Miete vom Konto abgebucht worden war. Sie nahm ihre Umhängetasche, in der ein kleines Mitbringsel verstaut war, und bestellte sich ein Taxi.

Dass sie mit ihrer Aufmachung offenbar goldrichtig lag, erkannte sie an dem Taxifahrer, einem jungen, dunkelhaarigen Typ mit kurzem Bart, der gar nicht mehr aufhören konnte, sie im Rückspiegel anzustarren. Nachdem er mitbekommen hatte, dass es ihr aufgefallen war, bremste er sich etwas, versuchte dann aber, sie mit aller Macht in eine Unterhaltung zu verwickeln. Erst antwortete sie einsilbig, was ihn keineswegs abzuschrecken schien, sodass sie schließlich deutlicher werden musste.

»Mir ist heute so gar nicht nach Smalltalk zumute«, sagte sie. »Nichts gegen Sie persönlich. Ich möchte nur gerade am liebsten mit mir allein sein, okay?«

»Okay.«

Von nun an schwieg er, und sie konnte ungestört weiter ihren Gedanken nachhängen, bis sie in Eppendorf am Hegestieg angekommen waren. Das Trinkgeld fiel ein bisschen zu hoch aus, wie immer, wenn sie ein schlechtes Gewissen hatte. Als sie ausgestiegen war und auf die mit Intarsien verzierte Haustür zuging, hörte sie noch einen Pfiff hinter sich, dann fuhr er weiter.

Dass sie sich nicht in Ottensen befand, sah sie auf den ersten Blick. Hier war alles sauber und fein. Das Quirlige, Bunte, leicht Chaotische, das ihr heimatliches Viertel so liebenswert machte, fehlte komplett. Dafür wirkten die Geschäfte gediegener, die Leute auf der Straße waren edler angezogen, die Wohnungen außen und sicherlich auch innen aufwendiger renoviert. Das Ehepaar Ruhland bewohnte die ganze obere Etage eines noblen Altbaus. Nicht einmal ein Aufzug fehlte, der Jule ebenso schnell wie geräuscharm nach oben katapultierte. Gleich nach dem ersten Klingeln ging die Wohnungstür auf.

Maren fiel ihr gleich um den Hals.

»Wie ich mich freue!«, sagte sie. »Eigentlich hatte ich ja noch Torten für unsere Party bei ihnen bestellen wollen, aber dann dachte ich mir, Sie kommen heute einfach mal nur als Gast.«

»Ich hätte sehr gerne für Sie gebacken ...«

»Dann machen wir das eben vor Weihnachten. Oder für die Taufe. Jetzt wissen wir ja, wo wir Sie finden können!«

Sie geleitete Jule in den großen Wohnraum, vor dem sich eine weitläufige Dachterrasse öffnete, auf der schon viele Gäste standen und sich unterhielten. Dezentes, eher spärliches Mobiliar, keineswegs protzig, aber alles nur von bester Qualität, füllte den Raum. Eine Sofalandschaft in dezentem Steingrau, davor niedrige dunkle Tische, die asiatisch anmuteten und sehr alt aussahen. Zwischen hellen Bücherwänden hing moderne Kunst – große, ausdrucksstarke Ölgemälde in starken Farben. Hier schienen es die Gastgeber nicht ganz so konventionell zu mögen.

»Mojito oder Hugo?«, fragte Maren. »Ich darf ja nicht mehr ...« Sie kicherte.

»Gratulation«, sagte Jule und holte ihr Päckchen aus der Tasche. »Den Hugo trinke ich gerne später. Das Mützchen ist übrigens türkis. Das können Jungs wie Mädchen tragen. Und Sie sehen großartig aus. Das Glück steht Ihnen!«

Maren strahlte nun erst recht, aber Jule hatte nur die Wahrheit gesagt. Ein paar Kilo mehr ließen Marens Gesicht weicher wirken. Sardische Sonne oder eine sündhaft teure Eppendorfer Friseurin hatten ihr Haar mit blonden und rötlichen Strähnchen durchsetzt, und auch das knielange Blumenkleid, das sie trug, schmeichelte ihrer grazilen Figur. Ein Bäuchlein war praktisch noch unsichtbar, aber sie streckte es schon so stolz heraus, als sei sie bereits mindestens im siebten Monat.

»Sie aber auch«, sagte sie anerkennend. »Und wie! Von Aphrodite, oder?«

Jule nickte.

»Diese Handschrift ist unverkennbar! Ich finde, sie sollte auch Alltagsmode für Frauen schneidern. Dann würde ich sicherlich jede Woche bei ihr einkaufen.«

Beide lachten.

»Sie kommt übrigens später auch noch«, sagte Maren. »Vorausgesetzt, Xenia akzeptiert die neue Babysitterin. Bin schon sehr gespannt, wie das einmal bei uns wird! Zum Glück haben wir ja bis dahin noch ein bisschen Zeit. Aber jetzt bringe ich Sie erst einmal zu meinem Mann. Bevor der ganz große Ansturm losgeht.«

Durch einen Flur mit schönem alten Eichenparkett gelangten sie zu einer weiteren Flügeltür.

»Sein Allerheiligstes«, erklärte Maren. »Nicht einmal eine Büroklammer darf man hier verschieben. Alles übrigens nach Farben sortiert. So ist er eben, mein Uwe. Korrekt bis in die Haarspitzen.«

Sie klopfte, wartete, dann drückte sie die Klinke herunter.

Er stand vom Schreibtisch auf, lächelte seiner Frau zu, die sich wieder zurückzog, und begrüßte Jule. Auch ihm schienen Ehe, Flitterwochen und die freudige Aussicht auf Nachwuchs gutzutun. Sein Gesicht war gebräunt und um einiges straffer, als sie es in Erinnerung hatte. Er trug keinen steifen Anzug, sondern wirkte in seinen weißen Leinenhosen und dem edlen blauen Hemd ebenso lässig wie hanseatisch.

Der Raum war dunkel gehalten. Teppich, Regale, Möbel und Tapeten waren farblich aufeinander abgestimmt. Auf dem Schreibtisch stand ein aufgeklappter Laptop. Daneben lag ein kleiner Aktenstoß, fein säuberlich auf Kante gelegt.

»Ich brauche Ordnung, um klar denken zu können«, erklärte Uwe Ruhland mit einem kleinen Lächeln. Er hatte Jules forschende Blicke bemerkt. »Im Durcheinander bringe ich rein gar nichts zustande.«

»Ein Ort der Ruhe und der Sammlung«, nickte sie anerkennend. »Glaube ich sofort, dass es sich hier gut arbeiten lässt.«

Sein Lächeln vertiefte sich. Ihre Antwort schien ihm zu gefallen.

Er bat sie, auf der anderen Seite des Schreibtischs Platz zu nehmen. Der Sessel war schmal, besaß aber exakt die richtigen Maße. Man saß gewissermaßen auf Augenhöhe – und blieb doch eindeutig der Besucher.

»Maren hat mir von Ihren Sorgen berichtet«, sagte er. »Das *Strandperlchen* mit seinen auszeichneten Backwaren war mir ja bereits vor unserer Hochzeit bekannt. Jetzt gibt es also diese Mieterhöhung, an der Sie zu kauen haben ...« Er begann auf seinem Laptop zu scrollen. »Allerdings befindet sie sich durchaus im Rahmen der üblichen Vergleichsmiete. Herr Holtborn legt größten Wert darauf, dass die Stiftung niemals Spitzenmietsätze verlangt.«

Jule riss die Augen auf.

»Sagen Sie das Letzte bitte noch einmal«, bat sie.

»Das mit den Spitzenmietsätzen?«, fragte er verdutzt.

»Ich meinte den Namen. Haben Sie gerade Holtborn gesagt?«

»Ja, das habe ich«, erwiderte er, sichtlich irritiert. »Aber wieso regt Sie das auf?«

»Es gibt vermutlich mehrere dieses Namens in Hamburg«, sagte Jule.

»Da mögen Sie recht haben.«

»Aber ich bin erst vorgestern mit Johanna Martens vergeblich vor einer ganz bestimmten Villa in der Elbchaussee gestanden, die laut Grundbuch seit 1946 einem Herrn Holtborn gehört. Bisschen viel Zufall, oder? Wir wollten ihn sprechen, denn in diesem Gebäude hat vor dem Krieg die Familie Terhoven gewohnt. Jo hat auf dem Dachboden ihrer verstorbenen Mutter Sophie Terhovens Tagebuch entdeckt. Jetzt geht es darum, ob ihr jüngerer Bruder Lennart noch am Leben ist, um es ihm zu überreichen. Deshalb wollten wir mit Herrn beziehungsweise Frau Holtborn Kontakt aufnehmen, um zu fragen, wo wir eventuell nach ihm suchen könnten. Doch leider wurden wir nicht empfangen. War allerdings schon ein bisschen spät, wie ich einräumen muss. Und ans Telefon geht bedauerlicherweise auch niemand.«

Sein Gesicht war sehr ernst geworden.

»Und was ist Ihr Part in dieser Angelegenheit?«, fragte er.

»Ich bin Historikerin«, sagte Jule. »Wenngleich ohne

universitären Abschluss. Den habe ich leider vergeigt – wie so manches in meinem Leben. Die Liebe zur Geschichte aber ist mir geblieben. Deshalb biete ich seit einiger Zeit einen individuellen Service an: *Ich schreib dir dein Leben.* Menschen erzählen mir ihre Familiengeschichte, und ich gebe ihr ein schriftliches Gesicht. So ist Johanna auf mich gestoßen.«

»Frau Martens, die früher eine Kollegin meiner Schwiegermutter war?«, fragte er nach.

»Eben diese«, bestätigte Jule. »Sie war ebenfalls Gast auf Ihrer Hochzeit in Blankenese.«

»Ich weiß, ich weiß«, murmelte er und wirkte plötzlich gar nicht mehr so gut sortiert. »Auf dem Dachboden ihrer Mutter, sagten Sie?«

»Ganz genau. Sie hieß Sigrid Martens und war Kriegerwitwe. Sie hatte zwei Söhne, und dann kam als Nesthäkchen noch Johanna. Geboren ausgerechnet mitten im Hamburger Feuersturm von 1943 …«

Unter seiner Ferienbräune sah er plötzlich sehr blass aus.

»Habe ich gerade etwas Falsches gesagt, Herr Ruhland?«, fragte Jule besorgt.

»Nein, nein, keineswegs«, murmelte er. »Ganz im Gegenteil! Ich muss diese ganzen Informationen nur erst einmal verarbeiten. Sie hören von mir …«

Er schielte zur Tür. Die Audienz war unübersehbar für heute vorbei.

Und was hatte es für sie gebracht? Nichts.

Hatte sie das Johanna nicht gleich prophezeit?

Jule stand auf. Zu Hause warteten das Ende des Tagebuchs auf sie, und jede Menge Kuchen, die für die nächste

Woche noch gebacken werden mussten, und sie vertrödelte ihre kostbare Zeit mit nutzlosen Einladungen. Verärgert über sich selbst ging sie hinaus – und wäre um ein Haar über die Schwelle gestolpert.

»Hoppla!«, sagte eine Männerstimme, und sie schaute in ein Paar sehr blaue Augen. »Da sind Sie also! Ich habe schon die ganze Wohnung nach Ihnen abgesucht.«

»Nur nicht übertreiben«, murmelte sie und schob ihn zur Seite. Warum roch er nur wieder so gut? Sie hätte wetten können, dass er das absichtlich machte.

»Nein, ehrlich. Ich wollte nämlich mit Ihnen tanzen. Sie tanzen doch gern, oder habe ich das etwa falsch in Erinnerung? Und ich könnte auch, gewissermaßen ausnahmsweise ...«

»Geben Sie sich keine Mühe.« Aus irgendeinem Grund wurde sie mit jedem seiner Worte wütender. »In Wirklichkeit bin ich Ihnen doch so egal, dass Sie nicht einmal Bescheid sagen, was nun mit dem Besuch bei Ihrem Vater ist ...«

»Aber ich *habe* angerufen«, versicherte Nils. »Sogar mehrere Male. Allerdings ist Ihre Mailbox nicht aktiviert. Wie soll man da eine Nachricht hinterlassen?«

»Was für eine Nachricht wäre es denn gewesen?« Jetzt war sie doch stehen geblieben.

»Dass mein Vater sich morgen schon sehr auf Sie freut! Und Sie natürlich nicht mit dem Fahrrad ans Meer fahren, sondern im Auto, zusammen mit meiner Wenigkeit. Tante Jo kommt auch, falls Sie das beruhigt. Charming Kai kennen Sie ja schon. Seine Frau und der Lütte sind erst recht klasse, ganz zu schweigen von meiner Mutter, die eigentlich jeder mag. Onkel Volker und Tante Rita kann man ebenfalls durchgehen lassen.«

»Die ganzen Martens also?« Jule schluckte.

»Die volle Dröhnung!«, versicherte er lächelnd. »Wenn Sie das überstanden haben, kann Sie so schnell nichts mehr umwerfen.« Seine Augen wanderten tiefer.

»Ist da etwas?«, fragte sie irritiert, starrte an sich hinunter und wurde doch tatsächlich wieder rot.

»Könnte man so sagen. Tolles Kleid, jetzt, wo ich es ohne Sahneflecken sehe. Nur die Ohrringe fehlen. Aber daran sind Sie selbst schuld. Also morgen so gegen zehn?«

*

Der Taxifahrer, der sie einige Stunden später heimfuhr, war mürrisch und fuhr so abgehakt, dass Jule schließlich mit leiser Übelkeit ausstieg. Im Treppenhaus kontrollierte sie routinemäßig den Postkasten, und wirklich lag ein Brief von ihrer Mutter darin. Sie nahm ihn mit nach oben, ohne ihn zu öffnen. Zum Anrufen war es ohnehin bereits zu spät. Jule brauchte jetzt erst einmal Luft und ein paar tiefe Atemzüge, um wieder ganz zu sich zu finden.

Behutsam schälte sie sich aus dem Kleid, hängte es auf einen Bügel und wickelte sich anschließend in ihren Pareo. Dann goss sie sich einen Fingerbreit Calvados ein und trank ihn langsam. In ihrem Magen entzündete sich ein kleines Feuer, aber das lag nicht allein an dem hochprozentigen Getränk.

Natürlich hatte sie mit Nils Martens getanzt. Und zwar ausgerechnet, als die alten Schmachtfetzen liefen. »Lady in

Red« – wie hätte sie da auch Nein sagen sollen? Ihr Kopf passte genau unter sein Kinn, seine Hände auf ihre Hüften, und was sein Mund schließlich mit der hochsensiblen Stelle über ihren Salznäpfchen angestellt hatte, daran wollte sie lieber gar nicht mehr denken.

Und tat es doch – unentwegt.

Unverbesserlich, schalt sie sich selbst. Kaum ist der eine schwierige Mann erfolgreich in fremde Gewässer abgedampft, ziehst du dir bereits den nächsten noch komplizierteren Kandidaten an Land.

Verletzt. Jahrelang keine Frau mehr angesehen. Vertrauen verloren. Kann manchmal ganz schön ruppig sein ...

Jos Worte klangen ihr noch deutlich im Ohr.

Aber seine Wärme ... Der Geruch, den sie so mochte ... Und sooo ruppig war dieser Nils Martens gar nicht, wenn er endlich auftaute ...

Sein »Du« hatte sie dann schließlich auch noch angenommen.

Seufzend setzte sie sich an den Schreibtisch.

Uwe Ruhland war ihr den gesamten restlichen Abend über ausgewichen, das hatte sie sich nicht nur eingebildet. Dabei hatte er sie umso eingehender beobachtet. Sogar Aphrodite war das aufgefallen, nachdem sich ihre erste Begeisterung über den Anblick der Freundin in Hummerrot wieder gelegt hatte.

»Merkst du, wie der dich anstiert?«, sagte sie leise.

»Ja, merke ich.«

»Vielleicht tut es ihm inzwischen leid, und er will dir doch die Mieterhöhung erlassen. Frag ihn einfach!«

»Den Teufel werde ich tun! Typen wie dem tut gar nichts

leid«, erwiderte Jule. »Höchstens, wenn der neue SUV einen Kratzer abbekommt. Oder das Segel auf der Prachtjolle reißt. Weißt du, was ich ihm wünsche? Dass sein künftiger Sprössling die Wohnzimmerwände mit Fingerfarben beschmiert, kaum dass er krabbeln kann. Und zwar gründlich!«

Jule zwang ihre Gedanken zu den Kopien zurück.

Der ungelesene Stoß war so verschwindend klein geworden, dass es ihr beinahe Angst machte. Was würde sie tun, wenn sie mit dem Tagebuch durch war? Es konnte Wochen, vielleicht sogar Monate dauern, bis der nächste Auftrag folgte. Und etwas so Aufregendes wie Sophies Leben war ihr bislang noch nicht unter die Finger gekommen.

Jule dachte an Uwe Ruhlands peinlich genau aufgeräumtes Arbeitszimmer und straffte die Schultern. Sie brauchte weder kostspielige dunkle Möbel noch sortierte Büroklammern. Man konnte sich überall konzentrieren, wenn man nur wollte.

Und jetzt wollte sie.

*

Hamburg, Oktober 1942

Er ist bei uns – und ist es auch wieder nicht. Manchmal kommt es mir vor, als sei Hannes nur noch eine leere Hülle, die redet und antwortet, ohne dabei irgendetwas zu empfinden. Sogar der Kleinen fällt das auf, vor der er sich noch am meisten zusammennimmt. Aber sie zupft ihn immer wieder am Ärmel und fragt mit hellem Stimmchen: »Papa, bist du da?«

»Hannes, bist du da?«, so würde auch ich ihn am liebsten anschreien, wenn sein Blick über mich hinweg ins Nichts gleitet und ich nicht weiß, wohin sein Geist gerade wandert.

Natürlich tue ich es nicht. Er war verwundet, ganz ordentlich verwundet, und obwohl er es herunterspielt, weiß ich doch, wie sehr er gelitten hat. Der Schulterdurchschuss konnte zum Glück relativ schnell versorgt werden. Schlimmer waren die hygienischen Verhältnisse im Feldlazarett, die ihm Fieber und eine Sepsis eingebracht haben, an der er fast gestorben wäre. Sein linker Arm ist schwach, die Narbe am Rücken wulstig und groß.

»Sei froh, dass es wenigstens nicht dein rechter ist«, versucht Thom ihn aufzumuntern, als wir eines Abends bei ihm und Hella zu Gast sind. »Ich musste mit links noch einmal ganz von unten anfangen.«

Hannes starrt ihn an, als redete er Arabisch. Den Scherz versteht er nicht, und überhaupt scheint er sich in der Gegenwart meiner Freunde nicht sonderlich wohlzufühlen. Weil er spürt, dass die beiden eigentlich etwas anderes zueinander zieht als Familienbande? Als Hella das Abendessen serviert, angeblich Kartoffelauflauf mit Hering, in dem man nach dem Fisch aber mit der Lupe fahnden muss, wird er etwas lockerer und scheint erleichtert, als Marie zum Aufbruch drängt.

Schweigend stapfen wir zu dritt durch die stillen, abgedunkelten Straßen, und ich bete heimlich, dass kein Luftangriff uns unterwegs überrascht. Aber alles am Himmel bleibt ruhig. Käthe ist noch auf, als wir zu Hause ankommen, und nimmt die Kleine zu sich ins Bett, damit wir wenigstens ein paar Stunden für uns haben. Doch Hannes zieht sich nicht aus, obwohl ich längst schon in mein bestes Nachthemd geschlüpft bin, sondern bleibt schweigend und wie innerlich abwesend auf der Bettkante sitzen.

»Ich hab dein Leben versaut«, sagt er schließlich. »Ohne mich wärst du jetzt noch immer in der noblen Villa. Oder du hättest in eine noch viel noblere eingeheiratet. Verzeih mir, Sophie. Das habe ich alles so nicht gewollt!«

»Aber *ich* habe es so gewollt«, erwidere ich aufgewühlt. »Dich und immer nur dich, seit ich denken kann. Und auch dieses süße Wesen, das drüben bei deiner Mutter schläft, habe ich nach dem allerersten Schrecken damals von ganzem Herzen gewollt. Du darfst nicht so mutlos sein, Liebster! Irgendwann, vielleicht schon bald, wird dieser furchtbare Krieg zu Ende sein. Und dann werden wir endlich in Frieden leben ...«

»Aber ich halte es nicht aus!«, schreit er. »Ich kann nicht mehr. Diese Hände wollen nicht mehr schießen, diese Ohren keine Befehle mehr hören, diese Augen nicht länger das Leid ansehen müssen, das wir ihnen zufügen. Wir merzen sie aus, Sophie, all die Juden und Polen und Ukrainer, darum geht es in diesem Krieg. Untermenschen seien sie, so wird uns weisgemacht, damit es uns leichter fällt, sie zu morden, aber sie atmen und hoffen und lieben so wie du und ich!«

Ich schlinge meine Arme um ihn und halte ihn fest, während er weint und weint und weint.

»Ich bin kein Soldat und erst recht kein Held. Und jetzt bin ich nicht einmal mehr ein Mann ...«

Er redet von gestern, als er bei mir liegen wollte, aber

nicht steif werden konnte, egal, was wir auch versucht haben. Ich spiele meine eigene Lust herunter, die Not der langen einsamen Monate, in denen ich mich vor Sehnsucht nach ihm fast verzehrt habe, und beruhige ihn.

»Wenn ich einen richtigen Mann kenne, dann dich, Hannes Kröger«, sage ich. »Du darfst dich nur nicht so unter Druck setzen. Wir beide haben doch alle Zeit dieser Welt.«

Lüge, keckert mein Kopf, als ich diese Worte sage. Lüge, Lüge!

Nur noch sieben mickrige Tage, dann muss er wieder zurück in diesen Wahnsinn, den er nicht mehr erträgt.

Meine Taktik scheint aufzugehen. Er wird ruhiger. Schließlich zieht er sich aus und schlüpft zu mir ins Bett. Wir küssen uns, zärtlich und vorsichtig, schließlich wild, und auf einmal kommt es mir ganz natürlich vor, dass heute die Initiative von mir ausgeht. Ich bin schon lange nicht mehr das naive Mädchen, das vor Lust fast vergangen ist, als Hannes zum ersten Mal meinen Schoß erkundet hat. Ich bin eine Frau, die zeigt, was sie will.

Er hält still, scheint erst fast erschrocken, als ich lasziv an ihm hinuntergleite, doch ich spüre, wie sehr es ihn erregt. Als mein Mund ihn umschließt, stöhnt er auf, doch ich gönne ihm noch keine Erlösung. Erst, als ich auf ihm sitze, die Schenkel weit geöffnet, und ich ihn tief in mir fühle, erreicht die Lust ihren Höhepunkt.

Wir kommen beide. Kurz hintereinander.

So schön und gleichzeitig so unendlich traurig habe ich die Liebe noch nie erlebt.

Am nächsten Morgen ist es still und friedlich zwischen uns. Als Marie sich zwischen uns ins Bett legt, weil sie endlich mal Mama und Papa haben will, sind wir wieder angezogen und verhalten uns so keusch wie ein altes Ehepaar.

Nur noch sechs Tage, denke ich, während wir Pfannenback aus uraltem Brot und saurem Apfelkompott essen, weil Zucker inzwischen teurer gehandelt wird als Gold. Doch dann holt Käthe zur allgemeinen Verblüffung ein Achtel Pfund Kaffee aus der Küchenkredenz und beginnt bedächtig, die Bohnen zu mahlen. Der Geruch nach frischem Kaffee erfüllt den ganzen Raum. Ich empfinde ihn als so berauschend, dass es mich nicht wundern würde, wenn die Nachbarn gleich in Scharen herbeigelaufen kämen.

Ich backe meine geschmacklosen Kriegskuchen, die aus meinem Herd immer noch besser schmecken als aus vielen anderen. Die paar Pfennige, die ich noch dafür verlangen kann, sind schnell wieder ausgegeben. Marie wächst so schnell, sie wird eines Tages mindestens so groß sein wie ich, wenn nicht noch größer, und braucht alle paar Monate neue Jacken, Kleider, vor allem jedoch Schuhe, da sie wie ihr Vater auf großem Fuß lebt. Käthe und ich flicken und wenden, was nur irgend geht, trennen alte Wollsachen auf und stricken daraus neue für sie – aber Schuster sind wir beide nicht.

Hannes verlässt unsere Wohnung, die Tochter an der Hand. Stundenlang bleiben sie zusammen weg, und als sie wieder zurückkommen, trägt Marie voller Stolz neue braune Stiefelchen, die sogar ein warmes Teddyfutter haben.

Woher?, formen meine Lippen, weil ich die jubelnde Freude unseres Kindes nicht trüben will.

Frag nicht, funkt er ebenso stumm zurück. Manche Kameraden halten eben zusammen.

Noch fünf Tage.

Mich überkommt ohne Verwarnung das heulende Elend, und jetzt ist es Hannes, der mich tröstet.

»Wir könnten nach Schweden gehen«, schlägt er vor. »Sobald der Krieg zu Ende ist. Das Land ist weit und dünn besiedelt, man kann Elchen begegnen. Im Sommer strotzt es dort nur so vor süßen Beeren. Außerdem ist es dann fast die ganze Nacht über hell.«

»Und im Winter?«, frage ich, weil die Vorstellung mir zu gefallen beginnt.

»Da bleiben wir im Bett, trinken Tee mit Rum und lieben uns, bis das Eis wieder schmilzt.«

Marie, der diese Idee auch gefällt, zeichnet zwei Elche, die allerdings eher wie unförmige Kühe aussehen, aber wir loben sie überschwänglich dafür.

Noch vier Tage.

Unvermittelt beginnt er zu erzählen. Von der fruchtbaren Erde in Galizien, den Häusern, den Juden, die erst tiefe Gräben schaufeln müssen, um dann davor erschossen zu werden.

»Das Töten geht vielen zu langsam«, sagt er rau. »Und es ist ihnen auch zu teuer. Drei, vier Kugeln pro Jude, das braucht es schon, weil die Soldaten nicht gut genug schießen. Das muss effektiver gehen und schneller. Manchmal sind nicht gleich alle tot und versuchen dann über die Leichen der anderen wieder aus der Grube nach draußen zu klettern. Und wenn es Kinder sind, die ebenfalls nicht verschont werden dürfen ...«

»Hör auf damit, Hannes«, beschwöre ich ihn, obwohl ich weiß, dass ich diese Bilder schon jetzt nicht mehr aus dem Kopf bekomme. »Bitte, hör auf!«

Noch drei Tage.

Zu dritt gehen wir in den Tierpark Hagenbeck, in dem, wie ich von Malte weiß, bis 1900 Afrikaner, Indianer und andere Menschen aus fernen Ländern in Völkerschauen ausgestellt wurden. Was ihnen oft – wie sollte es auch anders sein – nicht sehr gut bekam. So starb eine Eskimo-Dorfgemeinschaft an Pocken, weil man vergessen hatte, sie zu impfen. Für einen entsetzlichen Moment habe ich vor Augen, wie die sterbenden Juden, von denen Hannes mir erzählt hat, von neugierigen Hamburger Zoobesuchern beglotzt werden.

Marie liebt am meisten die Affen, die sie gar nicht mehr verlassen möchte; aber auch bei den Elefanten fühlt sie sich wohl.

»So groß, Mama, so groß!«, ruft sie aufgeregt und reckt ihre Ärmchen. Ich liebe sie so sehr, dass ich kaum noch ein Wort herausbringe.

Auf dem Nachhauseweg schlägt Hannes vor, dass wir heiraten sollten.

»Ganz auf die Schnelle«, sagt er. »So eine Blitzhochzeit ist doch heutzutage nichts als eine Lappalie. Dann trägst du endlich meinen Namen und bekommst Witwenrente, falls ich...«

»Daran will ich gar nicht denken«, unterbreche ich ihn. »Wir heiraten, sobald der Krieg vorbei ist. Und dann wird es garantiert keine Lappalie, das verspreche ich dir!«

Doch er ist von dieser fixen Idee kaum noch abzubringen, läuft zum Standesamt und kommt desillusioniert wieder nach Hause.

»Vater verstorben, so steht es in meiner Geburtsurkunde«, sagt er. »Und das macht große Probleme. Denn wer

kann schon beweisen, dass ein Toter von 1918 auch ein echter Arier war? Und ohne Abstammungsnachweis gibt es keine Heirat!«

»Aber du weißt doch inzwischen, wer dein richtiger Vater ist«, wende ich ein. »Du könntest zu ihm gehen und ...«

»... dann steht Friedrich Terhoven vor der ganzen Welt plötzlich zu seinem Bastard, den er ein Leben lang verleugnet hat? Dass ich nicht lache!«

Leider hat er recht. Der Mann, der einst mein Vater war, würde niemals diesen Mut aufbringen, das weiß auch ich.

»Und selbst wenn«, fährt Hannes fort, »stell dir mal vor, wie sie erst reagieren würden, wenn in unser beider Geburtsurkunde stünde: ›Vater: Friedrich Terhoven‹. Da wäre erst was los am Standesamt! Und das ganze Schlamassel mit der angeblichen Blutschande begänne noch einmal von vorn...«

Noch zwei Tage.

Er ist innerlich schon ganz weit fort, das spüre ich genau und schwanke, ob ich ihn ziehen lassen soll, oder noch einmal mit aller Macht zu mir zurückholen.

Zu uns.

Marie kränkelt, als fühle sie, in welchem Dilemma ich stecke. Jetzt muss der Papa immer bei ihr sein, an ihrem Bettchen sitzen, ihr kleine Geschichten vorlesen. Sie besteht darauf, mein Medaillon über ihrem verschwitzten Nachthemd zu tragen, als könne sie sich damit sein Bild für immer einbrennen. Als sie schließlich einschläft, erhitzt und rotwangig, aber zum Glück wieder fast fieberfrei, haben wir ein paar Minuten für uns, bevor Käthe aus der *Flotten Lotte* nach Hause kommt. Ohne die Zusatzmarken, die Hafenarbeitern aufgrund der harten körperlichen Anstrengung zustehen, hätte das Ehepaar Voss auch diese Gaststätte schließen müssen; ihre beiden anderen mussten sie im Sommer aus eben diesen Gründen schließen. Es ist ohnehin ein kleines Wunder, was Käthe aus den kargen Rationen noch alles zaubert, und manchmal sage ich zu ihr, dass sie mich an Jesus erinnert, der Brote und Fische vermehren und Wasser in Wein verwandeln konnte.

»Und Lennie?«, frage ich ängstlich, als ich Hannes einen dünnen Tee hinstelle. Wir haben noch einen letzten Honigrest, den rühre ich ihm hinein.

»Ja, Lennie«, wiederholt er. »Der hat sich die glorreiche Armee seines geliebten Führers sicherlich ziemlich anders vorgestellt!«

»Du warst mit ihm zusammen in der Kompanie?«

»Nur ein paar Tage. Dann wurde er nach Osten abkommandiert. Es gärt überall in der Ukraine. An manchen Tagen habe ich Angst, der Boden trägt uns nicht mehr und spuckt das ganze Blut wieder aus, mit dem wir ihn getränkt haben. Ich kann dir beim besten Willen nicht sagen, ob dein kleiner Bruder es schaffen wird. Die Wehrmacht ist keine Hitlerjugend, Sophie. Sprücheklopfer wie er leben dort gefährlich, weil die Kameraden schnell die Schnauze voll von ihnen haben. Auf der anderen Seite ist er aber sicherlich clever genug, um sich Vorteile zu sichern, sobald er welche erspäht. Ich kann jedenfalls nicht sein Hüter sein, falls du darauf heimlich spekuliert haben solltest. In dieser Hölle, in die man uns verbannt hat, stirbt jeder ganz für sich allein.«

Die letzte Nacht.

Benommen bin ich durch den Tag getaumelt, ferngesteuert, gelenkt wie von einer unbekannten Macht. Ich spüre *nichts, fühle nichts, kann nicht denken, nicht einmal mehr weinen. Käthe hat das spärliche Gepäck ihres Sohnes auf Vordermann gebracht, alles gewaschen, gebürstet, geflickt, doch wenn ich diese dünnen Anziehsachen sehe und an den russischen Winter denke, wird mir angst und bange.*

»Ich muss ja schließlich nicht nach Sibirien«, versucht Hannes mich aufzumuntern und merkt sofort, dass sein Scherz misslingt. Wir sagen nicht mehr viel, bis wir zusammen im Bett liegen. Dann fallen wir ausgehungert übereinander her, küssen und lieben uns, ohne an ein Morgen zu denken. Ich bin ganz wund, als der Wecker uns aus dem letzten kurzen Schlummer reißt.

Ein Frühstück. Henkersmahlzeit wäre fast noch geschmeichelt. Käthe ist schon zur Arbeit; sie hat sich gestern schon tränenreich von ihm verabschiedet, und ich beneide sie fast darum, dass sie es hinter sich hat. Malte kommt und holt Marie ab. Unserer Kleinen soll der furchtbare Abschied am Bahnsteig erspart bleiben.

Hannes drückt sie stumm an sich, und sie vergräbt ihr kleines Gesicht an seinem Hals.

Danach gehen wir gemeinsam zum Bahnhof.

Überall Wehrmachtsgrau. Lauter weinende Frauen und Mütter.

»Und wenn ich nicht mehr zurückkomme…«, sagt er plötzlich, ich aber küsse ihn und lasse ihn nicht ausreden.

Als der Zug den Bahnhof verlässt, nimmt er auch mein Herz mit.

*

Hamburg, Dezember 1942

Sophie war schwanger und wusste es schon, bevor Dr. König es ihr bestätigte, da sie wieder von einer schrecklichen Übelkeit geplagt wurde. Weil immer mehr Ärzte im wehrfähigen Alter eingezogen wurden, hatte Dr. König die Praxis eines jüngeren Kollegen vertretungshalber übernommen.

»Das, woran Sie leiden, nennen wir Mediziner *Hyperemesis gravidarum*«, sagte er. »Was auf Deutsch nichts anderes bedeutet, als dass Sie kaum etwas bei sich behalten können.«

Bereits wieder kreidebleich im Gesicht, nickte Sophie. Am ehesten klappte es noch, wenn sie sich morgens im Bett Zwieback oder altes Brot in den Mund schob und alles gründlich kaute, doch nicht einmal darauf konnte sie sich verlassen.

»Natürlich sind Sie viel zu dünn«, fuhr er fort. »Doch das sind die meisten in diesen Tagen, wo wir alle mit Hungerrationen auskommen müssen. Keine 100 Gramm Fett pro Woche – das ist geradezu unmenschlich! Immerhin haben Sie jetzt Anspruch auf einen halben Liter Milch, der wird Ihnen guttun.«

Sophie nickte abermals, ohne ihm zu verraten, dass sie sich vor Milch am meisten ekelte. Marie würde ihre Zuteilung erhalten. Sie liebte heiße Milch vor dem Einschlafen und musste dann nicht mehr nur mit »blauem Heinrich« abgespeist werden, wie alle die sonst übliche Magermilch nannten.

»Und der Vater …?«, fragte Dr. König, der genau wusste, dass sie ledig war.

»An der Ostfront«, erwiderte sie schnell. »Galizien. Beim nächsten Heimaturlaub werden wir heiraten.«

»Also liegt er nicht vor Stalingrad?«, sagte er. »Da haben Sie aber Riesenglück, liebe Sophie! Denn um diese armen Teufel, die dort zuhauf Tag für Tag erfrieren, ist mir wirklich bang. Weiß er schon davon?«

»Ich habe es ihm geschrieben«, log sie. »Aber die Feldpost ist ja bekanntlich nicht sehr schnell.« Sie zögerte. »Wann kommt es denn?«, fragte sie.

»Eine bis zum Ende ausgetragene Schwangerschaft dauert durchschnittlich 268 Tage, wobei Schwankungen von fünf Wochen hin oder her möglich sind. Manche Kinder beschließen allerdings, wesentlich früher zur Welt zu kommen. Besonders, wenn ihre Mütter sich während der Tragezeit unvernünftig verhalten. Dazu würde ich Ihnen keineswegs raten. Nicht in diesen düsteren Zeiten.« Er musterte sie streng. »Hören Sie mir eigentlich überhaupt noch zu?«

»Natürlich. Ich habe nur gerade gerechnet, und dabei muss ich mich immer ganz besonders konzentrieren. 268 Tage, das würde dann heißen, Ende Juli oder Anfang August.« Trotz ihrer Übelkeit musste sie lächeln. »Ein Sommerkind also. Ein kleiner Löwe – wie schön!«

Sie erzählte es gleich Käthe, doch deren Freude fiel eher verhalten aus, weil sie sich Sorgen machte, wie sie dann bald zwei Kinder durch den Krieg bringen sollten. Malte und Thom erfuhren es erst, als die kleine Familie zum Weihnachtsessen bei Lüders eingeladen war. Als einmalige Sonderzuteilung hatte es Weizenmehl, Zucker, Fleisch, Butter, Käse, Hülsenfrüchte und sogar pro Kopf hundert

Gramm Bohnenkaffee gegeben, was Thom zu den düstersten Befürchtungen veranlasste.

»Denen muss in Stalingrad das Wasser beziehungsweise das Eis bis zum Hals und höher stehen«, sagte er, »wenn sie freiwillig damit rausrücken, um die Bevölkerung ruhigzustellen. Vielleicht aber machen sie es ja nur, damit die Menschen wieder zu Kraft kommen und neue Soldaten für den Führer zeugen.«

Sophie presste sich die Hand vor den Mund und stürzte zur Toilette.

Als sie nach einer kleinen Ewigkeit wiederkam, hatte Hella rotgeweinte Augen, und der Schmorbraten, für den alle mit ihren Marken zusammengelegt hatten, war hart und zäh geworden. Sie aßen ihn trotzdem auf bis zum letzten Fitzelchen, ebenso wie den Rotkohl und die Salzkartoffeln, die dazu gereicht wurden, weil die Gastgeberin keine Klöße zustande brachte.

»Sie glaubt noch immer an ein Wunder«, flüsterte Malte Sophie zu, als sie schließlich zu »Weihnachtspunsch« übergingen, der in Wirklichkeit Tee mit einer Prise Kardamom war. »Dabei hat sie von Anfang an gewusst, dass sie einen homosexuellen Mann heiratet, der ihren Bruder liebt. Vielleicht hat Hella ja geglaubt, dass Thoms Vernarrtheit in Rudi ihn ›umdrehen‹ würde und er so wild auf ein zweites Kind wird, dass er trotzdem mit ihr ins Bett geht, bis es hinhaut. Doch ich fürchte, daraus wird leider nichts. Rudi muss weiterhin mit Mariechen spielen.«

»Oder mit Theo, wenn es ein Junge wird«, sagte sie leise. »So hieß nämlich Großvater Bornholt aus Bremen. Wenn es ein Mädchen wird, werde ich sie Johanna nennen …«

»Du bist wieder schwanger?«, fragte Malte verblüfft. »Alle Achtung!«

»Dritter Monat. Und dieses Mal musst du nicht zuerst den Kindsvater spielen, versprochen ...«

*

Hamburg, August 2016

Jule legte den Marker zur Seite, mit dem sie die letzte Passage markiert hatte.

Johanna. Das gab es doch nicht ...

Und dann war da noch etwas, das in ihr rumorte, und zwar der Name Bornholt. So lautete Delias Mädchenname, das hatte sie sich irgendwo notiert.

Bornholt. Sie schrieb ihn erneut auf einen ihrer Merkzettel. Dann kam ihr plötzlich eine Idee, und sie begann, mit den Silben zu spielen.

Born-holt – Holt-born ...

Theo Holtborn. Jetzt stand es hier Schwarz auf Gelb. Konnte er Sophies zweites Kind sein?

Es gab nur eine Lösung, um dem Rätsel auf die Spur zu kommen: weiterlesen ...

*

Hamburg, Winter 1943

Drei Mal Bomben auf Hamburg allein im Januar. Marie zitterte und weinte, sobald die Sirenen losheulten, und Sophie sorgte sich um ihr Kind. Inzwischen hatte sie Hannes von der Schwangerschaft geschrieben, war aber bislang ohne Antwort geblieben. Über die Verhältnisse in Russland gingen die schlimmsten Gerüchte in Hamburg um. Es kostete sie große Kraft, immer wieder daran zu denken, dass ihr Liebster *nicht* in Stalingrad eingeschlossen war. Wer aber konnte schon mit Gewissheit sagen, dass es für die deutschen Soldaten in der Ukraine nicht fast ebenso schlimm enden würde?

Wenige Tage darauf endete der Kampf um Stalingrad, und rund zwei Wochen später verkündete Goebbels in einer Rede im Sportpalast den »Totalen Krieg«. Viele hatten ihm frenetisch zugejubelt, doch im Alltag sah es anders aus. Auch wer keinen Gefallenen, Vermissten oder Kriegsgefangenen in der Familie hatte, litt mit den anderen. Ganz Deutschland trug auf einmal einen bleiernen Mantel, der sich nicht mehr abstreifen ließ. Die Leute hatten Hunger, viele froren, weil die Kohlezuteilungen vorn und hinten nicht mehr ausreichten – und Sophie kotzte sich noch immer die Seele aus dem Leib.

»Es wird bestimmt wieder ein Mädchen, wenn Ihnen derart übel ist«, sagte Hebamme Elke Schmidt, an die sie sich in ihrer Not gewandt hatte, weil nichts helfen wollte. »Gleiches mit Gleichem – das passt dem Körper oft so gar nicht. Wären Friedenszeiten, so würde ich Ihnen zu leichten Fischgerichten, frischem Obst und Gemüse raten, aber wie soll man heutzutage noch an solche fast vergessene Köstlichkeiten kommen?«

Sie versuchte es mit Wasser- und Grießsuppe, zwang sich mühsam winzige Portionen hinein, weil sie selbst sah, dass sie immer mehr einem Gerippe ähnelte. Die Pralinen, die Thom von einem Kunden über Umwege aus Belgien bekommen hatte, verschlang sie hungrig auf einen Satz und spuckte sie gleich anschließend im Schwall wieder aus. Sogar auf der Straße sprachen vollkommen Fremde Sophie auf ihr elendes Aussehen an.

»Ich hänge mir noch ein Tuch vor die Birne«, sagte sie. »Damit mich bloß keiner mehr dumm anredet. Ich mache doch ohnehin schon alles, was ich kann. Und mein kleiner blinder Passagier wächst und wächst trotzdem in Ruhe weiter!«

Was der Wahrheit entsprach.

Ihr Bauch rundete sich wesentlich schneller als beim letzten Mal, als ob das Ungeborene es besonders eilig hätte, möglichst schnell groß zu werden. Was Sophie wieder vor neue Probleme stellte, denn inzwischen passte sie trotz der Gewichtsabnahme kaum noch in ihre Kleidungsstücke. Alle Seitennähte waren ausgelassen, mehr ging beim besten Willen nicht mehr, und Kleiderkarten konnte man bestenfalls als Anzünder verwenden, so wenig waren sie inzwischen wert. Ein wenig Erleichterung trat ein, als ihr die korpulente Frau Fuchs aus dem Nachbarhaus zwei ausrangierte Trägerröcke schenkte; die trug Sophie nun abwechselnd mit ihren Blusen und Pullovern und hoffte, damit bis weit in den Sommer zu kommen.

Seit wenigen Tagen verspürte Sophie endlich eine gewisse Linderung. Nun konnte sie wenigstens einen Teil der Nahrung bei sich behalten, ein Fortschritt, der ihr ein Quäntchen Hoffnung schenkte. Käthe hatte ihren freien Tag und war mit Marie an der Elbe spazieren, weil das Kind, wie sie fand, dringend frische Luft brauchte, und so war Sophie allein, als es nachmittags klingelte.

Sie ging zur Tür und öffnete. Konnten Uniformen noch schwärzer sein als schwarz?

In diesem Fall kam es ihr so vor.

Moers war sichtlich überrascht, als er ihren Bauch sah, fasste sich aber rasch wieder.

»Ich komme heute in dienstlicher Mission«, sagte er. »Und dies gleich dreifach. Leider werden dir zwei der Nachrichten nicht gefallen, die ich dir mitzuteilen habe. Können wir uns setzen?«

Das hatte er noch nie gefragt. Beklommen führte Sophie ihn zum Küchentisch und wies auf einen der Stühle.

»Mir ist zu Ohren gekommen, dass Marie leidet, sobald die Sirenen heulen«, sagte er. »Das teilt sie übrigens mit vielen anderen Kindern.«

Was wusste er eigentlich nicht? Überall mussten seine Spitzel sitzen. Überall.

»Zum Glück gab es ja länger schon keine Luftangriffe mehr«, erwiderte sie.

»Was sich leider bald schon ändern wird. Wir wissen aus sicheren Quellen, dass die Engländer eine großanlegte Aktion planen. Diese feigen Hunde fliegen ja meistens nachts, wie wir inzwischen wissen, das bringt die meisten Opfer.«

»Und die deutsche Abwehr?«, sagte Sophie empört. »Was unternimmt die dagegen?«

»Jede Menge, mein Mädchen. Aber eine Großstadt wie Hamburg kann niemals vollständig verdunkelt werden, und genau darin liegt die Krux. Du musst fort von hier mit deinem Kind, und jetzt, wo du ein zweites erwartest, erst recht.«

»Aber wohin? Und außerdem kann ich Käthe nicht allein lassen …«

»Geht nach Föhr. Die Inseln in der Nordsee werden sie kaum angreifen, zu viel Aufwand für zu wenige Tote. Ja, so denken sie, unsere Herren Feinde!«

»Und wovon sollen wir dort leben? Von Salzwasser und Sand vielleicht?«, spuckte sie ihm aufgebracht entgegen. »Käthes kleiner Lohn und Mamas vererbte Wohnung halten uns hier gerade so über Wasser. Dort hätten wir nichts.«

»Ich könnte euch unterstützen«, bot er an. »Ich lebe allein und bin nicht ganz unvermögend …«

»Von dir Geld nehmen? Niemals!«

Schweigend starrten sie sich an.

»So sehr verabscheust du mich?«, sagte er leise. »Dabei wollte ich nur dein Bestes … immer …«

Sie hielt seinem Blick stand, der plötzlich fast flehend wirkte.

»Nun gut.« Er räusperte sich, und seine Stimme klang wieder kühl. »Dein Bruder hat sich entschlossen, Mitglied der SS zu werden, eine überaus kluge und vernünftige Entscheidung. Natürlich brauchen wir unsere treuen und tapferen Genossen im Feld. Aber auch an der Heimatfront sind wir unabkömmlich. Gauleiter Kaufmann, den ich seit einiger Zeit in allen wichtigen Belangen beraten darf, ist damit einverstanden, dass der junge Terhoven mir direkt unterstellt wird. Mit den Sorgen um Lennie ist es damit erst einmal für dich vorbei.«

Sie fangen gerade erst richtig an!, hätte sie ihm am liebsten ins Gesicht geschrien, dann aber dachte sie an Malte und Thom und blieb lieber stumm. Zwar war die Übelkeit schwächer geworden, dafür spürte sie jetzt ein seltsames Ziehen im Unterleib, das ihr gar nicht gefiel.

»Und nun zu Punkt drei, dem sicherlich unangenehmsten auf meiner Liste. Dieses Schreiben ist an Frau Kröger gerichtet und hätte sie eigentlich auf dem Postweg erreicht. Ich aber hielt es für besser, es dir persönlich auszuhändigen, damit du sie ein wenig darauf vorbereiten kannst.«

Sophie wusste, was es war, noch bevor sie die ersten Worte gelesen hatte. Ihre Hände zitterten so sehr, dass sie das Blatt kaum halten konnte.

Sehr geehrte Frau Kröger,
zu meinem großen Bedauern muss ich Ihnen heute mitteilen, dass Ihr Sohn, Gefreiter Hannes Kröger, am 13.3.1943 gegen 14 Uhr bei einem Überfall ukrainischer Partisanen den Heldentod starb. Er fiel durch einen Splitter ins Herz, in soldatischer Pflichterfüllung, getreu seinem Fahneneid für das Vaterland. Die Beisetzung erfolgte auf dem Soldatenfriedhof nahe Lemberg ...

»Nein«, flüsterte Sophie. »Nein. Nein!« Jetzt schrie sie.

Das Ziehen in ihrem Bauch war zu einer großen schmerzenden Woge angeschwollen.

Dann sah sie das Blut, das an ihrem Bein hinunterfloss.

*

Hamburg, Juli 1943

Ich weiß nicht, wie ich die letzten Wochen und Monate überstanden habe – ich weiß es nicht!

Allein, dass ich noch immer in dieses Tagebuch schreibe, ist mir selbst ein Rätsel, aber was soll ich sonst auch schon groß tun, da ich zu striktem Liegen verdonnert bin, wenn ich mein Kind nicht verlieren will. Die Blutungen haben aufgehört, können aber jederzeit wieder einsetzen, das schärft mir Dr. König bei jedem seiner Hausbesuche eindringlich ein.

So konnte ich nicht einmal zur Beerdigung von Friedrich Terhoven gehen, dem Mann, der früher mein Vater war. Die Hamburger Prominenz hat ihm dagegen die letzte Ehre gegeben, und Käthe, die von der zweiten Reihe aus zugesehen hat, erzählte mir von Moers und Lennie, Seite an Seite am Grab in ihren schwarzen Uniformen mit den Totenköpfen.

Ob sie den Toten hasst, der ihr ganzes Leben bestimmt hat?

Seit Hannes' Todesnachricht sehe ich sie weder weinen, noch lachen. Nur Marie gegenüber verzieht sie manchmal noch leicht den Mund, doch meine sensible Kleine spürt genau, wie traurig die Oma geworden ist.

Wir kuscheln viel zusammen im Bett. Dann öffne ich mein Medaillon und erzähle ihr von Hannes. Und als sie mich zum ersten Mal nach den Blüten auf der anderen Seite fragt, erfährt sie von mir auch die Geschichte von Hero und Leander. Man könnte vielleicht denken, sie sei zu schwer für ein so kleines Kind, aber meine Kleine kann gar nicht genug davon bekommen und sagt sich den schwierigen Pflanzennamen so lange vor, bis sie ihn mühelos beherrscht.

»*Tante Fee hat immer gesagt, wir weibliche Terhovens seien Oleanderfrauen, weil für uns in der Liebe Glück und Schmerz so eng beieinanderliegen. Für Fee hat es wohl gestimmt, für deine Großmutter Delia auch, und auch ich bin nicht frei davon, weil ich deinen Vater, meinen geliebten Hannes, schließlich doch verlieren musste. Doch du, mein Kind, du wirst es einmal anders machen. Darum erzähle ich dir diese Geschichte...*«

Marie hört andächtig zu.

Dann hole ich noch den Rest des Korallenschmucks heraus, der uns geblieben ist, und sage ihr, dass er noch von meiner Großmutter Louise Bornholt aus Bremen stammt. In den letzten Jahren habe ich immer wieder einzelne Stücke gegen Lebensmittel oder Stoff eingetauscht. Nur von einem allerletzten Collier und den schönen Ohrringen konnte ich mich noch nicht trennen. Die Kleine möchte, dass ich ihr die Kette umlege, was ich gern tue. Die Ohrringe kann sie nicht tragen, da sie keine Löcher in den Ohren hat.

»*Wenn du einmal groß bist*«, *vertröste ich sie,* »*wirst du sie tragen. Und du wirst wunderbar damit aussehen.*«

Eigentlich mache ich mir damit mehr Mut als ihr, denn ich weiß, dass unsere gemeinsamen Tage gezählt sind. Über-

all im Deutschen Reich werden die Kinder gesammelt und weit weg von Großstädten oder Industrieanlagen in relativ sichere Gebiete gebracht. Kinderlandtransporte, so nennt man diese Aktion, und ich habe so lange gezögert, Marie dafür anzumelden, dass sie um ein Haar keinen Platz mehr bekommen hätte.

Jetzt aber reist sie ins Erzgebirge, in das Städtchen Annaberg, eine beschauliche Region, die bislang noch nie aus der Luft attackiert wurde. Dort wird sich eine liebevolle Familie ihrer annehmen, das wurde mir mehrfach versichert, und sie soll dort bleiben, bis...

Ja, bis?

Nur ausgemachte Dummköpfe glauben noch an den Endsieg. Wir anderen, die wir denken können, hoffen und beten, dass dieser Krieg endlich vorbei sein möge, mit welchem Ausgang auch immer.

Ich kann, da ich nicht aufstehen darf, mein Liebstes nicht einmal an den Zug bringen, und lesen kann mein Herzensschatz ja leider noch nicht. Trotzdem habe ich ihr heute Nacht einen Brief geschrieben, den ich ihr in ein kleines Döschen stecke, das auf ihr Drängen hin auch einige getrocknete Oleanderblüten birgt. Marie weiß genau, dass sie diese nur ansehen, aber nicht anfassen darf, das habe ich ihr eingeschärft, und sie fühlt sich dabei wie eine Große. Bald wird sie ihn lesen können, das weiß ich genau! Ich habe mir von diesem Brief an mein Kind eine Abschrift gemacht, um ihr näher zu sein, wenn sie fort ist, doch ob ich sie jemals lesen kann, ohne haltlos zu weinen, steht in den Sternen...

*

Hamburg, August 2016

Der Brief, der alle zu Tränen rührte! Und ein Döschen mit getrockneten Oleanderblüten, das die Zeit überdauert hatte. Hunde, die immer Malte hießen, weil ein Malte in Maries erstem Leben eine so wichtige Rolle gespielt hatte. Die Locken, durch Generationen vererbt, ähnlich wie die roten Schöpfe der Familie Voss, von Sophie auf Marie, von Marie auf Rena, von Rena auf Jule …

Zum ersten Mal in ihrem Leben dachte Jule ernsthaft über den Vornamen ihrer Großmutter nach.

Mia, so hatte sie geantwortet, wenn jemand sie nach ihrem Namen gefragt hat. Das hatte Jule selbst gehört. Aber manche Nachbarn hatten sie auch Romy gerufen.

Mia und Romy – beides waren Kurzformen von Rose-Marie …

Jule riss ungeduldig den Umschlag auf, den ihre Mutter ihr geschickt hatte, entnahm die Kopie und erkannte auf den ersten Blick die ihr inzwischen so vertraute Handschrift wieder.

Hamburg, 1. Juli 1943

Du musst fort von mir, geliebter Schatz, obwohl mein Herz bei dieser Vorstellung blutet. Aber ich darf dich nicht länger bei mir halten. Tödliches Feuer fällt vom Himmel, verbrennt die Häuser, vernichtet die Menschen, und ich kann dich nicht davor schützen.

Jetzt, da ich so streng liegen soll, weniger denn je.

Was würde ich darum geben, zusammen mit dir aufbrechen zu können, weil ich ja weiß, dass die Reise lang ist und nicht ohne Gefahr! Ein wenig tröstet mich, dass du dabei in Gesellschaft bist, die dich hoffentlich ablenken und deine Tränen rasch trocknen wird. Doch wie solltest du verstehen können, dass ich nun nicht mehr bei dir bin, so wie du es seit jeher gewohnt bist? Es tut mir unendlich leid, mein heiliges Versprechen brechen zu müssen, das ich dir damals auf jener stürmischen grauen Insel gegeben habe: dich niemals zu verlassen, solange ich atme. Und doch muss ich es tun, um dein kostbares Leben zu bewahren, bevor es dafür zu spät ist.

Und so lasse ich dich also mit den anderen ziehen, in der Hoffnung, dass wir wieder vereint sein werden, sobald ich dir nachfolgen kann. Dann werden wir zu dritt sein, nein, zu viert oder genau betrachtet eigentlich sogar zu fünft, weil wir eben eine ganz besondere Familie sind, die das Schicksal auf seine eigene Weise zusammengeschweißt hat.

Dieser Brief soll dich auf deiner Reise begleiten, dich schützen und stärken, auch wenn du ihn nicht lesen kannst – noch nicht, mein Herzallerliebstes. Aber du wirst bald so weit sein, denn ich kenne deine stürmische Neugierde und deine kluge Ungeduld.

Ich gebe dir ein paar getrocknete Oleanderblüten mit, die aus jenem Garten stammen, in dem du jetzt eigentlich unbeschwert spielen solltest. Das Gegenstück kommt in mein silbernes Medaillon. Herrschaftlich und groß ist der Garten, steigt von der Elbe auf, mit schattigen alten Bäumen, unzähligen Blumenbeeten und eben jenem italienischen Glashaus, in dem sich meine Zukunft entschieden hat. Ich durfte jenes herrliche Paradies über Jahre genießen, bevor man mich für immer daraus vertrieb, und so kenne ich also seine berückende Schönheit. Ich weiß aber auch um seine giftige Bitternis, die ich dort schon als Kind gespürt habe, ohne zu ahnen, woher sie rührte.

Wenn jener Garten reden könnte ...

Irgendwann werde ich dir noch einmal ausführlicher die alte Geschichte von Hero und Leander erzählen, und du wirst Augen machen, wie viel sie mit jenen Menschen zu tun hat, die dir vertraut sind. Leider nahm sie kein gutes Ende, auch wenn sie die beiden Liebenden unsterblich gemacht hat. Unsere Geschichte aber wird glücklich ausgehen. Ich wünsche es mir so inständig, dass dem launischen Schicksal gar keine andere Wahl bleibt, als mir diesen Herzenswunsch zu erfüllen. Niemand kann uns trennen, auch wenn wir nun für einige Zeit an verschiedenen Orten sein werden.

Vergiss niemals, dass du mein Augenstern bist, für den ich wie eine Löwin gekämpft habe und für den ich immer wieder kämpfen würde, mit allem, was mir zur Verfügung steht. Du hast meine Welt vollkommen auf den Kopf gestellt – und das bereue ich nicht einen einzigen Augenblick. Stark hast du mich gemacht, und mutig dazu, hast mich von einem verwöhnten Gör in eine erwachsene Frau verwandelt, und dafür bin ich dir unendlich dankbar.

Was wäre ich ohne dich?

Ein Nichts. Ein Blatt im Wind ...

Nun aber muss ich schließen, denn so vieles gibt es noch zu erledigen, bevor wir morgen Abschied voneinander nehmen. Auch wenn ich nicht am Bahnsteig stehen kann, so werde ich dir in Gedanken nachwinken, bis du dein Ziel erreicht hast, um dich dann dort in Gedanken sofort wieder in die Arme zu schließen.

Du und ich gehören zusammen. Auf ewig ...

Auch beim zweiten Lesen traf Jule die emotionale Wucht dieser Zeilen, jetzt sogar umso mehr, da sie wusste, dass Sophie Terhoven ihn verfasst hatte und das Kind, an das dieser Brief sich richtete, vermutlich ihre eigene Großmutter war.

War sie dann womöglich verwandt mit diesem Theo Holtborn, falls es sich bei ihm um Sophies zweites Kind handeln sollte?

Und wenn ja, wie?

Sie musste auf der Stelle Johanna anrufen, und wenn es zehnmal mitten in der Nacht war. Und ihre Mutter sowieso – die würde erst Augen machen, wenn sie das erfuhr!

Gleichzeitig aber drängte es sie mit aller Macht, weiterzulesen, um *alles* zu erfahren, und schließlich entschied sie sich dafür.

Jule braute sich in der Küche eine große Kanne grünen Tee, um wach zu bleiben, und nahm sie mit ins Wohnzimmer.

Danach beugte sie sich erneut über ihre Kopien.

20

St. Peter Ording, August 2016

Früh am nächsten Morgen, noch in der Dämmerung, während die Aprikosentörtchen auskühlten, rief Jule ihre Mutter an, die erst nicht glauben konnte, was sie ihr berichtete, doch dann schlug die Skepsis in Mitgefühl um.

»Warum hat sie nur nie etwas gesagt?«, fragte Rena. »Dann hätte ich sie doch viel besser verstanden!«

»Wahrscheinlich war Oma dazu nicht in der Lage«, sagte Jule. »Sie hatte alles tief in sich eingeschlossen, damit es ihr neues Leben bloß nicht störte. Sie wollte unbedingt funktionieren, so wie du und ich auch – aber es hat sie trotzdem nie ganz losgelassen. Erst ganz am Ende war sie mutig genug, die Tür zu ihrer Vergangenheit noch einmal aufzustoßen, aber ich konnte damals noch nicht verstehen, was sie mir eigentlich sagen wollte.«

Rena weinte.

»Lass uns ab jetzt ganz offen miteinander sein«, sagte sie schluchzend. »Und verzeih mir bitte. Ich hätte vieles anders machen sollen. Das weiß ich jetzt.«

»Alles gut«, erwiderte Jule, ebenfalls tief gerührt. »Ich habe es dir mit meinem Wankelmut ja auch nicht immer leicht gemacht. Oma wusste nicht, dass sie noch eine Schwester hatte, weil Johanna ja erst zur Welt kam, als sie bereits im Erzgebirge war. Aber du kannst jetzt genießen, dass du eine wunderbare neue Tante dazugewonnen hast!

Ihr blieb nur wenig Zeit, um zu duschen, ein bisschen Make-up aufzulegen, sich anzuziehen und einen besonders starken Kaffee zu trinken, damit sie wach blieb. Wie sah sie aus?

Seltsamerweise ziemlich frisch, was vielleicht von der inneren Aufregung herrührte. Nils kam früher als vereinbart, was ihr nur recht war. Nach einer kurzen Begrüßung stieg sie zu ihm in den Wagen und freute sich, als sie seinen warmen Blick bemerkte, der immer wieder zu ihr herüberglitt.

Jule mochte, wie er fuhr, zügig, aber kein bisschen aggressiv. Im Radio lief Coldplay, exakt in der richtigen Lautstärke. Als sie die Stadt hinter sich gelassen hatten, wurde sie immer entspannter. Ein schöner, sonniger Tag, blauer Himmel, ein paar harmlose Wölkchen. Dazu eine feine, leichte Brise.

Allerbestes Ausflugswetter.

Jule genoss es – die Fahrt, die Musik, das Wetter – und vor allem den Mann neben sich.

»Besonders gesprächig bist du ja heute nicht gerade«, sagte Nils, als sie St. Peter Ording schon fast erreicht hatten. »So kleine Äugelein hab ich auch noch nie zuvor an dir gesehen. War noch was Aufregendes gestern Abend, von dem ich wissen sollte? Und was schleppst du eigentlich in dieser dicken Tasche mit dir herum? Ölzeug, falls es unerwartet eine Sturmwarnung gibt?«

»Könnte man so sagen«, erwiderte Jule und gähnte. »Weil ich deinem Vater unbedingt noch frische Aprikosentörtchen mitbringen wollte, habe ich, ehrlich gesagt, überhaupt nicht geschlafen.« Sie lächelte. »Ich komme nicht gern mit leeren Händen. Liegt mir irgendwie nicht. Und in der Tasche sind bloß Kopien, nichts weiter.«

»Nicht dein Ernst! Ich meine, das mit dem nicht Schlafen.«

»Leider doch.« Sie gähnte erneut. »Deiner Tante dürfte es nicht viel anders ergangen sein. Als Jo und ich zum letzten Mal telefoniert haben, war es kurz nach vier.«

»Was in aller Welt hattet ihr da zu bequatschen?«

»Wird sie dir sicherlich gleich selbst sagen. Ist es noch weit bis zur Strandklinik?«

»Nicht besonders. Aber da fahren wir jetzt gar nicht hin.«

»Sondern?«

»Zu einem der schönsten Lokale an der ganzen Nordsee. Nennt sich *Die Seekiste*. Malerisch mitten auf einer Sandbank gelegen.«

»Und dort versammelt sich die ganze Sippe?« Mittlerweile beherrschte Jule sein knappes Frage- und Antwort-Spiel schon fast perfekt.

»Ganz genau. Wir Martens sind nämlich alle ziemlich gefräßig. Besonders, wenn es um frische Krabben und guten Fisch geht. Und beides bekommt man dort.«

Lag sie da mit ihren mitgebrachten Törtchen nicht vollkommen daneben? Egal. Nils' Vater konnte sie ja später noch in der Klinik genießen. Und hatte er sich nicht ganz konkret die Bekanntschaft der netten Konditorin gewünscht?

Jule schaute aus dem Fenster. Ein schier endloser Strand,

dazwischen vereinzelte Pfahlbauten, außerdem Dünen, Salzwiesen, ein paar Kiefern – und sonst nichts als Meer.

»Schön hier«, sagte sie. »Sehr schön sogar.«

»Kann man so lassen. Finde ich auch.« Nils klang hochzufrieden.

Sie sah Blau, Türkis und viel Grün, alles ineinanderfließend, alles bei jeder Bewegung changierend.

»Maler müsste man sein«, sagte sie träumerisch.

»Oder Goldschmied.« Er bremste so abrupt, dass sie sich festhalten musste. »Wir können nämlich auch malen. Nur malen wir mit Edelsteinen, anstatt mit Farben.« Nils zog ein kleines Kästchen aus seiner Hemdtasche und legte es ihr auf den Schoß. »Extra für dich entworfen«, sagte er. Zitterte seine Stimme dabei etwa ein wenig? »Und wenn du die jetzt wieder nicht annimmst, rede ich nie wieder ein Wort mit dir!«

Sie klappte das Kästchen auf.

Ein Paar Ohrhänger, in der Form ganz ähnlich wie ihre Erbstücke, lagen darin. Oben schimmerte tiefes Grün, und der Tropfen darunter war heller, mit einem Hauch von Türkis.

»Wie das Meer da draußen«, sagte Jule entzückt.

»Ich dachte dabei eher an deine Augen. Wenn du fröhlich bist, sind sie hell und verschmitzt. Aber wehe, man sagt aus Versehen mal was Verkehrtes oder bestellt sich gar Kamillentee zum Schokotörtchen …« Er grinste. »Dann werden sie sofort dunkel wie die stürmischste Nordsee. Das oben ist übrigens Turmalin, das unten Jade. Sollte ich irgendwann einmal den Jackpot knacken, bekommst du sie selbstredend in Paraiba-Qualität. Könnte allerdings noch etwas dauern.«

»Ich weiß gar nicht, was das ist«, sagte Jule. »Sie sind jedenfalls wunderschön. Tausend Dank! Aber …«

Seine dunklen Brauen zogen sich gefährlich zusammen.

»… ich frage mich gerade, ob diese Poussetten auch auf meine Korallenohrringe passen?«

Sein Gesicht entspannte sich wieder. »Worauf du dich verlassen kannst!«

*

Die Familie war schon vollzählig versammelt. Sie saßen auf der weitläufigen Terrasse der *Seekiste* und schauten Nils und Jule neugierig entgegen. Jo sprang auf und drückte erst Jule, dann ihren Neffen.

»Da ist sie, die Meisterin aller Obsttörtchen«, sagte Nils. »Darf ich vorstellen, Papa: Jule Weisbach.«

»Aber sie kann ja noch viel mehr«, sagte Jo. »Nämlich Geschichte wieder zum Leben erwecken. Ich habe den anderen schon erzählt, wie es deine Großmutter damals, anno 1943 mit einem der Hamburger Kindertransporte bis ins Erzgebirge verschlagen hat. Dort bekam sie dann eine neue Familie und hat ihre Vergangenheit bis kurz vor ihrem Tod tief in sich eingeschlossen – und nun erst kam alles ans Licht. Was für ein Leben!«

»Ich muss mich auch noch davon erholen«, sagte Jule. »Und meine Mutter erst recht. Aber das ist ja noch lange nicht das Ende vom Lied.« Sie zwinkerte Johanna zu.

»Wie recht du hast«, zwinkerte diese zurück und drehte sich dann zu ihrer Familie um.

»Glaubt ihr eigentlich an Seelenverwandtschaft?«, fragte sie.

»Jetzt kommt sie wieder mit diesem esoterischen Unsinn an«, sagte Volker Martens. »Ich für meinen Teil glaube nur, was ich sehe, rieche oder schmecke. Und was ich anfassen kann. Im Übrigen sollten wir bald bestellen. Bevor es hier noch voller wird und wir stundenlang auf unser Essen warten müssen.«

»Gleich«, sagte Jo und wirkte auf einmal ein Stückchen größer als zuvor. »Und doch war da irgendetwas, das mich stark zu dieser jungen Frau hingezogen hat. Und das bereits, bevor ich wusste, dass ich ihre ...« Hilfe suchend wandte sie sich an Jule. »Ja, was bin ich denn eigentlich?«

»Auf jeden Fall die Tochter meiner Urgroßmutter Sophie Terhoven aus Hamburg. Die 1943 vor dem Feuersturm ihre Tochter Rose-Marie nach Annaberg schickte, meine Großmutter, die später Mia genannt wurde. Anstatt nach dem Krieg nach Hamburg zurückzukehren, blieb Mia dort unter einem neuen Namen, ging zur Schule, heiratete und bekam ein Kind – meine Mutter Rena. Vierzig Jahre DDR machten das Reisen ja nicht gerade einfach, wie wir alle wissen. Und ich bin Jule, die bisher Letzte in dieser Kette.« Sie lächelte Jo an. »Du bist also meine Großtante, schätze ich. Und das ist toll!«

»Aber wie kann das sein, Jo?«, fragte Achim Martens, der weißhaarige Patient, der vom Seewind leicht gebräunte Wangen und muntere Augen hatte und schon wieder ganz erholt wirkte. »Du bist doch unsere Schwester!«

»Und ich hoffe, das bleibe ich auch.« In Jos Augen schimmerten Tränen. »Aber Sigrid Martens war nicht meine leibliche Mutter, sondern Sophie Terhoven. Sie muss mich im Bombenhagel geboren haben, in eben jenem Feuer, das ihr Leben ausgelöscht hat, ebenso wie Käthes – und das ihres besten Freundes, Malte Voss. Wie es genau war, könnte nur sie uns sagen. Ich stelle es mir ungefähr so vor: Bevor sie starb, hat sie mich in einen Karton gelegt, neben einen Koffer, in dem sich ihr Tagebuch befand, sowie ein silbernes Medaillon mit dem Foto ihres Liebsten und ein paar getrockneten Oleanderblüten. Zum Schluss hat sie noch meinen Namen auf einen Zettel geschrieben, den Vornamen, wohlgemerkt: Johanna. So muss Mama, eure Mutter Sigrid, mich schließlich zwischen den Trümmern entdeckt haben. Sie nahm mich mit, rettete mein Leben – und damit wurde ich eure Schwester Jo.«

»Das klingt für mich nach einer echten Räuberpistole«, sagte Achim. »Seid mir nicht böse – aber wie kann man denn einfach so ein Kind stehlen und als sein eigenes ausgeben? Da gibt es doch Ämter und Dokumente und Papiere …«

»Aber nicht 1943«, mischte Jule sich ein. »Nicht, nachdem eine halbe Stadt in Trümmern lag. Da gab es anderes zu tun. Und gleich nach 1945, als das Dritte Reich endgültig zerbrochen war, dürfte es nicht allzu schwer gewesen sein, sich auf dem Amt zu holen, was man so brauchte!«

»Ich glaube es immer noch nicht.« Achim schüttelte den Kopf. »Unsere Mutter, die so behördengläubig war, das passt einfach nicht …«

»Tut es eben doch«, sagte Volker plötzlich. »Ich sollte ihr noch am Totenbett schwören, niemals auch nur ein Wort darüber zu verlieren, aber jetzt muss ich es doch.«

Aller Augen ruhten auf ihm.

»Mama hatte bereits zwei Söhne, Achim und mich, die sie liebte, aber sie war besessen von dem Wunsch nach einem Mädchen. Den ihr unser Vater nicht mehr erfüllen konnte, denn er war bereits seit Weihnachten '41 vermisst. Die entsprechende Urkunde liegt bei mir im Safe. Du kannst sie gern einsehen, Achim, sollten noch letzte Zweifel bleiben. Dieses kleine Mädchen in der Kiste war also ihre letzte Chance, denn einen anderen Mann als unseren Vater hätte die Mutter niemals angeschaut. Sie nahm also den Koffer und das Kind, und natürlich stand auf dem Zettel nicht nur Johanna, sondern auch der Nachname Terhoven. Den hat sie feinsäuberlich abgetrennt und irgendwo verschwinden lassen. Manchmal glaube ich sogar, sie hat den ganzen Schmodder im Haus nur angehäuft, um ihre ›Tat‹ von damals zu verschleiern.«

Er griff zu seinem Wasserglas und leerte es.

»Ich war knapp über fünf, als der Tod vom Himmel fiel. Wir hockten im Luftschutzkeller, du hast nur noch geweint, und mir blieben vor lauter Angst die Tränen im Hals stecken. Plötzlich hat Mama uns befohlen, aus dem Keller nach draußen zu rennen – unser Glück, denn all die anderen wurden dort beim nächsten Einschlag verschüttet. Es war ein einziger Albtraum, der mich nach all den Jahren noch immer in manchen Nächten heimsucht: Menschen, die wie Fackeln brannten, nichts als Schutt und Rauch – blindlings sind wir vorangestolpert, weiter und immer weiter. Im Windschatten einer Ruine müssen wir dann eingeschlafen sein, um aufzuschrecken und weiterzugehen, sobald es hell wurde – und auf einmal lag da zwischen den

Trümmern ein Koffer. Und daneben in einem Karton ein Säugling in einem rosa Strampler.«

»Das weiß ich alles gar nicht mehr«, murmelte Achim. »Nur dass Johanna plötzlich da war.«

»Aber ich weiß es noch«, sagte Volker, »und Mama wusste, dass ich es weiß. Kurz vor ihrem Tod scheint sie das schlechte Gewissen gezwickt zu haben, und sie hat mir den Zettel gegeben. Er liegt ebenfalls in meinem Safe.«

Sichtlich gerührt schaute er zu Johanna.

»Und warum habe ich die ganze Zeit meinen Mund gehalten und stattdessen den Brummbär gespielt, der an nichts zwischen Himmel und Erde glaubt, willst du jetzt sicherlich wissen, oder? Weil wir dich alle lieben, Jo – und nicht verlieren wollen!«

Johanna umarmte erst ihn, dann Achim, ihre Schwägerinnen, die Neffen, den kleinen Felix – und schließlich Jule.

»Sie muss eine besondere Frau gewesen sein, diese Sophie Terhoven, und ich bin stolz darauf, von ihr abzustammen«, sagte Jule. »Sie musste verkraften, dass der reiche Kaffeebaron nicht ihr Vater war, überstehen, dass sie angeblich von ihrem Halbbruder ein Kind bekommen hatte, was sich als falsch herausstellte, erleben, wie ihre Mutter Selbstmord beging, und schließlich ihren Liebsten an den Krieg verlieren. Und trotzdem hat sie nicht aufgegeben, sondern im Bombenhagel noch diesem wunderbaren Menschen das Leben geschenkt – Johanna.«

»Und das steht alles in diesem Tagebuch?«, fragte Nils sichtlich beeindruckt.

»Das und noch viel mehr«, versicherte Jule. »Ihr solltet

es lesen – beziehungsweise die Kopien davon, denn wie lange wir das Original noch behalten, weiß ich nicht.«

»Du hast mit Ruhland gesprochen?«, fragte Jo.

»Habe ich. Holtborn wird uns morgen empfangen. Bis dahin bleibt es spannend.«

»Aber wer war dann der Vater dieser Sophie, wenn es nicht der Kaffeebaron war?«, wollte Kai wissen.

»Gute Frage«, erwiderte Jule. »Daran erkennt man gleich den Juristen. Falls gewünscht, kann ich die entsprechende Passage gern kurz vortragen.«

Allgemeines Nicken.

Sie hüstelte, dann zog sie den Packen Kopien aus ihrer Tasche, blätterte lange darin herum und begann schließlich zu lesen.

*

Hamburg, August 1943

Der Tod ist mitten unter uns, aber noch lebe ich und muss doch mein Kind gesund zur Welt bringen. Mein Bauch ist so dick, dass ich kaum noch gehen kann, mein Herz so schwarz wie ein Tintenfass. Zwei große Angriffe mit tödlicher Gewalt haben wir bereits ertragen. Dem zweiten fiel Thom zum Opfer, unser über alles geliebter Freund Thom, der in einem öffentlichen Luftschutzkeller Schutz gesucht hatte und dort verschüttet wurde.

Malte geht umher wie ein Geist, spricht nicht, isst nicht, sieht durch mich hindurch mit seelenlosen Augen, als bestünde ich aus Glas. Ich bin außerstande, ihn zu trösten, da ich weiß, für solche Herzensverluste kann es keinen Trost geben.

»Bleib bei mir«, bitte ich ihn sanft, während ich die letzten Reihen an dem kleinen rosafarbenen Strampler vollende. Ich werde auch dieses Mal wieder ein Mädchen gebären, das weiß ich ganz gewiss. Johanna soll sie heißen, dann lebt wenigstens in ihr mein geliebter Hannes weiter. »Der kleine Rudi hat seine Mutter Hella. Wir aber haben nur dich.«

Er nickt, ohne etwas zu antworten, aber ich kenne ihn und weiß, ich kann mich auf ihn verlassen. So schicke ich ihn später zu Frau Schmidt, da ich Senkwehen spüre und nicht sicher bin, ob die Geburt nicht bald schon einsetzt.

Als es klingelt, denke ich zuerst, er hat seinen Schlüssel verlegt, doch als ich mich schwerfällig zur Wohnungstür schleppe und sie öffne, stehen dort zwei Männer in Schwarz – Lennie und Moers in ihren geschniegelten SS-Uniformen.

»Du kannst hier nicht bleiben«, sagt mein kleiner Bruder. »Unten wartet ein Wagen. Wir bringen dich jetzt zurück in die Villa. Dort, wo du eigentlich hingehörst.«

»Aber ich bin keine Terhoven und will auch keine mehr sein«, erwidere ich und krümme mich im selben Moment vor Schmerzen zusammen. »In dieses verfluchte Haus setze ich nie wieder einen Fuß, solange ich lebe. Und jetzt verschwindet.«

Lennie schaut zu Moers, der nickt ihm kurz zu.

»Du warst immer schon so verdammt stur, Sophie«, sagt Lennie bedauernd. »Nun sieh zu, was du davon hast!«

Ich höre, wie er die Stufen hinunterklackert. Seine Stiefel haben beschlagene Sohlen, das scheint ihm zu gefallen,

»Das war nicht klug von dir, Sophie«, sagt Hellmuth Moers bedauernd. »Gar nicht klug ...«

»*Lass mich in Ruhe mit deinen Ratschlägen*«, erwidere ich stöhnend. »*Du hast mir gar nichts zu sagen!*«

»*Ich fürchte, da liegst du falsch, liebes Kind. Ich habe dir im Gegenteil eine Menge zu sagen, denn ich bin dein Vater.*«

Es dauert ein paar Sekunden, bis dieser Satz mein Gehirn erreicht.

»*Du musst es doch die ganze Zeit gespürt haben, Sophie, so klug und feinfühlig, wie du bist. Mein Leben lang hatte ich eine Schwäche für die Frauen der Terhovens. Das mit den Männern, das war nie wichtig für mich. Eine Art Nebenschauplatz, um weitere Erfahrungen zu sammeln. Und den jungen Voss, den wollte und musste ich kontrollieren, damit er nicht noch mehr in deinem Leben herumpfuscht. Erst kam deine Tante Fee, eine kluge, sehr anziehende Person. Offenbar habe ich ihr das Herz gebrochen, als ich mich von ihr lossagte. Jedenfalls hat sie das behauptet. Später dann deine schöne Mutter Delia, mit der es mir durchaus ernst war...*«

»*Du hast sie sitzenlassen, als sie mit mir schwanger war*«, unterbrach ihn Sophie.

»*Nein, liebes Kind, ganz so war es nicht. Ich war verrückt nach ihr, und auch Delia war sehr in mich verliebt, aber ich hätte ihr damals nicht das großbürgerliche Leben bieten können, das sie erwartete. Sie hätte alles auf eine Karte setzen, sich für einen Mann entscheiden müssen, der seine Karriere noch vor sich hatte. Doch sie war zu feige, um das ganz große Abenteuer an meiner Seite zu wagen. Was hätten wir alles zusammen erreichen können – Venus und Mars, ein strahlendes, unwiderstehliches Paar! Stattdessen hat sie sich hinter Friedrichs Kaffeesäcken verkrochen, als sie schwanger war, hat die faule Bequemlichkeit der prickelnden Herausforderung vorgezogen – welch trauriges Ende musste das nehmen. Doch du bist Fleisch von meinem Fleisch, Blut von meinem Blut. Das Beste, was ich im Leben jemals zustande gebracht habe, meine wunderschöne, kluge Tochter...«*

»Raus!«, *schreie ich so laut, dass ich Angst habe, meine Stirnadern könnten platzen.* »Ich will dich nie wieder sehen.«

Plötzlich wirkt er nachdenklich.

»*Das, Sophie, liegt derzeit nicht in unserer Hand.*«

Er geht, ohne sich noch einmal umzuschauen...

*

Hamburg, August 2016

Alle Martens schwiegen beeindruckt.

»Mein Ururgroßvater Hellmuth Moers«, sagte Jule. »Und dein Großvater, Jo. Keiner, auf den man stolz sein kann.«

»Ein Ekelpaket«, sagte Nils.

»Ja, so haben Jo und ich ihn beim Lesen auch immer genannt. Aber auch er gehört in unsere Ahnenreihe.« Sie lächelte in die Runde. »Und jetzt bin ich gespannt auf diese sagenhaften Krabben- und Fischgerichte, die es hier geben soll!«

EPILOG

Hamburg, August 2016

Der gleiche dunkle Raum, ein Ort der Stille und Konzentration. Doch heute saß ein anderer Mann hinter dem Schreibtisch. Man sah ihm an, dass er einmal sehr stattlich gewesen musste – ein breiter, blonder Hüne, dessen Haar noch immer nicht ganz weiß war. Doch Alter und vielleicht auch Krankheit hatten an ihm genagt und aus dieser kräftigen Schale eine zweite, weitaus fragilere Version gemeißelt.

Dennoch sah er genauso aus, wie Sophie ihn in ihrem Tagebuch beschrieben hatte.

»Herr Terhoven?«, sagte Jule fragend, als Ruhland Jo und sie in sein Büro gebeten hatte. Er blieb ebenfalls mit im Raum, hielt sich aber im Hintergrund. »Lennart Terhoven?«

»Früher einmal.« Die Spur eines Lächelns. »Diesen Namen gibt es schon lange nicht mehr. Ebenso wenig wie den Mann, der ihn getragen hat. Ich brauchte nach '45 einen Cut. Und einen Neuanfang. So bin ich auf Theo gekommen, den Vornamen meines Bremer Großvaters. Und aus dessen Nachnamen Bornholt wurde Holtborn.« Er schielte auf Jos Aktentasche. »Sie haben es dabei?«

»Haben wir«, sagte Johanna. »Aber ich weiß noch nicht, ob wir es Ihnen auch übergeben werden.«

»Ich dachte, das sei der Zweck dieser Zusammenkunft.« Er schaute nervös zu Ruhland. »Hatten Sie nicht gesagt ...«

»Für uns gibt es noch andere Gründe, hierher zu kommen«, sagte Jule. »Meine Großmutter war Sophies ältere Tochter Rose-Marie. 1943 kam sie mit einem Kindertransport ins Erzgebirge – wo sie bis zu ihrem Tod wohnte. Haben Sie denn niemals nach ihr gesucht? So schwierig kann das doch nicht gewesen sein!«

»Einfach war es nicht«, sagte er. »Da gab es ja den Eisernen Vorhang, der Westen und Osten voneinander trennte. Außerdem habe ich mich zu spät darum gekümmert. Da trug Marie bereits einen anderen Nachnamen. Und ich wollte sie nicht aus ihrem neuen Leben reißen.«

»Ziemlich laue Ausrede«, bemerkte Jo. »Und was ist mit mir? Sie haben doch genau gesehen, dass Ihre Schwester – pardon: Halbschwester – hochschwanger war. Oder haben Sie gehofft, das Neugeborene sei praktischerweise gleich mit verglüht? Aber ich bin seit dreiundsiebzig Jahren am Leben. Weil eine tapfere Frau mich aus den brennenden Trümmern gerettet und als liebevolle Mutter aufgezogen hat.«

»Ich *habe* nach diesem Kind gesucht«, sagte er heftig. »Lange. Über Jahre. Aber wo sollte ich ansetzen? Es gab keine Dokumente, keine Zeugen, rein gar nichts. Irgendwann habe ich aufgegeben – mit einem tiefen Gefühl der Schuld. Ich war sehr hässlich zu meiner Schwester, verblendet und gemein. Das weiß ich heute. Bei unserem letzten Treffen hatte ich nur verletzende Worte für sie. Das werde ich mir nie verzeihen.«

»Sophie hat Sie immer geliebt«, sagte Jule. »Egal, wie

scheußlich Sie sich auch aufgeführt haben. Sie war manchmal sehr wütend auf Sie, aber sie hat Ihnen jedes Mal verziehen. Sie waren und blieben ihr Bruder. Ihre *kleine Kröte*. So hat Sie sie im Tagebuch genannt.«

Eine Träne lief über seine Wange, und plötzlich wirkte das Gesicht etwas weicher.

»Ich muss mich erst an meine neue Verwandtschaft gewöhnen«, sagte er. »Eine Nichte und eine Großnichte auf einen Schlag, das will erst einmal verdaut sein. Lassen Sie mir bitte ein wenig Zeit. Über Jahrzehnte dachte ich, ich sei ganz allein auf der Welt.« Er deutete auf den Aktenstoß. »Als Sophies Nachkommen steht Ihnen natürlich auch ein gebührender Anteil am Erbe zu. Sie können beide mit einem stattlichen Betrag rechnen. Meine Anwälte werden sich sofort an die Arbeit machen ...«

»Um Geld direkt geht es mir gar nicht. Aber ich möchte schon seit Langem auch einmal die andere Seite des Globus kennenlernen«, unterbrach ihn Jo. »Nichts Aufwendiges, eine Art Weltreise auf meine Art. Und ein neues Auto könnte ich auch gut gebrauchen. Kleine Mittelklasse reicht vollkommen. Gibt ohnehin kaum Parkplätze in Ottensen. Den Rest können Sie gern behalten. Mit meiner Pension komme ich sehr gut zurecht.«

»Und ich wünsche mir, dass die Mieterhöhung für das *Strandperlchen* für ein Jahr ausgesetzt wird. Maite da Silva, eine Barista und Kaffeeexpertin, ist gerade dabei, mit mir zusammen ein neues Geschäftsmodell zu entwickeln, eine Mischung aus Caféhaus-Betrieb und einem vielfältigen Kursangebot rund um das Thema Kaffee. Wenn das erst einmal läuft, ist der neue Betrag kein Problem.«

»Und das ist alles?«, fragte er verdutzt.

»Noch nicht ganz«, sagte Jo. »Wir möchten, dass Sie uns in der Elbchaussee empfangen. *Dum spiro spero*. Wenigstens ein einziges Mal wollen wir den Spruch der Terhovens an seinem Ursprungsort sehen.«

»Wann?«, fragte er.

»Wie wäre es mit nächstem Samstag?«, sagte Jule. »Ich könnte Kuchen mitbringen. Darin bin ich ganz gut. Vielleicht hilft das ja beim Kennenlernen.«

Draußen wartete Nils auf sie.

»Gut gelaufen?«, fragte er.

»Weiß ich noch nicht«, sagte Jule. »Komischer Kauz. Aber ich glaube, nicht ohne Potenzial.«

»Er hat uns in die Villa eingeladen«, sagte Jo. »Na ja, ein wenig nachhelfen mussten wir schon. Dort lassen wir ihn dann noch ordentlich zappeln, bevor er Sophies Tagebuch bekommt. Hat dieser Lennie nicht anders verdient.« Sie stieß ihren Neffen spielerisch in die Seite. »Weshalb bist du eigentlich so nervös?«

»Deshalb«, sagt er und nahm Jule in die Arme. »Und du hast jetzt doch sicherlich etwas ganz Wichtiges zu erledigen, Tante Jo.«

»Bin schon weg.« Sie winkte ihnen zu. »Mims wartet bestimmt auf mich.«

»Und wir beide?«, fragte er zärtlich.

»Wir könnten jetzt erst einmal einen köstlichen Kamillentee trinken.« Es gelang ihr, ernst zu bleiben. »Das wäre Punkt eins.«

»Und wie sähe Punkt zwei aus?«, fragte er.

Jule hob ihren Kopf und küsste ihn.

»Dann bin ich definitiv für Punkt zwei«, sagte Nils und küsste stürmisch zurück.

Historisches Nachwort

Kaffee

Das Wort Kaffee kommt aus dem Arabischen. Es bedeutet so viel wie »anregendes Getränk«. Der Name Kaffee ist an den Ort der Entdeckung »Kaffa« im Südwesten Äthiopiens angelehnt. Es handelt sich um ein schwarzes, koffeinhaltiges Heißgetränk aus gerösteten sowie gemahlenen Kaffeebohnen, also den Samen aus den Früchten der Kaffeepflanze.

Nachdem der Kaffee im 16. Jahrhundert zunächst das Osmanische Reich eroberte, setzte sich sein Siegeszug im 17. Jahrhundert in Europa fort. Die ersten Kaffeehäuser wurden unter anderem in Venedig, London und Marseille eröffnet. Es folgten Wien und Bremen im deutschsprachigen Raum. Ende des 17. Jahrhunderts existierten bereits zahlreiche Kaffeehäuser in Deutschland und ganz Europa. Nachdem die Kaffeepflanzen zunächst nur in Afrika und Arabien angebaut wurden, versuchte man es Anfang des 18. Jahrhunderts mit ersten Pflanzen auch in Amsterdam. Später gelangten sie nach Lateinamerika und in die Karibik. Nachdem das aromatische Getränk zu Beginn noch sehr teuer und nur den gut betuchten Bevölkerungsschichten zugänglich war, wurde es im Laufe der Zeit für alle Schichten und Berufsgruppen erschwinglich. Mitte des

19. Jahrhunderts war Kaffee zum Volksgetränk aufgestiegen und bald aus dem alltäglichen Leben nicht mehr wegzudenken.

Der schwedische Arzt und Naturforscher Carl von Linné war der Erste, der 1763 die Kaffeepflanze botanisch einordnete: Sie ist ein Baum und gehört zu den zweikeimblättrigen, verwachsen-kronblättrigen Rötegewächsen, Gattung *Coffea*. Vor ihrer Kultivierung kam diese Pflanze ausschließlich auf dem afrikanischen Kontinent vor, etwa 15 Grad nördlich und 15 Grad südlich des Äquators; heute dehnt sich der Anbau bis zu 30 Grad nördlich und 30 Grad südlich rund um den ganzen Globus aus. Der Kaffeebaum ist eine anspruchsvolle Pflanze mit großen grünen, harmonisch geformten glänzenden Blättern, die eng an rutenartigen Zweigen sitzen. Erst nach vier bis fünf Jahren sorgfältiger Pflege bringt er die ersten weißen Blüten hervor, die in Form und Duft an Jasmin erinnern. Für die Befruchtung sorgen Insekten und Menschenhände. Die Früchte ähneln Kirschen, doch sie brauchen acht bis zehn Monate zum Reifen. In dieser Zeit lagern die Kaffeekirschen, die erst grün, dann gelb und schließlich dunkelrot sind, viele Stoffe ein, die schließlich ein komplexes Aroma liefern. Das wässrige Fruchtfleisch umschließt eine Bohne mit mindestens zwei Samen, die zum Schutz mit einem Silberhäutchen ummantelt sind.

Die Kaffeepflanze braucht Sonne, doch nicht zu viel, regelmäßig Wasser, aber keinen Dauerregen: Kälte und Wind mag sie gar nicht, und auf Schädlinge reagiert sie äußerst empfindlich. Ihr gefährlichster Feind heißt Kaffeerost *Hemilieia vastarix*, der sich unter Umständen rasend schneller verbreitet und ganze Ernten vernichtet.

Wie beim Wein sind auch beim Kaffee Ernte und Aufbereitung der Früchte entscheidend für die Qualität dieses Naturprodukts. Das beginnt bei der Ernte von Hand, im Gegensatz zum *stripping*, wo ganze Zweige abgestreift werden. Als Nächstes muss die Bohne möglichst schnell aus der Kirsche gelöst werden. Bei der einfachsten und ältesten Methode breitet man die Kirschen im Freien auf möglichst glattem Boden aus und wendet sie regelmäßig mit einem Rechen. Anschließend laufen die getrockneten Früchte durch zwei harte Walzen. Dabei wird das Fruchtfleisch von den Bohnen getrennt.

Aufwändiger ist die »nasse« Aufbereitung, wo die Kirschen zunächst in Waschkanälen gereinigt und sortiert werden. Danach werden die nassen Kirschen im Entpulper gequetscht, um ebenfalls Fruchtfleisch und Bohne zu trennen. Es folgt ein gesteuerter Gärprozess, der gestoppt wird, sobald sich Reste des Fruchtfleisches vom Silberhäutchen lösen lassen. Anschließend wird der Kaffee gewaschen und ebenfalls auf großen Flächen getrocknet. Dieser gewaschene Kaffee liefert stärker ausgeprägte, individuelle Aromen, höhere Säureanteile und eine gleichmäßigere Qualität.

Schließlich wird der aufbereitete Rohkaffee klassifiziert, eingesackt und in Hallen zwischengelagert, bevor er sein Ziel erreicht und vom Röster aufgerufen wird. Bei ihm folgen schließlich die wichtigsten zwanzig Minuten im Leben einer Kaffeebohne: das Rösten, wie ich es ausführlich im Roman geschildert habe …

Wer das bis hierher aufmerksam gelesen hat, kann eigentlich nicht mehr guten Gewissens ein Pfund Kaffee für € 4,99 kaufen, zumal, wenn man bedenkt, dass davon noch die Steuer (€ 2,19 für ein Kilogramm Kaffeebohnen, also € 1,08 pro Pfund) abgezogen werden muss.

Zum Glück setzt sich wie auch bei Kakao allmählich ein anderes und neues Bewusstsein bei vielen Konsumenten durch, die begreifen, dass auch die Kaffeebauern in den Herkunftsländern, die diese aufwändige und anspruchsvolle Arbeit bewerkstelligen, nicht nur überleben, sondern auch gut davon leben wollen: Kaffee ist zum Kultgetränk geworden; es ist das Getränk, das wir Deutschen am meisten konsumieren – und inzwischen boomt der Markt derartig, dass jeder mit Sicherheit »seine« Sorte und Methode findet.

Der Hamburger Hafen war über Jahrhunderte *das* Tor des Kaffees nach Deutschland hinein; in der Speicherstadt waren viele Kaffeehändler und Röster ansässig, die dann das »braune« Gold weiterverkauft haben. In der Hamburger Kaffeebörse wurde Kaffee in spannenden Auktionen gehandelt. Heute ist alles zum Museum geworden; doch wenn man durch die historischen Räume streift, kann man noch immer das einstige Fluidum erschnuppern. Die Familie Terhoven, von der ich im Roman erzähle, ist fiktiv; doch sie steht stellvertretend für andere Hamburger Familien, die der Handel mit Kaffee sehr wohlhabend gemacht hat – bis der Zweite Weltkrieg eine entscheidende Zäsur setzte. Doch auch und gerade nach 1945 wurde weiter und mehr Kaffee getrunken; deshalb kann der Erbe des einstigen Imperiums auch jene Stiftung gründen, von der im Roman die Rede ist.

Verfolgung der Homosexuellen

Zu meinen Lieblingsfiguren im Roman gehört Malte Voss, jener begabte junge Mann, der Sophies bester Freund wird, und ich hoffe, meine lieben Leserinnen und Leser, dass Sie ihn ebenso ins Herz geschlossen haben, wie ich es getan habe. An seinem Schicksal und dem seines Lebensgefährten Thom war es mir ein Anliegen, die Diskriminierung der Homosexuellen im Dritten Reich zu zeigen, die vielfach zu Verfolgung, Zwangssterilisation, KZ und sogar zum Tod führte. Gezeichnet mit dem »rosa Winkel«, den sie als Armbinde in den Lagern zu tragen hatten, standen sie ganz unten in der Lagerhierarchie und hatten teilweise auch massiv unter den Mithäftlingen zu leiden. Heute gehört Homosexualität in die Mitte unserer Gesellschaft, und es gibt zum Glück die »Ehe für alle« – spät genug. Und dennoch werden bereits wieder Stimmen vom rechten Rand laut, die diese schändlichen Uraltparolen tatsächlich in den Mund zu nehmen wagen.

Hier gilt: Wehret den Anfängen ...

Als das Feuer vom Himmel fiel

1943, das Jahr, das an den Fronten in Russland, Afrika und Italien die Entscheidung gegen das expansive Nazi-Deutschland brachte, wurde auch für Hamburg zum Schicksalsjahr. Bei vier Nacht- und zwei Tagesangriffen der englischen und amerikanischen Luftwaffe wurden zwischen dem 26. Juli und dem 3. August 1943 weite Teile der

Stadt in Schutt und Asche gelegt. Jeweils mehr als 700 britische Bomber verrichteten in den schlimmsten drei Nächten (26., 27. und 29. Juli) das Zerstörungswerk. Insgesamt gingen fast 5000 Sprengbomben und nahezu die gleiche Anzahl an Brandbomben auf Hamburg und seine Umgebung nieder, 1200 Soldaten und 8000 Männer technischer Sondereinheiten waren im Einsatz, konnten aber die Entstehung riesiger Flächenbrände nicht verhindern. An die 34000 Hamburger starben in dieser »Operation Gomorrha«, so der unheilvolle englische Deckname der Angriffsserie, oder erlagen kurz darauf qualvoll ihren Verletzungen. Eine spezielle Wetterlage begünstigte die Brände zusätzlich – es kam zum sogenannten *Feuersturm*, der noch heute als schreckliche Katstrophe im kollektiven Gedächtnis geblieben ist. Schätzungsweise 120000 Menschen wurden verletzt, circa 900000 obdachlos. Mehr als die Hälfte aller Wohnungen, zahlreiche Betriebe, Krankenhäuser, Schulen und andere Gebäude waren zerstört. Eisen- und Straßenbahnen funktionierten nicht mehr: alle Bahnhöfe im Stadtgebiet waren verwüstet. Die Gas- und Stromversorgung der Millionenstadt Hamburg fiel bis Mitte August aus …

Das Grauen jener Tage hat sich tief in das Gedächtnis der Überlebenden eingegraben, aber auch die nachfolgende Generation wuchs mit diesem Trauma auf. Die Älteren konnten oft nicht über das Erlebte sprechen – Kennzeichen jener Generation, die ohnehin so vieles hinuntergeschluckt und mit sich selbst ausgemacht hat. Auch die Geschichtswissenschaft hat lange gebraucht, um sich intensiver mit dem Luftkrieg gegen die deutschen Städte zu befassen (nicht nur aus militärhistorischer Sicht), und seinen vielfältigen fatalen Auswirkungen auf die Menschen. Jetzt endlich läuft diese Aufarbeitung, spät, aber immerhin.

Mein Roman möchte gern einen kleinen Teil dazu leisten.

München, im September 2017
Teresa Simon

Jules Kuchen- und Kaffeerezepte

1 *Königskuchen*

2 *Käsekuchen (ohne Boden)*

3 *Rüblikuchen*

4 *Franzbrötchen*

5 *Apfel-Walnuss-Torte*

6 *Brombeertörtchen*

7 *Kriegsnotkuchen à la Sophie*

8 *Espresso affogato*

9 *Cold Brew*

Königskuchen

500 g Butter
460–470 g Zucker
10 Eier (getrennt)
geriebene Schale einer Zitrone
2 bittere Mandeln oder Bittermandel-Öl
2 EL Rum
80 g geriebene geschälte Mandeln
375 g Mehl
125 g Speisestärke (Mondamin o. ä.)
1 Pck. Backpulver
60–100 g gehacktes Zitronat
250 Rosinen (in Mehl wälzen)

Butter, Zucker und Eigelb schaumig rühren. Zitronenschale, Bittermandel(öl) und Rum unterrühren, ebenso wie die geriebenen Mandeln. Mehl und Speisestärke unterrühren, das letzte Mehl mit dem Backpulver vermischt. Zitronat unterheben.

Eiweiß mit einer Prise Salz zu Schnee schlagen und vorsichtig unter den Teig heben. Zuletzt die Rosinen unterziehen.

2 Kastenformen einfetten und mit Mehl bestäuben. Teig einfüllen.

Backen: *60–90 Minuten bei 170 Grad Ober- und Unterhitze / 150 Grad Heißluft.*

Käsekuchen (ohne Boden)

200 g Butter
250 g Zucker
6 Eier
Zitronenschale
1000 g Quark (500 g Mager- und 500 g Sahnequark)
100 g Mehl
100 g Mandelplättchen (gehobelt)
100 g Rosinen

Butter, Zucker, 4 Eigelb und 2 ganze Eier schaumig rühren. Zitronenschale und Quark unterrühren, danach das Mehl und die Mandelplättchen.

4 Eiweiß zu Schnee schlagen und im Kühlschrank aufbewahren. Rosinen in Mehl wälzen. Eine Springform (Ø 26 cm) einfetten und mit Mehl bestäuben.

Eischnee vorsichtig unter die Quarkmasse ziehen, zum Schluss die Rosinen unterheben.

In die Springform füllen und mit einem verquiriten Eigelb (evtl. mit etwas Milch vermischt) bestreichen.

Backen: *60–90 Minuten bei 170 Grad Ober- und Unterhitze/150 Grad Heißluft.*

Rüblikuchen

Teig:
300 g Karotten
5 Eier (getrennt)
4 EL heißes Wasser
200 g Zucker
1 Pck. Vanillezucker (8 g)
1 Prise Salz
½ TL Zimt gemahlen
1 EL Rum
geriebene Schale einer Zitrone
250 g gemahlene Haselnüsse
8 EL Semmelbrösel
½ TL Backpulver

Guss:
200 g Puderzucker
1 EL Kakao
2–3 EL Rum
1 EL heißes Wasser

Karotten reiben. 5 Eigelb und Wasser schaumig rühren. ⅔ des Zuckers und Vanillezucker dazugeben, Masse cremig rühren. Zimt, Rum und Zitronenschale einrühren. Haselnüsse, Semmelbrösel und Backpulver unterheben.

5 Eiweiß mit Salz zu Schnee schlagen, dabei den restlichen Zucker einrieseln lassen. Eischnee zur Schaummasse geben, geriebene Karotten dazu und beides vorsichtig unterheben.

Eine Springform (Ø 26 cm) einfetten und mit Mehl bestäuben, Teigmasse einfüllen.

Backen: *60 Minuten bei 160 Grad Ober- und Unterhitze.*

Während der Kuchen bäckt, den Guss vorbereiten. Puderzucker in eine Schüssel sieben und mit Kakao gut vermischen. Wenn der Kuchen fertig ist (Stäbchenprobe), Rum und heißes Wasser zur Puderzucker-Kakao-Mischung geben und verrühren. Dann den heißen (!) Kuchen mit dem Guss überziehen.

Achtung: *Hierbei flott arbeiten, denn der Guss stockt sehr schnell!*

Nach Belieben garnieren und den Kuchen **mindestens 2 Tage** *zugedeckt (Kuchenhaube o. ä.) durchziehen lassen.*

Franzbrötchen

Für 10 Stück:
1 Würfel Hefe (42 g)
270 g Zucker
250 ml lauwarme Milch
2 Eigelb (Kl. M) Salz
Schale und Saft von 1 unbehandelten Orange
270 g Butter
2 TL gemahlener Zimt
Mehl zum Ausrollen
500 g Mehl

Mehl in eine Schüssel geben, in die Mitte eine Mulde drücken. Hefe hineinkrümeln, mit 70 g Zucker, Milch und Eigelben verrühren. Eine Prise Salz, Orangenschale und 70 g weiche Butter zugeben. Alles mit den Knethaken des Handrührers zu einem glatten, glänzenden Teig kneten. Zugedeckt an einem warmen Ort ca. 40 Minuten gehen lassen.

200 g Butter kalt stellen. 200 g Zucker und Zimt mischen. Den Teig nochmals kräftig durchkneten. Auf wenig Mehl ca. 30 x 25 cm groß ausrollen. Butter in dünne Scheiben schneiden. Eine Teighälfte damit belegen, dabei an den Rändern einen ca. 2 cm breiten Streifen frei lassen.

Teighälfte ohne Butterstücke darüberklappen, die Ränder gut andrücken und nach unten umschlagen. Teig auf wenig Mehl ca. 30 x 50 cm ausrollen und von der kurzen Seite zur Mitte hin ⅓ überklappen. Die andere Teigseite so darüberklappen, dass drei Schichten entstehen, dann ca. 20 Minuten kalt stellen.

Teig ca. 80 x 40 cm breit ausrollen. Mit dem Orangensaft bestreichen, Zimtzucker darüberstreuen. Von der Längsseite her fest aufrollen. In ca. 4 cm breite Stücke schneiden. Diese in der Mitte parallel zu den Schnittflächen mit einem Kochlöffelstiel fest eindrücken, sodass sich die Kanten hochbiegen.

Backen: *Auf Bleche mit Backpapier setzen. Franzbrötchen, die zuerst gebacken werden, ca. 15 Minuten bei Zimmertemperatur gehen lassen, übriges Blech kalt stellen. Im vorgeheizten Ofen bei 200 Grad (Umluft 180 Grad) je 20 bis 25 Minuten backen.*

TIPP: *Die ungebackenen Franzbrötchen lassen sich gut einfrieren. Auf einem Tablett vorfrieren, dann in Beutel packen.*

Apfel-Walnuss-Torte

130 g zimmerwarme Butter
½ TL Zimtpulver
200 g Zucker
750 g säuerlicher Äpfel (z. B. Elstar)
100 g Walnusskerne
1 Pck. Vanillezucker
Salz
2 Eier
1 TL fein abgeriebene Bio-Zitronenschale
4 TL Zitronensaft
175 g Mehl
25 g Speisestärke
2 TL Backpulver
4 cl Calvados
1 Pck. Kuchenguss

Den Boden einer Springform (Ø 26 cm) mit Backpapier bespannen. Rand und Boden mit 30 g Butter bestreichen. Zimt und 50 g Zucker mischen und auf den Formboden streuen.

Äpfel schälen und das Kerngehäuse mit einem Apfelausstecher ausstechen. Äpfel in 1 cm dicke Scheiben schneiden. Eine Lage Apfelscheiben in der Form verteilen, Apfellöcher und Zwischenräume mit Walnüssen füllen. Restliche Äpfel und Walnüsse ebenso in der Form verteilen. Calvados über die Äpfel träufeln.

100 g Butter, 150 g Zucker, Vanillezucker und 1 Prise Salz mit den Quirlen des Handrührers mind. 5 Min. sehr cremig rühren. Eier jeweils ½ Min. gut unterrühren. Zitronenschale und 1 TL Zitronensaft unterrühren. Mehl, Stärke und Backpulver mischen und kurz unterrühren.

Teig auf die Äpfel geben und mithilfe einer Teigkarte glatt streichen.

Backen: *Im heißen Ofen bei 180 Grad Ober- und Unterhitze/Umluft 160 Grad auf dem Rost im unteren Drittel 45 Min.*

Formrand vorsichtig entfernen und den Kuchen auf eine Platte stürzen. Backpapier abziehen. Kuchengusspulver in einem kleinen Topf bei milder Hitze auflösen und mit 3 TL Zitronensaft verrühren. Kuchen damit einstreichen und abkühlen lassen.

Brombeertörtchen
(alle anderen Beerensorten eignen sich auch)

Teig (für circa 6 Förmchen):
1 Biozitrone
400 g Dinkelmehl (Type 630)
125 g brauner Zucker
½ TL Zimt
275 g Butter
1 Ei

Belag:
700 ml Milch
2 Pck. Bourbon-Vanillepuddingpulver
100 g brauner Zucker
500 g Brombeeren (wahlweise Himbeeren)
350 g Magerquark
2 Eier

Für den Teig Zitrone heiß abwaschen, trockenreiben und dann die Schale abreiben. Mehl, Zucker, Salz, Zimt und Zitronenschale in eine Schüssel geben. Butter in Würfel schneiden, mit dem Ei zur Mehlmischung geben. Alle Zutaten zu einem glatten Teig kneten. Eine Kugel daraus formen. In Fischhaltefolie mind. 30 Minuten kühl stellen.

Für den Belag Milch in einen Topf geben. 8 EL davon abnehmen und das Puddingpulver hineinrühren. Die restliche Milch mit dem Zucker aufkochen. Unter Rühren das Puddingpulver hinzufügen und circa 1 Minute köcheln lassen. In eine

Schüssel füllen und mit Frischhaltefolie bedecken. Im kalten Wasserbad abkühlen lassen.

Die Brombeeren verlesen, waschen und in einem Sieb sehr gut trocknen lassen. Den Quark und die Eier verrühren und den Pudding esslöffelweise unterrühren. Den Backofen auf 190 Grad vorheizen. Die Förmchen einfetten.

Den Teig halbieren und nacheinander auf der bemehlten Arbeitsfläche ausrollen. Die Förmchen mit dem Teig auslegen. Dabei den Teig an den Rändern andrücken und jeweils die Hälfte der Quarkfüllung daraufgeben und mit den Beeren belegen.

Backen: *Im Ofen auf der untersten Schiene 40–45 Minuten bei 180 Grad backen.*
Herausnehmen und etwas abgekühlt servieren.

Kriegsnotkuchen à la Sophie

500 g Kartoffeln
250 g Mehl (evtl. Eichelmehl)
1 Ei
1 Fläschchen Backaroma Zitrone
1 Pck. Backpulver
1 Pck. Soßenpulver Vanillegeschmack
⅛ l Magermilch
100 g Rosinen (oder getrocknetes Mischobst)
80 g Zucker
3 EL Semmelbrösel (oder zerbröseltes altes Brot)

Ei, Zucker, Zitronensaft, sowie das mit etwas Milch angerührte Soßenpulver nach und nach gut vermengen. Kartoffeln roh zweimal durch ein Sieb pressen. Mit dem mit Backpulver vermischten und ebenfalls gesiebten Mehl und der übrigen Milch unterrühren. Nur so viel Milch verwenden, dass der Teig schwer (reißend) vom Löffel fällt.

Zuletzt die gewaschenen Rosinen (oder das gereinigte entsteinte Trockenobst) unter den Teig heben.

Alles in eine gefettete, mit Semmelbrösel bestreute Napfkuchenform füllen.

Backen: *Circa eine Stunde bei 160 Grad Ober- und Unterhitze.*

Espresso affogato

... *heißt eigentlich affogato al caffè – »Im Kaffee ertrunken«, – und ist ein Dessert aus der italienischen Küche.*

Espresso
1 Kugel Eis nach Wahl (kein Fruchteis oder Sorbet!)

Das Eis wird in eine kleine Tasse oder ein kleines Glas gegeben und mit heißem Espresso übergossen: die Eiskugel »ertrinkt« gewissermaßen.

Variationen: *mit Haselnusseis, Krokanteis oder flüssiger Schokolade.*

Cold Brew

Cold Brew ist ein wenig aufwendig hinsichtlich der Herstellungszeit, aber ein Aufwand, der sich lohnt! Das Getränk wird auch bei uns in den Sommermonaten immer beliebter!

1 l kaltes Wasser
2 Gefäße
200 g Kaffee (etwas grober gemahlen)
1 Filter
Filterpapier
Frischhaltefolie

Frisch gemahlenes Kaffeepulver (wenn möglich etwas grober als für die normale Filtermethode mahlen oder mahlen lassen) mit 1 l kaltem Wasser in einem Gefäß nach Wahl übergießen und gut umrühren. Mindestens 10 Stunden lang bei Zimmertemperatur mit Frischhaltefolie abgedeckt ziehen lassen (ideal: über Nacht). Ergebnis ist ein Kaffeekonzentrat. Nach der Ruhezeit kann es wie die altbekannte Heißwasservariante einfach filtriert werden. Je nachdem, wie kalt man ihn genießen möchte, mit 2–3 Tassen kaltem Wasser aufgießen oder Eiswürfel dazugeben.

Tipp: *Je besser die Qualität des Kaffees ist, desto feiner schmeckt das Ergebnis.*

DANKSAGUNG

Ein großes Dankeschön geht an meinen wunderbaren Reisebegleiter Michael Behrendt, der zusammen mit mir die stolze Hansestadt erforscht hat.

Herzlich sei Maite Taubert gedankt, die in ihren Baristakursen Laien mit viel Geduld in die Geheimnisse der Kaffeekunst einweist.

Danke Merouane Chachoua, Röstmeister bei Supremo, bei dem ich alles über jenen magischen Moment gelernt habe, in dem die Kaffeebohne ihre Seele offenbart – vorausgesetzt, man besitzt Liebe, Geduld und genügend Fingerspitzengefühl.

Tausend Dank an die liebe Sabih für ihre tollen Kuchenrezepte und an Melanie für das Rezept der Franzbrötchen.

Vielen Dank an Johi für die Hamburg-Karte von 1938, die mich rettete!

Und *last, but not least* bedanke ich mich herzlich bei meinen wunderbaren Mit- und Testleserinnen Brigitte, Gesine, Monika, Babsi, Sabine und Julie – was täte ich nur ohne euch!

Jeffrey Archer

Die große *Clifton-Saga*

978-3-453-47134-4

978-3-453-47135-1

978-3-453-47136-8

978-3-453-41991-9

978-3-453-41992-6

978-3-453-42167-7

978-3-453-42177-6

Leseproben unter **www.heyne.de**